本书为 2016 年度国家社科基金艺术学重大项目
"戏曲剧本创作现状、问题及对策研究"（16ZD03）前期成果

上海戏剧学院编剧学教材丛书

编剧理论与技法

陆 军 著

上海人民出版社

总　序

如果从 1946 年创办编导研究班算起，上海戏剧学院（以下简称上戏）的编剧教学已有 70 年历史。从 70 年间积累的有关编剧教学的教材、专著、论文、参考资料、案例汇编中遴选出一批可供教学与研究的编剧教材，整理出版"上海戏剧学院编剧学教材丛书"，是我多年的愿望，限于各种原因，一直未能付诸行动。此次借上海高峰高原学科建设之东风，终于遂愿。丛书印制在即，责任编辑建议，考虑到有些教材出版已有些年头，原有的序言等内容可能会让读者产生距离感，希望能有个总序，说些新话。我以为，此见甚好。为之，约请了几位比较适合作此书序的同仁，不想均被婉拒。不得已，只好赶鸭子上架，由我滥竽充数。当然，我自知也说不出新话。

一

细心的读者一眼就看出，编剧教材怎么成了"编剧学"教材，多了一个"学"字，应作何解？那就先聊聊编剧学吧。

编剧，作为专业，有 2500 年的历史，应该是比较客观的论断。现存的古希腊戏剧，如索福克勒斯的《俄狄浦斯王》剧本也有 2400 多年了。编剧的相关研究，自亚里士多德的《诗学》算起，也有 2300 余年。中国戏剧晚出，现存最早的戏曲剧本是南宋的《张协状元》；至于编剧的研究，一直到明末清初李渔的《闲情偶寄》，才以结构、词采、音律、宾白、科诨、格局六方面论，对戏曲编剧的理论与技巧有全面的概括与精当的阐述。若论大学的编剧专业教学，最早的，有案可稽的是美国的乔治·贝克教授于 1887 年在哈佛大学担任戏剧文学和戏剧史等课教学，并主持总名为"课程第 47 号的实习工场"的系列戏剧课程。

创建编剧学则是近几年的事。

2007 年 5 月，我调任戏剧文学系主任，时任科研处长的姚扣根教授提议，我们是否建一个戏剧创作学。我听了眼睛一亮。虽然一个新学科的建立，需要具备各种重要条件，如要有社会需求与发展前景；要有深厚的学术积累；要有明确的研究对象；要有稳定的研究队伍；要有学术共同体与学术刊物；要有卓越的研究成果；要有学术派别；要有高等教育；要有学科带头人，等等。而这些条件，未来的编剧学新学科都已具备。加上上戏有悠久的编剧教学历史，有许多老教授的研究成果，有新一代教师和学者的求索精神，如果乘势而上，顺势而为，坚持数年，相信必有成果。经反复考虑，我觉得时机成熟，决定试试。征询系里同仁意见，也都很支持。正好有个由我执笔修改学校公文的机会，便试探性地将"筹建戏剧创作学三级学科"写进文件（参见上海戏剧学院档案室文件：《上海戏剧学院行政报告·2008 年 3 月 27 日》），获得认定后我们便围绕筹建新学科开始运思并做了一些基础性的工作。2009 年 12 月 3 日，在学校中层干部会议上，我以"学科建设：戏文系事业可持续发展的生命线"为题作交流发言（参见《戏文通讯》2009 年号），明确提出"争取在三五年内将戏剧创作学建成上海市教委三级重点学科"的工作目标。至 2011 年 4 月，学校在江苏木渎召开学科建设会议时，在校学术委员会主任叶长海教授及学术委员会同仁与校领导的支持下，该项目被列入学校三级学科建设计划，正式命名为"编剧学"（需要说明的是，编剧学应运而生，是中国戏剧教育、戏剧研究、戏剧实践的必然结果，姚扣根教授与我，仅仅是在一个恰当的历史时段顺手轻轻推开了那扇迟早要被人推开的编剧学之门）。

众所周知，编剧，原来是戏剧戏曲学中的一个子系统，一直依附或混杂于文学、戏剧和电影的部分。如今逐渐步入独立自主、自我完善的体系化，最终成型并自立门户，实在是经过了漫长的求索之路。编剧学的建立，既是编剧专业自身发展的内在需求，也是戏剧影视与文化创意产业发展的自觉选择，更是编剧这一人类创造性活动获得人们进一步重视的必然结果。

何以见得？

第一，从编剧涉及的实践领域看，编剧早已突破原有的戏剧、电影的框架，有了广播剧、电视剧、纪录片，及应运而生的新媒体戏剧，如手机剧、网络剧、游戏动漫、环境艺术、场景艺术等众多的人文活动新领域。随着演艺艺术、图像艺术、视听艺术的普及，包括竞选、广告、婚宴、庆典等，都需要编剧的策划和撰稿，将人类所有的仪式化的活动，化为"剧"的因素。诗意的栖居，行动即表演，戏剧的人生，成了现代人的某种生活方式的追求。在这样的态势下，传统的编剧理论与编剧方法受到严峻挑战，现实需要更多的学术回应。

第二，从编剧涉及的理论研究看，编剧的理论早已突破原有的戏剧学、电影学的研究框架。今日的编剧专业作为核心，连接了几乎所有的社会和人文的前沿学科，甚至包括了一些自然学科的最新成果。如语言学、符号学、叙事学、美学、心理学、创意学、传播学、接受美学、人类学、教育学、策划学等；包括医学、运动学、生命学、数字技术、材料学等多学科与交叉学科。编剧涉及的新理论与技巧，如雨后春笋，早已拓展研究领域并收获鲜活成果，呈现了前所未有的蓬勃姿态。具体体现为：有关编剧的论著与论文、教材与译著，数量上升，质量提升；越来越多的高校面向本科生、研究生开设编剧课程；相关前沿理论的融合渗入，国内外频繁展开的学术交流与切磋，提供了良好的研究路径与发展平台。

编剧，作为戏剧、影视、游戏、新媒体等诸多艺术创作链上的一环，既是"无中生有"的第一环，更是决定作品成败的最重要一环，一方面具有最悠久的历史传统与最稳定的经久不衰的运行系统，另一方面无论是实践还是研究，又是一个充满无限活力、富有蓬勃生机的新领域。

对照社会的发展和需求，我国目前编剧理论与学科基础尚显薄弱稚嫩，整体水准还处于不稳定的初级状态。有的研究取向单一，路径狭窄，自我封闭，亟须"破茧成蝶"；有的存在着"分化不够"问题，编剧专业的主要领域和一些次领域没有得到充分的衔接，没有建立一个独立而完善的学术体系；有的存在"融合不足"的问题，编剧专业在内与文学、戏剧学、电影学、传播学等内部各次领域的学术对话不够充分，在外与心理学、社会学、哲学等其他学科的跨学科研究交流不够积极。从本土文化研究的角度看，吸收和消化西方编剧理论，创建具有东方美学特征与戏曲剧作思维的中国编剧理论和方法论，还远远没有形成成熟的体系与模式。

鉴于此，为实现编剧专业在学科领域的进一步发展，适应实践和理论的现实需求，创立编剧学就成了我们这代人不可回避的学术使命。由于天时地利人和，我们终于迈出了重要的一步：凝聚各方资源，创建编剧学独立学科，在学科层面上推进专业知识之间合理的分化和融合，从而借此提升整个专业、行业、事业的学术水准。幸运的是，2011年国务院学位办通过了艺术学升为门类的决议，我校的戏剧与影视学由此上升为一级学科，编剧学也随之升格为二级学科。最近，有关部门在全市所有高校中遴选出21个学科列为上海高峰学科建设计划，上戏的戏剧与影视学有幸入选，编剧学也躬逢其盛，忝列其中，此乃幸事。

提出创建一个新学科也许还容易，关键是如何实施，如何一步一个脚印地去推进。换句话说，编剧学要做什么？概言之，主要有两件事：一是编剧理论研究，二是编剧实践研究。如果再具体一点，那就是：编剧史论，即编剧学史研究；编剧理论，即编剧本体研究；编剧评论，即剧作家作品研究；编剧技论，即剧作方法技巧研究。

首先，要梳理传统的编剧理论，从中国演剧艺术的实际出发，在中国与西方学术传统的基础上，在现代向传统继承发展的前提下，探索创造适应现实发展的新的知识体系、研究方法和教育方法；其次，要加强学科基础建设，创建以创作为核心的科研、创作、教学的新学术框架；再者，要对商业文化的冲击和现代技术的影响等社会环境变化作出及时反应，一方面不断拓展适应前沿领域实践发展的学术研究，另一方面不断拓展相关的边缘学科，以多学发展一学，实现整个学科体的开放和活跃，并在这种开放性、活跃性中厘清编剧学的结构体系，创建中西融合的编剧课程，梳理编剧特色的学术框架，创建具有中国特色的编剧学。

因为学科建设的成果最后总是要作用于教学，作用于社会服务，编剧学又是实践性很强的学科，所以，在上戏，习惯的说法是，学科建设要注重科研、创作、教学与社会服务的"四轮并进"。依照这一思路，这些年，我们以上戏编剧学研究中心为载体，为编剧学新学科做了一些奠基性的实事：

1. 科研方面

《1980 年代以来汉语新诗的戏剧情境研究》，列国家社科基金青年项目；

《中国戏剧评价体系研究》，列上海高峰学科建设项目；

《故事开发与应用实验室》，列上海高校一流学科建设项目；

《编剧软件》，列上海高校一流学科建设项目；

《中国现当代编剧学史料长编》(3 卷)，列上海高校一流学科建设项目；

"上海戏剧学院编剧学丛书"(6 种)，列上海高校一流学科建设项目；

点评版《中外经典剧作 300 种》(30 卷)，列上海高校一流学科建设项目，上海人民出版社重点书目；

承担《中国大百科全书·戏剧卷》戏剧文学分支各条目的设计与编纂工作，列国家重大出版工程。

2. 创作方面

话剧《国家的孩子》获 2014 年度国家艺术基金资助；

话剧《徐阶》获 2015 年度国家艺术基金资助；

话剧《万户飞行奇谈》《四岔口》《春天》《爱不释手》《海岛来信》《分

庭抗争》，戏曲《寻找》《长乐亭主》（均为编剧学专业学生创作）等获上海文化发展基金会青年编剧项目资助。

3. 教学方面

与哥伦比亚大学联合培养编剧专业 MFA 研究生，将两位美籍研究生的课程作业搬上中国舞台，出版《碰撞与交融——上海戏剧学院与哥伦比亚大学联合培养编剧专业 MFA 研究生课程记录》；

优化戏剧文学专业建设，列国家级特色专业建设点；

探索戏曲写作教学创新实践，获上海市优秀教学成果奖；

总结编剧教学 60 年历史，出版《编剧教学研究论文集》；

鼓励编剧学教师重视自身的创作与研究，出版《上戏编剧学教师年度文选》（2013 卷，2014 卷）；

出版《上戏编剧学研究生作品选》（4 卷）《俄罗斯题材戏剧小品选》《新剧本创作选》《倒春寒》《国家舞台艺术精品工程入选剧目研究课程论文集》等，举办"上戏编剧学研究生作品京沪专家研讨会"；

出版《故事——上海戏剧学院编剧教学参考资料》（20 本）；

探索《编剧概论》《独幕剧写作》《大戏写作》《戏曲写作》《电视剧写作》等核心课程的改革创新；

倡导学生注重社会实践，建立编剧学余姚、南通、绍兴、松江教学基地，新疆、西藏践习基地，出版《戏文系学生暑期社会实践调查报告》（2009 卷，2013 卷）。

4. 社会服务方面

在市教委相关部门支持下，创立上海校园戏剧文本孵化中心，借助上戏创作中心、编剧学研究中心的力量，先后推出《钱学森》《王振义》《潘序伦》《钱宝钧》《熊佛西》等一批原创"大师剧"；

出版《上海校园戏剧文本孵化中心 1+1 丛书》；先后主办第一届、第二届全国校园戏剧剧本征稿比赛活动；

举办 9 期全国高级编剧进修班，同时为新疆、西藏、内蒙、湖南、山西等地培养青年编剧人才。

上述事项，都直接或间接与编剧学学科建设的总体部署相关，有的已经完成，有的还在进行中。而整理出版 10 卷本"上海戏剧学院编剧学教材丛书"，自然是编剧学建设的题中应有之义了。

一个"学"字，作此解释，自觉有些啰嗦了。

二

教材建设是学科建设的一项重要内容，这应该不会有异议。问题是，整理出版旧教材，有意义吗？毕竟是存量，不是增量，有价值吗？朝花夕拾，未栽新株，有必要吗？一句话，为什么要整理出版这套教材丛书呢？那就说说我的想法。

首先，我以为，这是编剧学学科建设的需要。

学科建设主要承担知识的传承与创新，学科人才梯队的构建与培育。但是，如前所述，最终的成果都要作用于教学，作用于社会服务。而体现这个功能的一个重要载体就是教材。换一个角度说，一个学科，没有完整的、科学的、有说服力的教材系列是无论如何也说不过去的。

事实上，每个历史时段问世的编剧学教材，都会融入特定时期的学科、专业与教学改革的最新成果。所以，系统地整理出版已有较成熟的教材，既可以从中窥见学科与专业建设前行的足迹，揣摩先驱者筚路蓝缕、既开其先的进取精神，更可以为编剧学学科建设成果的受众反馈提供真实信息。

其次，也是编剧学新教材建设的需要。

上戏建校70周年，编剧教学贯穿始终，有教学，必有教材。包括基本教材，即基本知识的传授；实践教材，即学生能力培养的指导；参考教材，即学生外延能力培养的辅助。应该说，这三类教材的储备我们都有。但是，无论是质还是量，与建设一流艺术大学的目标要求还有距离。特别是，随着社会的发展，知识更新周期越来越短。有资料说，联合国教科文组织对此曾经做过一项研究，结论是：在18世纪时，知识更新周期为80～90年，19世纪到20世纪初，缩短为30年，上个世纪60～70年代，一般学科的知识更新周期为5～10年，而到了上个世纪80～90年代，许多学科的知识更新周期缩短为5年，而进入新世纪时，许多学科的知识更新周期已缩至2～3年。编剧学的知识更新周期当然不可能如此短暂，由于其实践性很强的专业特点，许多编剧技术与方法具有较强的稳定性。但知识更新终究是不可能绕开的学术话题。如何将编剧学最新的研究成果转化为教学内容，就成了一门十分重要的功课。而做好这一功课的前提是，必须摸清现有家底，盘点已有积累，再看看有哪些缺失需要补上，哪些软肋需要强化，哪些谬误需要订正，哪些新知识、新观点、新方法、新理论需要整合，从而为编剧学新教材建设提供重要参照。

最后，当然也是培养创新型编剧人才的需要。

培养合格的创新型编剧人才，离不开教学内容与教学方法的改革，在有限的时间和空间内给学生有用的知识，都亟须科学性、实践性、先进性兼备的教材。而鼓励学生系统地研读已有的较成熟的教材，一方面可以强化学生的专业基础，另一方面可以昭示后学以前辈为例，养成努力探索学术真谛、把握科学规律的治学习惯，培育跟踪学科前沿、贴近创作实际的良好学风。

因为有了上述理由，至少让我为原初也曾经有过的犹豫找到了释怀的依据。

三

也许，还应该谈谈这 10 本教材的特点以及入选的理由。

是否可以这样说，这是国内第一套在编剧学领域比较全面科学地总结探讨话剧、戏曲、戏剧小品、电视剧编剧理论与技巧的教材丛书。著者注意吸收国内外编剧研究的理论成果，结合中国当代编剧实践，内容涉及编剧学、剧作法、编剧艺术、剧作分析、中外编剧理论史、编剧辞典、国外剧作理论与教材翻译等，在努力揭示编剧观念、创新思维、写作规范、本质特征和剧作法则等方面作出了可贵的努力。毫无疑问，这 10 本教材各有各的特点，限于篇幅，我只能挑主要的感受来表达，以初版时间为序，逐一介绍。

1.《编剧原理》

著者洪深（1894—1955）、余上沅（1897—1970）、田汉（1898—1968）、熊佛西（1900—1965）、李健吾（1906—1982）、陈白尘（1908—1994）。此著为六位中国现当代话剧史上重要的理论家、剧作家、教育家的主要编剧理论著作的汇编，书名借用熊佛西老院长的编剧理论专著。这六位先贤为上戏草创时期的名师。此次选取的文字，既是重要的学术论文，又具有教材意义。先贤们围绕"戏剧是什么"、"怎样写剧"、"怎样评剧"等问题展开阐述，娓娓道来。反复咀嚼几位著者的论述颇有醍醐灌顶、引导统率的作用。学习戏剧，同时还需要理解戏剧与文学、戏剧与社会、写意与写实、话剧与戏曲等多重关系，书中对此都有翔实的分析。同时，有关历史剧、诗剧、哑剧、小剧场戏剧等戏剧类型的论述，也颇能体现作者从实践经验中摸索出的戏剧规律，对于从事编剧创作和研究的学生而言，则是一笔宝贵的理论财富。

2.《编剧理论与技巧》

著者顾仲彝（1903—1965）。这本编撰于1963年的教材，材料丰富，案例得当，论点精辟，旁征博引，通过对古今中外优秀剧作和戏剧理论的研究，系统探索了编剧艺术的规律。其中关于戏剧创作基本特性的论述尤为精彩。著者在对西方戏剧理论作系统梳理的基础上，作出"冲突说"的归纳，简明而又有力量。在戏剧结构章节中，著者依据欧洲戏剧史上对于结构类型比较科学的分类方法，把戏剧结构分为"开放式结构"、"锁闭式结构"和"人像展览式结构"三种类型，并对不同结构的特点作精当分析，同时又选择"重点突出"、"悬念设置"、"吃惊"、"突转与发现"四种主要的结构手法作介绍，可谓鞭辟入里。稍嫌不足的是，书中难免留有那个时代所特有的政治痕迹。但这怎么能去苛求前辈呢？而且我一直以为，此著为中国编剧教材的奠基之作，在顾先生之后，几乎所有编剧教材都程度不同地受惠于此著。再说一句可能会有些偏颇的话，就教材的整体质量而言，这也是至今难以超越的经典之作。

3.《戏曲编剧理论与技巧》

著者田雨澍。本书强调戏曲的独特性，以廓清与话剧、电影等艺术形式的区别。歌舞表演是戏曲的外在表现形式，戏曲的本质是"传神"，即不断地深化、剖析人物的精神面貌、内心世界和灵魂图谱，而实现"传神"的有效方式便是虚实结合原则。以此为基础，著者较为全面地透析了戏曲人物、情节、冲突、场景和语言特色，又调度经典戏曲剧本案例辅证论点，挖掘出戏曲审美特质。全书尽可能地吸收古典论著、序跋、注释当中的散论，又广纳民间艺人从实践中总结的口诀谚语，为教学和创作提供了生动而鲜活的理论依据。

4.《戏剧结构论》

著者周端木（1932—2012）。原书名为《一座迷宫的探索》，易用现书名的缘由当然是为了体例的规整，倘若周先生有知，想来是可以理解的。此书围绕"戏剧结构"展开。戏剧，可以是冲突结构，可以是人物意识流程结构，可以是佯谬结构，可以是理念结构，可以是立体复合式结构。此著特别强调戏剧动作是组织结构的首要特性，并以此统领全著。作者还有意打破流派的分歧和界限，就情节的提炼，悬念、惊奇的运用，情节的内向化发展，独幕剧的结构特点等话题进行深入阐述，同时将不同的戏剧流派纳入讨论范围，包括《罗生门》《三姐妹》《万尼亚舅舅》《推销员之死》《野草莓》等剧作的细致分析，无疑具有生动实用的借鉴意义。

5.《戏曲写作教程》

著者宋光祖（1939—2013）。本书是专以戏曲写作为中心撰写的教材，入编时我将宋教授另著《戏曲写作论》中的"戏曲写作的理论与技巧研究"部分内容也纳入本教材。此著致力于探讨戏曲写作的历史传统和写作方法，条分缕析，深刻细致，系统完整，切实起到强化戏曲思维与写作过程中的答疑解惑之作用。作者也未局限于戏曲的特性，而是注重向话剧理论学习，以人物的性格描写、感情揭示和心理分析为主，事件或者情节为从，由浅入深、体贴入微。该著是作者经过20余年的教学实践摸索而建构的一整套独立的戏曲写作理论，格外遵从教学需求，以指导学生的写作训练为轴心，推崇从读剧看戏中总结戏曲写作理论，因此全书涉及众多中国现当代戏曲范例，还汲取了古典戏曲理论和剧作的精华，对于研习戏曲编剧的学生而言具有很强的应用性。

6.《戏剧的结构与解构》

著者孙惠柱。戏剧作为一种满足人类心理需求的"体验业"，不仅有赖于故事的叙事性结构，也需要剧场性结构的支撑。此著致力于探讨艺术家对于"第四堵墙"的态度、用法，进而分析戏剧结构的不同特点。他首先溯源穷流、归纳整理，将2500年以来戏剧的叙事性结构类型进行分类，力图展现各个时期、各种流派提倡的戏剧结构特色。其次，与相对成熟的叙事性结构相比，有关剧场结构的论著还相对匮乏。著者以编导演模式为视点，横向比较世界戏剧美学体系，纵向挖掘中国的戏剧美学脉络，中西参照、点面结合、归类清晰。全书涉及的案例从历史到当下、从传统到后现代、从经典到热点，博采众长、配图精美，乃编剧学教学的重要参考著作。作者以宽容的姿态审视不同的戏剧流派，作为编纂者，我揣测大概对于当下话剧的弊端分析也是直面戏剧乱象的必经之途。另外，就叙事性结构与剧场结构的关系研究，也颇具启发，这也是未来编剧学所要努力研究的重要方向之一。

7.《电视剧写作概论》

著者姚扣根。该著被列为教育部"十一五"规划国家级教材。此著区别于以往的电视剧写作教材，动态地对电视剧这一特定对象进行考察研究，将电视剧作为一门交叉边缘学科，既与戏剧、电影和大众传播等学科有关，又涉及其他人文学科，如文艺学、叙事学、心理学、伦理学、社会学等。另一方面，该著在阐述电视剧传承戏剧、电影及文学元素的同时，更注意站在电视媒介上，努力找出它们之间存在的不同点。换句话说，相对戏剧、电影理论的借鉴和传承而言，该著更注意符合电视媒介的需求，更注意电视剧是一种新兴的叙事艺术门类。同时，该著注意写作理论和文艺理论的相互渗透、交织，从教学方面充分注意了可操作性和示范性，提供了中外经典案例，提供一种科学的、系统的序列性训练。一方面训练学生掌握围绕具体文本写作的材料、主题、语言、结构和类型等主要内容，同时着重阐述那种得之于心，应之于手，只可意会不可言传的写作经验和技巧，并使之明朗化、系统化，并根据初学者的写作状态，循序渐进，有助于激发学生的学习兴趣，以理论推动实践训练，以实践提升理论素养。对电视剧写作的教学、研究者而言，本著可谓是一本难得的写作指南。

8.《编剧理论与技法》

本著为笔者所撰，曾获上海普通高校优秀教材一等奖。与他著相比，自知简陋。倘硬要找些特色，似乎也有。一是全书融入自己大量的创作感受，可能比较"贴肉"，具有一定的操作性；二是章末附有针对教材讲解内容的"思考与练习"，计有 20 道思考题，部分要求写成文章，另有 20 道练习题，要求编写 7 个小型剧本提纲、6 个剧本片段与 7 个小型戏剧剧本。希望通过这样的"多思考、多实践"，让学生领会课程内容并掌握从剧本提纲到剧本片段再到完整的剧本写作的整个流程，虽然浅显，但较为实用。

9.《戏剧小品剧作教程》

著者孙祖平。本书系统地论述了戏剧小品作为一种独立的艺术样式，有着属于自己的创作特征。著者首先从戏剧小品的起源入手，详细介绍了古代小戏和现代小戏的发展历程。然后从戏剧小品的构造特征、情境张力、情节过程、结构模式、形象造型、意蕴内涵、审美途径、语境语言及样式类别等九个方面入手，对戏剧小品的创作特征进行了详尽的阐述。此著一大特色是发现了戏剧创造系统中"片段"的位置存在和价值取向，清晰地指出"场面并不直接构成一场戏或是一幕戏，在场面和幕（场）之间，还存在着一个构造组织——片段"，从而提出了"戏剧小品是一个片段的戏剧"的定义，并论述了相应的特点。由此进入，戏剧小品研究的种种难题，皆能迎刃而解。同时，这一发现也使戏剧构造的理论更加科学、客观、合理。

10.《世界名剧导读》

著者刘明厚。本著遴选各个世界戏剧历史阶段中具有代表性的优秀剧目，如《俄狄浦斯王》《李尔王》《海鸥》《萨勒姆的女巫》《一个无政府主义者的意外死亡》等进行评析，涵盖了从古希腊悲剧以来西方戏剧的发展历史，以及戏剧观念、艺术表现手法的革新与变迁。在这些脍炙人口的名剧里，我们能感受到人类共同的价值观念和人文理想。此著不仅从编剧艺术分析的角度切入，还结合社会学、接受美学等理论去审视这些西方作家作品。全书评析中肯，见解独特，显示出作者具有开阔的学术视野和严谨的治学态度。

综合起来看，这10本教材，既备自成一体、各有千秋之特色，也具相互补充、相得益彰之功能。《编剧原理》虽然问世最早，文字简要，但所述概念、知识、要旨均属提纲挈领，为编剧学开山之作。《编剧理论与技巧》是前著的拓展与深化，集中外编剧专业知识之大成，可引领习剧者登高望远，总揽全局，按图索骥，成竹在胸；而与此著仅一字之差的《编剧理论与技法》则可看作是对顾著学习的心得集成，倘仔细揣摩，便可登堂入室，舞枪弄棍。《戏曲编剧理论与技巧》紧扣戏曲写作特点，阐述基本要领，给习剧者提供描红图谱；而属同类型研究性质的《戏曲写作教程》，则抓住关键要点，深入展开，时现真知灼见，令人茅塞顿开。《戏剧结构论》为著者倾情之作，所述要点，枚举案例，均融入情感色彩，既有感染力，也具说服力；《戏剧的结构与解构》虽与周著同题，但中西交融，视野开阔，观念新进，脉络清晰。两著比照着读，获得的不仅仅是对戏剧结构的融会贯通。《电视剧写作概论》与《戏剧小品剧作教程》则提供了两种不同艺术样式的写作指南，概念清晰，案例生动，特别是对写作环节的引领性提示，因为融入著者数十年创作经验，令读者释卷即跃跃欲试，如入无人之境。《世界名剧导读》既悉心介绍经典剧作，又给后学提供阅剧、评剧、品剧经验，可谓有的放矢，细致入微。

这10本教材织就编剧学知识经纬，也在一定程度上体现了编剧学之所以成为一门系统学科的实力。

至于这 10 本教材入编本丛书的理由，其实非常简单，一是为上海戏剧学院教师所著；二是必须正式出版过的；三是在教学过程中使用本教材产生较好效果的。我想，有这几条也就够了吧。

末了，请允许我再说说由衷的感言。

首先要感谢所有入编本教材丛书的编撰者（包括部分编撰者家属）的倾力支持。记得我把出版本丛书的决定与编撰者及相关人士通报时，获得的反馈竟全是热情的鼓励与诚恳的期待。为了使本丛书得以顺利出版，有的还毅然中止了与原出版社的合同；有的则搁下手头繁忙的学术研究与剧本创作任务立即对自己的原著进行补充、改写、修订；有的专门来与我商讨丛书的入编标准、装帧建议、使用范围等。凡此种种，都令我感动不已。

其次要感谢青年学者翟月琴女士的辛勤付出。作为月琴攻读博士后的合作导师，尽管知道她近期正在为国家社科基金青年项目的撰写与出站论文的修订殚心竭力，但我还是毫不犹豫地让她参与本丛书的编辑。除了深知她有丰沛的学养储备与严谨的治学态度外，更重要的是，希望她通过参与本次劳作，能更深入地了解上戏编剧学教学、理论与实践的家底，为她日后的编剧学理论研究打好基础。

月琴果然不负众望，投注热情，奉献智慧，既做了许多编务工作，又在学术上付出心血。举一个小例子，编辑工作遇到的麻烦之一是引文注释的复核，不少引文与原文有出入，或版本不详，或缺少页码，包括转引文献和作者凭感性经验引用的语句，都需要重新翻阅原著、甚至是作家全集，逐一核实。对任何一个人来说，这都是一个挑战修养与责任心的活儿，月琴做好了，而且毫无怨言，令我感动。

再次要感谢本书的责任编辑赵蔚华女士。她不仅对丛书的装帧设计、文字版式、内容规范、前言后记、体例题型都有自己独到的见解，而且还对入编的每一本教材都认真审读，并提出各种专业性很强的意见和建议，借此机会，向她表示深深的谢意。

　　最后，还要郑重感谢的是上戏 70 年间一代一代的学子们！正是你们求知若渴的目光、如切如磋的声波、进取奔放的心律所构成的温暖的"学巢"，才孵化催生了这一本本饱含著者心血、印有时代胎记、留下几多遗憾的编剧教材。毫无疑问，有关编剧学所具有的一切的丰润与一切的留白，都属于你们，属于未来！

　　我们，仅仅是戏剧征程上匆匆行走的过客……

目　录

编剧理论与技法

目　录

附录

绪　言

　　小型戏剧，简称小戏。小戏之谓，通常有两种解法，一是指相对大戏而言的一种戏剧体裁，它包括小型话剧、小型戏曲以及戏剧小品，俗称"三小"。二是指由说唱或民间歌舞发展而成的戏曲剧种的通称。如各种花鼓戏、花灯戏、采茶戏、滩簧戏等都是。剧目大多反映当地人民生活片断，角色一般以三小（小生、小旦、小丑）为主，偏重歌舞，并以手帕、伞、扇等为主要道具。当然，本书讨论的内容是前一种。

　　本书的研究方法与目的是：从总结、归纳、探讨小型戏剧的文本写作技法切入，进而系统地介绍戏剧的编剧理论与技法，用以指导戏剧学院学生与一切从事或爱好戏剧创作的专业与业余的剧作者学习、熟悉并掌握编剧技巧。

一

　　谈编剧理论与技法，为什么要选择从小型戏剧的文本写作切入呢？主要出于以下几点考虑：

　　第一，在我供职的上海戏剧学院是一所有着60余年办学历史的高等艺术学府，而戏剧文学系编剧专业又是学院一个十分重要的学科专业门类。每年总会从全国各地遴选一批优秀的高中生来学院从事这一专业的学习，并且还拥有从专科、本科、硕士、博士以及包括成人教育与高级编剧研修班等各种层次的专业教学。一个有趣的现象是，虽然我们无法统计全世界每年要出多少部文艺理论专著，即使在中国，恐怕也是数以万计，称得上是"汗牛充栋"，然而有关戏剧编剧理论与技法方面的书却一向少得可怜。也许是孤陋寡闻的缘故，在我看来，古今中外最体贴入微、深入浅出的专著就那么几本。只要闭上眼睛，我们就可以如数家珍般地列出其书目，那就是：美国约翰·霍华德·劳逊的《戏剧与电影的编剧理论与技巧》、美国乔治·贝克的《戏剧技巧》、英国威廉·亚却的《剧作法》、我国清代李渔的《闲情偶寄·词曲部》和新中国成立以后上海戏剧学院教授顾仲彝先生的《编剧理论与技巧》（当然，除此之外还可以找出几种同类型的专著也颇有价值，特别是一些国内学者研究戏曲编剧的教材。但就其整体的学术性与实用性而言，这些专著恐怕都难以超越前人，因此在这里就恕不一一列出）。

遗憾的是，上海戏剧学院自 1981 年顾仲彝先生的《编剧理论与技巧》正式出版至今，居然没有一本纵谈编剧理论与技巧的新著。更值得探讨的是，即使是顾老先生的著作也似乎被束之高阁。系统的编剧理论与技巧的训练课已被各相关的专业教师在以自己的方式肢解、重组、颠覆的基础上再去向学生灌输。学生因此而获得的艺术营养可能是多元的、奇异的、有特色的，但恐怕很难称得上是系统的。因此，我一直有心要想撰写一部新的系统介绍编剧理论与技巧的教材，以弥补这方面的缺陷。但在实际运思过程中我才发现，尽管现代戏剧的实践已积累了大量的十分宝贵的经验与教训可资利用，可惜以我的学力与见识，要想超越顾先生的专著（包括前面提到的国内学者研究戏曲编剧的教材）简直是不可能的。考虑再三，我决定选择一条捷径，即从研究小型戏剧的文本写作技法来着手研究戏剧创作的一般规律。基于这样的想法，本书的所有篇章：题材的选择、立意的锤打、视角的定位、戏核的寻觅、冲突的要求、情节的提炼、结构的铺排、入戏的途径、脉络的梳理、高潮的强度、转变的条件、结尾的处理、变化的方法、意趣的营造、人物的刻画、对手的安排、细节的设置、道具的作用、场景的呈现和语言的推敲等，都不仅仅局限于小型戏剧。因此，我冠之以《编剧理论与技法》的书名应是切题的。当然，我这样做的目的是希望通过一个较小的视角来谈论戏剧创作，由此来表达一点真正属于我"自己的声音"。

第二，如前所述，戏剧学院每年有各类从事戏剧写作专业的学生入学。戏剧小品写作、小型话剧（即独幕话剧）写作、小型戏曲写作是必修的专业主课。特别是近几年，导演专业、戏曲编导专业、广播电视文艺编导专业、艺术管理专业，甚至还在电视主持人专业等表演类专业的学生中也程度不同地进行"三小"的写作训练，实践证明，这种训练对强化学生"剧"的意识、提高整体艺术素养有着十分明显的作用。因此，即使是从应用的角度来看，学生也需要一本系统地论述小型戏剧文本写作的理论专著。

第三，在国外，戏剧的地位一向很高，人们甚至将其与诗歌相提并论，称为"戏剧诗"。有一句梵语诗说得好："一切语言艺术中，戏剧最美。"别林斯基也说过："戏剧诗乃是诗的最高品格和艺术的王冠。"但同时诚如高尔基所说："戏剧形式是一种最困难的文学形式。"[①] 著名作家老舍在写了七个剧本之后，也还在感叹："剧本是多么难写的东西呵！""我看哪，还是去写小说吧，写剧本太不痛快了！处处有限制，腕上如戴铁镣，简直是自找苦头吃！"[②] 凡尝试过戏剧创作的朋友都可以作证，高尔基和老舍并没有夸大其词。

写戏难，主要是难在它的限制与规范太多。比如对时空的限制，对冲突与动作的要求，对叙述方式的规范，等等。而小型戏剧具备了大型戏剧的一切艺术要素，"麻雀虽小，五脏俱全"，戏剧的一切奥秘尽在其中。所以，研究戏剧创作的一般规律，介绍编剧理论与技法，也不妨从解剖麻雀着手，同样可以起到"观一斑而识全豹"的作用。

二

要谈论小型戏剧创作，我们首先应该对小型戏剧的释义、分类、特征等基本内容作一简单介绍。

---

① 转引自《文学理论学习参考资料》下卷，春风文艺出版社 1981 年版，第 188 页。
② 老舍：《闲话我的七个话剧》，王行之编：《老舍论剧》，中国戏剧出版社 1981 年版，第 150 页。

1. 小型话剧

小型话剧，即独幕话剧，主要是通过人物的对话和动作来表现戏剧内容，一般演出时间在 45 分钟左右。

小型话剧是从国外引入的一种戏剧样式。施蛰存先生在《外国独幕剧选》引言中介绍，"独幕剧"这个术语，是 20 世纪初从日本引进的。而日本的这个称呼，又是根据英语翻译来的，它的本意是"一次动作的戏（One-act play）"，要求剧情从发展到高潮压缩在一个统一的动作段落之内。因此，有人认为把它译为"独幕剧"并不确切。但是，"独幕剧"的说法在我国长期沿革下来，已经约定俗成。

西方国家的独幕剧即所谓"一次动作的戏"，约产生于 17 世纪。这种小戏，一般都在大戏开始前演出，目的是为了照顾那些迟到的观众，颇像 1668 年前后创作的《逼婚》。但人们一般还是愿意将 1885 年俄国著名作家契诃夫写的独幕剧《在公路上》作为现代独幕剧创作的开始。

对我国影响较大的独幕剧如契诃夫的《蠢货》、爱尔兰剧作家格雷葛瑞夫人的《月亮上升的时候》、日本剧作家菊池宽的《父归》、苏联剧作家雅鲁纳尔的《破旧的别墅》等。

西方的独幕剧创作在进入 20 世纪 50 年代时，出现了令人瞠目结舌的现象："反戏剧的戏"，亦即荒诞派戏剧的首创者之一尤涅斯库写出了惊世骇俗的独幕剧《秃头歌女》与《上课》等。

我国现代话剧形成于"五四"新文化运动前后。在独幕剧创作方面，有胡适的《终身大事》(1919)，田汉的《咖啡店之夜》(1920)、《获虎之夜》(1921)，汪仲贤的《好儿子》(1921)，欧阳予倩的《泼妇》(1922)，丁西林的《一只马蜂》(1923)、《压迫》(1925)、《三块钱国币》(1929)、《放下你的鞭子》等一系列优秀作品。新中国成立后，又涌现出了《妇女代表》、《赵小兰》等一批优秀作品。新时期以来独幕剧创作在艺术形式、艺术表现手段等方面有了新的突破，出现了《我为什么死了》、《屋外有热流》等新型作品。[①]

---

① 孟犁野：《独幕剧编剧概论》，花山文艺出版社 1989 年版，第 5 页。

从以上简略的回顾中我们可以看出，独幕剧已有整整一百多年的历史。如今，因为现代戏剧早已打破场幕结构，时空切换较为灵活，独幕剧称谓的准确性受到挑战，故而称小型话剧似为贴切。

2. 小型戏曲

小型戏曲是我国特有的一个艺术品种。它以歌舞演故事，是歌舞、对话、动作等的结合体。一般演出时间在三十分钟左右。小型戏曲其实也是"一次动作的戏"，它以唱念做打为手段，在自由的舞台时空内，表现一个完整的行动。

我国古代戏剧史上没有现代意义上的小型戏曲，但是，短剧的传统却源远流长。早在金元时期的"院本"中，就有杂采市井琐事、以诙谐调笑为特色、偏重对白的短剧。这种体裁的正式形成，大约是在明朝嘉靖年间，代表作有徐渭的《四声猿》杂剧四种。清朝前期，是短剧创作的鼎盛时期，产生了杨潮观（1710—1788）这样专写短剧且极有成就的剧作家。他写了32个短剧，结集为《吟风阁杂剧》，历来为戏剧界所重视，其中《寇准罢宴》等剧目，至今仍活跃在戏剧舞台上。

传统戏中有不少精彩的折子戏，它们原来是大戏中的一段，经过舞台上不断地补充修饰，变成了一折折完整的小戏曲。如《白蛇传》中的"断桥"一折，白蛇、青蛇和许仙的性格在对比的描写中表现得非常鲜明，舞台上的性格冲突具有很强的艺术美感。又如《秦香莲》中的"闯宫"一折，通过秦香莲与陈世美的层次分明、越来越尖锐的性格矛盾，表现了一个具有深刻社会意义的矛盾冲突。再比如川剧的"评雪辨踪"（原属《彩楼记》中的一折），写一个秀才因见到窑前雪地上有男人足迹，而对他的妻子发生了误会的故事。他妻子用娘家送来的米烧稀饭，等他回家吃，他疑心米是姘头给的，不但饿着肚皮不肯吃，而且还要把饭锅摔碎，最后妻子道出真相，把他的穷酸、多疑性格狠狠讽刺了一顿。还有如《春香闹学》（《牡丹亭》中的一折），《苏三起解》（《玉堂春》中的一折），《拷红》（《西厢记》中的一折），《投军别窑》（《红鬃烈马》中的一折）等小戏，它们虽是大型戏曲中的一折，但又具有相对独立的意义。

新中国成立以来，小型戏曲创作十分繁荣，作品数以万计，但真正成为精品得以保留下来的不多。比较著名的有《打铜锣》、《新嫂嫂》、《包公赔情》、《界树下》等。1978 年以后，小型戏曲创作有了新的发展，出现了《摇篮曲》、《大姑爷坐席》、《一包蜜》、《定心丸》等一批反映现实生活的作品。近十多年来，由于戏剧环境发生变化，小型戏曲创作处于低潮，国家文化部虽以小戏调演、会演等各种方式进行扶持与鼓励，但优秀的作品依然凤毛麟角。可以说，小型戏曲创作目前正处于低谷。

3. 戏剧小品

戏剧小品是 20 世纪 80 年代初期在我国兴起的一种短小的戏剧样式，它包括话剧小品与戏曲小品，一般演出时间在 15 分钟左右。

小品这个名词，《现代汉语词典》是这样释义的："小品原指佛经的简本，现指简短的杂文或其他短小的表现形式：历史小品、广播小品、表演练习小品。"[①] 当然，这是对小品的广义理解。戏剧小品是狭义的小品，它以戏剧化的手法，表现现实生活中一些比较普遍或尖锐的社会现象，从中提炼出富于哲理意味的思想，给人以乐趣与教益。

要了解戏剧小品的特点，首先必须把它同戏剧练习小品区别开来。戏剧练习小品是指戏剧院校和专业戏剧团体在招考学员、检验考生对生活和艺术的反应能力时所采用的一种艺术手段。练习小品一般采用即兴表演的方式，行动者是即兴的，表演者可以自由选择行动的逻辑。它有两个显著的特点，第一，练习小品只包含极少的戏剧因素，一般不具备太强的戏剧性；第二，练习小品没有明确的立意，因此谈不上给人以认识、教育和审美功能。而戏剧小品则截然相反，第一，它必须是戏剧性地表现一段生活；第二，它有明确的主题和立意，给人以娱乐、教益或启迪。

其次，戏剧小品必须同戏剧教学小品区别开来。戏剧教学小品是专业文艺团体和戏剧院校在训练导、表演人才基本技能时采用的一种艺术方式。戏剧教学小品较戏剧练习小品复杂，但往往也没有完整的故事情

---

① 中国社会科学院语言研究所词典编辑室编：《现代汉语词典（2002 年增补本）》，商务印书馆 2002 年 5 月修订第 3 版，第 1386 页。

节。它只撷取生活的一个瞬间，再现人物的某种性格或某种情绪，其构思、语言、表演均比较简单，很少加工雕琢，带有生活的"毛边"。它的特点是具有戏剧因素，具备戏剧特征，但一般都不强调有明确的立意，它是不需要与观众交流的一种教学手段，一个操作过程。而戏剧小品则不同，它所撷取的往往不仅是生活的一个瞬间，而且多少是一个片段，它所表现的不仅是某种情绪，而且多少有一点性格与性格冲突；它尽管力求保持生活的鲜味，但不免要进行一点艺术的剪裁和加工，使之更生动、更丰富、更具戏剧性。

再次，戏剧小品还必须同小型戏剧区别开来。小型戏剧是一种全部戏剧内容在"一次动作"中完成的艺术样式，它是一个完整的艺术作品：起、承、转、合，开端、发展、高潮、结局，十分严谨。它给观众的审美享受主要依靠在统一的艺术构思之中有层次地展现人物之间的性格冲突，特别重视人物心理的刻画。而戏剧小品容量极为有限，事件单一，不可能十分细腻地展示人物内心的矛盾，作者常常借助于一个动作、一个细节、甚至一个眼神来完成人物性格的转变和思想情感的变化。

综上所述，简而言之，戏剧小品是一种极其短小的艺术形式，篇幅明显短于常规的独幕剧，它具备戏剧的基本要素。最大的特点是：贴近生活，质朴灵动，小巧玲珑，耐人寻味。

三

近年来，戏剧文学创作没有巨制鸿篇，鲜见皇皇大作，原因自然是多方面的。但我认为，忽视小型戏剧创作队伍的培养和训练，恐怕也是一个重要因素。有人认为，小型戏剧是雕虫小技，不登大雅之堂。其实这是对戏剧创作的规律缺乏深入的了解。

对小型戏剧创作的意义我们不妨从以下几个方面来认识：

1. 小型戏剧在戏剧发展史上占有重要的地位

不妨以戏曲为例，谈一点看法。史家认为，汉代的"百戏"孕育了中国的戏曲，产生了最早的戏曲剧目——角抵戏《东海黄公》。此剧的故事内容在张衡的《西京赋》与东晋葛洪的《西京杂记》上均有记载，写黄公年轻时法力无边，能够制伏蛇、虎，年老后饮酒过度，法术失灵，想降伏白虎反被虎所害的故事。它的演出过程大致是一人装成老虎，一人装成黄公，通过种种武技（也可以说是舞蹈化的动作）模拟人虎相斗的情景。这个剧目无论从戏的情节、结构、人物，还是从戏的容量来看，都完全是个小型戏剧。由此可见，我国戏曲艺术的开始形成是以小型戏剧形态的诞生为重要标志的。

到了唐代，流行于民间的戏剧主要分两类：一类是《踏摇娘》之类的小型歌舞戏，另一类是参军戏。前者且步且歌，加上"和声伴唱"（帮腔）；后者多表演滑稽诙谐的故事，以科白为主，也间有一些歌舞表演，戏中两个主要演员：一叫参军，一叫苍鹘。专家认为：唐代盛行的参军戏应该是可唱兼白的自由小型戏剧。

宋杂剧是在"参军戏"的基础上发展起来的，容量小，人物少，大部分是只有一场的单折剧，即小型戏剧，如《三十六髻》、《黄丸儿》、《眼药酸》之类。但这些剧目人物性格突出，矛盾斗争鲜明，戏剧动作性强烈，是富有讽刺意义的小型戏剧。

杂剧到了元代，到了其鼎盛时期。元杂剧与宋杂剧不同，元杂剧是一种四折一楔子的结构形式的戏剧，可是到了明清两代，杂剧大多又是短剧，且出现了一批专写短剧的剧作家。以短剧闻名于世的有汪道昆的《大雅堂杂剧》、徐渭的《四声猿》、王九思的《中山狼》、《杜甫游春》等。尤其是明代中叶杰出的剧作家徐渭的《四声猿》，嬉笑怒骂，笔锋犀利，对封建现实作了深刻地讽刺和抨击，奠定了短剧在戏曲史上的地位。

清代是小型戏剧创作的全盛时期，徐右麟、尤侗、嵇永仁、桂馥、曹锡黼、徐曦等都有较好的作品。《长生殿》的作者洪昇也以谢道韫、卫夫人、李清照、管夫人等四位古代才女的轶事，写成了四个单折杂剧合称《四婵娟》。其中最为杰出的剧作家是写《吟风阁杂剧》的杨潮观，他专作短剧，成就很高。《吟灵阁杂剧》收有 32 个短剧，一剧一折，各有独立故事。它们大都只有一个场景，二三个人物，曲文清新优美、富有诗意，宾白平易流畅、妙语迭出，构思奇巧、结构严谨。

清代中叶以后"花部兴起",各地涌现了一大批为人民群众所喜闻乐见的民间小型戏剧,如湖南花鼓戏。据调查统计,常德花鼓戏共有传统剧目 111 个,小型戏剧占 63 个;长沙花鼓戏的传统剧目共 336 个,小型戏剧占 200 多个。

由此可见,一部中国戏剧史,同时也可以看作是一部小型戏剧的发展史。

2. 小型戏剧创作是剧作家通向成功之路的重要驿站

古今中外不少有成就的艺术家都对独幕剧(即小型戏剧)的重要性作过精当的论述。普希金说:独幕剧是"戏剧研究的实验"。奥尼尔认为:"独幕剧对于创造某种精神高尚、富有诗意的形象,对于描写大型剧本中难以始终保持的情绪来说是极好的手段。"曹禺则说:"小剧本是文艺武库中的小兵器。""写大剧本的人,最好也写写小剧本,可以使旁人、使自己都感到耳目一新"。因此,"一开始先写一些独幕剧是一件很好的事情。"[①] 胡可也认为,独幕剧形式对锻炼一个剧作家的结构能力方面,实在有莫大的好处。写独幕剧可以帮助我们熟悉戏剧的规律,可以练习对材料的剪裁,可以锻炼集中的能力,可以养成简约的习惯,可以训练在结构上怎样使前史介绍和矛盾冲突有机结合起来的本领。[②] 正因为如此,不少成功的剧作家都是从写独幕剧开始自己的创作生涯的,如老一辈剧作家田汉、丁西林、于伶、洪深等,而戏剧大师田汉在创作第一个大型剧本之前共写了 38 出独幕剧,从而使他的艺术技巧日趋娴熟。曹禺先生甚至还认为:"美国剧作家奥尼尔的早期独幕剧比他晚期作品更真实有力。"[③]

上面举的例子虽然都是话剧创作,但戏曲也一样。从某种意义上说,小型戏剧在选材、立意、剪裁、细节描写、人物刻画方面的要求较之于大戏更严格,限制也更多。诚如吴梅在《清人杂剧》(二集)中云:"一剧之作,必有所寄,传奇反复详审,可逐渐求其言外之意,短剧止千言左右耳,作者之旨,辄郁而未宣,其难一也。王宰之作画也,纳千

---

① ③ 曹禺:《曹禺全集》第 5 卷,花山文艺出版社 1996 年版,第 314—316 页。

② 胡可:《习剧笔记》,中国戏剧出版社 1962 年版,第 65—66 页。

里于尺幅。短剧虽短，而波澜曲折，尤必盘旋起伏，动人心目。十日画山，五日画石之说，正可为短剧喻也，其难二也。若夫分宫配调，较长剧尤为难。长剧可以调冷热，前折热闹，后必静穆，刚柔相济，神观飞越，短剧止用一套，……无以复加矣。"①

我们不妨再去作一些具体的分析。比如单单从结构上去看，大戏讲究起承转合，小型戏剧强调凤头、猪肚、豹尾；大戏要求跌宕起伏，小型戏剧必须奇峰突起；大戏主张一人一事，小型戏剧擅长单线发展。更重要的是，任何一部成功的大戏里面总会有几场精彩而又完整的小型戏剧（即折子戏）。我们甚至可以作出这样的判断，检验一部大戏是否优秀的重要标志就是看其中有没有几场折子戏。所以很难想象，一个连小型戏剧都驾驭不了的作者怎么可能会写出高质量的大戏呢？

3. 小型戏剧是人类文化积累的重要财富

试以外国小型戏剧为例，著名文学家施蛰存先生从 1981 年开始，历时七年，从几百个优秀的外国独幕剧中，组织选译了 120 个代表一个世纪的以欧洲和英、美为主体的独幕剧剧本。只要翻翻这套六卷本、230 余万字、由上海文艺出版社出版的《外国独幕剧选》，我们就会发现，像《十二镑钱的神情》、《莎乐美》、《骑马下海的人》、《月亮上升的时候》、《圣安东尼显灵记》、《绿鹦鹉》、《魔椅》、《父归》、《婴儿杀戮》、《丽瑟》、《例外与常规》、《红夹竹挑》、《黑暗中的喜剧》、《一幅画像》、《两个星期一的回忆》、《动物园的故事》等小型名剧，都是人类文化积累的重要财富。在这些剧本的作者群中，有英国的王尔德与彼得·谢弗尔、瑞典的斯特林堡、比利时的梅特林克、法国的萨特与尤涅斯库、还有乔治·安赛、德国的布莱希特、俄国的契诃夫与果戈理、印度的泰戈尔、美国的阿瑟·密勒与阿尔比等等为全世界戏剧工作者所称道的戏剧大师，他们在小型戏剧创作领域里所取得的卓越成就，更是增添了小型戏剧的魅力与光彩。

而在中国传统文化的宝库里，《红楼梦》、《西游记》、《三国演义》、

---

① 吴梅：《吴梅戏曲论文集》，中国戏剧出版社 1983 年版，第 484 页。

《水浒传》固然是了不起的作品，然而，《断桥》、《十八相送》、《拷红》、《柜中缘》、《拾玉镯》、《打金枝》、《秋江》和《春香闹学》不是也同样流传于世吗？

如果再把目光投注到中国民间小型戏剧的宝库，我们对小型戏剧的艺术价值更会有一个全新的认识。诚如张紫晨先生在《中国民间小戏选》前言中所说：中国民间小戏剧种繁多、遍及南北、语言朴素洗练、夸张幽默、对白活泼简练、唱词明快自然、充满乡土气息。它形式短小，思想纯朴，曲调优美，形象鲜明，语言生动活泼，具有乡土气和生活韵味。特别是其感情的率真，风格的泼辣和风趣幽默，刚健清新的特点，更为一般戏曲所少有。[①]

中国民间小戏中有许多作品至今仍脍炙人口，如《夫妻观灯》、《拾棉花》、《借罗衣》、《打猪草》、《僧尼会》、《双推磨》、《庵堂相会》、《王大娘补缸》、《张三借靴》、《一文钱》、《打面缸》、《葛麻》等。可以断言，这些民间小戏宝库中的珍品，绝对不会因为其篇幅的短小、题材的浅近而被历史所忽视。如同几部粗制滥造的长篇小说抵不上一篇脍炙人口的微型小说的例子一样，写小型戏剧同样可以出大作品，出大作家，同样可以历代传唱、流芳百世。

最后想说明的是，这本书的特点是偏重对创作技法的研究，文中较多地注入了我自己的创作感受，这与传统的学术规范所要求的尽量将作者的主观与个人经验排除的做法有点偏离。这样做的优点是可能较为务实，较为亲切，不足之处是理论的色彩较为稀薄，有些观点可能不具备普遍意义，难免偏颇。另外，书中举例较杂，有些引文来自十多年前的笔记，因时间匆忙来不及查证，疏漏与谬误也在所难免。还有，"三小"（即"小型话剧"、"小型戏曲"和"戏剧小品"）作为三种独立的艺术体裁，各有其鲜明的特征，书中有时混为一谈，也不够严谨。这些缺陷都希望得到专家与读者的指正，以便在日后修订时再作补充完善。

---

① 张紫晨编：《中国民间小戏选》，上海文艺出版社 1982 年版，第 1 页。

第一章　选材要严

选材，即选择题材。作者根据自己对生活的观察和认识，从客观生活中选取特定的生活范围、生活现象和具体事实（包括人物、故事、情节等），作为进行艺术加工、表达一定生活道理的创作材料，这一艺术行为，就称为选材。

一、选材的意义

选材是剧本创作的第一道工序，其意义、效用是不言而喻的。诗人歌德指出："戏剧创作最重要的是题材"，"如果题材不适合，一切才能都会浪费掉"。[①] 鲁迅先生的论述更为精辟，他说："选材要严，开掘要深，不可将一点琐屑的没有意思的故事，便填成一篇，以创作丰富自乐。"[②] 无数成功剧作家的创作经验也告诉我们，要写好一个戏，关键是三条，一是选材，二是立意，三是艺术处理。曾经有一种说法：题材选对了，作品就成功了一半。话当然说过了头，但道理也不能说一点没有。

说选材重要，那是因为至少有两个现象足以引起我们的注意：一是选择什么样的社会生活内容作为自己的创作材料，常常跟作者的思想水平、生活阅历、文化素养与艺术追求有密切的联系；二是题材的取舍往往会直接影响作品的风格与质量。

---

① ［德］歌德：《歌德谈话录》，爱克曼辑录，朱光潜译，人民文学出版社 1978 年版，第 11 页。
② 鲁迅：《关于小说题材的通信》（1932 年），《鲁迅全集》第 4 卷，人民文学出版社 1956 年版，第 294 页。

上海的金山区和松江区，是被国家文化部命名的"民间绘画之乡"。这两个在地理环境上犬齿交错的毗邻区，其文化环境、习俗时尚、风土人情近似得几乎难以分辨。然而，一个十分有趣的现象是，在这片土地上诞生的两支民间艺术之花——金山农民画与松江农民丝网版画，却有着迥然不同的风格。前者强调装饰性、平面性，构图饱满，色彩鲜艳，以发掘乡土气息和人的原初性的质朴、天真和生命力取胜；后者注重随意性、稚拙性，作风放达，意匠新颖，以诱发农民艺术家的"艺术的本原"，用画笔抒写对现代乡村生活图景的经验感受，并借助丝网印刷技术，寻求视觉方式的自由表现见长。造成这种愉快的差异的主要原因是，农民画辅导者和农民画作者"两次选材"的结果。从农民画辅导者的视角看，他的"作品"便是农民画作者，因而，辅导者发现，培养农民画作者的过程，实际上也是一个选材过程，当然这个"材"是人才的"材"。这一选择本身包含着辅导者对农民画模式和风格趣味的设想与态度。而这种设想和态度就是寻求与自己的审美标准的某种契合，以便在辅导过程中肯定什么，否定什么，强调什么，淡化什么，实现对这种契合性的追求。辅导者之间艺术追求上的差异，决定了各自在"选材"上的个性化色彩。如金山农民画辅导者钟情于传统民间美术的发掘与改造，因而他们不选择有一定文化水平的农村青年，而选择能剪会绣的大娘大嫂；松江农民丝网版画辅导者则有意于现代民间绘画语言的创造和实践，因而他们的"选材"视野便在有文化的农村青年群体中逗留。由于第一次"选材"的差异，第二次选材的距离就拉开了。金山农民画作者的生活阅历，民间文化的心象储备以及对传统工艺的特殊感情，决定了他们的作品题材侧重于叙事性、情节性、装饰性很强的民间故事、吉祥物、口采以及传统生活图景，松江农民丝网版画的作者则对新生活拥有强悍的感受力，其作品的题材也就容易与时代的节奏相合拍，表现的生活内容渗透着个性化、情绪化的主体意识。于是，两个不同的画种便在当地文化积累的宏大工程中找到了各自的位置。

二、选材失误种种

　　说选材重要，并不等于"题材决定论"。混淆了两者之间的关系，就会造成不应有的创作失误。在小型戏剧创作中，常见的失误主要有以下几种：

1. 贪大求重

一些作者认为：题材越大，作品的思想意义就越大，题材越重，作品的分量也就越重。由此生发出来的另一个认识是，作品中的主人公思想水平越高，作品的主题就越深刻，反之也一样。显然这是一种误解。

事实上，艺术作品对社会生活的涵盖面、穿透力及影响程度决不取决于题材的大小。常见的情况是，一个重大题材，由于作者缺乏相应的艺术功力，写出来的作品是平庸之作。而一个很一般的生活题材，却由于得力于作者的精巧运思，独到处理，而成为脍炙人口的艺术精品。

比如，俄国著名作家安德烈夫的小型戏剧《仁爱之心》，故事叙述在一处名胜的悬崖上，出现一个要跳崖的男子，这立刻吸引了一大批游客，连警察也来维持秩序。众人纷纷推测男子的悲惨身世，大洒同情之泪。男子迟迟不跳，人们不耐烦了，又是谩骂又是鼓励，甚至有人打算用好枪法"帮"他跳下来。结果发现，这原来是旅店老板为了取乐游客而导演的一场好戏。仁慈之心遭到戏弄的人们激怒了，竟纷纷要求这个人跳下来。

这个小剧本也许算不得是重大题材，但因其构思十分精巧，令人过目不忘。作者先声夺人地制造有人即将跳崖的紧张气氛，制造悬念，人们的心一下子揪了起来，随后是漫长地等待，主人公的跳崖一再被戏剧性地延宕。在这段时间里，作者用人像展览的方式，对小市民、牧师、记者等人物的反应一一作了刻画，将潜藏于伪善面孔下的内心阴暗一一揪出。等到骗局真相揭开，"悲剧"突然成了"闹剧"，各色人等被激怒，同仇敌忾般要求男子跳下来，男子却死活不肯跳了。作者给人性的批判又添上最后一笔重描。

又如新中国成立初期我国的优秀独幕话剧《妇女代表》，也只写了一个农民家庭中关于要不要把家里的稻草卖给集体，媳妇该不该参加社会活动这样一些小事。但通过这些小事，却显示了一个普通的农村妇女如何坚定沉着，不屈不挠地向封建残余势力进行斗争的新型性格，并触及了我国在新民主主义革命胜利后，继续进行反对封建残余思想的必要性这样一个重大的课题。

再如戏剧小品《张三其人》，故事的主人公是一个叫张三的门卫。张三是个老好人，这天他特别倒霉处处受冤。新官上任规定员工不许在工作时间买菜，可张三恰巧看到一女同事将买来的韭黄掉落在地上，看着韭黄，张三捡也不是不捡也不是。王主任前来，看到张三手中的韭黄，以为张三对新制度有意见，而女同事则误会张三给主任打小报告。到点了，刚退居二线的老领导提醒张三下班，陷入情绪中的张三对老领导态度恶劣，等他回过神来，老领导已经离去，张三欲追老领导，被王主任看见，王误以为张三要向老领导喊冤。张三正打算煮鸡蛋吃，恰巧有人给李四捎来了一篮子40只鸡蛋，李四来拿鸡蛋，误以为张三手中的鸡蛋是从篮子里拿的，当场表示叫张三多拿点。张三有口难辩，数篮子里鸡蛋以证明清白，没想到篮子里正巧少了一个，犹豫之下，张三将自己的鸡蛋放入篮中。李四为张三的无趣感到恼怒。李四走后，张三打了个喷嚏，恰巧女同事晾的衣服被风吹下。张三帮其挂衣服时，女同事出现并误以为张三为报复将衣服碰下。张三将责任归咎于风，女同事不相信。风来了，张三异常兴奋，手舞足蹈着让风将衣服再次吹落以证明清白，没想到怎么吹都吹不掉，遭女同事鄙视。张三又想打喷嚏了，被弄怕了的他这次跑得远远的……

这个小品写了一个小人物的遭遇，因为一连串的偶然事件而引起了同事、上司的误会，弄得他里外不是人，陷入"两难"的境地，心情很郁闷。到底是客观环境的使然，还是人物本身缺陷的结果，很难用一二句话来概括。而从张三角度看，如果他是一个油滑的人，或者是个无所顾忌的人，这样的烦恼自然就不会发生。从另一个角度看，如果王主任没有"阴暗心理"，如果女同事没有"小肚鸡肠"，如果李四没有"防范意识"，这样的故事也不可能出现。可见，这里既有张三自身性格的毛病，更有身边生存环境恶化的因素。一个善良诚实的普通人的遭遇，透视出幽默背后的严峻的现实生活的巨大悲哀。这样的小品当然称不上是重大题材，但所表达作品的内涵显然是很有意义的。

如果我们再去翻翻戏曲史，就可以发现，在世间流传的小型戏剧珍品大都取材于平常的生活故事，如《葛麻》、《秋江》、《拾玉镯》、《柜中缘》、《拾画叫画》、《打金枝》（虽然写帝王，也是家长里短之事）等。当然，这样说并不是反对写重大题材，因为生活中的重大事件往往反映国计民生的问题，甚至关及一个地区、一个民族的命运与前途，为千百万人所关心与牵挂，毫无疑问戏剧艺术应当去表现这类题材。问题是作者要有充分的准备。诚如贺拉斯所说："在选材的时候，务必选你们力所能及的题材，多多斟酌一下哪些是掮得起来的，哪些是掮不起来的。"①

至于剧中人思想水平的高低更与作品的艺术价值无直接联系。如描写封建社会末期一个农村妇女两次丧夫的不幸遭遇的越剧《祥林嫂》，作品通过一个勤劳善良的弱者的悲剧命运，揭示了封建制度吃人的反动本质。剧中的祥林嫂是一个低眉不语、软弱愚昧的人物，而她身边的鲁家女佣柳妈，则是一个灵魂被封建神权吞没而不知觉，进而去吞吃祥林嫂的灵魂的人物。这些个艺术形象意识之"低"，正显示了作家、艺术家的思想见识之高。林斤澜先生曾指出："'样板戏'中的主人公叱咤风云，高瞻远瞩，不食人间烟火，无有七情六欲，你能说这样的作品思想水平高吗？"

著名剧作家薛允璜先生在谈到越剧如何选材时，曾说过一段很精辟的话："越剧好比是出生在山明水秀浙东乡村的一个农家姑娘，即使她风姿绰约，走向了世界，也不能改变她温柔秀气、细腻多情的品性。即使有了男女合演，增添了阳刚之气，她仍是越剧。她心灵手巧，采茶采桑，描龙绣凤称能手，但她的嫩肩细腰挑不起千斤重担，硬要她挑，只能将她压垮。让越剧正面去表现武装斗争、路线斗争等重大题材，往往落个吃力不讨好的结局。"② 我认为，小型戏剧创作的选材也当如是观。

2. 赶时髦

赶时髦，或称"赶浪头"，这一司空见惯的通病有时候就是连创作经验十分丰富的剧作家也难以免俗。某一类型题材的作品打响了，人们

---

① [古希腊]亚里士多德、[古罗马]贺拉斯著，罗念生、杨周翰译：《〈诗学〉〈诗艺〉》，人民文学出版社 1962 年版，第 139 页。
② 薛允璜：《薛允璜戏文选集》，中国戏剧出版社 1999 年版，第 544 页。

便"一窝蜂"涌上去，炮制出一批大同小异的作品。

赶时髦者大都缺乏对生活的真知灼见，陷入了人云亦云的泥淖，创作的过程大抵是用过去那种公式化、概念化的思路拼凑的结果。所谓公式化、概念化的创作方式，就是创作者从文件或报纸社论里寻找主题，然后设计一个先进的，即体现文件或社论精神的人物，另外设置一个对立面，通过一件事或几件事的冲突，结尾当然是落后人物的转变。作品中加一些群众语言，安排几个说明人物性格的细节，就成了一部作品。当然，现在赶时髦的作品很少再有人去套用社论了，但人物设置、冲突安排、情节走向的套路几乎是千篇一律的，这样的作品有一个与有一千个的价值实际上是一样的。

以上海地区的小型戏剧创作为例，三中全会以来，先是"懒汉变勤、光棍成亲"的题材发热，试图揭示三中全会精神调动了人的积极性，也给人们的生活带来了喜剧性的变化。然后是"养兔题材"热，逗兔、争兔、偷兔、卖兔、杀兔、骂兔、夸兔……敷衍出一批批似曾相识的故事来。再是"抢财神"热，把科技人员称为"财神"，抢也风流，争也潇洒，表达农民群众对科学文明的向往与尊重。接下来是"心灵美"热，故事大同小异，写一个军人因公致残，为了不拖累家乡的未婚妻，寻找借口断然绝交。未婚妻误会遇上陈世美，寻根问源方知真相，感动之余，山盟海誓，有情人终成眷属。再下来是"虐待老人题材热"，"寡妇热"、"戒赌热"、"第三者热"、"回归热"、"打工热"、"下岗工人自强不息热"……如此等等，不一而足。遗憾的是，这种赶时髦的作品，真正能留下来的几乎没有。

3. 缺乏戏剧性

戏剧作品的选材有它特殊的要求，并不是所有激发作者创作冲动的题材都可以入戏。按理说，这一常识性的问题不应该成为一个障碍，但事实上我们还是常常能碰到这样的例子。一些作者把适宜于小说、散文或其他文学样式表达的材料写成了戏剧。当然，还有一种情况是把适宜于戏曲表达的东西写成话剧，或者是正好相反。这种题材与体裁错位的结果当然是事倍功半，吃力不讨好了。

4. 容量不当

一般说来，一个剧本的大小是由生活素材的体积和内在容量所决定的。比较常见的毛病是，一些作者喜欢把独幕剧的材料拉长成大型戏剧。更多的作者则把多幕剧的材料简单地压缩为一个独幕剧，使剧本里面只剩下一个干枯的故事轮廓，腾不出篇幅来去集中刻画最主要的东西。以写小型戏剧著称于世的丁西林先生在 20 世纪 50 年代谈小型戏剧的取材时就曾指出，"……目前我们的独幕剧大都写得不够精练，人物众多，情节繁杂，作品包括的内容，往往不是一个短小的独幕剧的容量所能包涵得了的。"[①] 这一批评至今还有现实意义。

三、选材要旨

说选材重要，那么应该怎样去选，选什么样的"材"才合适呢？

1. 用"心"选——有感而发

用"心"去选。选生活中令你怦然心动的东西，选你直接从日常经验中感受到的独特的东西，选留在你心里几年、甚至几十年，一想起来就使你打哆嗦的东西。抓住这种感受，再往深处寻觅，你就可以获得最珍贵的题材。王愿坚同志曾举过这样一个例子：比方说你是小八路，反"扫荡"的时候，上级把你送到根据地给一位老大娘当儿子，日本鬼子搜查到你身边，这位母亲在你身上拧上一把，你疼得流泪了，她接着又抽你两个耳光，说："看你这个孩子多没出息！老总问问你有什么，吓得又哭又叫的"。于是，日本鬼子被糊弄过去了。你的生命保住了。如果你经历了这一切，长大之后，能提起笔来搞创作，你能不能把这样的感受写进作品。李准同志在谈创作经验的文章中讲过这么一件事：河南闹荒年，日子过不下去了，为了保住丈夫和孩子，年轻的妻子把自己卖了。这个女人跟着人贩子走了很远，来到一个镇上，一摸

---

① 孙庆升：《丁西林研究资料集》，中国戏剧出版社 1986 年版，第 25 页。

身上有丈夫塞给的几个铜板，便买了两个烧饼，蹲在路边不走了。直到等着了个熟人，把两个烧饼交给他说："带给孩子他爹。"结果，我们什么时候读李准的作品，都感到里面有两个烧饼。在李双双身上有，在《牧马人》的秀芝身上能感觉到，在电影《高山下的花环》中也会体察到。这是作家独特的感受，靠苦思冥想、胡编乱造是得不到这种东西的。

　　小型戏剧的选材也是如此。《压迫》是丁西林先生的代表作之一，因为生活中的一件真人真事打动了作家的心，作家有感而发后才精心运思，敷衍成篇。剧本写成天以打牌消磨时光的房东太太有一个顽固的想法，她绝对不把自己的房子租给没有家眷的人，而她的女儿则恰恰相反，她绝对不把房子租给有家眷的人。男房客吴某没有家眷，他来看房子时，房东太太不在家，女儿就做主把房子租给他了，并且收下了定金。母亲得知后，坚决不同意。一周后，吴某带来了行李准备入住，房东却坚持要退掉定金，解除租赁关系。吴某认为房子已经自己租定，退与不退应当由他自己决定，结果发生了争执。房东让女佣人去叫巡警。正当吴某一个人独自焦急的时候，一位女子出现了，她也是前来租房子的。这个女子先前以为吴某就是房东，当了解真情之后，她主动提出与吴某假扮成因为吵嘴而闹成如此僵局的夫妻。巡警到来之后，见此局面，认为自己已经没有介入的必要了，因为他们符合房东提出的租赁条件，房东也只好认可作罢。

　　作者在给一位好友的信（即该剧的序言）中谈到，该剧的创作是起因于一位朋友的死，而且这位朋友的死因与租房有关。因为当时的北京，如果要租房就必须结婚，显然，这位朋友在租房时候遇到了来自社会方面的"压迫"。

　　朋友在压迫中死去无疑是悲剧性的，作者的心被深深地打动了。但作者并没有写实地把朋友的死搬上舞台，去写一个悲惨的结局，而是艺术地展现了一个经过联合抗争，并且最终获得了胜利的结局。正如他在信中对他死去的朋友所说的那样："因此我想到，你真的找房的时候，如果能和这剧里的主人一样，遇到那样的一个富有同情的人，和你'联合起来'，去抵抗——不但'有产阶级的压迫'——社会上一切的压迫与欺侮，我相信，你是一定不会死的。"①

尤金·奥尼尔（1888～1953）是美国现代戏剧的奠基人，他一生写了60多个剧本，其中《天边外》、《安娜·克里斯蒂》、《奇异的插曲》和《进入黑夜的漫长旅程》获得普立策奖。1936年他获得了诺贝尔文学奖金。他被授予这项荣誉是由于"他那体现了传统悲剧观念的剧作所具有的魅力、真挚和深沉的激情"。奥尼尔的剧作为什么取得如此卓越的成就呢？一个重要的原因就是其作品的题材都是用"心"去选、有感而发的心血之作。1921年他写的《毛猿》就是他1912年住在纽约一家下等旅馆里得到的启示。《毛猿》主要写一艘远洋货轮上的司炉工扬克的悲剧，他身强力壮，对自己充满信心。后来在资本主义势力的压迫与冲击下，他突然感到自己失去了归宿，最后竟死在关猩猩的铁笼子里。奥尼尔怎么想起写这样一个剧本的呢？原来奥尼尔住在纽约那家下等旅馆里的时候，同房间的一个爱尔兰籍水手，名叫德里斯科尔，身材高大，臂力过人，性格开朗乐观。原在一艘远洋轮上当司炉，对自己的处境十分满意，然而在一次横渡大西洋的航行中却投海自杀了。奥尼尔听到这个噩耗后，思想大为震动。德里斯科尔为什么要自杀？这个问题一直在他的脑子里转，最后就写成了《毛猿》。②

还有一次，奥尼尔在一艘船上当水手，结识了一个挪威人。这人从小离开家到海上当水手，20年没有回家。他常常跟人家说，他一生最大的错误和不幸，就是抛弃了家乡的农庄。他诅咒海上生活，总是说，一个人生活在自己的农庄上，讨个老婆，生儿育女，该有多好。可是他嘀咕了20年，从来也没有回去过。这个水手令奥尼尔心动，后来就成为他早期描写海上生活剧本里主人公的原型，《归途迢迢》里的主人公奥尔森就是这里面的一个。奥尼尔从这个水手身上还得到另一个启示：他想，这个人生来就是个当水手的料子，却嘀咕着要去当农民，假使一旦由于某种原因，真的留在农庄上，他又会怎样呢？《天边外》的罗伯特就是从这个想法引出来的。

可见，进入奥尼尔创作视野的题材都是令作家怦然心动的东西，因

---

① 孙庆升：《丁西林研究资料集》，中国戏剧出版社1986年版，第62页。
② 朱虹等编：《外国现代剧作家论剧作》，中国社会科学出版社1982年版，第248页。

而写出来的东西也就特别揪人心弦。

我熟识一位朋友，写散文极有情致，每一篇都是心血之作。其题材均选自他那坎坷的经历。其中有一篇名是《记忆中的小狗》，写他在"文革"期间与狗相伴的一段生活。记得文中有一段是写他那天去江边游泳，小狗寻找主人，尾随而来，因不识水性，小狗便在江边汪汪欢叫。我那朋友为了一试小狗与他的感情程度，佯装溺水，小狗一见此情，慌乱地狂叫起来，四肢在江堤上乱抓。我那朋友一个猛子钻入水底，待他再探出头来，朝江边望去，悲壮的事情发生了，堤岸上空空如也，唯见江中有一水花，小狗已为了他的主人投入水中。我那朋友慌忙游过去抢救那小狗，可惜已经晚了。为此，他感到终生内疚。生活中每遇真情，便思念那小狗；生活中每遇无情，也思念那小狗。后来，他写了那篇散文，在台湾获得文学奖。

2. 用"身"选——写熟悉的

用"身"去选，就要求你积极投身生活，参与生活，拥抱生活，选你自己身入其中的熟悉的题材。老舍先生说："题材如与自己的生活经验一致，就能写成好作品，题材与生活经验不一致，就写不好。""题材应该是自己真正熟悉的材料。"[1] 曹禺也认为："……我以为必须真知道了，才可以写，必须深有所感，才可以写。要真知道，真深有所感，却必须下很大的劳动。"[2]

中外戏剧史上经得起历史检验的作品几乎都是融入了剧作家自己最熟悉的生活经历，比如易卜生的《野鸭》、小仲马的《茶花女》、曹禺的《雷雨》等。晚年奥尼尔写的《送冰的人来了》和《进入黑夜的漫长旅程》更是直接取材于自己早年的生活经历，剧中主要人物、情节和舞台背景都是真人真事。有些作品如汤显祖的《牡丹亭》、徐渭的《四声猿》、郭沫若的《屈原》、《蔡文姬》等，虽然并没有直接写作家自己的生活，但都注入了自己最真切的生命体验，这也正好印证了福楼拜的一

---

① 引自《剧本》1961 年 5、6 月号合刊。
② 引自《戏剧报》1962 年第 6 期。

条经验："所有杰作的秘诀全在这一点：主旨同作者性情的符合。"①

写熟悉的生活，至少有这样两大好处：一是可以扬长避短，找到自己所拥有的独特的艺术天空，不易与人雷同。二是可以厚积薄发，有充足的生活素材可供你选择。老舍先生就有这样的体会，在谈到剧本《龙须沟》的创作时，他再三强调生活积累的重要。他说："一个作家，他箱子里存的做成的或还没有做成的衣服越多，他的本事就越大。他可以把人物打扮成红袄绿裤，也可以改扮成黑袄白裤。他的箱子里越阔，他就游刃有余。箱子里贫乏，他就捉襟见肘。"②所积累的素材多，写作起来思如泉涌，生动的细节层出不穷；素材少，自然容易感到文思枯竭，行文干瘪。

提倡写熟悉的生活，那么写唐朝，写汉朝，写春秋战国时代等古代题材的作品时该怎么办呢？这就要做两种准备：一种是要大量阅读历史资料；第二种就是你所以选取这一个题材，那是因为这一题材与你在现实生活中的某种体验发生联系，你想把自己对人生、对世界的认识，投影在自己的作品里，这也需要对现实生活的熟悉，你只有把自己，把历史资料和对人生的体验连在一起，才有可能写好。

再比如，我们当然不能否认这样的事实，一些著名作家，如普希金、果戈理、托尔斯泰……经常从别人那儿去"索取"材料，果戈理的《钦差大臣》就是根据普希金提供的故事写成的，而托尔斯泰的《活尸》则取材于莫斯科著名法官达维多夫提供的一则案子。然而，同样不能否认的事实是，如果这些故事不能驱动作家的原有生活储备，离开了作家自己的生活感受与真切体验，那么，要写出世代流传的作品是绝对不可能的。举个例子来说，果戈理积累了俄国农奴制度下许许多多的事实，熟悉各种各样的人物，他给朋友写信说：给我一个故事吧，我会写出一篇很好的作品。普希金给他回信，告诉他一个外省地主专门收买死去的农奴的名字。这个小故事到了果戈理手里，就发展、变化，他用积累了多年的人与事丰富了这个故事，写成了不朽名著《死魂灵》。可见，在

①　转引自《〈包法利夫人〉译者序》，文化出版社 1948 年版，第 55 页。
②　濮思温：《老舍先生和他的〈龙须沟〉》，克莹、李颖编：《老舍的话剧艺术》，文化艺术出版社 1982 年版，第 359 页。

一个成熟作家的创作过程中，故事不过是获得表现激情的一种契机。

还有一种情况，有些作者在一个地方呆久了，因为太熟悉了，反而习以为常，熟视无睹，失去了敏感和冲动。而创作的灵感往往产生于新鲜的刺激，到一个陌生的地方，接触一个新的生活领域，倒容易引起共鸣，触发灵感，作品也应运而生。但如果你去仔细研究其作品，便不难发现，在表面上是全新的所在之内，藏着作者自己最熟悉最亲切的人与事以及最珍贵的自我感受，新鲜于外，熟悉于内；由新鲜而吸引而生发，其底蕴仍归于熟悉。这是辩证的统一。

提倡写熟悉的东西，又不等于因循守旧，放弃对新的生活疆域的开拓。我们不熟悉现代化大农业，不等于永远去写小农经济；不熟悉现代化经济管理模式，不等于永远去写过时的生产秩序。诚如鲁迅先生所说："现在能写什么，就写什么，不必趋时，自然更不能硬选一个突变式的英雄，自称'革命文学'；但也不可苟安于这一点，没有改革，以致沉没了自己——也就是消灭了对于时代的助力和贡献。"[1] 可见，不可苟安也是很重要的。然而，作家要真切地反映新的题材，也必须入乎其理，体会究竟，尽可能身体力行，获得取材之源。这方面，不少大师为我们作出了榜样。鲁迅在 1927 年 8 月 8 日致章廷谦的信中说："我当做《阿 Q 正传》到阿 Q 被捉时，做不下去了，曾想装作酒醉去打巡警，得一点牢监里的经验。"曹禺写《日出》，其中的第三幕写的是一个下等妓院，这里有沦落孽海的苦女子，有流氓、恶棍，有社会的寄生虫等等。作者对于这个地方和这个地方的人都不熟悉。剧中的小东西被黑三迫作妓女，她最后还吊死在这里。要表现这一切，曹禺只得在严冬的三九天，忍着刺骨的寒冷，去"鸡毛店"找乞丐聊天，结果险些被人弄瞎一只眼睛。后来又托人介绍，改头换面到"土药店"和黑三一类人物讲"交情"，为之还招来了不少无稽谣言，但曹禺却获得了第一手资料，变不熟悉为熟悉，终于写出了经典的作品。当然，我们说要写自己熟悉的生活，并不是说必须都是自己经历过的，有的是听说的，侧面了解到的，要事事都自己经历过再写，那也办不到。

---

① 鲁迅：《关于小说题材的通信》(1932 年)，《鲁迅全集》，第 4 卷第 294 页。

3. 用"眼"选——艺术发现

有位文学前辈说：创作的才能，就是发现的才能。这是很有道理的。一个出色的剧作家，应该长久地注视生活，只有善于从生活中发现闪光的东西作为自己创作的材料，才有可能写出与众不同的作品，发出真正属于"自己的声音"。

作家要善于观察，观察一般人没有发现、没有看见的那些东西。福楼拜指出："对你所要表现的东西，要长时间很注意去观察它，以便能发现别人没有发现过和没有写过的特点。任何事物里，都有未曾被发现的东西，因为人们用眼观看事物的时候，只习惯于回忆起前人对这事物的想法。最细微的事物里也会有一点点未被认识过的东西。让我们去发掘它。为了要描写一堆篝火和平原上的一株树木，我们要面对着这堆火和这株树，一直到我们发现了它们和其他的树其他的火不相同的特点的时候。"[①]罗丹在讲到艺术家应有明澈眼光时，很生动地比喻说："拙劣的艺术家永远戴别人的眼镜。而与此不同的那些艺术大师，他们是这样的人：他们用自己的眼睛去看别人见过的东西，在别人司空见惯的东西上能够发现出美来。"[②]事实正是如此，好作品永远是这样一种作品，作家笔下的那些题材，好像只为他一人所见，其他人则因司空见惯竟习而不察；而一旦为他表现出来，其他人看来是感到新鲜，但却又并不陌生，如易卜生、契诃夫、曹禺的剧作等，在他们同时代人看来，都会有这些感觉。

4. 用"戏"选——戏剧特征

用"戏"选，即用戏剧特点来选取题材。因为，各种艺术形式对题材有各自的特殊要求，有些题材可以写成诗歌、小说，但很难入戏。传统剧目的题材虽然广泛多样，但很难找出表现生产力发展的戏来。火药、指南针、造纸、印刷术等古代伟大发明，从来没有写成过戏。而小

---

① 北京师范大学中文系文艺理论教研室编：《文学理论学习参考资料》（上），春风文艺出版社 1981 年版。
② ［法］葛赛尔，傅雷译：《罗丹艺术论》，中国社会科学出版社 1999 年版，第 5 页。

型戏剧的选材同大型戏剧也有明显的不同。所以，用小型戏剧的规律来选材，就有必要先讨论一下小型戏剧的基本特征。

小型戏剧的特征，是否可以概括成两个字，即一是要小，二是要有戏。

先说"小"。小型戏剧是小小的艺术品。第一，篇幅小。作为时空结合的戏剧艺术，衡量它的篇幅，通常以演出时间来划分。最近几年，文化部搞小型戏剧比赛，规定凡戏剧小品一般都不超过 12 分钟，小戏曲一般不超过 25 分钟，否则一律扣分。这样的规定看起来粗暴了一些，实际上对小型戏剧创作有益无害。

如果我们承认限制小型戏剧的演出时间有其合理性的话，那么它的容量便是不言而喻了。在极其有限的时空里戏剧性地表现一段生活，就必然会制约作品的思想容量和情节容量，以致我们在设置矛盾、刻画人物、提炼主题时不得不作比大型戏剧更精当地选择和权衡。笔者曾经为赶任务而将自己的一个中型戏剧删改成小型戏剧，虽然它也入选一次文艺大赛并获了奖，但细心的观众不难发现，这个小型戏剧不仅留有大型戏剧的结构痕迹，而且还有"超重"的弊端。

其次是场面小。这里包括两个内容，一是从规模上说，小型戏剧不可能有群众场面。在大型戏剧中，群众场面往往会起渲染气氛、烘托环境、凸显主题等艺术效能，但即便如此，聪明的剧作家也十分谨慎地少用或不用群众场面，以便腾出笔墨来酣畅、从容地揭示主要人物的心理发展历程。小型戏剧一般不超过 5 个人物，又受时空的严格限制，设置群众性的场面当然是一件危险的事情。二是从场景的选择上说，是宜小不宜大，宜虚不宜实。曾经有个小型戏剧，用自然主义的手法把舞台搞成一个十分臃肿的场所，幕一打开，观众还来不及看完舞台上设置的所有景物和道具，戏便结束了，其艺术效果是可想而知的。

再次是口子小。人们比较熟悉的说法是，以小见大，见微知著，一叶知秋，一目传神，从一滴水窥见太阳的光辉，从一朵浪花领略大海的风采，就是这个道理。

再说"戏"。在戏剧艺术的理论库里，至少有十几种以上的权威性说法论述戏的基本特征。我们自然不可能也不必要去惊动那么多的老祖宗，比较实惠的方法是择其要者，窥其真谛。简单说来，是否可以概括为"冲突"、"动作"、"情感"，而这三点正是我们小型戏剧创作实践中努力追求又容易失误的问题。

"没有冲突就没有戏"，已经成为戏剧的一条定律。叙事文学作品当然也不排斥冲突，但比较起来，在戏剧艺术领域里，冲突的重要性就更重要了。布轮退尔、劳逊、亚却等戏剧理论家都曾有声有色地论述冲突之于戏剧的重要意义。

"动作"即是行动，戏剧是行动的艺术，冲突只有通过动作来体现才是真正的戏剧冲突。斯坦尼斯拉夫斯基的"最高任务"说实在的是一个高明的论点。冲突双方为了实现各自的最高任务而展开一系列的行动，于是便构成了冲突的起伏，情节的跌宕，情感的变化，性格的发展。戏剧便在这种不断行动而构成的冲突中显示自己独特的审美力量，难怪柏拉图的弟子亚里士多德极端地说："悲剧中没有行动，则不成为悲剧，但没有'性格'，仍然不失为悲剧。"[1]

对"情感"在戏剧中的地位的确定，是由美国戏剧教育家乔治·贝克完成的。一本在现代戏剧理论界享有声誉的著作《戏剧技巧》，滔滔不绝不慌不忙地叙述了情感在戏剧艺术领域里的位置，他认为："剧本之所以成为剧本，是因为它能在观众中创造感情反应。"他总结："准确传达的感情，是一切好的戏剧最重要的基础。"[2]

当然，上述理论都是针对话剧这一艺术形式的，但毫无疑问，许多定律也同样适用于戏曲。除此之外，小型戏曲还有它自己的个性，如果也用一个字来概括，那就是"曲"。

这里说的"曲"可涵容两层意思，一是情节结构的曲折有致，小型戏曲的结构要像苏州网师园，小巧玲珑，曲径通幽，柳暗花明，峰回路转。二是音乐性与节奏感。这一点最重要。戏曲萌发于古代的歌舞，艺术形式上最独特的表现是唱、念、做、打的有机和谐的结合，王国维的

---

① [古希腊]亚里士多德、[古罗马]贺拉斯著，罗念生、杨周翰译：《〈诗学〉〈诗艺〉》，人民文学出版社1962年版，第18页。
② [美]乔治·贝克著，余上沅译：《戏剧技巧》，中国戏剧出版社1999年版，第49、53页。

"以歌舞演故事"涉及了戏曲的本质。歌唱和舞蹈是戏曲的重要组成部分，也是它再现生活的特殊手段。生活中的语言，在戏曲舞台上变成了歌唱和有韵律的念白；生活中的日常动作，在戏曲舞台上变成了优美的舞蹈。它们和生活的"形"距离较大，但却能更好地传"神"。而载歌载舞必须是人物情感的高度升华，情感的升华有两方面的含义：一是内在方面，矛盾冲突比较集中，人物的感情比较激越，有表露内心世界的要求、欲望，也就是说人物有强烈的内心动作，不然是歌不起来也舞不起来的。二是外在方面，人物的情感和客观景物有较大程度的结合，自然环境丰富人物的联想，感染人物的精神；人物的精神反过来又使周围景物带上感情的色彩，触景生情，寓情于景，达到诗化的境界。

同时，我们还要看到，小型戏曲因为其小，因为其是戏，因为其"以歌舞演故事"，故而在选材上还有其特殊的优势，主要表现在以下几个方面。

一是利于写意。舞台时空的有限性与生活中发生的事情时空的无限性造成矛盾，使戏剧受到限制。这个矛盾有两种不同的解决办法，一种是强调写实，高乃依说："戏剧是摹拟，是人类行为的肖像。"这就框定了"生活服从于舞台"，不宜表现的则裁去。戏曲恰恰相反，不是制造生活的幻觉，而是强调写意，用戏曲手段将舞台无限扩大，从而解决舞台时空的有限与生活时空无限的矛盾。如《三岔口》、《秋江》等。

二是善于剪接。生活中的人与事发生在流动的地方，固定的舞台与流动的生活之间产生矛盾，传统话剧只能靠剪裁，戏曲却可以改造舞台。它的手段是剪接自由。地点的剪接如《十八相送》，时间的剪接如《群英会》中的三报，时间长达十来天，舞台上剪接成半分钟。情感的剪接，如《星星之火》隔墙唱等。

三是工于传神。戏曲不追求生活表面的真实，如同相声、政治笑话、漫画等艺术样式一样，允许对生活素材进行夸张、变形的处理。戏曲中有不少情节是不合理的，但你要去补漏洞，越补就离戏越远。越剧《盘夫》中男主人公在书房中独白，在生活中是不真实的，但观众却都能承认它。

四是长于抒情。戏曲不长于表现复杂的故事情节，如写公案戏，总是将凶手和谜底先告诸于众，以便腾出篇幅来抒情表意，如《十五贯》等。好的戏曲情节不会太多，太复杂，但细节总是很丰富。

以上这些戏曲特点都可以看作是小型戏曲所拥有的选材优势，聪明的编剧应当充分利用这一优势去选取合适的题材来进行创作。

四、选材的诀窍

根据我的习剧经验，小型戏剧的选材其实只要做到六个字就可以了，这六个字是"小"、"单纯"、"有戏核"。

1. 事件要小

丁西林在谈到独幕剧的选材时说："独幕剧在结构上贵乎精巧，它常常只是表现生活中的某个片断，有时，一个独幕剧的艺术使命，甚至只是为了突出地描写某种气氛，某种情调，或是抓住一两个人物的个性，表现出某些生动的生活情趣和感受……"这一经验之谈，完全符合小型戏剧的创作实际。像我国传统戏曲剧目中的《小放牛》、《夫妻观灯》、《拾玉镯》等小型戏剧，它们并没有反映什么严重的社会矛盾，也没有什么复杂、曲折的故事情节，只"表现出某些生动的生活情趣和感受"，但同样为广大观众所承认，所喜爱。

小型戏剧由于篇幅有限，容量有限，时空有限，只能写些小事件，一些成功的小型戏剧都是写那些极小的事情。比如丢一只鸡，借一双靴，赶一次集，观一次灯，走一段路，回一次娘家，挖一次野菜，打一趟场，理一次发，坐一回轿，补一回锅，送一篮蛋，写一封信，等等。即便是写大人物、大题材，也总是从小事件着手。比如表现宫廷内部矛盾的《打金枝》，皇帝的女儿和女婿发生了争执，驸马打了公主，因为她目无公婆，盛气凌人，摆臭架子。公主找父皇告状，因为驸马违背了君臣大礼，殴打金枝玉叶，犯了死罪。老功臣绑子上殿，矛盾上交。处在矛盾尖端的唐王，如何处理？一边是亲生女儿，一边是功臣父子；一边是皇家的尊严，一边是人情和人心；他没用生硬的说教，也没搬出什么法律原则，而是先假意要斩驸马，使公主撤销原告，继而抚慰功臣，给驸马连升三级，最后用老百姓过日子的家常道理，劝说小夫妻和好，并对自己宠惯的女儿作了自我批评，对女婿的过头语言，作了含蓄地告诫。你看，写皇帝的戏也不过写劝了一回架，多么小的事情。再如，写杨家将的故事算是大题材，大场面了，可徽剧小戏《寇准背靴》却写了一件极小的事情：辽兵入侵宋朝，寇准到杨府请杨延昭挂帅出征，但杨延昭却因投降派恶意陷害，险些丧命，不愿再带兵出征，假装已死，想骗过寇准。但聪明的寇准发现了疑点，从保国大局出发，背着靴子悄悄跟踪给躲在柴房里的杨延昭送饭的柴郡主，终于揭开了杨延昭假死的秘密，说服了杨延昭出征抗辽。

当然，写小事情的目的是以小见大。从某种意义上说，小型戏剧作家的功力就在于看你能不能找到必要的"小"和表现出应有的"大"，做到了这一条，就有可能出尖端产品。一位作家说，"尖"这个字本身便是一个真理，小和大的关系处理好了，做到了以小见大，就是尖端。如契诃夫的《小公务员的死》，事情极小，小公务打了一个喷嚏好像是打在将军后脑上，这个小公务员害怕极了，他回家后就死了。契诃夫揭露了旧俄社会的官僚统治和那时人与人之间的关系，揭露了封建专制对人们的威慑力量，揭露了社会的黑暗和不合理，人性受到扭曲，受到摧残，这就是"以小见大"的范例。

丁西林先生的小喜剧大多写的是小事件、小人物、小纠葛，但他也并不限于笔下所描写的这块小天地，而是通过对某些生活侧面的精确描绘，表达爱憎分明的强烈情感，鞭挞那可诅咒的旧时代、旧制度、旧人物，使我们从这些小事件，小纠葛中，看到了那个时代的社会面貌，收到"一叶落而知天下秋"的艺术效果。

2. 情节要单纯

好作品的情节都是很单纯的。一部电影、一部戏剧或者一部小说，如果你不能用五分钟讲清这个作品的故事脉络，那么，这决不是一部好作品。皇皇巨著《三国演义》，事件繁杂，人物众多，矛盾交错，气象万千，其实最精彩的部分也只写了"舌战群儒"，"智激周瑜"，"蒋干中计"，"黄盖受刑"，以及"巧授连环计"，"诸葛亮祭风"，"周瑜纵火"，

"智算华容道"等几件事情，总共只写了八回书，使用了三万多字。一部洋洋近百万字的大作品姑且这样，那么，不要说是一部戏剧，一部戏曲，更不用说一部小型戏剧了。

李渔在三百多年前提出减头绪、立主脑的主张，对于小型戏剧创作尤其重要。李渔认为："头绪繁多，传奇之大病也。荆、刘、拜、杀（《荆钗记》《刘知远》《拜月亭》《杀狗记》）之得传于后，止为一线到底，并无旁见、侧出之情。三尺童子，观演此剧，皆能了了于心，便便于口，以其始终无二事，贯串只一人也。后来作者，不讲根源，单筹枝节，谓多一人可增一人之事。事多则关目亦多，令观场者如入山阴道中，人人应接不暇。"他又说："一本戏中，有无数人名，究竟俱属陪宾；原其初心，止为一个而设。即此一人之身，自始至终，离合悲欢，中具无数情由，无穷关目，究竟俱属衍文，原其初心，又止为一事而设。此一人一事，即作传奇之主脑也。然必此一人一事，果然奇特，实在可传，而后传之，则不愧传奇之目。而其人其事与作者姓名皆千古矣。……后人作传奇，但知为一人而作，不知为一事而作，尽此一人所行之事，逐节铺陈，有如散金碎玉，以作零出则可，谓之全本，则为断线之珠，无梁之屋，作者茫然无绪，观者寂然无声，无怪乎有识梨园望之而却走也。"[1]

李渔的两段话，综合起来的意思就是说：一人一事单线发展是戏曲的特点。不但只写一人，而且只写此人的一件事，此人此事必须"果然奇特，实在可传"，并非任何人任何事都能入戏。这些道理，尤其适用于小型戏剧的选材。

当然，单纯不等于单薄。这个纯，实际上就是指李渔说的可传的东西，也即奇特的东西；纯，就是严格选择，不允许芜杂琐屑的内容混进来。

单纯也不是局限于简单，而是要将简单的事情复杂化。

比如我写的《闹瓜园》一剧，懒汉阿福要跟瓜大王的女儿甜姑讨西瓜吃，甜姑不答应，这很简单。可阿福提出，年初曾将一百棵瓜秧交给甜姑爹代种，事情复杂化了。甜姑聪明伶俐，用以毒攻毒的办法制服了

---

① 李渔：《李笠翁曲话》，中国戏剧出版社 1962 年版，第 7 页。

阿福。阿福不甘心，提出今年西瓜丰收，田里有上万只瓜，吃掉百分之一也不过是牯牛身上拔根毛。甜姑将计就计，请阿福下田数瓜，数清了，就按百分之一的比例给阿福西瓜。阿福答允，数了半天，还刚开头，就经不起烈日暴晒，只得退兵。阿福见甜姑软硬不吃，就耍起无赖来，说要讨还一百棵瓜秧，缺一棵，罚西瓜三只。甜姑成竹在胸，说刚才你在这里吃了101颗傻子瓜子，100颗算是还瓜秧，另一颗算利息，阿福只好吃瘪。就这样，讨几只西瓜吃，便讨出这么多复杂的事情来，这就叫简单的事情复杂化。

单纯的呈现方式是简练，就是要用最小的篇幅，表现出最大的生活容量，而又有丰富的色彩，鲜明的形象。这是难度相当大的，必须经过丰富的艺术实践，逐步掌握熟练的技巧，才能得心应手，运用自如。简练的要点，一般说来：一是主线要鲜明；如果有副线，副线应当紧随主线，不与主线脱离；二是主题要明确，集中；三是要有适当的跳跃，跳跃而不中断，疏密要得当，繁简要适度；四是要灵活运用多种叙述的方法。

3. 要有绝招

所谓绝招，就是要有"杀手锏"。这个绝招可以是人物关系的发现，可以是一个出乎意料、合乎情理的动作，也可以是一个照亮全局的细节，甚至也可以是有一两句画龙点睛的话。比如前面所述的拙作《闹瓜园》一剧中，阿福耍无赖要讨还一百棵瓜秧。甜姑说刚才你在这里吃了101颗傻子瓜子，100颗算是还瓜秧，另一颗算利息，阿福吃瘪，便是绝招。当然，严格说来，设置绝招后工作更多的是在进入剧作艺术构思时要做的，但如果在选材时就有所考虑，那就可以起到事半功倍的效果。

总之，小型戏剧的选材，要小，要单纯，要有绝招，这纯粹是我个人的实践经验，可能不具备普遍意义。曾经有人将小型戏剧选材概括为下列几点：一，大小适中；二，真实；三，有确定中心点的；四，完整的；五，与人生吻合的；六，适合舞台表现的；七，排演简朴的。也有人认为，光这几条还不行，小型戏剧选材还应该做到：一，新颖的，作者要眼明手快地抓住新东西；二，急剧变化的，即在急剧的变动之下，人们忘记了约束与装扮而显示出平日隐藏着的一部分人生的真实姿态；

三，有直接动作的；四，能适合表演条件的；五，有耐久性的；六，有性格显示的。这些提醒，应当说都是很有意义的。

【思考与练习】

1. 你如何理解"题材选对了，作品就成功了一半"这句话？

2. 请按照你对小型戏剧选材要求的理解，从下列材料中选择合适的内容，编写一个小型戏剧的剧本提纲。

又见麦子
刘国芳

麦子从小就漂亮，村里村外的人都说过麦子漂亮。麦子最喜欢听人家说她漂亮，麦子一听人家说她漂亮，就盈盈地笑。女孩子一笑，更漂亮了。

为此麦子经常笑着。但有一天麦子没笑。

这是一个闷热的中午，麦子放学回家，走着走着，麦子停下来了。麦子看着路边一个人，一个女人，一个跪在田里耘禾的女人。女人头上戴着一顶黑黑的草帽，草帽的沿都耷了下来，遮住了女人的大半张脸。但麦子还是看得出女人一张脸黑黑的，跟草帽一样黑，甚至比草帽还黑。女人身上的衣服也黑不溜秋的，旧得已经看不出原来的颜色了，能看得出的，是洗薄了的衣服里女人瘦瘦黑黑的身子。

麦子觉得那是她自己。

准确地说，麦子觉得以后的自己，就是这样子。为此，麦子笑不出来了。随后，麦子在回家的路上，还看到很多这样跪在田里耘禾的女人，戴一顶熏黑的草帽，而脸比草帽还黑，身上的衣服又旧又脏，洗薄了的衣服里是一个黑黑瘦瘦的身体。后来，麦子就看见自己母亲了。麦子看见，母亲也是这个样子。麦子于是在母亲跟前呆起来，想到自己以后也是这个样子，麦子心里很难受。

这天麦子在母亲跟前呆了很久，母亲见了，就说："你呆在这儿做什么，回家呀。"

麦子说:"我们一辈子都得做这样的事吗?"

母亲说:"乡下女人,不做这些做什么呢。"

麦子说:"我不想做。"

母亲说:"你怎么会有这古怪的想法呢?"

这年,麦子13岁。13岁的麦子在第二天想明白了,要好好读书,以后考进城里的高中,然后考上大学。读了大学,就不会是这个样子了。

但遗憾,麦子虽然这样想了,但她并没有考取高中。麦子努力过,但麦子那个乡下学校很少有人考取高中,麦子只好跟大多数学生一样,背着书包回家了。

回家后,麦子天天看见那些跪在田里耘禾的女人,麦子现在觉得,她就是那些女人了。麦子是极不愿变成那些女人的,为此,麦子有一天要去城里了。麦子收拾了行李,往外走。村里人见了,问着麦子说:"麦子,你要去哪里呀?"

麦子没回答人家,只说:"我真的很漂亮吗?"

"真的很漂亮。"人家回答她。

麦子笑了,然后走了。

麦子去了城里了。

麦子真的很漂亮,麦子一到劳务市场,就被人家看中了。一个老板来招人,一眼就看中了麦子,他跟麦子说你跟我走吧。麦子就跟了老板去。那是一家像模像样的公司,老板让麦子做秘书。麦子说我不会呀。老板说我教你。然后,麦子领教了老板怎样教她,老板不时地捏着麦子的手,教麦子打字。到这天傍晚,老板的手像猴子爬树一样,就顺着麦子的手爬到麦子身上了。麦子很气愤,打掉了老板的手,然后拿起东西走人。老板拦住麦子,老板说只要麦子跟他好,他每月给麦子500块钱。麦子说我不要你的臭钱。说着麦子走了。随后,麦子跟人家做了保姆,帮人家带孩子,一个月300块钱。但一天麦子不小心,让那孩子从楼梯上摔了下来。那家人说麦子心粗,把麦子辞了。接着,麦子去了一家商店做营业员,这回做了一个多月,但后来麦子还是没做下去。这一个多月,麦子只拿到300块钱,麦子觉得根本不够花销。后来,麦子看到一家纺织厂招工，麦子又去了，但这回人家没要麦子。人家说你这样漂亮，能做得断这种吃苦耐劳的事。麦子说做得断。但人家不相信她，还是没要她。

有好几天，麦子没找到事做，那些天麦子便在街上走来走去，要找事做。一天走到一家发廊门口，里面一个人招手让她进去。麦子就进去了。招手的是老板娘，她让麦子在店里帮人洗头。麦子没事做，便同意了。不一会，就有一个人进来。麦子以为他要洗头，但那人不洗，只说按摩。麦子便跟那人进去。才进去，那人就抱着麦子，吓得麦子赶紧跑出了店。一天又走到一家发廊门口，一个老板娘也招手让麦子进去，麦子没有进去。那老板娘见麦子没进去，自己走了出来，老板娘跟麦子说你这样漂亮，在我们这里一定赚得到很多钱。

麦子没睬她，走了。

麦子后来还找了很多事做，但麦子都没做下去。麦子不会电脑，也没有特长，赚不到很多钱。在一些小店站柜台，工资很低，吃住都不够。一天在街上逛着，麦子又看见那个老板了。那老板对麦子还那样兴趣盎然，跟麦子说："还是跟我走吧，每个月5000块，也只有我才舍得。"

麦子便跟那老板走了。

麦子一下子就有钱了，她真不要戴顶旧草帽跪在田里耘禾了。

后来的一天，麦子回了一次家。麦子是坐着小车回去的，看看离村近了，麦子下了车，往村里走。走了不远，麦子忽然听到一个声音喊道："麦子——"

麦子刚想应声，但一个声音已脆脆地应了起来"哎——"。

一个在田里耘禾的女人应的声，麦子看着女人，问她："你是谁?"

回答："我是麦子。"

麦子就呆了，呆着时麦子说："你是麦子，你怎么会是麦子呢，你是麦子，那我是谁?"

女人听了，忽地一声笑了，女人说："你这人真有意思，连自己是谁都不知道。"

（选自《微型小说选刊》）

第二章　开掘要深

　　戏剧作品的题材选定以后，接下来的任务就是诚如鲁迅先生所说："单是题材好，是没有用的，还要有技术……"[1] 而技术运用的第一项重要的工作就是题材的开掘。即如歌德所言："……独创性的一个最好的标志就在于选择题材之后，能把它加以充分的发挥，从而使得大家承认怎么也想不到会在这个题材里发现那么多东西。"[2]

　　无数艺术创作实践证明，一部戏剧作品的生命力总是与题材立意的开掘深浅程度成正比的。一个作品只有深刻地揭示了社会的本质，真实地反映了时代的风貌，生动地塑造出具有鲜明性格的艺术形象，才有可能像一枝带着生活露珠的小花，长久地开放在人们心田里。

　　想起古希腊卓越的喜剧家阿里斯托芬有一出构思奇特的喜剧名叫《蛙》，讲的是两位希腊悲剧家在阴曹地府论战的故事：老悲剧家埃斯库罗斯到了阴间，仍然像生前那样，占据着悲剧的首座。小悲剧家欧里庇得斯不服气，想抢第一把交椅。这就要看谁的成就大，于是一场比赛开始了。充当裁判员的是酒神。酒神出了绝招：他搬来一架大天平，两位悲剧诗人站在天平两边，然后各自把悲剧中的诗句吐到秤盘。这一称，出现了奇迹，小悲剧家这边反倒分量重，秤盘一直下降。对此老悲剧诗人并没有惊讶，他说："因为我的诗没有随我而死，他的诗却随他而死了，可以由他拿出来念……"

---

[1]　鲁迅：《致陈烟桥》(1934 年 4 月 19 日)，《鲁迅全集》，第 10 卷第 206 页。
[2]　古典文艺理论译丛编辑委员会编：《古典文艺理论译丛》第 8 册，人民文学出版社 1964 年版，第 115 页。

这个有趣的故事告诉我们：有的作家死了，却把作品留在人间，也有的作家带着作品一起进了阴曹地府，当然，还有最常见的一种，作者依然健在，而作品却早就死了。

一、开掘与立意

开掘，犹如下棋，甲只想到三步，而乙却能想到五步，不用说，乙定能胜甲。同样一个题材，常常由于作者的素养不同而开掘出层次不同、审美价值也不同的立意来。

举个例子。新中国成立初期有个优秀的小型话剧《妇女代表》，"曾经被全国数十万个业余剧团和大部分专业剧团广泛上演，并且被移植、改编成很多地方戏曲，也被改编为电影剧本，影响了千千万万观众，鼓舞了人民的劳动热情和战斗意志"。[①] 该剧的情节是这样的：

剧本一开场，村妇翠兰来找新上任的妇女主任张桂蓉商议匀稻草编织草袋子之事，张欲匀自己家的稻草，无奈婆婆反对。张为了避免激化家庭矛盾，准备先往别家试一试。

两人走后，牛大婶来向张的婆婆王老太太诉苦，说自己给别人看病，张为难了她，还拿走了她给人治病的药物。

张返家后，婆婆帮牛大婶要药物，张因为那药物是假的，决计给牛大婶钱。牛问为何，张说她要拿药物去县立医院化验。牛吓坏了，声言以后不再卖药了。

翠兰又为匀不到稻草发愁，张这回不再顾及婆婆的反对，果断地让人用拖拉机从自家拉走了二百捆上好的稻草。之后，张、翠两人又不顾王老太太的反对上夜学去了。

外出工作了三个月之久的张的丈夫王江回家后，母亲诉说媳妇的种种不是，牛大婶也来助阵。王江气冲冲地出门去找张。张回家后，告诉牛大婶村里准备送她去区里学习新的接生法，回来后在村里成立接生

---

① 中国青年出版社编：《建国十年文学创作选·戏剧》，中国青年出版社 1961 年版，第 3 页。

站，叫她专门接生，牛十分惊喜。

王江在外面没有找到张，回家后大发脾气，强令张呆在家里。张反驳："我又不是猪，你说圈起来就圈起，再想把我踩到脚底下，我可受不了！"王要殴打张，王老太劝阻。正在争执之间，翠兰来传牛大婶的话，要张赶快去给牛大婶开去区上学习新接生法的介绍信。王江阻止张出门，张不从，王江又要殴打张。这一回，张毅然地取出地照，王老太太也真的害怕了，要王江让步。此时，牛大婶等不到张来开介绍信，亲自来了。王老太太期待着牛大婶为自己说话，但是此时的牛大婶已经转变了态度。

王江这时也渐渐有了后悔之意，又看到张托人从外面为家里捎来的物品。在众人劝说下，王江终于说："从今以后，我再不挡着你的道呐！"

毫无疑问，这是一部有着鲜明的时代意义的剧作。中华人民共和国成立之后，中国妇女的社会地位发生了翻天覆地的变化，这是几千年从未有过的巨大变化。《妇女代表》一剧的意义不仅在于它及时地反映了这一重大历史事件，还在于它真实细腻地揭示出中国农村妇女赢得解放的艰难历程，反映了她们所面对的旧势力、旧观念的阻力，深刻地告诉人们没有政治、经济制度上实质性的变革，妇女解放就只能是一张空头支票。

然而，这么一部在当代中国戏剧史上有一席之地的作品也曾经历过一段有趣的周折。据编剧孙竽介绍，初稿出来后，听取了不少有益的意见，归纳起来这个戏当时有三种改法：

第一，加强前半部的情节，写一个改造产婆表现爱国卫生运动的戏。

第二，加重王母的分量，把冲突摆在婆媳之间，写一个纯粹家庭内部新旧思想矛盾的戏。

第三，在原有基础上，把女主人公改造家庭和改造社会的活动连接起来，写一个妇女代表争取民主、平等、政治权利等获得真正解放的戏。①

三种写法，孰优孰劣，不言而喻。理由是：第一种想法有一定意

① 参见《话剧创作经验》，东北人民出版社 1954 年版，第 49 页。

义，但太狭隘，如前所述，只想到了下棋的第一步。

第二种写法比第一种有戏，但太陈旧。试想，如果将王江的戏减轻后加在王母身上的话，王母将变成民间流传的《小姑贤》中的婆婆和《大雷雨》中卡彭诺瓦那一类的人物，虽然这样的反封建主题也有一定的现实意义。但毕竟王母所处的时代与宗教统治下的卡彭诺瓦有明显的区别，如果这样写，势必会冲淡作品的社会意义。因此，第二种写法也只能说是想到了下棋的第二步。

第三种写法显然是棋高一着。剧中的王老太太和她的儿子王江是旧观念的代表，他们极力地阻止张桂蓉担任村干部，反对她在外面抛头露面。王江甚至以人身伤害相威胁。张是新当选的村妇女主任，她是新中国妇女新形象的典型。她的翻身道路并不是一帆风顺的，是经历了艰苦斗争才获得的。而张之所以能够取得最后胜利的根本原因就在于新社会给予她的政治、经济制度上的保证。王老太太虽然希望张待在家里围着锅台转，讨厌媳妇在外面露脸，可是一旦王江真的要打张的时候，她马上就出来制止，不让事态进一步发展。王老太太之所以这么做的真正原因是，这个新的时代已经与过去不同了，如果儿子与张离婚，儿子就有可能打光棍，张还要带走属于她的那一部分家产，结果就会弄得"人财两空"。张在王家母子的逼迫下，愤然取出地照并且说："两张地照有我一张，三间房子有我一头，这是共产党和人民政府分给我的。我的地照我拿走，房子不住我拆了它！"这个时候不仅王老太太真的发慌了，就连一向在老婆面前蛮横惯了的王江也"不安"了起来。所以说，如果没有新的社会制度在背后撑腰，王家母子决不会就此罢休，张也不可能有如此坚定的信心。如果没有新的社会制度的保证，即使是张有勇气离开王家，她也不会有什么好的结果。

该剧的高明之处还在于，不仅觉悟高的女性需要政府制度的撑腰，觉悟比较低的女性的转变更需要政府实质性的支持，需要政治、经济政策的鲜明导向。从剧中牛大婶身上我们可以清楚地看出这么一点。牛大婶是一个江湖医生，根本不懂得医术，也不把病人的死活放在心上，一心只知道骗人钱财。她本来与王老太太沆瀣一气，但是到后来却突然倒向了张的一边，其原因就是因为人民政府给了她实惠，给了她实质性的物质利益，让她去区上学习，再回村办卫生站。她是在尝到了甜头之后才转而支持张的。

由此可见，正因为剧作家迎难而上，不断开掘，《妇女代表》才有可能在当时大量反映妇女解放题材的戏剧作品中脱颖而出，至今读来，依然耐人寻味。

对立意的开掘，做得非常好的还有一些有造诣的戏曲工作者，他们在对旧戏的改编过程中体现了很高的艺术素养与独到的艺术目光。比如福建著名戏曲剧作家陈仁鉴先生的莆仙戏《春草闯堂》，是一部难得的戏曲珍品，其成功的主要经验也就在于剧作家对立意的深入开掘。

《春草闯堂》原本名为《邹雷霆》，写一个义士经历种种磨难终于得到了两个老婆，着眼点既不在歌颂受压迫者的正义和机智，也不在揭露官场的黑暗和荒唐，无非是一个善有善报的老故事。而陈仁鉴老先生却慧眼独具，从老故事的素材里开掘出"卑贱者能够动摇封建秩序"的新意来，并据此对原剧的人物情节进行大幅度增删，除了"救李"和"闯堂"采用了原剧的情节，其余全部新写，而且闯堂者也由家人改为丫环。剧本写富有正义感又聪明大胆的相府丫环春草，为了搭救身陷囹圄的义士薛玫庭，在知府公堂上冒认薛是相府的姑爷。这一冒认造成轩然大波。姑爷到底是真是假？是真荣耀加身，是假立时丧命。小丫环自作主张，知府是否相信？小姐是否愿意？相爷是否甘心？一系列喜剧冲突的发展，深刻揭露了封建官僚的丑恶无耻，赫赫官场的虚伪荒唐。这个剧本的精彩之处是，除了戏剧性特别强以外，它还提出了一个十分深刻的问题：丫环的冒认算不算数，谎言能否成为事实？答案是：在那个时代的官场里是可以的。做官为私的官僚，知府也好，宰相也罢，都可以受丫环的摆布。

由于主题的开掘与改变，终于使该剧化腐朽为神奇，成为一部东方式的经典喜剧流传于世。

又比如莆仙戏传统剧目《施天文》，写儿媳撞见婆母的奸情，婆母羞愧自杀，儿媳被诬下狱。但为了保全婆母的名声，儿媳不肯说出真情。后经清官复审昭雪，儿媳成为贤德孝妇。其主题是宣扬封建伦理道德的。改编本《团圆之后》则把原剧的奸情改为爱情，婆母和情夫的私生子中了状元，请旨为其母竖立贞节牌坊，此时儿媳发现家庭隐私，婆母自杀。儿媳被诬，将处极刑。状元为维护家族体面，不得不牺牲妻子，并毒死母亲的情夫，死前才知那就是自己的生父。这样处理，主题完全翻过来了，成为一个揭露封建伦理道德的大悲剧，这就是开掘的力量。

二、如何开掘

1. 大环境，小故事

那么，小型戏剧作者如何在平凡的素材里开掘出富有时代特色的新意来呢？

大环境、小故事不失为一种好方法。作者要善于把自己要描写的故事放到大的社会历史环境中去考察、去研究、去描摹，可以收到事半功倍的艺术效果。这方面，奥地利著名作家阿瑟·显尼志勒的小型戏剧《绿鹦鹉》可以说是一个不可多得的范例。

这是一部表现法国大革命对人民影响的佳作，但并未直接描画大革命的风起云涌，而是将目光聚焦于在一个小酒馆里演出的一场戏。酒馆外面，革命已经山雨欲来；酒馆之中，贵族们仍醉生梦死。台上的戏与现实时空中的革命声势互为呼应，通过演员亨利实现融合：在现实中，演员亨利的妻子被公爵勾引，他只能敢怒不敢言，在舞台上，他又能在想象或演戏中杀死公爵雪耻。当他得知革命爆发的消息后，就真的在舞台上动手杀了公爵。革命对受压迫者精神面貌的改变不言而喻，也极好地烘托了这一革命的声势、影响。

这出戏在很多方面都有值得借鉴之处，但我认为，最成功的一条是剧作家将剧本所要表现的内容置于社会大背景下展开，通过酒馆中来来往往的人，以及这些人的言谈举止，对当时的社会风情进行渲染，组成一幅革命前后生动的社会众生相，戏中男演员亨利的思想、性格、行为发展过程依赖于这个社会背景，依赖于社会背景的发展演变过程，亨利从想象中或演戏中杀死公爵到革命爆发后真的动手杀了公爵，恰到好处地透露出革命对普通人的影响，开拓了题材的深度，这一艺术情节尤其令人称绝。

又如，前面所述的小型话剧《妇女代表》也是一个很好的例子。该剧反映历史巨变的深刻之处，就在于编剧孙芋将这么一个反映家庭矛盾的小故事置于广阔的社会背景之上，从而真实地向人们展示了新社会妇女解放的必不可少的政治环境与物质基础，深刻地反映了生活的本质。

把故事放到宏大的社会背景下去考察，还可避免主题思想的局限与失误。有些戏看似情节生动，场面精彩，但由于游离于人物赖以生存的时代背景，作品的思想意义就大大减弱了，有的甚至与生活本质明显相悖，这种教训应该认真记取。

2004 年 9 月，我在第七届中国艺术节上看到云南话剧团创排的一部话剧《打工棚》。这部戏通过农村党员赵天云进城打工的一段经历，反映了处于当今社会最底层的打工仔的生存状态，从人文关怀的角度呼唤人们对这一弱势群体应给予关注。作者很熟悉生活，整个戏冲突尖锐，细节精彩，语言生动，人物性格鲜明，可圈可点之处甚多。唯一遗憾的是作品的深度不够。剧作家安排了赵天云与一群打工族跟建筑小老板之间的冲突，而这个小老板又是当年被赵天云"逼"出村庄的同乡。如今小老板的妻子又是赵天云的前妻，戏的主要情节又是围绕拖欠工资、不给工人的工伤医疗费等枝节上发生矛盾，这样，就把一场尖锐的社会性冲突局限于与一个有情感恩怨的小老板的道德较量上，显然是减弱了剧本的思想意义。试想，如果作者把这一故事置于广阔的社会背景之上，将如鱼得水发横财的小老板背后的社会性因素表现出来，同时把打工族贫穷、自卑的劣根性挖掘出来，相信这个戏就会具有更强的艺术震撼力。

学习成功作品的经验，目的在于指导我们的创作实践。取法于上，得乎其中，就是这个意思。举个例子说。1980 年初，我写过一部现代小型戏曲《定心丸》，故事的背景是 20 世纪 70 年代末 80 年代初，上海郊区开始推行联产承包责任制，但在一些地方的干部群众中还阻力重重。戏一开始，队长娘子李玉桃从镇上为生产队养鸡场挑鱼担回家。专门负责生产队吹叫鞭、外号"靠大寨"的农民郭大山找上门来，告诉李玉桃，因为生产队要推行责任制，砸掉"大锅饭"，你队长娘子的鱼担与我吹叫鞭的"省力饭碗"都要敲掉了。玉桃深知挑鱼担是一个肥缺，当然不会轻易罢休，忙问是谁的主意。郭大山说当然是你丈夫生产队长常根了。玉桃闻之不屑一顾。为什么？因为玉桃是"坐家囡囝硬一点"，常根是"上门女婿软一眼"，平时常根是出名的"妻管严"，对妻子总是言听计从。郭大山乘机煽风点火。玉桃一时性起，夸下海口，说自己制服丈夫有三招：第一招，"酸溜溜"的"闭门丸"，即让丈夫吃"闭门羹"。第二招，"辣蓬蓬"的"分家丸"，即"黄牛角，水牛角，大家各归各"。第三招，"硬邦邦"的"跌打丸"，这是粒"伤药"，平时不好用的。因为常根是上门女婿，"跌打丸"就是把常根踢回娘家去。常根家里弟兄多，生活困难，住房紧张，至今还有兄弟尚无对象，如果常根回家，光棍成群，兄弟的对象更难找，所以这一招最凶，也最伤感情，因此不到万不得已是不会用的。

常根从县里开"四干会"回来，一到家门口，接连尝了"闭门丸"与"分家丸"，但他推行责任制的决心不动摇。玉桃见常根软硬不吃，在郭大山的推波助澜下，狠狠心肠甩出了"踢打丸"。谁知常根今天吃了"定心丸"，他挺直了腰板，转身就要往家里跑。原来常根娘家早已推行责任制，已尝到甜头，弟兄几人承包棉田获丰收，造房子，讨娘子，养儿子都不在话下了。这一下弄得玉桃进退两难，只好耍起"赖皮"。常根乘机用旁敲侧击法先做通郭大山的工作，然后因势利导劝玉桃重拾"种棉能手"之技能，靠勤劳与智慧来发家致富。终于使玉桃茅塞顿开，回心转意。

这个戏的写法，就是学习了大环境、小故事的创作方法。常根从一个"倒插门"的"软脚蟹"女婿到挺直腰杆，成为堂堂正正的大丈夫，这一转变是党的新经济政策带来的，是这个时代给了他自信，还了他尊严。

这个戏后来搬上舞台后好评如潮，特别是《解放日报》破例连载剧本全文以后，全国数百个业余剧团与许多专业剧团都纷纷移植上演。我也从中尝到了把自己要描写的故事放到大的社会历史环境中去考察、去研究、去描摹的甜头。

2. 琢磨人物

所谓琢磨人物，就是要善于从生活素材中发现独特的人物形象，通过对人物的分析研究，去探索人生，探索历史，探索社会的真理，进而深化作品的主题。这也是一条重要途径。一些成功的剧作的创作实践为我们提供了有益的经验。最著名的例子就是曾被周恩来总理称赞为"一出戏救活了一个剧种"的昆曲《十五贯》。

《十五贯》的故事最早又名《双熊梦》。说的是淮阴熊氏兄弟因家境贫困，由兄友兰在外帮工供其弟友蕙读书。友蕙隔壁住着冯锦郎与尚未完婚的童养媳侯三姑。一日老鼠作祟，将侯氏金环衔至友蕙书架上，并将十五贯宝钞衔回鼠洞。友蕙希图以药饼毒死老鼠，哪知老鼠将毒饼衔到冯家，被锦郎误食中毒而死。侯三姑的公公冯玉吾发现友蕙前来换取钱米的金环是他家之物，一口咬定三姑与友蕙通奸杀夫。江阴县令过于执不作调查，严刑拷问，屈打成招，判处二人死罪，并追索十五贯宝钞。熊友兰在途中闻知此事，痛不欲生，幸得商人陶复朱以十五贯钱相助。在赶回淮阴营救兄弟的途中，与从家中逃出的苏戌娟相遇同行，又被升任为常州府理刑的过于执，以私通杀父盗财的罪名判处死刑。苏州府太守况钟奉命监斩，发现冤情，经过斗争，终于为四人昭雪。后来况钟认侯、苏为义女，熊氏兄弟又被过于执举为孝廉。过于执为了赎取前愆，特为作媒，使熊氏兄弟分别娶苏、侯为妻。全剧以高中完婚大团圆结束。

《双熊梦》的情节曲折动人，揭露官府黑暗，官僚昏庸，同情无辜受冤的下层人民，讴歌廉洁执法的况钟，有一定的思想性。但也有着明显的缺点：除了头绪杂乱，离奇巧合以外，最主要的是人物站不起来。作者把况钟发现冤情归于判斩前的"黄粱一梦"，一切"皆冥冥之中有鬼神主之"，况钟不过是执行鬼神的旨意，这就削弱了作品的思想性和艺术性。

为此，改编者除了去掉原剧中的糟粕，大刀阔斧地删除了熊友蕙这条并非必要的线索，让戏剧冲突集中在熊友兰这条线上充分展开。以外，还在原剧的基础上从琢磨与塑造况钟这一主要人物出发，增写了一些场次和情节。如《疑鼠》一场，脱胎于原剧中的《踏勘》，它摒弃了《踏勘》中所渲染和被神化了的"梦中昭告神灵应"一类的环节，将况钟踏勘冯、熊两家，改为在过于执的陪同下一起踏勘尤家，况钟发现骰子和半贯钱，当面访问乡邻，了解到娄的行踪等，比原剧中况钟因碰巧听见娄阿鼠与陶复朱的对话而注意到娄远为合理。改编者从选择况钟人物的动作着手所作的成功的再创造，突出了提倡实事求是这一贯穿全剧的主线。经过这样的改造，这个戏别开生面，大获成功。

再比如越剧《胭脂》，取材于清代作家蒲松龄《聊斋志异》中的同名小说。原作写的也是一个平反冤案的故事，作家魏峨、双戈发见了这个题材中独特的东西，即吴南岱这个人物。他不同于一般文艺作品中所描写的料事如神的清官形象，他在审案过程中有精明求实的一面，但不彻底；又有主观草率的一面，所以出了差错。他的行为中有"差之毫厘，谬以千里"的教训，因而，这个人物具有一定的典型意义。作家抓住这个人物设置情节，即让吴南岱判错案子，又让他自己改正错判，体现知错必改的可贵精神，完成"知错能改即圣贤"这样一个富有新意的主题，从而使《胭脂》这部戏成为同类题材作品中的佼佼者。

对于琢磨人物的好处，我个人也有深切体会。如果你在创作时感到才思枯竭，素材贫乏，缺少灵感，无有冲动，那么，就不妨静下心来去对生活中一些有特点的人物进行琢磨。琢磨的结果必然会对生活、对社会、对人生有新的理解；必然会获得可以引起创作冲动的题材或立意。举两个例子，一个是城里的，一个是乡下的。

先说乡下的。20年前，我在村里劳动，队上有个名叫六宝的妇女，四个孩子，三男一女，丈夫是生产队长，虽然日子清苦，但是夫妻恩爱，其乐融融。六宝平日通情达理，与乡亲们和睦相处，无有龃龉。忽然来了天灾人祸，其丈夫在三伏天高烧不退，到乡医院注射青霉素，不幸撒手而去。自此以后，六宝性格暴戾，动不动撒泼，人也弄得十分邋遢，成了"十人见了九摇头"的泼妇，每逢村里分柴、分米、分瓜、分豆，或者记工分，搞分配，她几乎每次都要大哭大闹，不是说这个欺侮她少称了三斤米，就是骂那个阴损她少分了五捆柴，搞得天怒人怨，队干部怕她三分，村民们让她七分。这样的日子过了好多年，后来，其孩子渐渐大了，因母亲名声不好，娶媳妇发生了困难，儿子为此也开始不满意母亲的行为，家庭矛盾多起来了。但六宝在乡亲们面前依然寸利必争，依然斤斤计较，只是一到深夜，邻居们常常听到从六宝那破旧的房间里传出凄惨的哭声。三中全会以后，六宝家分到责任田十几亩，三个儿子身强力壮，女儿也里里外外一把手，小日子开始红火起来。六宝从此像换了个人似的，衣着整洁了，待人和气了，遇事让理了。不久，儿子办喜事，她邀队上所有人家的当家人去喝喜酒。当着众乡亲们的面，她脸红红的，给每个人斟酒，劝酒，乡亲们都对她刮目相看，感情也渐渐地融洽起来。

六宝这个人物，是千千万万个农村妇女中的普通一员。但在她的身上却有着深深的时代烙印。六宝的性格变化过程，实际上就是中国农村经济结构不断变化的过程。旧日的贫困使最爱面子的中国农村妇女以撕破面子的代价来换得大锅饭里的几许薄食，今朝的富足又使她找回了作为一个人的应有的尊严。写好写活写透这个普通农妇，便是从一个侧面反映了新旧交替时代的农村变革图景，这要比一般地宣传某种概念显然是有意义得多。

再说城里的。红卫兵大串连时，某中学一批热血青年去贵州点燃革命火种。一位来自城郊的青年学生小陶结识了出生于贵阳一高级知识分子家庭的姑娘小丁。姑娘出于对上海地区红卫兵运动的向往，出于对红卫兵小头目小陶的演说能力的倾慕，出于对自己那个遭人白眼的家庭的痛恨，一时冲动，竟背着父母，来到上海城郊小陶的家里。运动趋向平静，小陶与小丁在破旧的农舍里举行婚礼。因为小陶是农村户口，毕业后便在大田劳作，而小丁则被分配在县少年宫工作。自此，浪漫的政治童话结束了，平凡而又烦恼的人生开始了。小陶终日忙于农事，严酷的现实击碎了他那狂热的梦幻，变得与世无争，碌碌无为，麻木不仁。而小丁则依然保留着那份执着，那份纯真，希冀在自己的园地里栽下理想，收获明天。她不满足丈夫的琐屑，不满足乡间的贫乏，把所有的青春热情都倾注于少先队工作。一年 365 天，没有星期天，没有节假日，她组织活动，争取经费，开辟阵地，建设队伍，安排家访，忙得不亦乐乎。在人生地疏、单枪匹马的情况下，她终于开创了少先队工作新局面，各项活动开展得有声有色，成为市里少先队工作的先进典型。然而，好景不长，因为她的那份纯真，那份执着，经历了多少人生磨难却依然不懂关系学，不识人情网，凡事只讲原则，敢于仗义执言，得罪了不少上司，她的那份与她的生命熔铸在一起的工作也另换他人。在现实面前，她仿佛醒悟过来，仿佛又糊涂了。如今，白发过早地爬上她的鬓角，皱纹也毫不留情地刻在她的额头。唯一的安慰是，她有一个纯真的女儿，已经考上了重点中学。都说青春无悔，她说，要说无悔，便是完成了一个长长的梦，梦醒了，退休的日子也就近了。

小丁的经历，是一部历史，小丁的遭遇，是一本社会连环画，琢磨出小丁以及她与环境的种种谐调与不谐调，便可写出富有新意的东西。这就是琢磨人物带来的好处。

3. 研究结尾

研究结尾常常可以使一些立意浅显的戏获得新的艺术生命。关于结尾问题，后面有专门的章节来讨论，这里只举一二个例子。

我曾经碰到过这样一件事，有年春天，市郊某乡遭暴雨袭击，乡长访贫问苦，到农民家里问寒嘘暖，农民感激涕零。有关部门希望我写一个戏，歌颂党群关系好转，高唱一曲"党的优良传统回来了"。但据我了解，那个乡长在该地任职多年，山河依旧，面貌未改，缺乏带领农民脱贫致富的勇气、魄力和办法。在这样的年头，农民需要一个改革家比需要一个慈善者的愿望更强烈。为此，我在处理这个题材时先后采用了三种处理方法。

第一种处理方法，用于巡回演出，剧本叙述了这样一个故事：雨夜，"老土改"守在破茅屋里等待着乡长来访贫问苦，他在细细地擦一把早已擦得油光发亮的椅子，因为这把椅子土改时区长坐过，以后乡长、县长都来坐过。他相信，逢上这么大的风，这么大的雨，乡长是一定会来看望他这个"老土改"的。所以，尽管孙女一再劝他搬到新楼房去住，他就是不听。从某种意义上说，"老土改"期望的就是这样的雨夜，这样的茅草屋。因为只有这样的条件，才有可能把乡长或者其他的领导干部吸引过来，重温干群促膝谈心、上下亲密无间的旧情旧景。然而，孙女不能理解爷爷的苦心，一针见血地告诉他："爷爷，过去那些当领导的来看你，是因为那时候他们住的房子也在漏雨，他们家的粮食也不多。可现在，他们住的、吃的，都跟我们不一样了，所以，不会再有人来坐这把椅子了！"于是，祖孙俩发生了冲突。就在这时，一个过路的陌生人来躲雨，孙女便恳求她扮一个乡长的角色来安慰她爷爷，以便使爷爷早早离开这危险的旧茅屋。陌生人答应了。爷爷与乡长交心，沉浸在喜悦之中，陌生人走了，爷爷依依不舍，无意中发现这是位假乡长。爷爷一下子苍老了许多，他老泪纵横，近乎绝望，孙女无论怎样安慰也不起作用。此刻，风雨更烈。忽然，爷爷的旧茅屋不漏雨了，正在纳闷，听见屋顶上有喧哗声，仔细辨听，原来是那个陌生人带了乡长、村长来替爷爷加固茅屋，堵漏防雨，而那个陌生人是新来的县长，爷爷心中的太阳又升了起来。

这是一个政治童话般的故事，演出后赢得了有关部门的好评。作为一种良好的愿望，作为对党的优良传统的真诚呼唤，这个戏是可以成立的，但我不满足，希望有机会把自己对这个题材的新的想法吐出来，于是为参加市里文艺会演，就有了第二种处理方法。

第二种处理方法有两种考虑，一种是，雨夜，爷爷盼乡长来访贫问苦，闯进来一个陌生人，孙女请她扮假乡长，对方同意了，爷爷得到了安慰，陌生人走了，爷爷心脏病突发而去。孙女感到唯一的宽慰是，爷爷是带着某种满足而走的。没想到，孙女又突然发现，其实爷爷也知道假乡长的真相，于是她从中明白了这样一个道理，人们的某种政治愿望是可以用假话来安抚的。显而易见，这种写法太尖锐了，且一个短剧也难以说明这样一个主题。

另一种考虑是，故事跟第一种方法有点类似，只是结尾变了，陌生人离开了旧茅屋，爷爷知道了假乡长的真相，他不怪孙女骗了他，只是怪自己的的确确已经老了，已经不中用了。就在绝望之际，茅屋突然不漏雨了，是谁在帮爷爷整修破屋，剧本没有交代，戏就此结束了。

参加市里会演的本子就用了后一种处理方法。后来，又有了一次参加跨省市的戏剧调演的机会，于是，第三种处理应运而生。

雨夜，爷爷在盼乡长来访贫问苦，有个穿雨衣的少妇来借铁锹，因为她的车卡在公路上，孙女求她装乡长来安慰爷爷，少妇答应了。一段感人肺腑的心灵交往以后，少妇要走了。爷爷偶然发现了假乡长的真相，少妇只得如实相告，自己是本乡的砖瓦大王，而爷爷望眼欲穿的乡长正坐在她的车上，因为暴风雨的袭击，她的砖瓦厂受到威胁，所以用车把乡长接去，以尽快解决砖瓦厂的抗灾问题，并对爷爷说："爷爷，请原谅我的直率。我认为，不管谁来当乡长，如果他的眼睛只盯着自己所管辖地区的那几个贫困户，心里老想着谁家的房子会漏雨，谁家的责任田正需要肥料，谁家的碗里太缺少油水，那么，我敢说，这样的领导就不能算是高明的领导！有这份精力，有这点心思，应该去考虑如何使更多的人富起来！这要比那些廉价的同情、空洞的问候、虚浮的许诺、浅薄的安慰实用的多，有意义的多！"砖瓦大王还指出："共产党的乡长不能只懂得访贫问苦，也不仅仅永远是一个模式！希望爷爷早日搬出这个小屋！"爷爷恼火了，他要砖瓦大王转告乡长，我这个"老土改"有话要跟乡长说。砖瓦大王走了，戏的结尾是乡长赶着去救灾，还是没有来看望爷爷。

这个戏的立意的开掘过程，就是不断研究结尾的过程。

4. 象征的力量

象征主义戏剧最根本的特点也许就在于它不是现实生活在舞台上的忠实再现，而是作者个人哲学思想的一种表达手段。当然，我这里说的是运用象征的手段来表情达意，与象征主义流派的创作方法还不全是一个概念。

比如美国当代最重要的剧作家阿尔比的小型戏剧《动物园的故事》。彼得是个富足的中产阶级，有着稳定的地位和收入，衣着体面，举止文雅。流浪汉杰利一再同彼得搭腔，向他诉说自己的烦恼，并问他想不想知道"动物园里发生了什么事"。彼得冷淡地敷衍，杰利喋喋不休，甚至拿出刀来比划。彼得忍无可忍，夺过刀来，杰利向刀锋扑去，并且告诉彼得，这就是动物园里发生的事。

这是现代社会的一出悲剧，它表现了人与人之间的冷漠，人与人之间沟通的困难。在本剧中，杰利一味想唤起彼得对自己的注意，他讲伤心事，曝隐私，呵对方的痒痒，打断对方的话，彼得均一再忍让。但当杰利坐在长椅上，并不断把彼得朝外挤时，彼得终于不再无动于衷了。

因为，那长椅象征着彼得的中产阶级地位。作为一个地位稳定、收入富足的中产阶级，他不关心贫者，也不艳羡富人。他不想去抢别人的位置，也不愿意让别人取代自己的地位。他不同流浪汉斗气，以免掉价，等流浪汉把他从象征一切的长凳上挤开时，他不再无动于衷。在剧中，杰利对彼得"捅"、"嘲弄"、"打"并非是他的粗鲁无礼，而是他内心绝望的挣扎，杰利与彼得间的沟通困难，以至需要付出生命的代价，也是金钱社会冷漠人际关系的象征。

三、必须注意的问题

1. 开掘与拔高

开掘不等于拔高。"拔苗助长"，不会有好结果。20 年前，有个业余作者写了个沪剧小戏《开河之前》，说的是公社要开向阳河，碰到一农家的小竹园，奶奶要孙女在图纸上改一改，曲一曲，弯一弯，让开小竹园"三分三"，孙女与爷爷坚持原则，丢卒保车。一对公私矛盾，充满生活情趣，戏演到哪里，观众笑到哪里。后来，被有关部门看中，组织了几个专业大编剧"攻坚"，说要开掘作品的内涵，突出阶级斗争，以深化主题，增强战斗力和"火药味"。几个大编剧关在高楼深院里，抓头挠耳，一筹莫展，无所适从。一次，某编剧在百无聊赖中翻看连环画，忽然受到启发，大叫"找到了，找到了！阶级斗争在黑漆漆的小氅里！"后来，小氅改成了石碑，上面刻有变天账，藏在小竹园里，以此铺排矛盾，展开情节。结果，搞了两年，戏越改越糟。这个教训，实在深刻。20 世纪 50 年代，曹禺也将自己的成名作《雷雨》改了一回，同样是吃了"拔苗助长"的亏，戏改得很不成样子。你看，一个戏剧大家尚且如此，"拔高"的危害性可见一斑。

还有个小型戏，写两个退休工人在公园里玩鸟，因为各自偏爱自己的宠物，无意中又互伤了双方的自尊，两人便斗起鸟来。胜败如何，无关紧要，令人感到不解的是结尾处突然响起《黄河颂》的旋律，询问缘由，有领导说是引申到民族自尊心上来，自然是风马牛不相及，叫人哭笑不得了。可见，拔苗助长往往会适得其反。

2. 开掘与说教、图解

开掘不等于说教。戏剧作为一门艺术，它所要阐述的生活道理只能通过具体的艺术形象来体现。因此，它不能赤裸裸地依靠剧本中的台词或唱词专门说出来。正如恩格斯所说的："倾向应当从场面和情节中自然而然地流露出来，而不应当特别把它指点出来。"①像小型戏曲《小两口算账》在这方面就做得很好。剧本写夫妻两人发生冲突，各自炫耀自己的收入多，有能耐，于是一笔笔算起家庭收入来，这就在有趣的夫妻性格冲突出"带"出一个经济活跃的农村社会背景。整个剧本没有直接讲三中全会如何英明，农村经济政策如何正确，但我们从小两口有趣的冲突中强烈地感受到新时期农民富裕以后的精神生活和物质生活的巨大变化。

开掘也不等于图解。什么是图解？比如计划生育是我们的基本国策，几乎任何一座大城市的十字街头，我们都可以见到这样一个巨型广告牌，上面有色彩鲜艳的三个人物。英俊的青年父亲，美丽的年轻母亲，还有一个可爱的女孩子（非得是女孩子不可，否则似乎不足以体现"男女都一样"的主题）。或在蓝天或在绿地，有美术字写着：只生一个好。这样的宣传当然很醒目，也很有必要，因为这是关系到中国人口素质与未来命运的大事。但要写成剧本又该怎么样呢？有个作品写一对夫妇，婚后几年不孕。妻妹多产，因为要一个儿子，已经连续养下四个女孩子了，弄得生活困难。不孕的夫妇就去抱养一个过来，双方都是满意的。不料过后不久，妻子自己怀上了，顿生矛盾。把抱养的还回去，一则妹妹那里日子艰难，再则和这孩子也相处有感情了，但究竟还是自己养一个好吧。经过几个不眠之夜，正确的思想战胜了不正确的思想，把自己肚子里的打掉，只要一个孩子。应该说，这个作品里有人物，有曲折的故事，有起伏的情节，有思想斗争，有正确的解

---

① ［德］恩格斯：《致敏·考茨基》，《马克思恩格斯选集》第4卷，人民出版社1972年版，第23页。

决。最要紧的是，有当前的宣传需要。不过读了以后，和在十字街头看到的那广告牌一样，就是一句话，不多也不少。这显然是缺乏开掘的结果。

3. 开掘与故作深沉

开掘不等于故作深沉。曾经看到一位很有才华的编剧，写了一出蛮有意思的戏。有一个好人，一个坏人，各自为了寻找对方而在大沙漠相遇，因为几天喝不到水，嗓子冒烟，奄奄一息。他俩祈求上苍赐一清泉，忽然一声巨响，出现一口古井，惜只有绳索无有水桶，用水壶又打不到水，只得将井绳缚于腰际，一人下井喝水，另一人则守在井边，待井下人喝足了便拉他上来。先是坏人下井，后又好人下井。两人喝够以后躺在地上欢呼，忽坏人想吃好人的干粮，好人慨然应允，只是提醒必须节约，因靠这点干粮走出大沙漠还十分艰巨。坏人闻之，忽生恶念，催好人下井灌满水壶里的水，好人只得应允。谁知下井以后，坏人丢下绳索不再理会，好人呼救，坏人云：你我要走出沙漠必死一人，否则难以果腹，你是好人，当死无疑。说罢要走，好人心生一计，叫喊井下有金块，坏人闻之动心，遂达成协议，拉好人上来，金块平分。好人上来，佯作金块落下，坏人自告奋勇下井，结果被好人抛却，在井底束手待毙。好人问观众：我是好人还是坏人？等等。显而易见，这个戏有一定的观赏性，但作者用好人坏人这样的标记来渲染、来评估、来解释，便有故作深沉之嫌了。试想，如果删去好人坏人这一标签，就写两个普通人的遭遇，这个戏不是同样可以成立吗？作者试图引导观众去作好人坏人的思考，其实戏的本身并不具备这方面的内涵，硬要人家往那想，就勉为其难了。

【思考与练习】

1. 试将沪剧《芦荡火种》与现代京剧《沙家浜》作一比较，看看两剧在立意开掘上有哪些区别？

2. 下面这一社会故事具有较强的传奇性，请你按照"开掘要深"的要求，编写一个小型戏剧的剧本提纲。

自 首

豫西伏牛山腹地西峡县米坪镇一山民张某突然死亡，其儿媳英子极度悲伤，她精心张罗把公爹安葬。事后人们议论，说张某平时身健如铁，咋会猛然就死？

村干部们怀疑更有根据：张某死前两天，曾揭发过儿媳英子与他人有染，莫非是她报复杀人？于是村干部们决计找其谈话。不料，英子异常干脆，把自己如何用毒药杀死公爹的经过一古脑儿"坦白"出来，并声称愿意立即伏法，以命偿命！因为是人命大案，村干部们岂敢怠慢，于是，绳捆索绑，将英子扭送当地派出所。

像往常一样，县公安局法医曹振范首先赶到现场，曹是一位具有丰富经验的老法医，他曾为该县侦破凶杀案件提供过数不清的有益证据。他找接触过张某尸体的村民座谈，又对英子的不变口供反复推敲后，觉得张某被毒死很可疑，便请示领导开棺验尸。经尸检，化验显示张某胃有空洞，胃内无毒物留存，所谓用鼠药毒死，纯是虚构。很显然张某系患急性胃穿孔致死。那么，英子为什么要承认自己杀害公爹呢？

经过在当地调查和询问英子，这才揭开了谜底。

这要从十年前说起。张某虽系深山区山民，文化程度不高，但精明能干，善于经营山区特产品，家中有吃有穿有钱花，是周围几十里先富起来的农户。但美中不足的是独生儿子憨傻，不能继承家业，这是张某长期担忧的心病。但出他意料的是，邻村英子的父母找上门来，自愿将当时18岁的女儿英子嫁给他的儿子。虽然英子一百个不同意，但胳膊扭不过大腿，父母最终包办了这桩婚事。婚后，尽管丈夫傻，但由于公爹事事料理得周到，日子过得红红火火，又有一双儿女。然而不遂英子心愿的是自己生的孩子固然比他们的父亲要能一点，但比别家孩子的智力要差得远，她为未来的前景忧愁，尤其公爹突然死亡，使她雪上加霜：家中有傻婆婆，傻丈夫，加上不理想的儿与女，自己这脆弱的肩膀怎能担起这沉重的包袱？

英子对未来的生活丧失了勇气，经过再三考虑，她想到了死，杀人可以坐牢，以为这是摆脱困境的唯一办法。于是就主动承认了杀死公爹的"罪恶"。岂料，这一计未能瞒过明察秋毫的法医，她被宣布无罪释放。企图以犯罪摆脱困境的她，只是做了一场滑稽梦。而包办婚姻则是这场荒诞、滑稽梦的根由。

（摘自《新民晚报》）

第三章　视角要新

在艺术创作中，一些作者常常埋怨题材撞车，构思雷同。其实，如果你仔细分辨，雷同也是不尽相同的，正如世界上没有相同的两张树叶一样。苏州有五百罗汉，姿态各异，神采别具，只要稍加揣摩，便不难发现，所以不雷同，原因是艺术家在塑造人物时所选取的视角不同。因此，寻找一个新颖的视角来表现作者对生活的感受，是艺术创造工程中一项十分重要的劳动，容不得半点忽视。

一、同类题材与不同视角

丹纳指出："同一题材可以用某种方式处理，也可以用相反的方式处理，也可以用两者之间的一切中间方式处理。"[①] 这里说的处理方式，实际上就是指作品的视角。

古代有这么一个例子：一个穷书生，在妻子的照应下，中了状元，被当朝看中，招为驸马，妻子上京寻夫，一波三折，委婉动人。以"穷书生中举，糟糠妻寻夫"的故事框架繁衍成戏的很多，但真正经得起历史检验的脍炙之作恐怕要推《琵琶记》了。原因是，许多戏都是写痴心女子负心汉，而《琵琶记》则选取了一个别致的视角，另辟蹊径，独出新意，写了一个值得同情的人物，因之，具有更长久的艺术生命力。

现代也有这么一个类似的例子：一个男人（或者是女人），在妻子

---

① ［法］丹纳著，傅雷译：《艺术哲学》，人民文学出版社，1963 年版，第 338 页。

（或丈夫）的帮助支持下，获得了成功，妻子（或丈夫）痴心地爱着自己的丈夫（或妻子），可想不到对方已变了心。这样的故事写成戏剧也不少，但真正为人称道的还是那些以独特的视角去反映这一题材的作品。在这里，我想举两个小型戏剧的例子，一个是我国的，另一个是意大利的。

意大利剧作家路易吉·毕朗代洛的小型戏剧《西西里酸橙》，是一个典型的富贵相忘的故事，只不过男女的位置互换了一下。

为了未婚妻西娜的前途，农民乐师博纳维诺变卖家产，送西娜上了音乐学院。西娜贵而变心，等博纳维诺拿着婚约前来时，一场势利的好戏上演了。富而易妻或易夫的故事屡见不鲜，本剧作者选择的视角是：被抛弃者去探望自己的心上人，从他的眼里去感觉、判断与辨认对方的变心过程。

在本剧中，男主人公博纳维诺高兴而来，却遭到势利眼的侍仆捉弄、打趣。有其仆必有其主，博纳维诺大为不安，他想必可以推出，西娜也是一样嫌贫爱富的人。

随后西娜回家，可博纳维诺却看到她避而不见，派其母玛塔来见博纳维塔。从玛塔欲言又止的神情中，博纳维诺觉察到事情有变，剧情气氛渐趋紧张。

西娜的两次出场完成了向高潮的冲刺，"那是赌徒的摊牌"，从纯朴的博纳维诺的视角展现西娜虚荣、轻浮，人物性格发生激烈碰撞，剧情在恰当的时候戛然而止，博纳维诺毅然离开负心人，将凝聚爱意的西西里酸橙改送玛塔，因为虚荣的西娜"不配吃这些橙子"，充分体现了剧作家运用独特视角来塑造人物的艺术能力。

我国剧作家鲁彦周的小型戏剧《归来》，也写了一个类似的故事。

小翠放学回家，她的姨妈，也就是她的老师童惠芬也来了，她带来了小翠在邻省专区百货公司当副经理的爸爸王彪的来信。小翠抢过信跑去找来奶奶王母，童惠芬念信给王母听。王彪长年在外，半年才写一封家信，这次来信则是告诉家人他准备"本月十五回家"，信中他还说要接母亲进城。说曹操，曹操到，今日正是十五号，在场的小翠、小翠奶奶、童惠芬以及其丈夫副社长王直化得知了这个消息个个十分欢喜。小翠欢呼雀跃地等待爸爸和爸爸的礼物，王直化夫妇则期待着王彪回家传授办合作社和教学的经验，因为他们认为"他什么都懂，念过书，打过游击"。

王母一面责怪儿子为什么不早点来信告知回家之事，一面叫人去唤王彪的媳妇合作社妇女组长童惠云。童惠云表面上故作冷淡，实际上心里很激动，要知道，她担心赶不上王彪，每天晚上都在努力学习文化，她也十分羡慕妹妹童惠芬与妹夫王直化两人形影不离的生活。

这不，丈夫马上就要回来了，王母叫童惠云洗个脸，换衣服，甚至还要她戴花，得知童惠云下午还要下地，王母马上亲自去为童惠云请了假。

王彪到家了，大家欢天喜地，可是，王彪本人却显出心神不定的样子。一阵寒暄之后发现居然忘记了给小翠带礼物，只好以钱代替。

社长李德裕以及前来恭贺的众人讲述了童惠云在家的进步，并且要求王彪给她们传授经验，王彪虽然满口答应，可是等众人刚刚走掉，他就说了声"真麻烦"。

王母劝王彪农闲时节可以把妻子、女儿接到城里过一些日子。她自己老了，不想去城里了。王彪则说留下母亲一人在家他不放心，王母责怪儿子顾家少，然后就出去了。现在只剩下夫妻两人了，童惠云的热情与王彪的冷淡恰恰形成了鲜明的对照。终于，王彪道出了此次回家的目的，拿出了准备好的离婚书。原来，他觉得童惠云现在已经配不上他了，妨碍了他对于幸福生活的追求。

看来，王彪是下了决心了，妻子的温柔相劝，女儿的亲昵呼唤，母亲的责备都不能使他回心转意。颇有自尊的童惠云见此光景，不顾王母阻拦，在离婚书上面签了字。王母阻拦童惠云签字时，王彪竟然不留神把母亲推倒在地。签好字，王彪扶起母亲，告诉母亲，他准备下月就喜结新人，新人能写会画，才21岁。

真相大白后，大伙又一阵苦劝。可是，王彪仍寻找种种借口为自己辩护。群众对王彪的行为都十分气愤，大家决定去找王彪的领导和他的新人说明情况，认为不能放任这个喜新厌旧、损人利己的人，不能放过这个现代陈世美。王彪看见如此阵势，这似乎是他所始料不及的，最后他茫然地说："这一下我不是什么都完了！"

显而易见，这个戏的视角与《西西里酸橙》截然不同，前者通过被抛弃者的目光去"挤"出负心人的真实形象，而后者则是从负心人的角度去判断被抛弃者的音容笑貌、心路历程。女主人公童惠云勤劳善良，为了赶上丈夫，她暗暗使劲，努力学文化。她善待老人，带好孩子，满怀希望等待丈夫的温情。但当她得知丈夫已变心以后，又毅然在离婚书上签字，体现了新社会女性的自尊与自强。这个戏从亲人们满怀热情地等待负心汉切入，重点展现了亲情浓浓、乡情浓浓的生活场面，与冷冰冰的王彪形成巨大的反差，由此谴责忘恩负义、贪图享受，把自己所谓的幸福建立在别人痛苦之上的无耻行为。

两个戏题材相似，故事接近，但由于视角不同，塑造人物的重心不一样，因此都有自己独特的审美价值。

虐待老人的故事古今有之，戏也不少。农民剧作家徐林祥的小戏曲《摇篮曲》，描写了一个老实憨厚的青年农民"揭竿而起"、造老婆反的诙谐故事，针砭时弊，有声有色，激浊扬清，誉满四乡。浙江包朝赞的越剧小戏《娘啊娘》，颂扬了一个深明大义的丈母娘训斥女儿虐待老人的丑恶行径，泾渭分明，有情有节，雅俗共赏，广为流传。我也斗胆写了个类似题材的儿童剧《妈妈，您错了》，刻画两个机智、聪颖的小朋友用自己的性格力量使母亲认识到虐待老人是不道德的行为，虽属"狗尾续貂"，却无雷同之嫌。最近又看到一个戏剧小品《野餐》，视角更为独特。作者同样写老年人被儿子媳妇虐待的遭遇，但作品并不正面涉及小辈如何具体虐待老人的任何细节，而是写一对老夫妻抽一个空档，买了一只电烤鸡，去郊外野餐。吃鸡时老奶奶情不自禁地将鸡腿藏起来准备给小孙子吃，老爷爷也习惯地去啃鸡屁股。两人忽然想起如将鸡腿带回，今天的"越轨"行为就会露馅。于是老夫妻相互鼓励将鸡腿吃掉，但老人对此举动自以为心中有愧，居然难以下咽。戏写得十分细腻，看了令人心酸。这也是作者选择了独特视角所产生的艺术效果。

二、视角的魅力

要考察视角的魅力，古代画家们的艺术实践为我们作出了楷模。如"野渡无人舟自横"这个画题，画家不去画一只小船系在杨柳岸边，不画鹭鸶、乌鸦或什么鸟儿在栖息篷顶，却画一个船工蹲在船尾吹笛子，表示没有人要过渡，突出旷野的荒凉，寂寞无人。画家没有单纯地就题作画，而是深入诗意，独出心裁，找到准确的艺术视角来体现，从而获得了很高的审美价值。又如"深山藏古寺"这一题，画家不去画古寺坐落在山腰或深山老林里面，也不去画两山耸峙的峡谷间古寺一角，只画一个老和尚在小溪边挑水。点出一个"藏"字，不画古寺，而古寺却隐在其中。"踏花归去马蹄香"，不画落英缤纷，芳红满地，却只画几只蝴蝶，飞逐马后。使丹青难以描述的"香"跃然纸上，令人一唱三叹。"竹锁桥边卖酒家"，则不画房舍、人物、酒坛，只画竹梢头上露出一个酒帘儿来，使人低回遐思，韵味不尽。

即便是一些充满商业气息的广告，也非常注意叙述视角的选择，以增强其感染力与煽动性，如法国某印刷公司的广告写道："除了钞票，承印一切。"足见其气概与魄力。荷兰一家旅行社刊出这样一则广告："请飞往北极度蜜月吧！当地夜长24小时。"机智幽默，妙不可言。福日牌电视机的广告是："'福日'电视机维修服务部的工作最清闲。"从顾客最关心的返修率着眼，深得人心。一家美容院外面挂了一块广告牌："请不要向从本院出来的女人调情，她或许就是你的外祖母。"虽然夸张了点，却令你会心一笑。一家小饭店在门边挂的广告牌写的是："请到这里用餐吧！否则你我都要挨饿了。"实话虚说，别有情趣。

选择一个别致新颖的视角来进行小型戏剧创作，至少还有这样几个好处。

1. 化平凡为神奇

一个好的视角常常可以使一个极一般的题材处理成为一个别出心裁的作品。

苏联有个儿童剧作家，试图通过一个小剧本告诉千千万万个家长，在与孩子们的接触中，父母亲要注意自己的形象，家庭教育对下一代的影响是至关紧要的。显而易见，这个题材不见得有多少新意，但是，聪明的作家找到了一个非常独特的视角，大致情节是：有个女教师给同学们布置作文，写"我的爸爸"。几天后，学生们的作文都送上来了，女教师便把所有的家长都请来听她朗读作文，而把作者的名字隐去。当读到夸奖好爸爸的作文时，座中有不少人站起来炫耀自己："这一篇一定是我女儿写的！"当读到批评坏爸爸的文章时，座中有不少人跳起来声明："那决不是我！"本子写得十分机智，充满戏剧性。新颖的艺术视角使这出题为《我的爸爸》的小剧熠熠生辉，饮誉剧坛。

上海学生戏剧节参赛小品《招聘爸爸》，通过几个孩子对一个单亲家庭的同学开出招聘好爸爸的条件，用各自的经历将有权无德的贪官爸爸、有钱无品的荒唐爸爸与有德无钱的贫穷爸爸作了入木三分的剖析，深情地发出对勤劳、健康、快乐、美好的世俗家庭生活的深情呼唤，看了令人感觉耳目一新。

另一参赛小品《小宝贝与小祖宗》的视角则更佳。故事是这样的：一男一女，两个五六岁的孩子，来到小区公园的一条长凳上，一番交谈，两人都在绝食。原因是，各自的父母没有满足他们购置许多价格昂贵的玩具的要求，故而以不吃早餐的方式表示抗议。两个孩子十分自信，他们相信，这个时候父母都已准备好了他们最喜欢吃的早餐正心急慌忙地满世界寻找他们，哄他们尽快就餐。渐渐地他们肚子饿了，果然有人来了，女孩以为是自己的父亲，她开始装作委屈地哭起来。结果那人不是女孩的父亲，是女孩认错了人。不一会，男孩以为自己的母亲来了，结果也认错了人。两个孩子肚子越来越饿，想用做游戏的方式忘掉饥饿，终于连做游戏的力气都没有了。两人回忆想象吃肯德基的滋味，又开始寻找东西，男孩找出一块彩色橡皮，把它当成巧克力。又过了一会儿，实在挺不住了，男孩似乎把想象中的巧克力橡皮吞了下去，开始肚子疼。女孩发现那块橡皮其实掉在地上了，男孩的肚子马上不痛了。他们在纳闷，父母今天怎么了？女孩忽然想起老师昨天晚上来家访，听见老师跟父母说，对独生子女不能娇生惯养。男孩说，老师也来过他的家。最后，两个饿得嗷嗷叫的孩子决定，马上回家，从此再也不跟父母耍性子。戏就此结束。

这个戏剧小品写独生子女教育问题，却没有一个大人上场，更没有一句说教，真正是达到了"不着一字，尽得风流"的艺术效果，其获成功的主要原因是选择了一个很好的视角。

我有个学生牛文佳写过一个题为《一件小事》的戏剧小品，作者通过一把房间钥匙串起整个故事。某公司科长王超与即将升职为处长的老江是对门邻居，由于一天王超误拿了老江家的钥匙，而这把钥匙却顺利地打开了自己家的门。王超出于好心回去归还，偶然中进入了空无一人的老江家，之后在妻子强烈的好奇心和自己慢慢滋长的偷窥欲的驱使下，一次次进入老江的空房间。从装修到摆设，从家具到电器，王超夫妻两个在一次次窥探之后一点点猜测，一点点回忆往事，从工作到生活最后说到对方的夫妻感情，就在对邻居的隐私说得畅快淋漓时，突然心头一股后怕——对方是不是也像自己一样在自己家里仔仔细细地"参观"了一番，这种后怕越来越强烈，最终王超夫妇不敢再想下去……

这个小品试图通过一把小小的钥匙，通过一点点生活琐碎片断表现小人物的内心世界，并把人与人之间的不信任、嫉妒和偷窥等复杂的畸形心理放大，把平凡的小事写得有声有色。

再比如，歌颂好人好事，很容易写成标语口号式的东西。但我的另一个学生黄溪的戏剧小品《新年的礼物》却因选择了一个独特的视角而另辟蹊径，不同凡响。剧本写某居委主任过年前用自己的私房钱给妻子买了一条羊绒披肩，佯称是单位的"福利"，免得妻子瞧不起自己。不料，辖区居民小吴为感谢居委主任平日里对他们小夫妻的关心，送来一串大闸蟹，居委主任把羊绒披肩还了礼。外籍居民史密斯拎来一只鸽子邀请居委主任到自己家里过"中国年"，居委主任又把大闸蟹给了史密斯。孤老给居委主任家的小花猫买了三条小带鱼，居委主任又将鸽子给了孤老。眼看着新年的礼物越变越小，居委主任觉得无颜面对妻子，可是妻子却发现了丈夫美好的心灵。

这个小品没有一句说教，却把居委干部的形象塑造的很温暖、很丰满，看演出时尤为作者选择的独特视角所折服。

2. 浓缩时空

一个好的视角，常常能浓缩时空，使一些按常规难以反映的生活内容得到十分巧妙而恰当的表现。

比如德国作家卡尔·艾特林格的小型戏剧《利他主义》，作者试图用一部短剧去表现社会世象众生态，这是一件不太可能的事。但作者选择了一个很好的视角：在巴黎的塞纳河边，有天发生一桩惨剧，一位乞丐因为乞讨无着，跳河自杀。一位男子要跳下去，他的妻子拦住了他。他们和其他人，包括一个遛狗美国人、一个妓女、一个画家、一个青年共同旁观议论着，打赌他会不会淹死，什么时候会淹死。后来有个工人跳下去，救了乞丐，人们赞扬工人时才发现，他原来只是为了得救人奖章和奖金。乞丐上来了，妓女首先伸出援助之手，给了他两个法郎，其他人也纷纷解囊。正在这时，美国人的狗也掉到河里，美国人愿出 500 个法郎给救狗上岸的人，青年勇敢地跳了下去。乞丐破口大骂，原来，这只是一个借自杀骗人怜悯和钱财的圈套，最先解囊的妓女，正是他的女儿。最后，父女打车离开。

这个小型戏剧的信息量这么大，靠的是视角的魅力，它让一群人围绕一件事以各种方式展示各自的内心世界，从而反映了一片真实的生活。前面所介绍的安德烈夫的《仁爱之心》，写一群游客就"有人跳崖"一事表现的众生相，也是这样的视角。

丹麦剧作家古斯达夫·维德的小型戏剧《秋火》的视角也十分独特。该剧写海尔姆斯和克拉考是多年的好朋友，如今他们都上了年纪，住在敬老院里。海尔姆斯曾经有过家庭，可现在妻子、女儿都已经逝世，只有外孙和女婿。克拉考则是个老单身汉。就在海尔姆斯过八十大寿的时候，两人发生了争吵，在争吵中，克拉考吐出真情，那就是他和海尔姆斯的妻子私通过，海尔姆斯的女儿其实是他的私生女，海尔姆斯的外孙、女婿原来却是克拉考的亲人。这让海尔姆斯十分伤心，克拉考也很后悔，最后他们达成和解，两人共同保守秘密，也共同分享拥有亲人的幸福。

表现人与人间的脉脉温情，大多数剧作会从描写互相关爱入手，但这出戏剧却选择了一个描写冲突争斗的视角，一个涉及男人的荣誉与尊严，弄不好会出人命的话题，浓缩过去与现在的时空，令其互相映照，昔日的背叛化做今日的谅解，反而技胜一筹，把垂暮老人的感情刻画得令人回味无穷，实在难得。

3. 凝聚情感

一个好的视角，常常能凝聚情感，使人世间最浓烈的感情强度得到最集中的体现。

爱尔兰著名剧作家、诗人沁孤的作品《骑马下海的人》，写伽特林和诺娜的哥哥米海尔出海久不归，家人认为他早葬身海中，就在一天早晨，姐妹俩收到牧师送来的一些死人衣物，那正是哥哥米海尔的。姐妹俩怕母亲毛里亚看到伤心，偷偷把衣物藏了起来。毛里亚此时正为第二个儿子巴特里担心着，为了维持一家人的生计，巴特里必须也出海去，最后送来的却是巴特里的尸首。这位可怜的母亲在海里失去了丈夫，失去了公公，失去了整整六个儿子。此时，可怜的母亲反倒平静安宁下来，因为，她再也不怕"海水"了，就让它去"让别的女人痛哭"吧，因为她再也没有多余的儿子可为它牺牲了。

本剧的视角十分独特。它要表现爱尔兰渔民的悲惨生活，但却并没直接写下海打鱼的人，而是将笔墨主要集中在家人对他们的担心思念上。全剧中的事件可分为二，一是姐妹俩辨认衣物，二是老母亲去为巴特里送行。两条线索彼此独立又互相交叉。当姐妹俩认出衣物正是米海尔的，最后一丝希望破灭，沉浸在悲痛之中时，也正是老母亲绝望之时：她在泉水中看到了不祥的预兆，看到了米海尔和巴特里在一起。这在观众和剧中人心中都掀起了巨大的波澜，大家知道，这个预兆几乎就是事实，因为海水吞噬人，只是迟早的问题。姐妹俩强忍悲痛，劝慰着母亲似疯似癫的揣测，然而片刻之间，巴特里的尸首就送了过来。作者对于巴特里和米海尔的死并未刻意去做惨烈的描绘，而在亲人为他们的担心思念之间，在描写亲人生的痛苦之间，突出命运的残酷，人生的无奈。

无独有偶，英国剧作家哈罗德·布列斯的小型戏剧《煤的代价》所选取的视角也与此相似。矿工杰克在下井前向心爱的姑娘玛丽求婚，羞涩的姑娘未当场应允。在得知井下出事后，玛丽追悔莫及。她去出事地点见心上人最后一面。杰克的母亲却竭力劝阻。是母亲对玛丽有怨气吗？还是她母亲麻木无情？都不是，是这位饱经患难的母亲不愿让姑娘看到杰克被烧得面目全非的遗体，怕她受刺激。她强忍悲痛安排玛丽铺床烧水，准备棺材，在琐碎的劳作中转移悲痛，做些对生死未卜的杰克切实有用的事。剧情就在他们平静而压抑的准备过程中延续。

这个小型戏剧将视角放在亲人的担心、思念以及由此引发的冲突上。杰克的恋人玛丽坚持要到矿上去看，而富有经验的母亲埃伦却坚持不让。玛丽是热烈激动的，情绪处在爆发奔放的状态，而母亲却是内敛压抑的。但这种内敛压抑是不得已的，她已经"很习惯想象我们的男人的突然死亡。"一方面内心极度痛苦，另一方面还得强忍悲痛劝慰别人。在人物与人物的冲突中，人物自身内心冲突中，揭示出命运的残酷。纵然今日无虞，明天母亲和妻子的担心仍要继续。想想看，这样的艺术处理是多么的有震撼力。

控诉战争的作品我们不知看过多少，但美国戏剧家丽达·威尔曼的小型戏剧《永远在一起》却因视角独特而不同凡响。故事发生在莫里斯于第一次世界大战中牺牲之后，他的母亲莉·巴吉夫人为失去儿子而悒郁成疾，而一生未婚、把所有爱给了莫里斯的保姆南内特终日寡欢。正在此时，来了一位自称是莫里斯女友的黛安妮，从她口中，南内特得知正是在她鼓励下莫里斯才上了战场。一怒之下，南内特开枪打死了黛安妮。

在本剧中，作者也将视角集中在失去亲人的哀痛上，三个女人对莫里斯的感情是不同的，但哀痛却是共同的。作为恋人，黛安妮亲手把莫里斯送上死路，有思念有负疚；母亲把椅子当作了爱子的化身，聊以慰情；老保姆南内特对莫里斯的感情中有母爱也有情爱，在她心目中，莫里斯是她的孩子、恋人，代表了她所有期望中的美好情感。

编剧正是从发掘人物内心深处的情感这一独特的视角入手，演绎出了十分动人的戏剧情节。

又如日本有个短剧《啊，芥子奖》，写一个穷作家一直梦想得到芥子奖，临终还惦念着他的作品能否问鼎。他的女儿见父亲这副样子，便安慰他说："你的作品得奖了！"老头信以为真，欣喜若狂。不久又怀疑，怎么没有记者来采访？儿女们便让朋友扮成记者前来周旋。后来，又怀疑报上怎么没有消息？结果，儿女们又托人印了张假报纸，老头这才释疑，从此居然精神好了，不死了。有一天他的孙女偶然拿来一张报纸，他才知道，这是假的。不久老头故世了。他的儿女们并不知内情，心里感到已对得起自己的父亲，老人家可以含笑九泉了……显而易见，这个匠心独运、内涵丰富的作品也得力于作家所选取的那个别具一格的叙述视角。

三、小型戏剧的视角要求

1. 管窥——以小见大

小型戏剧这一短小、特殊的艺术形式决定了寻找创作视角这一工作的严肃性。如果说，大戏能容忍广角、长焦距等多种艺术视角的话，那么，小型戏剧则是断断不能的。为了说明彼此之间的关系，我想试举这样一个例子：

大约是 1978 年，北京举行全国秋季服装展销会，当天的《人民日报》发了一张体现展销会盛况的全景照片。画面上，气派非凡的展览馆，铺天盖地而来的大字横幅，琳琅满目的橱窗，摩肩比踵的顾客……毋庸置疑，这张新闻照片是能够使人们具体的感受到展销会热烈、隆重、博大的特定气氛的。没隔几天，在另一家报纸上刊登了一张同样表现展销会盛况的新闻照片。画面上，几个姑娘正面对着橱窗里的旗袍指指点点："原来旗袍是这副模样的！"虽然是表现了展销会的一个侧面，却使人们强烈地体验到这次展销会不仅仅是一次服装的荟萃，而且更重要的是生动地体现了粉碎"四人帮"以后中国人民的生活正在日趋活跃这样一种社会现象。这里无意评价两幅照片的优劣，只是通过它来说明这样一层意思，小型戏剧创作的视角应该是那张"看旗袍"照片的视角。

苏联剧作家穆吉瓦尼的小型戏剧《我们的家庭》，就是以"看旗袍"的方式写大事件、大背景的一个好例子。该剧写两位女共青团员西玛和奥丽格响应国家号召，准备到偏僻的阿尔泰去开垦荒地。奥丽格陪西玛回家打点行装，西玛生怕遭到家人反对，便嘱咐奥丽格千万别将此事透露给母亲乌里扬娜知道，即使对哥哥尼古拉也要保密。面对自己的未婚夫尼古拉，奥丽格只能三缄其口，没想到尼古拉突然提出要与自己结婚，奥丽格一时不知如何是好。而乌里扬娜则遇到了更不可思议的事情，先是开无轨电车的女儿西玛竟然说要出差去基辅交流经验，接着，西玛的女友奥丽娜、儿子尼古拉、丈夫依万也不约而同的要到外地去交流经验。其实，他们都已偷偷地报名去阿尔泰，打算投身到热火朝天的大开发中，因为怕乌里扬娜担心，才找借口搪塞她。当他们四个人互相取得理解后，都为能拥有这样"走在最前列"的亲人和朋友而感到骄傲，奥丽格和尼古拉更是热情相拥，准备一同赴阿尔泰举行婚礼。然而，年迈的乌里扬娜由谁来照料？大家推来让去，最终决定让最小的家庭成员，年仅 19 岁的奥列格来承担照顾他母亲的责任。此时，奥列格带着一大堆新购买的生活必需品回到家中，当着全体家庭成员的面，宣布自己也将启程去建设阿尔泰。无可奈何之下，大家只得将实情告诉了乌里扬娜，眼见大势所趋无可挽回，乌里扬娜也只得随同家人一起移民到阿尔泰这片热土上。

作者以一个家庭喜剧的形式，通过这个独特的视角，反映出人民对国家政策的拥护，实属不易。因为对于一个小型戏剧而言，要在短短的十几分钟或几十分钟内对国家的某项方针政策进行正面描写，很容易显得空泛枯燥，而选取恰当的视角和切入点却是一种最为恰当的方法。

2. 聚焦——凸显人物

聚焦人物的心理、性格，从中抽取富有戏剧性的细节与情节，是小型戏剧视角选择的另一种方法。

我们来看戏剧小品《门卫》。故事写官场心理，却从门卫送书报这一视角着手。剧本的情节是这样的：门卫老陈在墙上挂个书报袋，并一一注上姓名，以方便大家取报。张科长来取报纸，发现自己的名字排在五位科长之首，顿时大惊。他告诉老陈最近公司有人事变动，五位科长中有一位要提拔成副经理，问其是否听到风声。老陈摇头。张科长提醒老陈这样做可能会节外生枝。老陈立即将张科长的名字换到后面。张科长以自己名字笔画少为由，又将名字放到首位。临走时，张科长对老陈将深得总经理赏识的吴科长（女）名字放在王副经理前表示鄙视。吴科长来取信，发现自己的排名在副经理前，要求换到后面。王副经理来拿报纸，看到了排名后大惊，问老陈是否听到风声，老陈将张科长透露的信息全盘掏出。王副经理意识到为公司操劳多年自己要下来，而张科长将顶替自己的位置，顿感上级无情。老陈告诉王这都是自己乱编的，王不信。此时，张吴两科长争执着前来，互说对方奉承拍马。王副经理大斥吴科长，又对张科长大献殷勤。张以为自己真将当上副经理，便问消息出处，王副经理指向老陈。在三人的逼问下，老陈昏倒了……

这个由"老陈为书报袋主人排名"引起纠葛的戏剧小品，便是从聚焦官场人物心理的过程中发现的。这样独特的视角就不易撞车。在这方面，我国传统戏曲中例子就更多了。一大批优秀剧目证明，古人是不怕撞车的，他们的基本经验之一就是将艺术视角聚焦于人物，凸显人物鲜明的个性特征，在相同的事件中塑造不同的人物性格。实践一再证明，只要注意写人物，努力塑造出生动的艺术形象，就可能在同类题材中写出各具特色的剧本。

举例来说，传统戏中有不少是同一个阶层、同一种倾向、同一番遭遇的人物，却都有自己不同的个性。比如崔莺莺和祝英台，同是贵族小姐，同是封建礼教的叛逆，同是追求婚姻自主的典型。崔莺莺经过忧患，多情善感，思路细致，顾虑较多，在爱情上就有"赖简"的曲折，"长亭"的哀怨。祝英台初历世事，热情奔放，就有乔装求学的大胆，十八相送的主动。同样，以张君瑞的才情，如果经历十八相送，他决不会听不懂那些比喻暗示，以梁山伯的憨厚，也决不会有夜跳粉墙的鲁莽。这都是性格使然。再如杜十娘和金玉奴，同是被负心男子遗弃迫害的女性，她们身上同样概括了封建制度下妇女的苦难。由于杜十娘阅历很深，看透了炎凉世态，磨炼了刚烈的性格，所以有"沉江"的悲剧，金玉奴生长在慈父羽翼之下，天真无邪，富有同情，看事情总往好的方面想，所以产生"棒打"的结局。

再如《彩楼记》和《王宝钏》这两个戏，写的都是相府千金，抛彩择婿，逐居寒窑，经历种种磨难和考验，概括的都是威武不屈、贫贱不移的志向和骨气。两个戏的题材、主题、人物、事件十分相近，可算是严重的"撞车"了。可是由于人物性格有区别，所以同中有异，各有特色。刘翠屏（有的剧种叫月娥，也有的叫瑞莲）比较开朗，乐观，有幽默感，对艰难的处境甚至还觉得新鲜有趣，她爱的又是一个既认真又傲气的穷秀才，所以他们的故事就发展出了《入窑》(梨园戏)、《评雪辨踪》(川剧) 等饶有风趣的戏。王宝钏的性格则偏于沉稳、顽强，善于克制，爱憎都很强烈。所以她的故事就发展出了《三击掌》、《母女会》(京剧)、《鸿雁传书》(扬剧)、《搬窑》(吉剧) 等比较浓烈的戏。同样是写志气情操，前者笔法比较超脱，后者比较深沉，视角不同，各有千秋。

3. 变形——强化主旨

通过变形、夸张的艺术视角来强化主旨，比利时作家莫里斯·梅特林克的小型戏剧《圣安东尼显灵记》是一个很好的例子。这个戏的故事很简单，但内涵很丰富。其成功的秘诀也在于以独特的艺术视角，运用变形的手段来挖掘丑陋人性这一深刻的人文主题。

老小姐霍坦西亚死了，圣安东尼听从她的仆人弗金尼亚的祷告，下凡来好让她复活。不料却受到死者亲属、遗产继承人的阻拦，最后行善的圣安东尼竟然被死者的亲属罗织罪名交给了警察。作者的用意是谴责世人违背了基督的教训，把正直、诚实等一概付诸脑后，成为物质欲念的奴隶。

圣安东尼作为天使，人人都巴不得见上一面，更不要说他是特意来让死人复活了。可这个戏所写的，恰恰是圣安东尼以天使之尊行复活之善事，却偏偏被拒的事。作者将这一神奇的现象与现实生活的细节结合起来，构成了一幅荒诞的景象，如仆人竟然命令圣者帮自己灌水，圣者顺从地答应；自命为上帝仆人的神父竟然认不出圣安东尼，而且根本不相信神灵下凡，为沉溺于口腹之欲，竟撒谎骗圣人出去。

在本剧末尾，作者勾画了一个圣安东尼被捕的景象——在人们心目中万能的圣安东尼，被捕到时竟然毫无反抗，像待宰的祭品——这真是意味深长的一笔，是对善与恶力量对比的疑问。揭示人性的丑陋，世风的日下，通过这样一个视角来切入，实在是一种大智慧。

我国戏剧小品《杨白劳和黄世仁》，也是一个以夸张的手法反映现实生活的例子。剧本写某剧团导演借来了排演经费并找来了已下海经商的演员分别饰演《白毛女》中杨白劳与黄世仁。巧的是，同杨白劳和黄世仁之间有债务关系一样，现实生活中两演员之间也有债务关系。如今这个年代，欠债的是大爷，要债的是孙子。戏里原本是黄世仁逼杨白劳拿喜儿抵债的，可饰演黄世仁的演员由于讨债心切几次跳出角色请求饰演杨白劳的演员还钱，甚至还肯为杨白劳下跪，无奈杨白劳死活不肯还钱。眼看着戏没法演下去了，导演使出了杀手锏，原来导演排戏的钱是问饰杨白劳的演员借的，要是戏排不好，钱也就还不了。这样一个三角债务关系使两演员不得不认真投入，而乘此排戏的机会，黄世仁让杨白劳在一张真的借条上签了字……

这样的艺术构思显然是变形、夸张的视角所致，让人感觉荒诞不经又充满力量。

还有一个戏剧小品名《剃头》，也是用变形的艺术视角来描摹世象，颇为独特。

现实生活中"金钱至上"、"见利忘义"的现象比比皆是，文艺作品也常有反映。但写一个剃头匠与一个医院护士搞"联营"生财——女护士及时提供医院中的死亡信息，剃头匠则及时为死者高价理发，两者互利，按约分成，就极为罕见。作者的高明之处就在于找到了这一奇特的艺术视角，对现实生活中那些荒谬悖理的价值观念作了深刻地揭露，令人看了感同身受，这样的构思要比写理发师漫天要价，"刀下斩人"或写医院护士利用工作之便收受病家红包不知道要高明多少倍。

《剃头》一剧的人物关系有两个层面。一个层面是社会性的、主题性的，即剃头匠老王与护士小高的"联营"关系以及他俩与陈老师的主客关系。剃头匠本来与医院护士风马牛不相及，但金钱的指挥棒使他们捆在了一起，陈老师作为未被物化的普通人的代表成了世风日下的受害者。这一组人物关系的确立，本身就包含着较为深刻的社会内涵。

另一个层面是情趣性的、喜剧性的，即医院的高护士就是陈老师今天中午要见面的未过门的儿媳妇。偏偏陈老师认识高护士，高护士又不认识陈老师，陈老师想要说明，高护士用毛巾捂住陈老师的嘴又不让他说。特别难能可贵的是，编导的主要精力放在第一层面的开掘上，第二层面仅仅作为补充，增加色彩，引而不发，这是十分高明的做法。如果是平庸的编导，往往会犯"哪里有戏往哪里挖"的习惯性错误，在"公媳"相认过程上大做文章，如果这样去组织戏剧情节，就有可能把这个戏写成"心灵美不美"了，自然，她的思想性也就会大打折扣了。

另外，《剃头》整个戏一直处于流动之中。特别是到后半部，戏剧情势十分"险恶"，剃头匠在活人的叫唤和死人的"诱惑"中左右为难，那位陈老师又在年轻女护士的欺负下差点被湿毛巾窒息。这边50元一个死人头，那边5角钱一个活人头；这边是老朋友、老熟人，那边是孔方兄、财神爷；舞台上悲喜交融，色彩斑斓，戏剧性、动作性十分强烈，令观众在忍俊不禁之余低眉沉思，心也被隐隐刺痛。

在《剃头》一剧中，编导用十分夸张的手法生动地刻画人物，特别是对剃头匠的描写更是入木三分。比如，当剃头匠老王听护士说有个病人在打氧气抢救，快活不成了时，剃头匠脱口而出：干脆把氧气管拔掉算了。护士回答他"那怎么行，这可是违法的"时，他忙又说，"违法的事咱不干，那你看他还能活多长时间。"一个利欲熏心的缺德鬼的嘴脸跃然纸上。而另一方面，当陈老师得知一次理发依然是五毛钱时说：你没涨价。剃头匠则开始大唱高调："看你把兄弟说成啥人了，中央一再强调，要控制物价，咱们可受党这么多年教育，连这点觉悟都没有！做人要讲德，无德不成其人。"一个油嘴滑舌，浪迹江湖的剃头匠形象触手可摸。由于人物性格鲜明，情节新颖独特，语言生动诙谐，使我们在看《剃头》一剧时感到，该剧荒诞而不失真实，热闹而不致庸俗。

【思考与练习】

1. 有人说，选取一个独特的艺术视角可以使一个平庸的旧题材翻出新意，你是否同意这一观点？为什么？

2. 请你仔细研究下列材料后，选取一个别致的视角，编写一个小型戏剧的剧本提纲。

英 子

英子是个乡村女孩，读小学参加过12个人的数学小组，在小组获得全区小学生数学竞赛集体一等奖的同时，这个小组里唯一的女生，获得个人第一名的金牌。上中学了，大家相约，继续苦钻数学，考上名牌大学，到天安门照一张"全家福"。谁知到了那一天，独缺一个人，就是英子。

原来英子在高考中，数学考了118分（满分为120），但英语成绩未能尽如人意，因此落榜。她没有失去信心，让大家等着她，"我就来"。老同学不断给她寄英语复习资料，她连考三年。到同学们已念到大学四年级的那个新年，接到她的明信片，却不再说高考的事："腊月二十五，是我的好日子，你们，能来吗?"大家默默地把打好包的英语模拟考试题集换成了一大块红绸被面寄给她。

不上大学，算不上什么苦难；结婚成家更不是什么坏事。连考未第，事不过三，不再枉抛心力了，毋宁说是明智的。然而，一个从小热爱数学，条件也很优异的孩子，上大学深造的希望，一次一次受挫直至幻灭，还是令人怅怅。

（摘自《新民晚报》）

第四章　戏核要好

列夫·托尔斯泰曾说过："艺术品里最重要的东西，是它有一个焦点才成，就是说，应当有这样一个点：所有的光会齐在这一点上，或者从这一点上放射出去。这个焦点万不可以用话语完全表达出来。"① 这里说的焦点，与我们下面要讨论的戏核应有许多相似之处。

一、何谓戏核

什么是戏核？著名戏曲作家范钧宏认为：所谓戏核，就是剧情发展中的矛盾核心，关键所在，没有它，就不可能出现高潮。我的想法是，所谓核，便是有生长点、有生命力的东西。一颗桃核，埋在泥土里，会长出一棵桃树来。一个戏核也要具备这样的能力，即在情节上要有延伸、派生、扩展的生命力，在冲突上要有抗衡、对峙、激化的爆发力，在反映生活的内涵上要有深邃、强悍、独特的穿透力。

如果用一句话来概括，那就是，戏核是支撑一部戏剧作品最重要的情节核，没有它，构不成一个戏；戏核也是区别此作品与彼作品的最重要的标志，没有它，就成不了"这一个"戏。

比如，著名剧作家魏明伦的川剧《巴山秀才》，反映的事件背景是光绪二年四川东乡发生的一桩惨案。史载四川总督错杀三千东乡灾民。幸存者赴省鸣冤，却呼告无门。适逢提学使张之洞入川主持科举，一群

① [俄] 契诃夫著，汝龙译：《列夫·托尔斯泰论契诃夫》，契诃夫《恐怖集》，平明出版社 1958 年版，第 2 页。

东乡秀才乘考试机会牺牲功名，在试卷上书写冤状，震动朝廷，迫使慈禧太后下诏追查。

东乡秀才在试卷上书写冤状的这一奇事就是戏核。这一戏核就成了《巴山秀才》全部戏剧情节的最重要的支撑点和最独特的闪光点。

又比如，丁西林的《三块钱国币》，写国难之时，抗日战争的大后方物价飞涨，民不聊生，穷人更加贫困，阔人们则也装出了一副穷人相。一个女佣不慎打破了阔太太的一只花瓶，阔太太硬逼着女佣赔偿她三块钱国币，甚至于搜身，结果女佣身上只有三毛钱。寡廉鲜耻的阔太太强迫女佣当掉铺盖赔钱。大学生杨长雄看在眼里，气愤在心头，他为女佣说情，阔太太非但不听，反而恶言相向。最后，大学生愤怒之下，故意摔碎了阔太太的另一只花瓶，并且急中生智地按照阔太太的逻辑赔偿她三块钱国币。

这摔碎花瓶、赔阔太太三块钱国币便是这个小型戏剧的戏核。抽去了这一笔，或者换掉了这一招，这个戏就变成另一个戏了。

二、戏核与戏眼、戏胆的区别

谈戏核，必然会联想到另两个戏曲专用术语，即戏眼与戏胆。虽然大家都知道戏核、戏眼与戏胆在一个戏中的重要作用（其效用同样适宜于话剧），但对这三个术语的解释却没有统一的说法。宋光祖教授在其专著《戏曲写作教程》中曾专门对戏眼与戏胆这两个术语作了解释，不乏精辟之处。好在篇幅不长，不妨在此先作介绍。

宋教授指出：所谓戏眼，是指处于戏剧冲突关键地位的人物，有了这样的人物，冲突得以向纵深发展，或者得以顺利解决，情节便于布局，也有利于主要人物的塑造。

宋教授举例说，《杨门女将》里有个人物叫杨文广，是杨门四代单传的男儿，他对于这个大家庭的重要性自不待言。在上半本戏中，借文广出征还是留家的争议引出《比武》这场好戏，淋漓尽致地表现了女将们的爱国豪情和英雄气概。下半本戏，敌我双方更是围绕文广斗智斗勇，显示了敌人的狡猾、穆桂英的胆略和佘太君的老谋深算。没有文广做眼，这个戏的冲突就一般化了，主要人物也将黯然失色。

宋教授还认为，戏眼有实的，也有虚的。虚的戏眼是指不出场的人物，如京剧《义责王魁》中的敫桂英。敫桂英对王魁的恩情，通过义仆王中反复加以交代，表现王中对女主人善良品行的敬重，为他与王魁的决裂作铺垫。没有幕后桂英这个眼，就显不出王魁的忘恩负义，也不会有王中的义责。敫桂英是王魁负桂英故事本身所提供的人物，剧作者的高明之处在于把她放到幕后，通过王中反复介绍，使她成为铺排小主人与老仆人之间冲突的关键人物，并烘托了两个人物的性格。

宋教授认为：戏胆是情节发展中起着特殊作用的事物，多贯串全剧，成为悲欢离合的见证，解决冲突的关键，或是人物关系，主人公命运的象征。戏胆使作品富有寓意和趣味，成为画龙点睛的一笔，它有利于人物抒情，也有助于表演。

李香君的那一柄桃花扇不是才子佳人普通的定情物，它不但表爱情，而且连命运、出性格、见情调、富寓意。没有那个奇特的扇子，作者无法完成全篇庞大的结构，它是戏胆无疑。

《四进士》田伦写给顾读的密信，把田伦、顾读推上犯罪的道路，把原告杨素贞关进监狱，使宋士杰更深地卷入这场官司，引出一件民告官的案中案，最后当作罪证制裁了田、顾。所以这封密信是本剧的戏胆。

现代戏中李玉和的红灯也是戏胆，它是铁路上的号志灯，又是地下工作中联络的信号，还是革命者崇高品质的象征，它与情节、与人物、与立意的关系都很密切。剧中密电码仅仅是故事的起因和归结，在结构上不起作用，更无丰富内涵，故密电码不是戏胆。

宋教授还指出，也有把戏胆解释为主要人物的。长时期来，人们对某些戏曲术语的解释是不一致的。[1]

我原则上是同意光祖教授的观点的。稍稍有点不同的是，我认为，处于戏剧冲突关键地位的人物可能仅仅是"戏眼"的一种表现形式，换句话说，构成"戏眼"的因素可能还有其他，比如某个重要情节，某个重要场面，某种重要戏剧情势，等等。同样，在情节发展中起着特殊作

---

[1]　宋光祖：《戏曲写作教程》，人民日报出版社 1992 年版，第 102—104 页。

用的道具也可能仅仅只是"戏胆"的一种表现形式。

不妨举一个详细的例子来进一步说明我的观点。福建莆仙戏《春草闯堂》，这个戏的戏核、戏眼、戏胆都非常精彩。为了更好地感受编剧陈仁鉴先生的艺术功力，我们再重温一下这个戏那赏心悦目的戏剧情节。

全剧共分八场，简述如下：

第一场：独居西安原籍的宰相小姐李半月，带领丫环春草、秋花，到太华山烧香还愿，被吏部尚书之子吴独调戏，青年义士薛玫庭路见不平，打散歹徒，护送小姐回府。薛在归途中又遇吴独打死民女。薛一怒打死吴独，到西安府自首。

第二场：春草在街上听说案情，闯进公堂看审案。知府胡进害怕吴独之母、尚书夫人的威势，为了讨好上司，竟要杖毙薛玫庭。春草为救义士性命，迫于情势，只得冒认薛是相府姑爷。宰相比尚书还大，胡知府不敢轻举妄动，却又不信姑爷是真，要带上春草，当面去问小姐。

第三场：知府坐轿，春草步行，同往相府去问小姐。知府心急似箭，为的是弄清根底，才好决定偏袒何方。春草一味拖延，怕的是小姐顾体面不肯圆谎，坏了大事，必须在路上想好主意。如此一紧一慢，越催越磨蹭。知府为了赶路，下轿陪行，甚至还把轿子让给丫环，自己狼狈地随轿奔跑。他为了保住四品乌纱帽，彻底颠倒了长官和奴婢的位置。

第四场：春草将知府留在门外等候，自己先进相府向小姐细说原委。一层一层，引起小姐的紧张和同情。但最后说到替小姐认了个女婿，小姐无法忍受，要责打春草。春草、秋花竭力说服，"姑爷二字无半两，英雄一命重于山。"正义战胜了礼法，小姐勉强答应，但又羞于作证。只好由秋花假装小姐，在珠帘之内回答知府，却又被知府识破。危急之中，小姐只得亲自出面，证实谎言。真是逼上梁山。

第五场：老相爷在京城连得两个莫名其妙的消息。一是吏部尚书来说：你的女婿打死了我的儿子。二是西安知府差人上书报喜：你的女婿打死人，我判他无罪。你可要庇护我。老相爷正纳闷，我哪里来的女婿？小姐带着春草进京来了。女儿向父亲哭诉在家乡受的委屈，春草替薛玫庭大进美言，二人争着承担私婚的责任。奸猾的老官僚不与女儿纠缠，假意应允，修书交付下书人，带回西安。

第六场：春草不放心，把下书人王守备请到"擅入者斩"的御笔楼，用许多礼物塞满他的双手。楼下传来脚步声，春草说相爷来了，王守备大惊，被春草推入后楼躲避，把招文袋忘在桌上。上楼的却是小姐，从招文袋内取出相爷的回书一看，原是叫胡知府砍下薛玫庭的首级，解京领赏。这个老家伙为了不得罪同僚，为了不辱没家声，竟然昧心弃义，下此毒手。春草帮助小姐想出办法，在回书上修改了两个字。"老夫不许他乘龙"的不许改成本许，"首付京都来领赏"的首付改成首府。意思全翻过来了。春草领出王守备，将招文袋挂在他头上，让他速返西安。

　　第七场：附炎趋势的胡知府照书行事，鼓乐喧天，亲送贵婿上京。薛玫庭越不承认，胡知府越称他是豪杰大丈夫，不倚仗相府权势。尚书夫人前来阻拦，出示吏部文书，叫他和凶犯同到大理寺受审。胡知府有宰相手谕在身，不予理睬。人马车驾，呼拥进京。

　　以上这五场戏，是矛盾的发展激化。正面力量要过三关：小姐关，知府关，宰相关。一浪高过一浪，曲折紧张，引人入胜。最后系成一个大结：春草制造的既成事实与老相爷的意愿背道而驰。贵婿到了京城，宰相如何发落？这个最大的危机，导致高潮的到来。

　　第八场：由西安府传出的宰相招婿的消息，轰动了全国。各省官员，京城各衙门的贺礼，潮水般涌进宰相府。徐太师率领各部大臣，亲来道喜，万岁爷御书匾额，送进府中。声势浩大的祝贺，逼得三朝元老宰相公走投无路。待要承认，于心不甘；待不承认，有口难分。只好憋着怒火，吞吞吐吐，半推半就。乃至众位官员要请姑爷出来相见，这才吓出相爷一身冷汗。姓薛的已经被我回书吩咐斩首了，哪里去寻姑爷？不迟不早，这时知府喜气洋洋，把个活姑爷送到了。不料薛玫庭无意招亲，要当着众位大臣，剖明官司的曲直。老相爷连忙打岔遮掩，糊糊弄弄，把客人和姑爷送入花厅。回过头来，要打春草，辱骂女儿是"无耻贱人"！正要发泄一腔怒气，不料春草和女儿反倒理直气壮，要去当着客人，说明真相，看到底是不是无耻。这一逼，才把个一生谨小慎微的老官僚逼清醒了。如果张扬出去，落个欺君罔上，贻笑满朝，倒不如顺水推舟，保全官声。盘算已定，矛盾解决。

结尾，老相爷请出薛玫庭，给他戴高帽，请他当姑爷。薛玫庭和小姐互有救命之恩，也就答应了。在婚礼鼓乐声中，胡知府向相爷表功："没有卑职，你哪里能得到这样的快婿呢？"

　　相爷大怒："你好糊涂呀！"此时落幕。他糊涂在哪里，是一辈子也不会明白的。[①]

　　这个戏的戏核是什么？毫无疑问，是春草冒认薛玫庭是姑爷。没有这一笔，从第二场下半场开始的戏都无法展开；没有这一笔，春草这个人物就不会如此光彩照人；没有这一笔，剧中其他人物也缺少了展示各自内心世界的戏剧平台。

　　那么这个戏的戏胆是什么？是戏中另一个重要的情节"春草改信"。改信这一细节绝妙，但他是在春草冒认姑爷的大背景下衍生出来的一个精彩情节。没有这一笔，戏会逊色不少，但戏的情节骨架照样还存在。

　　那么这个戏的戏眼是什么？是戏中知府为赶路把轿子让给丫环，自己狼狈地随轿奔跑这一生动的情节。这场戏十分生动，但如果换成其他场面，虽然可能缺乏光彩，但戏的主体、情节不会有根本性的影响。

　　由此可见，概括地说，在我看来，戏核是一个戏之所以能成为一个戏，同时又有别于其他戏的最重要的、必不可少的条件。而戏胆与戏眼则是使一个戏更具有戏剧性的重要元素。这两者比较起来，戏胆更偏重于情节的设置与关键动作的安排，而戏眼则更侧重于细节的铺陈与感情的研磨。总之，戏核是根，戏胆是枝，戏眼是叶。它们之间的根本区别就在于此。

三、戏核的呈现方式

1. 戏核可以是一个奇特的动作

　　让我们先来看看英国剧作家乔治·卡尔特克的小型戏剧《石祠堂》。这个戏写女主角普拉斯柯维亚早年丧偶，含辛茹苦地把唯一的儿子沙夏抚养长大，并送他上了大学。不料沙夏后来不学正道，在与人争斗中丧

　　[①]　张彭等编著：《戏曲编剧初探》，山东人民出版社1980年版，第40—43页。

命。普拉斯柯维亚并不了解内情，一直以为儿子是为了和坏人作斗争而牺牲的，她一直想给儿子建个祠堂，好配得上他纯洁的灵魂。就在她省吃俭用，即将把钱凑齐之时，儿子却突然还家了，原来多年前是他杀死了对方，还冒用了对方的名字。他现在从监狱里逃出，企求母亲能把建祠堂的钱给自己，好让自己逃命。普拉斯柯维亚宁愿相信儿子作为纯洁的天使死去，也不愿相信儿子变成个恶魔，她把儿子交给门外的警察，之后，自己也伤心而去。

在这个戏中，母亲要为儿子建一座石祠堂这一个动作就是一个很好的戏核。抽掉了这一动作，戏就不能成立。

戏剧小品《童心无忌》，写小学教师张老师扎根孤岛教育事业，但年过三十尚不能成家，心灰意冷之下准备忍痛离开海岛。但意外发现的一封"求爱信"改变了这一切，一直默默爱着他的乡村播音员秀娟大胆袒露心意，使张老师欣喜不已。两人相遇，张老师决定不走了，秀娟对他照顾的无微不至，使张老师感动之余，大胆吐露对秀娟的爱，但出乎他意料的是被秀娟目为逾越之举动。张老师追问之下，才发现秀娟根本没写这封信，而是秀娟妹妹，他的学生秀梅所写。几个小学生的真情打动了张老师，张老师决定永远不离开海岛，就是这个举动最终感动了秀娟，张老师在奉献自己的同时也收获了醉人的爱情……

毫无疑问，三个小孩子写的"求爱信"这一戏剧动作，便是这个戏的戏核。

美国剧作家劳伦斯·兰纳的小型戏剧《另一条出路》的戏核也十分独特。玛格丽特和般特尔顿是对人人称羡的情侣。他们因为怕"结婚从门口进来，自由打窗户飞走"，决定只同居不结婚。可朋友们总把他们看做夫妻，邀请他们成双成对出现。二人于是荒唐地为彼此设计了出轨计划，般特尔顿选择了一位叫特·摩维尔男爵夫人的女装商人；玛格丽特选择了有点娘娘腔的字典推销员汾登。结果如何呢？男爵夫人声称不忍破坏作家般特尔顿书中描写的完美姻缘，拒绝了他；而推销员在知道玛格丽特没有结婚时，也害怕被套牢，无心恋战、匆匆离去。最后，这一对经过考验的情侣决定，要么分手，要么结婚。当然，他们选择的是结婚。

这个作品的戏核当然是"夫妻双双出轨计划"这一戏剧动作,很荒唐,也很有戏剧性。

2. 戏核可以是一个精心选择的道具

比如,匈牙利作家弗列基耶什·卡林蒂的作品《魔椅》。盖尼是位优秀的发明家,可惜当时的官僚体制腐败昏庸,无人赏识。一气之下,他发明了一种魔椅,人只要坐上去,无论尊卑,都会将内心的隐秘和盘托出。他把椅子悄悄地放到副部长办公室里,凡是到这里来的高等人士全来了一番酣畅淋漓的丑恶表演。

毫无疑问,人一坐上去就会讲真话的魔椅这一戏剧道具,就是一个精彩无比的戏核。

以道具作为戏核的在小戏曲中尤为多见,如《打铜锣》中的锣槌(蔡九去年打锣护秋,被林十娘骗去锣槌,今年吸取教训,备两个锣槌),《一分钱》中的一分钱(小会计轧不平账,缺一分钱愁眉不展,母亲心痛女儿,掏出一分钱放进去,结果又多了一分钱),《怎么谈不拢》中的装粮食的口袋(妻子由于"公字少一点,私字多一点",为防弄坏了自己的口袋,一再叮嘱丈夫不能将口袋放在车子四边以免挂烂,而放在中间怕会挤破,放在上面怕会踩破,放在下面怕会压破),等等。

3. 戏核可以是一种人物命运的境遇

比如美国女作家鲍斯华士·克洛寇的小型戏剧《童车》。鲁奈太太在搬家之前,要以五块钱的价格把一辆童车出让给好友、即将做母亲的莱琴斯基太太。可莱琴斯基太太家境贫穷,有三个儿子要养活,做裁缝的丈夫收入微薄,眼睛急需动手术。恰巧有位顾客把钱包忘在了待缝补的衣服里,莱琴斯基太太一时情急,就从里头拿了五块钱。结果顾客马上返回,发现钱包里少了钱。莱琴斯基大为震怒,要赶太太出去。太太百般央求,万般追悔,讲出一个母亲的肺腑之言:那辆童车不仅是车,更是一个母亲的自信和幸福——别人有的东西,她的孩子终于也可以拥有一样了。丈夫大为感动,开始自责,安慰太太。夫妻正在对诉对泣时,鲁奈太太来了,她说童车送给即将出世的宝宝,莱琴斯基夫妇什么时候有钱，什么时候再还她。

　　这个戏的戏核就是善良的莱琴斯基太太为了给孩子购一辆童车从顾客钱包里拿了五块钱。这是一种人物命运的境遇。作者用区区五块钱的童车，让莱琴斯基太太伤透脑筋：煤气费不付就吃不上饭，房租不付就得给赶出去，提高工钱会赶跑本来就寥寥的顾客，丈夫眼睛生病也不能劳累过度……无奈之下，莱琴斯基太太竟荒唐地想让全家饿上一顿——一个母亲竟然让儿子饿肚子，充分说明那辆童车已经冲昏了她的头脑，由此引发了"从顾客遗忘的钱包里拿出五块钱"这一戏核。偷窃不是好事，但这件事不仅不让人反感，而且还让观众非常同情，因为作者让这件事变成情势所迫，无此，人物的悲惨境地和美好心灵就得不到展现。

　　黄溪的戏剧小品《寻人启事》，写有一个孩子受不了爸爸妈妈填鸭式的教育，不堪重负离家出走，他想去北京看故宫长城，去美国迪斯尼拜访米老鼠和唐老鸭；有一老爷爷遭家里人遗弃，从医院里出来后无家可归。一老一少在街头相遇。孩子的爸妈在孩子丢失后到处张贴寻人启事，大动干戈，老爷爷寻亲不着，却无人理睬。老爷爷想尽办法劝孩子回家，孩子觉得爷爷和蔼可亲像自己乡下的亲爷爷，一定要把爷爷带回家，爷爷不愿意拖累别人，死活不答应分别的时候，男孩含着眼泪给爷爷写了一份寻人启事，他发誓一定要帮爷爷找到他的亲人……

　　这个小品中的一老一小两个人物的命运境遇也构成了戏核。

4. 戏核甚至可以是一支歌或者是一二句耐人寻味的话

　　比如爱尔兰剧作家沁孤的名剧《月亮上升的时候》，故事写一个巡官奉命追捕一位革命者。他被告知，革命者将从码头乘船逃走。他等来了一位民谣歌手，在爱尔兰民谣的歌声中，巡官不知不觉受到感化。当他发现这位歌手正是他应逮捕之人时，却放走了这位革命者。这出戏里的民谣就是戏核。

　　又如英国现代著名喜剧作家马蕾的小型戏剧《十二磅钱的神情》，剧本写即将接受爵士勋位的哈利西摩斯踌躇满志，正同妻子一起练习授勋仪式，还雇了一位打字员答复上百封的贺信贺电。不料这位女打字员正是他的前妻凯蒂，当年不甘心当丈夫的摆设，毅然与之离婚。自傲的哈利以为自己今天的地位足以让贫穷的打字员眼红，以为自己的现任妻子一定自豪非常，谁知在剧尾，现任的西摩斯太太问了丈夫："它们的价钱很贵么？"丈夫一愣："什么？"西摩斯太太回答："那些打字机。"最后两句话就是这个戏的戏核。

再如，小戏曲《称婆婆》，剧本写屠宰户阿芳为了赢取文明户的称号，同时洗脱自己虐待婆婆的恶名，和村长打赌，在半年之内让婆婆体重达标——100斤。阿芳为此洗心革面，积极服侍婆婆，使婆婆过上了幸福安逸的晚年，但到了文明户复评的日子，婆婆的体重却没有达标，婆婆心疼媳妇孝顺自己的一片苦心，伪装成体重"超标"，结果又露馅。婆婆、媳妇、儿子的心也一一上秤，一试"体重"，这样就深入浅出地揭示出了"人人心中有杆秤"、公道自在人心这样一个做人的道理。

总之，不管戏核以何种方式出现在剧本中，有一条不会改变，那就是如前所述，戏核必定是一个剧本得以成形的最重要的条件。

四、戏核的作用

1. 戏核与主题

日本剧作家山本有三的小型戏剧《婴儿杀戮》，写刚承受丧妻、丧子之痛的警察小山圭介接到一桩案子，说是在竹林里发现一个被勒死的婴儿。注重亲情的小山圭介对这种杀死亲生子的行为十分痛恨。后来犯人主动送上了门，原来是位扮做男工的女工。她不是不爱亲生子，只是家里有老人和另一个孩子要养活。她扼死婴儿也是出于爱，"与其叫他看见这个苦恼不堪的世界，不如让他在什么也不知道的时候死了倒是真正体贴他"。一向严格执法的小山圭介大为震撼，经历一番思想斗争后，放走了她。

这个戏里母亲活活勒死自己的亲生儿子是一个很震撼人的戏核，这一戏核本身蕴含着深刻的社会悲剧的思想内涵。

2. 戏核与结构

很多时候，一个精当的戏核常常可以决定一个小型戏剧的结构形态。我们来看英国剧作家斯丹利·郝登的小型戏剧《故去的亲人》。

斯雷特太太一觉醒来，发现父亲阿拜尔已经死在床上，就和丈夫亨利算计着如何能多分些家产，并赶在妹妹、妹夫到来之前把老人的写字台、台灯搬到自己房间里。此事刚完，妹妹一家就气势汹汹地登门奔丧来了。姐妹俩和两位连襟一番唇枪舌剑，为遗产争得不可开交，就是没人上楼去看看刚死的父亲。当她们发现老人漏交了一笔数目可观的保险费时，就齐骂老头子生前麻烦不断，死了也不给后代造福。正在骂得不亦乐乎时，父亲阿拜尔却出现了。四人大惊，原来父亲只是昏睡过去，并没有死。姐妹俩竞赛着讨好父亲，彼此揭短，在父亲面前充分暴露了她们的丑恶嘴脸，阿拜尔最后决定，他带着财产，去和此地一个开店的寡妇结婚——姐妹俩竹篮打水一场空。

本剧的戏核无疑是老父亲的死而复生。这一戏核一经确立，剧本的结构也就水到渠成了：先是女儿误会父亲已死，然后是姐妹俩钩心斗角抢夺家产，丑态百出，最后是老人死而复生，女儿希望落空。戏的结构脉络十分清晰。

3. 戏核与人物

小型戏剧《死后》是阿尔巴尼亚作家恰尤亚的作品。亚当·乌箕是个蹩脚的医生，害人不少。某天他来到一家报社，要求社长推广他发明的所谓的新字母表。他遇到了社长的听差择涅里，他惊奇地发现，原来报社早为许多名人写好了讣告，单等他们一上西天，就极有时效性地登出去。在虚荣心驱使下，他想看看人们给自己的评价，在付了三块土耳其金币后，他看到的却是"狗有狗死，此之谓也"的"盖棺定论"。

毫无疑问，"为活人写讣告"便是这个戏的戏核，它讽刺了一位明明要遗臭万年，却妄想要流芳千古的庸医。此人有一种治疟疾的新药，人吃了不是药到病除就是一命呜呼，毫无痛苦；此人还发明了新的疗法，哪只手臂痛就割哪只，左眼出了毛病就挖掉左眼，免得右眼受感染……就这样一个笨蛋庸医居然还新发明了字母表，也难怪在此人的讣告中会有下面一段话："死者才华不多，财产不少，父不可考……此人虽来历不明，却每以大智自命，而且总是狂言喋喋，不绝于口，故人皆不堪其烦……吾人今日能摆脱此鄙劣小人，固应拜谢苍天有灵也。渠系于深夜中风身亡，土色污秽黝黑，死者相得益彰矣，狗有狗死，此之谓也！"

因为有了这样一个独特的戏核，一个庸医的形象就栩栩如生地树立在观众眼前了。

五、戏核从何而来

1. 从日常生活的细节中提炼

从生活细节中提炼戏核，法国喜剧家乔治·戈代林的小型戏剧《和睦家庭》当是一个范例。这个剧本中的冲突其实是生活中很常见的"家长里短、鸡毛蒜皮"之事，即妻子大手大脚花钱，丈夫想方设法抵制。剧作家的高明之处就在于他找到了这一个丈夫独特的抵制办法——"罚款"。有了罚款这一戏核，故事就有声有色地展开了。

专栏作家特里埃尔秉性温和，为教育任性和大手大脚的太太，他把太太平日的过错（包括顶撞丈夫等）一一记录，并从给她的生活开支中罚款、扣除。在本剧开始时，太太被扣掉了150法郎，她寸步不让，非要要回剩下的150法郎。她先恐吓丈夫要跳楼，后以离家出走相威胁，最后又说自己冒用丈夫的名字签了期票，为的是买一个毫无用处的玩意儿铁灯笼。疼爱妻子特里埃尔无奈之下，给了她150法郎。谁料妻子又问他要生活开支中的150法郎，特里埃尔被搞得哭笑不得，戏剧在"下期续登"中结束，既表明特里埃尔终于完成本期的专栏任务，也预示着这个"和睦家庭"的争吵仍将继续。

几年前我在浙江看到的一个话剧小品《杭州大妈》，写西湖边上有一个女清洁工，这天刚领了300元工资，在兴匆匆打扫湖边的人行道。气冲冲上来一个日本青年，说是第一次来杭州游玩，景色迷人，但想不到被一小贩用一个只值三四元钱的假工艺品骗去了他300元人民币，弄得他游兴全无，特地来此守株待兔，找小贩算账。女清洁工闻此大惊，她灵机一动，果断地取出仅有的300元钱交给日本青年，说那小贩一不小心错给了工艺品，事后很后悔，已守在此地等候多时，因家有急事离去，托她将钱交还主人。日本青年惊喜，责自己错怪了好人，要杭州大妈转达他对小贩的歉意。日本青年兴高采烈地离去，杭州大妈一个月的工资瞬间就没了，她有几分惆怅，回家如何向老伴交代；又有几分欣慰，因为这300元钱使一个日本青年对杭州的人文景观留下了美好的印象。

这个小品的戏核当然是"替缺德小贩还款"，它来自生活，很有人情味，也容易被人们所接受。

2. 从人物心理的奥秘中发现

寻找戏核，还可以从揣摩人物的心理奥秘着手，从中发现金矿。读丁西林的小型话剧《北京的空气》，我们深为剧作家生动地揭示出北京主人的心理奥秘而折服。戏中主人"偷仆人的烟"这一动作就是这个戏的戏核。事实上，我相信北京主人的那种内心视象在我们知识分子中间不少人也会有类似的体验。我们来看看剧本的故事：

北京的主人与来自上海的客人晚饭后归来家中，两人谈了北京的好处，侃了北京的学术自由的空气，然后又聊了一会家务事，最后又说到抽烟。两人的烟瘾上来了，可是烟罐却空了，此时显然买不到烟。客人要求主人向仆人要，让仆人老赵请客，于是客人叫进老赵，但主人却在仆人的面前局促不安起来，明明知道自己的烟是被仆人给偷了，却碍于面子，开不了口，结果老赵声言现在难得买到烟后就返回自己的屋子。终于，主人在读报纸的时候突然来了灵感，也下定了决心，于是叫进仆人老赵过来收拾桌子，他自己则溜进了老赵的房间偷了一大把烟。

主人很得意，以为是"一拳还了一拳"，戏在主客两人的吞云吐雾中轻松地闭幕。

北京的主人与他的男仆人老赵之间的关系显然已经不再是中国封建时代的那种主子与奴隶的关系了。这个老赵几乎要喧宾夺主，他经常慷主人之慨，别人稍微帮了他一点忙，他就即刻请他们吃饭，当然，饭菜是主人的，人情是老赵的。当主人的烟罐子空空如也的时候，主人让老赵去买烟，老赵明明自己的烟罐子里很富足，而且此时的他也知道外面买不到，可是他居然不肯主动地通融一下，解救一下主人的燃眉之急。

其实，与其说是仆人"喧宾夺主"，还不如说是主人"以主为宾"，当上海来的客人向主人提议今晚由老赵请客并把老赵叫来的时候，这个害羞的主人虽然明明知道自己的烟是被老赵所偷，居然局促得像是"犯了罪似的躲到书桌边，装做寻找东西"。这简直就是一场老鼠戏猫的游戏。

显然，这种主仆关系比起封建时代主奴关系来说当然是一种巨大的进步。但是，这种进化了的主仆关系又深深地打上了资产阶级自私自利之文化形态的烙印，因为这种平等不是互助性的，不是友好的，而是尔虞我诈，互相拆台的关系。仆人几乎是明目张胆地把主人的烟罐子偷得一根不剩，而主人又没有采取光明正大的手段，而是突生奇想，利用自己的主人身份，把老赵叫去收拾桌子，自己则溜进了仆人的房间，从仆人的烟罐子里偷了一大把。我们似乎可以从这里呼吸到了真正的"北京的空气"了。北京的空气是资产阶级文化形态之下的人际关系的空气，它虽然比封建时代进步了，然而它依然污浊得令人窒息。

3. 从丰富的想象世界里寻觅

寻找戏核，更应该从丰富的想象世界中去寻觅。一个剧作家在运思时必然会展开丰富的艺术想象，其中有一些在常人看来匪夷所思的情节极有可能成为未来戏剧作品中的戏核。

比如，南斯拉夫作家彼达尔·柯契奇的《审獾》，是一出荒诞滑稽、亦庄亦谐的小型喜剧。故事叙述农民大卫平日饱受法官、地主等的剥削，无奈之下，他把偷窃自己玉米的獾告上法庭，这当然是一个异想天开、平中出奇的举动。有趣的是，在法庭上，农民大卫时而慷慨陈词，指桑骂槐，痛斥和獾一样偷窃搜刮自己的统治者；时而装疯卖傻，嬉笑怒骂，糊弄凶残的法官，让他们抓不到把柄。大卫机灵幽默，能言善辩，察言观色，嫉恶如仇，所作所为令人捧腹。法官听说大卫告一只獾时，怀疑大卫神经有毛病，有心捉弄他一番，反被捉弄后，就怀疑他故意捣乱：

> **法　官**　……大卫，你是个又伶俐又聪明的人，自己想想吧……你
> 　　　　敢情知道，逢着审判谁的时候，法院须得知道被告的年

龄、家庭情况、说的哪种语言、信什么宗教。这一切法院都得知道。比如说，你那只倒霉的獾儿信什么教呀？

大 卫　什么也不信！要是它信教的话，就不会来触犯我这个穷人了。

法 官　（嘲笑）它结过婚么？

大 卫　是的，结过婚了。

法 官　这个你怎么知道？

大 卫　有这样的特征。光荣的法院不需要知道这个。这个连想想都可耻，更不用说了！结过婚的，结过婚的！

法 官　既然结过婚，见它的鬼，有没有孩子？

大 卫　有，哎呀，你只有瞧瞧它的孩子，它的一家子就行！紧挨着我唯一的那片倒霉土地，管叫做"大卫、皇家、老爷三不管"的，到处都在扭动。

法 官　那么这个骗子说的是哪一种话，大卫？

大 卫　聪明的先生这个我就是不敢跟你说。它唠叨起来，就像你们两个刚才嘀咕的那样。先生，你跟它聊聊，我听着它也许会回答你……（法官笑了，说了句话，照着獾的嘴脸打了几下）你瞧，先生，你瞧，它在掀鼻子弄嘴的，分明听懂了你的话！瞧，装成孤儿的模样，狗崽子。别装傻了，骗子！虽然你说的话跟先生一样，这帮不了你的忙。不用装假。

法 官　它什么时候生的？你的那个恶棍多大年纪啦，大卫？

大 卫　它不老。还年轻呢。

法 官　我不是问你这个，我想确切知道它多大年纪。我必须知道这个。

大 卫　你们来到波斯尼亚多少年了？

法 官　大约 23 年或者 24 年。

大 卫　哦，不少啦，我的老哥！真的，既然你们已经……对，这个坏蛋大概也有这么多年纪了，叫它绝了种吧！

法 官　这个你怎么知道？

大 卫　敢情有特征呢。你马上写：它也有这么多年纪。

法 官　"你马上写，它也有这么多年纪"！你好像在哈哈我了，啊、我们这可明白你了，大卫，你不知道么！

大　卫　先生，既然我说这么多年纪，你就写吧。

法　官　等一等，先别这么急！你得先说，这个你怎么知道的。

大　卫　唔，既然你要我说，得了，我就说：它抢劫了我们穷人；由此可见，它是跟你们到来的时候一块儿生的。我就是这么知道的。

法　官　什么，什么话！

　　这样一个充满智慧的普通农民人物，采用把獾告上法庭这样一种荒唐的方式来表达自己对统治者的愤怒，虽然实际未必能给自己带来什么好效果，但足可以出老百姓心中一口闷气。这一富有想象力的戏核看似荒诞，却极为精彩。

　　再比如，莎士比亚的喜剧《威尼斯商人》中夏洛克要"一磅肉"的这一戏核，大家都耳熟能详，也许更能说明问题。

　　威尼斯商人安东尼奥向高利贷者夏洛克借 3000 元钱，夏洛克要他立下契约，逾期不还，将从安东尼奥身上割一磅肉，作为处罚。后来安东尼奥因故逾期，其友巴萨尼奥与富家女鲍丽霞的婚事成功，携钱赶来愿以两三倍甚至更多倍的钱归还了事，但夏洛克执意按约割肉，以报复他跟安东尼奥的宿怨。开庭时，女扮男装的鲍丽霞，以年轻活泼的律师身份出席，她先规劝夏洛克慈悲一点，作出几分让步，但夏洛克不允，哪怕把整个威尼斯给他，他也不要，只要安东尼奥身上的一磅肉。鲍丽霞只好按约宣判，准许夏洛克在安东尼奥胸前割一磅肉。夏洛克欣喜若狂，正欲动手时，鲍丽霞作色正告："这约上并没有说你取他的一滴血，只是写明着'一磅肉'；所以你可以照约拿一磅肉去，可是在割肉的时候，要是流下一滴基督徒的血，你的土地财产，按照威尼斯的法律，就要全部充公。"于是，情势陡转，安东尼奥死里逃生，夏洛克则身陷困境。至此，夏洛克愿意接受还款，只要回本钱，甚至一个钱都不要了，但都为时已晚。

　　这个由奇思妙想带来的戏核，成了这部名著中最重要的一个亮点而永垂戏剧史册。

【思考与练习】

1. 请你结合已读过的剧本，谈谈戏核与戏胆、戏眼的区别？

2. 根据下面这一材料，选择一个精彩的戏核，编写一部小型戏剧的剧本提纲。

录取通知书

收到高考录取通知书是件开心事，但前几天浙江义乌的吕先生收到孩子的高考录取通知书后，却一肚子火，因为这封来自北京清华大学美术学院的录取通知书是去年寄出的，而他的女儿现在已在北京另一所民办高校专科班读了一年书。

家住义乌市泸江路8幢6号的吕先生家大门口挂着3个信箱，其中两个是中国邮政专用信箱。

吕先生说，这两个信箱一个是收报纸和信件的，另一个则是邮局送牛奶用的，而吕先生收到的录取通知书，是在牛奶信箱上发现的。

6月8日上午9时，吕先生回家，突然发现已经很久没有打开过的送奶箱上有一封信，收信人的名字是女儿吕星星。他很奇怪，女儿在北京念书，信怎么会寄到家里来呢？他仔细一看，信是从北京清华大学美术学院寄来的，信封背后盖着一个红章："录取通知书请务必交本人"。吕先生蒙了，女儿已经上了一年大学，怎么还有通知书寄来？他忙看邮戳，这封信竟是去年7月2日从北京寄出的。

吕先生忙撕开信封，由于信件严重受潮，里面已粘在一起。他好不容易把信烘干，小心翼翼地打开了录取通知书，上面写着"2003年第五届艺术设计出国留学基础班录取通知书"，编号为030296，下面还盖着清华大学美术学院的图章。

吕先生说："我已和清华大学联系过了，这份录取通知书是真的。可现在我女儿已在另一所学校读专科，这对她实在是太不幸了！"

（摘自《新民晚报》）

第五章 冲突要真

大师们的话总是一言九鼎，鞭辟入里。法国戏剧理论家布伦退尔的一句"没有冲突就没有戏"，人们争相传诵，反复玩味，并被奉为"戏剧的定律"而昭示后生。

冲突之于戏剧的重要意义在于，戏剧不同于小说，它必须在极有限制的时空内完成作家所要表现的那段生活，这就决定了戏剧必须以有别于其他文学样式的特殊手段和方法来表现生活矛盾。诚如老舍所说："写戏须先找矛盾与冲突，矛盾越尖锐，才越会有戏"。[①] 而小型戏剧的时空限制比大戏更严，因此，戏剧冲突在小型戏剧中的位置也就显得更为重要了。

一、小型戏剧冲突设置的常见病

在小型戏剧创作实践中，常犯的毛病主要有以下几种：

1. 缺乏社会意义

几年前，有个剧作者给我送来一个小剧本，题为《金砖风波》，写一个青年，在施工中挖到一块金砖，喜从天降。回到家里，先是大乐，后是大吵。原因是，未婚妻要去买房子，妹妹要去日本勤工俭学，闹得不可开交。弄到后来，未婚妻和妹妹大打出手，小青年一气之下将金砖

---

① 老舍：《老舍论创作》，上海文艺出版社 1980 年版，第 188 页。

扔了。于是，未婚妻提出退亲，妹妹表示与哥哥一刀两断。应该说，剧本写得蛮有戏，看得出作者懂得一定的戏剧技巧，语言也很流畅，但读完剧本，一个非常明显的感觉是，作者安排这样的冲突缺乏社会意义，观众有什么理由坐在剧场里耐心地看一场与自己的生活体验十分遥远的无谓争吵呢？当然，如果硬要从这个小型戏剧中去提炼出某个主题来那也未尝不可，比如在增添若干细节、调整部分布局以后，可以引发出这样一些题旨：物质的贫困造成了人际关系的紧张；或者是穷怕了的中国普通老百姓在突如其来的财富（不论是正当的还是非正当的）涌到面前时所表露的那种惊惶失措、无所适从的心态等。但当我们气喘吁吁地去做这种"缝缝补补"的工作时，拔苗助长的危险性，思想大于形象的痼疾，无病呻吟、小题大作的缺陷，也就毫不留情地隐匿在其中了。

新近还看到这样一部短剧，内容反映一位农村妇女，当年因向往城市生活而嫁给一个城里人，如今，农村改革，由穷变富，她为了重返故里，便用假离婚的方法应聘于某乡镇企业（到乡镇企业工作与假离婚并无直接联系，这个情节本身是不真实的），不到半年，女的在舞台上大叫："想男人，我熬不住了！"男的也赶到乡下大喊："我实在熬不住了！"夫妻相遇正欲亲热，拈花惹草的厂长来向那女的求爱。于是两个男子争执起来，一个说"一夜夫妻百夜恩"，另一个"好马不吃回头草"，那女的被拉来扯去，在舞台上颇为热闹，最后只好说出假离婚真相，戏也不了了之。显而易见，作者主观上想反映农村致富的新面貌进而讴歌党的农村新经济政策，实际效果却正好相反。舞台上三个极不可爱的人为极不可爱的事展开极不可爱的冲突，实在说不上有多少社会意义。如果说这是一个讽刺生活中不道德行为的作品，那么我们又无法明了作者的基本态度和立场，因为从场面和情节中流淌不出褒贬的偏向，自然谈不上"从反面吸取教训"的审美意义了。由此可见，选择有社会意义的矛盾冲突是戏剧创作这一系统工程中的"初级阶段"的工作，因此，我们有足够的理由提醒剧作者必须引起注意，免得吃无效劳动之亏。

2. 虚假

上海学生戏剧节参赛戏剧小品《二月玫瑰》，写一个失去母亲的初中女生在情人节接到一束漂亮的红玫瑰与一封信，引起了同学的猜疑、讥讽与嘲笑，"这种单亲家庭的女孩就是早熟"。那位初中女生很委屈，为证明清白，要同学当众拆信，结果"拆"出了一个故事：送花的也是一个女孩，去年不幸得了"非典"，是初中女生的母亲治愈了她的病，可母亲因之而染上了"非典"并倒在了病床上再也没有起来。为感恩女孩给母亲的掌上明珠送上了玫瑰。这个小品的后半部挺感人，语言也不错，但有一个明显的问题是冲突虚假，为什么一定要通过在情人节给一个初中女生送玫瑰的方式来引出这么一个故事呢？这不是明摆着让人们对一个初中女生无端怀疑，制造矛盾吗？

　　近年来，几乎在每一次戏剧创作节目会演中，我们都能看到这样一类剧目，即写一个革命军人，因为战争或者施工而受了伤，然后是一封冷冰冰的退亲信寄到了远方的未婚妻手中。未婚妻无一例外的想到了"陈世美现象"，于是哀求，于是悲痛，于是上告。军人呢，也无一例外地不予答理，强忍痛苦，对家里人不讲真情，对朋友不讲真情，对未婚妻更不讲真情。接下来的情节也是无一例外地用一种大同小异的蹩脚方法来将因公受伤的谜底揭开。于是，未婚妻心灵震动，感激涕零；乡亲们奔走呼号，"这孩子真是好样的"！军人也就在这铺天盖地的咏叹调中享受到了心灵美带来的精神满足。作者满以为通过这样的铺排会使我们的观众也泪雨滂沱，殊不知，如此去描写军人的"心灵美"，实际上是将你心爱的人物推到了一潭虚假的祸水中。人们除了对军人的矫揉造作嗤之以鼻之外，实在想不出用更妙的办法来报答作者的辛勤劳动了。

　　我还曾经看到一出在省级戏剧会演中得奖的小型戏剧，题名《认婆》。写一个军人因公殉职，也在部队服役的媳妇赶到亡夫的家乡去接婆婆同住。可婆婆已经预计到媳妇的到来，儿子死后就搬到外乡去住。媳妇费了九牛二虎之力，终于找到了婆婆，但此时婆婆眼睛瞎了，正在为过路的客人免费供应茶水。媳妇去认婆婆，婆婆却拼命否认自己的身份。理由是，如果她随媳妇同去部队，将会对媳妇的再嫁带来困难。为了心灵美，老人宁舍婆媳之情。同时，作者出于精心塑造这一革命老人的良好愿望，还安排了这样一个情节，即婆婆在参加儿子追悼会时就作出不认媳妇的决定，故意躲着媳妇。因此，媳妇从未见过婆婆，借此造成媳妇认婆的客观困难。几乎无须我去作任何分析，明眼人一看便知道这样的冲突设置实在有悖情理。作者决不会想到，他自以为在用浓重的笔墨、酣畅的感情来着意刻画这个老人，而事实上却是在残酷地糟蹋一个艺术形象。人们在看这个老人的所作所为时所产生的心理和生理感觉决不会比吞一只老态龙钟的苍蝇舒服多少。这就是冲突虚假的恶果。

3. 不准确

某农科所研究员得到一笔政府奖给他的科技奖，女儿要用奖金买彩电，老婆要用奖金为儿子办婚事，而那研究员则想用这笔钱献给农业科技事业，于是，冲突便像模像样地展开了。解决的办法是，研究员用共产主义精神教育妻子女儿，从而使她们提高了认识，一致同意用奖金购买仪器，献给农科事业。我们自然无须责难作者的浪漫主义想法，写得奖以后引起的纠葛也有一定特色，但设置这样的冲突却实在不敢恭维。且不说研究员用大道理来说服妻儿的方法缺乏艺术感染力，单就内容上来说，提倡贡献奖金的做法也不免失之偏颇。如果放到社会主义初级阶段这个历史背景上去考察便不难发现，通过艺术作品来宣扬贡献奖金不是一种被人们容易接受的思想，这种观念与现实的脱节常常会使观众对作品审美意义产生怀疑。于是，冲突的不准确便导致了观众对艺术的冷漠。

不久前看到一个小型戏剧，写一个外国企业老板与中方合资办企业，签订合同之前，那老板在宾馆约请中方厂长私人聚会，试以金钱、美女两计拉拢厂长。厂长拒绝引诱，且愤而出走，外方老板慌忙拉住，说刚才乃是考验你而已，因为你的出色表现更坚定了我投资的决心，所以要马上签合同。于是两人干杯。看完戏以后，我就纳闷：我们有什么理由相信那个外国老板是在考验我方厂长呢？要知道用这种卑劣的手段取得合作的事实在生活中是十分常见的。退一步说，就算是那个老板在考验我方厂长，我方厂长像小孩子一样交了一份满意的答卷后，就兴高采烈地去签订合同，这里有没有人格的问题可以讨论。中方厂长为什么不能反过来去考外方老板呢？需知道，处理这样的题材与"虚心向资本主义国家学习先进技术"是两码事，一涉及人的尊严，法人的行为，便不能没有严格的政治、经济、文化、伦理、道德的约束力。因此，作者试图要歌颂一个拒腐蚀、永不沾的中国特色社会主义企业的好厂长，实际的效果却是损害了这个人物形象。

4. 缺乏戏剧特征

这个问题最普遍。我们常常看到这样一些剧本，作者几乎不加任何选择地将生活中的重大矛盾搬到舞台上来。虽然从表面看来，这些戏的题材分量比较重，冲突双方所代表的政治观点也富有时代色彩，但却不能引起观众的共鸣。原因是，这些冲突仅仅局限于空泛的政治议论或饶舌的技术纠纷。围绕一个方案，一项工程，一位干部人选，一桩刑事案件或其他等，改革派与保守派，厂长与书记，老干部与新干部，父辈与小字辈，恋人与仇人等便开始了充满火药味却毫无光亮的唇枪舌剑。

其实，常识告诉我们，生活中的矛盾并不等于戏剧矛盾，不等于戏剧冲突。举例来说，某地要引进一个投资回报很丰厚但又有环境污染的大工程，甲与乙两位领导发生了争执，这个问题的确很重要。下面的人对此也抱有两种态度，两种意见，一种是正确的，一种是错误的，冲突展开，大家争论，以至于吵架，最后正确意见得到更高一级领导上的支持。看起来，这样的矛盾冲突生活中经常发生，作者对它的理解也是正确的，写到剧本中也有尖锐的矛盾，但无论如何没有戏。毛病就出在这是认识上的分歧，正确与错误之间的矛盾，而没有真正的戏剧冲突——性格的冲突。这样，人物就不是矛盾冲突的主宰者，而成为说明矛盾冲突的工具了。

好戏则显然不同。比如京剧《群英会》，它的矛盾冲突就是完全通过人物性格的冲突表现出来的。如果按照对问题的看法来说，诸葛亮、周瑜以及鲁肃，他们在关于对曹操的战略、战术问题上，意见是一致的。但是，由于性格的不同，他们之间仍然发生了尖锐的冲突。而且，周瑜所以想杀诸葛亮，与他俩对一些重大问题看法一致，恰恰有很大关系。周瑜以为自己最聪明，最有才能，他希望他能看到的问题别人都看不到；而诸葛亮却偏偏不对他的心思，他能看到的诸葛亮不仅全看到了，而且比他看得还要高明，他怎么会受得了？总之，周瑜那种年轻自负，有才妒才的性格，遇上诸葛亮这个老练多谋的活神仙，是非发生冲突不可的。对问题的看法不同会冲突，对问题的看法相同也会冲突。"既生瑜，何生亮"，周瑜和诸葛亮的矛盾是死后方休的。所以说人物性格的冲突，是真正的戏剧冲突。

当然，工作上的意见不一致，对问题的看法不同，这些矛盾在戏剧中都应当表现。但如果不能以性格冲突为基础，不能把这些矛盾化为人物性格的冲突，是表现不好的。哪怕是表现那些最重大、最尖锐的问题，也是如此。

比如，有个小型戏剧《旧情人》，写一个检察院女检察官去某工厂找她过去的恋人、现今的厂长谈话，敦促他尽快交代贪污受贿之罪，投案自首，争取宽大处理。而那厂长已评为全国先进企业家，马上要登上飞机去北京开表彰会，冲突由此而生。遗憾的是，一个万把字的小型戏剧，有三百多句对唱，一个说你有问题，纸包不住火；另一个说我心为工厂，无暇防备暗箭伤人；一个说你是罪犯，应争取主动，坦白交代为上；一个说自己是清白的，应得到保护，不该挫伤改革者的积极性。如此这般，无休无止，整个戏缺乏性格，缺乏动作，缺少细节，老是原地打滑，毫无戏剧性可言。当剧中对立双方的代表人物口干舌燥地完成了作者所预定的那段语言马拉松以后，再宽容的观众也会恶狠狠地将剧作者的大名记在心中，如同农民在买了假农药上当受骗以后便死死地盯住那药瓶上的商标一样。

既然两种观点的交锋不具备戏剧冲突的特征，那么理想的冲突应该是什么呢？别林斯基的一段话非常经济而又科学地回答了这个问题。他说："如果两个人争论着某个问题，那么这里不但没有戏，而且没有戏的因素；但是，如果争论的双方彼此都想占上风，努力刺痛双方性格的某个方面，或者触伤对方的脆弱心弦，争论的结果又使他们产生新的关系，这就已经是一种戏了。"由此可见，理想的戏剧冲突应该是典型人物之间的性格冲突。

5. 随意性误会

需要说明的是，误会法，是一种十分重要的戏剧结构手法。即使是世界上最伟大的剧作家也常常借用误会这一拐杖来攀登它的艺术高峰。

只要读一读果戈理的《钦差大臣》，我们每一个搞戏剧创作的人都会对误会法的巨大魅力产生浓厚的兴趣。因此，我所指责的仅仅是那种缺乏生活依据的误会以及由此生发出来的戏剧冲突。有这方面的毛病的戏屡见不鲜。一种是联想误会。如有个名为《红杏》的小型戏剧，写一个缺德的鸭贩子，将雄小鸭当雌小鸭卖，以此赚钱。一次，他在路上发现有个姑娘挑了一筐小鸭，其中有不少是雄的，就一口咬定对方抢了他的生意，不问皂白青红，展开冲突。闹了半天，那姑娘不是贩鸭的，而是来找鸭贩子算账的。一场冲突靠主观推测而产生的误会建立，戏虽闹猛，却经不起推敲。第二种是判断误会。有个爱情戏，剧名很浪漫，叫《相思有几多》，其中有一情节，一对恋人刚山盟海誓罢，忽然女的开了句玩笑说："我爱你是假的，咱俩一刀两断吧！"那男的一听居然如雷轰顶，悲愤交加，一气唱了近百句的"肺腑之音"，自然，他那弱智般的内心冲突不可能引起观众的关注。三是谐音误会。有家刊物上发表过一个小剧本，写男女技术员在室内研究某课题，有人听见里面在说："我们现在就尝试一下吧"，便一口咬定是"上床试一下吧！"于是，剧中风波骤起，人物之间冲突激烈，而观众则觉得误会得太轻飘，难以参与审美活动。诚如有位外国戏剧理论家指出的那样："在最坏的情况下，维持一场误会的办法甚至是不断用代名词来代替人名；听话的人把'他'和'她'当作是张三和李四，而讲话的人实际却是王五和赵六。这种误会愈拖得长，这一套古老的把戏也就愈惹人生气。"

6. 避重就轻

有些戏的冲突开头挺有诗意，观众正饶有趣味等待着一个崭新的世界的出现，谁知不到几分钟，戏便转风掉头，陷入陈旧的套路中去。

比如上海学生戏剧节参赛戏剧小品《羚羊木雕》，写两个花季少女，友情很深。这天，甲女孩到乙女孩家玩，看到乙女孩家有一羚羊木雕，甲女孩爱不释手，乙女孩就将这一珍贵的工艺品送给了甲女孩。甲女孩推辞不掉，临走，甲女孩将不久前刚故世的父亲留给她的唯一的礼物——珍珠项链回赠了乙女孩。甲女孩回家后，母亲见羚羊木雕，大怒，斥责女儿不该收人家的东西，并押着女儿去归还。与此同时，乙女孩父母回家，见女儿将如此贵重的礼物送人，也大怒，并诉说那羚羊木雕是女孩父亲作为中国医生支援非洲，当地人民为表谢意特地手工雕刻后送的。乙女孩母亲也押着女儿要去索回羚羊木雕，并归还珍珠项链。而两个女孩均视友谊如生命，均竭力反抗。她们的理由是：一，既然送给我了，就应该由我自己来处理；二，友谊比什么都贵重。两对母女在门口相遇。情节发展至此，令我兴奋不已，因为这是一对很有新意的冲突，在一切以金钱作为衡量标准的物化的社会里，两个价值观完全不同的世界——成人世界与少女世界的冲突，该是多么的有意思啊。然而，正当我饶有趣味地观赏着戏剧冲突将如何进一步发展、矛盾该如何得到解决时，遗憾的事还是发生了，编剧话锋一转，故事陷入俗套：原来甲女孩的父亲就是乙女孩父亲支援非洲医疗队的同事，而且牺牲在非洲，是乙女孩父亲的榜样。那尊羚羊木雕本来就应该送给甲女孩的父亲。结果当然不言而喻：木雕给了甲女孩，项链也物归原主，两家家长也成了好朋友。

就这样，一个皆大欢喜的结局将一个富有新意的剧本打入了平庸之库。

再比如有个小型戏剧，写25岁的女青年在厂里忙工作，50岁的老娘在家里谈恋爱，母女冲突，颇有点意思。如果作者写一个叱咤风云的女改革者搞工业是个英雄，但在家庭问题上，在对待母亲改嫁的事情上依然被旧框框所束缚，这样的冲突，显然是很有意义的。但作者笔锋一转，不在新旧观念上做文章，而是引出了20年前母亲与现在的情人的一段旧事，而那个女儿也是当年他们相爱的结晶，于是戏便在回忆、交代、评价过去的故事上作文章，表面看来挺有内容，事实上情节都是似曾相识，缺乏艺术拓荒的勇气，收获也便相应减少了。

7. 虚晃一枪

有个戏，写一个转业军人回家来，发现家里已成工疗站，专门收养痴呆症少年，于是夫妻冲突，男的一气走掉，戏便无目的地在原地踏步了。到快结束时，男的又回来了，说是去了民政局，领导找他谈心，知道妻子的用心，感到很内疚，表示理解妻子的行为，一起来办好工疗站，为社会整容，减少不安定因素等。冲突虚晃一枪，中途偃旗息鼓。人物再上来时已是矛盾解决，万事大吉了，这样的戏自然不可能有多少艺术性可言。

8. 缺乏足够张力

这一毛病的特征是，戏到中部实际上已经完成，但作者为了故事的所谓完整，篇幅的所谓恰当，又设置一些与主体结构关系不大的冲突新因素，以维持到剧终。

如小型戏剧《洞房之夜》，写插队知青与某企业的仓库保管员新婚大喜，送走客人，小夫妻正要恩爱，新娘子从一只白金钻戒上发现疑点，寻根问源，终于获悉新郎官为慕虚荣，与盗贼勾结，变卖仓库里的工业原料。新娘子深明大义，晓之以理，动之以情，规劝丈夫投案自首。丈夫犹豫再三，终于答允。戏到这里，本该结束了，但编剧笔锋一转，又拖出一条矛盾线来，说是盗贼与新郎有约在先，凌晨一时去开仓库门。于是，戏又从头开始，商讨如何对待这个问题，言来语往，唇枪舌剑，台上似乎刀光剑影，人物痛苦、矛盾、犹豫、如坐针毡，台下反应冷漠。观众难以投入，且不说新婚之夜还相约作案的真实性如何，单中途改变冲突方向一招便令人瞠目结舌。

这方面的问题尤以大型戏剧中为更多见。即便是一些十分成功的，甚至有全国性影响的剧本也时有捉襟见肘之缺陷。如荣获第五届全国优秀剧本创作奖的花鼓戏《镇长吃的是农村粮》，无疑是一部富有乡土气息、生活气息、时代气息的好戏。剧本写了江南某小镇镇长何土，热爱生活，义无反顾地与王市场等一些争权于朝、争利于市、善于鸡鸣狗盗的干部较量。剧本前半部的冲突十分扎实，但到中部便有气喘吁吁之感，于是作者设计了一个渔姑来给镇长送鱼。镇长不受，渔姑便递一信给镇长，恰巧被书记石本看见，便武断地指责他与堂客们有不正当往来。何土将信交给组织，石本不予受理，与此同时，何土的恋人春秀也误会了。再加上王市场的煽风点火，镇里其他干部也一齐指责何镇长，戏发展到高潮，才拿出那封信，原来是一封感谢信而已。显而易见，这个外来的冲突因子属于横生枝节，是缺乏力量的。但没有它又构不成戏后半部的冲突，又撑不起高潮，所以，只好将就着用。戏的质量自然也就降低了。

又如浙江有个现代戏《巧云》，曾获国家文华奖殊荣。剧本写一个名为巧云的乡村女教师收留了一个弃儿，呕心沥血培养他成为有用的人。结果，丈夫不理解，乡亲们误会了她，前半部的戏入情入理，催人泪下，动人心弦，发人深省。到后半部又支持不住了，只得拖出一个不相干的校长来跟女教师冲突，逼她离开学校，带着孩子背井离乡。再到后来又设置了由误会造成的女教师与弃儿父亲的矛盾，更令人难以理解，戏岔开了，焦点分散了，艺术的整体感也相应减弱。

无独有偶，上海有出《明月照母心》，戏有情、有节、有诗、有意，的确很耐看。但问题也在后半部露出了弱点，收养孤儿，与家人亲朋闹矛盾，十分合理，却又设置了一则征母启事并由此展开新的冲突。使人感到作者强弩之末，只得重新蓄势，以图高潮一搏，这不能不说是一个缺陷。

江苏刘鹏春的《皮九辣子》是现代戏曲创作中难得的精品。剧本写皮九本来是个还算老实本分的庄稼汉，"天性不算太滑头"，却在"文革"中被"七斗八斗斗成猴"。后来他为争取自己的正当权益，以求生存，成了"上访专业户"。戏里还以皮九的爱情婚姻为贯串全剧的副线。他为解救寡妇顾二嫂的危难，竟挺身而出，代她挂上破鞋，但后来却不敢接受对方馈赠的新鞋，被指责"挂破鞋你是英雄，穿新鞋你是狗熊"。两双鞋成了贯串全剧的道具，写出人物之间心贴心的感情联系，增添了喜剧色彩。但戏发展到后来，也有点力不从心了。编剧设置了新的冲突，让火乡长交给皮九一个任务去讨三角债，皮九由泼皮变成了维护集体利益的英雄，这个新的冲突显然缺乏必然性，也可看作是编剧为了让冲突奔向高潮，交代人物性格升华的任务而人为设置的。当然，这个戏在冲突上的缺陷不如前面几个戏明显，因而，相对来说影响也就小一些。

关于戏剧冲突的张力问题，我曾在华东六省一市戏剧创作年会上作过专门的发言。我的主要论点是：第一幕固然重要，第五幕即高潮戏（当然是指传统意义上的分幕方法）更不待说，但我却认为作为一个大型戏剧，第三幕才是决定作品成败的关键。古今中外不知有多少才华横溢的剧作家撞倒在这块暗礁上，那瑰丽的文字化为历史的尘埃，令人惋惜，令人扼腕。因为第三幕是冲突的加油站，是跋涉者的驿站，从这里开始选择拓荒者之路，有的可能通向死胡同，有的可能步入一个不起眼的小丘，当然也有的会达到辉煌的顶点。所以，第三幕是生死攸关，举足轻重，非同小可。大戏是这样，对小型戏剧的冲突张力的要求自然也一样了。

举了那么多例子说戏剧冲突的不准确、不完满、不真实，那么，到底应该如何来组织戏剧冲突？戏剧冲突到底有哪几种形态？什么样的戏剧冲突才算达到了"真"呢？这正是我们下面需要讨论的问题。

二、黑格尔老人关于冲突的论述 ①

黑格尔认为，冲突有三个要点：

1. 冲突，要有一种破坏力量作为冲突的基础，这种破坏不能始终是破坏，即破坏本身最后要转化，被否定掉。它是对本来和谐的情况的一种改变。这改变本身也要被改变掉，也就是说，冲突必然以矛盾为基础，包含着一种对立物，形成一种相反的力量。这两种力量的斗争，最后要出现一种结局。这种结局既不是回复到斗争之前的和谐状态，也不是斗争本身，而是经过斗争出现的一种新的"和谐"，在这个"和谐"中当然也孕育着新的对立。

2. 冲突还不是动作，它只是包含着一种动作的开端和前提，所以它对于情境中的人物来说，只不过是动作的原因，尽管冲突所揭开的矛盾，可能是前一个动作的结果。换句话说，冲突只是情节的一种表现形式，而不是情节本身，更不是情节的全部。它只是情节的开端和前提。情节的全部展开，依赖于人物性格。

3. 冲突有三种表现形式，分别为：

（1）由物理的或自然的情况所产生的冲突，它通常是消极的，邪恶

---

① 冉欲达：《论情节》，新华出版社 1982 年版，第 186—191 页。

的，因而是有危害性，一般指由于疾病、风暴、沉船、旱灾、地震等自然原因而引起的冲突。由这一类原因而引起的矛盾冲突，可以成为文艺作品进一步冲突的最远的原因和出发点，对于性格来说，它不是本质的东西，而是性格形成的一种基础或背景。它之所以被写进艺术作品，是因为这种自然的危害可以——"发展出心灵性的分裂，作为它的结果。"

（2）由自然条件产生的心灵冲突，这些自然条件虽然本身是积极的，但是对于心灵，却带有差异对立的可能性。黑格尔在这里所说的，主要是指一种社会条件，如个人的家庭出身、阶级地位等等，它是自然的，不能选择的，但又是社会的。黑格尔就人的社会阶级地位的差异而产生的冲突，讲了很多。但是其主要的思想是：出身的差别——这本身就是一种不公平的事——由于习俗和法律的影响变成了一种不可克服的界限，好像它已是一种习惯成自然的不公平的事，因此成为冲突的原因，奴隶地位，农奴地位，等级的差别，在许多国家里犹太人的处境，以及在某种意义上贵族出身与市民出身的都属于这一种。

（3）由心灵性的差异而产生的分裂，这才是真正重要的矛盾，因为这是人所特有的精神活动，即我们通常称之为性格的冲突。

黑格尔说：凡是心灵性的东西只有通过心灵才能实现，所以精神方面的差异也必须从人的行动中得到实现，才能显现于他们所特有的形象。"总之，一方面须有他人的某种实际行动所引起的困难、障碍和破坏；另一方面须由本身合理的旨趣和力量所受到的伤害。只有把这两方面定性结合为一体，才是这最后一种冲突的深刻的根源。"这段话的大致意思是：表现人物的思想性格，表现他的精神世界（即黑格尔所说的"心灵性的东西"）必须描绘出人物在生活中、在特定的现实生活的矛盾冲突中，他的精神世界内部的矛盾斗争。这种内心世界的矛盾冲突，既表现为人物的性格和环境的矛盾；也表现为人物性格内在的矛盾，这两方面的结合，就形成第三种冲突的深刻的根源。艺术要求作家揭示出这种根源。

黑格尔就第三种冲突进行了深入剖析，指出这里又有三种具体情况：

第一种，他称之为"不自觉的行为"。即行动当时的意识与意图和后来对此行动本身的性质的认识之间的矛盾。即被不自觉地损害了的对象必须是他在按照理性行事时所敬重的。在现实生活中，以这一类冲突为情节基础的悲剧相当多。例如，莫泊桑的一篇短篇小说《海港》，它描写一位离家几年的水手，从远航轮船上下来，跑到一家酒吧去寻欢作乐，他与一个年轻的姑娘鬼混一阵之后，在闲谈中发现，这个姑娘正是自己的亲妹妹，就属于这种情况。又如曹禺在《雷雨》中所描写的悲剧大体也都属于这一类。

第二种，有意识的行为，并由于这种认识和意图才产生出来的破坏（出发点可以是情欲、暴力、愚蠢，等等）。它要求当事人所争求的对象本身是道德的、真实的、神圣的，否则就失去了真实性。莎士比亚的《哈姆雷特》可以作为一个合适的例证。哈姆雷特的父亲被哈姆雷特的叔父所谋害，这个阴谋家杀了自己的哥哥以后，篡夺了国王的权位，霸占了王后，哈姆雷特立志复仇。谋杀和复仇，都是有意识的行为。哈姆雷特的复仇是道德的、真实的、神圣的。

第三种，非直接的破坏。一种行动本身并不一定引起冲突，但由于这种行动的发生涉及与这行动相对立的关系和情境，也是意识到的关系和情境，这一行动就变成引起冲突的行动。比如罗密欧与朱丽叶相爱，爱情本身并没有破坏什么，但他们认识到他们的双方家庭互相仇恨，双方的父母都不会允许他们结婚，由于这种原已假定存在的分裂，他们就陷入冲突了。

黑格尔老人的这三个要点，对于我们理解与把握戏剧冲突的涵义是十分重要的。他的第一个要点强调了冲突是个动态的过程，有一个转化的过程，但最后转化后的"和谐"应当孕育着新的冲突，这个观点是很辨证唯物主义的。我们有一些戏剧作品，人物是没有发展的，情节是原地踏步的，冲突是一成不变的，这当然没有什么戏剧性可言。

黑格尔的第二个要点，强调了冲突是动作前提，冲突也不是情节本身，冲突要化为动作、情节则必须依赖于人物性格，这就把戏剧冲突的本质点出来了。

黑格尔的第三要点则分析了冲突的几种表现形式，强调了无论是物理的或自然条件所引发的冲突都必须作用于心灵，作用于性格冲突，这样，就把一切冲突都作了雄辩的归结。

应该说，黑格尔老人对冲突的概括、论述是十分精辟的。

三、戏剧冲突的具体表现形态

黑格尔对冲突表现形态的论述是宏观的、原则性的，现在我们来进一步把它具体化。孙祖平教授在《戏剧冲突》一文中将戏剧冲突概括为如下三种具体的表现形态：

一是具有心理特点的冲突形态：包括目的的冲突、思想的冲突、心灵的冲突、世界观的冲突、意志的冲突、观念的冲突、道德的冲突、精神力量的冲突、欲望的冲突、旨趣的冲突等等。

二是具有形象特点的冲突形态：包括人物的冲突、性格的冲突、情感的冲突等。

三是具有行为特点的冲突形态：包括行为的冲突、行动的冲突、动作的冲突、方式的冲突、事件的冲突、利益的冲突等。

在所有这些冲突形态中，运用得比较广泛、并能"引经据典"找到理论根据的是：意志冲突、性格冲突和行动冲突。它们各自代表着一类冲突形态。但事实上影响最大的还是性格冲突。而性格冲突的表现方式又可以归纳为这样三种：性格与环境的冲突，性格与性格的冲突，性格内部的冲突。

第一，性格与环境的冲突。

这里所说的环境主要是指以某一人为中心组成的社会关系总和，是时代社会背景的某一侧面在剧本中的具体反映。剧中的每个人物都有自己独特的环境，人物性格与环境发生关系才能得以形成，得以发展。因此，剧中每个人物性格势必不同程度地与环境发生冲突，有什么样的环境就有什么样的冲突。

第二，性格与性格的冲突。

这是戏剧冲突最基本的表现方式。性格与性格的冲突不仅构成戏剧情节，而且是刻画人物最主要的手段。比如《雷雨》中蘩漪与周朴园的冲突,《原野》中金子与婆婆的冲突,等等。

第三,性格内部的冲突。

最典型的例子是《哈姆雷特》,"生存还是毁灭,这是一个值得考虑的问题:默然忍受命运的暴虐的毒箭,或是挺身反抗人世的无涯的苦难,通过斗争把它们扫清,这两种行为,哪一种更高贵?"丹麦王子这段著名的独白充分表现了他性格内部的矛盾斗争。当哈姆雷特证实了叔父是杀死父亲的凶手,准备动手复仇时,却因他正在祈祷而犹豫不决,这样,便失去了机会,最后与仇人同归于尽。

经验告诉我们,要写好性格冲突,关键是要做到三条:

第一,由不同的人物性格来引起戏剧冲突,发展戏剧冲突。

比如,小型戏剧《牺牲》是印度诗人、剧作家泰戈尔的作品。血祭是古印度最神圣的敬神方式,王后葛娜娃娣因无子而向圣母祈祷,献上祭祀用的牲畜,善良的国王歌汶达却不忍看牲畜遭受杀戮的痛苦挣扎,下令以鲜花和水果取代血祭。这一举动伤害了王后,也惹怒了祭司拉果拍第,导致他策划了一系列臣弑君、弟弑兄的阴谋。最后,拉果拍第的养子加依辛被国王的善良、博爱感动,自刎于祭坛前,用自己的鲜血唤醒众人。在这个剧中,戏剧冲突的产生和发展就是由人物性格的冲突引起和推动的。如国王歌汶达的善良和博爱,引起了刚愎、偏执的祭司拉果拍第的误解,也感化了正直、善良的加依辛。葛娜娃娣有王后之尊而无子,形成她敏感、自傲、嫉妒的性格,做出了杀害国王之子的举动,国王之弟挪克夏特拉亲王虔诚但不迷信,有当国王的雄心但不失正直,最终阻止了王后这一企图。

这个戏的冲突就是由剧中不同人物的不同性格引起并决定冲突的情节走向的。

又如,契诃夫的小型戏剧《求婚》的戏剧情节,也源于对人物性格的设置安排。

迟钝胆怯又多病的洛莫夫来到邻居地主丘布诃夫家里,向其女娜妲丽亚求婚,不料却因为一块地的归属同娜妲丽亚发生争吵,把求婚忘到脑后。伶牙俐齿、配合默契的娜妲丽亚父女俩骂得洛莫夫险些心脏病复发,最后不欢而散。在他走后,丘布诃夫无意中提到洛莫夫是来求婚的，于是轮到娜妲丽亚呻吟了，她要父亲快快把洛莫夫请回来。

整部戏有着浓郁的喜剧气氛，节奏极其明快。喜剧性戏剧冲突发生源于人物的性格，老姑娘娜妲丽亚泼辣又精明，老父亲丘布诃夫粗心又溺爱女儿，洛莫夫懦弱、多疑、笨拙，需要娜妲丽亚提醒、暗示才能想起求婚的本意。因为人物的性格使然，每当剧情发展到尽头时都能"绝处逢生"，另有天地。如娜妲丽亚父女骂走洛莫夫后，剧情按说中止，可粗心的丘布诃夫提到求婚一事，泼辣、精明的娜妲丽亚就呻吟了，软磨硬泡地要把洛莫夫请回来。在狗和田地归属问题上，伶牙俐齿、不甘下风的娜妲丽亚几次骂得洛莫夫旧病复发，可洛莫夫的"抽筋"、就"疼"、就"昏"，让丘布诃夫和娜妲丽亚父女俩态度由强硬转向温和，忙得团团转，互相埋怨。

第二，由不同的人物性格来决定戏剧冲突的不同表现形式。

拙作《定心丸》中，队长娘子李玉桃是个性格直爽，能说会道的农村妇女，她从镇上为生产队养鸡场挑鱼担回家，第一件事想到的就是从鱼担里挑出两只梭子蟹，晚上蒸了让丈夫常根下酒吃。但为了保住挑鱼担这一个肥缺，她对丈夫"拳打脚踢"，软硬兼施，一副不近人情的样子。其实她内心却是深爱着自己的丈夫。当她使出"踢打丸"，丈夫真的卷了铺盖要回娘家去时，她吓得哭了起来，竟用"耍赖皮"的方法想来拖住丈夫，真是又可笑又可爱。又比如，郭大山跟玉桃提起，常根家里弟兄多，生活困难等等，谁知被玉桃一顿臭骂："郭大山，你这张臭嘴巴！我家常根是吃过你一顿饭，还是穿过你一尺布？要你老三老四，指手画脚？你下次再说这种话，我玉桃就对你不客气！"吓得郭大山连忙噤声。

李玉桃与丈夫、与郭大山的几次冲突表现形式都有所不同，其原因就是由李玉桃这个人物的性格所决定的。

第三，由性格来决定冲突的进程和结果。

比如小型戏剧《一个善良的女人》，主人公罗莎蒙善良、多情，任性又有点虚荣，正是这样的性格让她在两个男人之间举棋不定，左右为难，制造出一个又一个"事端"。因为善良，四年前她没有断然拒绝追求者吉拉尔德，好心地要求他四年后再见，认为四年中一定会另有新

编剧理论与技法　第五章　冲突要真

欢。谁料就在她要和未婚夫吉姆斯成婚时,吉拉尔德回来了。

这个戏情节紧凑,正在于人物性格的变化引发人物关系和戏剧气氛的变化。

戏一开始,12点就要结婚,可新娘罗莎蒙却千方百计打发走新郎吉姆斯,却又不肯说原因。这当然是罗莎蒙善良、多情的性格使然,她不愿让吉姆斯误解自己,更不愿妒火中烧的吉拉尔德冲动之下伤害吉姆斯。在吉姆斯发现吉拉尔德的明信片后,罗莎蒙为证明自己的真心,把吉姆斯藏到屏风后面,让他亲眼目睹自己是如何对待吉拉尔德的。这就构成了吉拉尔德在明处、吉姆斯在暗处的第一个戏剧性场面。

吉拉尔德上场后,先请罗莎蒙帮自己解决在恋爱中遇到的棘手问题——他到底该向哪个姑娘求婚——这给了骄傲、虚荣的罗莎蒙一点打击,她酸溜溜地提醒对方"我想正是因为我像你姐姐,因此四年前的昨天你向我提出了一个问题"。吉拉尔德跪倒求爱,罗莎蒙嘴中说着"No",善良、多情的内心却在说"yes"。情势紧急,未婚夫吉姆斯上场,构成三人同在场上的第二个戏剧性场面。善良又耳朵软的未婚夫吉姆斯更让局面一团糟,罗莎蒙充满感情地叫了声"可怜,可怜的吉拉尔德",吉姆斯竟要自杀来成全他们。罗莎蒙一句"我的吉姆"又让吉姆斯放弃自杀,改为杀人——他拿枪指着吉拉尔德,要成全他送他上西天。

因为证婚人的缺席,婚礼无法如期举行。未婚夫妇发生争吵,吉拉尔德躲到了屏风后——这是吉姆斯在明处,吉拉尔德在暗处的第三个戏剧性场面。在争吵过程中,吉姆斯咒骂了吉拉尔德,后者又从屏风后跳了出来。罗莎蒙非常后悔自己当初欺骗吉拉尔德,为了赎罪,她竟然要嫁给吉拉尔德,她认为"一个善良的女人,良心第一,爱情其次。"

正如剧中人吉姆斯在剧尾所说的"所有的男人都喜欢善良的女人,但是她也不要太善良——否则把人折腾得太厉害了",这个戏中有趣的冲突、生动的纠葛、跌宕的情势与冲突的结果是由罗莎蒙这一独特的人物性格决定的。

那么,戏剧冲突如何去反映社会生活矛盾呢?应该说,手段也是多方面的,既可以正面反映,也可以侧面反映,既可以直接反映,也可以间接反映；可以把生活中的主要矛盾作为戏剧冲突的主要内容，也可以以生活中的次要矛盾作为戏剧冲突的主线。

民间小戏《葛麻》，通过嫌贫爱富的财主马铎逼女婿退婚的事件揭露了财主对穷人的欺压，他依仗财势，采取逼、打、告官等手段逼迫穷女婿写退婚文书。戏中成功地塑造了一个机智、正直的劳动人民典型——葛麻，他在其主人财主面前极尽嘲讽捉弄之能事。不仅帮助被马家退婚的女婿张大洪成了亲，而且还借故给马铎几次痛打，伸张了正义，击败了财主。这个戏便是正面反映农民与财主的阶级矛盾的范例。

人物本身的内心冲突，也可以间接反映社会矛盾，同时又可以深刻地揭示性格。优秀的传统剧目总是抓住一切机会描写人物的内心冲突。特别是在矛盾展开或激化以后，需要人物作出重大选择和决定的关键时刻，更是不惜笔墨，细致深入地剖析他的心理状态，揭示他的内心世界。越剧《庵堂认母》描写一个尼姑和她的私生子相认的过程。中了状元的儿子要认母，但母亲却顾虑重重，既畏人言又怕影响儿子的前程，三番两次不肯相认，不敢相认。社会压力和骨肉深情的矛盾构成她复杂剧烈的内心冲突，她的顾虑越多，反复越大，对封建社会制度的批判也就越发有力，人物性格也就越加鲜明。

四、从虚假到真实——改戏实例

下面，我想通过解剖一个实例的方式来进一步说明戏剧冲突必须真实、必须有意义的重要性。

我决定十分冒险地将一个比较优秀的戏剧小品作一番剖视。那是我在外省观摩一次属于比赛性质的戏剧演出时有幸接触到的一个作品。作者是一位很有名的剧作家，写过许多令同行们刮目相看的好作品。我这里要分析的是他的一个描写军人生活的戏——《山泉》。

我必须把《山泉》的情节梗概尽可能简略地作一番介绍。

战争年代。前线。夜。大战来临之前的奇特的宁静。一个卫生队的女战士借着柔弱的残月余辉在山泉边沐浴。那裸露的双肩和后背充分地显示出青春少女的肌肤美。蓦地，山岩边出现了一个手持鲜花的年轻男性战士。他在无意中发现了那个裸女，连忙像触电似地扭转头去，而慌乱中却不慎将手中的水壶掉在地上，发出声响，惊动了那女战士。女战士迅即避于岩侧，穿上衣服，尔后便满脸恼怒地上前向那男战士兴师问罪。男战士语无伦次，答非所问，十分窘迫。女战士羞愤交加，厉词相逼，执意要带他去见连首长。男战士失措，只是恳求说："仗马上就要打响了，如果我死在疆场上，那么希望得到你的原谅；如果我活着回来，那么，我一定去连首先那里认罪。"女战士这时才发现，那小伙子臂上佩着突击队的标志，她犹豫了。便问：既然马上要上阵，为什么到这里来？男战士答：因为，战争打响以后，他自己也不知道为什么老是想女人。他年轻，从未尝过恋爱的滋味，所以，就采来这束鲜花，上面系了一张纸条，希望哪一个姑娘看到以后，吻吻这束花，然后放到他的墓碑上。女战士闻此震动，她原谅了他，并要他把花交给她。男战士忙递上去，女战士充满深情地吻那束花。男战士激动，一个立正，举手敬礼。然后，奔上战场。女战士从花束中抬起头来，慢慢地走向泉边，泉水一滴一滴地落在那束花上。大幕渐渐地闭上……

无须讳言，这是一个观赏性非常强的短剧。看得出，作者有娴熟的编剧技巧，又深谙观众心理，精于舞台特性，因此，演出时也能赢得阵阵热烈的掌声。但是，如果我们冷静下来认真思索一番的话，便不难发现，这个戏的冲突处理并不真实可信。作者企图热情讴歌的两个人物都有过于雕琢的痕迹。

那么，失误在哪里呢？

首先，我认为，那个女战士并不可爱。在战争的间隙，用大自然的乳汁——山泉去洗却战争的尘埃，本无可非议，女战士发现自己的领地闯入了一个陌生的男性，出于本能的自卫心理而责难对方，也情有可原。但，麻烦的问题是，她有什么理由要将一个偶然撞见"庐山真面目"的纯朴军人等同于一个撬门入室、猥亵女性的不法之徒呢？如果这个女战士真的"圣洁"到被人无意之中看一眼就觉得自己无地自容、对方罪该万死的话，那么，我想她也不可能有胆量在无法面面俱到的自然屏障里裸露自己的身体。作为在恶劣的环境中生活的军人，她更应该懂得，凡是有泉水的地方，是最容易聚集军人的地方，因而倘或一定要追究责任的话，我们应该毫不客气地说，失误——如果这也可以算作失误的话——在于女战士本身。这样，她对男战士一而再，再而三地缠住不放就显得不近情理和过于造作了。

　　同样，作者对那个男战士的刻画也明显地存在着职业虚构的瑕疵。具体表现在，第一，当那个男战士正处在对异性极端饥渴的前提下，无意间撞见了一个裸着的青春少女，他的反应难道仅仅是局限于像避瘟疫（恕我用这个不中听的词）一样地迅速转移视线吗？而在我看来，这是很重要的容不得半点粗疏的刻画人物深层心理的机会，稍有不慎，艺术失真的缺陷也就留在作品中了。第二，当那个女战士用近乎敌视的态度来审问那个男战士的"不轨企图"时，不论是从生活的常理出发，还是从艺术的真实考虑，男战士都应"气壮山河"地大声宣布：本战士有幸一睹芳姿，绝属巧合，既非蓄谋之故，更无施暴之意，因而，无非也。可是，剧本却偏偏用"支支吾吾、答非所问"的虚晃一枪的处理将一个实质性的问题掩盖了。于是，戏虽然已按照作者预定的计划纳入了规范的流程，细心的观众却产生了不大不小的疑问：这个并不傻的小伙子怎么一下子变得连正当护卫自己的能力都失去了呢？第三，在我看来，作为剧本中的一个十分重要的细节，即那个男战士"采战地花，觅少女吻"，似乎也显得太书生气了一点。换句话说，观众有权要求作者从生活矿藏里提炼出更能符合此时此地、此情此境、此人此心的艺术细节来。

　　由于上面所说的这些原因，我对这个短剧除了佩服作者选材的能力和演员精湛的表演以外，剩下的便是深深的遗憾了。但是，假如我们调整一下视角，从真实地描摹人物的内心世界出发来重新对这个戏作一番艺术处理的话，那么情况是不是会有所改观呢？好在从古希腊悲剧之父爱斯库罗斯起就有了改写他人戏剧作品的习惯，我也不妨斗胆效法，试将《山泉》作一个几乎是面目全非的改写。当然有两点必须予以声明：首先，我在没有征得原作者同意的情况下做这个工作，未免显得有点粗暴，希望原作者能从学术讨论的视角来看这个问题从而原谅我的鲁莽；第二，由我来改写这个作品并不是说明我比原作者高明多少，而是为了更有利于我对"冲突要真"这样一个命题的表述。况且，原作与改作的得失优劣还得经过实践的检验才能予以比较。现在，我仍然试着用尽可能简约的文字来描绘改作的构图。

战争前线。夜。偶尔从空中划过的一二颗流弹和几响疏疏拉拉的冷炮声，更平添了大战来临之前的夜的宁静和萧寂。残月从厚厚的云层中拼命挤出来，把微弱的光亮扔在山地上，气喘吁吁地，脸都白了。然而，战地奇观出现了。一个年轻美丽的女兵，已卸去了布满尘埃的盔甲，站在大山的胸膛前，一任清澈的泉水冲泻她那裸着的身子，那优美的线条，丰腴的肌肤，仿佛时时在提醒人们：青春富有魅力，生命多么美好，可是，战争却要随时吞噬无数个这样鲜灵灵的人生。此时，一个全副武装的男兵闯入了少女神圣的领地。这男兵二十来岁，一股热腾腾的青春气息扑面而来。他从未尝过恋爱的滋味，更不能读到少女美妙的躯体，只会在甜甜的梦中去完成对异性的憧憬和塑造。而如今，上帝在他走向充满血与火的战场前的一霎那，却赐予了这么美妙的一个机会：他撞见了一个裸着的少女！他惊喜，他慌乱，他激动。对异性秘密强烈的窥探欲，青春胴体的热烈扩张，使他的血全涌向脑门，纯生理因素决定了他的行为：他情不自禁地、小心翼翼地转移方位，试图寻找一个更能领略女性世界的旖旎风景点，更多读到人体史诗的辉煌篇章的视角，来继续他的旅程。然而，意外的事发生了，他踩落了一块乱石，发出骇人的声音。舒展的少女一下局促起来，她慌忙用一条白色的浴巾（也许用白色的军用床单更符合规定情景）裹住自己的身子。她发现站在她面前的居然也是个军人，不由更加恼羞交融，斥责声排山倒海而来。他抵赖，说他路过这里，什么也没有看见。她很聪颖，洞察他的狡辩，一针见血地挑明：路在右边，而你站的位置是野兔和石蛙栖息的地盘。显而易见，她在沐浴前对山地作过严谨的安全性考察，他哑然。继而承认自己的卑琐。但他说，他只是想看一看，如此而已。少女更火了，看一看还不够吗？这能随便看吗？你以为是在看一张花三角钱买来的年画吗？她要带他去见连首长，他慌了，最后要求：几分钟以后，他就要上前线了，如果他倒在战场上，那么，希望她能原谅他；如果他活着回来，那么，他一定随他去连首长那里认罪。他的语气和感情都是真诚的，她这才发现，他是突击队的队员，她犹豫了。他感觉到了她对坦诚的鼓励，于是他像做错了事的孩子在母亲面前叙述自己的过失一样，很直率地、毫无遮盖地但同时又是十分得体地披露他本以为不可能跟任何人倾诉的内心秘密。他说他从未尝过恋爱的滋味，从未有过在完整意义上的异性接触史，更从未诵读过女性美妙的躯体，所以，当他有幸获得如此珍贵的机遇时，他承认，他是偷看，而且还想更具体、更明了地偷看。他好像在诉说一个遥远的故事，说完了，就静静地候在一边，等待着对方的审判。可是，他平静了，少女却不平静起来，她惊讶他的诚实和勇气，她理解了这个同龄人的意愿，她更清楚一个突击队队员的称号意味着什么，因此，她宽恕了他，甚至还为自己刚才的尖刻而感到不安和内疚。忽然，她咬了咬芳唇，扬起俊俏的脸，低声而又有力地说：你转过身去，闭上眼睛。这该是怎样的一种惩罚啊？他来不及去考虑了，只有遵命。一秒钟，二秒钟……他听到了她的声音，好像是泉水的浅吟，又似乎是地心的呼唤，轻轻地、颤抖地，但同时又是热腾腾地……你，转过身来！他又遵命。但是当他蓦然回头时，人间最辉煌、最壮丽的时刻来到了，少女缓缓地褪去身上的浴巾（军用床单），一尊全裸的维纳斯矗立在大自然的怀抱里，那么圣洁，那么庄重，那么瑰丽。此时此地，还有什么事物比这样的奉献更崇高、更壮美呢？他站在她的面前，没有杂念，没有肉欲，没有卑琐，只有心灵的颤栗，灵魂的洗礼，精神的升华。如果说，他刚才的窥探获得的是纯生理欲望的补偿的话，那么现在，他直面战地女神所摄取的是人格力量的充实和强化。他举起代表力量的右手，向少女、向女神、向母亲的象征，敬礼。然后，一个转身，杀向战场，一个为国捐躯的勇士又诞生了，少女抬起头来，目送着远去的战士，充满灵性的泉水轻轻地泻下来，为她拭去眼角边的泪花，光渐渐地暗下来，我们的故事这么轻轻地（是轻轻地）结束了……

自然，必须郑重申明的是，在戏剧舞台上，而且又是描写军人生活的题材中出现裸体女性，在我国也许尚属首创，难免会引来一些非议。然而，在舞台上裸什么，怎么裸，裸到何种地步，那全是导演与演员的事，相信他们会有一千种办法来达到既不放弃艺术追求、又顾及全民族文化环境的宗旨的。

行文至此，对"冲突要真"这一观点的表述大概是可以结束了。如果要用几句概括性的话来进一步说明笔者的观点，那么，所谓"冲突要真"，是否可以涵容这样几层意思：

一、冲突必须是真实的，而不是虚假的；

二、冲突必须是有意义的，而不是无谓的；

三、冲突必须是戏剧性的，而不是争论性的。

抓住了这三点，那么，离真正掌握戏剧冲突的内涵也许是不会太远的了。

【思考与练习】

1. 试析生活矛盾与戏剧冲突的关系与区别。

2. 请你根据下面材料中所提供的由"七笔流水账"引起的夫妻矛盾的可能性，按照戏剧冲突的要求，编写一个小型戏剧的剧本提纲。

账　单

招聘女打字员的广告费……（支出金额）

提前一星期预付给女打字员的薪水……（支出金额）

购买送给女打字员的花束……（支出金额）

同她共进的一顿晚餐……（支出金额）

给夫人买衣服……（一大笔开支）

给岳母买大衣……（一大笔开支）

招聘中年女打字员的广告费……（支出金额）

（摘自《马克·吐温小说选》）

第六章　情节要奇

一、故事与情节的区别

讨论情节，先要做的一件事也许是应该将故事与情节这两个不同的概念区别开来。

什么是故事？权威的解释是：

叙事文学作品中一系列为表现人物的性格和展示主题服务的有因果联系的生活事件。

真实的或虚构的因果，讲述对象的事情，有连贯性，富吸引力，能感染人。

什么是情节？权威的解释是：

叙事文学作品中人物和斗争的演变过程。

事情的变化和经过。

英国著名小说家和理论家福斯特在《小说面面观》中提出：我们对故事下的定义是按时间顺序安排的事件的叙述。情节也是事件叙述，但重点在因果关系上。他举例说"国王死了，然后王后也死了"，是故事。而"国王死了，王后也伤心而死"是情节。如果我们再问："以后呢？"便是故事。要是问："什么原因？"则是情节。

一般说来，故事是以时间为依存的。"国王去世了，接着王后也去世了"，这是从时间角度来看的相继发生的事件。与此相反，情节则是以因果关系为依存的。"国王去世了，接着王后因悲伤过度也去世了"，这就是情节。没有故事，不可能构成情节；反过来说，没有情节却可以构成故事。

二、戏剧情节的重要性

关于情节在戏剧文学作品中的重要作用，亚里士多德可能是说得最透彻了，他认为：悲剧的成分必然是六个——即情节、性格、言词、思想、形象与歌曲。"六个成分里，最重要的是情节，即事件的安排；因为悲剧所摹仿的不是人，而是人的行动、生活、幸福……悲剧的目的不在于摹仿人的品质，而在于摹仿某个行动；剧中人物的品质是由他们的'性格'决定的，而他们的幸福与不幸，取决于他们的行动。他们不是为了表现'性格'而行动，而是行动的时候附带表现'性格'。因此悲剧艺术的目的在于组织情节（亦即布局），在一切事物中，目的是至关重要的。"[1] "因此，情节乃悲剧的基础，有似悲剧的灵魂，'性格'占第二位。"[2]

关于情节的重要性，高尔基也说过一句十分著名的话：情节"即人物之间的联系、矛盾、同情、反感和一般的相互关系——某种性格、典型的成长和构成的历史"。[3] 简而言之，即"情节是人物性格发展的历史"。

有一种比较流行且通俗的说法论述了为什么要重视戏剧情节的理由，概言之，第一，情节和人物塑造是相辅相成、相互依存的。从戏剧情节的形成来说，它应当是人物性格发展的轨迹；反过来说，人物形象的塑造又是离不开情节的。因为观众之所以对剧本中的某些人物有深刻的印象，往往是由于他们通过情节认识了人物，了解了人物。第二，戏剧情节本身具有独立的艺术效能，能够起到吸引观众、娱悦观众的作用。第三，我们民族的传统欣赏习惯往往要求戏剧有悲欢离合的故事，曲折动人的情节。

---

[1] ［古希腊］亚里士多德、［古罗马］贺拉斯著，罗念生、杨周翰译：《〈诗学〉〈诗艺〉》，人民文学出版社1982年版，第21页。

[2] ［古希腊］亚里士多德、［古罗马］贺拉斯著，罗念生、杨周翰译：《〈诗学〉〈诗艺〉》，人民文学出版社1982年版，第23页。

[3] ［古希腊］亚里士多德、［古罗马］贺拉斯著，罗念生、杨周翰译：《文学论文选》，人民文学出版社1958年版，第297页。

中国戏曲注重情节，讲究传奇，李笠翁早就说过："古人呼剧本为'传奇'者，因其事甚奇特，未经人见而传之，是以名。可见非奇不传。"[①] 孔尚任也在《桃花扇小识》中说："传奇者，传其事之奇焉者也。事不奇则不传。"

其实戏曲讲究传奇，讲究情节的生动曲折，是有历史原因的。旧时，戏班的演出多是一些野台小戏，或在庙会，或在广场。那个场合，观众挨挨挤挤，人来人往，或坐或立，笑语喧哗，要让人群静下来看戏，要吸引他们，让他们不得不忘记吸烟，忘记嗑瓜子，一心一意地跟着剧情走，就必须依靠奇特、新颖的戏剧情节。因为只有奇特的、异想天开的情节才有可能紧紧抓住观众的注意力。正如当代剧作家胡可在《习剧笔记》中所说的那样："观众喜欢看的是百岁挂帅而不是百岁养老，是十二寡妇征西而不是十二寡妇上坟，是武松打虎而不是打狗，是木兰从军而不是木兰出嫁。"

一般说来，奇特的戏剧情节往往能使剧本具有震撼人心，发人深省的强大力量。比如果戈理的讽刺喜剧《钦差大臣》，写一个京城过路的小丑，由于他那"彼得堡式的容貌和服装"，买东西不付钱的作风，那吹牛撒谎成性的品格，以及驿马使用证上的地址的一点巧合，因而被一群心中有鬼、惶恐万状的昏官污吏误认作"微服私访"的钦差大臣。于是，百般逢迎拍马，丑态毕露。那小丑也以假充真，逢场作戏，出尽洋相。这一奇特的经历显然有利于揭示那个时代荒淫无耻、昏庸透顶的上层社会的生活。

当然，我们强调情节的重要性，同时也要注意另一个问题，即防止过于迷恋、依赖于情节。在这一点上，日本早稻田大学教授河竹登志夫在他的一本理论著作中十分推崇德鲁坦关于情节的论述，德鲁坦认为：在情节构成中必须具有"某种数学的天资——即：使分散的部分结合成一个整体，按照事件发生的先后顺序合乎逻辑地（而且是出乎意料的事件连续般地）贯串起来，然后向结局一转，犹如一种干净利落地抖开包袱般的力量"。而且，德鲁坦还半是赞扬半是警告地说，具有这种才能

的作用，"极其容易成为不负众望的作家"。但同时，如果剧作家一旦热衷于制作离奇的情节，也就容易写出矫揉造作、令人生厌的"超脱尘世"的作品来。① 我以为，德鲁坦既指出了情节的重要性，又坦陈了热衷于情节构造的危险性，把一个问题的两个方面都谈到了，是有启迪作用的。

三、小型戏剧情节设置的要求

那么，小型戏剧的情节设置有什么特殊的要求呢？

1. 新奇

何谓新奇？李渔说："新即奇之别名也。"② 意即"奇"者新也；"新"者奇也。

小型戏剧的情节要新奇，这是由小型戏剧的特性所决定的。"在独幕剧里应当写荒唐事——独幕剧的力量就在这儿。"契诃夫的这句话，道出了小型戏剧选材的美学意义。生活中的奇人奇事虽然具有极大的偶然性，但常常可以从中发现某些社会本质的东西，奇特的人与事又极有利于小型戏剧的情节结构与性格塑造，不少成功的剧作一再证明了这一点。如常德汉剧《祭头巾》，老儒生石灏屡次赴科不第，到了82岁高龄还在考，在"放榜之期"的晚上，石灏坐在店房等候喜报，一报没有，二报没有，石灏止不住泪淋淋，于是怨天尤人，想到一辈子未中，皆是"吃了这顶头巾的亏"，因而"科科不中，榜榜无名"，于是脱了头巾来祭。吉剧《包公赶驴》，身为开封府尹的包公为了查明贪官的罪证，不顾满头白发，气喘吁吁为一卖唱女子赶驴。这些故事奇特、新颖，特别适合于小型戏剧这一艺术形式来表现。

传统剧目中，有不少作品都是通过描述一个奇特的故事来反映作者对生活的看法，比如《窦娥冤》、《十五贯》、《梁山伯与祝英台》，等等。

生活中有这么一件事：解放前，有两家人家同时娶亲，抬轿子又走

---

① ［日］河竹登志夫著，陈秋峰、杨国华译：《戏剧概论》，中国戏剧出版社 1983年版，第 71 页。
② 冉欲达：《论情节》，新华出版社 1982 年版，第 35 页。

在同路，途中遇雨，两顶轿子搞错了，后来成了亲，才发现新娘已换了人，既成事实，也就作罢。这个故事看似荒诞，但真实，因为旧社会婚姻观念与现在绝对不同，父母之命，媒妁之言，男女双方都不认识，阴差阳错的结果是有戏剧性，但又反映了生活的本质。

还有这么一个故事，有个朝廷大官，镇压农民起义，被砍了头。朝廷在葬他时，赐一金头，至省级，被贪污，换成银头；至县级，被换成铜头；到最后，换成了石头。这个故事反映了贪官的本质，虽然奇特，但十分真实。当然，生活中还有一些事件，虽然十分奇特，但缺乏社会意义，那就要毫不犹豫地抛弃掉。比如，有这么一件事，山区公路上，一农民搭一辆装有棺材的货车去城里。途中汽车加水，驾驶员朝车后望去，那农民已不知去向，估计已跳车走掉了。驾驶员也不在意，继续行车。到了目的地，驾驶员正要停车，忽见棺材里伸出一只手来，驾驶员当场吓昏，待到醒来，那农民站在身边，经询问，方知缘由。原来，行驶途中，忽遇降雨，农民为躲雨爬进棺材，车至目的地，农民伸出手来是试试还下不下雨，一场虚惊，算得上奇特怪诞了，但它不具备入戏的条件，说明不了什么问题，因而就不值得去描写、去反映了。

对新奇的戏剧情节的要求，可以借用一个外国作家说的三句话来概括：第一句，我有了一个好故事（情节）；第二句，我有热情把这个故事（情节）说完；第三句，这个故事（情节）只有我能说，别人谁也说不了。这几句话中，特别是第三句是最重要的。

再如西班牙戏剧家耶珊妥·培那望德的小型戏剧《他的寡妇的丈夫》，剧本讲卡罗丽娜和高官名人帕特里乔曾是对模范夫妻，在帕特里乔死后，卡罗丽娜嫁给了丈夫的好友弗洛伦乔。他们给帕特里乔塑了座像，就在剪彩之际，有个无赖文人卡萨隆迦写了本帕特里乔的传记，里面有诸多对卡罗丽娜和现任丈夫的攻击之词，而且卖给了书商。卡罗丽娜和弗洛伦乔无奈，只得花钱免灾，最后弗洛伦乔感叹：连沾别人荣誉的光也要担风险。

寡妇再嫁很平常，孤男娶寡妇也不少见，但娶朋友妻者较少见，娶的是高官遗孀就更少见了。该剧的情节设置就十分新奇，自然可以尽情揭露上流社会虚伪无耻的真面目。

2. 真实

情节要新奇，但它的前提是必须真实。因为戏剧情节的真实性，是戏剧作品最基本、最重要也是最起码的要求。真实的艺术情节不一定都是真正在生活中发生过的事情，而真正发生过的事情，也不一定都可以成为艺术情节。艺术要真，还要美，又要善，它是真、善、美的统一。所以我们先要分清两个概念：什么是生活真实？什么是艺术的真实？两者之间的关系是什么？

所谓生活真实——"就是在历史上、现实生活中，曾经发生、正在发生或普遍认为可能发生的事实，或者与这种事实十分相似的事件"。

所谓艺术真实——是指"在艺术作品中所反映的过去、现在或未来的生活（人物、事件、情节或细节）确实是真实的，即与上面所说的生活的真实是一致的；或者，由于艺术家的艺术创造，使读者或观众，认为是可信的，或者是可以接受的，由于他们知道艺术的特点，所以不追究或者忽略在实际上不会出现的那些事件、情节或细节的真实性"。①

我想举一个戏曲剧作的例子来说明真实的重要性。

我认识一位陕西的剧作家，他是个创作经验十分丰富，写过不少优秀戏曲的老编剧。不久前，他带给我一个题为《名誉妻子》的戏曲剧本的初稿，情节十分奇特。剧本写了这样一个故事：

年轻漂亮的城市姑娘肖云霞嫁给了从某重大工程建设现场转业回来的铁道兵战士应虎，新婚之夜，应虎突然出走，一直到第三天才回来，且不愿圆房。肖云霞无比痛苦，无意间发现了应虎有一本女性签名的笔记本，误以为应虎另有所爱，苦苦追问，应虎才告知真相。原来，应虎在边远山区施工作业时，曾有一名年轻的女歌手独身前来慰问战士，那天，七八个男兵因喝了点酒，看到水灵灵的女歌手，本能战胜了理智，居然不顾一切地扑上去亲吻、抚摸她，适逢首长视察工地，获知此事，当即下令军法处决这几名战士，女歌手苦苦请求，才得以大赦。战士们长跪不起，女歌手一一签名相赠笔记本，鼓励他们戴罪立功。工程进展

---

① 李渔：《李笠翁曲话》，中国戏剧出版社1962年版，第7页。

中，战士们流血流汗，将功赎罪。后来在山洞中，几个战士因洞内见不到太阳，阴沉潮湿，且有毒虫叮咬，全身溃烂。到后来，连下身也保不住了。工程结束了，应虎失去了男人应有的东西，痛不欲生。本来准备终身不娶，经不住母亲与舅舅的劝说，才答应成亲。如今愧对妻子，无颜直面人生。肖云霞知道这一切后，又怜又恨，又怒又怨，又悲又气，但为了不伤应虎的心，强装欢颜，苦度光阴，而应虎的母亲与舅舅明知自己亏待肖云霞，但为了应虎，也心安理得。不久，肖云霞与应虎的好友乐雨有了感情，一个雨夜，两人幽会，恰巧应虎出差提前归家，闻听房内男人声音，知是乐雨，便转身去小酒馆喝酒解闷，而此时肖云霞正欲与乐雨交合，忽见枕头底下的那本日记本，忙悬崖勒马，理智地推开了乐雨，而此时，醉泅泅的应虎归来痛斥肖云霞，且扇了她两记耳光。肖云霞伤透了心，想提出离婚，又考虑到应虎十分可怜，婆婆和舅舅也待她不错，终于没有勇气拿出离婚协议书，在乐雨的鼓励下，肖云霞犹豫再三，才决定离婚，正欲跟应虎提出，岂知应虎患癌症住院，不久人世。临终之际，应虎再三嘱托，要肖云霞与乐雨成家，否则他死不瞑目，肖云霞难以答应，应虎果然没有闭上眼睛，直至肖云霞点头应诺。另外，剧本中还有两个内容，一是肖云霞的妹妹肖云妹，追求实惠，性观念开放，与肖云霞正好是个对比。肖云妹谈一个吹一个，最后去香港替大富翁代养儿子，获得巨款，挥金如土，生活十分奢侈。二是剧中穿插"天女散花"的民间传说，每至戏的关键时候，天女飘然而至，取其"无有私情，善洒甘露"之意，从而鞭策肖云霞恪守女贞，为人尽忠。

从上面简略的叙述中，我们可以想见，这是个颇为好看的剧本，情节比较生动，有些场面也挺抓人，且唱词写得十分老练。倘搬上舞台，想来卖座率是不会低的。但我们如果从艺术的视角来要求，就会发现，这里的人物都不可爱，原因是冲突虚假。从应虎的视角看，他自知不能过夫妻生活，怎能轻易答应母亲、舅舅与肖云霞成婚（虽然婚礼上出走了，但这并不说明问题），他明知乐雨与肖云霞有感情，又为何要羞辱甚至痛打肖云霞呢？特别是最后一场戏，写应虎临终托妻，表面上看起来很高尚，实际上十分虚假，因为他如果真的爱肖云霞，便不会在临死前才作这样的表示。从肖云霞的视角看，她被"骗"到这个家中，明知应虎无能，明知婆婆与舅舅在知道应虎有病的情况下操办了这个残酷的婚事，她怎么可能在稍有越轨之念时就会想到对不起应虎，对不起婆婆与舅舅这些前辈的一片苦心？她对乐雨有情感，在一个特殊的场合即将献身于心上人时，就因为看到一本笔记本而痛心自责，收敛情欲，显然，这样的情感也不踏实。她想离婚，但在应虎临终托妻时，她却不能接受这本来早就应该属于她自己的那份感情，自然使观众有理由怀疑她的虚情假意。从婆婆和舅舅的视角看，他们将肖云霞"骗"进这个家来，在肖云霞有离婚念头时又苦苦相劝，说是"过几年习惯了也会好的"，这就更不近人情了。他俩坑害了肖云霞，所以，即使在生活上经常给肖云霞以关心，观众也会觉得这样的感情也是假的。还有，那个"天女散花"的故事尽管很美，但带有浓重的封建色彩，她劝诫女人守节，克制情欲，是一种极其不道德的禁欲主义理论，也减弱了这个剧本的思想性。因此，要使剧本能站住脚，首要的任务是把人物扶起来，而人物是否经得起推敲，关键的是要把人物的思想情感整理好。为之，我建议作者作如下几个方面的修改。

第一，把成婚的理由搞充分。因为这一个情节影响了应虎、应虎妈妈及舅舅三个人物的基调，可以改成，应虎转业回来，应虎妈病在床上奄奄一息，唯一的希望是能活着看到儿子成婚，于是舅舅负责操办此事，花钱从乡下"买"来一个穷姑娘配给应虎，他们只知道应虎有伤，但不知是那个致命伤，所以，这一个行为也就不应受到指责。而应虎出差回来，对这件婚事猝不及防，尽管一再推辞，但看在舅舅求他的面上，看在临死的母亲的面上，勉强答允。成婚之夜，他应该如实相告自己的情况，他求肖云霞暂时忍一忍，等母亲故世以后，即可离婚，而肖云霞对这样真诚的恳求是没有理由拒绝的。没有想到，母亲因为儿子找了个贤慧、漂亮的乡下姑娘而病情好转了，戏就可以向前推进了。

第二，肖云霞在乡下可以有一个相爱的农村青年，但因为父亲长期卧病在床，弟弟上不起学，所以，急需找一个有钱的青年成家。在这样的情况下，她为了家庭而答应了那门亲事，临别之夜，她把自己的一切献给了那个农村青年，没有想到成婚以后，丈夫是个废人，而她却怀孕了。她也陷入痛苦之中，而母亲与舅舅不知道儿子无生育能力，还以为是要添小孩子，自然十分高兴，而应虎则当然很是痛苦，但他理解肖云霞。此后，那个农村青年来城里打工，来找肖云霞幽会，但肖云霞心绪不宁，十分矛盾，一方面与心上人相爱，一方面又十分同情应虎，且为应虎的大度与婆婆的爱抚所动，她左右为难。

第三，应虎知道了肖云霞与其恋人的事情，劝肖云霞跟自己离婚，而应虎妈与舅舅大惑不解，云霞有了孩子，怎么无端分手？应虎不能告知内情，也十分痛苦。

第四，应虎病倒了，他希望自己就此死去，肖云霞更觉得对不起应虎，倾心照料，应虎服药自尽，临死托妻，应虎妈与舅舅乃知真相，肖云霞愿意守着应虎妈继续撑起这个家庭……

这样一调整，一修改，也许算不上是个好戏，但我想绝对要比原来的真实可信，人物都变得可爱了，那场悲剧的根源也是社会性的，且戏的观赏性也比较强，作者接受了我的意见。

3. 生动

一般说来，凡是鲜活的、引人入胜的、曲折的、感人的、深刻的艺术情节都可以说是生动的。

比如，法国超现实主义剧作家科克托的小型戏剧《奥尔菲》，诗人奥尔菲和妻子欧丽蒂丝过着富足的生活。可是他后来迷上了一匹马，欧丽蒂丝出于忌妒，毒死了那匹马，自己也因此死去。奥尔菲勇敢地把她从死神手中救了回来，可是却被警告不能用眼看她，否则欧丽蒂丝就会消失。奥尔菲终于在无意之中看到了她，于是欧丽蒂丝消失了，奥尔菲也被对手暗算，不过在上帝派来的赫特比兹的帮助下，他们两个又重新返回人世，过起了平凡快乐的生活。

这出戏是一部极其有名的超现实主义作品，里面充满了夸张和荒诞的表现手法，和以往的戏剧在思想及形式上相比，有许多创新之处，比如说对希腊神话中的人物进行新的解构，让头像说话，有一节戏重演两遍（表示时间的推移）等。特别是作家为了制造出荒诞、神秘的效果，戏里用了许多魔术手段，使作品更为生动有趣，比如：

当奥尔菲拿走赫特比兹站在上面的那把椅子时，赫特比兹并没掉下来，而是悬在了空中。

死神从房间中的镜子中出来，又自房间中的镜子出去，欧丽蒂丝和奥尔菲也多次在镜子中出出进进。

当奥尔菲不慎看了欧丽蒂丝一眼时，欧丽蒂丝的身体渐渐消失。

奥尔菲只剩个头，头还能说话，而且看不见身子的头还能移入镜中，等等。

这些运用魔术营造出来的神话般荒诞的艺术情节，大大增强了该剧的观赏性。由此我们想到，中国戏曲也有许多类似于杂耍的杂技魔术成分，如喷火、变脸，等等，但当时大多是为了吸引观众、弥补戏剧表演的时间和内容上的不足，并未同戏剧情节本身融为一体。而科克托在这里所用的魔术成分，是和戏剧有机结合一体，它推进戏剧情节的发展，有利于人物塑造和主题提示。同时，某些魔术的表演需要观众的参与（如在表演中向观众借表），这种观演互动的手段，也必然会引起观众的浓厚的兴趣，这样的情节无疑是生动的。

四、戏剧情节的由来

那么，生动曲折的戏剧情节从何而来呢？一般认为，可以通过两种途径来获得：一是注意采集生活中发生的奇人奇情；二是致力于日常生活的发现与开掘与提炼，做到平中出奇。这两条，尤以第二条为至关重要。

1. 提炼
善于从平凡的日常生活中提炼出奇巧的艺术情节，是一个作家必须不断修炼的基本功。因为生活中不可能都是刀光剑影，荒诞不经，奇形怪状，光怪陆离的故事，更多的是人们所司空见惯，习以为常的生活形态。因而，可以毫不夸张地说，一个作家只有当他具备了平中出奇的本领，才有实力在百花争妍的文艺园地里争得一席之地。

我们来看看美国女戏剧家戴丽莎·海尔朋的小型戏剧《主角登场》，

这部构思奇特的作品就是编剧从日常生活中找到了一个奇特的戏剧动作——自己给自己"求爱"。

本剧一开始，幸福的安妮被未婚夫哈罗德寄来的书信和鲜花所包围，其他女孩子包括她的妹妹的羡慕、嫉妒更提升了她的幸福指数。哈罗德上场后，观众却发现，他既没寄过鲜花，也没寄过书信，花、信全是安妮自欺欺人一手炮制的。在向哈罗德求婚（不如说逼婚）不成后，安妮央求哈罗德陪自己演一场"拒婚"的戏，让自己拒绝哈罗德的求婚以装点门面。狼狈的哈罗德来不及为自己辩解，就被稀里糊涂推出了门外。在他走后，安妮又拿起了纸笔，以哈罗德的名义，写了封言辞恳切的道歉信，继续编织着自欺欺人的梦。

这个戏的情节生动而又平凡，每个青春期的姑娘或许都编织过如是美梦，可像安妮这样付诸实施的没有几个。安妮的举动让人为她捏把汗，又深深为她的想入非非、求爱不得、欲罢不能生出几缕涩味。这一艺术效果的获得，便是依赖于那个平中出奇的戏剧构思。

这方面，一些成功的小型戏曲也为我们提供了有益的经验，如传统民间小戏《借靴》（又名《张三借靴》），写的是读过两卷书文，尚未考取功名的张三，要到前村金员外家去吃寿酒，头上的方巾是好的，身上的蓝衫也可以，就是脚上的鞋子不行。旧社会是只认衣服不认人，不讲几下排场，就难于吃到大户人家的酒，张三想起土财主刘二新做了一双皂靴，于是决定去借来一用。张三来到刘二门口，刘二刚从外面发财回家，听叫门来得凶，本不愿开门，又不敢开。

张、刘原是"二十年前的旧相知，割头换颈的好兄弟"，所以开始刘二答应张三，要啥给啥。要田地？要金银？要稻谷？甚至要头上的浆，也可以"拿棒槌来棒。身上的血，拿钢刀来切"。甚至把老婆抬去也可以，似乎是慷慨异常，要什么都是可以的了。及至张三提出原为"借靴吃酒"，出人意料地惊得刘二闷跪在地，大叫："哎哟不好！"只吓得他胆颤心惊，头昏眼花，冷汗淋漓。这样的写法，虽然是夸张，但紧紧扣住人物性格，把一个视财如命的土财主写活了。张三见刘二悠悠醒转时说："二哥，你何必这个样子！我只不过是借双把靴子……"刘二听了一跃而起，大讲制靴何等艰辛，并强调"自从靴子造毕，我将它高高供起，慢说是穿它，即使是摸一摸，碰一碰，也怕要损了年寿，折了福气"。一个要借，一个不肯借，似乎成了僵局。哪知聪慧的作者早已在前边埋下了伏笔，刘二最怕别人知道他"发了财"，于是张三要踩他这只痛脚逼他拿出靴来，刘二只好狠心屈从。戏写到这里并没有结束，靴子原高挂在楼上，刘二要把"靴子"请出来，让仆人轻轻顶在头上，一步步拜将下来。又让张三注意拿鞋的时候，不能"五虎下山"（即五个指头去抓），只能"二龙戏珠"（两个手指轻轻拈起）。刘二虽然将靴子狠心借出，总觉得吃了亏，于是提出"祭靴"，最后又千言万语嘱其"念在二十年的旧交情"，要"惜靴"。

张三在刘二家耽搁过久，当他赶到邻村，已是客走席散，张三连口冷水也没喝到，悔恨不已，便在路边石凳上睡他一觉。刘二借出靴子后一直惦念在心，带人掌灯去寻，看张三枕靴子睡着，抢了回来，穿在脚上，顿觉寸步难移，结果"高跷双脚，爬行而下"。

从上面的分析中，我们可以看到作者通过借靴这样一件日常生活小事，提炼出"借靴"、"夸靴"、"取靴"、"祭靴"、"试靴"等独特的艺术情节，从而使剧情一波三折，十分耐看。

优秀传统剧目柳子戏《玩会跳船》，写的是古代青年的爱情生活。钱塘江畔，龙舟盛会，书生肖文勤与小姐白月娟一见钟情，却被游人挤散。肖文勤怏怏归去，在路旁发现一股金钗。有心送还，不知失主是谁。待要不管，又怕歹人拾去，惹是生非。他进退两难，只好呆里呆气地蹲在那里，守护金钗，等候失主。时过半日，他踏平了金钗周围的青草，还把地皮蹲成两个大坑，才被白月娟派来寻钗的丫环发现，这股金钗终于连接起他们几乎遗失的爱情。"护钗"这个情节，是相当独特的，它集中地刻画了肖文勤极端认真憨直可笑的性格，还使他赢得了白月娟的倾慕。而这一生动的情节也是平中出奇的范例。

还有一出传统戏，写一个书生在路上遇到一位小姐，二人乍一相逢，双方都魂为之夺，互相凝视不动。这时跟随在旁的书童从互相凝视的男女双方眼中，各拉出一条线来，然后把两方的"视线"接到一起，打了一个结，弹了一下，还会嘣嘣地响，书童把结在一起的"视线"提高，这一双男女的身体也跟着升高，把"视线"放下，她和他也跟着下来。这样的平中出奇，堪称精彩绝伦。

　　也许有人会对上述的平中出奇法提出异议，认为离生活太远了，因而在创作实践中也有"将奇转平"的例子。宋光祖教授在《戏曲写作教程》一书中谈到：沪剧《芦荡火种》有一场戏，新四军伤病员被困芦苇荡内，阿庆嫂和沙奶奶等人焦急万分，县委领导人假扮郎中前来诊病，及时指示阿庆嫂将伤病员转移红石村。假郎中见刘副官在场，不便直言，巧妙地把话语暗藏在药方的药名里，特地提醒说："若问此方妙何处，妙处全在药名上。上，上、上。"阿庆嫂心领神会，迅速将各个药名的第一个字连接起来，读出了暗语："防水没，当天寄红石村。"这个秘密接头的方式既有戏味，又表现了地下党的智慧，令人惊喜赞叹。这个情节到京剧《芦荡火种》里，改成假郎中在开药方时偷写偷递一张"转移红石乡"的纸条，不在药方上弄巧，但戏味已减。其后，《沙家浜》又把写纸条改为支开刘副官，由假郎中当面口头交代任务，指示不仅明确，而且不留形迹，可保无虞，然而它没有给观众留下多少印象。一个情节，三种处理，愈改愈符合秘密工作的原则，愈改愈接近生活真实，但以戏曲情节的特点而论，却是愈改愈远，在艺术性上是愈改愈平庸了。①

　　事实上，戏剧情节有其特定的涵义，它在加工制作的过程中不但要集中、概括、提炼，而且应当充分发挥想象和夸张，从而创造出一个奇妙的艺术天地。诚如清代诗论家吴乔在《答万季野诗问》中的说的那样："二者意岂有异？唯是体制辞语不同耳。意喻之米，文喻之炊而为饭，诗喻之酿而为酒。饭不变米形，酒形质尽变；啜饭则饱，可以养生，可以尽年，为人事之正道；饮酒则醉，忧者为乐，喜者为悲，有不知其所以然者。"

2. 改造

　　将生活素材改造成为艺术情节，许多艺术大师在这方面积累了极为丰富的经验，且让我们把目光投向遥远，一起来看看莎士比亚是怎样提

---

　　① 　宋光祖：《戏曲写作教程》，人民日报出版社 1992 年版，第 31—32 页。

炼、加工、改造素材的。

素材的改造，在莎士比亚的创作中占有头等重要的地位。据资料介绍，莎士比亚的 37 个剧本，除了早期两出喜剧《爱的徒劳》和《温莎的风流娘儿们》以外，都是根据前人的素材进行再创作的。

莎士比亚所依据的素材，有相当多已经失传，但也有一些素材完整地保留下来，可供比较的，例如《十日谈》中的某些故事就是。莎士比亚有三个剧本《威尼斯商人》、《辛白林》和《终成眷属》均取材于它。其中《终成眷属》与《十日谈》的"第三天故事"十分接近，无论从人物、情节、结构、格调上说，薄伽丘所写的故事都在莎士比亚的剧本里留下清晰的印记，足以证明莎士比亚是直接取材于它的。为了说明莎士比亚怎样把薄伽丘的小说变成了自己的喜剧，我们有必要介绍一下原作的基本内容。

"第三天故事"写一个弃妇重圆的故事。法国罗西昂有位体弱多病的伯爵，家里长年请着一位医生替他治病。医生的独生女芝莱特（在剧本中改名为海伦娜）暗中爱上伯爵的独生子贝特兰（与剧中人同名）。伯爵死后，贝特兰奉命前往巴黎侍候国王。不久，医生也去世了。芝莱特迟迟不愿出嫁，却不肯说出原因。这时，法王身患重病，卧床不起，芝莱特闻讯暗喜，原来她保存父亲的秘方，可以借机去巴黎为王上治病，事成之后，再求国王玉成她的婚事。芝莱特果然把国王的绝症治好了。她别无所求，只请国王作主，让她自己选择一个丈夫。她当然选中贝特兰。国王命贝特兰与芝莱特成亲，但贝特兰却嫌芝莱特出身低微，婚礼刚完，便弃家出走，到佛罗伦萨从军去了。

芝莱特成了弃妇，独自回到罗西昂。她把老伯爵的府邸料理得井井有条，然后派人去迎接贝特兰回家。但贝特兰绝不回去，派人去说除非他的戒指会套在芝莱特的手指上，她的胸怀里会抱着他的亲生子，他才承认她是妻子。芝莱特认为有把握解决丈夫所出的准题，便派人通知贝特兰，说为了让他回来，她已经出走，再也不回罗西昂了。同时她却暗地里化装成香客，来到佛罗伦萨。她打听到贝特兰正向一位寡妇的女儿求爱，便请求寡妇相助。由寡妇代女儿出面先索取了贝特兰手中的戒指，再由她冒充寡妇的女儿和贝特兰约会，于是一切如愿以偿。芝莱特怀孕后，寡妇母女便离开佛罗伦萨，贝特兰再也找不到她们了。贝特兰又听说芝莱特已经出走，便返回家乡。当他举行盛大酒会时，芝莱特突然走进大厅，扑倒在伯爵脚下。她依然是香客打扮，手中还怀抱着生下的一胎二男。贝特兰认出自己的戒指，又看见那两个孩子跟自己十分相似，大惑不解。当他听完芝莱特从头到尾讲这事情的经过，深受感动，在男女宾客一齐相劝下，终于放弃了自己固执的成见。"从此以后，伯爵不但尊她为正式配偶，而且始终非常爱她。"

《十日谈》这个故事暴露了封建贵族门阀等级的不平等观念。伯爵之子贝特兰只因芝莱特是家医的女儿，"嫌她出身低微，不能跟他高攀"，便抛弃了她。故事也歌颂了下层妇女的聪明机智，芝莱特靠自己的聪明才智粉碎了贝特兰的两个计谋，使他不得不承认她是正式的配偶。但是，薄伽丘对贝特兰很少批判，对芝莱特的称赞又包含着肯定她对夫权的忍从，尤其写她扑倒在地苦苦哀求的举动，有损她的形象。故事的核心情节是新奇生动的，但不能保持到底。小说的结局由女主人公把事情的经过原原本本地讲了一遍，于是伯爵回心转意，在结构上缺少波澜。

我们再来看看莎士比亚怎样提炼素材，进行艺术上的再创造，从而写成《终成眷属》这个剧本的。首先是改造了国王的形象，大大地提高了原作的思想性，旗帜鲜明地批判封建贵族的门阀等级观念，输入熠熠发光的人文主义思想。

在《十日谈》的故事里，国王劝贝特兰与芝莱特成婚是因为"你难道要我对人失信吗！我答应过那姑娘了，她医好我的病，我就让她挑选一个丈夫作为对她的酬报……"。在剧本中，则变成了国王训斥贝特兰拒婚的门第观念。一经比较，我们就发现，薄伽丘笔下的国王只不过是一个国王，莎士比亚却赋予旧人物以新的思想生命，把他变成了一位人文主义者，体现自己对君主的理想。

其次是对贝特兰的人物形象进行重新定位。薄伽丘对贝特兰几乎没有什么批判，但此人一到莎翁笔下，就成为十分可憎的角色。他不仅满脑子封建门阀等级观念，更有甚者，他是一个登徒子和伪君子，他花言巧语地要欺骗寡妇的女儿黛安娜，以后又对朝中老臣拉敷说他早就爱上其女儿。他在国王等人面前百般美化自己，打击别人。连他的侍从——

一个为虎作伥的小丑——也骂他"是个危险的淫棍，他是色中饿鬼，出名的破坏处女贞操的魔王。"

再次是大大加强了女主角思想性格的刻画。莎士比亚从人文主义立场出发，在改编中去掉表现女主人公"坚忍"的情节，大大增加表现她"智慧"的情节，用入京告状和公堂对质的全新情节取代了小说结尾芝莱特跪在地上哀求贝特兰认妻的情节，而寡妇母女入京告状和公堂对质是由海伦娜一手导演的。这两个全新的情节最为有力地表现了海伦娜的"智慧"。

还有是把不合理的情节改成合理的情节。薄伽丘的故事最生动之处是"掉包"计，但原作中女主人公冒名顶替的细节是违反合理性原则的。贝特兰和芝莱特同房多次，每次清晨分别时他常常送些珍贵美丽的首饰给她。他与芝莱特从小在一起，芝莱特一到佛罗伦萨首先就去找他，他怎么会没发现夜夜和他同床共枕的女人不是别人而是芝莱特呢？莎士比亚把它改成这样：在贝特兰临离开佛罗伦萨的当夜，黛安娜才答应他的求爱，先要去他手中的指环，才约他半夜来幽会，但提出一个条件，"今宵半夜时分，你来敲我卧室的窗门，我可以预先设法调开我的母亲。可是你必须依我一个条件，当你征服了我的童贞之身以后，你不能耽搁一小时以上，也不要对我说一句话。为什么要这样是有充分的理由的，等这指环还给你的时候，你就可以知道。"

莎翁这一改动就完全弥补了薄伽丘原作的破绽，而且写了性格，贝特兰午夜幽会后就马上离开意大利了，他当然不会再去找她，也就不可能产生疑点，既合情理，又表现出他玩弄女性的品行。

最后是莎士比亚重新设计了结尾。结尾公堂戏是全剧的终场，如同《威尼斯商人》第四幕，他让主要人物全部登场，让所有人物都站在一条线上，与贝特兰展开最尖锐的冲突，使贝特兰原形毕露。戏中的"包袱"在最短的时间内，在尖锐的冲突中，十分紧凑地层层解开，一点也不拖泥带水，诚如恩格斯所说，"莎士比亚往往采取大刀阔斧的手法来急速收场，从而减少实际上相当无聊而又不可避的废话"，取得了极大的成功。[1]

---

① 陈万钧、陈雷：《欧美名剧探魅》，海峡出版社1987年版，第132—140页。

再举一个例子。陈仁鉴先生在回忆莆仙戏《春草闯堂》创作经过时曾介绍过这么一段经历：春草闯公堂是全剧最重要的一个戏剧行动，春草乃不得已而为之。原来吏部尚书公子吴独在九华山调戏春草服侍的小姐李半月，她是李相国家的千金，义士薛玫庭路见不平，为主婢解了围。后来薛又因吴强抢并击毙民女而打死了他，到西安府衙自首，知府胡进受尚书夫人的威逼要把薛当堂杖毙，春草这才挺身而出为薛辩护，甚至冒认他为姑爷，迫使巴结高官的胡进不敢下毒手。全剧后半本戏，根据戏路要求，李阁老必先坚决拒绝薛玫庭这门亲事，剧终迫于客观情势又违心认婿，从而产生喜剧效果和讽刺意味。为使情势逆转，要让春草和小姐采取一项行动，或者说要导入一个事件。然而这个事件十分难找。陈仁鉴先生为之将剧本搁置了一年有余。有一次作者随手翻阅《隋唐演义》，书载李密致函徐茂公，内中有"不赦南牢李世民"句，徐茂公与秦叔宝一起谋划，私改"不赦"为"本赦"。作者移用这个改书之计于剧中，设想李仲钦致函胡进，说"老夫不许他乘龙"，却被春草和李半月改为"老夫本许他乘龙"。但至此情节还未贯通。后来作者翻阅一册旧地图，图上把省会称作首府，他忽悟"府"字可由"付"改来，于是又得一句"首付京都来领赏"，是指示胡知府携带薛某首级赴京领赏。主婢改付为首府，首府成为知府的代称，是指示胡知府赴京领赏，因为他办事得力。胡进接到相爷手谕，急忙打鼓吹笙，护送贵婿上京，情节就此贯通，情势急转直下。

正是陈仁鉴先生寻找到了主婢改书这个戏剧性事件才使作者几近枯竭的文思复如泉涌，编出令人"想不到，猜不着"的好情节。

拙作《定心丸》，写生产队长常根用巧妙的方法劝说妻子李玉桃自动放弃队长太太引以为豪的特权工种——为养鸡场挑鱼担。夫妻冲突中，李玉桃甩出以往制服丈夫时行之有效的三粒丸药——"闭关丸"、"分家丸"、"踢打丸"。演出时，观众对此产生浓厚的兴趣。这"三粒丸药"的情节设置，看似新鲜，其实是从乡间流行的夫妻反目时女的惯用的"一哭二闹三上吊"的生活现象中吸收、改造过来的。

当然，提炼也罢，改造也罢，要使新鲜的艺术情节"活"在剧本中，就必须牢牢把握这样一条原则：情节是为塑造人物服务的。还是开篇提及的那句老话，"情节是人物性格发展的历史"。还要补一句，诚如德国剧作家弗里德里希·赫勃尔所说："素材全是死东西，艺术生命全部来自形式。"①

【思考与练习】

1. 亚里士多德认为，悲剧中的六个成分——情节、性格、言词、思想、形象与歌曲，其中最重要的是情节，你同意这一观点吗？为什么？

2. 请你按照"情节要奇"的要求，根据下面这一材料，编写一个小型戏剧的剧本提纲。

宽　恕

海明威在短篇故事《世界之都》里，描写一对住在西班牙的父子。经过一连串的事情后，他们的关系变得异常紧张。男孩选择离家而去。父亲心急如焚地寻找他。

遍寻不着之际，父亲在马德里的报纸上刊登寻人启事。儿子名叫帕科，在西班牙是个很普通的名字。寻人启事上写着："亲爱的帕科，爸爸明天在马德里日报社前等你。一切既往不咎。我爱你。"

海明威接着给读者展示了一幅惊人的景象。隔天中午，报社门口来了八百多个等待宽恕的"帕科"们。

世上有无数的人在等待别人的宽恕。宽恕的受益人不只是被宽恕者，还有和他们一样多的人可以得到好处——那就是宽恕他们的人。宽恕是一座让我们远离痛苦、心碎、绝望、愤怒和伤害的桥。在桥的那一端，平静、喜悦、祥和正等着迎接我们。

（摘自《小品文大观》）

---

① 中国社会科学院外国文学研究所编：《外国现代剧作家论剧作》，中国社会科学出版社 1982 年版，第 309 页。

第七章　结构要巧

一、戏剧结构的意义

　　戏剧结构又称"布局"，即情节的安排。狄德罗在《戏剧艺术》第十章中指出："布局就是按照戏剧体裁的规则而分布在剧中的一段令人惊奇的历史。"[1] 再具体地说，戏剧结构就是"除了分幕分场，还要考虑怎样出角色，怎样作介绍，以及人物上场下场的原由，场与场之间如何衔接，等等。此外，哪些内容正面敷衍，哪些内容侧面交代；哪些是正戏，需要大力渲染，哪些是过场，需要草草带过；何处从容描绘，何处步步逼紧；何处卖何关子，何处插何笑料；何事须先设埋伏，何事宜后作呼应；何处跌宕，何处高潮；怎样开场，怎样闭幕"。[2]

　　对于戏剧结构的重要意义，一些中外名家都有过精辟的论述。哈密尔顿在《剧场理论》一书中说："剧作家的问题，不是如何写的问题，而更多的是如何结构的问题。"[3] 我们的老祖宗将戏剧结构比喻盖房子，李笠翁便有此高论："基址初平，间架未立，先筹何处建厅，何方开户，栋需何木，梁用何材，必俟成局了然，始可挥斤运斧。倘造成一架，而后再筹一架，则便于前者不便于后，势必改而就之，未成先毁，犹之筑舍道旁，兼数宅之匠、资，不足供一厅一堂之用矣，故作传奇者，不宜卒急拈毫。袖手于前，始能疾书于后。"[4] 剧作家胡可认为："在编写剧

---

　　① 伍蠡甫主编：《西方文论选》，上海译文出版社 1979 年版，第 353 页。
　　② 胡可：《习剧笔记》，解放军文艺社 1962 年版，第 67 页。
　　③ 顾仲彝：《编剧理论与技巧》，中国戏剧出版社 1981 年版，第 144 页。
　　④ 李渔：《李笠翁曲话》，中国戏剧出版社 1962 年版，第 4 页。

本的全部工程当中，我觉得最困难的阶段，最吃力的部分，莫过于结构了。"

戏剧的结构比其他任何文学艺术形式的结构都显得更为重要，那是因为戏剧受时间和空间的限制非常严格。诚如高尔基所说："剧本（悲剧和喜剧）是最难运用的一种文学形式。其所以难，是因为剧本要求每个剧中人物用自己的语言和行动来表现自己的特征，而不用作者提示。……剧中人物之被创造出来，仅仅是依靠他们的台词，即纯粹口语，而不是叙述的语言。……"[①]

高尔基指出剧本中的人物必须"用自己的语言和行动来表现自己的特征，而不用作者提示"，这就决定了戏剧的基本特征是动作（或称为"行动"，不单是指演员在舞台上举手投足等外在的"形体动作"，更是指能揭示人物内心活动的"心理动作"）。戏剧的这一特征给剧本创作带来了一系列特殊的要求，特别是在结构上带来很大的难度。因此，学习戏剧创作，首先要善于掌握结构技巧。

二、戏剧结构样式

既然戏剧结构如房屋建筑，那么必然会有高楼茅舍之分，水泥砖木之别。古往今来，房屋结构的式样数以千计，以上海郊区为例，便有"三架梁"、"五架梁"、"七架梁"、"前后栋"、"三进门"、"馒头顶"、"翘角顶"、"水龙间"、"一埭两边弄"、"排屋式"、"单体别墅"、"联体别墅"等多种多样不同的结构，给人以不同的审美感受，真可谓各有千秋，各领风骚，各得其所。

关于戏剧结构的样式，顾仲彝先生在《编剧理论与技巧》一书中概括为三种，一种为开放式结构，意即把戏剧情节从头至尾原原本本表现在舞台上，如《梁山伯与祝英台》，从祝英台要求父母准许到杭州读书起，中途会见梁山伯，结拜金兰，在杭同窗三年，十八相送，英台被逼订婚，梁祝楼台相会，山伯病死，英台殉难，化为蝴蝶止，原原本

---

① 伍蠡甫主编：《西方文论选》，上海译文出版社 1979 年版，第 353 页。

本，一丝不漏。这种结构的特点是广度较大，深度较浅。另一种是锁闭式结构，往往只写高潮至结局，集中表现戏剧性危机，而对于过去的事件和人物关系则用回头和内省方式随着剧情发展逐步交代出来，如《玩偶之家》、《群鬼》等。这种戏剧结构的特点是广度较小，深度较大。另一种是"人物展览式"的结构，比如《日出》、《茶馆》等，这类戏的特点是，人物比较多，情节比较少，展示社会一角的横断面，接近生活真实。这类戏结构难度大，一般不易掌握。

孙惠柱先生在《戏剧结构初探》中将戏剧结构扩展到五类，即纯戏剧式结构，如《雷雨》、《费加罗的婚礼》、《奥赛罗》；史诗式结构，如《李尔王》、《雅典的泰门》、《伽利略传》等，散文式结构，如《海鸥》、《樱桃园》等；诗式结构，如《秃头歌女》、《骑马下海的人》、《等待戈多》等；电影式结构，如《青鸟》、《琼斯皇》、《推销员之死》等。

在《一座迷宫的探索》中，周端木教授又发现了剧作结构的新的类型——佯谬剧作的构筑形态。佯谬，包括悖理、荒谬、自相矛盾的意思。而这种表面上的自相矛盾，实质上都是正确无误的表达，似非而是，屈假却真，外表是荒谬的，骨子里贴近真实。或者干脆说它在荒谬外表的掩盖下，隐藏着严酷真实，如《贵妇还乡》、《物理学家》等。

三、戏剧结构形态——起、承、转、合

戏剧结构大体上可以分成四个部分，即"起、承、转、合"，中国传统编剧理论要求达到"凤头、猪肚、豹尾"的境界。韦尔特在其《独幕剧的艺术技巧》一书中说："一部好的独幕剧可以用以下简单的话概括起来：戏的开场是抓住兴趣，戏的发展是增加兴趣，转机或高潮是提高兴趣，戏的结束是满足兴趣。"[①] 说的都是一个道理。

起，是矛盾的开端，矛盾的首次冲突，好比导火索的点燃。要清楚明白地揭示矛盾双方的面貌、处境、力量、趋向和特点，点明冲突的性质，造成山雨欲来风满楼的情势。起的部分一般很短，贵在干净利索，

---

① 顾仲彝：《编剧理论与技巧》，中国戏剧出版社 1981 年版，第 186 页。

一目了然，引起观众的期待。要能"抓住"观众的兴趣，避免冗长与平铺直叙，力求迅捷与具有行动性，"寓交代于动作之中"，造成强烈的"期待"。中国传统戏曲编剧理论，把"开端"称作"凤头"，意思也就是要作者把这部分戏写得峭拔，醒目。

承，是矛盾的发展，矛盾的逐步激化，量变的积累。导火索越燃越旺，危机感不断上升。情节逐渐错综复杂，曲折多变，尖锐紧张，层层展开。承的部分占全剧篇幅最大，又要螺旋上升，一气呵成，是结构的难点。贵在环环紧扣，步步登高。中国传统戏曲编剧理论称这部分戏为"猪肚"，而一般说来，它占全剧的三分之二左右的篇幅。作者必须倾全力把它写好，因为它决定着全剧的成败。这一部分戏，必须把它写得迂回曲折，变幻莫测，丰富多彩。它应该是：时而快，时而慢，时而疾风暴雨，时而月朗风清。它一方面向着矛盾的解决方向前进，另一方面，作者又得恰如其分地抑制着这种前进的意向，不让它一下子冲到头。正如一位外国戏剧家亨脱所形容得那样，戏剧情节在进入"发展"部分后，就好像一个人骑在马上那样："……用脚踢马腹，要马向前跑，但又勒住马缰，使它保持自然的步伐。这就是剧作法中最重要的方法。"[1]

转，是矛盾发展的高潮、顶点。所谓"高潮"，乃是全剧最大的重点，总的转折，即戏剧冲突最强烈的地方，也是剧中人物的意志面临最严重考验的时候。量的积累导致质的飞跃，导火索引起的总爆发，双方胜败的关头，矛盾性质的转化。转的部分是全剧最紧张最精彩的时刻，也是最有意义的时刻。人物性格得到最深入的揭示，主题思想得到最有力的表达。这是戏剧的核心部分，贵在有雷霆万钧的分量。

合，是矛盾转化后的结局，剧本提出问题的回答，爆炸之后的新境界、新秩序。要像爆炸闪光的反射，照亮人们的眼睛。合紧接着转，转后即合，要简短而有余味。贵在发人深思。

起承转合四个部分，都要起到引导观众的心理活动变化的作用，起要令人期待，承要引人入胜，转要叫人震动，合要使人回味。

事实上，哪怕是最短的微型小品也都有起、承、转、合。日本有个

---

[1]　顾仲彝：《编剧理论与技巧》，中国戏剧出版社 1981 年版，第 221 页。

只有一千多字的戏剧小品《回声》，它也是有头、有身、有尾，十分完整。请看《回声》，它的第一句台词是这样的：

> **大　郎**　（五六岁，高高兴兴地跳出来）真高兴！真高兴！妈妈叫干的活儿都干完啦，这回光剩下玩啦。
> 　　　　　〔高高兴兴地，这儿那儿地跑跳着。

　　这可以算作全剧的交代，它描写了大郎在完成大人交给的任务后的一种轻松愉快的心情，为他下面喊出"万岁"作了情绪上的准备。紧接第二句台词即大郎面对山崖喊出"万岁！万岁"之后，山那边立即响起了回声："万岁！万岁！"孩子的幼稚与客观事物的复杂性发生了矛盾。他面临"回声"这种物理现象，感到吃惊，奇怪地思索："这是谁呀？……你是谁呀！"问题提出来了，这可以说是戏的开端。

　　再往下，是戏的发展，这个部分进行得很快，只用了二十几句"对话"，就把大郎与陌生的回声之间的关系推进到"你！小狗"——"你！小狗"的尖锐境地。到大郎又伤心又着急地向妈妈（她此时正好从窗户内探头出来）诉说："妈妈！山那边有个坏孩子，净这个那个的学我"时可以说戏就到了"高潮"。然后，在妈妈循循善诱地启发下，孩子改用文明礼貌的语言向山崖喊："别生气啦！刚才我不对啦！咱俩做朋友吧！"这时，戏就"转"了。及至大郎向山崖说"再见"时，矛盾就解决了。全剧最后一句台词，不妨可以理解为"点题"——妈妈说："嗯，你看是不？你跟人家好好的，人家也和和气气吧？可得好好记住点。"

　　当然，由于这出戏是如此地小巧，加之它在题材、风格等方面的特点，这就决定了它的开端、发展、高潮与结尾同一般小型戏剧相比，都是异常简单的，未必具有小型戏剧结构的典型性。我们所企图说明的是，即使像《回声》这样特殊的小型戏剧，也还可以看出它在结构上的起、承、转、合。一千多字的作品尚且能做到如此精巧与完整，至于三五千字到万把字的小型戏剧，则更应该努力使它成为一个在结构上更加完整的有机体。

编剧理论与技法　第七章　结构要巧

四、讲一个精彩的故事与精彩地讲一个精彩的故事

能讲一个精彩的故事，固然是一种可贵的能力，而能精彩地讲一个精彩的故事则尤为不易。结构美，本身就是一种赏心悦目的艺术魅力。

1. 实例之一：《绿鹦鹉》

奥地利小型戏剧《绿鹦鹉》已在前面介绍过，我忍不住还要拿它做例子。这个戏的结构类似"戏中戏"，但又不完全相同。剧情发展到最后，才提示出演员亨利并非在演戏，进行的是真正的革命。酒馆中的戏和现实中的革命互相交融，遥相呼应，演员既是演员也是革命者。通过酒馆中来来往往的人，以及这些人的言谈举止，从一个侧面反映了当时风起云涌的斗争。

在情节线索上，作者十分注意埋伏照应，同时又注意取得出人意料的效果。如演员亨利一上场，就表示"今天准备了一场最惊人的戏，能叫每个人都不寒而栗。他们会预感到他们的世界就要完蛋……"，预示着有不寻常的事情发生，以悬念引起观众的兴趣。到快要结束的时候，亨利又上场了，他报告给大家，他杀了卡地岗公爵。有了前面的伏笔，观众认为这里亨利以演员之微力杀公爵，合情合理，不由不为亨利的安全担起心来。但事实上，公爵并没死，亨利只是在假想中杀了他，正当观众为亨利的行为可怜可恨时，他却出人意料地亲手杀了上场的公爵，因为，外面的革命形势大好，他已不须顾虑。情节摇曳生姿，令人赞叹。

该剧在安排人物上场和下场上也很有讲究。先借老板甫罗斯佩和哲学家格拉赛以及裁缝勒伯莱之口，点出革命已经爆发。然后是警官上来，对酒馆里上演戏剧进行干涉，表明统治阶级对革命的监控压迫和惶惶不安。接着，老板兼剧团经理甫罗斯佩所雇佣的一大群演员上场，对当时的社会风情进行渲染，组成一幅生动的众生相，并且从演员口中引出亨利。亨利又带出了妻子刘卡娣，交代与公爵之间的矛盾。随后是公爵上场，充分展示自己的浪荡无耻后下场……人物的进退上下安排得非

常有序，这就是结构精巧的范例。

2. 实例之二：《强盗华史达夫》

小型戏剧《强盗华史达夫》是波兰作家塔·普尔什瓦尔斯基的作品。埃伦娜和史吉方是一对恋人，可埃伦娜的母亲受守寡的姐姐贾特惠伽的怂恿，要拆散这段姻缘，把女儿嫁给一个年老的富翁米茨凯维支。史吉方和埃伦娜暗中定计，要史吉方假借侠盗华史达夫之名前来抢亲。就在史吉方计谋得逞，牵着埃伦娜的手准备扬长而去时，真的华史达夫却从天而降。不过有惊无险的是，他是来找米茨凯维支算账的，在他的帮助下，两人圆满成婚，米茨凯维支恶有恶报。

此剧的结构手法运用得十分成功。在一开始，故布迷阵，先让史吉方和埃伦娜导演一出"抢婚"的闹剧，以迫使母亲就范，把观众的注意力全集中到这上面来。他们喜气洋洋地看这桩闹剧逐渐向年轻人所希望的方向进行着，谁知就在要实现时，真正的强盗却出现了，戏剧气氛由轻松欢快变得一触即发。后面情节的处理，若是侠盗帮助顺利成亲，有些落入俗套，成为强弩之末。为了避免这一点，剧作者在末尾构思了强盗是米茨凯维支曾经诱惑又抛弃过的贵族小姐的儿子，并以项链为证，这虽然有些过于巧合，但结尾英雄欲言又止的话，"无力、痛苦的惨笑"，以及他要处理的恶棍正是生身之父，也给观众留下无穷想象的空间。

3. 实例之三：《三块钱国币》

《三块钱国币》只写了杨长雄和吴太太的一场吵架，人物少，动作少，情节简单，从开端到结局的幅度比较小，在这极有限的情境里，作者采用"推波逐浪"的手法，形成层次，环环紧扣，又富于变化。该剧结构特色之一是作者巧妙地安排了成众这样一个独特的角色。他不但以冷静幽默的性格与杨长雄见义勇为、易于冲动的个性形成鲜明对照，更重要的是他在结构情节中起着推波助澜的作用。戏一开场，吴太太独自骂街，杨长雄忍让不发，尚未与她接火，是成众非非认真地说了一句话："唉，老杨，我和你赌一个输赢好不好？这盘棋，如果你赢了，我出三块钱，如果我赢了，你出三块钱。赢的钱送给李嫂让她还债，怎么样？"于是，杨、吴冲突这把火由他点着了。接着杨、吴二人各说各的理，尽情发挥，可谁也不服谁，不分上下，这时又是成众以"下棋，下棋"，给杨长雄找了一步台阶，暂告休战。这第一个回合的交锋，是成众挑起的，又是由他平息下来，使情节发展一起一落，到此一个停顿。随后，警察奉吴太太之命来拿李嫂的铺盖要去典押，杨长雄拦住去路："不行！"吴太太更不示弱，"——先生，请走开，让我走路！"双方形成僵持局面，成众又以"下棋"把杨长雄拉开，使第二次冲突又缓和下来，造成又一个波折，但矛盾潜伏下来，危机更加深重了。后来等到警察拿着当铺少奶奶帮助同乡李嫂的三块钱，并送回铺盖，杨长雄忍不住骂了一句："这样的一个无耻的泼妇！"这正给了气急败坏的吴太太得以发泄的时机，于是她先找成众证实："成先生，你听见的，他破口骂人……"企图博得成众的同情，以便向杨长雄进行反扑。然而，出乎意料的是，成众说："对不起，我在下棋，没有留心到我四周的环境。"这一句不咸不淡的回答，又使一触即发的冲突跌落下来，造成了一个停顿，但实际上，成众这句话像阵旋风，煽起吴太太胸中的邪火，促使她大显泼妇的威风，恼羞成怒地向杨长雄一逼，再逼，把戏剧冲突逼到极端，陷入绝境。杨长雄被逼得面白手颤，忍无可忍，急忙走过去把另一只花瓶抢在手中，在吴太太面前，双手将花瓶拼命地往地上一掷，摔得粉碎。到此，矛盾冲突总爆发，高潮出人意外，四座皆惊。最后是杨长雄送上三元钱，成众以一句"和棋"收场。①

该剧结构特色之二是突出主旨，详略得当。本来像《三块钱国币》中所描写的事件，很容易写成叙述李嫂如何辛勤做事，在繁忙中出了意外，打碎了花瓶后她又如何自责，赔偿不起她又怎样作难等，或者至少也要写几笔李嫂对杨长雄的见义勇为如何感激之类。然而，作者却为了突出主旨，他集中笔力，决不旁顾，以至剧中主要当事人李嫂竟连一句台词也没有说。由此可见，丁西林先生的戏剧结构技巧是十分精湛的。

---

① 孙庆升：《丁西林研究资料》，中国戏剧出版社 1986 年版，第 26 页。

五、小型戏剧结构手法

1. 从高潮处入手

剧作家胡可曾说过戏剧"独幕剧是这样一种形式，它从纠葛的紧要关头开场，让观众看那最能显示人物性格的最有'戏'的部分，让观众看那人物关系急速调整的一刹那。那是赌徒的摊牌，是垂危者的获救，是球赛最后一分钟出现的平局，是难产中婴儿的呱呱坠地，是证据齐备后的突然逮捕。"[①] 丁西林则认为："写多幕剧不必从第一幕写起，写独幕剧也不必从头写起，可以从你认为最重要的部分写起，甚至最先写它的结尾。"[②]

如同任何一件艺术作品都有它的最重要的部分一样（例如音乐要有主调，绘画要有主体，相声要有"包袱"，连环漫画亦如此，点题的不过就是最后一幅画，漫画家却要画出至少三四幅来，目的也全在烘托、突出最后的那一幅），从高潮处入手、突出最重要的部分是小型戏剧结构的一条基本规律，所有成功的小型戏剧几乎都没有违背这一规律。

例如，丁西林先生的《一只马蜂》，这个戏的喜剧性在于：一对聪明的有情人，因为一场风波招架得法，反而因祸得福，而使得"愿天下有情人无情人都成眷属"的老太太枉费心机，大大地出了洋相。这个戏的"最重要的部分"便是剧中最后一段吉先生与余小姐的一个场面：

吉先生　是的，你可以不可以陪我？

余小姐　陪你做什么？

吉先生　陪我不结婚。（走至余小姐前，伸出两手）陪我不要结婚！

余小姐　（为他两目的诚意与爱情所动）可以。（以手与之）

---

① 胡可：《习剧笔记》，解放军文艺社 1962 年版，第 65 页。
② 孙庆升：《丁西林研究资料》，中国戏剧出版社 1986 年版，第 26 页。

吉先生	不过我的母亲告诉我，说你已经答应了做她的侄媳妇，那怎么办？
余小姐	（得意）那没有什么，我的父母不愿意我嫁给医生！
	（失声大喊）喔！
	［老太太由右门，仆人由左门，同时惊慌入。吉先生已释手。
老太太	什么事，什么事？
	［余小姐以一手掩面，面红不知所言。
吉先生	（走至余小姐前，将余小姐手取下，视其面）什么地方？刺了你没有？
老太太	什么事，什么一回事？
余小姐	（呼了一口深气）喔，一只马蜂！（以目谢吉先生）

　　余小姐一语道破她的计谋，彻底打开了她和吉先生之间的僵局，也使精明自信的老太太霎时间变成了被愚弄的傻瓜。

　　为了从高潮处入手，突出这样一个"最重要的部分"，剧作家运用了"声东击西"的手法，来展开冲突。首先，作者揭开吉先生和老太太对待婚姻问题观点不同的基本矛盾，然后引入余小姐。新老两代人物之间的思想隔阂，终于使老太太盲目地当了儿子幸福的绊脚石，形成一场误会：吉先生在追求余小姐，老太太却要为她的表侄做媒。于是一切问题都归到余小姐身上，她究竟如何回答老太太的做媒？这就成了全剧的一条贯串线索。接着，作者便布下了疑阵：余小姐对求婚未作正面答复，她只是要求，请吉先生把老太太的意思写一封信，由她寄回家去征求父母同意。结果，自作聪明的老太太认为，这就是默认了，并且深赞这位大家闺秀的含蓄蕴藉，两人说得更加投机，真仿佛这杯喜酒已经喝定了。然而事实上，这却正是余小姐的一条"金蝉脱壳"之计。表面看来，吉先生已经全无希望，戏也已经进入绝境。实际上，这完全是个错觉，作者就是利用了这个错觉，为吉、余爱情的转折，安排了一个有决定意义的伏笔。于是，当老太太拿着这张为她开的"空头支票"，却给吉先生送去了一个希望的禅符，立刻便如绝路逢生，一个急转弯，推起了最后吉先生胸有成竹地去向余小姐试探真情的高潮。剧情突变，迅速逼向解决，但这时作者的分寸、层次仍掌握得非常好。这是与作者写余小姐采用侧写手法有关的。所以，首先是吉先生听了老太太的转告，出人意外地欢喜雀跃，透露出一线转机。而余小姐葫芦里究竟卖的什么药，谁也不知道。然后吉先生以极审慎的态度，向余小姐步步进逼。直至余小姐已经答应"陪他不结婚"，两人中间的一堵厚墙，已经销蚀成一层薄纸的时候，吉先生才把那个最重要的问题提出来："不过我的母亲告诉我，你已经答应了做她的侄媳妇，那怎么办？"于是余小姐最后揭晓："那没有什么，我的父母不愿意我嫁给医生（老太太的表侄是个医生）。"薄纸一捅即破，可是全剧的疙瘩解开了，吉、余之间的雾障消散了，老太太也从云端里一个跟斗栽下来了。就是余小姐这么轻松愉快的一句话，解决了大问题，形成全剧突起的奇峰。①

2."发现"与"突转"

"发现"与"突转"是编剧艺术中最富于戏剧性的技巧。亚里士多德曾说："'发现'与'突转'必须由情节的结构中产生出来，成为前事的必然的或可然的结果。"他还指出"突转"是指剧情突然急剧发生变化，往往是一百八十度的大转变，所谓"由顺境转到逆境，或由逆境转到顺境"。②英国的戏剧理论家威廉·亚却认为，在一个戏中，"其中一个场面突出于其他场面之上，在观众的脑海中产生了特别动人的印象，十之八九会'发现'这场戏里包含着一个突转。……这样的场面是戏剧中的精华，是戏中最有戏的戏，它是一个十分集中的、精彩的激变。"③我国清代著名戏剧理论家李笠翁指出："水穷山尽之处，偏宜突起波澜。或先惊而后喜，或始疑而终信，或喜极信极而反致惊疑。务使一折之中，七情俱备，始为到底不懈之笔，愈远愈大之才……"④这里所说的突起波澜，先惊后喜，反致惊疑，与亚里士多德所说的"突转"应是一个含义。

---

① 胡可：《习剧笔记》，解放军文艺社1962年版，第65页。
② ［古希腊］亚里士多德、贺拉斯著，罗念生、杨周翰译：《〈诗学〉〈诗艺〉》，人民文学出版社1982年版，第26页。
③ ［英］威廉·亚却：《剧作法》，上海戏剧学院戏文系翻印，第202页。
④ 李渔：《李笠翁曲话》，中国戏剧出版社1962年版，第49页。

从上面的论述中我们可以看出，中外的戏剧理论家都非常重视"发现"与"突转"这一重要结构技巧。

在小型戏剧中，成功地应用这种技巧的范例很多。如契诃夫的《蠢货》一剧中，讨债的蠢货史米尔诺夫与寡妇波波瓦为了"债务"问题从争执到吵架，甚至发展到持枪决斗，可是当两人持枪决斗时，粗野的炮兵中尉，突然爱上了寡妇。寡妇对于蠢货越是恨得发火，蠢货对她的爱情越是烈火般地燃烧，这是一个一百八十度的"突转"，寡妇波波瓦"发现"鲁莽的蠢货是个温柔的情人，而史米尔诺夫"发现"波波瓦是个有媚人眼睛的真正的女人，观众通过"突变"看清了俄国地主阶级虚伪、庸俗的嘴脸。

又如，英国小型戏剧《故去的亲人》也是一个很好地运用"发现"与"突转"的范例。

斯雷特太太一觉醒来，"发现"父亲阿拜尔已经死在床上。于是，姐妹俩和两位连襟之间为侵吞遗产而唇枪舌剑，正在骂得不亦乐乎时，父亲阿拜尔却出现在他们面前。四人大惊，原来父亲只是昏睡过去，并没有死。

本剧的构思无疑十分精巧，表现揭露批评不孝的子女，并不是干巴巴的说理或是表现其残忍，而是展现误以为老人死后，姐妹俩钩心斗角抢夺家产的行为。在"发现"与"突转"上，运用老人死而复生这一事件，造成峰回路转、出人意外的结果。而且，该剧在结构上还有一个特色是，几乎剧中所有的"发现"与"突转"都是由剧中一个小角色——斯雷特太太的女儿维多利亚完成的。这个只有十岁、未谙世事、还保持着孩童的天真的人物，戏不多，话很少，却是全剧的枢纽。请看在姐妹俩因为保险金争吵时，维多利亚的一句话：

维多利亚 妈妈，我看外公今儿早晨没去缴保险费。

维多利亚这一"发现"表明她们将无法得到保险金，它立刻引起了姐妹俩从不共戴天转到同仇敌忾上来。

随后，作者又巧妙地借剧中人之口，把维多利亚派到楼上去看外公，在她再次回来时，孩子带来了更加石破天惊的"发现"与"突转"：

> **维多利亚**　妈妈！妈妈！
> **斯雷特太太**　什么事儿，孩子？
> **维多利亚**　外公起来了。
> **布　恩**　什么？
> **斯雷特太太**　你说什么？
> **维多利亚**　外公起来了。
> **觉登太太**　这孩子发疯了。
> **斯雷特太太**　别说傻话了。你不知道外公死了吗？
> **维多利亚**　没死，没死。他起来啦。我看见他来着。

原来老人并没死，这该如何收场？两对夫妇都穿着丧服，他们最想做的就是瞒过老人，不让老人知道自己一死亲人就忙着分家产，把自己扔在一边不闻不问的事实。然而，维多利亚又开口了：

> **维多利亚**　噢，外公，你没死啊，我真高兴。

孩子的这一句不经意的真心话，也让老人一下子"发现"了什么。同时，这一句让大人们最担心的话也造成了戏剧情势新的"突转"。

我们再来举两个"发现"与"突转"的例子。

在美国女作家曹娜·盖尔的小型戏剧《街坊》中，人物之间的关系前面是紧张躁动的，后面却变得充满温情，这之间的转换，是通过一个突然事件（埃斯沃斯太太收养孤儿）的导入而发生变化的。正是有这一变化，才给了众人以足够的表演空间，写尽人们围绕此事而发生的态度变化。

在这一事件发生前，人们都为自己的烦恼而烦恼，如老大娘和艾贝尔讨厌忙碌又无味的工作，彼得担心伊内兹会拒绝自己的爱情，埃兹尔气愤有人堆放劈柴占了自己的地方，莫兰太太生了病，特罗特太太家里出现只土鳖……家家都有本难念的经，乏味琐屑的生活早把他们变为一群暴躁、阴郁的不可爱的动物。但在"斯沃斯太太即将收养一个孤儿"这一事件导入后，贫穷人们忘记了自己的烦恼，出谋划策地想帮助他们。连那个斤斤计较的埃兹尔，也表现得温柔、博爱。

> **埃兹尔**　（把包袱递给艾贝尔太太）这是我老婆叫我送来的零碎小衣服。还有这把小椅子，是我自个儿给我们那个小家伙做的。我做的那会儿，他还用着尿布呐，整个儿都是我一手做的，连木头销子也是，做得特别结实，叫他随便怎么摔也摔不坏。可他——他没来得及用就死啦……后来就一直在我那个工具间里撂着——有点碍事。这会儿总算是有点儿用处了。

对精心导演的为埃斯沃斯太太劈柴，好给她惊喜，他也十分得意：

> **埃兹尔**　我说，你们也应该去看看埃斯沃斯太太那堆劈柴，这会儿全都在他家后门口堆得可漂亮啦。她还没到家——（忽然发觉埃斯沃斯太太在场，站在老大娘身旁）哎，天啊！我说漏嘴啦？

通过突然事件的导入，来写人们前后反应的变化，笔者认为，可以起到以少胜多，事半功倍的效果。

英国的小型戏剧《石祠堂》也是一部由突然事件的导入而引发人物态度、情感变化的典范之作。该剧写一位贫穷的老母亲为纪念死去的儿子，省吃俭用打算盖一座石祠堂。结果发现儿子并未死去，而是堕落成恶魔流氓，这一"发现"令母亲万念俱灰，从一位慈爱的母亲"突转"为冷酷的复仇者，宁肯把钱用在心里已经死了的儿子身上，也不肯给眼前的活儿子，母亲把儿子送上了死路，自己也伤心死去。

诚如亚却所说：伟大场面十分之八是由"突转"造成的。[①] 而"突转"又往往与"发现"同时产生，可见这一结构手法的重要性。但是，需要

---

① ［英］威廉·亚却《剧作法》，上海戏剧学院戏文系翻印，第202页。

特别提醒的是，剧本中的"突转"与"发现"必须是人物思想性格发展的必然产物，而不应是"戏不够，神仙凑"，或是通过技巧来完成这一手段，这一点尤其要注意。

3. 伏线

伏线，也叫伏笔，是对剧本中尚未出现的重要情节的一种预示。为了使剧中的重要情节出现得很自然，不使人觉得突然、做作，就需要在这些情节发生之前，预先安排好伏线。一般说来，伏线在开端与发展部分用得较多。

在优秀的剧本中伏线用得好的例子比比皆是，如《雷雨》中关于电线的伏线，在剧中不同场合重复了好几次（因为四凤最后是触了断电线死的）。又比如越剧《梁山伯与祝英台》中银心在梁山伯面前失言，称英台为"小姐"，由此引出英台一段"我家有个小九妹"的慧黠搪塞，为后来英台以九妹之名为山伯作媒的情节作了自然铺垫。

我们现在再来看看一些小型戏剧的伏线处理。

《见证》是捷克作家耶·荷尔赫列支基的作品。于思妥斯·柯尔培的太太戴蕾莎和丈夫的朋友古斯达夫有过一段长达15年的婚外情，戴蕾莎后悔悟，打算搬家离开这些婚外情的见证。就在这时，暗中窥视这段恋情始末的华朗达找上门来，要敲诈戴蕾莎一笔巨款，戴无奈应允。华朗达拿到钱后，却在半路上因携带巨款又形迹可疑被警察当贼抓了起来，恰巧被戴蕾莎的丈夫于思妥斯撞见，精明的律师心下生疑，就找借口把华朗达带回家，打算好好审审妻子为什么会给一个陌生人巨款。在丈夫审问的时候，戴蕾莎借故躲了出去。随后听到一声枪响，故事到此结束。

这个戏很有戏剧性，情节的发展出人意料，又合乎情理，其中一个重要原因就是靠伏线的铺垫了。比如剧中有一重要情节，戴蕾莎刚打发走敲诈勒索的华朗达，华朗达就又被丈夫带了回来——这一情节非常有戏，但如果处理不当，就会有明显的太巧合的痕迹。如何使它合情合理？作者为此在剧中设置了三个伏线作铺垫：一是丈夫是个严谨的律师，职业习惯令他过目不忘，且对任何疑点善于刨根问底；二是华朗达自述曾与律师打过照面；三是借警察之口，告诉律师窃贼从自家门内出来，而且带着许多现金，并声称是女主人给的。这样，做律师的丈夫"发现"这一可疑行为时，必定会将此人带回家来审问。

如前所述的《石祠堂》，也是一个戏剧性极强的好作品。但作者在情节构思上，十分注重其合理性。故事从母亲攒钱盖祠堂，到以为死去的儿子突然归家，到母亲顺利地把他交给警察。故事虽然进展迅猛，但并不突兀。特别是将儿子交给警察这一重要情节，作者在戏中作了精心的伏线，使之顺利且合情合理。如戏一开始，作者就在人物对话中，交代了有巡逻队走过：

> **阿斯代里**　他们为什么打鼓？
> **福　　玛**　是巡逻队走过。
> **斯比里敦**　今天兵士特别警惕。
> **福　　玛**　这是因为明天女皇到斯摩棱斯克去要经过这儿。
> **斯比里敦**　他们已经逮了好几个嫌疑分子。没有护照的人都要送到西伯利亚去。
> **福　　玛**　唉！可怜的家伙！

同时，剧本对儿子的出场这一重要情节也埋下了伏线，前面反复交代了有个"陌生人"时时在窗外和街上露脸，大家只瞥到过，但从没看仔细的。这个人正是潜逃在外的儿子。这样的伏线既给观众留下了悬念，又使他后来的出场不显得突兀，而且令人信服地刻画出离家多年的儿子，欲进家门又不敢进门的心理活动。

在美国的小型戏剧《主角登场》中，一个名叫安妮的姑娘，不断收到未婚夫哈罗德寄来的书信和鲜花，这让其他女孩包括她的妹妹都十分羡慕和嫉妒。但随着情节的发展，我们"发现"，原来那些花、信全是安妮自己寄给自己的。作家安排这么一个出人意料的结局，实在令人惊讶，但若是细心揣摩，你就会发现，这一意外的神来之笔，其实早在前期人物的动作和对话中已多次埋下了伏线。

伏线一：在安妮的妹妹露丝谈到女友们十分羡慕和嫉妒安妮时，安妮的高兴有些失态，这让我们心生疑虑：莫非这种被人羡慕和嫉妒的感觉才是安妮真正想要的？

伏线二：当露丝责备安妮为什么不告诉大家哈罗德回到此地时，安妮则做如此回答："这只是因为……我要避开这些……他离这儿只有几小时路程，可又知道他不能到我这儿来，那是非常不好受的，可是如果没有其他人知道他回来，那就比较好过了。你明白吗？"

多么牵强的解释，显然她在刻意想掩饰自己毫不知情的真相，内心里更认为让女伴们知道未婚夫的不来探访是件丢脸的事。如此顾全脸面，无怪乎她会在母亲和妹妹面前表演一场并不存在的"拒婚"。

伏线三：当露丝问及是否订婚时，安妮"带点做作的紧张"，请看她的反应："我不知道……什么都怕……怕意想不到的事。这些时候一直多么美妙，万一发生什么事，我想我会受不了。我想我会死的。"

沉浸在自己一手操纵的梦里是安全且美妙的，但一到了订婚，需要两厢情愿时，所有的事情自己就不能单独作主了。安妮预感到会有不幸的事发生，美好的梦即将破灭，她也在此处给自己留了条退路：她已经告诉妹妹有可能会有不幸的事发生。因此后来的结局也就不足为奇了：在哈罗德真正到来时，安妮并未向他吐露爱意，而是把自己伪造的哈罗德来信、鲜花甚至戒指摆出来，用大家都已经知道这一事实，来逼使对方就范。在对方拒绝后，她很快放弃，要求对方"帮她个忙"，即假求婚假拒婚，来保全自己的体面。

那么，安妮究竟为什么会这样做呢？也许露丝的话可以为我们释疑：姑娘家与其说是真要个男人，不如说是要个想象中的男人，只有能够梦想他，能够谈一谈他就行了。

由于从前面的伏线中可以找到主人公所作所为的充分依据，整个戏剧的内在动作和人物的感情发展，就十分连贯，最后的结局虽然意外，但又合乎情理。

4. 侧写

侧写即侧面描写，是指剧本中有些内容很重要，但正面表现有困难，或者不利于艺术构思，因而选择侧写的方法来完成。这也应该是戏剧结构中一个十分重要的手法。

举例来说，墨西哥作家索洛萨诺的小型戏剧《钉上十字架的人》就是用侧写的手法达到了很好的艺术效果。

故事发生在墨西哥的一个偏僻乡村，这里正在举行一场一年一度的耶稣受难表演。这次耶稣的扮演者是个私生子，村民模拟把他钉在十字架上的表演，私生子一开始感到恐惧，不过当后来人们告诉他钉死自己村民就可以得救、自己也可以复活后，他不再犹豫，借酒为自己壮胆，不顾母亲马利亚和未婚妻抹大拉的劝阻，要求大家把自己钉死在十字架上。在他酒后的醉言中，同样醉醺醺的村民便把他真的钉死在了十字架上。然而他的死并未拯救任何人，只是给自己的老母以及未婚妻带来无穷悲伤。

这个戏的结构铺陈很值得寻味，开始写表演前的准备工作，写"耶稣"如何从犹豫害怕转向准备用死来拯救村民，为进入高潮即钉死在十字架上做准备。不料作者在后面却出奇制胜，并未直写钉死在十字架上的情景，而是侧写了"耶稣"被钉死在十字架上以后村民的议论。这样写的好处是，第一，钉死活人的血腥场面不宜也不方便展现在舞台上；第二，写村民的争执推诿，表现村民的愚昧、麻木，反衬了这位"耶稣"之死的毫无意义，也衬托了这一行为的悲剧性：私生子之所以能克制恐惧假戏真做，是以为他的牺牲真的能拯救大家，可事实上他的血，连唤醒这些人的同情都没有做到。

乌拉圭戏剧家弗洛伦西奥·桑切斯的小型戏剧《玛塔·格鲁尼》也用了侧写的手法。

玛塔·格鲁尼是个善良热情的好姑娘，可是她的父母哥哥在贫困的压榨下，人性扭曲，逼着她做工，逼着她嫁给一个无赖，对她又打又骂。玛塔很想逃离这个家庭，她爱上了一个"不是本阶级的人"，不料却被哥哥"发现"，在幽会时，情人被哥哥杀死，姑娘忍无可忍，杀了哥哥。

该剧的侧写手法运用得非常好，作者一方面用详细的笔墨描写了玛塔受父兄打骂、受无赖欺凌的事件，但另一方面引起这一切矛盾的那个"不是本阶级"的人却一直没有露面，玛塔同他的幽会是从别人口中得知的，哥哥杀死他是在幕后进行的，作者详细描写了那个"不是本阶级"的人的居住处透出来的灯光、歌声、人影，暗示人们这是一个幸福的地方。这里的侧写有技术上的原因，更有主题上的考虑，似乎在告诉人们，那个幸福的地方和玛塔的痛苦生活相距甚远，幸福是可望而不可及的，这就给玛塔的命运笼上了一层淡淡的忧郁气氛。

【思考与练习】

1. 试析民间小戏《葛麻》一剧中运用了哪些戏剧结构的重要手法？

2. 请你按照"结构要巧"的要求，将下面这一材料编写成一个小型戏剧的剧本提纲。

梦非梦

老关说自己做了个梦，梦见小李和小金了。老关说，这个梦太有意思了，我怎么会做这样的梦呢？

小李和小金听主任说梦见自己了，就表现出了极大的兴趣，非得叫老关讲讲。小李说：主任，你梦见我干什么了？我没干坏事吧？小金也说，关主任，我想，在你的梦里，我们依然忠心耿耿。

老关哈哈大笑。老关说，那我就讲讲吧。不过，你们听了，可别往心里去！——我梦见我住院了，生的什么病，不知道。你们两个来医院看我，问我想吃点什么？我说，我想吃鸡蛋。我怎么想吃鸡蛋呢？我也不知道。

——小李对我说，关主任，你等着，我马上就来。很快，小李就从外面回来了，是空手回来的。小李说，关主任，小鸡娃已经买回来了。我很纳闷，我没说要吃小鸡娃呀，我说的是要吃鸡蛋。小李说，关主任，等小鸡娃长大了，让母鸡下蛋，给您吃新鲜的！说完，小李就闪身不见了。也不知过了多长时间，小李又冒出来了，小李说，关主任，小鸡娃长大了，是公鸡不是母鸡！

——这时候，一直默默无语的小金说话了。小金从怀里掏出来两个鸭蛋说，关主任，鸡蛋没弄到，弄到了两个鸭蛋，是咸的，已经煮熟了。我在梦中正奇怪呢，也没见小金离开呀，他从哪儿弄来的咸鸭蛋呢？

老关讲完了梦，小李和小金已经乐得东倒西歪了。小李说，关主任，您有病了，还想着我们，还信任着我们！小金也说，关主任，真不好意思，我没有圆满地完成任务！

老关挥挥手说，哪里哪里！我有病了，你们能到床前探望，可见患难见知己，让我感动不已！小李为了让我吃上新鲜的鸡蛋，居然从鸡娃娃抓起了，可谓用心良苦。小鸡娃长大了，不是母鸡是公鸡，那不该怨你！老关点评完小李，又开始点评小金。小金思路很灵活，弄不到鸡蛋弄来了鸭蛋，还给煮熟了，这也是很不错的。其实，我每次闹病的时候，更爱吃咸鸭蛋！

显然，老关很赏识小金的做法，小金美滋滋地笑了起来。小李的脸色有些挂不住了。小李就说，关主任，您的梦还没做完吧，只做了第一集。假如您做第二集的话，肯定我就给您熬鸡汤了，而且，我还一勺一勺喂您！

老关笑道，那我就继续做梦，做个第二集，看能不能喝上你熬的鸡汤！

三个人又说笑了一阵，把话题引到别处了。由于有了老关说的这个梦，大家的精神状态特别饱满，把积压多日的工作都干完了。

当然，以后的几天里，老关没有宣布他做了第二集的梦。也就是说，老关在梦里喝没喝上小李熬的鸡汤，谁都不知道。不过，小李的工作却有了调整，被提拔到企业文化科当副科长去了。

小金的心里有了一些想法，但又不能表现出来，就在他忍耐不住的时候，老关对他说了一句话："是金子，总要闪光的！"

听老关这么说，小金的心里好受多了。小金也在肚里检讨了自己，关主任明明是说要吃鸡蛋的，可我却让他吃了鸭蛋！

谁都没想到，几个月后，老关被提拔走了，小金接替了主任的位置，比小李还高出半格。小金不由得暗自感叹，就去找小李聊天，聊老关说的那个梦，也聊鸡蛋和鸭蛋之异同。

（摘自《微型小说选刊》）

148

第八章　入戏要快

一、凤头、豹头说

万事开头难，写戏也一样。诚如美国戏剧教育家贝克所说："一个剧本的开头非常重要。"① 劳逊也指出："不言而喻，剧作家对开幕点的选择。在研究技巧方面是具有头等重要意义的。"②

一般说来，一个戏的开头包括两个内容，一是开场，二是开端。开场是指破题介绍，是戏剧开端前的说明交代部分。它包括追述往事，描绘性格，解释情况，阐述人物之间的关系的动作与对话。开端是指戏剧矛盾的发生。在西洋古典戏剧里，往往用序幕、合唱队或开场诗来向观众交代后才进入戏剧的开端。在中国的传统戏曲里，往往采用自报家门的方式而后进入戏剧开端。

说到开头，我们自然会想起中国传统的戏曲创作理论中有"凤头"一说，也有主张要像"豹头"那样的。比如著名导演焦菊隐同志就主张："写戏，开始要像豹头，就是说，提出的问题和事件，总是很单一、很醒目，或者很惊人的，使观众一下子就能懂得。"范钧宏先生对"凤头"和"豹头"分别作了解释。他认为："凤头"的特点是光泽明净，美丽俊秀，一目了然；"豹头"的特点是花斑成彩，炯炯有神，漂亮醒目。范先生还分别以《白蛇传》与《徐九经升官记》为例，论述了"凤

---

① ［美］乔治·贝克《戏剧技巧》，中国戏剧出版社 1985 年版。
② ［美］约翰·霍华德·劳逊著，邵牧君、齐宙译：《戏剧与电影的剧作理论与技巧》，中国电影出版社 1978 年版。

头"和"豹头"的不同形态。

《白蛇传》的第一场是"游湖"，白素贞向往人间，偕小青漫游西子湖畔，柳下避雨，邂逅许仙，风雨同舟，默默相许，遂以借伞为由，订约归去，便是"凤头"的范例。《徐九经升官记》第一场"抢亲"，喜堂上举行婚礼，侯相正喊着"一拜天地，二拜高堂，夫妻对拜——"，只听"新娘"惨呼一声"天哪"，突然间掀掉盖头，甩下红斗篷，露出一身白服，手捧灵牌，一面哭祭丈夫亡灵，一面痛斥站在眼前的"新郎"，然后拔出匕首就要自尽。正在生死关头，一位青年将军带兵冲进喜堂，抢走新娘，场上的"新郎"阻拦不住，决定去求王爷出面向对方要人。演到这里，戛然而止，这场戏便是"豹头"的成功之作。

不过，"凤头"也罢，"豹头"也罢，有一点是共同的，那就是开头要单一、醒目、进戏快、悬念强。事实上，一个戏的开端如果没有行动，就等于这个戏还没有开幕。因此，周端木、孙祖平两位教授将小型戏剧创作的基本特点归纳为"在瞬间中表现激变，迅速达到高潮，完成冲突"是很有道理的。

然而，在戏剧舞台上，我们常常会发现，有些小型戏剧，演了十几分钟，还没有挑开矛盾，还没有进入真正的戏剧冲突之中，令人不知所云，自然也谈不上艺术的感染力了。

二、入戏慢的原因

1. 起点太远

别林斯基说："假如第一行落笔太远，那么这篇论文一定废话连篇，离题万里；假如第一行就接触事件，那么这篇论文就是好文章。"[1] 小型戏剧的开端，所表现的不是刚发生的事，而是已经在迅速推进，正在激化，即将转化的矛盾运动，作者的第一刀应该切在接近高潮的这一点上。然而，我们的一些作者常常在这一点上掉以轻心。有时候，一些颇有经验的老编剧也会在这方面出点差错。比如近期看到一位熟识的朋

---

① ［苏］别列金娜选辑，梁真译：《别林斯基论文学》，新文艺出版社 1958 年版。

友写的一个小型戏曲，内容反映当代龙江精神。某乡女乡长为大上海分忧，辟出一片鱼塘，建立工业垃圾与生活垃圾堆场。不料这块地方被乡长之小叔看中，要批租给深圳某大公司搞房地产，而该公司的副总经理又是小叔之未婚妻。鱼塘到底派什么用场？女乡长与小叔发生了冲突。设置这样的冲突的意义到底如何姑且不论，要说的是编导在设置这一冲突之前，腾出了将近一半的篇幅写了这样的一件事：女乡长的丈夫为让垃圾化废为宝进行科学实验，不幸引爆身亡。于是，婆婆叹息"黄梅不落青梅落"，媳妇哀歌"婆失儿子我失夫"，然后，出差三月在外的小叔偕女友回家，惊悉哥哥因公殉职，顿足捶胸，痛哭呼号，自然少不了唱念做打。单独地看这些场面，唱词也不错，表演也不坏，细节也不赖，但作为一个小型戏剧，在正式冲突之前，先给观众叙述这样一段往事，实在显得有点多余，及至演员在台上哭够了，跳累了，说尽了，再转入正式冲突，一是让人感情入不了，观众会发生疑问，刚才还在悲恸之中，怎么一下子能理智地谈论革命工作？二是戏的冲突到这时候开始，观众难以接受，编导也因受篇幅的限制难以展示人物丰富复杂的内心世界。所以，戏到后来，尽管舞台上剑拔弩张，声嘶力竭，但观众却显得格外的理性，格外的冷静，不能很好地参与审美活动，戏就受到了影响。如果我们挪动一下冲突的位置，删去女乡长丈夫为试验垃圾化废为宝而身亡这一情节，直接从女乡长与小叔的冲突写起，情况可能就大不一样了。

2. 焦点太乱

小型戏剧的冲突应该单纯，这一点，已在前面的章节里作过专门的讨论。单纯的事件，单纯的冲突，单纯的矛盾有利于揭示人物性格，有利于把戏写足写深写透，与其伤其十指，不如断其一指，就是这个道理。可惜，有些编剧不理解这一点，往往在小型戏剧中塞进许多内容，弄得十分臃肿，以至顾此失彼，把观众折腾得疲惫不堪，还不知道焦点在哪里，建立不起兴趣中心。比如近期看到一个小型戏剧，演出不到半个小时，却写了好几桩大事情，一是写某居委干部将家让出来办工疗站；二是写一居民家庭闹矛盾，将痴呆的孩子与老人赶出家门；三是写一个复员军人回家安排工作。这里既有夫妻矛盾，又有社会矛盾，也有邻里矛盾，戏十分散，扭不到一起。

3. 疑点太多

所谓疑点，是指作者通过剧中人物要向观众解释的东西，戏最怕解释，更不要说解释很多了。有个老编剧，写过《百岁》等好作品，近期作一小剧，名《起解》，却大高而不妙。一个重要失误是，戏里需要解释的东西太多。剧本写某厂长张雪犯了受贿罪，自知罪行败露，只身逃往山区护山老人青山伯那里避难，检察员王春穷追不舍，于是在一个风雪交加的晚上，三人相遇。一个万把字的戏有一大半是交代人物关系的，弄了半天，观众才明白，张雪的父亲是老革命，当年在开隧道时曾用生命掩护战友青山伯，自己血溅山石，青山成了幸存者。而王春竟是当年的连部卫生员。于是，几个人一起回忆当年情景，缅怀先烈，真正的冲突倒搁置在一边，以至戏快结束了，观众还没有真正进戏。

导致入戏太慢的原因当然不止这些，但如果在创作中注意了上述这些问题，情况就会大为改观。

三、几种开头方法

我想以成功的小型戏剧为范例，结合自己的创作实践，谈谈这方面的体会（我先后写过30多个小型剧本，每个戏的开头当然都不是一样的，但入戏要快却是共同的要求）。下面举一些例子，作一些归纳。

1. 冲突法

戏一开场，人物就发生冲突。如西班牙剧作家甘代洛兄弟的小型戏剧《一个晴朗的早晨》，剧本写朵尼雅·罗拉某天在公园遇到一位绅士堂·冈扎罗，他们发生了争吵，后来才互诉青年时代的浪漫史，这时他们才发现，对方就是多年前的恋人。但是，他们为了维护自己在对方心目中的美好形象，却都隐瞒了身份，虽然他们心中早已明白对方是谁。

再如匈牙利作家弗列基耶什·卡林蒂的小型戏剧《魔椅》，剧本一开始，通过两名官员马尔济和达维特的对话，交代出二人已经与发明家盖尼发生过一次冲突，而且副部长不在等情节：

马尔济 （从左侧上场）又是他来了！

达维特 你说的是谁？

马尔济 是个发明家。

达维特 真是活见鬼。你为什么不跟他说，今天不对外接待？

马尔济 他说他有事非来不可。

达维特 那你没跟他说，副部长先生还没来吗？

马尔济 当然说了！他说他情愿等到副部长来。

达维特 可是如果副部长不来了，他又怎么能等得到呢？

马尔济 那倒好办啦！要知道副部长今天是一定要来的。

达维特 当然啦，他是要来的。

马尔济 本来就是嘛！

达维特 但是副部长先生不是特意为这位发明家才来的。好吧，你叫他进来，我要亲自跟他谈谈。

在冲突中也引发悬念，盖尼究竟有何了不起的发明，非要见副部长不可？副部长来了会怎么样呢？从而顺利地引出"魔椅"上场，也让副部长等人在椅子上做了一番表演。

又如拙作《雨夜》，写暴风雨之夜，爷爷放着新楼房不去住，偏偏栖身在破旧的茅屋里，孙女劝他快离开这里，爷爷死活不肯，孙女一语中的："爷爷，我知道你在等谁，可我告诉你，现在的乡长是不会来的！"原来，爷爷呆在破屋里还希望乡长来访贫问苦，来抚慰一颗被人遗忘已久，但依然政治热情不减的老土改的心。观众一下子就进戏了。

2. 布阵法

布阵法就是戏一开始就布下戏剧冲突的情势，便于快速入戏。如小型戏剧《另一条出路》，剧本写一对令人称羡的情侣，为了找回两人未婚自由的感觉，荒唐地为彼此设计了出轨的计划，要对方同别人调情。

这个戏一开场，主人公就开门见山抱怨处处被人当作夫妻，担心这样会破坏自由，他们决定各自出轨一次，好打破人们心中的印象。随后，作者就让两个充当试验品的人物出场，马上展开戏剧纠葛，入戏非常之快。

再如拙作小戏曲《开心歌》，先是幕前四句伴唱：

> ［伴唱：桃花河水波连波，
> 　　　　河两岸出了冒尖户，
> 　　　　东边是，育珠大王张哈哈，
> 　　　　西边是，养鸭司令戆哥哥。
> 　　　　今日里大年三十发红榜，
> 　　　　且看啥人当首富？
> 　　　　然后李笑笑戴红花，持奖状，背大包小包上。

李笑笑　（唱）　哈哈哈，是我，是我！
　　　　　　　　啊呀呀是我家哈哈当首富，我是他老婆。
　　　　　　　　领奖回来一路笑哪，
　　　　　　　　爆竹声噼里啪啦、噼里啪啦把喜贺。
　　　　　　　　把喜贺，把喜贺，喜多愁也多。
　　　　　　　　喜的是，我笑笑有个好丈夫，
　　　　　　　　科学结珠结硕果，粒粒珍珠闪银光，
　　　　　　　　屋里像开了小金库。
　　　　　　　　愁的是，杨树一大把风招，
　　　　　　　　招来了远房娘舅这"漏斗户"，
　　　　　　　　等会要来借钞票，真正急煞我。
　　　　　　　　急煞我，快赶路，哈哈他，
　　　　　　　　出头椽子不会做，回家我将主角唱哪，
　　　　　　　　演一出"财神爷"哭穷再把年来过。

这样的戏剧情势一摆开，等远房娘舅一到，戏便可以从容地展开了。

再如波兰作家塔·普尔什瓦尔斯基的作品《强盗华史达夫》，一开头是埃伦娜和女仆忐忑不安的对话，讨论计划是否万无一失：

埃伦娜 （过了一会儿回到屋子中央）谢天谢地，她把房门关上了！这会儿我们不用担心。啊，亲爱的宋卡，你拿得准我们什么都想周全了？你不会忘记你该怎么办吧？

宋　卡 信赖我，我的小鸟儿。我知道这个就跟知道《福哉马利亚》一样。

埃伦娜 你会让后门半开着吧？还是不要吧；要是你开着门，贾特惠伽姨妈一定会注意到的。还是把门闩拔掉算了。

宋　卡 你怎么知道她不是已经在房子里了？

埃伦娜 啊，什么？你一定是疯了，宋卡！叫他马上就走。不管你把他藏在哪儿，贾特惠伽姨妈一定会发现的！你知道她夜里巡查的时候没有一个角落查不到的。

宋　卡 别让你那漂亮脑袋烦恼了。为了那件求婚的事，她匀不出心思来顾到那强盗，等到她上床去睡觉的时候，就什么都过去了。

埃伦娜 这可太冒险了！

交代出埃伦娜和情人打算假装强盗"抢婚"双双出走的计谋，观众势必会眼前一亮，看看到底会不会成功。

3. 渲染法

就是将戏中反映的主要冲突从正面或侧面或反面进行渲染，使观众产生兴趣，尽早入戏。比如，俄国著名作家安德烈夫的小型戏剧《仁爱之心》，故事叙述在一处名胜的悬崖上，出现一个宣称要跳下去的人，这立刻聚集了一大批游客，连警察也来维持秩序。

请看开头，在人命关天的时候剧中人一些鸡毛蒜皮的对话：

警察甲 走开！你这个小丫头，往哪儿钻哪？太太，这是您的闺女

　　　　吗？请您把她带开一点儿，年轻人马上就要摔下来了。

女　士　啊，马上？哎哟，我的天哪！我的丈夫不在呀！

女　孩　他在小酒馆里，妈妈。

女　士　（绝望地）这还用说嘛，他没有不泡酒馆的时候！涅莉，
　　　　去叫他来，就说：那个人就要摔下来了！快去！快去呀！
　　　　［人声：　——伙计！
　　　　　　　　　——堂馆！
　　　　　　　　　——来人哪！
　　　　　　　　　——啤酒！

　　随后是两位英国游客，他们则讨论着跳崖人的年纪，讨论他什么时候会跳下来。

甲　年轻得很。

乙　多大了？

甲　28 岁。

乙　26 岁。人一害怕，就见老。

甲　打赌。

乙　十对一百。记下来。

　　这种侧面渲染的开场方法，把主要事件巧妙地点了出来，同时，人物的庸俗可恶自私，更是跃然纸上。
　　又如拙作《定心丸》，主要写生产队长常根回来搞责任制，先从老婆李玉桃挑鱼担这一省力生活上开刀。戏一开始，就渲染玉桃鱼担的好处。李玉桃对鱼担的如意、得意、惬意、满意之情，如她所说，"像这种饭碗呀，哪怕皇帝老爷想对调，我也要考虑考虑、比较比较、研究研究、商讨商讨，然后再把头来摇"。接下来让郭大山煽风点火一挑拨，等常根上场，便是"白刀子进红刀子出"了，戏必然会比较好看。

4. 意外法

如拙作《蚕乡女》，写某艺术团招生复试在即，一"台柱子"向团长递上请调报告，恰在这时，一盲姑娘前来报考艺术团，这一意外之举，引起团长与"台柱子"的兴趣，当然，观众也必然为之吸引，戏便由此切入，跌宕起伏起来。

5. 南辕北辙法

如拙作《瓜熟时节》，说的是巧姑娘智斗"吃大户"的故事，戏一开场，写瓜大王给"五保户"、军属去送头藤西瓜让他们尝个新鲜，派甜姑守瓜棚。"送归送、防归防，种瓜人瓜熟时节最是忙"，来了专门"吃大户"的懒汉阿福，找瓜大王，甜姑回答说："我爹爹送瓜去了！""送瓜去了？用不着的，用不着的，只要通知我一声，我自家来拿就可以了！"说着就要下田去采瓜，遭到甜姑的奚落，戏马上进入正题！

除了设置与主要人物意图相反的情节外，还可以有另一种南辕北辙法，那就是"迂回"切入的办法，看上去似乎宕开一笔，离题甚远，其实却是刻画人物、展开情节的神来一笔。如西班牙剧作家甘代洛兄弟的小型戏剧《一个晴朗的早晨》中的设计，作者让曾经是恋人的男女主人公在公园长椅上相会，如果一上来就直接让他们在椅子上会面，这个细节又会显得单薄，缺乏生活气息。作者进行了聪明的处理，先宕开一笔——写男主人公不愿坐到女主人公的旁边：

黄 尼 托	您可以坐在那儿，老爷。那儿只有一位夫人。
	〔朵尼雅·罗拉转过头来听着他们的对话。
堂·冈扎罗	不，黄尼托，我要自个儿坐一张椅子。
黄 尼 托	可是没有椅子啦！
堂·冈扎罗	可那边的椅子是我的呀！
黄 尼 托	有三位神父坐在那儿。
堂·冈扎罗	叫他们让开。他们走了吗，黄尼托？
黄 尼 托	他们哪里会走。他们正谈得高兴呢。

堂·冈扎罗	好像他们黏在那个位子上似的。别希望他们会走开了。往这边走，黄尼托。(他们往鸽子那边走去)

然后再回锋到主题：

朵尼雅·罗拉	(很气愤)看着点！
堂·冈扎罗	(转过头来)您是跟我讲话吗，夫人？
朵尼雅·罗拉	是的，就是跟你讲。
堂·冈扎罗	你想做什么？
朵尼雅·罗拉	你把那些吃面包屑的鸟儿都吓跑啦。
堂·冈扎罗	我管那些鸟儿做什么？
朵尼雅·罗拉	可是我要管的。
堂·冈扎罗	这是一个公众的公园。
朵尼雅·罗拉	那么你为什么要抱怨神父们占了你的椅子呢？
堂·冈扎罗	那几个神父还没走吗，黄尼托？
黄·冈扎罗	真的没走，老爷。他们还在那儿。
堂·冈扎罗	在这些晴朗的早晨，官家应该在这儿多摆些椅子才对。喔，我想我只好让步了，跟那位老太太合坐一张椅子吧。……

　　笔墨其实并不多余，在一松一紧描述中，男女主人公的性格也初步确立，他们虽已年过花甲，可都保持着一点年轻时的脾气。老太太爱捣乱爱漂亮，要是当初年轻的时候，人们一定巴不得坐她身边，可是人老珠黄，请人家坐人家也不肯坐，堂·冈扎罗此举肯定早让她心中不满，也为她后来找茬埋下伏笔。试想若是等坐下再慢慢聊展现性格，进展缓慢又缺少变化，戏味也会减少。

6. 当头一棒法

　　如拙作《种花人家》，写农村青年春哥办了个文化室，开张那天，偷偷爱上春哥的小花姑娘在家里抑制不住心中的喜悦，小心地打扮自己，穿戴一新，准备与小姐妹们一起去参加活动。正要出门，人称"出土文物"的老父亲突然出现在面前，不准她去文化室，规定每个晚上编三只花篮，冲突由此而生。

7. 自报家门法

自报家门法是一种比较陈旧的办法，过去，传统戏里用得很多，后来又改用"搭架子"的办法，即与幕内人物或观众对话，也有用打电话的方法来介绍有关必须介绍的东西，所有这些方法都是为了减少交代，尽快入戏。外国小型戏剧也有这样的例子。如布莱希特的《例外与常规》，剧本写一个自私残忍贪婪卑鄙的商人，他为了能首先到达开矿地点，霸占石油矿，用皮鞭和手枪威逼着苦力背着沉重的负担赶路，把自己的水壶送给商人喝，商人以为他拿的是石头，就开枪打死了他。

这个剧本一开头就有段演员合唱，对即将发生的故事及希望引起人们注意的事项进行了说明：

众演员 （唱）我们马上向诸位报告，
一个剥削者和两个被剥削者
所作的一次旅行的故事。
请准确地对这些人的关系加以审察：
不陌生的事情要另眼相待，
习以为常的事情要当作难以解释，
即使是常规也要视之为不明不白。

又如商人刚上场时，也说了这么一段自报家门的话：

卡尔·郎格曼　我是商人卡尔·郎格曼，要到乌尔加去签订一项专利权合同。跟着我后面走来的是我的竞争者。谁先到那儿，谁就能先做成这笔生意。靠着我的机警，和克服一切困难的力量，还有我对待仆人又毫不留情面，所以才把到这里的一段旅途比通常所要花的时间缩短了几乎一半……

这里交代了自己的身份，和故事的缘由、背景，让人一开始就对商人的品性有了认识，便于继续欣赏下面的情节。

我写过一个戏剧小品《车》，也是自报家门法。主角以《新闻透视》栏目主持人的身份出现在观众面前。一上场便以主持人的口吻介绍戏剧情势：

主持人　各位观众，各位朋友，你们好！滨海市电视台新闻透视节目与大家又见面了。今天我们安排的节目是"街头一瞥"。上午八点一刻，特约撰稿人阿庐先生将一辆自行车放在龙江路南端的路中央，现在是8点46分，在不到32分钟的时间里，据我们目击统计，绕过这辆车的计有97人，其中58人对这辆车看都不看一眼，有27人是边骂边绕开这辆车的，有12人在车面前犹豫了一下，但最后还是走了。看！现在是第98个人来了，让我们一起来现场采访他。……

这样，戏就很快进入了正题。

8. 逼上梁山法

即戏一开场就将人物抛到一个十分尖锐的戏剧情境之中，然后开展冲突。如拙作《骑墙记》，写一对老夫妻之间的小矛盾，蓝花婶为防止老伴阿毛将良种名兔送给贫困户，出门时特意上锁，谁知老伴阿毛早已躲在井里，待蓝花婶一走，阿毛即偷一对种兔翻墙欲出，刚好蓝花婶忘了拿售毛证返回，发现有贼骑墙，忙打翻凳子，阿毛被逼上梁山，骑在墙上，左右尴尬。蓝花婶见是老伴，遂在墙下审"贼"。

罗列了上述这么多的例子，无非是说明，要尽快地进入戏剧冲突，方法是多种多样的。如果要归纳出几条原则性的意见，那么我看不妨提倡"三宜三不宜"。

四、三宜三不宜

一是宜近不宜远。小型戏剧的规模由于时空的限制,有它一定的长度,反映生活矛盾的起点与终点之间的距离不能太远。这一点尤其重要。如果我们注意一下身边的小型戏剧创作与演出的情况,便不难"发现",一些本来挺有意思的小型戏剧就因为矛盾的起点的选择缺乏理智的判断而在艺术上受到了损害。事实上,只要挪动一下冲突的位置,在接近高潮的部位入手组织冲突,情况就可大为改观。

二是宜简不宜繁。小型戏剧的事件,小型戏剧的冲突,小型戏剧的纠葛不宜搞得太复杂,太复杂了连交代前史,交代人物关系都来不及,哪有时间与精力写好冲突呢?一般说来,选择一件小事,围绕此事单刀直入,然后一波三折,全剧一气呵成,就是掌握了小型戏剧创作技巧的关键了。

三是宜动不宜静,小型戏剧的开场一般有两种:一种是热闹的开场,以动取胜,比如前面说的《骑墙记》、《雨夜》等;另一种是平静的开场,幕拉开时舞台上很平静,有时候是静悄悄地空无一人,然后人物登场,或者拉开时只有一人在场,另一人从外面进来,然后说话,或者幕拉开时台上坐着两个人,在安静地对话,从中揭示人物性格,交代剧情,引发冲突,等等。我认为,小型戏剧的剧情应该始终处于流动之中,因此,选择热闹的开场比较有利,当然热闹不等于人多势众,大声喧哗,吵吵嚷嚷,而是指一种戏剧情势。一般说来,只要方法得当即便一个人也可以创造闹的气氛,形成动的环境。比如拙作《种花人家》的开头是这样写的:幕启,月色溶溶,庭院如洗。粉墙外,一群青年男女富有感染力的嬉笑声,交谈声,脚步声汇集在一起,向小河的尽头涌去。不知谁家的姑娘喊了一声:"喂,小花,春哥办的文化室今晚开放了,快来呀!"小花边应边穿衣上:"哎,来啦!"然后唱:"穿衣、扣鞋、梳头,心跳、耳热、手抖,春哥自办文化室,小花心中似蜜流。读书、看报、研究、吹拉、弹唱、齐奏;哥为乡村添欢乐,妹愿为哥抛绣球,啊呀呀不知羞。"这个开场,便是一个人的戏,但墙外很热闹,墙内也不平静，当然这里主要是指小花的内心不平静，幕外有行动，幕内也有行动。

总之，一出戏的开头非常重要，因为这是留给观众的第一印象。大仲马曾指出，戏的开头要清楚。亚却认为，光清楚还不够，"它应该引导我们向戏的中心前进几步，或者至少应该清楚地指出地平线上乌云正在聚集的那一个方向……也必须有力地引起观众的兴趣，并且在第一次开幕前把他们的期待导向一定的方向。"[①] 而贝克则认为，"要达到这个目的，主要不是靠动人的对话或热闹的场面，而是要意思清楚。如果观众不知道一出戏开场时的人物是谁，以及他们的关系，那么无论有多少动人的对话和场面，也不能创造持久的兴趣。"[②]

【思考与练习】

1. 中国传统戏曲剧本的开头有哪些特征？它与话剧剧本的开头有哪些区别？

2. 请你按照"入戏要快"的要求，根据下列材料，编写一个小型戏剧的剧本提纲，并将剧本的开头写成文字。

九 级 浪

爱不依赖表白。

她和他，大学同窗四年，每每从匆匆投来的深情一瞥中，窥见了那匿藏心底的爱的躁动。心有灵犀一点通！

毕业前夕，她终于写了一封长信给他，邮票还是一幅海景名画哩。她蹬车去了郊外，从邮所寄给了他。信里边，是少女缕缕缠缠绵绵的情思。她等待爱的裸露！爱是永恒的谜。太失望，她等来了一串长长沉默。别了，少女温馨的相思梦。她悄悄哭了一夜，自愿去远离他的那个地方了。

---

① ［英］威廉·亚却：《剧作法》，上海戏剧学院戏文系翻印，第115页。
② ［美］约翰·霍华德·劳逊著，邵牧君、齐宙译：《戏剧与电影的剧作理论与技巧》，中国电影出版社1978年版，第160页。

爱不相信眼泪！

五年后，她和他都成了家。那一天，在一位老师家里不期而遇了。她和他，呆呆地望了许久。他还像大姑娘一样腼腆，她问一句，他答一句，不肯多说一句话。心虚么？她在想。他太心狠了。连信也不回一封，太过分了。闲谈之中，一位也在老师家的校友内疚地说起一件往事：刚刚进校的那一年期末，他去取信，"发现"某同学信上有一枚漂亮的邮票。他想撕下来，结果撕破了信封。他害怕，将信扔进了下水道。年轻人总会做出一些蠢事。

那是一枚什么邮票？她急切地问。未几，她惊呆了，校友说，邮票上是俄罗斯油画大师艾伊凡佐夫斯基的杰作——《九级浪》！

（选自《小说界》1987 年第 5 期）

第九章　脉络要清

所谓脉络，是指作品的线索条理头绪层次。布瓦洛认为：

"如果一部作品读起来到处是错，
偶然闪烁些警语那又能算得了什么？
必须里面的一切都能够布置得宜；
必须开端与结尾都能与中间相配；
必须用精湛的技巧求得段落的匀称，
把不同的各部门构成统一和完整。
当你发挥的时候万不能离开题旨，
跑到十万八千里去找一个漂亮的字。"①

这段精辟的话实际上就是论述了理清作品脉络的重要性。

我们有不少小型戏剧，里面有闪光的东西，有独特的内容，但由于脉络不清，金子淹没在沙堆里，令人十分惋惜。如果我们能对这些作品作一些梳理、调整，作必要的清理工作，那么，情景就大不一样了。

一、几个失败的例子

最近有机会接触到一些小型戏剧新作，其中很有几部充满生气的作

---

① ［法］布瓦洛著，任典译：《诗的艺术》，《西方文论选》上卷，上海译文出版社 1979 年版，第 295 页。

品。遗憾的是，由于脉络不清、详略不当、头绪繁多、层次混乱，以致使一些本来可以接近成功的作品没有获得预期的效果。有的虽然也得了很不错的奖，但严格说来，剧作中的缺陷是显而易见的。如有个戏剧小品题为《送水》，写某小城因在搞一项城市建设工程，断水多时，居民叫苦连天。一日，住在五楼的一对小夫妻从很远的地方手提肩扛几桶生活用水，到了房内，气喘吁吁，虽是口干舌燥，还不忍多喝水，因滴水贵如油。忽然，妻子发现晒在阳台上的被单被六楼掉下来的一个拖把弄脏，妻子大为光火，吵闹着要去六楼算账，丈夫拼命劝阻，耐心开导，却无济于事。后来说到六楼在生孩子，不但不该去吵，而且应去送水给他们，妻子终于答应了送水。出门一看，却有一桶水已放在门口，上面系着六楼主人写的一个纸条，大意是：对不起，弄脏了你们家的床单，请用这桶水洗一洗。夫妻俩大为感动。

这个戏剧小品的选材、立意均不错，问题出在脉络不够清晰。妻发现床单被弄脏，大光其火，丈夫虑及邻里关系，劝妻息怒，妻不从，丈夫无奈，戏到这里很顺。忽然生出六楼要生孩子的枝节来，丈夫连对妻要去算账这一举动都还没有说服，却又要让妻答应去送水，而且妻也居然按下算账一事不说，答应去送水了，这就显得层次混乱了。至少有两个理由促使我建议作者删去后面的一段戏而接上前面的冲突，重新组织情节。第一，缺水，床单被邻居弄脏，怨恨交织，这样的事生活中经常发生，能处理好的也不多，许多生活在居民楼里的人都会有过这样的体验。如果能在这一点上开掘、生发，立意单纯有力，冲突扎实可信，结构一气呵成，必然会令人赏心悦目。第二，加上送水给六楼这一情节，虽然人物的行为十分高大，却缺乏基础。且第一个矛盾并没有解决，就让人物爬更高的坡，不仅显得不可信，更重要的是使人感到结构断裂，缺乏整体感。由此可见，脉络不清会使作品后患无穷。

又如戏剧小品《七根保险丝》，写某大厂用电发生了故障，队长派电工甲去检修，甲发现断了七根保险丝，五分钟即可解除故障，可他故意刁难，强调难度，不予修理。队长又加强力量，派乙来助甲检修，乙也乘机浪荡，借故偷闲。队长只得又派丙来解决问题，丙斥责甲乙劳动态度不端正，甲乙则对丙冷嘲热讽，丙宣布：优化组合在即，队长故意设计保险丝烧坏这一故障，考验大家的工作责任心，甲乙大惊，悔之晚矣，结果可想而知。

应该说，这个短剧构思不错，结构也符合小型戏剧特点，问题是作者在具体处理时不注意详略得当，三个人三块戏，内容重复，平均用力，显得十分冗长。

二、经典的启示

1. 罗丹的斧头

事实上，小型戏剧篇幅有限，在层次脉络的处理上一不小心就有可能主次不分，损伤全局。因而聪明的作者常常在详略得当，疏密有致上下工夫。有几句老话，"有戏则长，无戏则短"，"疏处可以跑马、密处插不上针"，"泼墨如云，惜墨如金"，"疏密相间，浓淡相衬"，"时松时紧，巨细得体"，"虚实结合，聚散有致"等等，意思无非都是在说详略要得当。我国近代杰出画家黄宾虹说："用墨有：浓墨法、破墨法、积墨法、淡墨法、泼墨法、焦墨法、宿墨法。作一幅画，均可巧妙运用。倘能极其自然，即得上乘之奥秘，可谓法备。"[①] 此中所讲的各种用墨方法归结起来也就是疏密之法。但问题是什么地方该详，什么地方该略呢？有这么一个经典的例子可以回答这个问题：

法国巴黎艺术馆里，陈列着一座伟大的文学家巴尔扎克的雕像，奇怪的是：他的雕像却没有手。他的手是被罗丹用斧头砍去了。罗丹为什么要砍掉巴尔扎克雕像的双手呢？

原来，在一个深夜里，罗丹好不容易完成了巴尔扎克的雕像，非常满意，连夜叫醒了他的学生来欣赏雕像。他的学生把雕像反复地看了个够，后来，目光渐渐集中在雕像的手上，巴尔扎克的那双手叠合起来，放在胸前，十分逼真。学生们不禁连声说："好极了，老师，我可从来没有见过这样一双奇妙的手啊！"

罗丹脸上的笑容消失了，他突然走到工作室的一角，提起一把大

---

① 王伯敏编：《黄宾虹画语录》，上海人民美术出版社 1961 年版，第 32 页。

斧，直奔雕像，砍掉了那双"完美的手"。罗丹的雕像是要表现巴尔扎克的精神、气质，现在，那双手（次要的部分）突出了，人们看了雕像，只欣赏手的完美，而忽略了主要的内容。所以，罗丹砍掉了雕像的双手，以突出雕像所要表现的意义。罗丹的斧头砍出了一部传世之作。

可见，所谓详略得当，就是四个字，突出重点。这个重点就是指作者在这一个作品中最想表现的东西，是指这一作品中最有新意的东西，是指这一作品中最能体现主题、提示人物性格、感染观众或读者的东西。

2. 孔乙己的茴香豆

鲁迅先生的小说《孔乙己》，只用了 2800 字，相当于一个戏剧小品的篇幅，几乎写了孔乙己的一生，但这个人物却至今还活在人们心里，抛开鲁迅先生深刻的思想性不论，其中一个十分重要的原因便是，《孔乙己》的剪裁十分得当，小说详略有致，取舍有度，很好地突出了作品的主旨，因而令人过目不忘。

孔乙己是中国农村封建社会特有的人，这种人只读书，不种地，也不会做工，也不会干别的。他如果读得好，运气好，可以考上功名，考得高可以有官做，那是当时知识分子的一条出路。孔乙己什么也没考上，大家看不起他，嘲笑他。但他能写一笔好字，给人抄书，混碗饭吃。可这个人还有点小偷小摸的小毛病，常把人家的笔墨纸张卷走了换酒喝。后来，就没人敢找他抄书了。

孔乙己一生平庸，但有一件大事，他偷了举人老爷的东西，这和偷别的人不一样；抓住了以后让他写"服辩"，即"认罪书"。写完了还不行，还吊起来打，把他的腿都打断了，他只好在地上爬，慢慢地死了。这件事情是他一生中关键的大事情。可鲁迅先生在 2800 多字的小说里，只用了一百五六十字，大概占二十分之一。而鲁迅先生写茴香豆却用了五六百字。

小说中有个"我"，"我"是酒店的小学徒。孔乙己问他："你认得字吗？"小学徒心里觉得你这个叫花子，你还问我认得字吗？你还考我？你配考我吗？心里很不舒服，就不搭理他。孔乙己又说："你知道茴香豆的茴字有几个写法？"有四个写法。"小孩不知道，孔乙己就用手沾点酒在桌上写给他看。后来好多孩子围了过来，眼睛盯着小碟里的茴香豆，孔乙己看到小孩子都馋，就每人发给一粒。小孩子吃完了还不走，眼睛还盯着小碟儿，孔乙己伸开手指头把小碟一罩，说："多乎哉，不多也。"大家就哄他，笑他咬文嚼字，酸溜溜的。这段文字，占全篇的五分之一。

为什么写那件重大的事情只用一百五六十个字，而"茴香豆"这么一件小事，却花了五分之一的篇幅？这里就有一个取舍的问题了。取舍的标准是鲁迅先生为什么写孔乙己这样一个人？对此，小说家林斤澜有过一个十分精辟的分析，他认为孔乙己是个废物，百无一用；这个人不打死，活下来也是没出息。虽然是穷苦人，但是他是寄生的，他自己不能生产东西，在社会上没有用。这个人也没有什么理想。但鲁迅先生要写他，感觉到这个人这样地受折磨，这样地被人看不起，但他有赤子之心，天真，老实。他偷人家的书，还说，我这不是偷，是"窃书"。他不会作强盗，不会砸明火，他不过弄一卷纸出来换酒，但他从来不算计、欺负别人。因此，这个人才值得，写出这个人来才有一定的意义。

找着了赤子之心这个核，也就有了取舍的标准，凡是能表现这个核的就要用，不能表现这个核的，就要舍，哪怕是最重大的事件，也不要。试想，写他被打的一段，怎么能写出天真老实的赤子之心呢？他偷东西怎么说也不光彩，把偷东西写得很天真恐怕是办不到的。偷了东西让人抓住要写检查，这在一个知识分子身上，是精神上的侮辱折磨，这也写不出他的天真来。吊起来打，也写不出这个核来，因为，孔乙己这个人不是硬汉子，顶不住的，一打他一定叽里呱啦地乱叫，也许是求饶、央告、求爷爷、告奶奶、哭鼻子都会做出来的，这能写出他的天真老实来吗？这一些地方得舍。但这件事还必须有，要不他怎么会死？鲁迅用了一百五六十字，酒店里的酒客传闻，就这么把事情交代过了。而"茴香豆"这段正好表现核，和孩子打交道合情合理，和大人说不上话，站不到人跟前，没张嘴，人家会说，你又偷了，你为什么考不上秀才啦，等等，他顶伤心这些事情了。和孩子们说，茴香豆每人给一粒，小孩子盯住了不走开，他心里说："没东西下酒了"，把手一罩，捂上。这不跟孩子差不多。嘴里还说："多乎哉，不多也"，小孩儿觉得好玩。这一地方，表现了他天真、老实，他有童心，和孩子能相处，这些正好能表现这个核。所以在这些细微的地方，鲁迅先生花了五六百字，拿五分之一的篇幅对付这个茴香豆。找到核，并从此出发取舍材料，这就是鲁迅先生的经验。

这个例子把什么地方该详，什么地方该略的标准都讲清楚了，虽然说的是小说创作，但其中的道理也同样适宜于戏剧创作。

三、戏曲拿手戏——一而再，再而三

表现作品主要内容的地方要详细、详尽、详全，次要的地方则要略写、简写、少写。戏剧创作的任务是塑造活生生的人物形象，并通过人物形象表达作者对生活的看法，因此，凡是能刻画人物性格的地方应该详写，当是一条不容忽视的准则。我们注意到一些成功的戏曲剧作中笔酣墨畅，满宫满调的地方往往均是在与人物性格、情感、命运相关的节骨眼上。

不妨一一举例道来。

1. 一唱三叹

抓住刻画人物命运转折的关键部位，一唱三叹，反复渲染，欲罢不能，"春蚕到死丝方尽"。

如潮州戏《槐荫别》中一折，董永听说张七姐已满天限要回天上去时，那一段戏就十分细腻，层次如下：

（1）董永不信；

（2）董永算日子，未满天限的百天；先算只 90 天，再算只 98 天，七仙女痛苦地回答：来一天去一天也得算上；

（3）于是，董永只得问时辰，时辰也已到；

（4）于是，董永骂玉皇无情；

（5）骂了玉皇，又骂槐树；

（6）七仙女被迫不能不走，董永牵裙不让走；

（7）董永终于晕倒，七仙女急忙回；

（8）董永责七仙女不敢忤逆玉皇旨意，七仙女委屈相诉：如忤旨意，雷神要击腹内子；

（9）天帝派神使一再来催逼；

（10）于是，董永又牵裙；

（11）绝裙，七仙女终于飞向天去。

请看，一段"哭别"，作者借助于"算日子"、"问时辰"、"骂玉皇"、"骂槐树"、"牵裙"、"谴责"、"诉委屈"等，把一对笃与爱情的男女，在被剥夺幸福时的心情，发挥得淋漓尽致，挖出这么多动人的戏来。

又如小型戏曲《卖杨梅》，写一个山里妹看上了一个山里哥，在吃了山里妹的杨梅以后欲要付钱却忘了带，山里哥提出拿点东西抵押，以后再还钱，山里妹故意逗他，表示答应。山里哥让山里妹挑，山里妹则让山里哥自己挑。条件是，"要合适的，我喜欢的"。于是就有了下面一节戏：

山里哥　好，我挑！山里妹呀——
　　　　（唱）　没有钱，草帽在，
　　　　　　　　抵上这笔人情债。
山里妹　（唱）　烈日炎炎劈头晒，
　　　　　　　　草帽留你自己戴。
山里哥　（唱）　没有钱，围布在，
　　　　　　　　送你免我名声坏。
山里妹　（唱）　大汗淋漓身不爽，
　　　　　　　　围布留你把汗揩。
山里哥　（唱）　没有钱，锄头在，
　　　　　　　　送你一把也应该。
山里妹　（唱）　锄头天天离不开，
　　　　　　　　留你引得幸福来。
山里哥　这不要那不要，那怎么办？

山里妹　人家不想要的你拿得来，想要的你又不拿！

山里哥　除了这几样东西再没别的，你想要什么就爽爽快快的说。

山里妹　（轻声、含羞地）我想要的……不好说吗……

　　这个场面不长，但也很充分地表现了一个山村少女情窦初开的热烈景象。再如扬剧《鸿雁传书》中，苦守寒窑的王宝钏托鸿雁替她传书给远征西凉的夫君薛平贵，鸿雁收翅飞落，戏是这样写的。

王宝钏　鸿雁哥哥，血书我已写好，有劳你带到西凉，交与我那平
　　　　贵郎。

（唱）　有劳你为我带书信，
　　　　宝钏永不忘你的大恩情。
　　　　这血书系在它身上哪里安稳？
　　　　望来望去我心中不定。

　　有了，将血书就在它颈项上扣紧，唉，不好！

（唱）　扣在它颈项上也不安稳，
　　　　若是它口干舌燥河边把水饮，
　　　　打湿了血书字儿看不清。

　　哦，有了！

（唱）　我不免在它的翅膀上扣稳。

　　唉，不好呀！

（唱）　它双翅要用劲，
　　　　一边重一边轻难以飞行。
　　　　我这里将血书在它腿上来系定。

　　唉，还是不好呀！

（唱）　怕的是鸿雁歇息在树林，
　　　　血书在枝上来绕紧，
　　　　岂不要撕得碎纷纷。
　　　　倘若是把鸿雁树上来缠定，
　　　　岂不是为我害它受虚惊。

唉，有了！有了呀！

（唱）　把血书系在它的脊背心。

　　　　　它安安稳稳好飞腾。

　　鸿雁哥哥，你小心去吧！唉，你且慢起飞，我还要嘱咐你
几句呀！

（唱）　鸿雁哥哥你一路多留神，

　　　　　上防鹰雕下防人。

　　　　　你若是歇息在树林，

　　　　　谨防鹰雕把你吞；

　　　　　你若是吃食把水饮，

　　　　　要看一看四下有人没有人。

　　　　　飞高谨防罡风紧，

　　　　　飞低谨防弹弓伤你身；

　　　　　不高不低隐入云，

　　　　　但愿你早到西凉城。

　　托鸿雁带一封信，会写出这么多的戏来，观众一点也不感到厌烦，相反觉得十分过瘾，因为它十分细致地刻画了王宝钏此时此刻盼夫心切的真实心情，尽管她把夫妻重圆的理想寄托在鸿雁身上显得虚无缥缈，但这丝毫也不影响人们对王宝钏这个钟情女子的深深关怀与诚恳祈祷。

2. 一波三折

　　抓住刻画人物情感的关键场合，细细锤炼，层层递进，一波三折，"语不惊人死不休"。

　　如越剧《三盖衣》中，李秀英嫁到王家一月多，因夫君误会她不贞，不肯圆房。李秀英不知其中原委，满腹委屈，入夜，见官人独坐一旁，李秀英又气又恨又怜。请看：

李秀英　（唱）　耳听得谯楼打三更，

　　　　　　　　　夜已深那人已静，

见冤家他身上衣衫多单薄，

今夜岂非要受寒冷；

我若是叫他去安寝，

那冤家是定不见好意反见恨；

要是他受了风寒成了病，

叫秀英如何能安心？

噢！有了。

（唱）　我还是取衣将他盖，

免得我官人身寒冷。

我战战兢兢将衣盖，

那冤家平日见我像仇人，

吓得我不敢去近身。

想秀英并未待错他。

他为何见我像眼中钉？

像他这种负心汉，

我还有什么是夫妻情？

唉？我不顾冤家自安睡，

我想起婆婆年迈人。

唉！这冤家虽是无礼，那婆婆待我总是不错呀！

（唱）　冤家他枉读诗书理不明，

那婆婆她待我像亲生，

更何况王门只有他单丁子，

冻坏了官人要急死了婆婆老大人。

我还是将衣衫与他盖，

想起往事心头恨。

唉！冤家呀冤家！世界上哪有你这种不通情理的禽……

禽兽呀！

（唱）　父母爱我似珍宝，

这冤家当我路边草；

他既这样对待我，

我任凭冤家他冻一宵。
　　　我还是将衣衫藏笼箱，
　　　猛想起于归之期娘训教。
　　想我出嫁之时，我母亲再三的训教，她说道要我到了王家，要孝顺公婆，敬重丈夫。想今夜天气寒冷，我若顾他盖衣，这冤家定不见好意；我若是不去顾他，若被外人知道，定要骂我礼义不周，还要怪我父母养女不教。唉！爹娘呀爹娘！你叫女儿如何是好？娘呀！

（唱）　难进难退我李秀英，
　　　今夜叫我如何好？
　　　啊……娘呀娘呀！
　　　曾记得我爹爹做大寿，
　　　母亲上楼把喜信报，
　　　说道是已将女儿终身许，
　　　郎才女貌结鸾交。
　　　说玉林这也好他那也好，
　　　说玉林他貌也好才也高。
　　　我是口不应声心欢笑，
　　　但只望洞房花烛早日到。
　　　谁知道我进了王家事颠倒，
　　　我夫妻聚头情义少。
　　　自出娘胎十八岁，
　　　这样的苦处我受不了。
　　　天呀！还是我爹娘错配婚？
　　　还是我秀英命不好？
　　　娘……呀！
　　　耳听得谯楼打四更，
　　　见冤家浑身颤抖他身寒冷。
　　　我若不将衣衫盖，
　　　他如何坐得到天明？

174

　　　　　也罢！

　　（唱）　冤家呀，

　　　　　　　你虽没有夫妻情，

　　　　　　　我秀英待你是真心，

　　　　　　　我手持衣衫上前去，

　　　　　　　盖罢衣衫我心安宁。

　　　　　　　……

　　为了盖一件衣服，竟写出了这么多周折，生动地刻画了李秀英那种孤傲又贤惠、自尊自爱而又善解人意的人物性格，实在不容易，这样的例子还可举出许多。如《珍珠塔》中的一包点心，《梁祝》中的十八相送等等。

3. 一步三吟

　　抓住刻画人物性格的关键细节，精雕细刻，一步三吟，"不到长城非好汉"。

　　如沪剧小戏《石头赔情》，写文革中青年农民石头与生产队长水牛发生冲突，一怒之下，打落了水牛的两颗门牙。三中全会后，石头因责任田里水稻得黄秧病，向水牛队长请教救治方法，上门赔情，队长娘子绿叶嫂不能原谅石头。其中有一节戏是绿叶启发水牛不要忘了过去"两颗门牙"的耻辱，但绿叶没有正面提出这个前史，而是用照镜子的方法来开导水牛。请看剧本是这样写的：

绿　叶　（唱）　一面圆镜手中拿，

绿　叶　（唱）　我要他，不忘过去老伤痕。

水　牛　噢，她一定要我讲二只大门牙。

　　　　（唱）我要她，越照胸襟越宽大。

绿　叶　侬照见了啥？

水　牛　（唱）　一面圆镜手中拿，

　　　　　　　　映照着，镜前两朵并蒂花。

　　　　　　　　一朵是，聪明能干的好当家，

　　　　　　　　一朵是，男人的老婆孩子他妈。

绿　叶　嗨，哈人要你噜苏这些，还是照照你自己吧！

水　牛　照我，有照头。（取镜，远远地照）

　　　　（唱）　当家的，长得不高也不矮，

　　　　　　　　相貌堂堂人人夸，

　　　　　　　　百里挑一的美男人，

　　　　　　　　要不然，姑娘怎会看上他！

绿　叶　不要皮厚，还是照照你的面孔吧！

水　牛　唔，树要皮，人要脸，面孔是要仔细看看的。（取镜近看）

　　　　绿叶，侬看呀！

　　　　（唱）　一头黑发少忧虑，

　　　　　　　　两眼炯炯闪光华，

　　　　　　　　四方面也多庄重，

　　　　　　　　五官端正不偏斜。

绿　叶　你从中间看。（夺取镜子，替水牛照镜）

水　牛　（唱）　鼻梁高高有气派，

　　　　　　　　鼻子通畅气量大。

绿　叶　你往下面看，

水　牛　（唱）　看下巴，络腮胡子密密麻，

　　　　　　　　丈夫气概不像女儿家。

绿　叶　嗨，你再往上面看。

水　牛　（唱）　天庭饱满泛红光，

　　　　　　　　都讲我这面相福气大。

绿　叶　（不耐烦，用镜子对着水牛嘴巴）你往这里看。

水　牛　哦，我想起来了，想起来了！

　　　　（唱）　莫忘了，一对酒窝惹人爱，

　　　　　　　　相亲时，你一见钟情就迷上了它。

绿　叶　去去去，谁跟你开玩笑！

　　　　（唱）　你将红口白牙仔细照，

　　　　　　　看一看两只门牙是真还是假。

水　牛　这……

　　就这样，戏一而再，再而三地折腾，一个拼命往门牙上引，一个故意避开门牙，针锋相对，饶有情趣，既照出了水牛队长的高尚品德，宽广胸怀，也照出了绿叶体贴丈夫的善良性格，交口称赞。

四、略写的原则

　　那么，什么地方应该略写呢？

　　一是戏剧矛盾的开端和结尾要略写。矛盾的发生阶段往往是交代时间、地点、人物以及起因，结尾则往往写出事件的结局或点明中心，这些内容仅仅是枝节部分，当然应该略写。

　　二是"面"要略写。"面"上的内容往往是渲染气氛，交代背景，起烘托作用，所以也应略写。比如描绘春色满园，出墙的那一枝红杏要详写，而园中熙熙攘攘的红杏则要略写。

　　三是与主题关系不大的内容要略写。比如有个小型戏剧写夫妻感情不和，准备闹离婚，由于儿子的努力才使家庭风波平息下来，中间有一块戏，写母子对社会现象的议论，诸如交通、住房、党风、出国等问题的探讨，虽然不乏精彩之处，但与题旨关系不大，自然没有必要作渲染。

　　这样泛泛而谈，可能还没有把这个问题说清楚。我们不妨来看看京剧《搜孤救孤》，这个戏人物不多，何处该详，何处该略，运用得十分圆熟。

　　戏一开始，在公孙杵臼家里，程婴来找他定计救孤儿，相当于元杂剧《赵氏孤儿》的第二析。定计写得很简明，一个人舍子，一个人舍命。既没有冲突，也看不出性格。但有两点很清楚：一是赵氏孤儿和晋国的无数婴儿处在极大危险之中，引起了观众的担心和同情。二是有两个人准备自我牺牲，挽救危局。写清这两点，用的是以少胜多的方法。下一个场面，程婴回家和妻子商量。这一段是杂剧里没有的，京剧发展成一场重头戏。冲突开始了：程妻虽然同情孤儿，痛恨国贼，但舍不了独生儿子。程婴劝说不成，下跪。跪求不成，动刀。动刀也不管用。公孙杵臼来了，程婴要自刎，被公孙拦住，二人一同跪求，程妻勉强答应，程婴抢子交付公孙。这场戏中三个人的心情都很复杂，程妻的内心冲突合情入理，层次细致。作者用了颠倒封建伦理的极端手段：丈夫跪妻子，尊长跪卑幼，来表现程婴、公孙的坚强意志。这场戏的笔墨集中在程妻的内心冲突上，但目的还在于衬托那两位忠臣义士。下面几场，相当于杂剧的第三折。大奸贼屠岸贾出场，也很简明，十日限期已到，要杀尽国中婴儿。此时程婴击鼓告密。为什么不早来？怕引起屠贼的怀疑。公孙杵臼被抓来之后，坚不承认。屠岸贾给程婴一根鞭子，叫他这告密者亲自拷问嫌疑犯。此时程婴面临重大考验，心情比劝妻舍子还要复杂。如果假打，必然暴露，但要真打，怎能忍心下手？（杂剧中此处还有挑棍子大中小的细节，描写他的矛盾心情）公孙看出他的犹豫，忙用一阵痛骂，将他提醒，若不狠打，前功尽弃。作者此时不吝笔墨，淋漓尽致地抒写他们的英雄气概。下面转一个圈，到首阳山搜出假孤儿，只用了四句话，又很简练。公孙要抢婴儿，还是迷惑屠贼。最后被绑赴法场，看来计策已经成功了，但程婴要求祭法场。他是怕还有变故，也为了和老友作最后的诀别，躬身向老友下拜。昏迷的公孙杵臼，挣扎起来，在假骂中叮嘱程婴妥善抚养孤儿。程婴百感交集，"先前抚孤是你我，到如今知心还有何人？"洒泪祭奠。作者抓住这生离死别的关头，浓墨重彩，集中抒发了他们强烈的感情。斩首之后，还有一点余波。程婴伏地不起，哭得不能自制，引起屠岸贾的怀疑。程婴连忙克制感情，说和公孙曾有八拜之交，遮掩过去。戏就基本上结束了。这个戏用较短的篇幅，塑造了两个感人的英雄形象。在艺术上繁简适度，浓淡相宜。舍弃了许多无用的东西，腾出手来，纵笔刻画人物性格，发挥了戏曲精练集中的长处，是很值得我们借鉴的。

五、梳理脉络的方法

梳理脉络的方法，关键是要善于做加减乘除法。

1. 善于做减法

所谓做减法，就是把作品的核心部分、也即最光彩的部分清理出来，这是使自己的作品有别于其他作品的最要紧的工作环节。

很多年以前，我在全国少数民族编剧进修班上辅导写作，其中有个来自贵州的同学，写过一部在全国获金奖的十分精彩的作品，但他的一个小型戏剧作业却不太令人满意。我辅导了三次，所做的工作实际上就是帮助作者梳理脉络，做好减法。那个作品的初稿中共有四个人，王老师、两位小学六年级的同学小胖、小玲以及小胖的父亲。剧本写小胖与小玲卖冰棍比赛，因小胖用有奖销售的方法销售冰棍，故而成绩斐然，结果小胖班的同学因多吃冰棍而导致集体腹泻。于是小玲斥责小胖唯利是图，为推销他父亲开的私人冷饮厂生产的冰棍而搞有奖销售。老师来了，也指责小胖的行为，小胖最后说明自己销售的也是校办厂生产的卖不出去的冰棍，老师和同学听了才原谅了他，并为之感动。这时候，小胖父亲来了，表示愿意与校办冷饮厂联营，以救校办厂濒临倒闭的燃眉之急，师生们均为之雀跃。

我觉得，这个戏里最动人的部位是小胖为减轻校办厂卖不出冰棍的危境，发动同学大吃棒冰，企图以这样的方式来增加老师的奖金，以致造成集体腹泻的严重后果。这个戏没有正面写体脑倒挂的不公，教师待遇的下降，也没有评价破墙开店的优劣，全民经商的利弊，只是从一个孩子的视角来反映学校与社会的生活，视角新颖，构思独特。但这个作品有明显的缺陷，首先，小玲同学误会小胖唯利是图，尔后王老师也误会小胖学做小老板这一情节显得虚假。小玲与小胖是同年级的同学，就算不知道小胖在卖校办厂的冰棍这一细节是合理的，但当她责怪小胖时，小胖没有理由甘受委屈，忍气吞声，这不符合一个孩子的心理特征，以至拖到后来在王老师一而再再而三的批评之后小胖才说出真相，就更显得可信性不够了。其次，结尾处出现小胖爸爸。他来有两个任务，一是宣称他的冷饮厂与校办冷饮厂公开竞争已有定局，个体私营厂战胜了校办厂。二是，宣布与校办厂联营，帮助校办厂走出困境。于是，师生们齐声欢呼校办厂有了希望。这一情节与主题、基本冲突，及总体结构关系不大，因而，可看作是蛇足之笔。为之，我要求作者删去小胖的父亲，拉开小胖与小玲这两个人物的性格距离。如有割爱之勇气，也可删去小玲这个人物，保留小胖与老师的戏。作者回去改出了第二稿。我一看，删去了小胖的父亲，其他的问题依然没有彻底解决，去掉了一个人物，但事情还保留着，那个闪光点依然淹没在繁琐的场面与冗长的对话中。于是，我毫不犹豫地希望作者大刀阔斧，删去小玲这个人物，当然更没有了私营厂与校办厂竞争的背景。只写小胖班长发动同学大吃校办厂冰棍，导致全班腹泻，住医院治疗。王老师见此情景，训斥小胖，小胖诉说真相，王老师感动，在这条主线上组织故事安排冲突，往深处掘，纵向开发，作者又改出了第三稿。戏就显得精练、集中、感人、流畅了。

2. 善于做加法

所谓做加法，就是不光要学会删去应该删去的东西，更要学会增加应该增加的东西。

一位来自西藏的同学写了个短剧《一辆自行车》，说的是一个十来岁的小学生偷了一辆自行车送给他家的恩人———一个几年如一日为其母亲看病的女医生。这个短剧的情节很有特点，但作者不善于刻画人物。一个可爱的孩子出于可爱的动机而做了一件不可爱的事情，同时又希望观众原谅他，这就要求作者必须写出这个孩子所作的反常行为的社会因素与其他因素。于是，我要求作者增加这样几个内容，第一，加强女医生与这个家庭的情感描写。女医生不仅无私地帮助治疗孩子母亲的病，而且还教导孩子的学业，却从不收受任何礼物。这些事迹促成孩子产生了报恩而愿意去做一切哪怕是冒险的事的想法。第二，加强孩子与母亲的感情描写。母亲眼睛昏花，却一针一线在灯光下缝一双毡鞋，以便在医生生日这天送给恩人，儿子看了很心痛，但又理解母亲的心情，因家里穷，买不起贵重的东西来送医生，孩子为了除去母亲的心病，他决定铤而走险去偷车，不至于让母亲伤了眼睛。第三，加强了女医生需要交通工具的迫切性描写。从镇上到孩子家有一段长长的路，正好在修路，因而公交车停驶，女医生每天都是走着来的，脚底上起了泡，腿脖子也肿了，要是有一辆自行车就可以减少许多麻烦。第四，加强了小孩偷车的"正义"感描写。小孩去偷车，毕竟他是个品质很好的学生，因而设计了他在偷车的地方留着一张纸条，上面写着："叔叔，伯伯，阿姨，这辆车我拿走了。十年以后，不，五年以后我会来还的，而且还一辆比这还要漂亮的车，请相信我吧。"就这样，通过做了这么多的加法，小孩偷车的行为就显得比较容易接受了。

3. 善于做乘法

除了学会做加法、减法，还要学会做乘法。加法是加上一些因素，减法是减去一些因素，而所谓乘法则是要成倍地增长某几种因素，以致有时候要发展到极度夸张的程度。

一般说来，乘法只要做得得法，观众就会特别喜爱。

全国少数民族编剧进修班上，有个内蒙古的同学写了一个短剧，题为《一只苍蝇》，说的是某卫生检查员到一十分清贫的文艺团体去检查卫生，因对方无力招待其吃喝，检查员百般刁难，后发现一只苍蝇，要课以重罚。一个机智聪明的小姑娘战胜了这个利用手中一点小权滥施淫威的检查员。戏里有个地方，我建议那个同学用乘法来描写。先是小姑娘发现检查员那顶大盖帽上有一只油光光的大苍蝇时，心里十分紧张，生怕那苍蝇飞下来会被检查员发现，卫生单位的招牌要收回，单位的奖金要敲掉。她急中生智，要检查员坐端正不要动，特别是头不要动。检查员纳闷，询问原因，小姑娘佯装喜欢检查员的脸蛋，要好好看看他，给他相面。肥头大耳、年过半百的检查员得到漂亮姑娘的赞扬，真是受宠若惊，岂敢动弹，只是禁不住长久的折腾，终于支持不住，头歪向一边，苍蝇嗡嗡地飞起来，检查员这才知道姑娘的用心，恼羞成怒，兴师问罪。姑娘忽然获悉检查员从隔壁餐厅吃白食过来，那苍蝇也沾满油水，又肥又大，哪像待在自己这种穷单位里的小苍蝇，于是，她断定那苍蝇是检查员自己带来的，检查员当然不予承认。下面一节戏又用乘法来处理，姑娘审苍蝇，与苍蝇对话。结果，检查员出门，苍蝇也随他跟出门去。这处理，看似荒唐，却很真实。由于这个短剧有这两处乘法的描写，戏显得很有色彩。

4. 善于做除法

所谓做除法，是因为有些戏布局混乱，切入口没有找准，用减法难以解决问题，只好三下五除二，动筋伤骨，甚至另起炉灶了。

有个新疆同学，写一个大学生平时不好好读书，毕业成绩全系最差，被分配到边远的农村去，他不服，去找班主任又是系主任论理。理由两个，一，你把最差的同学放到农村去，这样做看得起农村吗？农村不是永远落后吗？二，我到了那里，什么也不会做，我就说，我是某某大学，某某教授的学生，这不是坍学校的台，又坍你这个老师的台吗？系主任听了这话引起震动，忙打电话去人事处，问档案寄出了没有。这个短剧，一是缺乏动作，缺乏戏剧性，二是立意不清楚，褒贬不明，显然难以成立。于是，只得用除法来解决问题。我建议他重新构思，写一个大学生被分配到农村去，自命不凡，有屈尊下界的傲气。虽然学识平平，无所专长，但他以为到农村去还是绰绰有余，高人一等的。这天，农村开了专车派一老农民来接他，大学生颐指气使，呼风唤雨，老农也不在乎，在交往中发现大学生不学无术，徒有虚名，则不能忍受了，老农坚决地拒收这个学生。因为当今的农村并非传统意义上的农村，他需要的是有真才实学的年轻人。大学生感到意外，感到震动，他有点后悔了。这样一改，虽然不见得成为一个好作品，但显然要比那同学原来的构思要有意义得多了。

善于运用加减乘除来梳理剧本的脉络是一门值得探讨的学问，我这里只能提供一点肤浅的看法，方法是不是得当，要看各人的创作情况了。

【思考与练习】

1. 戏曲一唱三叹的手法是否适用于话剧？如适用，请举例比较说明。

2. 请你按照"脉络要清"的要求，根据下列材料，编写一个小型戏剧的剧本提纲，并写出其中的一个片断。

一个复杂的故事

"张工,看了你的《职工经济状况调查表》,想核实一下你在'其他负担'一栏内填的 15 元,我们不明白……"

"那是寄给我妹妹的,在房县上畈中学,不信我可以将历年的每月汇款收据……"

"别误会,不是不相信你每月寄去这 15 元,是想问你为什么要寄这 15 元。"

"为什么,因为她是我妹妹,在我困难的时候——你知道我有整整七年,每月只拿生活费——她每月寄 15 元支持我的家庭,直到我平反恢复名誉。还因为我的'问题'影响了她的毕业分配,在山凹里待了 15 年,如今她有困难,我……"

"他们夫妇只有一个孩子,农村生活水平也低,不至于有困难吧!"

"不,他们每月要给妹夫家乡应山县寄 15 元。"

"你妹夫要供奉双亲?"

"不,妹夫的双亲早亡。"

"那寄钱给谁呢?"

"寄给妹夫服役时的战友罗元凯的家。"

"姓罗的收入低?"

"他在中越边界自卫反击战中牺牲了。"

"啊——当地政府应当照顾这位烈士之家呀!"

"照顾得不错。不过,烈士的父亲每月要寄 15 元给烈士生前的部队所在地襄阳。"

"寄给谁呢?"

"烈士先前曾救过一位盲老太婆,并坚持每月照顾老人 15 元。罗元凯同志牺牲后,烈士父亲按照儿子的心愿,继续照顾这位老人。"

"原来是这样。不过,你寄钱给你妹妹,妹夫寄钱给应山,应山寄钱给襄阳,这……未免太复杂了。"

"难道有什么简单的办法吗?"

"你若直接寄钱给襄阳，不就省去几道关节和邮费了吗？"

"这个……可是，生活并不是数学，人的感情更不是数学呀！"

（选自《南苑》1983 年第 3 期）

第十章　高潮要高

　　小型戏剧是高潮的艺术，有人把小型戏剧比喻成"赌徒的摊牌，垂危者的获救，球赛最后一分钟的平局，难产中婴儿的呱呱坠地，证据齐全后的突然逮捕"，[①] 这是有道理的。

一、高潮说

　　什么是高潮？《辞海》的解释是：高潮指"叙事性文学作品中主要矛盾冲突发展到最尖锐、最紧张的阶段，是决定矛盾冲突双方命运和发展前景的关键的一环，为情节结构的组成部分之一。在高潮中，主要人物的性格，作品的主题思想都获得最集中、最充分的表现，在戏剧作品中，高潮亦称'顶点'，通常出现在全剧的后半部"。[②]

　　高潮在小型戏剧中更是占有十分重要的位置，它是结构的核心部分，一出小型戏剧所以成立，完全是因为有了这样一个精彩的段落。高潮的重要性还可以从许多名家的论述中得到验证。

　　美国的劳逊曾经说过："高潮是考验结构中每一个元素的效用的试金石。"他还认为，"高潮不是最喧闹的一刻，但它是最富有意义的一刻，所以也是最紧张的一刻"。"戏剧的高潮，即全剧最紧张的一点，最完整地表现了剧作家心目中的现实发展规律。高潮通过一次平衡状态的变化——它创造出力量间的新的平衡——而解决了冲突。促进事件变得

---

①　胡可：《习剧笔记》，解放军文艺社 1962 年版，第 56 页。
②　《辞海·文学分册》，上海辞书出版社 1979 年版，第 13 页。

不可避免的必然性正是剧作家所认识的必然性，它表达了动作的社会意义"。①

贝克则认为："高潮不论用动作、对话、手势或思想（直接表达或暗示）表现出来，它总是在观众中产生一场、一幕或全剧的最强烈的感情。"② 英国的韦尔特指出："高潮是给观众造成最大的印象，也是得到观众最富于感情反映的时刻。这是感情最强烈的时刻。"③

中国的李健吾强调：高潮"是主要人物应付事变的内心活动的外观，即行动的决定性关节，这个决定性的转换关头，即戏剧的高潮。一般讲，高潮就是主要人物的全部活动的成败关键。"④

总之，高潮是全剧的必需场面，是主题思想最突出最鲜明的地方，是人物性格揭示最深刻的地方，是戏剧情节发生突变的地方，是全剧最紧张的转机所在。高潮写不好，全剧就失败了。所以劳逊才主张要"从高潮看统一性"。也正因为高潮重要，几乎古今中外所有剧作家都非常重视高潮的体现。不少有经验的剧作家在构思一部剧作时，往往从设置高潮着手，甚至先写高潮戏，如包哥廷的《带枪的人》，就是先写了雪特林见列宁的高潮戏，然后再写雪特林是怎样来到斯莫尔尼宫的。即便不是这样，至少有一条原则，那就是找不到高潮，决不轻易动笔。正如小仲马所说："除非你已经完全想妥了最后一场的动作和对话，否则不应动笔。"E·李果夫也给予同样的忠告："你问我，怎样写戏，回答是从结尾开始。"韦尔特也说："在结尾处开始，再回溯到开场处，然后再动笔。"易卜生在《玩偶之家》上演 12 年后，自己承认道："我几乎可以说我是为了最后一场戏而写这个剧本的。"这里说的结尾和最后一场戏，实际上就是指戏的高潮。

事实也正是这样，一个剧作家只有找到了独特的富有魅力的高潮，这个剧本才能获得成功。比如，宋光祖教授在《戏曲写作教程》一书

---

① ［美］约翰·霍华德·劳逊著，邵牧君、齐宙译：《戏剧与电影的剧作理论与技巧》，中国电影出版社 1978 年版，第 226 页。
② ［美］乔治·贝克著，余上沅译：《戏剧技巧》，中国戏剧出版社 1985 年版，第 226 页。
③ 顾仲彝：《编剧理论与技巧》，中国戏剧出版社 1981 年版，第 225 页。
④ 李健吾：《高潮》，《人民戏剧》，1978 年第 5 期。

中就举过这么一例子。有个剧作家打算写评剧皇后白玉霜的经历，作者深入研究素材，发现白玉霜一生在唱戏与做人的矛盾之中，两者不能兼得，她获得了"评剧皇后"的桂冠，却丧失了一个女人应得的个人生活幸福，所以"认认真真唱戏，清清白白做人"在她所处的社会里是办不到的。作者有了中心人物，有了立意，一时却找不到高潮，因而难以动笔。后来他偶然获悉白玉霜病危之际曾提出要与同居的情人正式订婚，作者体会到此事最强烈地表明"评剧皇后"至死摆脱不了唱戏与做人不可兼得的悲剧命运。这正是自己梦寐以求的高潮素材，心灵震颤了，最后一场就此在作者脑海中浮现出来：白色的墙壁，白色的床单，素色的衣服，衬着白玉霜苍白的病容。随着主人公喊出一声"我要结婚"，舞台场景转换，白玉霜改穿了大红嫁衣，天幕映出大红"喜"字和大红窗花，婚礼鼓乐齐鸣，但新人倒于脚下，红色"喜"字变成黑色"奠"字，洞房变成灵堂，高潮既成，继续构思则就势如破竹，八场戏一挥而就。

二、名剧高潮范式

优秀戏剧作品的高潮都是值得借鉴的。名剧之所以成为名剧，一个极为重要的原因是，戏中的高潮非同一般。然而，每个戏的高潮呈现方式又是各式各样的，概括起来，主要有以下几种范式：

1. **性格使然型**

举个大家熟知的例子，小型戏剧《妇女代表》，写妇女代表张桂蓉因为参加社会工作，遭到丈夫粗暴阻止、婆婆竭力反对以及牛大婶的恶意中伤。在前半场戏里，张桂蓉一直对婆婆和丈夫采取忍让的态度，但到后来，张桂蓉要出去办公事，王江气势汹汹地命令她在家待着，不准她出门一步，张桂蓉毫不理睬，围好头巾，对婆婆很有礼貌地说她要去给牛大婶办手续去，说完即往外走，王江见自己的话不起作用，一把把张桂蓉抓了回来，推倒在炕上，张桂蓉忍无可忍，于是挺身而起，开始了反攻，她警告王江："你耽误人家正经事，我可不答应你！"她质问王江:"这是公家的事,凭什么这样限制我?"她反对婆母的歪理,之后毅然向外走去。

这时王江举鞭动武,但张桂蓉却毫无惧色,当婆婆叫她躲开时,她不但不躲,相反却立直了身子,指责王江:"他打吧,今天他就是刀按在脖子上,我也不能服他!"王江的鞭子打来,她闪过后,将鞭拿下,撅成两段,甩到炕上。当王江再一次举鞭动武时,张桂蓉撕破窗纸叫邻居们来制裁王江的野蛮举动。

此后,斗争暂时缓和下来,王老太太想用"逆来顺受"的旧道理说服张桂蓉,然而张桂蓉不但没听,却用新道理开导起婆婆来,于是王江想用最后一着——"驱逐"来制服张桂蓉,引发真正的高潮。剧本是这样写的:

〔王江急由里屋奔出。

王　　江　你给我滚出去,我家不搁你,(逼近蓉)你给我滚,家搁不了你啦!

王老太太　(扯王江)这是干什么?!

王　　江　我管不了她啦!我不能白养活她!

张桂蓉　你睁开眼睛看看!哪一个用你养活来的?

王　　江　你给我滚!你不滚,我给你拉出去。(扯起被往外屋扔,王老太太夺回)

王老太太　你这是要命尽咋的,没日子闹啦?

王　　江　你给我滚!你就这一个样,想在我家待一会也不行!

张桂蓉　(忍耐不住,毅然地)好,这是你逼的我,我不能赖在你家,你别后悔就行!

〔桂蓉急跳上炕,掀开柜,从扁匣中取出地照。

王　　江　(有些慌了)你,你敢拿我的地照?

张桂蓉　两张地照有我一张,三间房子有我一头,这是共产党和人民政府分给我的,我的地照我拿走,房子不住我拆了它!

〔王老太太张皇失措地上炕夺地照。

王老太太　哎呀媳妇呀!你可不能这样做呀,大你不看他你还得看

188

<table>
<tr><td></td><td>我呀，你不能走呀！（夺下地照塞进匣里，放柜中压上柜盖）</td></tr>
<tr><td>张 桂 蓉</td><td>我有两只手，怎么那么没有志气，赖在这儿！</td></tr>
<tr><td>王老太太</td><td>这是话赶话呀！</td></tr>
<tr><td>张 桂 蓉</td><td>他这样待我，我待不下！（向王江）我是你的老婆，不假，可是我是人，我是国家的人！不是你养活的牲口！你别忘了，拿妇女不当人的世道再也没有啦！（转身扯起炕上的被）</td></tr>
<tr><td>王老太太</td><td>你拿被做什么？</td></tr>
<tr><td>张 桂 蓉</td><td>我把孩子包上抱走！（纵身跳下炕来，急进里屋）</td></tr>
</table>

从上面这些简要的叙述中，我们可以看到，这个戏的高潮场面的形成是张桂蓉人物性格发展的必然结果。

2. 环境使然型

20 世纪 50 年代还有一个优秀的小型戏剧《赵小兰》，这个戏的高潮设置就是环境使然型。

该剧写 19 岁的妇女生产小组长赵小兰与 22 岁的生产小组长周永刚相恋。但是赵小兰的父亲老赵头嫌周永刚家贫穷筹办不起彩礼而极力反对。

老赵头已经一手包办了赵小兰姐姐赵秀兰的婚事，索要了对方大量的彩礼，害得赵秀兰遭受了好几年的痛苦，经常被夫家殴打虐待。还要把赵小兰也送入火坑，他与媒婆老刘婆擅自为赵小兰谈定了魏家儿子做赵小兰的夫婿，并且接受了魏家的彩礼。赵小兰不从，但是父亲声色俱厉地逼迫着。母亲虽然同情闺女，但她胆小软弱，惧怕老赵头，又迷信天命，也劝赵小兰不要顶撞父亲。赵小兰急中生智，假意屈从，然后在床铺上做了伪装，让家人以为她是在睡觉，自己则跑出去找政府、找领导。

魏家的人来了，等到发觉赵小兰已经出逃，家人与来宾一阵慌乱。老赵头以为闺女就是自己的财产，他要去找村主席，要控告周永刚拐骗她的闺女。村主席和老赵头的好友老李头一听说此事马上就赶来了，剧本从这里开始向高潮发展，请看：

村主席　可是，小兰和永刚我已经写介绍信到区上去了，根据男女双方自愿就结婚登记。

赵、魏　结婚登记？

村主席　对了，登记完了就结婚，只要双方自愿就行，别人谁也管不了。

　　　　　［老赵头和魏大姐现出不安。

老赵太太　早我就说过话，大姑娘的亲事就够伤心啦，如今年轻人自找对象，小兰往后就让她自己找吧，你就爱听那些闲话，这会我看你怎么办，

　　　　　［老刘婆见势不妙，想溜走；到门口，突然闯进来前屯的老吴，吓得她又退回了。

老　吴　（气喘地）老魏大姐……家……家里出事啦。

众　人　（惊讶地）什么事？

　　　　　［老吴过去对魏大姐耳语。

魏大姐　（皱起眉头）真糟，真糟，这是咋的啦，都反了，都反了。

老李头　什么事，说出来大家参考参考。

魏大姐　老吴你说吧！

老　吴　你说吧，我不说。

魏大姐　有啥，你就说吧！

众　人　咳咳，你这个顾虑劲儿，说吧！

老　吴　这话难出口，（摇头）难出口……好，我就说吧！反正事情已经到了这个地步，今天不是过小礼吗？魏静文去县里开了好些天会没回来，他妈打发人给他捎信去了。他一听信马上就回来啦，到家就炸了，说什么也不干，非叫把亲事退了不可。他说他已经早有了对象，用不着花一个子儿，叫我来送这个信，把婚退了。

魏大姐　退婚，我妈就答应他啦？

老　吴　你妈不答应能行吗？

　　　　〔老刘婆正要溜，外面进来小兰的姐姐秀兰。

赵秀兰　（高兴地）妈，我回来了。

老赵太太　秀兰，你今天咋这么高兴啊？

老赵头　（有了支持地）秀兰也是我给订的亲，你们看她不挺高
　　　　兴吗？

赵秀兰　爹，我离婚啦，我咋不高兴！

老赵头　啊！你打霸刀啦！（气得身子发抖）你们反了？你……
　　　　你……给我滚！！你们都反啦！

村主席　（对老赵头）对了，她们都反了。她们反的是封建婚姻，
　　　　一辈子的终身大事，为啥不反？她们做得对，做得痛快。
　　　　秀兰，你就当你爹讲讲，为什么离婚。

　　开始，赵秀兰还担心有着从一而终封建思想的老赵头不肯收留自
己，这回母亲也不再惧怕老赵头的淫威了，她挺直了腰杆子做主收留了
离婚回娘家的闺女，并且还谴责了老赵头包办闺女的婚姻造下的罪孽。
老赵头与魏家至此也只好作罢，同意退亲。大媒人老刘婆则乘人不注意
灰溜溜地溜走了。

　　封建主义的婚姻实质上是把女性作为一种特殊的商品来作价出售的
一种买卖婚姻，这种传统的婚姻文化虽然极端地庸俗卑鄙，然而它又是
以一种高尚的形态出现的，"父母之命，媒妁之言"似乎是天经地义的
事情，老赵头并不觉得卖闺女为可耻，而儿女们建立在真正的感情基础
上的自由恋爱则令他感到"丢人"。从剧中老赵头的身上，我们能够看
到传统的婚姻文化的"高贵性"与庸俗性的精致的结合。而新的社会制
度提供了摧毁这一封建婚姻观念的大环境，从而最后的结局便是这种大
环境的产物。

　　戏剧小品《警察与小偷》是我最喜爱的作品之一。这个短剧的高潮
实际上也是环境使然型。

　　剧本的情节是这样的：一小偷去撬保险柜，另一小偷小二乔装警察
负责望风。在望风时一巡警问其借火。惊吓过度的小二在巡警面前露出

了小偷习惯性的胆怯；而巡警对同僚小二的怪异举止感到不解，在获知对方有特殊任务的情况下，不再盘问。巡警正欲离去，小二一言疏忽挽留住了巡警，巡警打算在深夜与自己的同僚聊聊。此时，有人问路，小二不予理睬，巡警热心指路。闲聊的过程中，小二始终跳不出贼的角色，演绎不了真警察的举止，闹出了不少笑话。这使工作了三十年的巡警大为不满。在巡警的指导下，小二慢慢进入了警察的这一角色。之后，巡警被小二误伤，不得已走开了。而此时的小二已经忘记自己是个望风的贼（环境的力量），俨然是把自己当作真正的警察了。期间有两个细节，一是小二搀扶盲女过马路；二是向路人询问是否需要帮助……通过这两件事，使他第一次尝到一个正常的有道德的人所拥有的尊严与被人尊敬的滋味。接下来。当撬完保险柜的同伙前来呼唤小二跑路时，"正义"的小二将同伙制服。巡警前来询问，小二报告说有两个小偷在作案，已经抓住一个。当巡警问及另一个时，小二顿时意识到是自己。刹那间，小二万分沮丧，不敢相信自己是小偷。巡警命令小二将钱包交出，小二愣了一下，交出了从巡警身上偷来的钱包，原来偷窃已经成小二的习惯了。随后，巡警将两小偷带走……

　　这个小品生动地提示了环境对人的思想、性格、行为有极大的影响力，是极有深意的。

3. 意外事件型

　　英国的小型戏剧《石祠堂》，写母亲省吃俭用攒钱为光荣死去的儿子盖祠堂，钱凑得差不多了，一件意外事件发生了——"死去"的儿子突然回来了，戏也进入高潮：

福　玛　你是怎样省俭的呀，普拉斯柯维亚，就为了要在墓地里盖一所小祠堂。

普拉斯柯维亚　还有什么更好的东西值得花钱呢？

福　玛　你这么喜欢你的小祠堂，如果到头来你的儿子并没有死，而是还活着的话，我相信你反倒会觉得难过的。

普拉斯柯维亚　你为什么要说这种话呢？你知道我会高兴的啊！如

果我能再看到他跟他过去一样，把他抱在我的怀里，那有多好！

福　玛　但是他现在跟从前不一样了。

普拉斯柯维亚　要是他变了，那他就不是我的儿子。

福　玛　要是这些年来他只是一个无赖，过着堕落的生活，那怎么办呢？

普拉斯柯维亚　谁在这儿吃东西来着？谁在这儿喝酒来着？发生了什么事情？告诉我怎么回事！

阿斯代里　你的儿子没有死。

普拉斯柯维亚　没有死？为什么你这样愁眉苦脸地讲这些话？不，这不是真的。我不相信。你这么愁眉苦脸地告诉我这个消息，我怎么会快活呢？要是他活着，那么他在哪儿？让我看看他。

阿斯代里　他就在这儿。

　　　　〔沙夏走出。

普拉斯柯维亚　不，不，跟我说这不是他……我的儿子这些年来我是这样地爱他，我的儿子躺在墓地里呢。（向沙夏）别对我这样残酷。说你不是我的儿子，你不可能是我的儿子。

沙　夏　你知道我是你的儿子。

普拉斯柯维亚　我的儿子已经死了，他是给人家谋杀的。我把他的尸首埋在特罗伊茨基公墓里了。

沙　夏　可是你瞧，我并没有被谋杀。摸摸我，摸摸看。我是活着。我跟阿达麦克打起来，不是阿达麦克杀死我，而是……

普拉斯柯维亚　不，不，我不要再听下去了。你是来折磨我的。说吧，你要我怎么样，随便怎么都行，我都答应，只是让我安静吧！

沙　夏　我要吃的和穿的，我要有个地方住，我还一定要钱。

普拉斯柯维亚　如果我给你钱，你就走吗？哎？说你要走，走到老远，老远，永远不要再回来跟我说谎……但是我没有钱好给，我是个穷婆子。

沙　夏　喂，这些都是什么？

普拉斯柯维亚　不，不，我需要它，这个我不能给。这是我饿着肚子攒起来的。两个卢布，五个卢布，我甚至可以给你十个卢布，只要你走得远远的。

福　玛　在他走以前，我们还得去买通一个农民，借一张护照给他。

普拉斯柯维亚　那么他没有护照吗？

福　玛　没有。

斯比里敦　和平降临本屋！愿圣徒照看你们所有的人！阿斯代里·伊凡诺维奇，大概告诉过你我的意思了。

普拉斯柯维亚　是的，我听说了，斯比里敦。

福　玛　再见，斯比里敦，这里没有你的活了。一切都过去了。

普拉斯柯维亚　为什么你说一切都过去了呢？

福　玛　没有什么祠堂可盖了。

普拉斯柯维亚　没有祠堂？你怎么敢这样说？他在笑话我们，斯比里敦。我们一起设计的祠堂，中间一张桌子，还有两把椅子……别听他，斯比里敦。我终于攒够了钱，让我们一起来数吧。

沙　夏　把我的那份给我，母亲！

普拉斯柯维亚　我没有钱给你。

沙　夏　（向前）我一定得要钱。

普拉斯柯维亚　不准你碰它。

沙　夏　我不走，除非你给我钱。

普拉斯柯维亚　这不是我的钱。我把它全都答应给斯比里敦了。帮帮我的忙，阿斯代里·伊凡诺维奇，他要把我逼疯了。哦，我该怎么办呢？我该怎么办呢？难道没有办法吗，伐尔伐拉？（外面传来鼓声。向沙夏）滚！滚！快滚！要不，对你不客气了。

沙　夏　我不愿意走去挨饿，你却有这么许多钱。

普拉斯柯维亚　啊！既然你要这样。……这是你要的，怨不得我！
　　　　　　（跑出门口，叫喊）巡逻兵！巡逻兵！

福　玛　别让她叫。

伐尔伐拉　哦，主呀。

普拉斯柯维亚　救命，救命！来人啦！

福　玛　你干什么呀？你干什么呀？
　　　　　［班长和士兵上。

普拉斯柯维亚　这个人是个小偷和杀人犯。他是从西伯利亚逃回来
　　　　　　的重犯。他没有护照。

班　长　是真的吗？你的护照呢？

沙　夏　我没有护照。

班　长　我们正是要搜索像你这样的人。来吧！

沙　夏　这个女人是我的母亲。

班　长　这是她的事情。你没有护照，对我来说，这就够了。你马
　　　　上就跟其他的一些人一起朝往北的路上回去。

沙　夏　女人！女人！可怜你的儿子吧！

班　长　来吧，小伙子，让这个老婆婆安静点。
　　　　　［沙夏被押出。

普拉斯柯维亚　主呀，帮助我吧！
　　　　　　　［普拉斯柯维亚向圣像跟跄走去，在圣像面前倒下。

福　玛　（望着沙夏的背影）可怜的家伙！

阿斯代里　跟一个理想比起来，一个人算得什么？
　　　　　　［普拉斯柯维亚滚了一下，死了。

　　母亲心目中儿子的美好形象倒塌了，她无法承担这种打击，把儿子
送上了死路，自己也伤心死去。这个戏的高潮很震撼，其构成的因素便
是一件意外事件的导入。

　　当然，上面说的都是话剧的例子，但在一些优秀的小型戏曲剧本
中，高潮的设置也是十分精彩的，如《打铜锣》、《新嫂嫂》、《包公赔

编剧理论与技法

第十章　高潮要高

195

情》、《赶不走的媳妇》等。

有一种说法，认为戏曲剧作不一定强调高潮的重要性，理由是一些传统戏曲很难判断高潮的部位在哪里。其实这是一种误解。如果我们承认戏曲与话剧一样，同样是冲突的艺术，那么冲突必然会有最后的决战，而这最后的决战（不管是战胜对手，还是战胜自己）都应视为高潮。顾仲彝先生还将高潮分为逻辑高潮与情感高潮两种。他认为："逻辑高潮是全剧情节的转折点（或称危机，亦即必需场面），犹如两军交战经过一系列的战役，经过旗鼓相当的相持阶段，最后决战，成败定局，这最后决战就是转折点；或两军交战，先甲胜乙负，但到转折上，局势变化，乙胜而甲负。这转变局势的战役就是转机或高潮。逻辑高潮与情感高潮一般合而为一，但有时剧情发展，斗争局势已到了转折点，可是情感上还没有达到最高点，因为在逻辑高潮之后，又出现另一个情感高潮（亦即必需场面之后的高潮）。"[①] 这一论述对于我们正确认识高潮的作用无疑是有帮助的。

三、小型戏剧高潮设置中的常见病

在小型戏剧创作实践中，一些作者常常不注意精心设置高潮。常见的毛病主要有以下几种：

1. 无高潮

比如有个小型戏剧，写一个小青年与女朋友约会。第一次，公园里正搞社会福利募捐，那青年慷慨解囊，女朋友见之，怨其出手大方，不懂生活，因而拂袖而去；第二次，有个农村老太钱包被窃，求助于小青年，小青年在女友面前一毛不拔，结果引起女友厌恶，不辞而别；第三次，一乞丐闯入约会区，问小青年要钱，小青年给也不是，不给也不是，犹豫了半天，掏出二元钱，结果，那女友感到此君窝囊，不成气候，遂又不欢而散，戏也到此结束了。这个戏好比拉洋片，三个片段平

---

① 顾仲彝：《编剧理论与技巧》，中国戏剧出版社 1981 年版，第 229 页。

均用力，使人感到去掉一个也无妨，再增加几个片段也可以，难怪看了以后被人议论："这个戏总觉得缺点什么。"依我看来，缺的就是戏的高潮。

2. 高潮出现太早

比如有个小型戏剧，写一个县长主动要求下放劳动，回到家里，妻子拼命反对，说是如果不明不白回乡，被人误以为削职为民，劳动改造。于是戏开始不到五分钟，就搬出"一哭二骂三上吊"的农村妇女撒泼方法，冲突到了高潮，而以后大量的戏则花在解释、说理、劝慰上，其实这时候早就没有戏了，演员在台上有滋有味地唱，观众则已厌烦。

3. 高潮不高

这是最常见的一种毛病。即使一些有经验的剧作家有时候也会在这方面出差错。比如有个小型戏剧，写一对老夫妻，养兔发了财，丈夫为了帮助贫困的张寡妇搞家庭副业，偷偷送去一对良种兔，被妻子发现，于是夫妻俩唇枪舌战、你来我往，表面上吵得很凶，其实是情节在打滑，没有上升动作，因而使人感到高潮不高，影响了戏的艺术感染力。

4. 高潮人为

有不少戏，作者为了"催人泪下，发人深思"，常常人为地制造高潮，最明显的戏剧行为就是在戏的后半部让剧中人自我批评下跪，然后再配上雷鸣电闪，紧锣密鼓，企图挟持观众奔上戏剧高潮，最后的结果十有八九失败的。

"下跪"动作，传统戏中屡见不鲜，但真正用得好的也不多，王宝钏寒窑别母算是用得好的。在现代小型戏剧创作中，"下跪"尤其要慎用，一则用多了会给以陈旧感，因为现代人在生活中很少给人"下跪"；另则，"下跪"动作非常强烈，用得不好，会起相反效果。这个道理不难懂，但在实际操作过程中则经常会出现尴尬。

多年以前上海举行戏剧创作会演，一下子有五个小型戏剧曲都有下跪动作。如表现兄妹相认故事的《潮生认妹》，在戏的后半部，妹妹从屋里冲出，跪在潮生面前，请求哥哥原谅；反映青年人道德观念的《第九个姑娘》中，女儿认妈时，母亲从沙发前跪下抱住女儿；讴歌当代农村妇女美好心灵的《赶不走的媳妇》中小妹双膝跪地送大姐；描绘婆媳关系的《一枝红梅》中婆婆误会了未过门的媳妇，媳妇满腹委屈，扑跪在婆婆膝边；鞭挞当代陈世美的《要不要原谅他》中丈夫在门外向妻子忏悔后缓缓跪地，等等。这些戏中的"下跪"动作，有的虽然表面上将戏剧冲突引向了高潮，但由于有人为的因素，看了使人觉得不舒服。

比如《潮生认妹》中妹妹给哥哥下跪，就不符合人物关系，更不符合此时此刻的规定情景。在戏的前半部，潮生为了寻妹，对菱妹有大段询问，并作出了硬拉她右手翻看掌心的冒昧行动，这很自然地激起姑娘的反感与恼怒，将潮生逐出门去。妹妹的激烈行为并无半点不是。真相大白后，菱妹一时感情扭不过来，不愿认兄，这同样无可指责。大概是为了把戏的高潮推上去，才作出下跪处理，而实际的效果正好相反，高潮上不去，观众情绪跟不上，戏受到了影响。

又如《赶不走的媳妇》，是个比较成功的现代小戏，但小妹跪地送姐姐的处理却不利于小妹形象的塑造。小妹是个尊老爱夫、心地善良、道德高尚的女子，贯穿在她行动中的性格核心，正是她"严寒过后总是春"的坚定信念。她坚强有为，果断自立，外柔内刚，这样一个人物，在大姐不能理解自己愤然要走的当口，嘴里说出"我跪在地上送姐姐"，身子直挺挺地双膝跪在姐姐背后，是不太可能的，不太可信的。

检验下跪动作运用得当与否，关键是看这一行动是否成为人物性格发展的必然结果，这方面，吉剧小戏《包公赔情》是做得比较好的。此剧写包公不徇私情，铡了贪赃枉法的侄儿包勉，回府向嫂嫂赔情，嫂嫂王凤英悲痛难忍，初责包拯不念哺育之恩，后叹自己命苦，但终为包拯爱国爱民的一片赤心所动，不计私愤，送包拯赴陈州放粮。剧本的后半部分有一段戏是这样写的。

包　拯　（唱）　嫂嫂难消杀子恨，
　　　　　　　　要责倒有剑一根，
　　　　　　　　包拯性命何足论，

惜的是陈州百万民，

　　　　　千家万户炊烟尽，

　　　　　妻离子散痛断魂。

　　　　　嫂嫂若有爱民意，

　　　　　你等我放粮归来死也甘心。

　　　（双手擎剑，跪倒在王凤英面前）

王凤英　（大惊退至椅后，唱）

　　　　　　　眼前跪定小包拯，

　　　〔幕后伴唱：哪！——

王凤英　（唱）却好似陈州——

　　　〔幕后伴唱：好似陈州百万民哪！

王凤英　（唱）　千言万语难入耳，

　　　　　　他为民一跪动我心。

　　　　　　他为那百姓饥寒肝肠碎，

　　　　　　我怎该为一孽子泪沾襟。

　　　　　　擦干眼泪挽三弟——

　　　（擦干泪痕，跪在包拯身旁，激动地）三——弟！

包　拯　（出乎意外地）嫂嫂你？

王凤英　（发自肺腑地）嫂嫂并非跪的是你，我跪的是三弟你那为
　　　　国为民的一片忠心！

包　拯　（眼泪如闸水涌出）谢—嫂—嫂！

　　　〔王凤英挽包拯站起。

包　拯　（接唱）多谢嫂嫂不责之恩。

　　　这个剧本中的包拯之跪与王凤英之跪，应该说是水到渠成、瓜熟蒂
落，观众不会感到突兀。理由是，第一，王凤英深知包拯是个刚烈的汉
子，他嫉恶如仇，爱憎分别，他为了伸张正义，能太岁头上动刀，能大
义灭亲。今日为了赴陈州放粮，解救饥民，包拯跪地赔情，这一行为是
真实的。第二，包拯之跪换来了王凤英之跪，表面看来似乎有点人为，
其实也是人物性格发展的必然。王凤英毕竟深明大义，包拯之跪唤醒了

她的良知，况且如她所说，她跪的是包拯为国为民的一片忠心。第三，更重要的是，这里不是为跪而跪，而是写了人物关系、人物思想情感的变化。因为跪以后的动作是王凤英挽包拯站起，送他上阵，这就使下跪动作产生了新的涵义。

在高潮设置上，还有一些比较明显的人为处理如动不动就"离婚"、"分家"、"一记耳光"等，这些表面化的动作，只能在高潮的设置上起到帮倒忙的作用。

四、如何设置高潮

高潮要高，关键是构思要到位，也就是说，你拥有的艺术构思中必须有高潮的场面。这句话看起来似乎是多余的，其实不然。一些作者常常有感于生活中的某人某事，有了创作冲动，但却在没有设置好高潮的情况下匆匆下笔，结果，要末这个剧作中只有部分场面是精彩的（但由于没有强有力的高潮场面作依仗，那些精彩的片断便只能看作是一些有价值的素材）；要末什么也没留下，如同一个蹩脚的木匠在小作坊里挥汗如雨，挥刀运斧，终因没有规范和蓝图而只能堆积起一些用来作柴火的散件。这是一。

第二，高潮的设置还有一个很重要的技术问题，那就是，高潮是戏，高潮前面也是戏，决不能对高潮前面的戏掉以轻心。诚如戏剧家亨脱所说："事实上，如果他（剧作者）真正懂得艺术的话，他的主要工作是把戏剧发展或运动分成层次，保持效果，应用一切阻碍和拖滞的方法，使高潮不至于很快的到达，因为从说明到高潮的一段简单故事，只需用几句话就讲清楚了。"[①] 他又说："让动作向前进，而又把它拉回来，用脚蹬踢马腹要马向前跑，但又勒住缰绳，使它保持自然的步法——这就是剧作法中最重要的方法，也就是刺激戏剧艺术家发挥出他的最高的努力。"劳逊则把戏的进展分为八个部分：1 2 3 4 5 6 Ⅶ Ⅷ，1 是说明；2，3，4，5，6 是戏的进展；Ⅶ是必需场面；Ⅷ是高潮。他说

---

① 顾仲彝：《编剧理论与技巧》，中国戏剧出版社 1981 年版，第 225 页。

的必需场面是高潮前的准备，其实是很重要的。①

　　拙作《莎莎之歌》写一家知名民营企业在接待美国一家大型采购中心时发生了一件事：由于设备故障，五万双精品袜子全成了次品。对这批次品如何处理，外甥（总经理）与舅舅发生了一场尖锐的冲突，请看剧本：

叶　莎　这5万双袜子一双也不能流出去，全部烧掉！

张辛勤　（大惊失色）什么？烧掉！你疯了，这批袜子用的是最好的日本进口原料，价值达100多万人民币哪！

叶　莎　哪怕是100万美元，也要烧掉！

张辛勤　这是为什么？

叶　莎　为了让我们全公司的员工都记住这一个血的教训！为了让意大利那家公司真正从心底里尊重"莎莎"这一品牌！为了让"莎莎"袜业有一天能登上"世界袜王"的宝座！同时也为了让"沃尔金"这样的跨国大公司成为我们永久的合作伙伴！

张辛勤　你是说，沃尔金公司……

叶　莎　给你！（递上一盒火柴）

张辛勤　什么？

叶　莎　火柴！我希望看到你亲手把这批袜子烧掉！

张辛勤　是不是可以折价给批发商？

叶　莎　不可以！

张辛勤　那，能不能作为福利品分发给每个员工？

叶　莎　不可能？

张辛勤　要不，捐给贫困山区也比烧掉好啊！

叶　莎　我一向反对把处理产品捐给贫困地区的做法，要捐就要捐最好的！不要犹豫了，为了"莎莎"的尊严，我们别无选择！

---

① 顾仲彝：《编剧理论与技巧》，中国戏剧出版社1981年版，第221页。

张辛勤　（勉强地）那好吧！我去！（欲行又止，转过身来）……

叶　莎　（坚定而严肃地）张副总经理！

　　　　［张辛勤欲言又止，脸上带着苦涩和落寞，仿佛一下子苍
　　　　老了许多，转身离去。

　　　　［袜子模特表演队上，她们在用肢体语言与叶莎交流。

叶　莎　（唱）　眼望着亲娘舅苍老背影，

　　　　　　　　叶莎我禁不住热泪滚滚。

　　　　　　　　难为他为企业呕心沥血，

　　　　　　　　一步步到今天尝胆卧薪。

　　　　　　　　怎奈是旧观念包袱太重，

　　　　　　　　小作坊土办法难以奋进。

　　　　　　　　好言劝耐心帮不见成效，

　　　　　　　　重锤敲细鞭抽怕伤感情。

　　　　　　　　今日里实在是忍无可忍，

　　　　　　　　不得已下重药翻脸无情。

　　　　　　　　但愿他从此后脱胎换骨，

　　　　　　　　创大业扬品牌合力同心。

　　　　［林秘书上。

林秘书　叶总，张总说，广场上的一切都已准备就绪，就等你一声
　　　　令下，他就马上点火！

叶　莎　通知张总，马上点火！

林秘书　是！（取出对讲器）张总，叶总有令，马上点火！

　　　　［对讲器中传来张辛勤声："知道了，马上点火！"

　　　　［激越的鼓声骤起。

　　　　［叶莎大步朝前，情绪激动地面向远方。袜子模特表演队
　　　　跳起激情洋溢的舞蹈。

　　亲眼目睹了张副总经理亲手将那批袜子点火烧掉这一场面的美国
商人罗伯特十分钦佩。他由衷地对叶莎说："你让我们明白了对'莎
莎'这样一个现代化的企业，我们首先应该学会的是尊重"！然后

他代表沃尔金公司签署了全部标有"莎莎"品牌（不是代加工）的总价值1200万美元订单。罗伯特兴冲冲走后，戏剧情节开始向高潮发展：

张辛勤 （兴奋地看协议书）嗨！这条大鱼总算钓到了！小莎，我承认，你比我有办法！要不是那把火，还有那个"处理产品警示室"，罗伯特先生也许是不会这么爽快地答应我们的条件的！

叶　莎 舅舅，刚才的事，我态度不好，对不起，请你原谅！

张辛勤 不要紧，娘舅外甥嘛，打断骨头连着筋，我不会往心里去的！小莎，我要告诉你一个秘密！

叶　莎 什么秘密？

张辛勤 那些袜子我没有全部烧掉！

叶　莎 （大惊）什么？

张辛勤 我只烧了几箱子，还不到一千双！其他的箱子里我都让人放了旧报纸，破回丝，还有边角料什么的！

叶　莎 啊！你为什么要这么做？

张辛勤 咦？烧袜子的目的不是为了广告效应吗？不是让罗伯特先生这样的人看的吗？我用这个办法既达到了目的，又保存了我们的财产，有什么不好？

叶　莎 （气极）你——（忍无可忍）真是小儿科！

张辛勤 怎么了？又没有人知道！

叶　莎 纸是包不住火的！如果有一天，天下人都知道了我们用这样的办法来欺骗客户，这"莎莎"的品牌就像是茅坑里的一块石头——一分不值！更可怕的是，你这种小生产的思路、小农经济的习惯改不掉，总有一天，会把"莎莎"送上绝路的！

张辛勤 你不要危言耸听！我也不是三岁的小孩子！实话告诉你，我走过的路比你走过的桥还多，我吃过的盐比你吃过的饭还多！"莎莎"就像我的孩子，我是看着她一天一天长大

	的，我知道我该这么做！
叶　莎	不！"莎莎"不仅仅是你的孩子，"莎莎"也是属于5千员工的，你没有权力这么做！
张辛勤	那你要我怎么做？
叶　莎	现在，你有两个方案可以选择，一个是，立即将剩下的袜子统统烧掉！
张辛勤	要是我不烧呢？
叶　莎	那就只有一个选择！
张辛勤	什么？
叶　莎	立即离开副总经理的岗位！
张辛勤	啊！你真要炒我的鱿鱼！
叶　莎	是你自己炒了自己的鱿鱼！
张辛勤	别忘了，这是我的公司！
叶　莎	你也别忘了，当初请我来，你与我订的约法三章：我有经营权、开发权和人事支配权！
张辛勤	你——
叶　莎	舅舅！
张辛勤	我不是你的舅舅！哼！（拂袖而去）
叶　莎	你要去哪里？
张辛勤	你别管我！（气咻咻下）
叶　莎	（追上几步）舅舅——
	［袜子模特表演队拥上来，团团围住叶莎。
叶　莎	（唱）　我是不是心太狠？
	［表演队唱：
	不是狠，
	是因为你对"莎莎"爱得深。
叶　莎	（唱）　我会不会太伤他的心？
	［表演队唱：
	受点伤，
	是为了让他更清醒。

叶　莎　（唱）　我算不算太过分？

　　　　[表演队唱：

　　　　　　　不过分，

　　　　　　　下猛药才能除掉老病根。

叶　莎　（唱）　我要不要改决定？

　　　　[表演队唱：

　　　　　　　不要改，

　　　　　　　认准了方向你就一直向前进！

叶　莎　（唱）　谢谢你们信任的目光，

　　　　　　　谢谢你们支持的声音。

　　　　　　　舅舅啊！

　　　　　　　为了"莎莎"的明天更美好，

　　　　　　　请原谅我六亲不认太任性；

　　　　　　　为了打造现代化的大企业，

　　　　　　　请支持我百折不挠向前行。

　　　　　　　相信你，总有一天会理解我苦心，

　　　　　　　让我们同心同德、同甘共苦、同舟共济，

　　　　　　　一起来振兴民族工业的精、气、神！

　　由此可见，高潮场面构思到位以后，还有一个技巧处理的问题，也就是剧作家必须运筹帷幄，学会控制、延宕，学会欲扬先抑，学会准备，以便在合适的时候造成高潮，水到渠成，达到顶点。

　　再举一个例子。曾经有个学生来找我谈构思，说要写一个县官，带了一帮人前呼后拥到寺庙去照镜子。那是一面魔镜，能照出一个人的前世、今生与来世。到了寺庙，县官先照前世，发现自己是由一头猪投胎而来，不由大惊；再照今生，居然是一只大老鼠，不免愤恨，又照后世，竟会变成一头驴，不禁大怒，一气之下将那魔镜砸了。

　　我肯定了这个构思有戏剧性，三个回合的容量也适合于一个小型戏曲。便腾出手来帮她清理人物，安排结构，设置高潮，而且前两项工作是为后一项工作服务的。

第一，增加了县官要照魔镜的动因。写他听说自己即将升迁，却迟迟没有佳音传来，因平时贪赃枉法、作恶多端，便心存异疑，抱着"预测前程"的想法来照魔镜。

第二，正因为县官做贼心虚，他来寺庙便不可能前呼后拥，只带了老婆与老婆的贴身丫环。人物一精简，戏也容易展开。

第三，正因为县官心虚，他照镜子的顺序也应作调整，先照前世，发现不祥之兆，便只敢照来世，又见异物，更不敢照今生了。后来在丫环的怂恿下才最后照了今生，露出贪官的真面目。

第四，重点刻画丫环机智聪慧、嫉恶如仇的性格。她巧妙地利用县官的心理特征来呼风唤雨，一步步把戏推上高潮。

调整后的戏情节顺序变为：（1）县官来照镜子，驱散人群。（2）县官照前世，竟是一头猪，与其希望自己是龙凤种之愿相去甚远，不免泄气，但丫环借题发挥，大赞特赞猪之福气、运气、瑞气。（3）县官照来世，见是一头驴，再也不敢照今世了。丫环又诉说驴之功之德之品。（4）县官决定斗胆照今生。高潮即将到来。为此我让作者安排了这样一个场面：丫环乘县官不注意，将魔镜旋转过来（另一面是平常的铜镜），县官到镜前，见自己官袍在身，方头大耳，一脸福相，不由大喜。丫环乘此怂恿县官让外面的老百姓前来观看老爷的尊容，以正视听。县官自然求之不得，忙唤人群入内。丫环又寻机将魔镜翻转过来。县官得意忘形地来到魔镜前，想不到出现在人群面前的是只偷油老鼠，气得直翻白眼，当场厥倒，百姓与丫环暗暗称快。

毫无疑问，这"最后一照"，便是戏的高潮，而丫环将魔镜转为平常铜镜这一笔，是高潮前的准备，是欲扬先抑，是使高潮更高的必要手段。

【思考与练习】

1. 试分析小型戏曲与小型话剧在高潮设置上的异同。

2. 请你按照"高潮要高"的要求，根据下面这一材料编写一个小型戏剧的剧本提纲，并将高潮部分形成文字。

梦呓

　　焦二爱说梦话。这毛病最先是他老婆发现的。焦二有个初恋情人，后来分了手。那女人嫁了个司机，没几年司机出了车祸，女人成了寡妇，带着一个男孩过日子，很可怜的。那女人又下了岗，只好在小巷口卖盒饭养家糊口。焦二怜悯她，就帮她推销盒饭，还帮她扛煤气罐修电灯掏下水道。焦二真的没怀非分之想，但瞒着老婆，怕她吃醋。哪知他在梦中把那点秘密全抖落了。幸亏焦二没做什么亏心事，不然老婆绝饶不了他。焦二有了梦呓的毛病，在老婆面前就成了透明人，这也好，逼得焦二生活很检点，不敢有好色心和桃花运。

　　后来，与焦二出差过的同事也发现他有梦呓的毛病。别人梦呓只说只言片语，语无伦次，东扯西拉，断断续续，虚虚实实，而他的梦呓清晰流畅，娓娓而谈，很有逻辑和感情色彩。焦二梦呓的内容大都是郁积在心的块垒，不便公开宣泄的牢骚，对什么事有什么看法，对谁谁有腹诽和意见，知道谁谁的隐私猫腻等等，无非都是白天不敢说、不愿说、不能说的话。而在梦里就会像放鞭炮一样，噼里啪啦说个痛快淋漓。更要命的是，焦二还能在梦中回答人家的问话，口无遮掩，心无设防，问什么说什么，有什么说什么，想什么说什么，宛若醉鬼被人套出许多真话。同事戏谑焦二：幸亏不是战争年代，要不，你被敌人逮住了，不用灌辣椒水坐老虎凳，在梦呓中你就当了叛徒汉奸！将来你要当了大官，可不能贪赃枉法哟，要不，不用审讯，梦呓就把你出卖了。

　　焦二开始不相信，就让老婆把自己的梦呓录下来，一听吓了一大跳，老天呀，这些话要是让别人听了，怎么得了！焦二跑了几家医院，医生都说失眠易治，梦呓难疗，再说梦呓不是病，用不上治呀！焦二有苦难言，梦呓虽然不是病，可比什么病都可怕呀！祸从口出，白天我能管住口，晚上我却管不住梦呀！焦二从此养成独睡习惯，在家与老婆分室睡觉，在外绝不与任何人同睡一房。一次，处长出门考察，要带焦二一起去。处里一位副处长病逝了，早有人觊觎这空位置，在紧锣密鼓地活动。焦二是科长，学历高，业务精，能力强，人正派，照说是挺合适的人选。但这年头懂行的不如懂拍的，能干的不如能送的，焦二没后台背景，又不拍马送礼，看来希望渺茫，他也没奢望。就在这关头，处长要带焦二一道出差，这无疑是一个可喜的信号。说不定处长对焦二有意向了，趁出差再考察考察他。处长若是鼎力推荐谁当副处长，那还不是十拿九稳的事。同事都看出了个中奥妙，嚷着要焦二请客。焦二欣喜若狂，忽然想起自己梦呓的毛病，不由得神情黯淡。唉，处长是个有名的抠门精，肯定不会答应两人分居，要是与处长睡在一起，让他听见自己的梦呓，那可怎么办？焦二心里对处长也有一些不满和反感呀！焦二犹豫不决：是不是装病推了这次出差？不行，这会引起处长误会不快，等于自己断送了被考察提拔的机会。焦二忽然想到：住店时我就扯打鼾很厉害，怕影响处长睡眠，要求跟他分居。

住店时，焦二对处长说：我爱打鼾，挺厉害的，您单独住吧！哪知处长诙谐地说：我打鼾也挺厉害的，刚才还担心你会受不了，让你单独睡呢！这下好了，两人都鼾，谁也不怕谁，公平！咱俩来个鼾声二重奏，有味！焦二暗自叫苦不迭，只好坦白：我还爱说梦话，怪吓人的！处长狡黠地一笑：好哇！只听同事说你爱说梦话，还没听过，这次让我领教领教。焦二灵机一动，计上心头……

处长考察回来，果然很快推荐焦二当上了副处长。焦二暗喜：多亏自己将计就计，装作梦呓说了处长许多好话，在处长套自己的梦呓时，也表演得相当成功。只是那几天苦了自己，不敢真的睡着了，瞌睡一来就使劲掐自己的脖子和人中，实在困得受不了，就偷偷用胶布粘上嘴巴，小睡一会儿……

（摘自《微型世界》）

第十一章　转变要顺

转变，也称解结。亚里士多德将悲剧分为"结"与"解"两个部分。他说："所谓'结'，指故事的开头到情势转入顺境（或逆境）之前的最后一景之间的部分。所谓'解'，指转变的开头到剧尾之间的部分。"①

一、转变的意义

转变，实际上是指解决矛盾，是剧本创作中至关紧要的一个环节。从某种意义上说，也是最难的一个环节。小仲马曾经说："任何人都能叙述一种戏剧情绪，但艺术却在于给它加工，使它能为人们所接受，把它安排得合情合理，尤其是在于'解扣'。"② 这实在是经验之谈。他的那部《茶花女》剧作所以能成为世界名剧，一个很重要的原因是，小仲马十分细致真实地展现了女主人公玛格丽特接受阿芒父亲的请求——与阿芒割爱这一痛苦转变的心理历程。

事实上，在转变这一环节中，即使是一些誉满剧坛的戏剧家也因为一时的粗疏而失去了冲上艺术峰巅的机会。亚却曾经指责过易卜生的《海上夫人》一剧，他认为："这个剧本……最主要是存在这样一个缺点：这个剧本的结局——艾梨达拒绝了陌生人，跟房格尔在一起——完

---

① ［古希腊］亚里士多德、［古罗马］贺拉斯著，罗念生、杨周翰译：《〈诗学〉〈诗艺〉》，人民文学出版社 1982 年版，第 60 页。
② ［英］威廉·亚却：《剧作法》，上海戏剧学院戏文系翻印，第 67 页。

全依赖房格尔的思想转变，关于他的这种思想转变，除了仅仅是他的直陈之外，我们没有得到任何证明。"[1] 也就是说人物的转变缺乏可信的依据，仅仅是空泛的宣言而已。人们指责英国老式喜剧的简陋也在于：严厉的父亲或者脾气暴躁的保护人过去在四幕半戏里阻拦恋人们，现在突然改变了主意，于是一切都变得很好了。高乃依曾经举例说，女儿的情人挽救父亲的生命，从而赢得了他的感激，这竟然被当作引起一个严肃的父亲转变的恰当的艺术手法！这些例子都从一个个侧面说明了矛盾转化、人物的意志转变、情感转变的艰巨性和复杂性。

要转变一个人的思想、情感、立场、方法绝对不是一件很容易的事。1983 年，日本有本畅销书叫《女儿回来了》，作者穗积隆信是一名演员，他以纪实的手法，真实地再现了作者夫妇在警视厅少年科心理专家竹江孝的指导下，挽救失足女儿的过程。穗积隆信的独生女儿名叫由香里，只有 13 岁，却逃学、酗酒、吸毒、出走，视父母为路人，视道德为儿戏。父母悲痛欲绝，悔恨交加，于是从溺爱变成严加管教，但是重惩换来的却是女儿的更加堕落。正在他们束手无策之际，得到了心理专家的指导和帮助。父母与女儿经过 200 天艰苦的奋斗，女儿终于开始走上了正路。如果把这个转变过程展现在舞台上，那要演多少个日日夜夜啊。

在生活中，我们常常遇到和听到一些矛盾十分尖锐的故事，由于找不到合适的解扣办法而不能入戏，只好作罢。

比如，有这样一个故事。某企业调资，一青年工人平时懒散，且惹是生非，自然轮不到他的份。调资名单一公布，那青工大怒，持一大号水果刀直冲经理室，要经理解释缘由。经理怕出人命，只得谎称抄名单的同志粗心把你漏了，答应立刻派人补上。那青工见目的已达到，便从口袋里拿出一只苹果，悠闲地削起来，经理如释重负。邪压倒了正，自然谈不上真正的转变。

又如，有一对小夫妻，曾经患难与共，相依为命。忽一日，男的当了大官，且又发了大财，便见异思迁，另有所爱，提出与女的离婚。女

---

① ［英］威廉·亚却《剧作法》，上海戏剧学院戏文系翻印，第 253 页。

的不从，男的又以巨额资金补偿为由与女的相商，女的仍然不允，且警告男的，倘再提离婚，她将告男的受贿之事实，男的只得作罢，夫妻名存实亡，各有所好，僵持不下。

再如，一村妇欲生第二胎，偷偷怀孕，竟逾七月，计划生育干部发现后，上门做工作，苦口婆心、软硬兼施，那村妇宁死不从。罚款认了，开除村民认了，最后只好让其生下孩子……

上述几个例子都是生活中发生的真实故事，倘能找到使对立面人物转化的办法，戏剧的雏型就凸显了。这也足以说明小仲马的那句话是有充分道理的。

在小型戏剧创作中，常见的毛病是，一些作者都能有声有色的展开戏剧矛盾，但矛盾发展到后来，总是虎头蛇尾，找不到合适的解决矛盾的方法，草草收场，不了了之，戏的质量也就可想而知了。

二、转变不力的症状

1. 矛盾上交

这种戏一般写方案之争、观点之争、思想之争，围绕一个工程、一个科技项目、一个干部人选、一种具体做法，双方展开冲突。难分难解之际，上级部门来人或来电或来文，支持正确的，否决不正确的，于是，泾渭分明，圆满结局。其实这是一种最无能的转变的方法，用这种方法来解决戏剧矛盾的作品，几乎没有一个能获得成功。

有时候，一些有经验的剧作家也会犯类似的毛病。如前苏联剧作家乌里亚宁斯基的小型戏剧《铃响后》，剧本写亮明是某矿坑的坑长，薇拉是他的新秘书。这天晚上两人展开了激烈的交锋，薇拉对坑长向公司虚报数字提出质疑，亮明解释说是公司领导奥尔洛夫让他这样做的，这是产量的内部调整，并没虚报。薇拉认为这样做法有作弊之嫌，并要将此事向上级反映。亮明忙向她保证下不为例，可薇拉认为这次就应该改正。此时电话铃响了，公司领导奥尔洛夫对亮明按他的要求上报数字表示满意，并通知亮明奖金批下来了。由于薇拉在场，亮明对着电话支支吾吾，聪明的薇拉，结合此前亮明妻子打来电话，要求亮明尽快把奖金拿到手，夫妻俩好用这笔钱出去旅游这一情况，推断出公司为了向上级邀功，要亮明虚报数字，并以给亮明加发奖金作为报偿。深恶这种作弊的行为的薇拉，转身就走。亮明打电话向奥尔洛夫求救，可奥尔洛夫干脆不认账，将此事全推在亮明一个人头上。此时，薇拉又回来了，告诉亮明，市委书记明天要见他和奥尔洛夫。

这出戏尽管也有不少光彩之处，但最大的毛病就是转变不力，矛盾上交，最后靠市委书记解决问题，令人难以满足。

2. 重症轻治

即对立面人物在戏里推得很远，但在矛盾转变时却缺乏相应的力量。只是轻轻一点，便茅塞顿开，云开日出。比如有个写"文革"中夫妻积怨"文革"后重归于好的戏，女的苟且偷生，出卖男的，使男的坐牢多年，"文革"后平反，女的提出破镜重圆，男的居然"一切向前看"，既往不咎。意在颂扬男的有宽广的胸怀，但实际效果是令人感到情节不可信，人物不可爱。

前苏联剧作家牟赫塔洛夫的小型戏剧《糖果不甜的时候》是个挺不错的剧本，但在转变部分也存在着这样的毛病。这个戏的故事是写一著名杂志刊发批评某机关小头目巴雷的文章，文章指责巴雷缺乏民主作风，随意发号施令。其姐姐斯莲为此特意打老远来看望弟弟。弟弟不在家，弟媳纳芝莉正哄摇篮里的孩子睡觉，脸上洋溢着幸福而满足的笑意。然而，通过与纳芝莉交谈，斯莲发现弟媳已从原来那个热爱学习、有着强烈追求的女性，变成了一个小富即安、只顾经营小家庭的少妇。显然，这全靠弟弟巴雷所赐，巴雷专横的个性不但在单位里施加影响，在家里也要求妻子绝对服从，甚至连纳芝莉的衣着，巴雷都要按自己的审美标准加以规范。更可笑的是，由于纳芝莉对丈夫深信不已，丈夫每一个轻率的号令都成为她尊奉的金科玉律。为了打破巴雷在纳芝里心中的神话，斯莲以陌生女子的口吻给巴雷打电话，邀他在某旅馆见面，巴雷竟欣然答应了。看到丈夫如此经不住诱惑，纳芝莉痛心之余，也领悟到都是自己毫无原则的退让把他惯坏了。巴雷回来后，斯莲对他冷嘲热讽，并故意逼他穿上自己带来作为礼物的土衣服，让他也尝尝被随意摆布的滋味。随后斯莲和纳芝莉又揭穿了巴雷随意接受陌生女子邀请的事情，这让巴雷无地自容，最后在姐姐的耐心劝导下，巴雷认识到自己的错误，表示愿意重新工作和生活。

这是一出用来教育人的戏剧，尽管教育的方式并没有让人感到枯燥乏味，通过设计小计谋让巴雷上当，令人感到颇有意趣，特别是剧中逼着巴雷穿自己讨厌的衣服的细节，不但起到让男主角"换位思考"的作用，也给全剧增添了喜剧的色彩。但该剧在巴雷的转变上还是显得生硬，一次试探不足以引起他深刻的反省。而对于习惯于发号施令的人来说，姐姐的几句话又怎么可能起到立竿见影的效果？这显然也是犯了重症轻治的毛病。

3. 文不对题

比如有个戏描写检察院干部挽救一个失足厂长，检察官劝诫其投案自首，将功补过，做工作的方法竟是同那失足厂长一起回忆父辈生死与共的患难经历，回忆结束，厂长也觉悟了，这个转变显然是牛头不对马嘴。

又如前苏联斯克留陶司卡斯的小型戏剧《如果你是个人》，写区立医院年仅28岁的医生阿留纳斯，对科研工作相当感兴趣，他利用医院一间多年闲置的简陋小屋专门建立了自己的实验室。而院长陶尼斯显然对此大为不满，因循守旧的陶尼斯认为，科研工作是医学科研机构研究员们的事情，地方医院医生只要"做事守秩序"就可以了，从这个意义上说，阿留纳斯显然不务正业。因此，他给阿留纳斯的工作设置重重阻碍。先是要求阿留纳斯将实验室腾出给医院作档案室，遭到拒绝后，又借题发挥，指责阿留纳斯在医院壁报上登载的那篇为科研工作申辩的文章是"反对领导的倾轧活动"，他还对阿留纳斯的科研成果嗤之以鼻，公开说那是"瞎胡搞"。然而，这位循规蹈矩的院长却因"太守秩序"而险些闹出人命。陶尼斯为了讨好女友斯塔赛，亲自去接其生病的父亲到医院就诊，却置上门就诊的一位农庄庄员于不顾，理由是"接诊时间已经过去，医院有医院的秩序"，要肚痛难忍的病人明天再来，岂料这位庄员正是女友的父亲沙里求思。沙里求思得的是急性盲肠炎，朝不保夕。本要去首都参加科研会议的阿留纳斯不顾火车误点，及时接诊，才避免了一场悲剧的发生。而糊里糊涂的陶尼斯仍对阿留纳斯的科研工作横加指责。此时，女友斯塔赛站出来指出陶尼斯不顾病人安危的不道德行为，区委书记打来电话告诉陶尼斯，阿留纳斯的科研成果得到权威专家的认可，并被邀请到首都参加科研会议。陶尼斯这才如梦初醒。

　　这出戏的时代背景应为在二战的废墟上重建后的苏联，反映了当时存在着的两种观念的激烈冲突，即以阿留纳斯为代表的青年人的朝气蓬勃锐意进取和陶尼斯那样循规蹈矩固守陈规之间的冲突。作品具有的时代气息和社会意义，这是毋容置疑的，问题是人物转变有点文不对题。剧中主要情节是阿留纳斯及时救了陶尼斯父亲一命，这与陶尼斯认为阿留纳斯搞科研是不务正业"瞎胡搞"的想法是两码事，而阿留纳斯的科研成果得到认可又是在幕后得以解决的，这显然也影响了剧本的说服力。

4."赋子板"法

　　"赋子板"是滩簧腔系中的沪剧唱腔板式。朱熹云："赋者，数陈其事而直言之者也。"它的特点是善于作长篇叙述，能酣畅淋漓地倾吐人物的感情，似江河奔泻，一气呵成。"赋子板"的唱词一般有四、五十句或七、八十句，甚至更多一些。若是过少，就达不到应有的效果。这种唱腔一般用于对万千往事的回忆，坎坷命运的吟叹，也适用于抨击邪恶势力、社会丑恶现象以及揭露对立面人物丑恶面目的场合。所谓用"赋子板"法来转化矛盾，就是说正面人物对转化对象施以长篇宏论式的说教。因为这种唱腔气势强大，节奏明快，层层递进，加上音乐的烘托，在戏剧中常常起到倾盆大雨的效果，容易使人在表面上接受教育。但实际上冷静一想，这种说教是很难真正打动人心的。比如有个谴责现代陈世美的戏，男的进城后变心了，女的在家侍候有病的公婆，抚养幼小的孩儿，苦苦等待丈夫归来的短暂欢聚，想不到丈夫送上一纸离婚书，妻子悲痛欲绝，一段"赋子板"，痛斥负心汉，男的幡然醒悟。事实上，这样的转变也太简单了。

5. 幕后处理

　　正面人物黔驴技穷，无法转化矛盾，便用这种简单的方法来解扣。

比如有个小型戏剧，写男的无法忍受女的任公关小姐，夫妻大闹一场，男的愤然出走，女的在场上大段抒怀，不久男的归来，竟春风满面，如同什么事情也没有发生过一般，一问缘由，原来男的遇一大官，晓之以理，茅塞顿开，同意女的为改革开放出力。

再比如新中国成立初期有个很出名的小型戏剧《家务事》，写工会主席孙玉林在家里写总结，可是孩子的哭闹搞得他焦头烂额，写不下去。正在忙着和面的妻子吴玉珍要他抱抱孩子，孙玉林不屑一顾。先进工人李树方来孙玉林家谈工作，孙诉说家务之烦，李劝孙要重视家务问题。李还在孙家提到俱乐部将要上演电影，吴也想看，孙认为妻子就该在家带孩子，结果两人又发生冲突。孙发现吴不仅思想落后，不善待老人，还教唆儿子用石头打人。而吴则怀疑孙的总结材料是写给叫"李树方"的女人的情书，便在自己的妹妹吴玉琴面前诬告孙打了她。吴玉琴前来兴师问罪，孙要求出示证据。结果发现全是误会。李树方这时也恰巧来了，他告诉孙去见张书记，张书记批评了孙对待家属工作的态度，这对孙触动很大。玉珍看完了电影《卡塔琳的婚姻》，发觉电影中演的与自己家里发生的事情相仿，也就是女的落后，好疑心；男的不耐心帮助，结果闹得不可开交，后来由于男的耐心帮助，女的积极努力，还当上了劳动英雄，所以她也颇受教育。夫妻两人于是各自自我批评了一番，玉珍为婆婆买来了虎骨酒，孙也和儿子逗起乐来。

这个戏的选材有特点，生活气息浓，剧本中提出的问题也有现实意义。问题是它的转变是幕后解决的：一是幕后张书记的批评使男主人公得以转变，二是一部苏联电影使女主人公得以转变，两者都显然缺乏说服力。

6. 搬救兵

正反两方面力量旗鼓相当，难分难解，只得搬出大力者来作裁定，如同传统戏中"戏不够，神仙凑"的方法一样，显得既客套又无力。如有个小型戏剧，写一灾区农民为发展生产来供销社购化肥，营业员奇货可居，故意刁难，农民想尽办法，未能遂愿。正难分难解，公社书记来电，要三吨化肥。营业员不敢不办，农民在电话里怒斥书记开后门。结果书记要的化肥就是要送到灾区农民手里的。营业员"吃瘪"，农民大喜。矛盾解决了，戏也就结束了。

7. 偶然"发现"

冲突双方无力制服对方，忽然发现两者之间或父子或情人或恩人。于是干戈化玉帛，矛盾也迎刃而解，握手言和。如有个小戏，写一老一少为一交通事故对簿公堂，忽然发现他俩是失散几十年的母子关系，于是，一切隔阂均烟消云散。

8. 老套子

有些小型戏剧，为了转化矛盾，常常用"请君入瓮"法的结构老套子来处理。应该说，请君入瓮法有时候的确很有效果，但如用得不慎，就有可能失之肤浅，不着要害。如有个小型戏剧，写女的在酒中掺水以牟取暴利，男的劝阻不听，便将计就计，假装喝了掺水的酒以后中毒身亡，女的抚尸恸哭，后悔自己不该做缺德事。男的见她认错，便"活"了过来，女的方知是计，但思想也因之而通了。显然，这样的转变是很勉强的。

前苏联剧作家卢科夫斯基的小型戏剧《巴兰丘克醒了》，写酗酒后睡得昏天黑地的巴兰丘克醒了，当他睁开双眼时，眼前的情景让他大吃一惊。显然，他不是睡在自己的家里，房间里的一切都是那么陌生。头一个进来和他打招呼的是一个三十几岁的胖女人，这个女人自称是巴兰丘克的老婆，可二十来岁的巴兰丘克清楚地记得自己并没有娶亲，可那女人对他的态度是如此亲昵而自然，又不由得他不信。墙上的日历显示这天是 8 月 17 日，巴兰丘克记得昨天，也就是他喝醉酒那天，是 5 月 17 日，这就是说他睡了整整三个月，这期间到底发生了什么？此时警察局来人调查情况，有人控告巴兰丘克与"妻子"合伙盗窃公家财产，无论巴兰丘克如何申辩，似乎铁证如山。正当他不知如何是好时，"妻子"和"警察"纷纷卸去了伪装，原来这是同事和朋友们编演的一出喜剧，想让他"看一看喝醉酒后能落到什么地步"，让他明白酗酒的恶果。

这一转变方法也用了套子，虽然有戏，但还是缺乏力量。

三、20 世纪 60 年代的方法

1. 忆苦思甜

如小戏曲《办嫁妆》，写一农村姑娘办嫁妆，要买一件呢大衣，遭到父母反对，引起矛盾，后来，老祖母出场，取出一件"百补衣"回忆旧社会苦难生活，教育孙女不要好了疮疤忘了痛，孙女受到震动，表示放弃原来的计划，做一个有觉悟的贫下中农好后代。

又如有个小型戏剧，写生产队保管员不注意勤俭节约、艰苦奋斗，将几把破扫帚随意扔掉，又去买了几把新扫帚，此事被老保管发现，找回旧扫帚修理，又对小保管进行教育，取出珍藏在家的一根牛缆绳，进行忆苦思甜，讲初办社时集体家当只有一根牛缆绳，如今生产发展了，不能忘本，不能大手大脚，小保管受到教育，将新扫帚退掉。

2. 说理教育

如小戏曲《追蛋》，写一个小朋友放学回家，正逢供销社同志来收购鸡蛋，小朋友错把一只坏蛋售给供销同志，奶奶回来，知道真相，便教育孙女，说工农一家之理，说工农联盟之理，说支援工人老大哥之理，孙女受到教育，与奶奶一起去追回那个坏的鸡蛋。

3. 英雄形象

无论是公私矛盾，还是批判损人利己的行为，转变对立面人物思想一般只要搬出雷锋、董存瑞、黄继光等英雄形象，便可迎刃而解。

4. 旁敲侧击

作者在剧本中事先埋下一条伏线，在结尾时收回来，让主人公利用这个条件给对立面人物来一个"借囡骂媳妇"、"敲碎水缸隔壁阴（渗漏）"的方法，使其转变过来，这样的例子也很多。

5. "阶级斗争，一抓就灵"

到了 70 年代，小型戏剧解决矛盾的方法几乎只有一种了。那就是阶级斗争为纲，纲举目张，一抓就灵。如小型戏剧《审椅子》、《主课》等。有些戏本来是写公私矛盾的，但解决方法也搬出阶级分析、阶级教育的"尚方宝剑"，来个一通百通。比如有个小戏曲《开河之前》，写公社兴修水利，开一条向阳河，正好要碰到水利测量员芳芳家的三分三小竹园。芳芳的奶奶舍不得这个小竹园，希望芳芳与主管水利的芳芳爷爷在图纸上"曲一曲"、"弯一弯"，绕过这片小竹园，于是，一家人产生了矛盾。解决矛盾的方法是，爷爷用算小账与算大账的事实来启发教育奶奶，虽然算得不高明，倒也颇有情趣。但后来作了修改，加了一个新的情节，写一个地主从中煽风点火，怂恿奶奶不要让步，后来真相大白，原来竹园里埋有地主的变天账，老奶奶受到了阶级斗争的教育，在事实面前认错，矛盾解决。

又如，有个农村生活小型戏剧，写婆婆在自留田里种了不少韭菜，托一个下台干部去城里卖掉，被媳妇知道了，指责婆婆不应该这样做。因为自留田也要坚持社会主义方向，婆婆则认为，韭菜地里长不出资本主义，婆媳矛盾，难分高下，到后来，那个下台干部在市场上高价出售韭菜，破坏工农联盟，损害贫下中农形象，在铁的事实面前，婆婆终于提高了阶级觉悟等。

上述这些解决矛盾的方法，明显带着时代痕迹，其艺术质量如何，无须饶舌。

四、如何转变

1. 环境的力量——水到渠成

人是环境的产物。环境应是社会关系的总和。把环境的力量写透了，人物或矛盾的转变就有可能水到渠成，瓜熟蒂落。

前苏联剧作家斯涅果夫的小型戏剧《款待客人的法律》就是一例。该剧的故事是这样的：

为阻止各国左派人士赴伦敦参加世界保卫和平大会，督察长史文敦、税关检查员别斯威克和警察辛得维奇奉命在海关设卡，严查每一个入境的外国人。第一个入关的意大利教授布尔关措尼先生，由于其言辞具有明显的左派倾向，立即被史文敦礼送出境。同样来赴会的波兰女歌唱家见势不妙，施展出色的公关手段，三个愚蠢的英国官吏被表象所迷惑，殷勤地将她送入境，等到他们调出女歌手的档案一看，才明白她也是左派人士。法国公民米洛太太来英看望病危的孙女，仅仅由于她叔叔曾为巴黎公社社员，也被拒绝入境。做走私金表生意的保布，被查出皮包的夹层中藏有一大批金表，三个贪婪的海关官员不但没将保布绳之以法，还与他达成协议，将走私的利润二一添作五。"马歇尔计划"实施机关的首脑保赫曼入关时态度蛮横，史文敦还没有弄清楚他的身份，便将其一顿暴揍，待知道自己犯了大错，连忙作揖赔礼，一副奴颜婢膝，目睹了这出丑剧的莫斯科"腾利"工厂工人彼得，对这三个小官吏嗤之以鼻。史文敦等三人了解到彼得也是来参加和平大会的，便找借口阻止其入境，正当双方僵持不下时，传来伦敦工人罢工声援和平大会的消息，为平息事态，英国高层作出让步，命令海关对参加会议的人士一律放行。

这个小型戏成功地塑造了三位贪婪势利又胆小怕事的英国小官吏形象，真实地反映了当时特殊的政治背景。剧中的冲突当然不可能调和，三个贪婪的小官吏的丑恶思想与行为也不可能转变，但戏的矛盾总要解决，作者借助于风起云涌的工人运动的胜利，促成了问题的解决，真实地反映了社会前进的力量是不可抗拒的这样一条规律，显示了环境的力量。

2. 铺垫的力量——量变到质变

层层铺垫，渐渐渗透，水滴石穿，功到自然成，是解决戏剧矛盾的一个重要方法。如前面已谈到的小型戏剧名作《月亮上升的时候》，这个戏以爱尔兰民族解放运动为背景，曾在我国抗日战争时期被改编为《三江好》，广获好评。

这个戏的选材角度、冲突设计颇为独到。一心想升官发财的巡官因为受民谣的感染，与革命者之间产生了情感上的共鸣，最后他支走警察放走了革命者。

戏中的民谣推动着故事情节的发展，革命者选择民谣的内容与唱法都很有讲究，先是并无过激内容的爱情歌曲，以慢慢接近巡官；后来唱起了有些过激内容，反映爱尔兰人民受压迫的民谣，巡官虽然有些反对，但在歌唱者的诱导下，也想起了自己曾经有过的青春岁月以及斗志：

巡　官　假使不是因为我有这种意识，假使不是因为我有老婆，有家，假使当时我没有加入警察队伍，那么此刻可能是我从牢里面逃出来；藏在黑角落里的人，此刻倒坐在我现在所坐的这个木桶上面。也许我现在正偷偷地细从他这儿逃走，也许他是守法的，我是犯法的……

到这里，我们已清晰地感受到巡官的心理变化。而革命者看到巡官受到了感化，就进一步放声把下面这首明显违规的歌唱出来：

男　人　（唱）那么，告诉我，肖·俄法瑞，
　　　　　　　　我们在哪儿集合？
　　　　　　　　就在你和我都熟悉的老地方，
　　　　　　　　河边上的那个角落。
巡　官　别唱了，我叫你，别唱了！
男　人　（更加大声地唱）还有一点，作为信号，
　　　　　　　　要吹起我们的进行歌曲，
　　　　　　　　把长枪扛在肩上，
　　　　　　　　在月亮升起的时候。
巡　官　你如果再唱下去，我就把你逮捕起来。

这支民谣的内容正是歌唱者的今晚的使命，摆明了是个接头的暗号，此人正是巡官要逮捕的人。但作者通过层层铺垫，层层递进，写

出了巡官从"尽警察的责任"到同情民族解放运动的转变过程，层层推进，入情入理，令人信服。

3. 行动的力量——绝招

依靠人物性格的力量——行动，而且这个行动最好是一个绝招，这是人物与矛盾转变的最好的方法。

所谓行动，就是说不凭借空泛的议论、浅薄的"套子"以及其他外来因素来解决矛盾。所谓绝招，就是指人人笔下所无，唯你戏中独具的一招。为了说明问题，不妨举几个成功的小型戏剧的例子看看。

小型戏曲《阿二接妻》表现了一个青年犯了错误，要改正错误并取得人们信任的艰苦过程。阿二赌博成瘾，好逸恶劳，将妻子的助产费、长命锁全输掉了，妻子一气之下回了娘家。阿二如梦初醒，痛改前非，依靠自己的双手来创造新生活。他学会了编箩手艺，赚了500元钱，来接妻子阿秀回去，可怎么说阿秀也听不进去，怎么劝阿秀也不愿回去。正如阿秀说的那样："我看到的都是表面的，听到的都是你讲的，无根无据叫我怎么相信呢？"阿二几乎绝望了，准备回去，见门口有一只未编完的箩，顺手拿起，坐下编箩。下面的戏是这样写的：

阿　秀　（门缝里向外张望）呃！（旁白）他从来也没有编过箩，什
　　　　么时候学会的呵？我倒要来考他一考。喂！门外头的编箩
　　　　人。我来问你——
　　　　（唱）一只箩筐扎棱棱，
　　　　　　　四周为啥生竹经？
阿　二　（接唱）箩儿全靠竹经撑，
　　　　　　　　好比阿秀当家庭。
阿　秀　（唱）细细竹条缠又绕，
　　　　　　　长短你可量得清？
阿　二　（接唱）圈圈篾丝长千里，
　　　　　　　　不及你对我一片情。
阿　秀　（唱）篾丝竹经紧相靠，

为啥编得这样紧?

阿　二　（接唱）乡下夫妻不分离,

　　　　　　　　同心协力建家庭。

阿　秀　（唱）箩腰为啥粗又粗,

　　　　　　　肚皮凸出圆滚滚?

阿　二　（接唱）阿秀气量比它大,

　　　　　　　　原谅门外的编箩人。

阿　秀　（唱）男子汉为啥献殷勤,

　　　　　　　人家看见难为情?

阿　二　（接唱）知错理应来赔情,

　　　　　　　　反正你我两个人。

　　　　（用力过猛,篾丝拉断）哎! 篾丝太干了,让我去浸浸水来。(下)

阿　秀　看他编箩的架子倒蛮好,不知编得怎么样? 让我出去看看,顺便给一块年糕他吃吃,(出门,观看竹箩)唷! 真不错呀?

　　　　（唱）箩口圆又圆,

　　　　　　　箩底四角方;

　　　　　　　千条竹丝经上缠,

　　　　　　　青是青黄是黄。

　　　　　　　一点也不乱,

　　　　　　　揿揿绷绷硬;

　　　　　　　摸摸光似罐,

　　　　　　　四平八稳好似铁丝穿。

　　　　　　　我做下半截,

　　　　　　　他接上半段。

　　　　　　　又结实又好看,

　　　　　　　胜过铁饭碗。

　　　　　　　盛米一箩银,

　　　　　　　担谷金光闪,

夫妻双双合编聚宝盘。

在事实面前，在阿二扎扎实实的行动中，阿香看到了阿二的进步，相信他已经弃旧图新，于是夫妻重归于好。这里的编箩筐，便是解决矛盾的绝招。因为，第一，这个行为生动说明了阿二转变的过程；第二这个行为在舞台上表演十分合适，加上一段对唱，给人以美的享受；第三，编箩这一细节不是随心所欲的安排，而是作者很有心计的创造。在戏一开始，阿秀就在编箩，为了修补这个摇摇欲坠的家庭而苦苦赚钱还债，如今阿二接过来，预示着他们的小家庭生活将靠勤劳诚实而重新编织下去。所以，我们有理由认为，这个戏的矛盾转变是合理的，是高明的。

又如，小型戏曲《赶不走的媳妇》，剧本写农村妇女小妹，因丈夫染上赌博恶习，屡劝不听，万般无奈之间，只好去公安机关告发，结果丈夫被判刑，公爹气瞎眼睛，小妹的姐姐来劝她逃出火坑、另攀高枝，小妹不允，坚信"严冬过后是春天"，为了撑起这个家庭，她打下胎儿，变卖嫁妆，不想引起公公的曲解，公媳矛盾十分尖锐，剧本是这样写的：

公　爹　天哪我瞎了眼，老天你也瞎了眼不成？
小　妹　爹！
公　爹　你，我的儿子是你告发的？
小　妹　是我。
公　爹　胎儿，是你打下来的？
小　妹　是我。
公　爹　你要卖嫁妆？
小　妹　是的。
公　爹　你！你！你……
小　妹　爹爹！……
公　爹　你好啊——
　　　　　（唱）　只道你六月金瓜香喷喷，

想不到秋瓜烂肚坏在心。
只道我娶来媳妇聚宝盆，
想不到也是一个败家精。
你无情无义告丈夫，
全不念一夜夫妻百日恩。
你把我家的血肉打下来，
原来是吃了家饭生异心。
你迫不及待卖嫁妆，
胜过东海洋里毒河豚。
我已备好船只请好人，
你与我马上滚出这家门！

小　妹　爹爹你听我说！

公　爹　我不要听！你与我滚！我不怕断子绝孙！滚！滚！
　　　　滚！……

大　姐　好呀，你不怕断子绝孙，难道我家就贪图个贼女婿！小
　　　　妹！走！（拖下）

小　妹　（挣脱大姐）爹爹！
　　　　（唱）　你不伤皮肉话刺心，
　　　　　　　　又要把我赶出门。
　　　　　　　　桩桩事情有原因，
　　　　　　　　容我小妹说说清。
　　　　　　　　做错一件负责任，
　　　　　　　　我拎个包裹滚出门。
　　　　　　　　若是小妹没有错，
　　　　　　　　爹爹呀，赶走小妹难十分。

公　爹　你说你说，你为什么要告你的亲夫？

小　妹　（唱）　劝他自首他不肯，
　　　　　　　　又想作案黑夜行。
　　　　　　　　今日能偷又能抢，
　　　　　　　　明日也许会杀人。

　　　　　　　步步走的断头路，

　　　　　　　亲眼看他陷得深。

　　　　　　　我不救他谁救他，

　　　　　　　告他为的救亲人。

公　爹　那你为什么要打下胎儿呢？

小　妹　（唱）他去服刑家还在，

　　　　　　　里外靠我一个人。

　　　　　　　养下孩儿多张嘴，

　　　　　　　老小两头怎照应。

　　　　　　　手勤脚勤熬二年，

　　　　　　　二年过后还年轻。

　　　　　　　小妹忍痛发下狠，

　　　　　　　舍儿全为这家庭。

公　爹　那你你……你为什么又要卖嫁妆呢？

小　妹　（唱）熬辛吃苦十几春，

　　　　　　　才把嫁妆置办成。

　　　　　　　匹匹土布汗水织，

　　　　　　　件件衣衫心血凝。

　　　　　　　万不得已卖嫁妆，

　　　　　　　为的去把公款都还清。

　　　　　　　再送爹爹进医院，

　　　　　　　治好眼病见光明。

　　　　　　　小妹我前前后后说原因，

　　　　　　　状告丈夫，为救亲人，

　　　　　　　忍痛舍儿，为的家庭，

　　　　　　　变卖嫁妆，还款求医，

　　　　　　　句句是真，一片苦心，

　　　　　　　爹爹呀，小妹不是无情无义的负心人！

公　爹　小妹！这是真的？

小　妹　爹！这是你签字的纸，我要它一笔勾销！（撕碎）

公　爹　爹错怪你了，我好恨啊！（捶胸）瞎了眼睛，不识好人心！

在这个剧本里，虽然主人公与对立面人物之间的矛盾是通过叙述解决的，但由于叙述的内容在戏的前半部都实实在在地展现在观众面前，所以，这个叙述实际上也是行动的力量，而不是空泛的说教，因此，应该说，这个转变也是十分有力的。

当然，话说回来，要求每一个小型戏剧解决矛盾的方法都要有一个绝招，这也是很难做到的，有些情趣性的小型戏剧本身矛盾比较简单，那就不必有太多的苛求，但无论如何，提倡以人物性格的力量来转化矛盾是必须要牢牢记住的。

【思考与练习】

1. 你如何理解小型戏剧中的"绝招"？

2. 请你按照"转变要顺"的要求，根据下列材料，编写一部小型戏剧的剧本提纲，并将转变部分形成文字。

私　奔

阿建决定带玉儿私奔。

玉儿最后一次问自己的情人：阿建，你已经想好了，要带我走吗？

阿建回答：想好了。

你不会在临出门的最后一瞬间突然后悔吧？

阿建回答：不会。

玉儿还是不放心。又问道：你真的愿意抛下你的妻子吗？

阿建回答：我早已不再爱她。

你真的忍心丢下你的儿子吗？

阿建回答：我会寄生活费给他的。

玉儿想了想，又问道：阿建，你真的会在12月28日晚上8点钟准时赶到火车站吗？（需要说明的是：12月28日是玉儿的生日，阿建和玉儿约定，乘坐当晚8点的火车私奔。）

阿建回答：会的。

玉儿又问道：阿建，如果你正要出门的时候，你妻子正好从外面回来了，你怎么办呢？

阿建回答：我会告诉她，我去出差。

如果你正要出门的时候，你儿子突然抓住你的手说：爸爸，别走，我一个人待在家里害怕。你怎么办呢？

阿建回答：我会说，孩子，不用怕，你妈妈很快就会回来陪你的。

玉儿低下头，沉思了一会儿，又问道：如果你正要出门的时候，突然下起大雨来了，你怎么办呢？

阿建回答：那我就打上一把伞。

如果不是下雨，而是下了又冷又硬的冰雹，你怎么办呢？

阿建回答：那我就戴上一个铁制的头盔。

玉儿又问道：如果你正要出门的时候，天要塌，地要陷，河要涨，桥要断，那你怎么办呢？

阿建毫不犹豫地回答：我就不顾一切地跑出来，紧紧地抱着你，然后，生则一起生，死则一起死。

玉儿沉默良久，第一千零一次地问道：阿建，你真的爱我吗？

阿建回答：爱。

爱到什么程度呢？

阿建回答：爱到愿意舍弃包括生命在内的一切的一切，也要跟你在一起，朝朝暮暮相厮守，生生世世长相伴。

玉儿问完了所有该问的问题，觉得万无一失了，便放心地回家去了。她要打点一些行装，收拾一些东西，做一些出发前的准备工作。

然而，到了12月28日晚上8点钟，玉儿风尘仆仆地赶到火车站时，阿建却没有如约而至。玉儿耐心地坐在那里等着，直到天亮，阿建始终没有出现。玉儿想了整整一夜也想不出来：阿建究竟遇到了什么难以克服的问题？

她拎着沉重的包裹，独自回家去了。以后，便再也没有见到过阿建。不知道过了多久，也许是十年，也许是八年。一个偶然的机会，玉儿无意间与阿建不期而遇了。玉儿本来想不声不响地走开的。然而，她还是忍不住想要知道，阿建当年究竟遇到了什么情况，才没有去赴约的。她相信，他遇到的一定是一个巨大的、不可抗拒的、不可逾越的障碍。

她平静地问道：阿建，告诉我，出了什么事情？

阿建认真地回答：什么事情都没有发生。在他要出门的时候，妻子没有堵在门口，儿子没有拉着他的手哭泣。天气十分晴朗，既没有下雨，也没有下冰雹。当然，天没塌，地没陷，河水不曾涨，桥梁也不曾断。而且，他也已经打点好了所有的行装，包括钞票、衣服、手电、蜡烛、腰刀、书籍、电话簿、氟哌酸，还有感冒胶囊等。但凡想到的，都准备齐全了。就像人们常说的那样：万事俱备，只欠东风了。然而，出发前十分钟，他忽然发现：用来装东西的皮箱的搭扣坏了，无论如何都锁不上了。他摆弄了足足一个小时也没有能摆弄好。

说到这个地方，阿建顿了顿，最后，无可奈何又无比真诚地说道：玉儿，你是知道的，我对那些搭扣之类机械性的玩意儿一向都一窍不通。我总不能拎着一个敞着口子的烂皮箱浪迹天涯吧？

至此，玉儿终于知道了，毁灭掉她伟大爱情的，原来是那该死的皮箱搭扣。

（摘自《微型世界》）

第十二章　结尾要绝

结尾要绝，是指结尾要有绝招，要响亮，令人神清气爽；要有绝活，要鲜亮，令人赏心悦目。

一、戏剧结尾的重要性

中国传统戏曲结构的章法讲究"起、承、转、合"四个阶段，这四个阶段又可以划分为"头、身、尾"三个部分。元人乔梦符提出了"凤头、猪肚、豹尾"的要求，"起要美丽，中要浩荡，结要响亮"，"尤贵首尾贯穿，意思清新"。焦菊隐则主张"豹头、熊腰、凤尾"。所谓凤尾，就是用少数修长有力的漂亮羽毛，把周身的斑彩衬托得更加醒目，更加给人以深刻的印象。

豹尾也罢，凤尾也罢，都从一个侧面说明了结尾的重要性。著名戏曲作家范钧宏认为："剧本结构，开头难，结尾亦不易。有时'尾'的难度更甚于'头'。"[①] 丁西林也说："话剧的结尾是极其重要的。"[②] 曹禺先生则表示："我写戏总是先把结尾想好以后再写。可能先写出来，也可能想好了不写，但一定要先把结尾想清楚了。"[③]

结尾的重要性还可以从一些大师的作品中得到验证，果戈理的《钦

---

① 范钧宏：《戏曲编剧技巧浅论》，中国戏剧出版社 1984 年版，第 135 页。
② ［英］杰·马·巴蕾著，丁西林译批：《十二镑钱的神情》，《剧本》月刊 1962 年
　8 月号，第 71 页。
③ 田本相、刘一军主编：《曹禺全集》第 5 卷，花山文艺出版社 1996 年版，第 377 页。

差大臣》的最后一幕的结尾，突然出现一个宪兵，他高声宣布："奉圣旨从彼得堡来的官员，命令你们立刻前去。他现在住在旅馆里。"这句话令在场的全体官员惊呆得说不出话来，都像化石似地站着，哑场持续"差不多有一分半钟"，幕才落下来，这个结尾的妙处自不待言。

易卜生的《玩偶之家》以娜拉出走，"嘭"的一声关上大门作结束，这"嘭"的一声对观众的印象十分深刻，正如萧伯纳所说："在她（娜拉）身后发出的碰门声比滑铁卢或色当的炮声还更有力量。"①

在小型戏剧《故去的亲人》中，姐妹两人和她们的丈夫为了争夺父亲的遗产，各不相让，正吵嚷间，父亲突然由楼上走下来，令在场的子女如雷轰顶，大惊失色。

契诃夫的《蠢货》的剧本结尾是女地主的仆人陆卡看见两个人要决斗了惊恐地跑出去，叫人来帮助太太撵走这个闯进来的强盗，结果看见的不是互相射击的敌人，而是一对正在接吻的情人，"天呀！"这样的结尾以千钧之力收住，令人目瞪口呆。

上述这些戏剧作品所以成为脍炙人口的名作，一个重要的原因便是这些作品的结尾不同凡响，这也足以说明结尾与一部戏剧作品的整体价值之间是怎样一种关系。

二、戏剧结尾的常见病

在小型戏剧创作中，比较常见的结尾处理的毛病主要有以下几种：

1. 结尾太圆

中国传统戏曲讲究大团圆的结尾，"私订终身后花园，落难公子中状元"的思维定势至今仍影响着我们的剧作者，以至使不少有艺术创意的作品构思因为太圆满的结局而降低了它的艺术价值。一些作者往往去迎合"观众的软心肠"，离开生活本身而去给现实矛盾安置一个理想的结局。比如有这么一个短剧，写一个多年先进工作者因缺乏技术而下

---

① 顾仲彝：《编剧理论与技巧》，中国戏剧出版社 1981 年版，第 240 页。

岗所引发的故事，题材很新颖，但作者在构思故事时太注意结局的圆满了，因之安排了这样一个结尾：先进生产者烧了一桌好菜意欲请厂里一班领导，以争取不下岗。工会委员通知他，吃饭不来了，但下岗已定。先进生产者又气又怨又恨又怒，工会委员告知，他也下岗了，打算办一餐馆，你烧得一手好菜，可以来做厨师。于是，皆大欢喜。事实上这个剧本最光彩的部分是写了一个老先进下岗前后的心态，但由于作者注重了结局的"圆"，将理想化的光圈装在这个剧本的尾巴上，就有损作品的立意了。还有一个短剧，写一个小学生为了减轻学校的负担，发动同学去买校办厂生产的劣质冰棒，且开展吃冰棒比赛，结果导致集体腹泻。戏有特点，但作者的毛病也出在故事结局上，他在设置这些情节的同时，安排了一个学生家长与校办厂竞争开冰棍厂，最后联营办厂，使校办厂获得生机，师生皆大欢喜。这样，结尾是圆了，作品的思想意义也无疑减弱了。

2. 结尾太拖

如有个写环境污染给人类带来深重的灾难的小型寓言剧，说的是森林里的小白兔误食有毒绿蘑菇而身亡，森林法庭查处绿蘑菇，绿蘑菇申辩是身边的废电池烂掉以后污染了她，废电池又抱怨主人把她随地乱扔。至此，真正的凶手已经找到，戏本可以结束了。但作者却不肯收场，后面又有几个回合分别控诉人类各种各样污染环境的丑陋表现，有点像引导观众去看环保展览了，结尾显然太拖。

"在该结束的时候结束，是一种伟大的艺术"。这是一位大师说过的话。民间有句俗话，叫做"见好就收"，说的也是这个意思，比如《项链》，如果莫泊桑见好不收，偏要接着写怎样处理这真假项链的问题：是由哪位女友退赔呢？还是把那串钻石项链还给玛蒂尔德？这一对穷夫妻一下子有了那么多钱，今后该怎么过呢？……对这一切，哪怕多写一个字，都会减弱这篇名著的余味，削弱它原来的主题思想。

3. 结尾太"跳"

有些作者为了在戏的结尾深化主题，突出重点，常常游离于剧情之外，飞来"神"笔，或言过其实，或夸大其"事"，或无限上纲。比如有个短剧，写两个老人在公园里斗鸟，敝帚自珍，各不相让，拥有自信，别有情趣，只是到戏的结尾处，忽然来了一个《黄河大合唱》的主旋律，说是通过这样的处理可以使观众感觉到这不是一个斗鸟谁胜谁负的问题，这是一个民族自信心较量的问题。这样的"跳"便令人瞠目结舌了。

4. 结尾太软

有些作品结尾十分草率，缺乏严谨的构思，常常是矛盾还没有处理好，就四句幕后唱，草草收兵，来个"硬收疤"。效果当然不好。还有些作品虎头蛇尾，前面部分颇见光彩，越到后面越疲软，强弩之末，功亏一篑，实在令人可惜。

三、小型戏剧结尾的方法

1. 响雷式

在冲突的顶点收尾，高潮与结局合二为一，犹如豹尾，骤然一击，又如一声响雷，戛然而止，十分有力，从而取得强烈的艺术效果。这种结尾方法在话剧中尤为多见，最著名的例子就是英国的《十二磅钱的神情》。这个戏企图回答易卜生在《玩偶之家》中提出的娜拉出走以后怎么生存的问题。西摩斯爵士的前妻凯蒂用自己劳动积蓄来的十二磅钱买了一架打字机，以此为业，赚钱养活自己，由于经济上的独立，就有一种从容而有信心的表情（即十二磅钱的神情），同现任西摩斯夫人的愁眉不展、畏畏缩缩的神情形成鲜明对照。这个戏的结尾处是，当西摩斯"爵士"打发打字员凯蒂走了以后，夫人的脸上已开始出现"十二磅钱的神情"。请看：

爵　士　（发脾气，冲口而出）人们会认为你在羡慕她。
夫　人　羡慕她？呃，不——不过我觉得她那样有生气，那是当我看她在打字机上工作的时候。
爵　士　有生气！那不是生活。有生气的是你。（不客气地）我很

忙，艾美。（他在她的书桌前坐下）

夫　人　（循规蹈矩地）很抱歉，我这就走，哈利。（没头没脑地）
　　　　它们的价钱很贵吗？

爵　士　什么？

夫　人　那些打字机。

　　这个结尾似一声响雷，戛然而止，同时也是戏的最高潮，以寥寥几
句话，给人以丰富的想像余地。有了结尾这两句话，前面哈利追问凯蒂
究竟是为谁抛弃了他的话的内涵才分外丰富：不是因为谁，就是为的过
一种不再当摆设受人尊重自食其力的生活，而这一切，代价不过是一架
十二磅钱的打字机。哈利对于她们来说，还不如一架打字机叫人安心。

　　也正因为这个结尾，才让西摩斯夫人没有游离于整部戏之外，使得
这个原来毫无光彩木偶傀儡似的人物光彩起来，她和凯蒂互相辉映，共
同塑造出一个由动摇走向坚定的女性形象，在宣告这个故事的结束的同
时，又宣告另一个故事的开始，因为剧中的哈利爵士虽然"有些吃惊"，
但不久"又会坦然无事"，还会依然故我，西摩斯夫人的出走简直是不
可避免的。

　　前苏联剧作家米哈尔科夫的独幕剧《权充监察员》的结尾也有异曲
同工之妙，该剧写农学家拉波切夫和路沙柯夫深夜乘火车来到某镇，幸
运地在镇上唯一的旅馆的唯一的空房间住下，还受到了莫名其妙的殷勤
款待。正当两人躺在舒适的床上，庆幸自己不必像许多人一样露宿街头
的时候，旅馆经理耶季尼查突然要求两人立即腾房搬家，理由是管理员
一时疏忽，错把两人中的一位当成从首都派来视察的监察员了，而这间
房间是为那位随时可能出现的监察员准备的。现在监察员已经来了，因
此他们必需搬走。正当两位农学家无计可施的时候，随后赶来的那位
"监察员"却通情达理地表示愿意与两人同住，耶季尼查只得遵从他的
意愿。让人料想不到是，那位"监察员"竟然也是"冒牌货"，他叫丘
万罗，是一位兽医，在火车站被耶季尼查错当成监察员才受到如此殷勤
的招待。三人为这一连串的误会感到好笑，又担心真的监察员会随时到
来。此时，隔壁房间传来一个女人的声音："我就是监察员，我在你们

隔壁已住了三宿了。"

这一结尾，无论对农学家，对观众，还是对管理员都是如一声响雷，令人惊叹。

还比如，美国剧作家珠西瓦尔·淮尔德的《坦白》的结尾也很值得玩味。鲍德温是一家银行的职员，同时和银行老板又是多年的至交。银行老板受到挪用储户存款的指控，鲍德温是唯一了解内情、会对老板不利的人。老板想要收买他，鲍的妻子和儿女对此始而义愤填膺，继而得知能拿到十万块时，态度发生微妙的变化，开始找种种冠冕堂皇的借口说服鲍德温作伪证。正当鲍德温犹豫不决时，执法官到来了：

约　翰　有人来了。

马　撒　（抬起头来）谁？

约　翰　我看不清。（忽然领悟）像是执法官。

鲍德温　执法官？

　　　　［门铃响了。当女仆从一边进来，从另一边出去时，他们都一动不动。女仆回进来。

女　仆　一位先生要见你，先生。

鲍德温　（恢复镇定）谁，找我么？

女　仆　是的，先生。（她用托盘把名片递给他）

鲍德温　是执法官。

马　撒　联邦法院的院长？

鲍德温　是的。他到这儿来干什么？

女　仆　我要领他进来吗，先生？

鲍德温　好。好。当然。

　　　　［女仆出去。

马　撒　（飞快地走到他面前）罗伯特！说话要小心，明天你要去作证了。

鲍德温　（紧张地）是，是。我会当心的。

　　　　［女仆进来，为执法官开门。

执法官　（十分轻快地走进房间）唷，唷，你们一下午都待在家

234

里？你好，太太？（亲切地和她握手）你好，鲍德温？

马　撒　我们正要出去。来，埃维。

执法官　哦，你们不用出去。我要说的话，你们都可以听。（他转向这家的主人）鲍德温，如果这个星期随便什么时候你喜欢到联邦法院来的话，我们给你留着一个位置。

鲍德温　（大吃一惊）这是真的吗，执法官先生？

执法官　（微笑）如果做不到我就不说了。（他更严肃地继续说）今天下午我去看格雷沙姆，他告诉我关于他要提出给你的东西，不过他知道无论多少钱都不能使你做你认为是错的事情。鲍德温，他对你表示了最高的敬意：他不愿跟你到法庭上听你的不利于他的证词，他宁愿坦白了。

鲍德温　（倒在椅子上）坦白！

执法官　他把全部情况都说了。（他转向马撒）我只能告诉你，明天人人都要说：我多么景仰，多么尊敬你的丈夫！我衷心——

马　撒　（令人哀怜地抓住他的手）对不起！对不起！你没有看见他在哭吗？

执法官带来了一个意外的消息，戏便在鲍德温一家五味杂陈中结束。这个结尾也令观众如闻一声响雷，百感交集。

在小型戏曲中，这样的结尾方法相对少一些，但也不是没有。如小型采茶戏《卖杨梅》中，一个俊秀伶俐的山里妹子，提着一篮杨梅，兴冲冲从山道上走来，是赶圩，是探亲，还是去会哥哥？原来她暗暗爱上了那个在穷山僻壤用辛勤血汗浇溉着自己理想花朵的山里哥。山里妹捡到如意好后生。"红线要靠自己牵"，炽情战胜了羞涩。先问喧，后搭话，再对歌，捧上一篮红杨梅，送上一片少女情。憨实的山里哥渐渐品出了点什么滋味。可姑娘哪里知道，山里哥已另有爱，但面对山里妹这番纯情挚意，又怎忍贸然轻拂？山里哥只好佯装糊涂，好在未过门的山里嫂送茶饭来了，这才让山里妹恍然领悟山里哥"装憨"的苦心。剧本是这样写的：

山里妹　（含情脉脉地）山里哥……

山里哥　哎。

山里妹　你就只会哎，不会对我说点什么！

山里哥　没有什么好说呀。

山里妹　真是根实心竹子！哎，你要我去卖杨梅，我就去，卖了给
　　　　你买两本书回来。

山里哥　什么书？

山里妹　《土壤改良》呀，《果树栽培》呀，你都用得上的。

山里哥　我没带钱。

山里妹　不要你的钱。

山里哥　不要钱那怎么好？

山里妹　我这儿好！装憨！

　　　　　〔二人同笑。

　　　　　〔幕内女声独唱：哎呀嘞，雨过天晴风光好，为会郎哥过
　　　　　山坳。

　　　　　〔山里哥兴奋地跃上高处打望。

山里哥　（唱）　等妹等得好心焦，

　　　　　　　　相思半日也难熬。

山里妹　那个唱歌的妹子是你哪个？

山里哥　是……是我的对象。她给我送饭送菜来了。

山里妹　（惊讶）你订了婚？

山里哥　上个月吃的订婚酒。

山里妹　哦！……（手中毛巾落地，急拾）

山里哥　山里妹……

这个结尾也是如一声响雷，出人意料。

2. 悬而未决式

荷兰著名戏剧家海尔曼·海裘曼的《马戏团员》，写奥古斯德原来

是个当红的杂技演员，在一次意外事故中，他受伤致残，只剩一只手和一条腿。从此只能靠妻子芬妮生活，失去了当红的地位后，同事看不起他，妻子不忠于他，奥古斯德十分痛苦，但又毫无办法，既没有胆量杀死妻子，也没有志气离开她，只能在屈辱中行尸走肉般生活下去。

这个戏的结尾是这样的：

芬　　妮　……（侮辱地）是的，他刚才来过了。怎么样？现在你知道了。

奥古斯德　（慑伏似地坐下）好！那个家伙，戴一朵白玫瑰花的那个——

芬　　妮　正是他。不错，朋友！
　　　　　［一阵静默。裘柏做了一个手势，问他该不该留着。芬妮耸一耸肩膀，裘柏即退出。

奥古斯德　那么——那么我就走。

芬　　妮　请吧。

奥古斯德　我以后也不再在这一伙里了。

芬　　妮　要是你决计走，那么我们大家都算是有个了结。

奥古斯德　那么你难道竟一点也用不到我了吗？

芬　　妮　（弹响着她的手指）用不到。

奥古斯德　只要你说一句好话给我——常常——

芬　　妮　哦！哦！那么你就忍受他了吗？

奥古斯德　他？那是——那是——那是真的！他刚才在这里，（忽又暴怒起来）而你还——你还——贱货！贱货！你还没知道我的手段呢！（威胁状）要是这一只手不够硬，我还有刀子呢——（他抓住她的咽喉）

芬　　妮　放手！你伤了我——你伤了我，奥古斯德！

奥古斯德　你把我当做一条狗，我也受够了。

芬　　妮　奥古斯德！你伤了我！（她挣脱了身子）

奥古斯德　（沉在一只椅子上，呼吸甚急促）我应该弄死你——我应该弄死你的——你是个——你是个——

芬　　妮　不要脸！和一个女人打架！懦夫！我到死也恨你，畜
　　　　　生，流氓，懦夫，懦夫，懦夫！

奥古斯德　要是我弄伤了你——我——我自己也不知道我做了些什
　　　　　么。我就走，我就出去。

芬　　妮　你去也好，不去也好——我是一样的。

奥古斯德　我去。

芬　　妮　（忽然神经质地大笑起来）去？天哪！你去？你就这副
　　　　　鬼样子满街走吗？蠢人！

奥古斯德　不，我不能这样子出去。我得先换衣裳。（芬妮恶毒地
　　　　　看着他径自走出）换好了衣裳，我就走——我就出去。
　　　　　〔他的头沉下在桌面上，他的肩膀因呜咽而耸动着。裘
　　　　　柏进来，拍拍他的背脊。

裘　　柏　喂！喂！是我，裘柏。经理先生要来找你了。你的生意
　　　　　已被歇掉了。

奥古斯德　（失神地）是的，是的。

裘　　柏　我是告诉你——你得离开此地，而你的老婆可以留在
　　　　　这里。

奥古斯德　不行，他们轰我不走，除非连我老婆在一起——除非连
　　　　　我老婆——我去问，是不是——

裘　　柏　你不是自己说的吗，你要走。你自己要走。

奥古斯德　走？谁说的？不，不，没有这话！我一个人走吗？不！
　　　　　明天我一定做得卖力些——卖力些！走吗？不！我不能
　　　　　走，我不能走！我刚才是头晕了——我一点也看不见东
　　　　　西——我自己也不知道做了些什么——
　　　　　〔裘柏耸耸肩膀走了出去，只留下奥古斯德一个人在台
　　　　　上。音乐声又从外面传进来。
　　　　　〔幕下。

　　一个杂技演员的悲惨命运令观众牵肠挂肚，这就是悬而未决式结尾
的魅力。

在小型戏曲中，以这样的方法来结尾的剧作也有不少。如沪剧小戏《要不要原谅他》描写一个农村妇女如何对待与她已离婚八年的负情丈夫。结尾是这样写的：

柳　明　菊香，我对不起爹，对不起晶儿，更对不起你菊香！（跪下）

　　　　〔改嫂与晶晶上。

改　嫂　（见状）你怎么啦？

柳　明　我的腿……晶儿来扶一下爸爸吧！

　　　　〔改嫂与小晶上前扶起柳明。

小　晶　（无意间摸到柳的假腿，惊怕地）婶婶，这脚是装上去的……妈妈，妈妈！（进内室门）

　　　　〔菊香上，开门，小晶急入内依偎在母亲身后。

改　嫂　（发现假肢）是装的假腿，柳明，你的腿……？

柳　明　二年前，我们厂里的仓库失火，在救火中给塌梁压断的。

改　嫂　是因公致残的？

柳　明　后妻见我成了残废，不久就和我离了婚。

改　嫂　（颇为不平地）这个没有良心的坏女人！

　　　　〔菊香在耳闻目睹此情此景后缓步由内室出。柳见到菊香羞惭地低下了头，拄着手杖慢慢起立。

柳　明　改嫂再见了！晶儿今后你要努力学习，（拿文具塞在晶儿手里）好好听妈妈的话，菊香，我走了。祝你幸福。（拉着手杖悲痛地拖着假肢缓下，不时频频回首，乡土难舍，亲人难离呀）

小　晶　（迸发地）妈妈，我要爸爸，我要爸爸！

菊　香　（此时千头万绪，茫然无主）……

改　嫂　（不无感动地）菊香，我这个媒人不做了！晶晶，去把你爸爸叫回来。

小　晶　妈妈……

菊　香　（情不由己地轻轻将晶儿推向门外）……

小　晶	爸爸，爸爸！……（追下）
改　嫂	晶儿，婶婶陪你去。（随下）
菊　香	……八年前，他对我做了件坏事……如今他为了抢救国家财产成了残废。（对观众）……我要不要原谅他？？？

这个结尾是典型的悬而未决式的结尾。

3. 延伸式

剧本里的主要冲突结束了，作者在剧终又提出一个戏中没有解决的问题，好像戏还没有结束；或者通过新的细节来表达一种新的情绪，令观众如啖橄榄，回味无穷，这种方法就称为延伸式。

比如丁西林的《压迫》一剧中男客与女客联合起来，战胜房东太太和巡警后，剧本的结尾是这样的：

男　客	（关上门，想起了一个老早就应该问还没有问的问题，忽然转头过来）啊，你姓什么？
女　客	我—啊—我——

虽然这里也提出一个问题，但与悬而未决式的问题是完全不同的，并没有展开新的冲突，这个问题的解决与否与题旨关系不大，但有了这一笔，戏就变得耐看了。

小型戏曲中也有这样的结尾方法，如拙作《第七棵是玉兰树》，写一孤女孙小梅在一个好心人的无私资助下考上了大学，孙小梅欲找恩人谢恩，恩人却不愿露面。只是来信说，如果考上大学，路过小城时就在爱心广场的第七棵玉兰树上扎一根红丝巾。女孩来到爱心广场，遇到已退休的公安局长赵国梁在值勤。赵国梁万万没有想到的是，当年栽种那棵树的主人就是那个在他看来每天都在影响市容的卖茶叶蛋的女人李玉兰。后来，赵国梁找到李玉兰，李玉兰因病重，不想让女孩为她担心，还是没有答应见面。剧本的结尾是这样写的：

孙小梅　嗯！（懂事地拉赵国梁走到一边）赵伯伯，你碰到我的那个恩人了吗？她答应我去见她吗？

赵国梁　碰到了。她让我告诉你，知道你考上了大学，她很高兴。噢，还有，她说，你上大学的学费和生活费依然由她来负担，她还委托我，钱以后由我来转交给你！

孙小梅　不！我已经长大了，不能再要她的钱了！我只是想见见她呀，她为什么不让我见一下面啊？

赵国梁　小梅，还记得我刚才跟你说过的话吗？既然她不希望与你见面，那么总有她的道理。我们应该尊重她的意愿。小梅，你说对吗？

孙小梅　（懂事地点点头）嗯！

赵国梁　不过，她说了，如果你有什么话，可以跟那棵玉兰树说，她会感觉到的！

孙小梅　嗯！赵伯伯，我的这位恩人年轻时一定很漂亮、很浪漫、很有诗意吧？

赵国梁　你怎么知道？

孙小梅　你看，玉兰树，红纱巾，还有，她十多年助人为乐，不求回报，甚至连一句道谢的话她都不愿意收下，多么高尚的人格，多么有诗意的人生啊！说不定，她就是个诗人！对，
　　　　一定是一个诗人！

赵国梁　你说得对，她是一个诗人！一个热爱生活的诗人！来，小梅，把这束花也献给这棵玉兰树吧。

孙小梅　哎！（将那束花放在玉兰树上）
　　　　[一束绚丽的暖光打在玉兰树、红纱巾与那束花上，赵国梁与孙小梅深情地注视着那棵玉兰树，那玉兰树仿佛受到感应，枝枝叶叶都款款抖动起来……
　　　　[深情的主题音乐缓缓响起。
　　　　[伴唱：广场上有一棵玉兰树，
　　　　　　　　美丽又质朴；

每一片叶子，在绽放生命的绿，

每一朵花瓣，在吟唱母爱的歌。

啊，玉兰树，永远的树……

这个结尾自然也可以称作为延伸式的。

4. 反弹式

反弹，是指在自然延续的戏剧结尾处，猛地产生新的性格体现或情节陡转，而使全剧顿生深意，令观众不由得为之而细细体味前面的内容而有重新的理解和认识。

比如，德国剧作家弗朗克·维特金德的《男高音歌手》，写男高音歌唱家杰拉尔多是个名人，拥有极高的声望和一大批崇拜者。就在他临上火车前，先后来了三位访客，第一位访客躲在窗帘后，是个年轻漂亮的姑娘，她希望能得到杰拉尔多的青睐，杰拉尔多委婉地打消了她的念头；第二位不经通报就闯入，是个自称很有音乐天分的教授，他希望杰拉尔多能听听自己创作的新歌剧，杰拉尔多没有时间；第三位更厉害，打了仆人一个耳光后闯进来，她曾经与杰拉尔多发生过一段感情，要求杰拉尔多带自己走，在遭到拒绝后，她开枪自杀。请看剧本的结尾：

海　　伦　难道爱情是不诚实的吗？

杰拉尔多　不！爱情是一种卑鄙下流的资产阶级的道德。爱情是养尊处优的人、是懦夫们的最后的防空洞。在我的世界里，每一个人都有他实际的价值，每当两个人订了合同，他们都确实知道彼此间的期望是什么。爱情是与这双方都不相干的。

海　　伦　那么说，你是不愿意带我走进你的世界里去了。

杰拉尔多　海伦，你愿意仅仅为了几天的快乐损害你一生的幸福、损害了你那些亲人的幸福吗？

海　　伦　不。

杰拉尔多　（大为放心）那么，你愿意答应我，现在就安安静静地回家去吗？

海　　伦　是的。

杰拉尔多　你愿意答应我，你不会寻死吗……

海　　伦　是的。

杰拉尔多　你都答应了吗？

海　　伦　是的。

杰拉尔多　你答应我履行你作为一个母亲……还有作为一个妻子的责任吗？

海　　伦　是的。

杰拉尔多　海伦！

海　　伦　是的。你还要要求什么呢？我什么都愿意答应你。

杰拉尔多　现在我可以安静地走开吗？

海　　伦　（站起来）可以的。

杰拉尔多　最后一次接吻好吗？

海　　伦　好，好，好。

　　　　　〔他们热烈地接吻。

杰拉尔多　一年之内我预定再到这里来演唱，海伦。

海　　伦　一年之内！啊，我很高兴！

杰拉尔多　（温存地）海伦！

　　　　　〔海伦紧握着他的手，从她的手笼里取出左轮手枪，对自己开了一枪，倒下来。

杰拉尔多　海伦！（他跟跄了几步，瘫倒在一把扶手椅里）

茶　　房　（奔跑进来）我的上帝呀！杰拉尔多先生！

　　　　　〔杰拉尔多一动不动地呆在那里，茶房奔向海伦。

杰拉尔多　（跳起来，跑向门口，跟旅馆经理相撞）派人去叫警察！一定要把我抓起来！现在如果我走开，我就算是一个畜生，如果我留下来，我就破坏了我的合同。我还有（看看他的表）一分零十秒钟。

经　　理　弗莱德，快跑去找个警察来。

茶　　房　是，先生。

经　　理　　快去。（对杰拉尔多）不要太难过，先生。这种事情偶尔总会发生的。

杰拉尔多　　（跪在海伦的身子前面，拿起她的手）海伦！……她还活着——她还活着！如果我被捕，我可不是故意破坏了我的合同……我的箱子呢？车子已经来到门口了吗？

经　　理　　已经等了二十分钟啦，杰拉尔多先生。（他给搬运夫开了门，搬运夫把一只衣箱搬下去）

杰拉尔多　　（俯身望着海伦）海伦！（自言自语地）哎，毕竟……（对经理）你去找了医生吗？

经　　理　　是的，我们立刻就请了医生啦！他马上就来。

杰拉尔多　　（把手伸到她的胳肢窝底下把她架起来）海伦！你已经不认得我了吗？海伦！医生会立刻来到啦，海伦。我是你的奥斯卡呀。

茶　　房　　（出现在中门）一个警察也找不到，先生。

杰拉尔多　　（把海伦放下去）哦，如果我不能被捕，这事就算解决了。我一定要赶上这班火车，明天晚上好在布鲁塞尔演唱。（他拿起他的乐谱，从中门奔下，慌忙中碰倒了几把椅子）

　　〔幕落。

　　杰拉尔多抛下受了重伤的情人，雷打不动地去执行合同，这个反弹式的结尾使这一艺术形象增加了复杂性。我们知道，艺术本身是需要感情投入的，很难想象，一个没有感情的人会创造出高尚的艺术来。应该说，杰拉尔多是个有分辨力、有理想、有正义感的歌唱家，可就是这样一个人竟也被一纸商业演出合同压倒，艺术商品化的危害可见一斑。而这样的结尾当然是令人深思，也令人拍案叫绝。

　　又如捷克的小型戏剧《见证》，剧本写于思妥斯·柯尔培的妻子戴蕾莎和丈夫的朋友古斯达夫有过一段长达15年的婚外情，戴蕾莎觉得对不起丈夫，决心搬家离开这些婚外情的见证。就在这时，突然来了一个不速之客，要敲诈戴蕾莎。就在丈夫审问要挟者的时候，幕后一声枪响，故事由此结束。

尽管作者没有提示，只是传来一声枪响，但我们仍可以推论出，是可怜的戴蕾莎开枪自杀了。这个反弹式的结尾令人不禁想起欧·亨利的一篇小说《警察与赞美诗》，男主人公为非作恶时，警察却迟迟不抓；正在男主人公准备重新做人的时候，警察的手拍到了他肩上，以流浪不轨罪，判他服刑三个月。这一结尾令人感叹——在那个社会里，法律是专门整治想认真生活、自主人生的善良好人的。本剧也是如此，当戴蕾莎准备不再欺骗丈夫时，老天却揪住她不放，一点机会也不给她。戴蕾莎的遭遇是造化弄人还是咎由自取？让人生出无限叹息。

5. 点睛式

在剧本的结尾处，用一个细节或一二句话画龙点睛，由此照亮全剧。如墨西哥的小型戏剧《钉上十字架的人》，写一群愚昧的村民将一个无辜的青年钉在十字架上，剧本结尾"耶稣"的未婚妻说了一段话，是极好的点睛之笔：

[马利亚倚着抹大拉的肩膀，不出声地哭着，不能说话。

抹大拉　哭吧，继续哭吧。没有别的办法了。可是真正的过错在他自己。他从这里走出去，喝醉了酒去死，自己也不知道，把我们孤苦伶仃地在这里丢下，贫穷、饥饿，无依无靠。（她抑住抽泣，然后怂激地振作起来）这个可怜的人，他也许还以为，他死了，我们会得到什么……（马利亚把脸埋在抹大拉胸前。抹大拉以痛苦的同情抚摸着马利亚的脑袋，同时，幕十分缓慢地渐渐落下）

读了这段话，让人不由得不想起一首古诗"公无渡河，公竟渡河。渡河而死，其奈公何"！用亲人的哀痛比照村民的麻木，给整部悲剧增添了一种悲壮色彩，而村民的麻木、冷漠、无动于衷更让人愤懑。

又如小戏曲《称婆婆》，该剧在结尾处点出"人人心中有杆秤"，心中的秤比实际的秤更重要这一生活哲理，也提升了这个生活小戏的内在涵义。

6. 呼应式

如小戏曲《打铜锣》一开场，蔡九敲三下锣，边喊边上："收割季节，谷粒如金，各家各户，鸡鸭小心。"到了戏剧结尾时，蔡九战胜了林十娘，又重重地敲了三锣，喊了同样四句话下场，一样的四句话，上场时喊得较轻，因为蔡九害怕林十娘，到下场时，变得理直气壮，因为蔡九战胜了林十娘。前后对比，反映了人物的发展变化过程。这种戏剧结尾方法因为前后呼应，给人以结构完整的感觉。

7. 轮回式

美国戏剧家马尔兹的作品《莫里生案件》，写莫里生原本是个安分守己的造船厂工人，他为人正直诚实有同情心，有主见而不盲从，可偏偏就是这个人，被所谓的忠诚审讯委员会给盯上了，经过一番断章取义，逼供诱供，吹毛求疵，这位所有兴趣就在于钓鱼贴补家用的工人被他们判为共产党，名字上了黑名单，无人敢再雇用他。有趣的是，当三年后审讯委员会的主席巴特勒再次见到他时，这位原先对政治不感兴趣的工人却变成了个政治积极分子。该剧在开头部分，是莫里生重逢巴特勒，这位工人表现得自信且坚定，伴随着几句话，他们一同回到当初的审判现场，回忆着莫里生是如何经受审判的。在戏的末尾，当他们再度从回忆中回到现实时，进行了这样一番对话：

巴特勒 （轻蔑地）是的……我记起你来了。（嘲笑地）近来钓鱼钓得怎么样呀？

莫里生 （愉快地）有三年没钓鱼了。不过我近来又染上了另一种嗜好——政治！巴特勒先生，你使我成了一个积极的公民，晚上、周末、假日，都忙个不停！

巴特勒 （得意地）我早就知道你是个共产党员了。

莫里生 你错就错在那里，我以前并不是！

这个轮回式的结尾可以说是个俏丽的凤尾，至少有三个作用：

"民不畏死，奈何以死惧之"。人民群众不是压迫所能击垮的，他们不会永远屈服，永远受压迫，正如莫里生所说"当心有一天人民大众的愤怒……"这句话里的意义足以让所有巴特勒这样的人胆寒。这是一。

第二，这个结尾再度衬托出审讯委员会的滑稽可笑。在它虚张声势的审判中，原本是要扼杀这个"赤色分子"，没想到却把一个原来对政治不关心的普通百姓变成了政治积极分子，审讯的目的与审讯的结果背道而驰，这说明，正是其在审讯中所用的种种伎俩擦亮了人民的眼睛，让人民对其的本质面目看得更加清楚。

第三，这个结尾对莫里生和巴特勒的形象做最后的描绘。如果说莫里生在审判时尚有些退让、迁就、动摇，对政治百般避讳的话，此时他已经公开自豪地声称自己关心政治了。而巴特勒，在担当审判者时高高在上，举手投足高贵文雅；可当他单枪匹马地遭遇莫里生时，却表现得色厉内荏、外强中干：

> **巴特勒** （转身要走）那么你现在一定是了，我可以嗅得出来。
> **莫里生** 又错了！
> **巴特勒** （走开）我错了吗？
> **莫里生** （喊叫）你当心！
> **巴特勒** （转过身来……吃惊）当心什么？
> **莫里生** （微笑）当心有一天人民大众的愤怒……

在人物动作上，昔日的审判者巴特勒是"转身要走"、"走开"、"吃惊"，一副心虚的模样；而昔日的阶下囚莫里生，却是"喊叫"、"微笑"，一股成竹在胸、从容不迫的气势。在这个轮回式的结尾中，莫里生无疑由阶下囚变为了审判者，巴特勒却成了被审判者，暗喻邪恶终究压不倒正义，关心政治、投身政治的工人阶级前途是光明的。

美国小型话剧《主角登场》的结尾也是一个轮回式的例子，女主角安妮不断收到的未婚夫哈罗德寄来的书信和鲜花，原来都是她自己炮制的。在向哈罗德求婚（或者说逼婚）不成后，安妮又拿起了纸笔，以哈罗德的名义，开始写一封言辞恳切的道歉信，继续编织着自欺欺人的梦，请看剧本的结尾：

哈 罗 德　（他没法让她们听他说话）好吧，我走，我不说了！
　　　　　　〔他抓起帽子跑出去，砰的一声关上身后的门。
　　　　　　〔安妮离开母亲和妹妹身边，脚步蹒跚，很快地跑到门口，温和地向下喊叫，别生气，我求求您，哈罗德！我不怪您。再见。（可以听见街门砰的一响，安妮用最好的悲剧方式作出支持不住的样子喘气）拿水来，露丝。过一会我就好了。
　　　　　　〔露丝跑到卧室里去。

凯里太太　啊，我亲爱的孩子，定一定心。妈妈在这儿呢，亲爱的，她会关心你。告诉我。亲爱的，告诉我是怎么回事。
　　　　　　〔露丝拿着水回来。安妮喝了一点。

安　　妮　我会告诉你，妈妈，我会……什么都告诉您……过一会儿吧。（她喝水）现在我得一人待着。亲爱的，请你们出去……一会儿。我得一人待着（站起来走到炉火跟前去）我的梦破灭了。（她把两条胳臂放在烟囱架子上，脑袋抵在胳臂上）

露　　丝　来，妈妈！咱们走！

凯里太太　是的，我来了。安妮，你需要我们的话，我们就在隔壁屋里，一叫就来。

安　　妮　（等她们走出去，抬起头来，嘟哝着说）一切都化为灰烬！一切都化为灰烬了！（等到她们走出去，安妮慢慢直起腰来。她刚才的表演弄得她心理上很紧张，现在振作起来。随后她看看手腕上的表，得意地深深叹口气。她的目光落在书桌上，她看见那捆放在花上的卡片还在那儿。她拿起来，回到炉火旁边，刚要扔进去，她的眼睛忽然看见其中一张上面写的字。她拿出来念。然后她又拿另一张，再拿一张。她停住，梦幻似的往远处看。然后她慢慢地走回到书桌前，把卡片扔进一个抽屉里，锁起来。她沉思着，在书桌旁坐下，她面前铺开的一张纸好像把她的心迷住了。她好像在梦中似的，拿起一支铅笔。她的眼睛射出创作的目光。她把下巴放在左胳臂上，慢慢地开始写字，嘴里嘟哝着。一边写一边念）"安妮，我最亲的……我在火车上……灰心了，泄气了……为什么您这样对待我呢……为什么您使得太阳暗淡无光……为什么您扑灭星星的亮光……扑灭星星的亮光呢？……安妮，再给我一次机会吧……我要弥补一下……我向您保证……看在上帝面上，安妮，不要把我从您的生活中完全赶出来……我受不了……我……"

〔她在写字的时候，幕徐徐落下。

显然，这样轮回式的结尾也是很令人难忘的。

8. 结论式

冲突结束，归于平静，在全剧的终点打个句号，这是一种平静的收尾，要紧的是不要讲大道理，说主题，而要不落俗套，恰到好处。如《三块钱国币》中，杨长雄出人意料摔破另一只花瓶，赔上三块钱，吴太太一时手足无措、目瞪口呆，在一旁下棋的成众对这场不分胜负的恶斗，作出一语双关的结论"和棋"。

又如民间小型戏剧《葛麻》写马铎暴富后，欲赖其女金莲与穷书生张大洪的婚事。大洪表兄葛麻系马家长工，不满马铎所为，设下巧计，助大洪智斗马铎，使一对有情人终成眷属。结尾是这样写的：

马金莲 （唱）三哥楼下将我等，

妹到楼上取白银。（上楼取银，下楼）

这有银子一百两，

一只金钗带在身，

三哥与我多拜上，

多多拜上——（欲去）

葛　麻　（接过银子）拜上哪个呀？你说，你说呀！

马金莲　你晓得的。

葛　麻　我晓得是哪个呀？我认得的多得很，究竟是哪一个，你
　　　　说呀。

马金莲　你望着那边。

葛　麻　好，望着那边。

马金莲　（唱）拜上大洪姓张的人。（下）

　　　　〔葛麻回头望马金莲，马金莲掩面下。

葛　麻　亲事已成，银子也有了，叫我表弟打轿子接人，就此马房
　　　　走去！（下）

　　还有一些小型戏曲在结尾时往往用合唱或幕后伴唱的形式来作结论
式的处理。如沪剧小戏《摇篮曲》结尾的幕后合唱是："人民公社二十
秋，幢幢新村楼对楼，媳妇敬婆婆爱媳，和睦相处乐悠悠。"又如《赶
不走的媳妇》一剧的结尾是这样四句唱："七月七，巧云现，鹊桥断，
又相连，赶不走的好媳妇啊，情义高高齐云天！"再如锡剧《双推磨》
结尾是何宜度与苏小娥两人的合唱："何宜度、苏小娥，情深义长，你
帮我，我帮你，不怕冰霜。"等等，都是用唱概括了小型戏剧的基本内
容，以结论式作为结尾。

　　综上所述，戏剧结尾的方法是多种多样的，但有两点必须注意，第
一，整个戏的结尾方式都应该从有利于这个戏的人物刻画与主题揭示出
发；第二，每个戏的结尾都应当精心推敲，反复探索，切忌草草刹尾，
人云亦云。

【思考与练习】

　　1. 请你谈谈小型戏剧结尾的重要性。

　　2. 根据下列材料编写一部小型戏剧的剧本提纲，并将剧本的结尾形
成文字。

250

<h1 align="center">财　富</h1>

　　四叔刚结婚那阵子日子最难过。但四叔勤快，又有编筐的手艺，每天都能编出四五个筐，第二天赶集卖了，勉强度日。四叔觉得很对不住四婶，可四婶对四叔并没有不满。

　　一天，四叔赶集时拾到一个钱包，包里装了300张"大团结"，整整3000元现金啊！那时，3000元真是个天文数字。四叔高兴地把钱交给四婶，四婶却说这要还给失主。四叔说又没有人知道，咱自己留着花，够花十来年哩，我总不能老让你在家受苦吧。四叔说得很恳切，四婶很感动，就说好吧，这钱我给你放着。

　　不久就有人来到我村找钱，说是他大哥从国外寄给他爹看病的钱，刚刚从邮局里取出来就丢了，爹快要死了，就等着这3000元救命呢，谁拾到了就发发慈悲，还给我吧，五年后我用十倍的钱来报答。四婶看看四叔，四叔的脸红红的，不言语，也不敢出门了，只是闷头编筐。直到后来那人离开我村，四叔才敢出门。

　　四婶说，这钱眼下我们还不能花，大家都知道我们是穷人家，这十元大钞咱怎么能拿出去？我把钱装在一个罐子里埋起来了，一来小偷偷不到，二来等咱有大钱了再花它，省得他人怀疑咱拾了钱。四叔说："你真聪明。"可是，四叔还是心里不踏实，就整日闷头编筐。时间一长，编筐的生意好了，四叔对那件事好像也淡漠了。

　　四叔真是个能人，一年后，四叔的筐不仅有了多个品种，而且还在四婶的协助下办了小小的编筐工厂。当然，那工厂是四婶管理的，四叔既当技术员又当工人，小厂办得红红火火。这时的四叔当然有了花十元大钞的资格了，可他整日忙着编筐，竟然忘了去问四婶那3000元钱的事。四婶也整日忙着进货发货，好像也忘了这档子事。

　　五年后，四叔的工厂要扩大，要扒去旧房盖新房。动工时，大家从地下挖出了一个瓦罐，瓦罐用红布包得整整齐齐。大家不敢私自拆开，就拿给四叔。现在的四叔已经不在乎几千块钱了，四叔在乎起良心来。于是，四叔见到那瓦罐，知道是四婶埋起来的那个瓦罐，脸色大变，扑

编剧理论与技法　第十二章　结尾要绝

通一声对着瓦罐就跪下了。四叔哭着说：

"老兄啊，我对不起你，是我害死了你的父亲，你要是现在来讨要，我愿给你十倍的钱来还我的亏欠。"

那人真的来找四叔了，一进村就高喊着四叔的名字。有人说："看看，用人家的钱做本发了财了，现在人家找上门了吧。"

四叔把那人领进门，扑通一声对那人就跪下了，可是那人也扑通一声跪下了，同时，两人都从兜里拿出3万元支票递给对方。四叔和那人都傻眼了，他们心里都嘀咕：他为什么下跪呢？围观的人就更傻眼了，大家本想看看那人怎样报复四叔，谁想到是这场面！

这时，到城里发货的四婶回来了，见到这情景，哈哈大笑起来，直笑得捂着肚子喊疼。四婶把那人和四叔搀起来，然后把桌子上的瓦罐当面打开，让大家看。瓦罐中哪里有钱，只有一张纸。四婶拿出那张纸，念给大家："谢谢您把这3000元钱还给我，五年之后我定来报答。"落款正是那个人的名字。那人含着热泪握住了四叔的手。四婶俯身对四叔耳语了几句，四叔兴奋得要跳起来。

原来四婶那天就把钱给了那人。那人的父亲得到及时的医治，病早好了。巧的是，那人的父亲办有一个国际性的筐篓工厂，而且他还存有明清时期的筐篓图纸，由于年龄大了，手指不灵便，有几个较为复杂的编不出样品，当然，心灵手巧的四叔稍加指点就学会了。现在那件事过去十年了，我四叔已经成了那家工厂的第一副厂长。

对了，这个故事已经完了，可是我还是想用那天那人走后的情景来作结尾——

那人走后，四叔一把抱住四婶，激动地说："当初刚结婚时，我想拥有3000元钱的财富，现在我们已经拥有了30万元钱的财富，可是现在这钱在我眼里已经算不得财富了！"四婶问："为什么？"四叔说："因为在我眼里，可称得上财富的只有你啊。"

（摘自《微型小说选刊》）

第十三章　变化要多

凡写戏的人都知道"有戏则长，无戏则短"这句话，问题是，哪些地方算是有戏，哪些地方又算是没戏呢？对此，卑之无甚高论，用一句通俗的话说：变化就有戏。如果一定要用大师的论点作注脚，那也无妨。威廉·亚却就说过："一个剧本在或多或少的程度上，总是命运和环境的一次急剧发展的激变。"[①] 前苏联著名导演罗姆说得更清楚："一切好戏的特点就在于人们的意志、希望和他们的关系一直在不断变换着。"[②]

事实也正是如此。你只要稍微注意一下就会发现，观众坐在剧场里看戏，感兴趣的往往是戏剧作品中各种各样的变化。

一、变化种种

1. 人物关系的变化

如甲与乙，本来是一对情人或好友，突然因为一件什么事发生矛盾，一下成了势不两立的仇敌，这里就有戏了。

我们来看果戈理的《赌棍》。这个戏写职业老千依哈列夫在一家小旅馆中，遇到一群志趣相合的赌徒和一个自称家产万贯的地主，于是他与众赌徒联手设局骗取钱财，他自以为得计，不料最后"发现"，这伙赌徒与那个自称地主的人都是骗子，自己才是整个圈套中唯一的受害者。

---

① ［英］威廉·亚却：《剧作法》，上海戏剧学院翻印，第30页。
② 中央电影局艺术委员会编：《电影艺术译丛》。

整个戏剧情节中，人物关系不断在"骗人"与"被骗"中变化，骗局在"得逞"与"受挫"中变化，一波三折，扣人心弦。故事伊始，依哈列夫就亮出职业老千的本相，他贿赂客店茶房，打探旅客的背景，想钓一条大鱼。

然后，那些依哈列夫打算欺骗的对象克鲁格尔、乌吉西坚里纳等相继登场，观众这才发现，他们早同茶房打成一气，共同算计着那位依哈列夫。原来两伙人全是骗子！观众不由兴趣陡增，期待着一场狗咬狗的喜剧。

剧情进行中，他们认出了彼此的骗子本色，并结成好友，交流骗人心得，大呼英雄无用武之地，虽有个地主，却根本不玩牌。故事到此陷入僵局，人物关系和剧情不再发展。

谁知形势又发生了变化，小气的地主有事要回家，留下自己一心想当骠骑兵、大手大脚的儿子撒沙。依哈列夫投其所好，略施小计便引小伙子上了钩，稳骗到一张 20 万的支票。依哈列夫和另一伙骗子成功地实施了"骗人"。

就在这一伙人等着拿支票取钱时，一位自称是官员的人上门了，从他口中，依哈列夫再次证实了支票是真的，并非伪造。正当他自鸣得意之时，他的同伙们却提出自己有要紧的事，愿意以极低的价格将自己的一份给依哈列夫，依哈列夫毫不犹豫地同意了。他喜出望外，因为这样一来，自己可以多赚十几万。

正当他兴奋不已时，消失的骠骑兵撒沙却出现了，从他口里，依哈列夫才明白，父亲、官员、儿子全是假的，他自己上了个大当，而且还有苦难言，因为自己本身就"以违反法律的方式行事"，于是他只能大骂这个"骗人的世界"。整个戏的人物关系、命运在骗人与被骗中交叉变化，令观众大快朵颐。

2. 人物性格的变化

如有一个小戏曲，写凶媳妇虐待婆婆，肆无忌惮。终于有一天，那个素以怕老婆出名的丈夫对妻子的行径忍无可忍，扬手给了她一个耳光，戏每演至此，观众大快，掌声如潮。

又如德国戏剧家海尔曼·苏特曼的小型戏剧《戴亚王》，在剧本开始，戴亚王和他的军队、人民濒临绝境：军队已经断粮，余粮仅限于妇女儿童食用；运粮船只被夺，补给已无指望。绝望令戴亚王变得暴躁、沮丧，在新婚皇后柔情感召下，戴亚王重拾勇气，以平静坦然的心态迎接战斗。

这是一曲气势恢宏的英雄赞歌，读后让人回肠荡气。这不仅因为特定的情节设置（断了粮，刚娶妻却马上要分离，船只被夺，陷入绝境，把自己的饭食分给众人，敌多我少，视死如归等），更主要的是剧中主要人物性格的变化引起了我们的兴趣。戴亚王时而威武时而柔情时而悲壮，不断变化的性格又推动着剧情的发展。

戴亚王在刚出场时，他是个被敌人围困弄得怒火万丈的三军统帅，一方面焦急地等着补给船只，心中忧虑重重，另一方面又要竭力掩盖，用暴躁来压倒内心的不安，对新婚妻子也无心理会：

伊尔第巴　（低声对戴亚）陛下，你应该说几句话来欢迎陛下的年轻的皇后。

戴　　亚　（小声）一定要说吗？（抓住一个歌童的颈项）别那么用力，小子！把烟气都冲到我们鼻管里了。如果不叫你挥这个香炉，你就做什么呢？

歌　　童　我就挥我的刀，陛下。

戴　　亚　不错。但是刀却要用力挥，要不然往往就太迟了。（小声）伊尔第巴，还没有看见船吗？

伊尔第巴　一点也没有看见，陛下。但是此刻陛下应该跟新皇后娘娘说几句话。

戴　　亚　很好，我算是有一个老婆了，是不是，主教？

主　　教　这儿就是你的皇后了，陛下，她正在等你一句话呢。

戴　　亚　哦，皇后，要是我想不起什么话来，原谅我。我是从战场上长大起来的，除了打仗，我是什么礼节都不懂的——你将来一定不高兴和我过这个生活的。

等到确信船只不会再来后，戴亚王的情绪反倒平和沉稳下来，在生死抉择面前，无路可退后，能从容背水一战了，这时，他是坚强的：

瞭望人 于是我们看见许多打渔船，向敌人的地方开过去。现在他们正在那儿卸货。

〔众人闻之，皆俯首掩面。甚凝寂。

戴　亚（微笑地一个一个地看过去）好！唔……不要把这消息到外面去说，让我来告诉他们。（瞭望人退出）你们有什么意见，各位。

……

戴　亚 好，那么，我倒有一个办法了。很简单，很容易懂——去死！你们以为我要你们把身子躲在长袍里，像那些胆小的希腊人一样，让你的邻居们跑来在你们脊背上，容容易易地刺一剑吗？安静些！我既然已经没法子把你们领到光荣的地步，那我就应该不叫你们丢脸。即使我们只有30个人能打仗，我们还是挺厉害的。但是，现在，已经快到了饿得连刀剑都拿不起来，连向敌人恳请饶命的力气都没有的时候了，唔，这时候已经不远了。

……

戴　亚 趁现在能打仗的时候，你就得打，到了你不能打仗的时候，你就不能打了。所以，我劝你们，我命令你们，今夜就武装起来，预备我们的最后一仗。在天色黎明的时候，我们就应该已经从山上冲杀下去，在那大平原上和拜占庭人打仗了。

但当他的新婚皇后巴尔娣尔达来给他送吃的东西，并抚慰他，让他感受到皇后的真情后，戴亚在英雄气不短的情况下，也开始儿女情长起来——毕竟他只是个人，内心也有柔弱的时候，特别在这种大敌当头，所有的人都仰赖他时，他更需要一个臂膀来靠一靠。

在向皇后倾诉了衷肠，体验到了人类美好的爱情后，戴亚王的性格明显开朗了起来，他的英雄气概经过爱情的洗礼更加浩然。皇后轻吻戴亚的额头以示祝福，然后戴亚毅然揭开帐幕，虽然还是一样去打仗，但他已不像从前那么悲观地认为必死无疑，而是有了自信，请看他与部下的一段对话：

戴　亚　那么她们哭了没有？

谛莪特米尔　没有，陛下，她们单是在我们额角上悄悄吻了一下，
　　　　　　算是我们临死以前的祝福。

戴　亚　（矍然惊起。好像自言自语似的）她们也是这样！（旋即高
　　　　　声）真的，我们简直全国都是皇帝了。像我们这样的人，
　　　　　如果会亡国，那才怪呢！跟我来！

全剧到此结束，戴亚王的英雄豪气在舞台上回荡。

3. 人物命运的变化

比如犹太作家大卫·宾斯基的小型戏剧《被遗忘的人》，芳妮和娥尔加姐妹两人父母早丧，芳妮为了让妹妹有所成就，牺牲了个人幸福。在妹妹长大成才后，她收到了戏剧家贝尔曼的一封信，芳妮认为贝尔曼在向自己示爱，而自己一直暗恋着贝尔曼，如今美梦即将成真，心里十分高兴。

这是人物命运一个大的变化。

后来，丽齐无意之中将此消息透露给了另一房客欣得斯，欣得斯早爱慕着芳妮，他知道贝尔曼爱的是芳妮的妹妹娥尔加，明白芳妮会错意了。为了不伤害芳妮，他委婉告诉芳妮真相。芳妮十分伤心，想去寻死。

这是人物命运又一个大的变化。

再后来，经过欣得斯开导，想到自己这样做会让妹妹遗憾终生，于是她做出大胆的决定，愿意同欣得斯假结婚，好让妹妹放心地嫁给贝尔曼。欣得斯早有此意，于是就爽快地答应了，结果皆大欢喜。

这是人物命运更大的一次变化。

一部小型戏剧，能在人物命运上有如此大波大澜的变化，实在不易，因而，这样的戏也必然会赢得观众。

4. 冲突情势的变化

苏联剧作家雅鲁纳尔的小型话剧《破旧的别墅》，写工程师安德列夫有一天收到一封陌生人的来信，写信人声称是母亲的朋友，有关于母亲的消息要告诉他，他携枪应约前往，不料这个女人是德国女间谍，意在夺取安德列夫手中的重要文件。安德列夫与之进行机智的周旋，在从她口中套出其他特务的信息后，他告诉她，自己并不是工程师安德列夫，而是一直追踪着这个女间谍的内政委员会的阿诺兴。

这出戏事件很简单，但高明的作者把它处理的扑朔迷离，引人入胜。随着那把极其重要的道具——枪的归属，两个人间的冲突情势时时发生着扣人心弦的变化，也许正因如此，作者在剧中才用"他"、"她"来指代男女主人公，以突出这种变化的不确定性。

在戏刚开始，两个人初见时，剧中的"他"是安德列夫，"她"则是安德列夫母亲的朋友，一个女演员，此时，枪在安德列夫手里，"他"和"她"之间是普通陌生人之间友好亲切的关系。

可当"她"提出一个要求，要拿那枪看看，"他"居然答应了：

她　那么，你把手枪给我瞧瞧看。请你把它给我放在手里拿拿看。
他　好吧。看没有经验的人手里怎样第一次拿着枪，倒是很有趣味的。
她　这一定很可笑……尤其是胆小的人拿。你的枪是什么式的？
他　白朗宁。拿去吧，（交手枪）可是不要碰枪机啊。

不过，接下来冲突情势就发生了变化，出现一个让剧中人与观众同时为之惊愕的场面：

她　（很不坚决地接了手枪）真可怕。（短时的哑场。她突然迅速地站起来，严厉地）现在我们来谈点正经话吧。

他 什么？

她 玩够了。坐在原地方，不要动。（拿手枪对住他）

可以看出，自从枪转到"她"手中，两人之前的关系发生急剧转变，由原先力量均等，变为一强一弱，"她"成了个要拿钱收买"他"的人，用枪威逼"他"的人。冲突情势突然紧张起来，"他"处在危险之中！这是第一次"变化"。

第二次"变化"发生在"他"把枪夺回之后。

安德列夫虚晃一招，用心理战术让对方转过身去，然后顺利夺过了枪。

冲突情势又发生了变化，人物的身份和关系又回到原来的状态。"他"现在处于强势，而"她"处在劣势。这时，观众发现，"她"不是女间谍，只是个演员，她刚才是在演戏。紧张的气氛又缓和下来，原来是一场玩笑。随后出现的那封母亲亲笔写的信，更加证明"她"所言非妄。冲突情势比开始时更多了一种祥和和欢乐。可是在这时，"她"又提出了拿枪的要求，并且顺利地抢到了枪。

这就导致了冲突情势的第三次"变化"：

他 （叫喊）安娜·贝尔多丽陀夫娜！

她 （命令地叫喊）举起手来！举起来，否则我要开枪了。

"她"重新占了上风，而且这次似乎"他"不会再有机会夺回枪。"她"坦白了自己的身份，是德国的女间谍，要"他"合作，否则开枪。冲突情势到此可以说是紧张到了极点，但似乎很快进入强弩之末。观众在经过片刻紧张后，不免开始替"他"惋惜。

就在这种情况下，第四次"变化"又发生了，它使得似乎已成定局的胜败再次扭转：原来"他"就是一直追捕"她"的阿诺兴，而且，"她"手里的枪没有子弹；而且，"他"抢"她"的枪是为了假戏真做，消除"她"的疑心，这一场强中自有强中手的较量到此结束，戏剧冲突情势在不断发生变化，吊足了观众胃口后，戏也达到了最高潮。

5. 戏剧气氛的变化

大喜大悲，亦庄亦谐，是小型戏剧创作中常用的手法，不少悲剧性的小型戏剧的规定情景都乐意选在洞房之夜、中秋之夜、久别重逢之夜，而一些滑稽可笑的喜剧情节却常常在严肃的公堂、学堂、教堂出现，便是这个道理。

比如，契诃夫的《蠢货》，就是戏剧气氛不断变化的范例。

年轻的女地主波波瓦新近不幸丧偶，她立志为自己的丈夫守一辈子的孝，虽然他干过不少荒唐事。她拒绝见一切人，对亡夫的狗也倍加呵护。此时来了一个声称讨债的史米尔诺夫，波波瓦要后天还，来人非得今天要，前者因丧夫之痛对一切男人都失去兴趣，后者早厌烦了娇滴滴的女人，于是两个人由吵嘴发展到要决斗。这时史米尔诺夫却喜欢上了这个绝不扭捏的炸药一般的女人，于是向她求爱，很快，波波瓦便回心转意，答应脱下孝服嫁给他。

这个戏的戏剧气氛变化多端，特别是人物的设置十分有趣，对峙的双方，一个是新近丧夫的波波瓦，她以一个矢志不嫁的面孔出场，她爱自己的丈夫，顺便也爱自己丈夫的狗托比，嘱咐着多喂它些燕麦，而另一主人公史米尔诺夫，则是个久经风月，厌倦了女人特别是娇气扭捏的女人，他对女人有许多恶毒的评价，似乎对她们都不感兴趣。也正是这两位，一位要讨钱，一位绝不给；一个非得今天要，一个非要后天给。互不相让，剑拔弩张，甚至连"决斗"的手枪都准备好了——双方之间的矛盾看来不可调和。

可到后来戏剧气氛却发生急剧变化，史米尔诺夫开始向波波瓦求爱，虽然她接受表达爱意时的作为堪称扭捏；波波瓦也接受了史米尔诺夫的求爱，虽然她刚刚还以性命来捍卫自己是个"对爱情忠贞不变的女人"。这两个人前后变化如此之大，冲突的力量瞬间消解，笑的力量由此产生。

另外，该剧人物的语言也在不断变化中准确生动地传递出人物心理的变化。如波波瓦在一登场怀念亡夫时，细心地嘱咐仆人多喂狗些燕麦，可在剧尾，答应史米尔波夫求婚并接吻时，却说了一句"今天不要给托比燕麦了"。还有，在史米尔波夫初次求爱时，波波瓦先"冷笑"，继而说"讨厌"，随后"大怒，摇着手枪"，嘴里嚷着"去决斗！决斗"！当后者真的表示"不愿意就算了"时，却说"等一等……"，等对方真的回来时，却又说"别到我跟前来，别到我跟前来"！这种前后不一的言行，曲折而生动地表达了主人公心理上的变化，让人不知是该为她找到新欢庆幸还是为她的亡夫慨叹。

曾看到一个取材于一古代笑话的戏剧小品：某为富不仁的豪绅之家为其老太太做寿时，一秀才上前献诗。第一句是："这个婆娘不是人"。众人大叫。于是第二句出："九天仙女下凡尘"。老太太满意而笑。不料第三句出来却是："生儿个个都是贼"！诸儿顿时变了脸，秀才则缓缓道出第四句："偷来蟠桃献母亲"。结果，弄得受诗者哭笑不得。四句打油诗，抑扬顿挫，一上一下，一束一放，形成波澜起伏之势，增加了艺术的感染力。

6. 人物态度的变化

如美国剧作家珠西瓦尔·淮尔德的小型戏剧《坦白》中，从头至尾讨论的是鲍德温要不要到法庭上坦白、指控自己的老板格雷沙姆这件事，但因为人物态度的变化，导致人物对"指控"事件截然相反的两种判断。

从一开始，鲍德温的妻子和儿女对格雷沙姆是痛恨不屑的：这个人克扣爸爸工资，他们认为爸爸出庭作证，把格雷沙姆送进监狱是应该的。特别是儿子约翰，因为自己格雷沙姆的名字命名而十分气愤。他们认为作为丈夫和父亲的鲍德温应该是个诚实正直的人。

随着鲍德温的出场，大家对格雷沙姆的痛恨发展到了极点：因为这个人竟然要用钱去贿赂鲍德温，让鲍德温为自己说话——当然聪明的作者在此处并未写明钱足足有十万块之多。

等到妻子、儿女对格雷沙姆的痛恨作充分表演后，作者才通过鲍德温之口，点出钱有十万块，一下子，满场皆惊，痛恨之声再也听不到了。妻子和儿女开始困难地，有些尴尬地，有些自食其言地，为鲍德温找种种借口收下钱，替格雷沙姆摆平此事。原先应该千刀万剐的格雷沙姆，变成了个无辜稍稍犯了点糊涂的人。他们的辩驳理由如下：

（1）他挪用了储户存款，但储户并未受损失。

（2）鲍德温作为格雷沙姆多年的"好友"，把老朋友送进监狱是不道德的。

（3）格雷沙姆对鲍德温是"非常好的"。

在以上说法连他们自己难以说服时，他们又找了个借口，那就是：如果他证明格雷沙姆有罪，那么大家也会觉得他不诚实，因此原先预期的联邦法院不会接纳他，给他一个工作。他的不利于格雷沙姆的证词不会让事情有任何改善，如果他保全了格雷沙姆，让人们认为格雷沙姆是清白的话，人们也会认为他是清白的，而且格雷沙姆也会择机相报——鲍德温即将被说服。最后法官的到来，格雷沙姆的自愿认罪，结束了人物自欺欺人的表演。

随着这一层推进一层的变化，观众和剧中人的心灵不断受到冲击和洗礼，"不愿——极不愿——愿——震撼"心理变化，扣人心弦又丝丝入扣。

7. 人物语言的变化

通常来说，好的人物语言极具个性化，带有说话人的鲜明个性，是较为稳定的，但是，在有的戏剧作品中，作者也往往会萌发巧思，通过人物说话方式、口吻的变化来展示人物的经历、内心创伤。多米尼加戏剧家多明格斯的戏剧作品《最后的瞬间》就是这样一部作品。该剧剧情如下：诺埃米曾经是位纯洁美丽的姑娘，她有过爱人，也被人爱过，她也曾有过孩子，可惜遇人不淑，堕入风尘，孩子也被带走，在她步入逐渐人老珠黄的中年之后，她便终日沉醉在寂寞凄清的酩酊之中，伴随她的还有关于已往青春岁月的回忆，以及空虚的梦幻。

本剧的演员只有诺埃米一个人，却给观众描画出一幅完整的主人公过去和现在生活的场景，刻画出主人公今日的堕落痛苦和当初纯洁天真，这一切是通过主人公变化多端的语言来表现的。

在剧中，主人公交替沉浸在美好过去和残酷现实之中，她的语言也随着发生变化，努力贴合主人公心境和环境的变化。当回想起恋爱时光时，她用的是一种热烈纯洁充满幻想的姑娘口吻：

> 我结婚的时候，要举行一个盛大的婚礼。（叹气）我身上要穿一件那么洁白的新娘礼服！（似乎对一个女友说话）阿妮塔，你相信爱情吗？我也是。（热情）那些摆满了白花的祭坛不使你感动？我可会激动得浑身颤栗。还有神甫讲得那一番关于结合的话？你听见过比这更庄严更美好的吗？我但愿有一天听到这些话对着我讲（停顿。转过头来答话）我浪漫？当然，我是浪漫的。我爱一切使我们感觉到、了解到人情味儿的东西。

可当回到现实时，用的却是受侮辱受损害玩世不恭的老妓口吻。且看下面一段：

> 音乐！听着音乐，使人感觉多么美好！
> 再给我一杯！喝了酒，真叫人痛快！要不要再放一张唱片？
> 这样叫你喜欢？（脱开衬裙的一条肩带）现在我看来怎么样？你觉得我还很美吗？（感到有人碰她，躲开）别咬我。（卖弄风情；假笑；几乎是痛苦的笑，使人感到她似乎在演一出喜剧）求求你，别再碰我。（眼睛望着某个地方，狡猾地咬着嘴唇）我叫你喜欢？所有的人都说我叫他们喜欢，但是我愿意听见你这么说。

当她假想着跟5岁的儿子在一起时，是一副喜悦的初为人母的口吻：

> 托马西托，别在那儿外边玩。别跟比你大的那些孩子玩。我们走吧，回家。（命令）进去，托马西托，我不愿意你弄痛。

当她从回忆中到现实，假想着儿子真的来看多年不见、沉沦风尘的母亲时，心中的悔与恨，喜与怕，全发泄到了语言里：

托马西托，你知道了我是你的母亲，你怎么想？你会把我作为母亲看待吗？有一天，你会回到我这里来的，托马西托。你要认你的母亲，真的吗，托马西托？当然啰。所有的孩子都渴望着认他们的父母。

……

……不要允许托马西托来看我。我决不愿意托马西托见我。我不愿意他看见我这个样子……这个样子……

……

是的，我真想见他。只要有他在我的身边，即使是一分钟，听听他男子汉出众的声音，我也情愿付出我的生命……可是我不愿意他看见我。

可见，通过人物语言的变化也可以营造出变化多端的戏剧情境来。

8. 叙述方式的变化

叙述方式的变化一般有两种，第一种是整体性的，即结构形式的变化。如本书前面"结构要巧"一章所说，精彩地叙述一个故事比叙述一个精彩的故事更重要。

第二种是局部的，如越剧小戏《风雨同舟》，描写一对离异夫妻在饱经沧桑以后重归于好，剧中有一段对十年前夫妻生活图景的回忆，按照常规剧作法，由主人公来一段抑扬顿挫、词采绚丽的大段唱也未尝不可，但聪明的编导并没有这样做，而是设置了一组充满人情味的造型，令观众耳目一新。

二、造成变化的因素

在戏剧创作中，造成戏剧变化的因素是多方面的，最常见的有以下几种：

1. 外来力量的投入

甲、乙双方几经厮杀，难分伯仲，忽有大力者至，正义战胜邪恶，局势变化。如黄溪的《老王和王老》，写退休工人老王在社区合唱队当指挥，可惜由于他业务不过关，合唱队的水平老也上不去，想找人替代，老王死活不肯把位置让。街道搬出了老王原来的老上级王老来做他的工作，老王却怀疑王老要来夺他的指挥棒，满腹牢骚，说自己一辈子被人吆喝，好不容易找到一个机会指挥别人，王老还来剥夺他这唯一的乐趣。王老从小和老王一起长大，非常了解老王的倔脾气，他因势利导，语重心长，劝老王要以大局为重，不能小肚鸡肠，耽误了大家唱，王老还请来了德艺双馨的艺术家来辅导老王，而他自己宁愿当一名普通的合唱队员，听从老王的指挥。老王明白了王老的良苦用心，感慨地说"一笔写不出两个王"。

2. 意外事件的发生

如美国小型戏剧《街坊》，穷街坊们迫于生计，整日奔波。因为穷，一堆劈柴、一只土鳖都能让他们计较上半天。后来，一件意外的事件发生了——当他们知道这条街上最穷的埃斯沃斯太太要收养一个孤儿后，纷纷慷慨解囊。虽然孤儿并未到来，但下层劳动人民的同情心和人与人之间的温情得到充分的表现，正如剧作末尾所说："人么，多半都是这样儿。"

在本剧中，人物之间的关系前面是紧张躁动的，后面却变得充满温情，这之间的转换，就是通过一个突然事件（埃斯沃斯太太收养孤儿）的导入而发生变化的。

3. 编剧技巧的作用

戏剧小品《新年的礼物》，写居委主任过年前接受居民的礼物，他一一回赠，结果将给妻子买的一条羊绒披肩，换成了一串大闸蟹，后来又换成了一只小鸽子，再后来又换成了三条小带鱼。礼物越送越小，但居委主任美好的心灵却越来越清晰。

这个小品中的"变化"就是编剧高超的技巧在起作用，但又不使人感到虚假。

想起美国有一篇微型作品题为《四封电报》，且录于下：

伊莉薇娜的弟弟佛莱特伴着她的丈夫巴布去非洲打猎。不久，她在家中接获弟弟的电报："巴布猎狮身死。——佛莱特。"

伊莉薇娜悲不自胜，回电给弟弟："运其尸回家。"三个星期后，从非洲运来了一个大包裹，里面是一具狮尸。她又赶发了一个电报："狮收到。弟误，寄回巴布尸。"

很快得到了非洲的回电："无误，巴布在狮腹内。——佛莱特。"

这里面的内容，本来是一则较长的故事：巴布由小舅子陪同到非洲去打猎——巴布猎场遇难葬身狮口——巴布的妻子闻噩耗悲痛地托弟弟运尸还家——不料弟弟却寄来了一头死狮——重新联络才得知巴布已被这头狮子吞吃在肚里了。作者没有从头到尾细细写来，而是别出心裁地借用电报往返形式，抓住几个"点"，把整个故事巧妙地展示出来。这就是技巧的作用。

4．人物性格使然

在一切能引起剧情变化的手段和方法中，最有艺术价值的无疑是由人物性格的力量导致戏剧情势变化的那种方式。

苏联话剧《以革命的名义》一场戏中有这么一个情节：一心要到莫斯科去的彼嘉和瓦夏，遇到了列宁和捷尔任斯基。当列宁与两个小朋友谈得很投机，并邀他们同去莫斯科时，孩子们断然拒绝了这一诚意邀请，并躲到树林里去了。当列宁在一张条上写上捷尔任斯基的地址并留给他们时，彼嘉却用纸条引了篝火。至此，孩子们唯一的希望破灭了，情势发生了变化，但这个变化是人物性格的使然。因为在战乱年头，两个刚失去父亲的孩子对一切都抱有怀疑，持有警戒，自然对素不相识的列宁同志也不例外。而那张纸条，孩子们天真单纯的性格决定了他们是不会想到上面有关及他们命运的东西的。

京剧《空城计》，整个戏都沉浸在履冰涉险、变幻无常的气氛里。诸葛亮坐守空城，司马懿大兵压境，司马懿只要一声令下，即可攻下此城。几番周折，几经犹豫，欲进又退，欲退又疑，司马懿的一举一动都牵连着剧情的发展。戏扑朔迷离、诡谲多姿，这也是人物性格的使然。

司马懿统帅的雄兵，面对诸葛亮虚设的空城，所以不敢擅自闯入，主要是司马懿深知诸葛亮其人的性格，"亮平生谨慎，不曾弄险，今天开城门，必有埋伏，我兵若进，中其计也，汝辈岂知，速退。"而诸葛亮面对司马懿的雄兵所以敢于大开城门，也是充分掌握了司马懿的奸诈、多疑、唯恐中计的狡猾的性格。

巴西名剧《伊索》第三幕中，伊索经过自己不屈不挠的斗争，在克列娅的帮助下，离开克桑弗家，获得自由。戏似乎结束了，但突然，他又因为被神庙的祭司诬陷为"偷金器"而押了回来。真是一大意外，一大变化，一大跌宕。究其原因，也是人物性格的力量在起作用。因为第一，伊索追求自由，不单单为了自身的利益，他更多的是为了唤醒人们为自由而斗争，他的这一性格决定了他要与统治阶级作斗争。因此，他一出来就用寓言来讽刺抨击黑暗的神庙祭司，而他的被诬陷正是神庙祭司对他的阶级报复。第二，伊索所以没有在神庙前露出自己已经自由的身份，而愿意让他们重新把他带到克桑弗家，这是因为他多少有点眷恋克列娅，这就决定了他要回来和克列娅碰上最后一面。

三、优秀作品的启示

我们一起来分析两个实例，看看在有经验的剧作家笔下，变化的因素、变化的力量、变化的作用与意义在哪里。

1. 实例之一：《皮九辣子》中一场戏

江苏刘鹏春的《皮九辣子》，是一部难得的现代戏佳作。其中有一场戏说的是皮九在"文革"中遭无辜批斗还同情寡妇顾二嫂，代她挂破鞋游街，后又坐牢。十年后，皮九无罪释放，回到故乡，以补鞋为业，途经顾二嫂门口，顾二嫂从房里拿出新鞋子，剧本是这样写的：

顾二嫂 （拿出新鞋，旁唱）

　　　　九哥哥受屈坐牢房，
　　　　我年年做上鞋一双。

一双鞋子两只船，

无限相思装满舱。

这梦漂到那梦中，

只迎着无情风雨无情浪……

今日送到九哥哥手上，

漂泊的船儿靠上了港……

皮　九　二妹子，这不都是新鞋子？

顾二嫂　嗯。

皮　九　要钉掌？

顾二嫂　你看着办吧……

皮　九　（似恍然大悟）喔，二妹子找了对象，这是送给心上人的……

顾二嫂　你猜对了。

皮　九　找的哪儿的？

顾二嫂　你先穿了试试看。

皮　九　晓得了，拿我的脚当鞋楦子用。（脱旧鞋，把脚放在裤子上擦擦），不错，不错，正合脚，就像给我做的。

顾二嫂　是吗？

皮　九　（猛然意识到说漏了嘴，自己打耳光）瞎说，瞎说！二妹子，不要见气，我自己打两个耳光。

顾二嫂　（抓住他的手）是给你做的。

皮　九　啊？（顿时觉得鞋在脚上，如针如芒，脱下一只鞋，另一只要脱）二妹子，不要开玩笑！

顾二嫂　九哥哥，艰难之中识得人，你有恩，我报恩。

皮　九　嗨，什么话！君子施恩不图报，再说，我是个没得本事的烂皮匠……

顾二嫂　结伴结个强，我认准了，你是个堂堂男子汉。

皮　九　我五十多岁，你才刚刚四十出头，鲜花插在牛粪上。

顾二嫂　好吧，鲜花插在牛粪上，底肥足，花开得长些。

皮　九　我家丫头都快要出门了。

顾二嫂　丈人女婿一起当新郎官，还省了一笔爆竹钱。

皮　九　姑奶奶，你就不要开玩笑了，我皮九不做缺德事！（背起箱子出门）

顾二嫂　（把旧鞋扔出门）好，你滚！（开门，暗自哭泣）

皮　九　（慌慌张张地穿着新鞋子在站外喊）二妹子哎，二妹子！

顾二嫂　叫魂，叫的什么魂！帮我挂破鞋，你倒像个英雄，让你穿新鞋子，你是狗熊！（呜咽）

皮　九　狗熊，狗熊。（拾起一根断竹，脱下一只新鞋挑过墙头）喏，接好了，一只熊掌来哉！

顾二嫂　（顾一把抓过鞋）去！谁和你嬉皮笑脸！我早盼，晚盼，盼来盼去一场空，我白做了这些鞋！不如烧了吧，烧了！（抱鞋欲下）

皮　九　不要烧，不要烧！

顾二嫂　烧，烧！

皮　九　（旁白）要命了，还得先塌塌刷刷，二妹子，不要哭了，我两个真的要好，也要找个媒人，我这个人，一辈子讲究光明正大！

顾二嫂　（心头一震，大喜）媒人现成的，在这儿！（甩一根绳子给皮九）

　　　　（唱）　黑黝黝的绳子甩出墙外，
　　　　　　　　再好的媒人没它实在！
　　　　　　　　它拴过一串破鞋一串泪，
　　　　　　　　它系着你的仁义我的爱。
　　　　　　　　有心悄悄拾回家，
　　　　　　　　正梁上挂了整十载，
　　　　　　　　别人以为我要上吊，
　　　　　　　　谁人知它是相思带！
　　　　　　　　寡妇的日子是漏底的船，
　　　　　　　　这一根织绳背我出苦海。
　　　　　　　　受人欺，受人侮，

也曾想打个活结赴泉台，

抓住绳子又松手，

想死也要等你回来！

皮　九　二妹子啊！

　　　　（唱）　你这份情，这份爱，

赛过王宝钏，胜过祝英台。

我皮九死了老婆二十年，

不是石头是干柴！

你一把火呼啦呼啦烧得急，

我一颗心怦怦啪啪跳得快！

从此不靠土墙睡，

把你二妹子搂在怀。

修你一只漏底的船，

织绳上肩，生生死死不分开……

顾二嫂　（开门）九哥哥！（忘情地扑过来）

皮　九　二妹子！二妹子也！（拥抱顾二嫂）二妹子，什么时候办喜事！

顾二嫂　随你。

皮　九　我看不着急，先把房子修一修。

顾二嫂　也好，我去找我哥哥借个三五百。

皮　九　他发了什么财？

顾二嫂　右派平反，落实政策，补了两千块工资。

皮　九　喔，他落实政策，我不也可以嘛？地富反坏右，右派是老巴子，我老反革命还排在他前头！

顾二嫂　能补到？

皮　九　共产党的政策我有数，讲究的是大家有饭吃，土改的时候，凡是穷人都分田；这刻儿，吃了冤枉的都分钱，没有错的。

顾二嫂　对头！理直气壮的要！不要客气，不要像我那个死鬼，树叶子掉下来也怕打破头。

皮　九	你放心，我是天不怕、地不怕，块头不大胆子大！
顾二嫂	这些年，我算看透了，人怕狠的，鬼怕恶的。
皮　九	一点不错，我明天就上公社去。
顾二嫂	看你这身衣服，像件破袈裟，我那死鬼留下不少衣服，我给你换一件。（下）
皮　九	唷喂，穿了死鬼的衣服，死鬼兄弟要骂我哩，说我抢了他的老婆，朋友妻，不可欺。再说，她高低是教师的老婆，我要了她，有辱斯文……（对幕后）二妹子，刚刚我脑袋瓜儿发高烧，说了些胡话，你只当我放的屁。我们两个，不能玩，不能玩……（拎起修鞋箱，仓皇逃下）

上面这一场戏，至少有三点值得引起我们的注意。

第一，由人物性格的碰撞带来了戏剧情势的变化。油而不滑的皮九补鞋，途遇亲而不俗的顾二嫂家门口，顾二嫂悉心打扮，迎候已久，以赠鞋为由，吐露爱情，欲结秦晋，带来戏剧情势变化，人物关系变化；皮九虽有心，却无意，抛出三条理由，一是自己是烂鞋匠，二是自己年龄太大，三是女儿也要成家了，怕人笑话。顾二嫂失望，将皮九关出门外，情势再变化，人物关系也随之变化；皮九欲走还不忍，顾二嫂宣称要烧鞋泄怒，皮九赶快阻止，以找个媒人为条件接了鞋子，情势变化，人物关系又变化；顾二嫂倾诉衷肠，皮九大哥感动，相拥相扶，情势又变化，人物关系再变化；顾二嫂为皮九找前夫的衣服，以打扮心上人，皮九猛想起"朋友妻，不可欺"的古训，落荒而逃，情势变化，人物关系也随之变化。你看，这短短一节戏，变化何其多，且又都生发于人物性格。

第二，戏剧情势的变化又展示了人物性格的变化。火辣辣的顾二嫂大胆地向皮九吐露了隐藏在心底十年之久的爱，见皮九怯懦，又勇敢地亮出爱的宣言，"我认准了，你是个堂堂男子汉"，"鲜花插在牛粪上，底肥足，花开得更长些"。"丈人女婿一起当新郎官，还省一笔爆竹钱"。见皮九拒绝，她又敢骂敢做，"叫魂，叫的什么魂？帮我挂破鞋，你倒像英雄，让你穿新鞋子，你是狗熊"！"我白做了这些鞋！不如烧了吧！烧了吧"!"烧，烧"！见皮九接受了爱，又果敢地提出用一根"拴过一串破鞋一串泪，系着你的仁义我的爱"的绳子做媒，见皮九动情，她又忘情地扑到皮九怀里，见皮九要为办喜事修房子，她又主动要去借钞票，见皮九要去上访以求落实政策，她又专为其找衣服，好一个活脱脱、热辣辣的农村妇女的形象。写皮九也是一样。当尝遍甜酸苦辣、历尽沧桑坎坷、受够风霜雨雪的皮九，突然面临一个与他有着同样遭遇、同样命运、同样爱憎、同样心灵的女子抛来的绣球时，他惶惑，他紧张，他害怕，他是怕自己不能给顾二嫂带来幸福，尽管他一直自吹"天下事难不倒共产党员"。他是怕自己糟蹋顾二嫂的青春，尽管对方也已经是个四十出头的寡妇；他是怕自己的行为给村里人添笑话，尽管人都知道皮九不做缺德事。而当顾二嫂吐出了"想死也要等你回来"的肺腑之言时，皮九终于承认："我皮九死了老婆二十年，不是石头是干柴！你一把火呼啦呼啦啦烧得急，我一颗心怦怦啪啪跳得快"。而当顾要用死鬼的衣服打扮自己的心上人时，皮九又如梦初醒，以为"她高低是教师的老婆，我要了她，有辱斯文，有辱斯文"，因而中途变卦，不辞而别。就这样，犹豫迟疑，欲爱不敢，忽冷忽热，欲进又退，把一个表面嬉笑怒骂皆文章、内心伤痕累累尽血泪的农民形象刻画得惟妙惟肖。

第三，戏剧情势的变化又推进了矛盾冲突的发展。皮九接受了顾二嫂的爱，提出为办喜事而修房子，由此引出顾二嫂哥哥右派平反补了两千元工资的事实，机智的皮九马上认为"他落实政策，我不也可以嘛"，决定明天就上公社去上访，因为"共产党的政策我有数，讲究的是大家有饭吃，土改的时候，凡是穷人都分田；这刻儿，吃了冤枉的都分钱，没有错的"。于是，由戏剧情势的变化带出了全剧主人公的主要行动——上访这一重要的戏剧性事件，矛盾发展了，剧情推进了。

第四，戏剧情势的变化又深化了作品的主题。皮九爱不得、恨不得、丢不得、舍不得最后只好离幸福远去的性格行为，使人们从中领悟到这样一种东西：那个可怕的年头，那种非人的经历，那些悲惨的遭遇，将一个"天生不算太滑头，七斗八斗斗成'猴'"的活生生的庄稼人锻打得连对人生最基本的需要——爱别人与被人爱的热情都丧失了，这是多么残酷的现实啊！对人的摧残莫过于对人性的摧残，作品的思想意义也便可想而知了。

2. 实例之二：《打铜锣》

湖南花鼓戏《打铜锣》，虽是个对子戏，但剧情始终处于流动之中，粗粗分析一下，其中竟有 15 个变化，请看：

（1）蔡九打铜锣，"发现"鸭叫声，试探林十娘——变化；

（2）林十娘诬赖蔡九看见堂客不正经，嘻嘻哈哈——变化；

（3）蔡九捉到鸭子——变化；

（4）林十娘施糖弹、捧蔡九——变化；

（5）蔡九飘飘然，又自我觉醒——变化；

（6）林说鸭吃别大队的谷与蔡无关——变化；

（7）蔡九据理力争——变化；

（8）林十娘出示偷到的锣槌——变化；

（9）蔡九出示另一个锣槌——变化；

（10）林十娘又赖蔡九偷鸭子——变化；

（11）蔡九要杀鸭验谷——变化；

（12）林十娘求饶——变化；

（13）蔡九教训林十娘——变化；

（14）林十娘认错——变化；

（15）蔡九原谅了她，不罚谷了——变化。

《打铜锣》能在如此短小的篇幅里完成这么多的变化，实在是不可多得的范例。

新近看到一个戏曲，其实只有半个小时的演出，却觉得很累，好像几个小时一样。究其原因，戏里缺乏变化，情节原地打滑是最主要的。这个戏只有五个人物：奶奶、爸爸、妈妈与十来岁的孩子，还有孩子的老师，说是三个家长都作个体户，是个"大款"人家，平时教育孩子从小要学会做生意，孩子便从家里"批发"了一些小商品去兜售，暑假作业不做。老师来家访，发现问题，一番教育，认识提高。戏是这样写的，第一块戏，家长夸孩子有经济头脑，每天可赚两张分；第二块戏，老师来家访，家长替孩子说好话；第三块戏，恰逢孩子做生意回家，真相大白，老师痛心疾首，用大段唱教育各位，众纷纷表态，要重视家庭教育，戏也就到此结束。且不去说这个戏的艺术构思如何粗糙，就戏中仅有三个简单的变化毫无想象力的所谓的这一条，就味同嚼蜡了。

事实上，一个小型戏剧假如能有五六个比较显著的变化也就不错了。问题是要做到，凡有变化的地方，特别是人物性格和人物关系发生变化的地方，就应该大写特写，泼墨如云，不要一笔带过，轻轻放掉。当然，一个戏也不能全是变化，必要的交代、铺叙、伏笔也是需要的。

【思考与练习】

1. 试分析民间小戏《柜中缘》，找出剧本中哪些变化是由人物性格冲突引起的？哪些变化是编剧技巧的作用？

2. 请你按照"变化要多"的要求，根据下面这一材料编写一部小型剧本。

约 会

纽约地铁中心上方的时钟，指针指着 6 点差 6 分。高高的年轻陆军中尉抬起晒黑了的脸，眯起双眼注视着它，心里紧张。再过 6 分钟，他将看见在过去 13 个月里在他的生命中处于一种特殊位置的女人，一个他从来没有见过面的女人，然而她书面的话给了他无穷的精神力量。

他曾经收到她慰问军人的信，于是通起信来。有一次他在信中坦然向她承认他经常感到害怕，她回信说："所有勇敢的士兵都会感到害怕的。当你感受到害怕时，你只要想到你和我在一起……"他记住了，在战斗中勇气百倍，建立了战功。

一个姑娘在他的身边走过。布朗特福德中尉浑身一震。她佩戴着一朵花，但不是他们事先约定好的红玫瑰花。而且这个姑娘大约只有 18 岁，而墨妮尔告诉过他她 30 岁。"这有什么关系呢？"他信上回答。"我 32 岁了。"实际上他 29 岁。

他们通了 13 个月的信。现在他相信他爱她，而且她也爱他。

但是她不肯把她的相片送给他。她作过解释："如果你对我的感情是真的，我的长相如何是无关紧要的。也许我很漂亮，你一直怀有侥幸的心理，认为我长得很漂亮，而那样的爱情将令我感到憎恶。也许我长得很平常（你必须承认这很有可能）。不，不要问我要相片。在你来到纽约时，你就见到我了。"

一位年轻女子微笑着正朝他走来。她的身材修长，眼睛蔚蓝。嘴唇和下巴显得坚定，穿着淡绿色的衣服，像春天一般充满朝气。他开始朝她走去，忘记注意到她并没有佩戴玫瑰花。而就在他朝着她迈了一步时，他看见了墨妮尔。

她几乎恰好站在这个姑娘后面。这是个年过40的妇女，她的花白头发塞在一顶旧帽子里。她胖胖的，穿着低跟鞋子，在外衣上，佩戴着一朵红玫瑰。

穿着绿衣服的姑娘很快地走开了。

布朗特福德好像被一分为二，他很想追随那个姑娘而去，但又深切地渴望会见女友。她的精神伴随着他，鼓舞着他，而她正站在那里。他可以看清楚她苍白的、胖胖的脸是温柔的、明智的，她的灰色的眼睛闪烁着温暖的光芒。

布朗特福德中尉没有迟疑。他的手指握紧那本旧的书，它将向她证明他的身份。这不是爱情，却是他一直渴望的友谊和永远值得感谢的珍贵东西……他整理了一下军衣，行了礼，朝着那个妇女伸出了那本书。虽然他讲话时心里充满着失望的痛苦：

"我是布朗特福德，而你……你是墨妮尔小姐，我可以……可以带你去用餐吗？"

妇女微笑了，"我不知道整个事情的真相，孩子。"她答道，"那个穿着绿衣服的年轻小姐请求我在我的外套上佩戴这朵玫瑰花。她说过，如果你邀请我跟你一起走，我就告诉你她正在街道那边的那座小餐馆里等候你。她说这有点考验的意思。"

（摘自《外国故事》）

第十四章　意趣要足

　　戏剧作品必须重意趣。明代著名书画家、松江人陈继儒指出，戏曲的审美特征必须具备"三有"，即"有味、有致、有神"。[①] 实际上说的也是戏剧的意趣。而清代的李笠翁则更是强调："'机趣'二字，填词家必不可少。机者，传奇之精神；趣者，传奇之风致。少此二物，则如泥人、土马，有生形而无生气。"[②] 至于如何才能使作品有意趣，陈继儒认为，"子野才太俊，情太痴，胆太大，手太辣，肠太柔，心太巧，舌太纤；抓搔痛痒，描写笑啼，太逼真，太曲折。当其志敝意得，摇笔如风雨，强半为旁人制去，或写素屏纨扇，或题邮壁旗亭，或流播于红绡丽人、黄衣豪客之口，而犹未睹子野之大全也。[③] 当"才、情、胆、手、肠、心、舌"等所有主体因素充分调动并发挥时，"当其志敝意得"之际，剧作者才真达到"摇笔如风雨"的自然浑成的境界，写出"有致"之作。而李渔则认为，"机趣"是由填词家"性中带来"。什么是"性"呢？即"说话不迂腐"，能"超脱"；"行文不板实"，有"空灵"。具备了这两条，"即可以填词之人也"。否则，"性中无此，做杀不佳"。

一、戏剧作品的意趣

　　戏剧作品的意趣，可以归纳为"新、奇、趣、巧"四个字。不论是

---

①　陈竹：《中国古代剧作学史》，武汉出版社 1999 年版，第 277 页。
②　李渔：《李笠翁曲话》，中国戏剧出版社 1962 年版，第 16 页。
③　陈竹：《中国古代剧作学史》，武汉出版社 1999 年版，第 276 页。

求新、求奇、求趣或求巧，目的无非是强调作品要吸引人，要引人入胜。所谓意趣要足，就是要让观众对你的戏剧作品有兴趣，有吸引力。

一般说来，一部能吸引人的戏剧作品，至少有两个特征：一是有悬念，二是有情趣。其实情趣也是一种悬念，即对情趣的期待心理。

大家都知道，有一位草菅人命的阿拉伯国王，挡不住《天方夜谭》的迷人，才收起了屠刀，使许多无辜的人头免遭落地；又有传说有人将名著《金瓶梅》的每页下角蘸上毒汁，用计报复了一位沾唾沫翻书的荒淫暴君。这些例子都从一个侧面论证了作品的意趣所具有的独特吸引力。

不妨先说一个二十多年前我在乡下务农时搜集到的民间故事《傻女婿卖布》，后来我把它改成了民间小戏，大致情节如下：

从前，荷花庄上住着一对小夫妻，男的是有名的傻女婿，傻到啥地步？一二三四五六七八九十，倒数一遍，他不会；女的是出众的巧媳妇，巧到啥程度？蚊子、苍蝇飞过，她能分得出雌、雄。傻女婿和巧媳妇在一起过日子，虽称不上美满和谐，倒也听不见吵吵闹闹，大概是傻的太傻了，巧的又太巧了，成不了对手。

这天，巧媳妇拿出自己精工纺织的三匹布来，要傻女婿拿到街上去卖。临行时，巧媳妇一再关照丈夫：现在是秋荒时节，如买布的客人无现钱兑付，也可赊账；不过，一定要问清客人姓啥叫啥？家住何方？才能成交。傻女婿听了，连连点头称是。

傻女婿出了门，朝街上走去。半路上，一位客人被傻女婿手里的布吸引住了，忙问："这么好的布，出自何人之手？"傻女婿答道："是我娘子织的""要卖？""要卖！""可赊？""可赊！"于是，三匹布一下拍板成交。傻女婿忽然想起娘子的话来，忙问客人姓名、地址，客人答道："我名叫迈开脚不走步，家住尖刀山下、蜜蜂洞中，明天你来向我收钱好了。"说罢，拿了布扬长而去。

傻女婿回到家里，便把赊布的经过讲了一遍，巧媳妇听了，又气又好笑，用手指点着傻女婿的额角说："你呀，说你傻真是傻！天下有哪个人名叫迈开脚不走步的？又有哪个人住在尖刀山下，蜜蜂洞中的？"傻女婿被娘子这一问，似乎也觉得上当了，心中不由暗暗叫苦。

第二天一早，傻女婿拿了斧头要上山打柴去，巧媳妇连忙拦住他说："我辛辛苦苦的三匹布难道白白送人了？今天你去给我把钱要回来！"傻女婿眨巴着眼睛问："叫我到哪里去找呀？"巧媳妇便说："你呀，就不会动动脑子？""嘿嘿嘿，我傻嘛！""那就听我说，这迈开脚不走步，说明那位客人姓万；迈字去掉走，不就是万字吗？这尖刀山下，是说万先生的门口有一片刀豆；这蜜蜂洞中，定有一座学堂，小学生在里面闹嗡嗡的，像一群蜜蜂。此去朝南二十里，有座小学堂，听说有位姓万的先生！你不妨去找找看。"傻女婿自然不敢违抗，匆匆上路了。

中午时分，傻女婿果然找到了一座小学堂，学堂门口果然有一片刀豆，一打听，里面果然有位姓万的先生昨天赊回了三匹布。傻女婿进去一看，只见那位万先生正在跟一个人说话，便上前叫道："万先生，我要布钱来了。"那位万先生抬头一看来人，煞是吃惊。忙问："你怎么知道我叫万先生？又怎么知道我住在这里？"傻女婿回答道："是我娘子告诉我的！"万先生感叹地说："我知道，你娘子能织出这么好的布来，也就一定能找到我的。不过，今天我还不能给你布钱。""为啥？""因为我在跟别人说话，你打断了我的话柄。""这话柄……"傻女婿不知道怎么答才好，只得搔搔头皮，空着手回家了。

傻女婿回家把打断话柄的事一说，巧媳妇也不理会。第二天，她给了傻女婿一把锄头，又如此这般、这般如此地叮嘱了好一番，就催傻女婿再去找那位万先生。

傻女婿按照巧媳妇的吩咐，来到万先生的门口，二话不说，便抡起锄头，挖起土来。万先生见此一愣，忙问："你挖什么？"傻女婿说："我挖风根！""哈哈哈，你这个人真是傻得少见，风哪会有根呢？""风既然无根，那话又怎么会有柄呢？""这个——"万先生被问住了，便说："这又是你那聪明的娘子想的？"傻女婿点点头。万先生便从袋中取出钱来，傻女婿接过就走。万先生说："且慢！我有一样礼物送给你娘子。"说着，从里面拿出一截封了口的毛竹筒交给了傻女婿。

傻女婿兴冲冲踏进家门，把布钱和毛竹筒一并交给巧媳妇，巧媳妇接过竹筒，好生纳闷，劈开一看，里面竟是一泡烂泥浆，烂泥浆里，陷着一只红菱角。巧媳妇见了，心里一阵辛酸，两行热泪滚了下来，红菱角陷进烂泥浆坑里，这不明明是讽刺我这聪明灵巧的女人嫁了个傻丈夫吗？越想越难过，她转身进屋，打了个包裹，气呼呼地回娘家去了。

巧媳妇去娘家已有半个多月了，傻女婿去请了几次，她都不肯回来。傻女婿百思不得其解。这天晚上，他躺在床上，猛然想起那个毛竹筒，决定第二天去找万先生想想办法。

那万先生也正要找傻女婿，一问，晓得巧媳妇和傻女婿过去感情不错，就因为他送了个毛竹筒，巧媳妇才走了。心里觉得有点内疚，便要傻女婿放下心来，并表示：由他去说服巧媳妇，七天之内，一定让傻女婿与巧媳妇夫妻团圆。

万先生抽空来到巧媳妇的娘家，一连三天弯着腰、低着头，在门口走来走去。第一天，巧媳妇不搭理他，第二天，巧媳妇还是不搭理他，到了第三天，巧媳妇实在忍不住了，就开口问道："先生，你在我家门口走来走去，是想干什么？""噢，大姐，我找一样东西！"万先生随口回答。"找啥？""我衣服上掉了一颗纽扣！""一颗纽扣有什么必要找三天？去配一颗新的就是了。""不！你不知道，新的哪有旧的合适？无论什么东西，我看总是原配的好。""……原配的好？！"巧媳妇听了这番话，好比灯笼点火肚里亮，其中的含意，她一下明白了。第二天，巧媳妇别了父母，找傻女婿吃团圆饭来了。

……

这个故事可能还不算是很精彩的，但它却具备了意趣的基本特征，即有悬念，有情趣。

二、意趣的特征之一——悬念

悬念在心理学上是指人们急切期待的心理状态。戏剧中的悬念是指引起观众对戏剧情节和人物命运关注的技巧。西方戏剧理论家认为悬念是引起观赏兴趣的一个重要手法。贝克说：悬念"就是兴趣不断地向前延伸和欲知后事如何的迫切要求"[①] 亨脱说："悬念是……戏剧中抓住观

① 顾仲彝：《编剧理论与技巧》，中国戏剧出版社 1981 年版，第 253—254 页。

众的最大的魔力。"① 安得罗斯说："引起戏剧兴趣的主要因素是依靠悬念。"② 亚却把悬念比作德谟克列斯头上的剑，这把剑悬在空中，不知什么时候会落下来造成灾难。

英国作家邓珊奈爵士的小型戏剧《小酒店的一夜》，就是一个充满悬念的作品：

四个强盗窃取了一座神像额头价值连城的宝石，不料却被三个祭师跟踪而来。他们设计杀死了祭师，正在饮酒祝贺时，一件最恐怖不过的事情发生了：那神像竟然追踪而来，等待四个强盗的是死亡。

1. 悬念的设置与摧毁

好的戏剧故事总是一边设置悬念，一边解决，再设置新的悬念，再解决，如此反复，环环紧扣，推进故事情节，请看：

（1）傻女婿卖布，客人要赊，留下的姓名地址是"姓迈开脚不走步，家住尖刀山下、蜜蜂洞中"。这些话是真的吗？（悬念）

（2）巧媳妇推测出客人姓万，家住小学堂边，傻女婿能找到吗？（悬念）

（3）傻女婿找到了客人，客人却说因傻女婿打断了他的"话柄"，要不到钱，怎么办？（悬念）

（4）巧媳妇教给傻女婿"挖风根"的办法，终于讨回了布钱，可万先生又给巧媳妇送去毛竹筒，什么意思？（悬念）

（5）巧媳妇劈开毛竹筒，见是一包烂泥浆，里边有一个红菱角，便打了包裹回娘家去了，为什么？（悬念）

（6）傻女婿请巧媳妇回来，却没有成功，只好去找万先生，万先生答应七天之内让他们夫妻团圆，可能吗？（悬念）

（7）万先生在巧媳妇娘家门口寻纽扣，道出了"还是原配的好"的真谛，巧媳妇终于回心转意。故事结束。

这样的故事在戏剧作品中也很多见。如越剧《祥林嫂》、锡剧《皮九辣子》等，都是通过悬念的不断设置，不断破坏，再不断设置来展示

---

① ［英］威廉·亚却：《剧作法》，上海戏剧学院戏文系翻印，第234页。
② ［英］威廉·亚却：《剧作法》，上海戏剧学院戏文系翻印，第133页。

人物命运的。

　　还有的故事是一开头就是个大悬念。比如一些破案故事，一开头就是死了一个人，甚至几个人，是暴死？自杀？还是他杀？于是，思路就随着办案人员的调查，一一排除疑问，最终的结论是人们意想不到的。不过，用这种方法来设置悬念，结局一定要出人意料，要压得住故事的开头，否则，会给人故弄玄虚的感觉。这样写法在话剧作品中较多见，戏曲就相对少一些。另有一种故事，开头把读者引入误区。故事情节的发展，就是连连抛出一个又一个悬念（疑团），最终才释除所有的悬念，解开一个大"包袱"，真相大白，水到渠成。如沪剧小戏《赶不走的媳妇》便是这样的结构方法。儿子坐了牢，公爹气得双目失明，媳妇娘家来人要劝媳妇改嫁，而媳妇既告发丈夫，又打下胎儿，又变卖嫁妆，公公误会媳妇变心，事实却是媳妇为了救丈夫、为了家庭、为了照顾公爹才这么做的，公爹感动，戏也结束。

2. 透露谜底与保守秘密

　　还有一种戏剧故事，先把谜底交给观众，然后看故事中的人物如何行动。比如，我还曾把另一个从乡间搜集到的民间故事改成民间小戏，题为《九只铜板》，说的是从前有个失去双亲的苦孩子，名叫阿孤，做了三年小长工，财主只给他九只铜板。这天，他去看望久别的叔父，路过一座小石桥，见两位白发老人在谈笑风生，便凑上去打听。老者说："我们说的是做人的警言，你要听，一句话付三个铜板。"阿孤掏出三个铜板，老者接过，说了句"行路莫踩农家田"，阿孤觉得不过瘾，又掏出三只铜板，得了句"莫讨女人之便宜"。阿孤说："再买一句。"于是，又得"害人必会自倒霉"。阿孤用三年劳动的心血换了三句话，他觉得这三句话比九只铜板不知要值钱多少，便兴冲冲拜别老者，又行自己的路。

　　阿孤过了小桥，再经一渡口，再穿过一片竹林便是他叔父家。目下离渡口尚有半里地，不觉从左右两条小路走来两个人，一个在阿孤前，一个在阿孤后，一会儿，走在前面的人竟抄起近路，在农人田里踩过去，阿孤想到刚才买的一句话随口念了出来，没有抄近路，跟在后面有这个人，右脚已闯入田里，忽听阿孤那句话，便面有愧色地缩回脚。话说前面抄近路的这位，首先来到渡口，路上渡船，点开竹篙，船从江心驰去。恰在这时，一阵龙卷风从天而降，船仰人翻，那路人不识水性，溺水而亡。阿孤心想，幸亏不踩农人田。否则也要一命呜呼了。在阿孤身后的那人也想，幸亏这小伙子提醒，不然难逃厄运。想到此，便与阿孤搭讪，并邀阿孤去他家小住。阿孤想，自己身无分文无颜见叔父不妨随行。

阿孤来到这人家里，才知他姓张，名有财，是个有钱的窑户，他的砖窑建在十里以外的一个地方，由窑师代管，儿子秀根看了一班鸭，女儿秀梅正当年华，老伴在家操持家务。他们要阿孤留下做杂工，阿孤自忖反正到哪里都是弄口饭吃，便一口答应了。

且说阿孤在窑户家里打柴种菜，喂猪担水，聪明勤俭，很得秀梅欢心。有一天，秀梅终于向阿孤吐露真情，要招他做上门女婿。阿孤想起买来的那句话，且自度家境寒酸，不敢造次，遂婉言相拒，岂知秀梅恼羞成怒，在老父面前诬告阿孤行为不端，欲施非礼。于是，张窑户夫妇决定惩治阿孤。

那天，张窑户将一封信交给阿孤，就是请阿孤将信送给十里之外的窑师，阿孤欣然答允，兴冲冲上路，中途遇放鸭的秀根，问明缘由，执意要请阿孤执鸭竿，自己去送信，以图松散自由。阿孤只得从命。

且说秀根找到窑师，递上书信，窑师拆开一看，是张窑户的手迹，上书："神窑一年一祭，择期今日又是；捧函何心手软，来者当祭奠辞"。窑师便引秀根去窑顶看烧窑之壮观，秀根好奇，随窑师拾级而上，至窑顶，秀根俯身朝窑孔望去，窑师乘他不备，顺手将他推下窑去。

再说阿孤替秀根放鸭，天黑回来，张窑户见到他，不由大惊，询问送信一事，乃知李代桃僵，大事不妙，当场昏厥。母女俩也哭成一团，事后，阿孤识得真相，更觉三个铜板买来的"害人必会自倒霉"这句话的价值，他决定这辈子要遵守古训，好好做人……

这个故事一开头先交代故事的核心，即三句话，听众都知道会在这三句话上面做文章，但依然兴趣不减，希望了解具体情节如何发展。这种故事的结构方法尤其适合于戏曲。因为中国戏曲通常将剧情的钥匙交给观众，不主张隐瞒剧情，卖关子，摆噱头，而是充分地相信观众，尊重观众，让观众像上帝那样看剧中人物或钩心斗角，或山盟海誓，或尔虞我诈，或肝胆相见。比如《十五贯》，观众一开始就知道坏人是娄阿鼠，比如《窦娥冤》，观众也十分清楚肇事者是张驴儿，再比如《团圆之后》、《春草闯堂》等好戏，都是让观众一下子就破译剧情密码。当然，在具体的场面与情节中，自然还会有许多障碍，许多纠葛，许多秘密，但最终的结果、最要害部分的情节，观众是一清二楚的。这里就涉及戏剧技巧中一个十分有趣的问题，即对观众要不要保持秘密。

有一种具有权威性的主张：一个剧作家绝对不应当对他的观众保持秘密。反对保持秘密的最有力的理由是：你没有办法保持秘密。亚却曾举过这样一个例子："比方说，正当幕启之前，响了一声枪响。于是在另一间空房子里发现一个男子（或者一个女人）躺在血泊中滚来滚去，这个戏的后面部分可能是叙述谋害者的情况，当然，这个谋害者应当被证明是最难猜测的人，这样的剧本在第一次上演时可能会获得极大成功。但是，设若作者愈是把他的效果建筑在这个秘密上，那在以后连续不断的演出中，这种效果就会愈来愈大打折扣。"因而亚却认为，戏剧"兴趣"与单纯的"好奇"是完全不同的，当好奇已经消失时，兴趣仍能存在。他说："好奇心是一种偶然的美味，它只能保持一个晚上的吸引力。戏剧的根本的、恒久不变的乐趣还是在于预知。对戏中的人物而言，观众就像是知道一切过去和未来的上帝那样。我们坐在剧场里，有时简直会感到自己有一种全知全能的荣光。我们以清澈的目光注视着那些愚昧的凡人在盲目地探寻幸福，我们为他们的挫折、他们的疏忽、他们无益的追求、他们的枉自欢喜和他们的无谓惊恐而莞尔微笑。假如对我们保守秘密，那就等于把我们降低到了与他们同等的水平，因而也剥夺了我们洞察一切的超然地位。也许这也同样有它的乐趣——我们可以热心地参加捉迷藏的游戏。然而剧场在实质上就是这样一个地方：在这里，我们有权解下我们在日常生活中的束缚，带着微笑或者衔着眼泪，来看一下我们邻人们的盲目游戏。"

亚却的话无疑是有道理的。举一个大家熟悉的例子，《杨门女将》第一场《寿堂》，说的是西夏入侵，杨宗保在前线中箭身亡，而杨府正在为宗保庆祝五十寿辰，如何来处理这个故事，有两种办法，一种是对剧中人、对观众都保守秘密，即不让前来报丧的焦孟二将先见到穆桂英与柴郡主，她们先出场检查寿宴准备情况，之后，请出佘太君及大娘、二娘、八姐、九妹等，接着杨七娘和杨文广出场，寿宴开始，满堂欢庆，在欢庆的气氛之中，焦孟素服出场，报告噩耗，于是，全场震惊，满堂哀痛。这是"惊奇"的作用，是瞬间的效果。另一种办法就是现在剧本所展示的那样，让观众、让穆桂英、柴郡主在庆宴之前就知道了宗保阵亡的消息，为了不使百岁高龄的佘太君受到的打击太大，决定暂瞒真相，还要强装欢颜，并要前来报丧的焦孟二次脱去素服，共庆寿宴，这样的处理显然要动人得多，这便是"兴趣"的魅力。

3. 性格与命运

这样一说，是否会带来一个问题，我们既然要求作者善于编织一个好故事，而好故事的特点是要有悬念，但我们在这里却主张对观众不要保守秘密，是不是有矛盾？其实没有矛盾。真正的好故事的悬念，应该是人物性格、人物命运的悬念。

比如有个小型戏曲，写两个年幼的女孩，母亲不幸早亡，父亲有了新欢。那女子视女孩姐妹为累赘，以自己怀孕为把柄，要挟女孩的父亲先"处理"了两个小丫头再与他结婚，否则要告他强奸罪。女孩的父亲无奈，买了老鼠药炒了两碗蛋炒饭放在桌上，留给两个女儿吃，自己就去上班了。他一整天心神不宁、幻象丛生，下班后怀着矛盾而又惶恐的心情回到家，没料到家里太平无事，7 岁的姐姐正抱着 4 岁的妹妹说等爸爸回来一起吃晚饭，而两碗蛋炒饭还放在桌上，一筷未动。问她们肚子饿了为啥不吃了蛋炒饭，姐姐指着桌上的酒瓶说，今天是爹的生日，以往妈妈总要给爹打点酒，炒几个菜，可她还小不会做菜，但已给爹打来了酒，这蛋炒饭是给爹下酒的。此情此景，做父亲的心里该是什么样的滋味？这样的戏剧故事，一开头就把父亲要用蛋炒饭害死两个亲生女儿的秘密告诉听众，但悬念依然存在。因为听众急于想知道，女孩父亲投毒以后的心情，两个孩子会不会吃？吃了以后又会怎么样？做父亲的又是怎样对待这个结局的，等等。

对于小型戏剧来说，对观众保守秘密的可能性就更小了，在极其有限的篇幅里表现一段人生故事，尤其需要在引起观众的"兴趣"上而不是在刺激观众的"好奇"上做文章。"好奇"是由不断的偶然因素组成的，而"兴趣"则可以在某一点上生发开来。所以，小型戏剧的故事一般总是不追求表面的波澜壮阔，扑朔迷离，而是在对局部关节的精雕细刻上做文章。

4. 延宕与释放

延宕是指对戏剧动作的抑制与拖延。延宕的目的是为了更好的释放。就像跳高必须先往下蹲一下，拳头有力地打出去先要把手往后缩一下的原理一样。

前面提到的英国小型戏剧《小酒店的一夜》，剧情扣人心弦，悬念十足，而造成悬念的主要手法就是延宕。

该剧的故事发生在荒无人烟的酒店，时间是深夜，主人公是一群命案在身、手段毒辣的强盗，令他们魂飞魄散的对手，却又迟迟不现身，恐怖气氛一潮高过一潮。一开始，三个小强盗想扔下老强盗，独吞从神像额头敲下来的红宝石。老强盗"老爷"对此不置可否，显得成竹在胸。三个小强盗出门后却匆匆逃回，乞求老强盗的原谅、庇护，这说明"老爷"才是个狠毒角色，果不其然，这个强盗头子接下来不动声色地导演了一场杀人戏，在短短的时间内，用三条不同的计谋，连杀了三个祭师——这气氛比刚才不知要恐怖多少倍。随后他们就在尸体旁边，欢天喜地地开始庆功，谁知更恐怖的事发生了——作者在讲述"老爷"杀人时非常干脆利落，这里却有意延宕，一个强盗惊慌地回到室内，拼命央求"老爷"收回给自己的那份红宝石：

史尼格　老爷，我刚才想过，这红宝石给我那一份。我现在不要了，老爷，我不要了。

老　爷　胡说，史尼格，别胡说。

史尼格　我那一份归你了，老爷，你自己拿了吧。只要你说一句这块红宝石没有史尼格的份。你说吧，老爷，你说一句。

皮　尔　你要去告发我们吗，史尼格？

史尼格　不，不。我就是不要那红宝石了，老爷……

老　爷　别再胡说了，史尼格，这件事我们大家都有份，要是一个
　　　　人吃绞刑，我们大家都得绞。不过他们决计斗不过我。况
　　　　且，这也不是一件会被绞刑的事，他们都有刀子。

史尼格　老爷，老爷，我待你永远是公平的，老爷，我从前常常
　　　　说：给老爷一个机会。你把我这一份拿去吧，老爷。

老　爷　到底是怎么一回事？你这是什么意思？

史尼格　你把我这一份收回去，老爷。

老　爷　你回答我，到底是怎么回事？

史尼格　我不要我那一份了。

皮　尔　你看到警察了吗？

　　　　〔亚尔培抽出了他的刀子。

老　爷　不，不要动刀子，亚尔培。

亚尔培　那么怎么样？

老　爷　在法庭上说老实话，不过不要提起红宝石。是人家先来打
　　　　我们。

史尼格　没有警察呀。

老　爷　那么，是怎么回事？

皮　尔　你说呀。

史尼格　我对上帝发誓……

亚尔培　什么？

老　爷　别打断他。

史尼格　我发誓我看见了一个……我不喜欢的东西。

老　爷　你不喜欢的是什么呀？

史尼格　（淌着眼泪）啊，老爷，老爷儿，你收回吧。你把我的一
　　　　份以眼还眼吧。你说呀：你收下了。

老　爷　他看见了什么呀？

作者有意延宕，不去揭开谜底，等到吊足了胃口，恐怖的气氛到极

点后，史尼格看见的东西终于出现了，此时，是只见其形不闻其声，但已足够恐怖：

[接着听到一个冷酷的、铁石的脚步声。进来的是一个凶恶的神像。它的眼睛是瞎的，它摸索着前进。它摸索着走到那块红宝石旁边，把红宝石捡起来嵌进在额角中间的眼眶里。

之后又是延宕。神像下场了，可它可怕的声音却出现了，它一个接一个呼唤着他们的名字，强盗们一个接一个身不由己走了出去，虽然作者没有说清等待他们的是什么，不过不难看出，等待他们的一定是非常可怕的万劫不复。舞台上空无一人，充溢其间的是恐怖的气氛。

运用延宕造成悬念，罗马尼亚作家扬·卡拉迦列的小型戏剧《莱欧尼达先生遇见"反动派"的时候》也是一个很好的例子。

莱欧尼达是位对革命一知半解的小业主，他最爱在妻子面前卖弄一知半解的革命道理。这天晚上，他们听到外面又是吼声又是枪声，再看报纸，上面写着"反动派"要反攻，他们一下子紧张起来，打算逃走。后来才发现，原来所谓的"动乱"，不过是一群酒鬼在闹腾。

这个故事情节其实很简单：两个小市民起初以为革命爆发十分慌乱，后来得知原来不过是一场虚惊。但作者为了取得最佳的讽刺效果，让最初的慌乱和最后的虚惊之间的落差更大，进行了必要的延宕。我们注意到，本剧共有五个层次，第一个层次是莱欧尼达对妻子大谈革命，可以算做对人物性格的初步素描；最后一个层次则是谜底揭开，中间三个层次则全在为革命爆发、"反动派"到来造势：其中第二个层次充分利用戏剧特点，给人物设计了丰富的动作，加以音响效果，一派"山雨欲来风满楼"的架势；第三个层次是莱欧尼达说服妻子并没有发生什么革命；到了第四个层次，气氛一下子紧张起来，再理性的观众这会儿也难免被感染——夫妻两个真的听到枪声，而且报纸上白纸黑字写着"要警惕"，于是他们又是计划出逃又是收拾包裹，紧促的敲门声无疑让紧张的气氛绷得更紧，百般无奈之下，他们打开了门——戏剧气氛通过延宕，终于到了高潮——发现原来全是场误会。

可以想象，要是作者没有运用好延宕，这样的戏剧内容必然会索然无味。只有紧张认真到极致，然后发现根本不是那么回事时，人们才会得到审美上的满足。

三、意趣的特征之二——情趣

戏剧要有情趣，才能吸引观众。中国传统戏曲中的"插科打诨"与莎士比亚的剧作中的丑角设置都是戏剧必不可少的情趣所需。那么小型戏剧中的情趣又该如何体现呢。

1. 情境有趣

法国著名戏剧家莫里哀的小型戏剧《可笑的女才子》，该剧的一个重要艺术特色就是作家设置了一个十分有趣的喜剧情境：

附庸风雅的小资产阶级女子玛德隆和卡多丝，受 17 世纪法国沙龙的贵夫人之中流行的那种矫揉造作之风的影响，学会了把拿腔作势当风雅，把咬文嚼字当才情。她俩明明出身平民，却被虚荣迷了七窍，臆想着某天"发现"自己原来出身显贵；她们认为"眼睛"、"拿扇子来"、"裤子"太粗俗，要改口称它们为"心灵的镜子"、"把我的和风拿来"、"服装的较低部分"……

当两个诚实清白的青年向她们求爱时，两位姑娘因其求爱方式缺少所谓的"风情"且并非出自名门而置之不理，两位青年决心教训一下这两个自命不凡的姑娘，就让自己的跟班一个扮作侯爵，一个扮作子爵，姑娘们对此深信不疑，对冒牌的侯爵子爵百加青睐，言听计从，闹了一场自作自受的笑话。

本剧喜剧情境的设置，在莫里哀的讽刺性剧作中较为常用。矛盾开门见山提出，由受到拒绝或伤害的剧中人提出复仇的计划，接下来便让被讽刺的对象登台表演，然后对人物形象做尽情的鞭挞。到高潮的时候，再由计划的设计者出场，揭穿整个骗局，并予以被讽刺者以辛辣的嘲笑和鞭挞。整个喜剧情境充满活力，正面人物如鱼得水，对立面人物丑态百出，实在令人捧腹。

2. 人物有趣

由赵本山主演的戏剧小品《拜年》、《城市打工妹》、《红高粱模特队》、《卖拐》、《相亲》、《小九老乐》等，都成功地塑造了一个个有趣的人物，给人以审美的愉悦。这里举一部《小九老乐》为例，看看老乐"这一个"艺术形象是如何栩栩如生地向我们走来的。

老乐是个怕老婆的角色。在生活中，怕老婆是一个司空见惯的现象，在文艺作品中特别是在娱乐性的节目中，怕老婆的角色更是铺天盖地，俯拾皆是，但编导津津乐道的往往是人物身上的弱点，在出洋相上做文章，这类作品的格调自然不会太高。而《小九老乐》则相反，编导给老乐设置的基调是十分健康的、昂扬的，他怕老婆，怕得有趣，怕得高雅。第一，他怕老婆是由于对老婆的爱。这一点，他在跟现场观众交流时已说过："怕是爱，爱才会怕，懂不"！老乐的妻子小九有头疼病，发起病来不吃饭不睡觉，大把大把吃药，还要用头往墙上撞。小九头疼，老乐心疼。所以，在平时生活中他总是让着小九，护着小九，用幽默风趣的方式来微调生活，滋润家庭，这样的"怕"是一个男人应有的品德。

第二，老乐怕老婆是有原则的。他小事糊涂，大事不糊涂。鸡毛蒜皮的事让步，原则问题不让步。在这个小品中，老乐有两次发火，一次是当他听说妻子把500元钱从老乐过去的恋人——如今生活上有困难的军属那里要回来时，他拍案而起，大光其火。另一次是当他向妻子作了解释而妻子还要上门去找那军属时，他又勃然大怒，两次发火充分揭示了老乐爱憎分明、坚持原则的性格特征。

老乐风趣幽默，机智可爱，他的性格特征是通过一系列独特的戏剧行动来体现的。编导找到了一个"戏眼"，即老乐尽管怕老婆，但他喜欢在大庭广众之下扮演大男子主义的角色，呼风唤雨、调兵遣将、好不威风。一到家里则唯唯诺诺，小心谨慎，一副受苦受难又心甘情愿的样子。在戏里我们注意到至少有三个地方让老乐"这一个"性格大大地火了一把。

一是他被妻子小九训斥以后，为了避开矛盾，他主动逃出门外，让妻子消消火。可他在街坊邻居面前却摆"阔"。妻子找来，他像吃了豹子胆，盛气凌人，出语狂傲，令人哭笑不得。二是进门以后，战火重燃。这一次是小九推他出门。他敲门，小九不开，结果，老乐演起双簧，假装与女邻居调情，小九信以为真，慌忙开门拉老乐进屋，令人忍俊不禁。三是老乐误会小九要回了那500元钱的发怒，令人耳目一新。

这三个戏剧动作，层层递进，生动有趣，一个可爱可亲的艺术形象由此而活生生地展现在观众面前。

3. 语言有趣

在戏剧小品《小九老乐》中，老乐这个人物的语言十分有趣，可谓妙语迭出。如一开始老乐吹嘘自己在家中的地位是："我媳妇叫小九，是家中的二把手。啥事都是我定了她举手。我说八，她不敢说九，我叫她站住她——"正在这里他妻子回来了，他忙说："你可以随便走！"观众大乐。又比如他逃出门去与邻居摆"阔"，小乐来找他："老乐，回去吧！菜都凉了"！"凉了你再跟我热"！"回去吧"！"我气还没消，回去了还不是把你往外撵"！"以后出门不要系这围兜"！"都是你，一到吃饭，就给我系上这围兜"！这些对话，多么生动，多么机趣！对塑造老乐"这一个"人物起到了极好的画龙点睛作用。

在莫里哀的小型戏剧《逼婚》中，语言的魅力更是令人拍案叫绝。

年过半百的贵族斯嘎纳赖勒老来春心萌动，要娶年轻漂亮的道丽麦娜为妻。订婚后斯嘎纳赖勒又心生疑忌，害怕未来的太太对自己不忠。在咨询了好友、两位哲学家、两埃及女巫后，没有底气的斯嘎纳赖勒决意退婚。谁料道丽麦娜生性风流，早就和意中人策划好了瞒过丈夫双宿双飞，而且老头归西后还能获得大笔家产。最后，在道丽麦娜的兄长，无赖阿耳席大斯的威胁下，斯嘎纳赖勒只得自吞苦果，接受这桩退不掉的婚姻。剧中，作者在讽刺昏庸、无能的贵族同时，也讽刺了繁琐、浮夸的经院哲学。斯嘎纳赖勒咨询的两位哲学家，一位是亚里士多派的庞克拉斯，一位是皮让学派的马尔夫利屋斯。这两位在学术上彼此相轻，在回答斯嘎纳赖勒的问题时，一个啰嗦冗长，一个模棱两可，永远也说不到正题。亚里士多德学派的庞克拉斯声称是博学之士文学之士，在对方有事向自己请教时，非要问清对方用哪一种话，是意大利还是西班牙等等，声称一只耳朵专听科学和外国语言，一只专听本国语言；嘱咐对方要简短，自己却啰嗦不清，如：

> **斯嘎纳赖勒**　博士先生，那么，我说……
> **庞克拉斯**　可是千万要简短。
> **斯嘎纳赖勒**　会简短的。
> **庞克拉斯**　要避免冗长。
> **斯嘎纳赖勒**　哎呀！博……
> **庞克拉斯**　把你的谈话给我缩成拉克尼亚式名言。
> **斯嘎纳赖勒**　我……
> **庞克拉斯**　忌讳纡回、散漫……

至于马尔夫利屋斯，则认为谈任何事物，都要"模棱两可"，永远不下断语，对方不应该说"我来"，而是"我似乎来"，要"怀疑一切"，引一段他的对白：

> **斯嘎纳赖勒**　……我来告诉你，我想结婚。
> **马尔夫利屋斯**　我什么也不知道。
> **斯嘎纳赖勒**　我说给你听。
> **马尔夫利屋斯**　就算行吧。
> **斯嘎纳赖勒**　我要娶的姑娘，人很年轻，长得很俊。
> **马尔夫利屋斯**　不见得不可能。
> **斯嘎纳赖勒**　我娶她好不好？
> **马尔夫利屋斯**　也好也不好。
> **斯嘎纳赖勒**　我对那位姑娘很有好感。
> **马尔夫利屋斯**　可能有吧。
> **斯嘎纳赖勒**　她父亲把她许配给我啦。
> **马尔夫利屋斯**　大概会的吧。
> **斯嘎纳赖勒**　可是娶她过来，我又怕当王八。

马尔夫利屋斯　会当的吧。

……

斯嘎纳赖勒　你要是我的话，你怎么办？

马尔夫利屋斯　我不知道。

斯嘎纳赖勒　你看我该怎么着？

马尔夫利屋斯　你爱怎么着，就怎么着。

在人物的对话中充分运用误会、逗趣等手法，生动形象地刻画出两位哲学家拘泥不化的可笑神态。

4. 细节有趣

我们来看曹禺根据法国喜剧家腊比希《迷眼的沙子》改写的小型戏剧《镀金》。这个戏是描写一位过去比较富有的崔大夫的太太，为了女儿的婚事在未来的亲家面前仿效富人、吹牛装阔、盗取虚名的故事。中心事件就是一次与未来的亲家父、亲家母的见面，通过种种细节，把戏写得相当丰富多彩。当崔太太听到未来的亲家母已经来到时，匆忙之中她做了这样一些事情：

（1）自己换上华丽的旗袍。

（2）让女儿整好头发，坐到钢琴旁抚琴，还要"头向后仰着"。

（3）让自己的丈夫学习外国的规矩，与自己互以"太太、先生"相称，并拿起一本书来，佯装看着。

当崔太太见到未来的亲家母以后，她又做了这样一些事情：

（1）称刚从巴黎请来教师教女儿弹琴。

（2）说墙上挂着的著名油画是女儿"闹着玩儿画的"。

（3）给第一次来求医的人发"号头"，装成来找崔大夫看病的人很多。

（4）称崔大夫在写一本医学上"最伟大的书"，许多外国人等着要看。

（5）称家里按照英国的规矩，每逢星期一、六开茶话会，都是有名的艺术家出席。

（6）大呼三个根本不存在的听差之名："刘福！陈贵！王生！"说家里有七个佣人。

当崔太太知道亲家父已经来到时，她进一步地做了这样一些事情：

（1）把钞票分放在盘子里、桌子上、钢琴上……以示名医的病人多、收入多。

（2）让崔大夫坐在写字台旁，神气要像那么一回事，不要笑，少说话。

当亲家父登场以后，崔太太在幕后更是肆无忌惮地做了这样一些事情：

（3）让人装做病人在室外高声喊叫："第十七号等得不耐烦了。"

（4）让送牛奶的冒充仆人，送来一封"孟主席太太的信"。

（5）在伪造的信中说：为感激他治好了病，"这儿送上5000元支票，请您收下吧。您难道不愿意做医科大学的校长吗？只要您开一声口，我一定替你想法子的。"

（6）让来收账的木器店老板也装成病人挤进来凑热闹。

这些多有趣的细节挤在一个小型戏剧里，其喜剧效果也就可想而知了。

【思考与练习】

1. 在悲剧剧本中，作品的意趣该如何表达？

2. 请你按照"意趣要足"的要求，根据下面这一材料编写一部小型剧本。

儿子睡中间

小宇以幼儿园中班程度的判断力瞅着妈妈，固执地摇摇头。

她仍好言相劝："宇儿，乖啊，你爸就在家半晚上。你睡中间，老蹬他怎么办？"

"捆住我的脚呗。"小宇赖在床中间，泪光闪烁。"爸好长好长不来家了，要挨爸，就挨！就挨！"

他停了电动剃须刀，拨拨儿子会动的小耳朵："好好，宇儿挨爸，宇儿挨爸。爸挨着你，爸在中间，你靠里，当第一名，好吗？"

"那我又挨不上妈了。"小宇索性抱了枕头，坚守着他越发认为重要的好地方。

"宇儿！妈生气了啊，你要淘，你爸就再也不回来了。"

"就回来！就回来！我们班的小朋友，都挨着爸爸妈妈，就我老没爸。"小宇好委屈哟，嘤嘤伤起心来。

他忙硬脸贴软脸抱了儿子，少了半截中指的手，在儿子这小屁股蛋儿上摩挲。"好好，宇儿睡中间，谁欺负我们了？爸给你打她。"

"树诚，你别惯他。"妻回他脆脆一掌。他笑笑，朝妻眨眨眼。

小宇破涕为笑，嫩藕似的肥腿把床跳得咚咚响，小鸡鸡在裤衩里一颠一颠，嘴里念念有词："水啊水，我爱你，每天用你把手洗。阿姨夸我真干净，爸爸妈妈多欢喜。"

"行了，别欢喜了。你爸坐了一天车，累着呢。"随她话落，日光灯灭，壁灯亮，梦境般的嫣红。

"爸。"儿子小嘴出气温软，奶甜味，"明天你带我一天吧。"

"不行，明天爸爸就走了。"

"就送我上幼儿园，就送一次嘛。"

她严厉了："你到底睡不睡？早跟你说过，你爸明天两点钟走。"

小宇诡秘一笑，拱着她耳朵："爸不走了。"

"你爸说的？"大人的心竟然一跳。

"不是。我把军帽藏在小人书下面了，他走不了。"

她笑。他笑。小宇笑。嫣红色幻成幽蓝，月光将竹影折上窗帘，唰唰啦啦作响。

"爸，上次你说不走，又走了。你得给我讲故事。"

"短的。"

"长的。"

他折衷："不长不短。睡中间就讲中的。"

从前呀，有个小孩割草。一个老师问他，割草干嘛？他说，卖钱。卖钱干吗？盖房。盖房干吗？娶媳妇。谁教你这样说的？我爸。你爸是谁？郑瞎子。那娶了媳妇又干吗？生小子。生了小子干吗？割草，孩子，跟我读书去吧，读了书，就不受穷了。

"后来呢？"

"后来小孩就读了书，成了大孩。啊——哈——"

"再后来呢？"她接口："再后来，长成大人，当了兵。再后来，有了儿子，儿子没割过草，可还特别淘气。再后来，他去打仗，儿子问妈妈：爸爸干吗去了？妈妈说，爸爸割草去了。背着儿子，妈妈偷偷哭。再后来，他从前边回来路过家，只呆半晚上。好了，别缠你爸了。"

"那你再给我讲个故事。"

"哼个歌吧。"

"那你闭上眼睛。"

"搓着背哼。"

让我们荡起双桨，小船儿推开波浪……

唱，拍；越唱越远，越拍越轻。第五首没唱完，她已和儿子换了位置。

"宇儿睡了，树诚！"丈夫呼呼大睡。亲亲他的肩，汗咸味。

她呆呆枕着臂。闹钟滴答，不再似机枪嗒嗒。

床上月影急匆匆移了几尺。

一点钟。

"树诚，醒醒吧。"

他翻了个身，嘴里粘粘嚼动，鼾声愈发沉闷悠长。

她亲亲他的肩，又分寸极好地轻咬一下，忙转脸装睡。

他腾地坐起："有情况？"下了地，迷迷瞪瞪乱摸，撞到立柜上，"妈的，通讯员！"

忽地浴了满屋温馨的嫣红。

妻的脸。

（摘自《世界华文微型小说大成》）

第十五章　人物要活

　　高尔基有句名言，即"文学就是人学"。戏剧作为文学样式的一种，自然也不能例外。古今中外一些成功的戏剧作品清晰地保存在人们脑海里的正是一个个栩栩如生的人物形象，如奥赛罗、娜拉、崔莺莺、繁漪等。我们常说，主题是作品的灵魂，而主题正是要通过人物形象来体现的。我们又说，情节是作品的骨架，而情节"是人物性格发展的历史"，事在人为，没有人物，哪来的情节呢？我们还说，语言是作品的血肉，而语言本来就是人物交流思想、揭示性格、展示冲突的工具。所以，诚如贝克所说："一个剧本的永久价值终究在于性格描写。"[①]

　　比较起来，小型戏剧的人物塑造，较之大戏更难、更棘手，这是由小型戏剧的特点决定的。因为小型戏剧篇幅小，时间短，它不可能像大戏那样可以洋洋洒洒地展示人物大起大落的命运，也不可能像大戏那样可以调动一切艺术手段，四面八方、精雕细刻地来描绘人物性格，更不可能像大戏那样可以有较多的篇幅来从各个侧面展示人物丰富的内心世界。小型戏剧是"一点"的艺术，所以写人物也只能写一点，但这一点必须准确、生动、传神，必须给人以"一叶知秋"的感觉，这就要求我们在创作时必须做到目中有人，心中有人，笔下有人，只有这样，才有可能使我们作品中的人物活生生地展现在戏剧舞台上。

　　那么，怎样才能写活人物呢？

[①]　[美]乔治·贝克著，余上沅译：《戏剧技巧》，中国戏剧出版社1985年版，第243页。

一、构思要从人物出发

一个剧本的艺术构思的形成，常常是因人而异、因时而异、因戏而异的，引起作者的创作冲动的原因也往往是多种多样的，有的可能是为生活中的某个人物所激动，有的则是为偶然得到的一个故事而兴奋，而有的则仅仅是被一句话、一个数字、甚至一幅画、一种自然现象所启发；即便是同一作者，每个剧本的构思过程也是不尽相同的。但是，亚却说得好："不论一个剧本的萌芽是什么——一件轶事、一种情势、或者其他，等等——如果人物不是在很早的时候就进入戏，而且决定戏的发展的话，那么，作为一件艺术品来说，这个剧本是没有什么价值的。"①

这是一句至理名言。有经验的作者与没有经验的作者的区别就在于，前者善于把触发自己灵感的那些生活素材，尽快地与自己所熟悉的人物相靠拢。而后者则就事论事地满足于编造一个故事，由此演绎一个概念。换句话说，就是前者善于在艺术构思时从人物出发，而后者则忽视了这一点。

构思从人物出发是写好一个戏的重要保证。数年前，一位戏剧作者来找我谈创作设想，他准备写一个鞭挞社会上虐待老人之恶习的小型戏剧。听了他讲述的故事，我感到不太满足。因为当时描写这类题材的作品已经很多，有些已有一定影响。如果没有新的发现，就必然会落到拾人牙慧、步人后尘的地步，不会有多大意思。因此，我劝那位作者，不忙编故事，先琢磨一下生活中虐待和被虐待的人，看看有没有与众不同的东西。因为生活中的人物没有一个是相同的，你对人物的研究越仔细、越认真，就越能发现个性。那位作者很虚心，重新回到生活中进行认真的观察、分析、反刍，不久就有了新的感受。他发现，有不少被虐待的老人，为了成全"面子"，为了让自己的不肖子孙能在社会上有一个好名声，往往受虐待而忍气吞声，甚至还违心地为儿女开脱，这是一件多么可悲的事情。他在新的创作冲动激励下，很快就写出了一个虎虎

---

① ［英］威廉·亚却：《剧作法》，上海戏剧学院戏文系翻印，第16页。

有生气的小型戏剧，上演后受到人们好评。构思从人物出发获得的成功使这位作者尝到了甜头，以后他写戏学会了在人物塑造上下功夫，因而作品都有一定质量。

由此想起茅盾先生的一段话，他认为，创作必须从观察活人着手，"你所接触的，自然是一个一个的活人，但是你切不可把他们从环境游离开了去观察；你必须从他们的相互关系上，从他们与他们自己一阶层的胶结与他们以外各阶层的迎拒上，去观察。这样的观察过程中，你就会只觉得可记的'事'太多了，记满了一打草稿簿也容易得很，而在这样丰富的材料中自然包括着不只一方面的社会现象，——就是不只一种题材，一个故事。依这样的创作过程，你有了'故事'时也就有了'人物'；两者是同时产生，同时成熟。"①

二、人物要有独特的行动

戏剧是行动的艺术。黑格尔也认为："能把个人的性格、理想和目的最清楚地表现出来的是动作。"②贝克则说得更清楚了，他强调："毫无疑问，性格描写最好的办法是通过动作。"③

如传统小型戏剧《拾玉镯》，写了孙玉姣和傅朋的爱情，不是让他们互诉衷肠，倾吐情愫，而是通过一个丢玉镯，一个拾玉镯的过程来挖掘人物丰富的内心活动。孙玉姣本想急切地拾起傅朋故意丢下的那个玉镯，仿佛拾起了玉镯，就拾起了她渴望的爱情，又怕别人发现，于是假意跌落手帕把它盖在玉镯上，又回头张望，故意高声说：母亲到这般时候，怎么还不回来？而后又假装赶路，直到最后才悄悄地顺手拾起手帕盖着的玉镯。作者用一系列千姿百态的动作，揭示了孙玉姣复杂微妙的内心矛盾，通过她拾玉镯又不敢要玉镯的内心矛盾，塑造了一个纯洁、真挚、热望自由的少女形象，让我们感到质朴无华却又是玲珑剔透。剧

---

① 引自《茅盾论创作》，上海文艺出版社 1980 年版，第 465 页。
② 黑格尔：《美学》，商务印书馆 1979 年版，第 1 卷第 270 页。
③ ［美］乔治·贝克著，余上沅译：《戏剧技巧》，中国戏剧出版社 1985 年版，第293 页。

本通过一系列动作，细致入微地描绘了少女初恋时惊喜的心情。

又如传统剧目《双镯记》中的《还镯教子》一折，说的是周学生与宋学生各偷卸了守庙人的一只金镯，周生拿回家遭寡母怒责，追问来历，只得实言，颇有心计的周寡妇暂忍内心气恨，手挽其子携镯至庙，将金镯还原于仍在熟睡的守庙人手腕之后，回家进行了一场痛心疾首、恨铁不成钢的教子，不仅收到了撞击心灵、回肠荡气的艺术效果，而且细微地刻画了周寡妇深明大义、精明练达的个性。这场戏的高明之处全在于以人物的动作给观众以直观的展示，很有说服力。后来有个改编本，处理成周生偷卸金镯回家，周母怒责后便迫不及待地坐下来教子，归还金镯则用虚写手法放到幕后处理，篇幅减少了，周母的性格简单了，艺术效果也淡薄了。

再如蜚声剧坛的小型话剧《妇女代表》中的张桂蓉，在短短的不到一个小时的演出时间里，这个人物就有九个行动：

（1）挑水劳动；

（2）把牛大婶的药买下来；

（3）卖稻草；

（4）让牛大婶学医；

（5）带孩子上夜校；

（6）争取群众反击王江；

（7）教育婆婆；

（8）拿出土地执照，这是高潮；

（9）卖稻草后对家里生活的安排。

通过这一连串的行动，张桂蓉这个人物才活了起来。被人称道的沪剧小戏《赶不走的媳妇》里的主人公小妹所以塑造得比较成功，也是得益于作者为这个人物精心设置的三个动作，即一是告发丈夫，二是打下胎儿，三是变卖嫁妆为公公治病。

小型戏剧《情人》是西班牙作家格·马·洗艾拉的作品。女皇在一次巡游中因马匹意外受惊被摔出车外，幸好一位绅士救了她。女皇认出，此人一直追随着自己，于是浪漫地猜测是个钟情于自己的游侠诗人，于是召见了他。然而此人虽对女皇一片痴心，但不是个诗人，是个为了追随女皇而一文不名的穷光蛋。他乞求女皇能特许他免费乘坐火车，这样，以后女皇到各地时，他就不必担心因为金钱问题而不能跟随她了。

在这个戏中，作者塑造了一个痴心而落魄的"情人"形象，作者选择了极其典型的细节来表现"情人"的感人的痴情：

（1）倾家荡产追随女皇，却从不在意是否被女皇所注意，只要看上她一眼就心满意足；

（2）深夜冒着被当作贼的风险爬进花园，只为了拣到一枝女皇帽子上的鸟羽等任何同女皇有关的微不足道的物品；

（3）他不会写诗，也从未写诗向女皇示爱，可他却记得所有赞美女皇的诗；

（4）当女皇要把佩戴的宝石赏给他时，他拒绝了，宁肯要那面映出过女皇容颜的小镜子；

（5）他的唯一要求，就是一张免费乘坐火车的证明，好更加方便地追随女皇。

正是这些与工业社会并不相容的浪漫举动，"情人"的形象才鲜活的立起来，他那听天由命，只管付出不问收获的情怀才显得弥足珍贵，令人回味。

戏剧小品《人民战争》着重刻画了社区纠察员赵大妈"这一个"艺术形象。赵大妈是小区纠察员，她性格开朗，风趣幽默，爱管闲事，热爱生活，还喜欢吹一点小牛，这些性格特征都给观众留下了深刻的印象。编导在创造这一艺术形象时，通过积极行动来刻画人物，赵大妈这个人物始终处于行动之中。比如，小品一开头，赵大妈就风风火火上来找小刘，为他介绍对象，这一行动一下子就把赵大妈为人热心、爱管闲事的性格特征表现了出来。接下来当她知道小区里有"敌情"，要抓流窜犯时，赵大妈马上进入角色，她"运筹帷幄"、"发号施令"、"呼风唤雨"、"排兵布阵"，把另一个纠察大伯指挥得团团转。而当她发现了目标，并拦住那个收家具的年轻人进行盘问时，通过对话、分析、观察，居然一下子发现了那个年轻人有些疑点，这些疑点促成了她的新的行动：

疑点一：年轻人夸她精神，她有些飘飘然，但马上警觉，揭穿其"阴谋"——行动；

疑点二：年轻人在谈论收购家具价格时心不在焉，出语无常，她马上揭穿——行动；

疑点三：年轻人要大妈去接孙子，并说自己也去接孙子，她又马上揭穿——行动；

疑点四：她"发现"年轻人左手戴白手套，就误以为是联络暗号，马上逼其说出姓名、年龄、代号——行动；

疑点五：年轻人给另一纠察老伯抽烟，她认为这是行贿，马上给予制止——行动；

疑点六：年轻人给同伴发联络信号，她立即判断这是个团伙，要纠察老伯去搬救兵——行动。

最后，当真相大白，知道是一场误会以后，她又积极地要求配合警察一起抓流窜犯——又是行动。

正因为人物有了积极的行动，就避免了不少小品中的人物光耍嘴皮子，形象苍白无力的毛病。

戏剧人物的塑造要靠行动，那么，什么样的行动才算独特呢？恩格斯有一段话说得绝妙，他认为："我觉得一个人物的性格不仅表现他做什么，而且表现他怎样做的。"[①]一个人物，只写出了他在"做什么"，通过表现哪类人干哪类事，最多也只是勾画出一个类型化的人物；只有写出了"怎样做"，人物的独特个性才能呈现出来。读过《水浒传》的，都一定还记得"鲁提辖拳打镇关西"这一章节，作者写鲁智深跟恶霸"镇关西"郑屠算账，且看鲁智深是"怎样做的"：他勒令郑屠亲自操刀，切十斤精肉肉末、"不要见半点肥的在上面"；这已经整整弄了一早晨，接着又叫他切十斤软骨末儿，"不要见些肉在上面"，鲁智深就这样一步步把这个恶霸激怒，随即引到了当街，第一拳打歪鼻子，第二拳打裂了眼眶，第三拳打烂了太阳穴，鲁智深一看，"只见郑屠挺在地上，口里只有出的气，没有入的气，动弹不得"，一会儿就死了，鲁智深这

---

① ［德］恩格斯：《致斐·拉萨尔》，《马克思恩格斯选集》，人民出版社1956年版，第4卷第344页。

时想，洒家须吃官司，又没人送饭，不如及早撒开。就指着郑屠骂道："你诈死！洒家和你慢慢理会！"一头骂，一头大踏步走了。

鲁智深这个人物，使我们想起了另一个同是疾恶如仇、同好打抱不平、同属性格粗放的好汉李逵。李逵遇到这事，同样会打死恶霸郑屠，也就是说，在"做什么"上，他们是一致的。可是在"怎样做"上，却完全不同。李逵决不会那样有计划地激怒郑屠，也不会急中生智说："你诈死！"然后边骂边走去。相反地，一开头，也许李逵就一时性起，抡起板斧，朝着郑屠，劈头盖脸砍去，哪有耐心让他切三十斤肉末？李逵也是单身汉，可是他不会想得那么远——坐牢没人送饭。等闯下了人命，也许只管夺路而逃，哪里还有什么脱身法？看热闹的人躲闪不及，就不定还要挨他一板斧呢！在这一章节里，鲁智深正是在"怎样做"上充分表现了他那特殊的行为方式，显示出绘声绘色的"这一个"。这就是依靠独特的行动来塑造人物的范例。

再比如，《水浒传》里写武松杀嫂和石秀杀嫂，表现的性格绝然不同。武松先告诉士兵，要给哥哥办丧事，指定四名把守门口，然后准备饭菜，请来一位会写字的入座，酒过三巡，说出心计，要他录口供，吓得大家大惊失色，接着抓来潘金莲，说完了就杀，最后提着脑袋去报官。石秀就两样，他先杀了奸夫，取得杨雄谅解，再安排巧计，骗嫂嫂和侍女上了翠屏山，当着杨雄的面，让她们说清了偷和尚的事实，承认了诬害自己的罪孽，然后递过刀，由杨雄亲自把嫂嫂开膛破肚，完了，说出退路，投奔梁山。武松与石秀都是英雄，但武松是落落大方的人，而石秀却有小处计较的特点，两个人的不同性格是通过人物独特的行动表现出来的。

人物要有行动，就必须注意人物在戏剧冲突发展过程中牵涉到的利益。拙作《追求》中有一处败笔，宋阿姨这个人物唆使丁莎抛弃花娘，行为十分积极。但演出后，观众就产生了疑问，宋阿姨这么做，对她自己有什么好处呢？如果把宋的行为仅仅解释为她是丁莎的亲戚，或者是个"热心人"，那显然是不够的，虽然这在生活中是常有的事。后来，本子作了修改，对这个人物的行为目的进行了梳理，观众就觉得可信了。与宋阿姨一样，拙作《定心丸》中的郭大山也是个在戏剧矛盾中推波助澜、兴风作浪的人物，但因为大家都知道责任制触及了郭大山的利益，他就必然要反抗，这样，这个人物的行为目的性十分清楚，他"挑"得再厉害，"拨"得再热烈，观众也能理解了。

三、写人不要简单化

戏剧创作中常犯的一个毛病是，人物脸谱化。特别是对立面人物，一些作者常常竭尽丑化之能事，要么"獐头鼠目"，要么"猪肚象鼻"，实在觉得这样太过分，便也找一些简陋的细节来丑化人物。如有个小型戏剧，写一个下台干部去群众家煽风点火，在窗口窥探动静，刚一探头，女主人公正好过来开窗，一下子撞破了额角，待他再上场时，额头上已贴了一张伤膏，这样的处理作者也许觉得爱憎分明，十分解恨，实际上效果并不好。因为，生活是复杂的，温柔中可能充满力量，粗暴有时恰恰是软弱的表现；不谦虚和不诚恳有时是用谦虚和诚恳的姿态来表现的；悲哀时可能笑，快乐时也可能笑；刻薄之至的商人却是非常慈祥的父亲，地位十分低贱的妓女，却具备了非常高尚的灵魂，丰富多彩的生活决定了艺术形象也不应该简单化，寓刚健于婀娜之中，寓遒劲于妩媚之内，这是生活的现象，更是艺术的要求。

《秦香莲》是中国戏曲观众最熟悉的一个戏。陈世美这个封建时代喜新厌旧、忘恩负义、丧尽天良、杀妻害子的艺术典型，观众对他真可谓是恨之入骨了，但作者对这个人物的描写也是有分寸的。在戏中，陈世美又想认妻儿，又舍不得驸马爷的富贵荣华。当秦香莲诉说家乡荒旱，双亲饿死，儿女们腹内无食，身上无衣以及他俩的夫妻旧情时，陈世美就产生了"亲骨肉心相连"之意，欲认妻儿，但一想到头上的乌纱，身上的锦袍以及美貌的公主，就觉得认不得了。在秦香莲的申诉下，在儿女们的呼唤声中，陈世美又萌发了相认的念头，但当他再次觉得他将会失掉荣华富贵时，就横下心，板起脸，决然断情。这样的处理使人感到真实可信，思想意义也深了一层。要是简单化的处理，陈世美不认就是不认，没有内心矛盾，没有思考过程，陈世美这个人物也就不可能是有血有肉的了。

小型戏剧篇幅小，当然很难做到像大戏那样去多侧面地描摹人物丰富的内心世界，但我们却没有理由把活生生的人物处理成单一的类型化符号。一些优秀的作品为我们作出了示范，如法国乔治·安赛的小型戏剧《朗孛兰先生》便是一例。

朗孛兰是个虚伪专横的丈夫，自己在外面拈花惹草，对太太却百般苛责，还请了岳母来帮自己监视太太。岳母糊涂又软弱，一味让女儿忍耐，还向女婿保证女儿不会离开他。当女婿将自己与情妇的矛盾告诉她时，这位"好脾气"的老太太不仅不斥责，还帮助他出谋划策，自告奋勇去和稀泥。

本剧中的三个人物形象都是复杂的，他们的性格，既有先天生成，也有后天养成，他们对待彼此的态度，也是形成他们复杂性格的重要原因。

朗孛兰这个形象不同侧面的体现，是通过其对待妻子、岳母、情妇的不同态度来实现的。他对岳母是哄骗，对妻子是专横，对情妇则是讨好。本剧伊始，妻子和岳母的争论，侧面表现朗孛兰其人其性，同时母女之间性格也有鲜明的对比；之后安排其情妇科翟太太上场，与朗孛兰发生正面冲突，借以表现朗孛兰自私自利，惯用甜言蜜语骗取女性感情的面目。

妻子玛尔珬也是个复杂的人物。她有自尊自强反抗的一面，但在老母亲"胳膊肘向外拐"式的劝说下，在丈夫的威胁下，她缺乏坚定的支持，只能屈服。作为母亲巴耶太太也是复杂的，在女儿面前，她以"过来人"自居，时不时以自己的经验教导女儿要安分守己，在女婿面前却极其谄媚，不无肉麻地讨好他。

由于该剧描写人物不简单化，所以剧本才能提供给观众多方面的审美内涵。如家庭中夫妇关系的养成，也是其中一方退让、纵容、教唆的后果，试想若是妻子有一个深明大义、态度坚定的母亲，那么作为丈夫的朗孛兰也不会如此放纵。而作母亲的甘心做女婿的"帮凶"，除了个人性格上的原因外，是不是也有经济地位、文化习俗等方面的原因呢？一个鲜明、复杂的人物形象是能够让人浮想联翩的。

拙作《定心丸》在处理李玉桃这个人物时，也注意到这一点。李玉桃是个心快嘴快、脚快手快、聪明能干、直爽泼辣的人物，在这个小型戏剧中，这一性格特征是占主导地位的，但我认为，仅仅写好这一点还不足以比较完整地揭示李玉桃的个性特征。如果一味强调她在跟丈夫的冲突中所表现出来的厉害要强的一面，就有可能使这个人物可信而不可爱。因此，在具体描写过程中我比较注意展示这个人物性格中的温柔的一面，对丈夫关心体贴的一面。如李玉桃一上场就唱："回来了回来了，啊呀呀回来了我队长娘子李玉桃，丈夫他当上了三十六品芝麻官，扳扳指头算一算，不大也不小。"语气里饱含着她对丈夫的自豪、偏爱的意思。她一到家就想到给常根准备酒菜。当郭大山说常根家里穷时，她又痛斥郭大山，说"常根家里穷，是吃侬长大的？……"当矛盾暂时缓和时，玉桃对常根又倍加关心，端茶送水，烫酒递菜，乃至矛盾冲突发展到高潮之际，常根假装真的要回娘家，玉桃竟伤心地哭了起来，说出了"打是爱来骂是亲"的真实心理。我觉得，这样写会更有利于这个人物的立体呈现。写常根也是一样，他是生产队长，党的农村经济政策的具体执行者，但如果简单化地把他处理成是个一本正经的政治传声筒，那就完了。因此，我抓住了他在生活中怕老婆的一面来展开情节，人物的思想感情就一下子与观众贴近了。写郭大山也不例外，责任制要砸掉他那"编外干部"的饭碗，他找李玉桃去煽风点火，大有惟恐玉桃家里天下不乱之意。但当玉桃使出"跌打丸"真要赶常根跑，夫妻闹僵时，他马上就说："跌打丸，跌打丸，跌伤了我也有责任，快点去做粒活络丸活络活络"。这样的处理，就能使人物更丰富、更具体、更真实可信一些。

四、人物要有发展

人物性格和世间一切事物一样，无时无刻不在发展变化之中，当然，变化的幅度有大有小，发展的速度有快有慢，但决不会有静止、僵化的状态。塑造人物，必须反映生活的这个规律。我们有不少戏中的人物从戏的开始到结束，停留在一个水平线上，原地踏步。亚却说："这种人物其实不能算是人，只是两三个特征的化身。这些特征在出场十分钟就已表现无遗，以后便只是不断地重复再现，正像一个循环小数似的。"[1] 循环小数是很形象的比喻，无论循环多少次，都是机械的重复，不会增加新的内容，静止、僵化的人物是不真实的，也是没有力量的。有经验的剧作家都深深懂得这个道理。他们十分重视层层深入地揭示人物性格的发展，以此作为塑造人物的重要法则。在大家熟知的《秦香莲》中，重要人物都有发展。当秦香莲抱着夫妻团圆的热望，携儿带女进京寻夫的时候，她是一个贤妻良母；当她被逐出宫门、拦轿喊冤之后，又接受了老相爷的安排，进宫弹唱琵琶词，想以夫妻父子之情感动丈夫，此时她是一个善良的、委曲求全的、抱有幻想的受害者；当她一次一次地绝望，几乎被杀，在开封府大堂上，亲眼看到皇家的权势、国法的无能，她才喊出了"官官相护"的强烈反抗之声，这时她才成为一个斗争的勇士，和封建统治势不两立，坚强不屈，殊死搏斗，成为她性格的主调。陈世美也不是一个毫无感情的冷血动物。他有动摇，有矛盾，只有在事情发展到严重威胁了他的荣华富贵的时候，他才下了毒手，由道义的罪人发展为杀人凶犯。在这个戏里，变化幅度最大的是韩琪这个人物。他受驸马公的差遣，追杀贫妇母子三人，不过是效忠主子的一名家将。当他弄清了贫妇却是驸马的原配，要他干的乃是一桩灭绝天良的罪行，他不能下手，也不忍下手了。他斗胆放贫妇逃走，转念一想，自己无法复命，横竖不免一死，于是毅然自刎。他的性格发展短暂急促，从一个奉命杀人的奴才到一个用生命维护正义的英雄，只不过一场戏的时间，却具有震撼人心的力量。再如《白蛇传》中的许仙，本是一个耳朵软的老实人，他的性格是在两种力量的争夺中发展的。一边是白娘子的恩爱，一边是法海的诱惑。经历了"盗仙草"、"水漫金山"、"断桥"等一系列事变的激发，他终于战胜了灵魂中的怯懦与自私，坚定地站到白娘子一方。"许仙今日心头亮，吃人的是法海不是妻房"！（京剧）"娘子呀，纵然你是灵蛇变，许仙绝不改心肠"。（越剧）从而宣判了法海在精神上的惨败。

小型戏剧《月亮上升的时候》描写爱尔兰民族解放运动中，一个革

---

[1]　［英］威廉·亚却：《剧作法》，上海戏剧学院戏文系翻印，第 275 页。

命者说服巡长放弃赏金让他逃走的故事。剧中对巡长这个人物的描写是非常成功的。巡长从想赏金到放弃赏金、释放革命者，人物意志有大幅度的变化。剧本中主要在三个地方描写了他：剧本的开头，巡长带着两个警察来海边码头上逮捕越狱的革命者，点出他有妻子儿女，生活困难，希望得到这笔赏金；他身为巡长，职责所在，他必须抓住革命者。第二个地方是巡长见了化了装的革命者以后，通过两人对话，特别是革命者吟唱的歌谣，使巡长回忆起自己温暖而又贫困的童年，这也是剧作中着力描绘的地方。第三个地方是接应革命者的小船来了，警察也来了，在这千钧一发的关键时刻放走了革命者。作者的主要笔力放在巡长童年生活回忆上，使他那已经忘却的热爱乡土的感情逐渐觉醒起来。巡长从想得到赏金、逮捕革命者到放弃赏金、掩护革命者，这一思想发展过程在剧中揭示得细腻而清楚，令人十分信服。在小型戏剧中，人物意志这样大幅度地转变，这在古今中外的戏剧史上，堪称范例。

在一些成功的小型戏曲中，人物性格的发展过程也是十分清晰的。如《打铜锣》中的蔡九是个本质很好、热爱集体的普通农民，但他在生活上有点散漫，喜欢"戴高帽子"，还爱喝酒，哼几句戏，有点滑稽，所以社员喊他"蔡九癫子"。这种散漫的特点决定了蔡九在打锣中——包括过去的上当和这次与林十娘的斗争方式的特殊性，蔡九终于战胜了自己，成为一个坚持原则又通情达理的好社员。

在一出戏里，人物性格的起点到终点的距离较大，或者向相反的方向转化，一般都称之为转变人物，写戏在创作实践中，往往是转变人物容易写得鲜明生动，笔墨不多，但给人的印象很深，其秘密就在于人物的性格有明显的发展变化；而我们在塑造先进人物形象的时候，往往难于做到这一点，其原因或许就是没有写出人物性格的发展变化过程。

五、运用细节刻画人物

这个问题在本书后面将要作比较详细的介绍，但在谈论人物塑造时，还是有必要先强调一番。

最近看到一篇散文，写一个诗人称自己的父亲是人生舞台上的一个彻底失败者，诗人讲了两件小事。

第一件事，父亲老了，没事干，给孙子辈画了一个表格插红旗，格画得很宽，里边要写 1990 年字样，正常的人要写字，一般要留出天地，天宽地阔才好看，可他老人家不是这样，而是顶天立地写下"1990"，这最后一个 0 字，正好跟 9 的头一样大。这样的写法反映了他那一代人的悲剧，象征他的全部人生。因为老人家下意识中考虑的是我要适应那个纸格，适应那片纸上的天地。他没有想到也不愿意让客观事物适应自己，他的全部人生就是这样，用整整一生都在适应环境，就不曾想过让环境来适应自己。

第二件事，说的是开灯。屋里需要光，拉亮电灯，这是目的。如果我们抓住了灯的开关绳，咔嚓一下得了。可诗人的父亲不是这样，他伸手抓住灯绳，不拉，一直摸下去，直到摸到最末端的疙瘩，才拉一下。行为方式最典型地代表人的个性特征。诗人的父亲为什么那样做，那是因为在他内心深处有一个顽固的声音在指挥他"必须按常规办"。

诗人用细节概括了他父亲的人生，应该说这是十分精彩的。

戏剧小品《人民战争》算不上是个精品，但作者通过细节来塑造人物性格的做法还是令人击节赞赏。如为了表现赵大妈办事认真，喜欢作主的性格特征，小品中就有三处细节描写：一是赵大妈一锤定音，给自己和另一个纠察老伯起了个联络代号——地雷、地瓜；二是赵大妈三次让纠察老伯离去又回来，布置任务，严肃认真；三是在争论戴白手套的是李玉和还是王连举时赵大妈咄咄逼人、不容争辩。又如，为了表现赵大妈文化不高，但她乐观自信，有时候喜欢吹一点小牛的性格特征，小品中也有三处细节描写：一是赵大妈说那把太师椅的来历时把朝代给搞错了；二是在露出自己是社区纠察这一身份时，用"我们都是政府的人"来震慑对方；三是在小品结尾处，眼看那个年轻人要走了，赵大妈谎说自己是海灯法师的妹妹，腿上的功夫了得，还来了几下子试图震住年轻人等。再如，为了表现赵大妈作为社区退休群体中的一员，她的身上有许多典型的特征时，小品中又有多处细节描写，如她喜欢夸用电影的情节，戏剧作品中的对话，连动作也常常是戏曲化或太极拳化，这些生活细节都十分符合这一群体的生活情性和性格特征，既很好地刻画了人物，又带来了浓厚的生活气息。

再如美国女作家鲍斯华士·克洛寇的《童车》中"鲁奈太太"这个人物，作者正是通过她三次送给莱琴斯基东西这个细节，勾勒出这个人物的侠肝义胆的。前两次东西是在她第一次和莱琴斯基太太相遇时送的，先是送了她一双溜冰鞋和一本书，可当听说莱琴斯基太太的丈夫要动手术，而且对方家里交不起房租、煤气时，她又动了恻隐之心，转身出去又拿了个小包，里面有个小篮子，还有个粉扑，她声称是因为"乱七八糟地摆在壁橱里，碍手碍脚"所以才送掉，这其实一望而知是掩饰的话。到了最后，当莱琴斯基太太表示无法付出五块钱，"童车"可惜要被别人买走时，鲁奈太太掷地有声的回答：

莱琴斯基太太　（她的眼睛盯着她丈夫的脸，默默地祈求着）唉，鲁奈太太……生意那么少，开销那么大……我的索里，眼睛里有了毛病，马上就要动手术……我伤心透啦……可是……柯恩太太（声音发抖）……她得到了这辆可爱的童车。

鲁奈太太　（了解情况）柯恩太太……她得到了？现在在她手里？我姓鲁奈的担保，柯恩太太并没有弄到手，只是她一知道你极想要这样东西，为了定下那部童车，她向我提出增加一块钱。莱琴斯基太太，我倒要弄明白，我是不是一个体面的女人呢？她跟我说："那件东西我可以出六块钱。"我对她说："柯恩太太，我跟您谈起那辆车子的时候，我心里简直忘光了我曾经答应过莱琴斯基太太。我早就答应给莱琴斯基太太了。"虽然当时我忘记了对你说这句话。莱琴斯基太太，我是这么说的，我也就这么做。现在车在这儿，就留在这儿吧，要不然我就不姓鲁奈了。

可见，好钢要使在刃上，这比鲁奈太太一股脑像扔破烂儿似的全给莱琴斯基太太更见光彩。

如果说鲁奈太太是属于"言行一致"的细节，那么"言行不一"的细节也有利于刻画人物面目。在西班牙戏剧家耶珊妥·培那望德的小型戏剧《他的寡妇的丈夫》中，寡妇卡罗丽娜嘴上说"我对弗洛伦乔之所以能产生感情，也完全是凭他是帕特里乔最亲密的朋友这一点"，念念不忘前夫，然而她一大早就找人商量，无非是为了搞清穿什么去出席这个场合，弄清应该抱一种什么态度出面。而她为难之处在于，悲悲切切对不起后夫，镇静自若又觉得对不起前夫。

六、写好人物的第一次出场

人物的第一次出场，实际上是刻画人物性格的第一次机会，在这方面，不少古典小说为我们提供了许多有益的经验。如《水浒传》中写李逵的出场，就很有意思：

> 李逵看着宋江问戴宗道："哥哥，这黑汉子是谁？"戴宗对宋江笑道："押司，你看这厮凭什么粗鲁，全不识些体面。"李逵便道："我问大哥，怎地是粗鲁？"戴宗道："兄弟，你便请问这位官人是谁便好，你倒却说'这黑汉子是谁'，这不是粗鲁，却是甚？我且与你说知：这位仁兄，便是闲常你要去投奔他的义士哥哥。"李逵道："莫不是山东及时雨黑宋江？"戴宗喝道："咄，你这厮敢如此犯上，直言叫唤，全不识些高低，兀自不快下拜等几时？"李逵道："若真个是宋公明，我便下拜；若是闲人，我却拜甚鸟！节级哥哥，不要瞒我拜了，你却笑我。"宋江便道："我正是山东黑宋江。"李逵拍手叫道："我那爷，你何不早说些个，也教铁牛欢喜。"扑翻身躯便拜。

这段对话，生动地描绘了李逵的性格特征。从"粗鲁"中表现他对宋江的爱戴，也从"粗鲁"中表现了他的性格的豪爽和纯朴，这样的出场必然会给人留下深刻的印象。

那么，如何在小型戏剧创作中写好人物的第一次出场呢？我认为，最关键的一条是人物出场必须取决于人物性格的特征和矛盾冲突的需要。拙作《定心丸》中三个人物的出场，就可作如是观。玉桃能干泼辣，开朗直爽，所以我安排她的出场是先声夺人法。人未见，声先出，"哈哈哈，回来了，回来了……"一语三笑，带戏上场。郭大山油而不滑，心情烦躁，以数板交代上场目的，简单明了。而常根是主要人物，他的出场就比较讲究了。一是在什么时候出？二是如何出？我考虑，常根的出场一定要放在山雨欲来风满楼的关键时刻，家里已经摆好了冲突的情势，玉桃已作好了决战的准备，在这样的情况下，常根的出场必然会引起观众的兴趣，所以我把常根安排在戏已展开了占全剧五分之一的篇幅以后出场，同时，先让他在幕内唱山歌，造成气氛，然后上场。实践证明，这样做的效果是好的。

最近看到一个戏剧小品《变的旋律》，写一个高中生通过军训彻底改变"娇、骄"两气的故事，戏一开始，妈妈烧了许多菜，等女儿回来，并让女儿的舅舅派小车去接。不想说话间门就开了，女儿一身戎装、精神抖擞地出现在母亲面前。原来女儿没有坐车，自愿徒步回家，给了妈妈一个意外的惊喜。这个出场从人物出发，从矛盾冲突需要出发，无疑是成功的。

十数年前，农民剧作家徐林祥先生写过一个题为《三尺六》的小戏曲，其中主人公金阿福的出场是很有意思的。幕内传来打夯号子声，金阿福大伏天披棉袄，装病暗访偷偷上场。我很欣赏这个开头，理由有三：一是有戏，有悬念。天气炎热，这小伙子身穿棉袄，何故？何意？二是有利于冲突。让一个有点胆小怕事的人去斗村主任太太，更能引起观众的兴趣。三是有利于人物塑造。金阿福一方面要跟丈母娘较量，另一方面还要跟自己的懦弱行为作斗争，很有特点。可惜这个开头后来被改掉了。理由是，一些同志认为，身为村队长的主人公金阿福不应该如此窝囊，这个意见实在不敢恭维。

七、写好人物的对话

高尔基认为，语言是文学的第一要素。杜甫说过，"语不惊人死不休"。唐朝卢延让"吟安一个字，拈断数茎须"，为了找到适合的字眼，把胡须都捻断了，贾岛骑在驴上推敲字句时，撞到韩愈的轿子上……

对话，是戏剧艺术的重要艺术手段，也是戏剧语言的重要组成部分。对话是人物的心声，老舍先生有一段精辟的论述："如此人物，如此情节，如此地点，如此时机，应该说什么，应该怎么说，一声哀叹胜于滔滔不绝；吞吐一语或沉吟半晌，也许强于一泻无余，说什么，固然要紧，怎么说却更重要，说什么可以泛泛交代，怎么说却必洞悉人物性格，说出掏心窝子的话来。说什么可以不考虑出奇制胜，怎么说却要妙语惊人，不论说什么，若总要想一想该怎样说，才能逐渐与文学语言挂上钩，才能写出自己的风格来。"①

精彩的人物对话，往往自然传神，使读者由说话看出人物来，因此，老舍先生认为："对话是人物性格的声音"，"对话是人物性格最有力的说明书。"

好的对话甚至可以做到一句话写活一个人物，这样的例子也是很多的。鲁迅是写人物对话的大手笔。"一代不如一代"，一听这句话就知道九斤老太在发牢骚；"我真傻，单知道下雪天……"，眼前就浮现出祥林嫂那痛苦而有些失常的可怜面目来。

京剧《杜鹃山》中的农民自卫军队长雷刚要找共产党，他跟他的战士们说："找不到就抢呗！"一个"抢"字，惟妙惟肖地勾勒出一个天不怕地不怕、五大三粗、朴实刚正的农民革命的草莽英雄形象。

"我借给你一个早安"。这当然是莫里哀笔下的《悭吝人》的口气；对着茴香豆，说"不多不多！多乎哉？不多也"，则必定是孔乙己腐儒的酸话；而"我怀疑江上每一条船，我怀疑船上每个人"，毫无疑问，那是《江姐》中沈养斋的语调了。

从前有个笑话：一个大雪天，四个人在古庙里避雪，第一个是在买卖上发了点小财的商人。他大概听到过什么咏雪之类的故事，为了附庸风雅，便建议大家来联句，但又实在做不好，只能勉强开了一句头，说道："大雪纷纷坠地"；第二个秀才，醉心"功名"，学会一套歌功颂德的本领，这时便想起"瑞雪兆丰年"的古语，赶紧上去："都是皇家瑞

---

① 老舍：《出口成章》，作家出版社1964年版，第28页。

气"；第三个是地主，一向过着剥削生活，不管落雨下雪，丰年歉年，反正有钱有势，不怕佃农不把米送来，自己尽可以坐着赏雪，他便摇晃着脑袋，接了第三句："再落三年何妨"；第四个是樵夫，每天上山打柴，靠劳动维持生计，碰到这种天气，山路泞滑，树柴埋在雪下，打起来不容易，现在听说要老天爷再落三年，他可火了，破口骂道："放你娘的臭屁"。自然诗句有雅俗之分，但刻画了各人的身份、行为、思想、感情，因而被人称道。

在小型戏剧中，如果出场人物只有两个，容易陷入僵化单调的境地，但法国喜剧家乔治·戈代林的《和睦家庭》却丝毫不呆滞死板，笔者认为，这同作者所设计的极其符合人物身份、个性的风趣的语言是分不开的。

在剧中，作家特里埃尔的语言带有鲜明的职业色彩——作家，爱嚼文弄字，也带有鲜明的个性色彩——对妻子爱怨交加，哭笑不得，善良温和，幽默风趣，但有时也很倔强：

特里埃尔 你是在回避要害。我们不是讨论你特殊的美德，而是你的缺点，哎呀，你的缺点有一大堆。你别把我当傻瓜。处罚你150法郎怎么样？

瓦伦丁 我是在跟一个疯子谈话吗？什么150法郎罚款？

特里埃尔 150法郎罚款，很遗憾，就是因为你说话的态度，各种各样的失礼，形形色色的反抗等等，我不得不处罚你。（瓦伦丁惊愕得说不出话来）你懂吗？

瓦伦丁 半个字也不懂！

特里埃尔 我一条条念给你听。会叫你头脑清楚的。（他从口袋里取出一本小笔记本，开始念道）"9月1日：她为了争论一个她一无所知的问题，后来她已经知道自己错了，还是顽固地坚持原来的论点。她为了激怒特里埃尔老爷，一个十分温和的，有耐性的人——尽管事实上是她错了，她还一再要表示自己正确。处罚款：3法郎95生丁。"

瓦伦丁　谁？什么？再说一遍！

特里埃尔　"第二件：上述特里埃尔老爷对她说，他希望她提早一刻钟做饭，结果发现她比通常还晚一刻钟。上述的特里埃尔表示温和的抱怨，她回答道：'要是你不高兴，你就到别的地方去吃饭吧。'……罚款：6 法郎 70 生丁。"

瓦伦丁　呃，我……

特里埃尔　"第三件：因为特里埃尔老爷拒绝买一只他认为贵而无用的彩色玻璃仿铁制的灯笼，她就叫他虱子和卑鄙的小气鬼。……罚款：2 法郎 50 生丁。……"

　　妻子瓦伦丁的语言，符合她的身份——年轻可爱，缺少生活经验，只知伸手要钱的家庭主妇，还有她的个性特征——有些任性，有些虚荣，还爱要些小伎俩，自己像个婴儿，有时也把丈夫当婴儿哄，请看她的反击：

瓦伦丁　你要说的就是这些吗？

特里埃尔　就是这些。

瓦伦丁　好吧。（指着窗子）你把那笔钱给我，否则我从窗口跳出去。

特里埃尔　从窗口跳出去？

瓦伦丁　是的。从窗口跳出去。

特里埃尔　（马上打开窗子）来吧。（停了一下。）来吧，跳下去。

瓦伦丁　（没有动，她的两眼里充满了仇恨，盯着特里埃尔）这只有叫你太高兴了！你这个凶手！

　　　　［特里埃尔关上窗子，回到书桌边。

瓦伦丁　（看着他）凶手！凶手！凶手！

特里埃尔　（打开笔记本，写着）"10 月 1 日，她用当场自杀来威胁特里埃尔老爷，企图利用这个杰出的丈夫的软心肠——罚款：4 法郎 95 生丁。"

瓦伦丁　畜生！畜生！畜生！

特里埃尔	（继续写）"结果没有自杀——罚款：50生丁。"
瓦 伦 丁	哦，我知道你要我自杀。我知道你巴不得我归阴了。
特里埃尔	"归阴"！（写）"在友好的谈话中，直接从我的18世纪语汇中采用惯用语——罚款：75生丁。"

相信年轻夫妻之间因为日用开支免不了要争吵，可有谁看到这种别具一格的争吵，不发出会心的一笑呢？

小型戏剧篇幅小，尤其需要学会用几句话刻画出人物的主要性格特征的本领。那么人物语言怎样才算生动呢？我认为关键是要做到两条，一是性格化，二是动作性。比如小品《人民战争》中赵大妈的语言就写得很好，她形容小刘在谈恋爱时是"康师傅——面哪"，在表达抓流窜犯的急切心情时，说"宁可错杀一千，不可放过一个"，在揭出红袖章时对那个年轻人说"我们是政府的人"，等等，都十分符合"这一个"赵大妈的性格，因而起到了刻画人物的作用。

八、努力塑造典型人物

所谓典型，是指以鲜明的个性特征深刻显示出一定社会生活的某些本质和规律的艺术形象，是实际生活的真实反映，但又比普通的实际生活更高、更鲜明、更有集中性、更带普遍性。典型是衡量作品艺术性高低的主要标志。典型形象的塑造是文艺创作的中心课题，小型戏剧创作自然也不能例外。

如何使你笔下的人物具有典型意义？茅盾先生提醒我们："……要谨防你的'人物'只成为某一个人物的'模特儿'。一般说来，'人物'有'模特儿'不是坏事，而且应该有'模特儿'。不过挑定了某人来做'模特儿'时，结果就成为此某一人的画像，就缺乏了普遍性。成功的'人物'描写，决不是单依了某一个人作为'模特儿'。比方说，要写一个商人罢，应当同时观察了十几个同样的商人，加以综合归纳。这样创造出来的'人物'一方面固然是'创造'，但另一方面却又不是'想当然'的造作；这一'人物'说他是实在有的一位'我们的熟人'呢，倒又不是，然而'面熟'得很，'我们的熟人'们中间都有'他'的影子，都有一点儿像'他'，但并不就是'他'。各人都有点像'他'，然而不会'全'像'他'；到处可以碰见'他'，然而不能指认'他'就是谁某：这才是'人物'创造的最上乘。举一个大家熟悉的例子，就是阿Q。专依了某一个人（某甲或某乙）的嘴脸来作'模特儿'，固然像极了某甲或某乙，但在不熟识某甲和某乙的广大读者看来，就有点'面生'，那'人物'的艺术的感染力就差了（自然，倘使是写众所共知的历史的人物，又是例外）。专一临摹某一个人的面貌以求逼真的，只是真容画师之伎俩；艺术家的使命高过于真容画师多得多，艺术家不是真容画师。"①

　　鲁迅笔下的阿Q这一艺术典型，早已从书本中走了下来，已成为一种社会存在。俄国文学中也有过这种不朽的艺术典型。列宁在《论苏维埃共和国的国内外形势》一文中指出："在俄国生活中曾有过这样的典型，这就是奥勃洛摩夫。他老是躺在床上，制定计划。从那时起，已经过去很长一段时间了。俄国经历了三次革命，但仍然存在着许多奥勃洛摩夫，因为奥勃洛摩夫不仅是地主，而且是农民，不仅是农民，而且是知识分子，不仅是知识分子，而且是工人和共产党员。我们只要看一下我们如何开会，如何在各个委员会里工作，就可以说老奥勃洛摩夫仍然存在，所以必须长期地洗刷清扫他，督促鞭策他，才产生一些效果。"

　　当然，一个艺术典型概括一个民族的某一方面精神实质，一个艺术典型能影响几代人，这样的例子自然是不多的。但是这丝毫不应该成为我们放弃塑造典型人物这一艺术追求的理由。

　　说到典型人物，我们便会很自然想到塑造社会主义新人的问题。邓小平同志说："我们的文艺，应当在描写和培养社会主义新人方面付出巨大的努力，争取更丰硕的成果。要塑造几个现代化建设的创业者，表现他们那种有革命理想和科学态度，有高尚情操和创造力，有宽阔眼界和求实精神的崭新面貌。要通过这些新人的形象，来激发广大群众的社会主义积极性，推动他们从事四个现代化建设的历史性创造活动。"

---

① 茅盾：《茅盾论创作》，上海文艺出版社1980年版，第467页。

可见，塑造新人形象，是历史赋予我们的重任。果戈理也曾说过："相信我，不管出版什么样的艺术作品，如果里面没有今天社会围绕着转动的那些问题，如果里面不写出我们今天需要的人物来，它在今天就不会有任何影响。不做到这一点，——那么，大仲马工厂里出来的任何一部小说都会把它打倒。"①几十年来，我国的剧作家都十分重视社会主义新人形象的塑造，但一个严峻的事实是，剧作家在一个戏中刻意求工的新人出不来，倒是着墨不多的转变人物虎虎有生气。

按理说，人物形象是戏剧艺术的主体，而作品中的新人形象则是体现主题、展开情节、推动矛盾、完成艺术构思的主要担负者，因此，任何一个剧作者都不会在这个问题上掉以轻心的。在创作时，他们常常把主要精力扑在这些人物的刻画上；在剧本问世时，他们最关心的也是自己笔下的人物在观众和读者中的反应。为什么戏中的转变人物写得比较有血有肉，新人形象（或称英雄人物）就不行了？即便是一些比较有光彩的剧本，也程度不同地有此缺憾呢？对此，一些剧作者常常不无遗憾的感叹："有意栽花花不发，无心插柳柳成荫呀！"

这是为什么呢？

我认为，原因在于，首先，剧作者对新人形象熟悉不够。这个问题又包括两个方面：从客观上说，在现实生活里，新人形象的比例总是比普通人少，作者在生活中所见所闻，大量的还是普通人的思想、行为，这样，天长日久，普通人的形象积少成多，烂熟于胸，而新人的形象则相对缺乏，这是先天不足，此其一。其二，作者在深入生活、接触所描写的对象时，常常浮光掠影，浅尝辄止，许多人只满足于了解事件的前因后果，着重于询问政治上的始末根由，只求人物做什么，不细究人物为什么做，只调查人物的身份、职业、思想觉悟，不深究人物的喜怒哀乐、性格特点等。这样，对具体人物的熟悉不够，加上平时积累无几，一旦反映到艺术作品中去，就必然成为概念的化身和政治的标签了。而相反，写转变人物则俯拾皆是，信手拈来，自然就生动多了。

其次，作者对社会主义新人还是熟悉的，但写起来有框框。有些作

---

① [俄] 车尔尼雪夫斯基著，辛未艾译：《车尔尼雪夫斯基论文学》上卷，上海译文出版社 1978 年版。

者笔下的新人，就是自己的邻居、朋友、亲人，甚至是自己，十分熟悉。所以写不出比较深刻的人物来的原因，就是在写的时候被框框束缚了手脚。这个框框，一种是来自违背创作规律的形而上学的文艺思潮，还有一种是剧作者不正常的"感情用事"。他们偏爱自己笔下的新人，生怕笔下的新人不像新人，因而写一句台词，设置一个动作，安排一个情节，组织一次冲突，都用新人的尺子去衡量。于是，生活中的新人明明在困难和挫折面前有过痛苦的斗争与探索，但一到笔下便变成了坚定乐观、稳操胜券的超人；生活中的新人明明有这样那样的缺点，一到笔下便成了白玉无瑕、高大完美的完人；生活中的新人明明有广泛的生活情趣，一到笔下又化为仪态肃然、言规行矩的正人君子了。有时候，为了使观众和读者能够充分知道某某是新人，还特意让剧中人物为其大唱赞歌、滥发颂词……结果，自然变成了做作，真实变成了虚假，从生活中观察到的独特的个性又被那些人们熟悉的共性字眼代替了。这样，新人的思想、行为就自然和平凡的芸芸众生不能息息相通了。而写转变人物则不然，认为反正是"转变"的，写一些缺点，写一些爱好，写一些眼泪，写一些人情味，写一些犹豫、动摇、过火、偏激、嫉妒自私，都不要紧，于是，由于没有框框，舞台上的人物倒栩栩如生，一个个活了起来。

由此可见，目前一些戏剧作品中的转变人物所以比社会主义新人生动形象，其原因是：前者写了生活中的人，或者更贴切地说，是作者真实地再现了自己熟悉的现实生活中的人；而后者则没有按照生活中新人的本来面貌去描写。杨柳插在泥土里，自然会枝条舒蔓，蔚然成荫；而花种撒在琼楼玉宇之中，用意虽然可嘉，但违背了自然规律，花又怎能"发"得起来呢？

曾有一位剧作家朋友主张，要写好新人，关键是要着重注意揭示新人最隐秘的内心世界，这话是很有道理的。写政治家，不妨写写他在家庭生活中的表现；写军事家，也可以翻翻他的恋爱史；写伟大，当然也不反对写写他的缺点或弱点。这样写，反倒容易写出人物的真实风貌来。这方面成功的例子也不少，比如小型戏曲《包公赔情》，没有写包公判案，而是展示包公在铡了犯法的侄儿后向嫂嫂赔情的心理历程。剧本渲染了包公和包嫂的叔嫂之情，读来令人感动，包公形象也十分可亲可敬。写陈毅，不写他南征北战，而写他在战斗间隙，组织部队机关人员展开"助民劳动"，如《陈毅打场》，照样展示了一个无产阶级革命家的风采。写皇帝，不正面表现宫廷内部矛盾，而去写他如何处理女儿与女婿的夫妻吵嘴，如《打金枝》。

著名剧作家薛允璜先生说，假如由他来写鲁迅，就不去写路线斗争，而去写他与许广平开始结合的感情生活，鲁迅有名份上的妻子在北京，离京到厦门大学任教，开始了两地书恋爱期，到了广州，两人公开同居，这是鲁迅本人反封建的勇敢壮举。当然写鲁迅的爱情，写起来也不易，但肯定比一般的政治斗争要有戏可挖，有情可咏。

九、人物配置要经济

小型戏剧受篇幅限制，要求表达一定要精炼，线索要简单明了。因此，主要人物的配置不仅要十分小心，次要人物也忽略不得。巧妙的次要人物配置，可以让情节衔接得更为自然，活跃气氛，节省笔墨。犹太作家大卫·宾斯基的小型戏剧《被遗忘的人》就是一例。其中，芳妮和欣得斯是主要角色，贝尔曼、娥尔加是只闻其名并不出场的次要角色，丽齐是唯一出场的次要角色。设想若是没有丽齐这一角色，只有芳妮和欣得斯两个人出场，芳妮收到信后和欣得斯共读，则戏味顿减，没有悬念，也无法表现芳妮初收信时的幸福，也就无法映照出希望破灭后的痛苦，而且让双方马上形成对峙的局面，也不大符合芳妮内敛含蓄的性格。若是芳妮收到信后，无意中告诉欣得斯，然后再写欣得斯的反应，则颇费笔墨，而且气氛单调。加入丽齐这一角色进去，可巧妙地解决这一难题——正是从她口中，我们才得知芳妮的不易，并且和她一起为芳妮高兴；也正是从她口中，欣得斯知道内情，并进而为芳妮担心，这又引起我们的悬念，他为什么要替芳妮担心呢？丽齐完成这两大任务后，就干净利落地下场了，留下舞台空间给两位主要角色来表演。

以上这些例子，对于小型戏剧创作十分具有指导意义。

【思考与练习】

1. 有人说，戏剧刻画人物最有效的方法是通过人物的行动，你同意这一观点吗？为什么？

2. 请你按照"人物要活"的要求，根据下面这一材料编写一部小型剧本。

糖罐的秘密

上高中时，寝室里流行罐装的黄砂糖。12个糖罐，亲亲热热地排成一排。临睡前，女孩们总是美滋滋地喝上一杯热腾腾的糖水，唯独秦霜是不大喝糖水的。因此，她的那个别致的青瓷陶罐里的糖，比起我们的总是又多又满。问她为什么不喝，她说："坏牙齿呢！"

后来有人跟我咬耳朵，说因家境不好，秦霜的糖罐根本就是做做样子罢了。她那一罐糖，吃了再没添的，又怕人瞧不起，就混说什么坏牙齿的鬼话。一次我回寝室找水喝，无意中从窗户外看见秦霜正狼吞虎咽地在吃糖呢！她挨次从每个糖罐里舀上一大勺，大口大口地往嘴里塞。我悄悄地离开了那扇窗户。

晚饭后，待一寝室人走得一个不剩，我一把抱起我的糖罐，先给另外的几个逐一补上一大勺糖，然后，将剩下的通通倾进那个青瓷糖罐。又从箱子里抽出一袋糖，倒入了自己的空罐里……

前不久，我收到了一封来自深圳的信，信是这样写的——

那个偷糖吃的女孩，她其实觉察到了窗外的那双眼睛——那双世界上最纯最美的眼睛。因为它的注视，那个差点成为偷儿的女孩，在后来充满苦难的岁月里，却再也不敢妄动过一回。

不用说，这封信是我多年的挚友——已在深圳的一家电脑公司任执行总经理的秦霜寄来的。

（摘自《辽宁青年》）

第十六章　对手要强

一、人物设置——冲突力量配置

人物关系的设置，是小型戏剧创作中一个十分重要的环节。所谓搭配人物关系，实际上就是给剧中的主人公寻找一个合适的对手。实践告诉我们，对手力量的强弱，不仅会直接影响主人公的性格塑造，而且会直接左右戏剧冲突的张力，同时还会直接关联到剧本立意的阐发。所以，随便挑一个对手与剧中的主人公构成矛盾双方的做法是一件极不严肃的事情。

意大利批评家卡斯特渥特罗曾说："欣赏艺术，就是欣赏困难的克服。"① 从观众的角度来说，看戏，就像看体育比赛一样，人们一定希望去看两个不相上下的对手打得难分难解的精彩场面，要看对垒的一方在险中取胜，而不是稳操胜券。同样，如果人们去看弈棋，那么，也一定想要目睹一场棋坛高手杀得天昏地暗而几成平局的辉煌战役。因为三比二险胜对手要比九比零轻取桂冠更有激动人心的因素。戏剧创作也一样，我们力图要写出主人公强大的人格力量，就必须注意对手力量的强弱。正如人们常说的那样，沧海横流，方显出英雄本色。英雄之所以会成为英雄。并不是他无所不能，处处居高临下，逢凶化吉，而恰恰在于他的面前有常人看来不可能克服的困难，但他终于在顽强的斗争中把对手给击败了，克服了障碍，赢得了胜利，从而让人感到可敬、可爱、

---

① 转引自《文学评论》1962 年第 6 期。

可亲。

因此，狄德罗认为："……假使你要亚尔赛司特去恋爱，就让他爱一个风骚的女子，如果是阿巴公，你就让他爱一个贫苦的女子"。总之，把人物抛到尖锐的规定情景中去，让他在强有力的对手面前经受考验、展示力量，这是写好一个剧本的有效方法。"①

我们不妨先从妇孺皆知的优秀古典文学作品中去吸收一些养料。《水浒传》不是戏剧，但它在为人们寻找有力的对手这一艺术创造工序上，却为我们的小型戏剧创作提供了十分有益的启示。

在《水浒传》里，武松在景阳冈只打死了一只老虎，就成为了不起的、举世公认的打虎英雄。可是李逵呢，在沂岭一连打死了四只老虎却默默无闻，连打虎能手也称不上。这是什么缘故呢？让我们一起来分析其中的奥妙。

写武松打虎，作者一开头就层层铺垫，早在那只吊睛白额虎出现以前，酒家就渲染它的厉害，凶猛无比。接着，在刮了皮的大树上，写明山中有恶虎，又一次警告路人，随后，在画着大印告示上干脆禁止单身客人过冈，免得送命。"山雨欲来风满楼"，经过这一连串的烘托，那老虎已经使读者毛骨悚然。等它出现时，先写它带来一阵狂风，吼一声，像半空中一个霹雳，震得山冈颤动。面对这条猛虎，武松唯一的护身武器——那根哨棒，偏偏又打断了，就在这种敌强我弱的情势下，武松赤手空拳，把那只恶虎活活打死，他的英雄形象，也就由此而树立在人们的心目中。

那么，李逵的那四只老虎是怎样杀死的呢？他先在老虎洞外搠死了一只小虎，又赶进洞里，打死另一只。这时母虎回来，倒退着进洞，他在母虎身上猛戳一刀，正中粪门。等他走出洞口，又碰上一只老虎，手起一刀，正中气管。就这样轻而易举，一口气连杀四虎。李逵不劳不累、不艰不险，既没有表现出过人的力气，也没有显露出惊人的胆量，怎能授予他特殊的打虎英雄称号呢？

由此可见，武松打虎，名传千秋，是得力于作者为武松设置了那个

---

① ［法］狄德罗：《论戏剧艺术》，《西方文论选》上卷，上海译文出版社1979年版，第363—364页。

强有力的对手——吊睛白额虎。而李逵杀虎，榜上无名，是因为他的对手构不成对李逵的威胁，游戏般的较量自然不可能给人留下深刻的印象。

不少成功的小型戏剧创作实践也在这方面为我们提供了可供借鉴的经验。

沪剧传统剧目《阿必大回娘家》，写农村姑娘阿必大，因父母双亡，在李九官家做童养媳。婆婆凶残，诨名"雌老虎"，对阿必大百般虐待，必大兄前去探妹，也遭凌辱。必大婶娘诨名"独夹剪"，亦泼辣，然心直口快，心地善良，得讯后赶往李家评理，针锋相对，各不相让，"独夹剪"终于制服了蛮横无理的"雌老虎"，将必大带回娘家。剧中尤以"独夹剪"与"雌老虎"的唇枪舌战为精彩之笔。由于对手力量强大，人物性格也在冲突中呼之欲出，令人过目不忘。

小型戏剧《妇女代表》更是如此。剧中的主人公张桂蓉面临的对手阵营十分强大，她既要与丈夫王江粗暴的男权思想斗争，又要同婆婆的封建意识较量，还要与牛大婶的前后行为发生冲突，真可谓艰苦卓绝，左右为难。但也正是在这样的环境里，张桂蓉这个人物才显示出她那特有的性格光彩。

我在写《定心丸》时，也注意了对手力量的配置。我将生产队长常根推到一个十分困难的情境中，让他在强大的对手面前经受考验，从而展示他的人格力量。常根是"上门女婿软一点"，玉桃是"坐家囡囵硬三分"。常根要做玉桃思想工作，本身就有困难，何况今朝要叫玉桃让出她最称心满意的一项工作——鱼担，这就必然会引起玉桃的强烈反抗。根据玉桃的性格，在剧本中设计了"闭门丸"、"分家丸"、"跌打丸"三粒丸药，对常根来说，是够棘手的了，但我觉得还不满足，又增加了郭大山这个人物。因为责任制触及到郭大山的利益，所以他开头来煽风点火，激怒玉桃；当夫妻矛盾一展开，他又来火上加油，推波助澜。玉桃是个好胜心很强的农村妇女，即便郭大山不在，"三粒丸药"也够常根受的了，而今天有郭大山助阵观战，"看队长娘子噱头"，玉桃更是气势壮大，火药味浓重。这样常根所处的情境就更尖锐了。但反过来说，常根如果能在这样的情势下把玉桃降服下来，这就更说明他胜利的辉煌，性格力量的巨大，他的形象也就更具体、鲜明地印在观众脑海里。实践证明，这样的艺术处理是有成效的。

二、冲突力量配置失误种种

但是，在戏剧创作实践中，我们的一些作者在对手力量配置问题上常常掉以轻心，比较多见的毛病有以下几种：

1. 先天不足

威廉·亚却在谈创作时曾举过这么一个例子：英国有个剧本叫《剑的祷告》，写一位名叫安德里亚的青年人从小在一个修道院里长大，命定将来是要过修道士生活的；然而他的兴趣和才能却都适合于做军人。正当他就要立愿修道时，一次偶然机会使他踏入了尘世，并且幸运地在一个传奇式的公国里，消弭了一次眼看即将暴发的革命。统治这个公国的是一位美丽绝世的女公爵，不用说，他爱上了她。而悲剧也就在于，或者说本来应当产生于这种尘世之爱与他的那种天命和祭坛之间的冲突，然而作者却竭力设法，使安德里亚和伊拉雅之间的障碍显得并不真实。安德里亚尚未立下不能追悔的修道誓愿这件事实，并非问题的要点。假如安德里亚虽感到他修道的实践是绝对肯定无疑的，然而他却为了自己不可抗拒的情欲而违抗天命，不惜危及自己不朽的灵魂，那么不管立誓没有立誓，总会产生一场悲剧性的冲突。这本来是现成的戏剧情势，然而作者却小心避开了它。从最初，安德里亚还未见到伊拉丽雅的时候，我们就得到一个印象：他不是天生当修道士的，在他的心灵里并没有情欲和天职之间的斗争，甚至在他身上根本就没有任何心灵的斗争，他的斗争都是外界力量和外界影响的斗争；因此，本来只要写进一种真正的障碍，就很可能写成为一个悲剧的剧本，结果却只成了一个感伤的传奇剧，逐渐地就被人们所淡忘了。①

这是个大戏的例子，小型戏剧中，类似的情况就更多了。我曾经看过一个小型戏剧，剧名已经忘了，大致意思是写一个乡党委书记的老

---

① ［英］威廉·亚却《剧作法》，上海戏剧学院戏文系翻印，第28—29页。

婆，趁丈夫不在，将自己的儿子开后门在某企业里安排了一个好差使。书记回来后，大为恼火，夫妻冲突，各不相让。正在这时，儿子在企业里由于工作吊儿郎当，出了重大事故，损失好几万元，事实终于使书记老婆醒悟过来，同意儿子退出该企业。

显而易见，这个小型戏剧的冲突力量的配置是极其不当的。老婆趁丈夫不在去开后门，本身已不对了，在夫妻矛盾中，老婆已经处于劣势，作者再安排儿子在企业里出事故这一笔，书记老婆是不斗自垮了，即便不是当书记的丈夫做工作，我想她也不会好意思再让儿子留在该企业里吧。因此，作者主观上要塑造一个坚持原则、大公无私的党的基层干部形象，就不可能是有血有肉的。如果依然按照那个戏的作者的思路，我们把对手的力量作一些更改，情况可能会好一些。

假如某乡党委书记的老婆趁丈夫外出数月，将自己唯一的有残疾的儿子弄到乡某企业工作，丈夫归来，知情后很生气，理由是，乡里还有比他们的情况更特殊的困难户还没有安排，于是夫妻冲突。正在这时，儿子在企业里搞科研，获得成功，为企业盈利数万，书记老婆更是理直气壮了，冲突加剧……这样处理自然高明不了多少，但至少因为冲突力量的均衡，戏还能成立。

近期我还看到一出题为《毛遂之死》的小型戏剧，主要毛病也是一个对手力量的配置问题。毛遂是赵国平原君的门客，他在国家危难时刻挺身而出、自荐出使的故事可谓家喻户晓。当年他随平原君赴楚国谈判联合抗秦之时，曾将生死置之度外，力劝楚王出兵，靠他的才智与勇气为赵国立下汗马功劳。描写这个人物可以不正面写他主要业绩，但他的基本性格特征、风采、才略应该得到体现。可惜剧本忽略了这一点，笔墨放在他与一个相爷的妃子相好，结果被人告密，中了圈套，被人害死。且那个圈套又不甚高明，毛遂几乎来不及挣扎就死于非命。由于没有提供施展其才华的舞台，缺乏足够的障碍，虽然剧本文采斐然，毛遂这个人物还是很难在观众中留下印象了。

2. 后天不良

这类剧本往往有很好的冲突情势，对手力量强大，在戏的开端部分咄咄逼人，但刚与正面人物一交手就掉转枪头，另辟战场了。如有一个小型戏剧，写一个正直善良，诚实憨厚的30岁大龄青年老是找不到对象，原因是他在复员回乡时带回一个弃儿收养，引起姑娘不满。这一天，经人介绍，第九个姑娘来相亲，大龄青年的母亲将小孩藏了起来，谁知细心的姑娘还是看出了破绽。按说，这是一个很好的戏剧冲突情势，女主角面临的对手十分严峻，但善良的作者大概是怕收不了场，居然来了个没有多少意义的情节，即那个孩子原来就是今天来相亲的姑娘的私生子。于是，矛盾急转直下，剧情转到那女子对往事的回忆上去了。一个本来挺有潜力可挖的小型戏剧也因之而失去了应有的光彩。

还有个写嫂嫂为小姑办嫁妆的戏，也存在这样的毛病。小姑希望嫁妆办得好一点，而嫂嫂比较小气，这是一对现成的戏剧冲突好对手，遗憾的是，作者也许是为了表现某种主题的需要，将嫂嫂这个人物在剧本结尾处调整成一个慷慨的农妇，毫无疑问，共同的愿望使一个戏剧作品几乎成了一篇赞扬好人好事的通讯报导。

3. 人为折腾

有不少剧本，作者没有设置好强有力的对手，但戏要向前发展，要跌宕起伏，要大起大落，怎么办呢？只好让主人公自我折腾，过分地夸大对手那种实际上不存在的力量，与自己较量。结果是，舞台上的主人公死去活来，悲痛欲绝，观众却十分冷漠。这种情况即使在一些十分优秀的剧作中也时有发生。如法国古典主义悲剧《熙德》是一部世界名剧，高乃依为我们展示了这样一幅图景：唐·罗狄克为了维护父亲的荣誉，必须杀死他热恋着的施曼娜的父亲，而施曼娜为了服从做女儿的天职，又必须获得她情人罗狄克的首级。它的尖锐性还不仅仅局限于此，还表现在，罗狄克和施曼娜越是能战胜自己的感情和软弱，他们在彼此的眼中就越成为值得爱的人，换句话说，他们两人不管是谁，只要为了名誉干出最违心的事——取得对方或对方亲人的头颅，就越不愧于对方的情人，爱情的火焰也就越炽热。这样的对手配置自然是无可挑剔的，但问题是，戏发展到后半部，罗狄克成为万民拥戴的民族英雄以后，国王、公主、保姆都劝施曼娜放弃复仇的念头，她却仍固执己见、一意孤行地要复仇，说是慑于舆论，怕授人以柄。但实际上作为形成该剧规定情景的所有主要人物都有了鲜明的态度，她还担心谁呢？如果说是惧怕社会习俗、环境的势力，那么，作品里又丝毫没有这方面的展示，因而，施曼娜的内心折腾就显得有点人为了。

又如全国获奖戏曲剧本《风流寡妇》，描写农村妇女吴秋香与丈夫离婚以后自尊自爱自强自立，养鸡致富后大胆追求爱情的情感经历。吴秋香聘前夫为她赶车，登征婚启事等行为引起村人的议论，这本是很好的戏剧冲突，遗憾的是作者在设置吴秋香的对手——村里落后势力时却缺乏鲜明的、具体的指向，以致使戏的高潮部位，吴秋香因无法忍受小村的习惯势力，毅然决定离开这个村庄，远走他乡寻找生路这一笔显得人为。尽管吴秋香有反反复复的内心折腾，但我们只能把她的内心冲突视为无目的的作茧自缚。

再如在获奖戏曲剧作《渡娘桥》中，尚大妈历尽艰辛，决定与秦大伯结为夫妻，尚大妈的对手是儿子武魁，冲突是可以成立的，但令人不解的是武魁从头至尾、一成不变地反对母亲再婚，显得缺乏理由，不近人情。这样的对手表面上看是很强大的，实际上令人难以置信，效果当然也相应减弱了。

三、增强对手力量的办法

1. 给对手一把"刀"

上述举的对手力量配置方面的毛病，其原因之一是作者还没有很好地运用艺术的"加减法"，所谓"加减法"就是，尽可能把对手的力量加强些，把主人公的有利因素"减弱"一些。有时候，所描写的主人公遇到的对手并构不成势均力敌，那也无妨，给你的对手一把"刀"。还是举《水浒传》为例。作者写鲁达拳打镇关西，本来郑屠不是鲁的对手，但作者把规定情景处理成郑屠在切肉，手执剔肉尖刀，这就使鲁达处于险境。当然，最后，鲁达还是打死了郑屠。显而易见，由于作者对情势作了"加减法"的艺术处理，给了郑屠一把刀，读者的兴趣也就随着人物命运的变化而不断地加强了。

在冲突力量配置时，给对手一把"刀"，前面介绍过的德国的小型戏剧《男高音歌手》是一个十分成功的范例。就在男高音歌唱家杰拉尔多临上火车前，来了三位访客。这三位访客即是三个强有力的冲突对手，如同作者给了剧中主人三把"刀"，由此来充分体现主人公坚强的意志与品格。

第一把刀，是美色之"刀"。

就在这杰拉尔多要求跟班拒绝一切访客以便自己为明天的演唱作专心准备时，无意中打开窗帘，一个年轻漂亮的姑娘躲在里面，她希望能得到杰拉尔多的青睐，杰拉尔多委婉地打消了她的念头：

柯恩小姐　（站起来擦干眼泪）我不能相信别的姑娘会像我这样
　　　　　　爱你。

杰拉尔多　（领着她走向门口）没有，亲爱的孩子!
　　　　　　……

柯恩小姐　好吧，我答应你不再这么做，不再躲在你的窗帘背后。
　　　　　　可是你别打发我走。

杰拉尔多　我的时间，我的时间哪，亲爱的孩子。如果我不是正要
　　　　　　去赶火车的话! 我已经跟你讲过，我对你非常抱歉。但
　　　　　　是我的火车在 35 分钟之内就要开啦! 你想得到的是什
　　　　　　么呢?

柯恩小姐　吻我一下。

杰拉尔多　（僵在那里）让我吗?

柯恩小姐　是的。

杰拉尔多　（搂着她的腰，现出非常严肃的神情）你这是剥夺了艺
　　　　　　术的尊严，我的孩子。我不愿意显得像一个没有感情的
　　　　　　畜生一样，现在我送你一张照片吧，可是你得保证，在
　　　　　　这之后，你就离开我。

柯恩小姐　好的。

杰拉尔多　好吧。（他在桌旁坐下来，在他的一张照片上签名）你
　　　　　　要学会对于一个歌剧本身发生兴趣，而不是对歌唱的

人。那样，你可能会得到更大的享受。

柯恩小姐 （自言自语）我还是太年轻啦！

杰拉尔多 你献身于音乐吧！（他走向前台把照片递给她）不要把我看成一个出名的男高音，我在那个高贵的大师手下只是一个工具。在你相识的人们中间，你看看那些结了婚的妇女吧，全是华格纳的爱好者。全都研究华格纳的作品，学习理解他的"主导旋律"。那样可以免得你进一步地发昏。

柯恩小姐 我谢谢你。

杰拉尔多以慈父般的形象与丰富的经历终于说服了柯恩小姐，然而更严峻的考验还在后面。

第二把刀，是"弱者"之"刀"。

第二位不经通报就闯入，是个自称很有音乐天分的教授，他希望杰拉尔多能听听自己创作的新歌剧，杰拉尔多说没有时间：

杰拉尔多 我没有时间，再过 30 分钟我的火车就要开啦！

杜　灵 你没有时间！我可怎么说呢？你才 30 多岁，就成功了。你还要活好大半辈子哩！你只听听在我的歌剧里你演的那一部分吧。当初你到这个城里来的时候，你曾经答应我要听一听的。

杰拉尔多 那有什么用处？我又不是一个免费的代理人……

杜　灵 求求你！求求你！求求你呀！大师！我一个老年人站在你面前，简直要在你跟前下跪啦。一个老年人在这个世界上，除了他的艺术，什么事也没有关心过。50 年来，我在艺术的专制下做了一个自愿的牺牲者……

杰拉尔多 （打断他的话）是的，我理解，我理解的，但是……

杜　灵 （激动地）不，你不理解。你不能理解。你怎么能够呢，你是个交运的幸运儿，你理解 50 年来徒劳无益工作的意义吗？但是我要想法叫你理解这个意义。你瞧，我活得年纪太大了，已无法掐断我自己的生命。要这么做的人，在 25 岁的时候就做了，我却让时间这么过去了。现在我必须拖到我生命的最后求你，先生，请你别让我的残余之年白白地消掉，哪怕因此你必须损失一天的时间，或者甚至是一个星期的时间。这是对你自己有利的。一个星期前，当你为了特别演出初次来到这里的时候，你答应过，让我表演我的歌剧给你看。从那以后我每天都到这里来，而你不是在排练就是有女客来访。现在你准备离开这里了。你只要说一句话："我可以唱赫尔曼的角色。"他们就可以上演我的歌剧。那时你对我这次的坚决要求就会感谢上帝了……当然，你演唱过齐格菲，你唱过弗洛莱斯坦……可是在你的保留节目里没有一个像赫尔曼这样的角色，没有一个角色更适宜于你的中音域了。

杰拉尔多花了九牛二虎之力才劝走了杜灵，想不到更强的对手又出现在面前。

第三把刀，是情感之"刀"。

这把"刀"更厉害，"一个年轻而美丽得异乎寻常的女人"打了仆人一个耳光后闯进来，她曾经与杰拉尔多发生过一段感情，要求杰拉尔多带自己走：

海　　伦　（把她的双手笼放在椅子上）没有你我再也不能活下去了。要不是你带着我走，要不是我就自杀。

杰拉尔多　海伦！

海　　伦　是的，我自杀：像昨天那么一整天，我简直没有看到你……不行，我再也不能这样活下去了。我可没有那么坚强。我求求你，奥斯卡，把我带走。

杰拉尔多　我不能。

海　　伦　你要是想那么做，你就能。要是你离开我，我就只好自杀。这不是随便说说的。这不是威胁你，这是事实。我

再不和你一起，我就要死啦。你一定要带着我……这是
你应负的责任……哪怕只有一个短短的时间也行。

杰拉尔多　我以名誉担保，海伦，我不能够……我说的是老实话。

海　伦　你必须带我走，奥斯卡。不管你能够还是不能，你必须
承担你的行为的后果。我爱人生，但是在我说来，你和
人生是同一个东西。你带我走吧，奥斯卡，如果你不想
要我的血流在你的手上的话。

最后，海伦遭到拒绝后，她开枪自杀，但这也没能留住杰拉尔多，
他有合同要遵守，在叫来医生后，就雷打不动地去执行合同了。

由于作者给主人公设置了十分强大的对手，使该剧的人物形象塑造
得十分丰满。面对当时泛滥的艺术商品化趋势，杰拉尔多可以说是一类
艺术家的代表，他们有良知，对待无知求爱的少女像长辈一样劝慰，打
消她们不切实际爱上某个明星的念头，而不是轻浮的诱惑；他们有分
辨力、正义感，对艺术怀有敬畏之心，鄙夷"有人随便写出个歌剧，然
后用尽他们的精力去进行活动，使它们能够上演"的行径；他们对待自
己的感情极度压抑，像一架机器一样为演出公司挣钱，谁嫁给他，在最
初的荣光后，就会损害一生的幸福……可见这个戏的主题也很有现实意
义。当然，最后结尾处男主人公的行为令常人难以接受，也正因为如
此，更增强了这个作品的深刻性。

在小型戏曲冲突力量的配置方面，同样也可以给对手一把"刀"。
比如湖南花鼓戏《打铜锣》，剧本写林十娘将鸭子放到集体田里吃谷子，
被专管鸡鸭的蔡九发现了，形成冲突。按说，如果写蔡九是个原则性
强、办事认真、思想进步的社员，这个戏照样成立，冲突照样展开，但
是聪明的作者并没有这样做，他把蔡九处理成是一个成长中的人物，他
喜欢喝酒，爱听奉承话，去年还是林十娘的手下败将，就是在今天这场
冲突中，他一度也输给了对手，但他最后还是制服了林十娘。因为蔡九
的对手林十娘的手里有一把"刀"，她是个远近闻名的厉害人物，观众
对蔡九的命运的关注也就倾注了极大的热情。在剧情发展过程中，观众
为蔡九的失利而惋惜，为蔡九的进步而欢呼，戏剧性由此而陡增。

小型戏曲《要不要原谅他》，描写一个农村妇女如何对待与已离婚八年的负情丈夫的归来，女主人公面临的对手并不是一般意义上的陈世美，而是一个为抢救国家财产而致残后遭到后妻抛弃的男人，由于作者给了对手一把"刀"，要不要原谅他，便成了女主人公自我矛盾的焦点。女主人公初见过去的丈夫时，她怨恨交加，恨他弃旧喜新，怨他不顾老幼；可在怨恨之中又包含着情，她曾真诚地爱过这个冤家，他们有过五年的恩爱夫妻生活，并且还有了爱情的结晶。正因为以前爱得深，才会有今天的恨，当她听到对方追悔过去、回忆旧情时，她也沉浸在甜蜜的回忆中……可当她猛想起八年前对方要与她离婚时的情境，又一下激起万丈怒火，义正词严的将一个负情汉痛斥得淋漓尽致。可是当她知道了过去的冤家因抢救国家财产而致残且又雪上加霜遭后妻抛弃时，她又陷入了痛苦、犹豫、矛盾之中。由于作者设置了一个很好的对手，使这出小型戏剧成为同类题材中的佼佼者。

2. 最强的对手往往是自己

在生活中，我们常说，最大的敌人是自己。有时候，如果剧本中的主人公与他的对手构不成势均力敌的冲突情势，那么就不妨想办法在主人公自身的性格力量上做文章。所谓最强的对手往往是自己，说的就是这个道理。

比如，一个王子知道新继位的暴君是杀害自己父亲的凶手，他可能马上行动起来，顺利地报仇复位。而莎士比亚却选择了一个思想深邃、行动软弱的人物作为复仇任务的承担者，构成了一场特殊的冲突。哈姆雷特面临的对手不仅是一个暴君，更主要的是自己性格中的弱点，这样，构成矛盾双方的力量便得到了均衡，戏也必然会有声有色，波澜起伏。你看，哈姆雷特要复仇，这是先父鬼魂的嘱托，是他在第一幕发下的誓言，可是，他矛盾重重，进退踌躇。到第二幕还要通过演戏去发掘"内心的隐秘"，他谴责自己迟迟没有行动。在第三幕，灵魂的话在演戏时又被证实了。之后，他适逢报仇的大好时机，可是他却把举向仇人的利剑收起，说是要"等候一个更残酷的机会"。在第四幕，他发现了克劳迪斯谋害自己的阴谋，旧恨加上新仇，复仇雪恨的意志更加坚定，可是他却不立即行动起来，反而接受比剑的挑战，让自己接受天意的安排。这就是哈姆雷特面临的一位看不见的内在的对手——即自身复杂的性格因素，只有"拥有巨人的雄心和婴儿的意志"的可怜的哈姆雷特，才会演出一场这样复杂的悲剧。

英国戏剧家、唯美主义运动倡导者王尔德的小型诗剧《沙乐美》也是刻画人物内心冲突的典范。该剧取材于圣经的故事。沙乐美是犹太王希律的继女兼侄女，美貌、骄傲而任性，一个少年发狂般地迷上了她，她的继父希律也垂涎于她，可她却爱上了先知约翰，希望能得到对方一吻，后者却拒绝了她。沙乐美则无法克制心中的欲望，设计让刽子手砍下约翰的头颅，好满足自己的欲望。

这出戏可以看作是"美"不可避免走向"毁灭"的悲剧。在剧中，人物的命运早就被先知约翰预言过，然而他们仍然在"美"、"欲望"的诱惑下走向死亡的宿命。如深爱沙乐美的叙利亚少年，为了后者许诺的"一朵小小的绿花"、"笑嫣嫣"的一瞥，就心甘情愿地违抗国王命令把约翰带到沙乐美面前，虽然明知这样做会有大难临头，结果他以自杀告终，而他的自杀也不曾引起公主的一滴眼泪。美丽的沙乐美公主，虽然先知警告吻自己即是渎神，要大难临头，她仍饮鸩止渴，为了欲望不顾生死。

还有些小型戏剧，一个人一台戏，台上没有对手。那么怎么谈得上对手要强呢？也有办法，从人物性格内部找对手，表现其心灵自我搏斗的过程。如《林冲夜奔》，剧本描写林冲在草料场杀死高俅派来暗杀他的人以后，黑夜里投奔梁山，在路上思念老母爱妻，愤恨权奸高俅，悲叹个人遭遇，抒发感慨、悲愤、焦急、忧郁、怨怒的心情，十分动人。又如《思凡》，写小尼姑自幼由父母送入空门，吃斋念佛十余载，终日闷对红鱼青磬，活活扼杀了青春，她再也难以忍受，经过自我斗争，毅然抛弃木鱼，弃了袈裟，下山而去。

举了那么多例子，还是回到我们原先讨论的命题上来，给你剧本中的主人公寻找一个强有力的对手，这决不是一件坏事。记住狄德罗的话："如果人物的处境愈棘手愈不幸，他们的性格就愈容易决定。"①

---

① ［法］狄德罗：《论戏剧艺术》，《西方文论选》上卷，上海译文出版社1979年版，第363页。

当然，在实际创作中，还会碰到这样的情况，主人公面临的对手力量过分强大。根据对手这个人物性格发展的内在逻辑所产生的一些行为迫使主人公处于无可奈何的地位。换句话说，主人公无法用自己的性格力量战胜对手，那么，需要特别注意的是，千万不要匆匆忙忙地给主人公带来一些不属于这一个天地的"祥云"，诸如，矛盾难分难解之时，上级领导一个电话、一纸公文或者一番视察，或者其他类似的方式，等等，于是，一切问题便烟消云散。这种"戏不够，神仙凑"的简单化的处理方法曾经扼杀了整整一个时代的文艺，即使现在我们是怀着十二万分的善良去沿用这种手段，那也无法消除观众对你的作品的厌恶与鄙视。因此，正确的办法是，非常严肃地尊重艺术规律，如果你的剧本中的对手战胜了主人公这一结局是本质地反映了生活真实的话，那么就完全没有必要为了廉价的政治标签而去粉饰太平，拙作《阳台上的少女》就作过这样的试验。一个曾经参加过抗美援朝而如今只会躺在功劳簿上啃社会主义的所谓"老革命"，心安理得地去欺侮一个聪明、纯朴的村姑。当他以一个无赖的面目出现时，村姑以令人赏心悦目的机敏和睿智予以周旋，表现出巨大的正义的力量；而当无赖更换一种手段，用空洞的政治诺言、虚浮的理论说教去诱发村姑身上的"阶级感情"时，善良的村姑便防不胜防了，在局促、惶惑与迷茫之中失去了自己的领地，于是，悲剧就无可非议的产生了。人们在读完这个剧本以后，除了对那个无赖的行为表示极大的义愤以外，也会在悲怜村姑的善良与愚昧的同时，去对某些空洞的理性说教曾经损伤过多少活灵灵的人性这一现实作一番反思，这就深化了作品的主题。

【思考与练习】

1. 在以描写生活情趣为主的小型戏剧中，该如何体现"对手要强"这一原则？

2. 请你根据下面这一材料编写一部小型剧本，注意：必须让老李这个人物用自己的性格力量战胜对手。

遭 遇

我的师傅老李从深圳市回来，给我讲了一件他所经历的事。

那天，老李走在繁华的大街上，一个漂亮的小姐朝他走来，小姐手里拿着一盒牙膏，冲着老李甜甜地微笑："先生，我是××牙膏厂的，我们正在街上搞赠送活动，请你收下这盒牙膏。"说着，把一盒包装精美的牙膏递了过来，老李随手接住。回到宾馆，老李打开牙膏盒一看，里面竟然有一张奖券，上面写着：为了宣传本公司的最新产品，特在全市搞一次抽奖活动。老李刮开奖券一看，真是好运气，竟然中了特等奖。一看奖票上面的说明：特等奖为彩屏手机一部，价值3000元。凡中奖者，请到深圳市×路×号兑奖。

老李大喜过望，第二天，向宾馆打听到×路×号的所在，然后打的来到那里，才发现领奖处在一个背街小巷，×号是一个不起眼的广告公司。

老李正在奇怪，从里面走出一个漂亮的小姐，热情地问道："中奖了吗？"老李点头。那人连忙把老李请进屋去。

老李打量房间，里面乱七八糟地摆满了各种电器。

"对不起！"小姐道，"我们正在清理房间，请跟我来。"老李跟随在小姐身后，穿梭在那些乱七八糟的电器之间，朝里间走去。

刚走了几步，就听身后传来"噼啪"一声响，老李还没回过神来，一个满脸横肉的男子一把抓住了老李的衣服："怎么搞的，把笔记本电脑碰在地上了……"老李一看，地上果然有一个笔记本电脑，不过已摔成了几大块。"咋办嘛，"公司里的人一下子围了过来，"这个笔记本电脑要值9000多元。"

老李一下子慌了："对不起，我不小心……"

满脸横肉的男子大声地吼："光说对不起？你得赔钱……"

老李吓住了："那……那我不要……奖品了……"

"奖品才值多少？还得再给3000元钱，不然，别想出这个门……"

老李说尽了好话，最后给尽了身上仅有的800元钱，才得以脱身。

老李给我讲完他的遭遇，一再叮嘱我：不要好奇，更不要贪心，在通常情况下，天上是不会无缘无故地掉下馅饼来的。

（摘自《南方周末》）

第十七章 细节要妙

细节，作为文学作品中描绘人物、事件和环境的最小组成单位，其意义、效能是毋容置疑的。老子在《道德经》中说："为大于其细。"[①] 这很符合事物的辩证法。列宁曾指出："在小说里全部的关键在于个别的环节。"[②] 这个别的环节，实际上也主要是指细节。从某种意义说，一部戏剧作品艺术感染力的强弱，主要取决于作品中有没有新鲜别致的艺术细节。因此，巴尔扎克认为：一切构思考虑好以后，接着就是细节的选择和运用了。这是很有道理的。

一、细节在日常生活中的作用

我们先来看看细节在日常生活中的作用。

1. 细节决定成败

曾经在一张报上读到江中求先生一篇的短文，文中说的虽是修建地铁的技术之事，但我觉得其阐述的道理同样十分适用于小型戏剧创作，所以我愿意转述一遍。

文中写道：上海地铁一号线是由德国人设计的，看上去并没有什么特别的地方，直到中国的设计师设计的二号线投入运营，才发现一号线中有那么多的细节在设计二号线时被忽略了。结果，二号线运营

---

① 陈鼓应：《老子注译及评价》，中华书局 1984 年版。
② ［苏］梅拉赫：《列宁和俄国文学问题》，中国社会科学出版社 1982 年版。

成本远远高于一号线。上海地处华东，地势平均高出海平面就那么有限的一点点，一到夏天，雨水经常会使一些建筑物受困。德国的设计师就注意到了这一细节。所以，地铁一号线的每一个室外出口都设计了三级台阶，要进入地铁口，必须踏上三级台阶，然后再往下进入地铁站。就是这三级台阶，在下雨天可以阻挡雨水倒灌，从而减轻地铁的防洪压力。事实上，一号线内的那些防汛设施几乎从来没有动用过；而二号线就因为缺了这几级台阶，曾在大雨天被淹，造成巨大的经济损失。

德国设计师根据地形、地势，在每一个地铁出口处都设计了一个转弯，这样做不是增加出入口的麻烦吗？不是增加了施工成本吗？当二号线地铁投入使用后，人们才发现这一转弯的奥秘。其实道理很简单，如果你家里开着空调，同时又开着门窗，你一定会心疼你每月多付的电费。想想看，一条地铁增加了转弯出口，省下了多少电，每天又省下了多少运营成本。

每天坐过地铁的人都知道，当你距离轨道太近的时候，机车一来，你就会有一种危险感。北京、广州的地铁都发生过乘客掉下站台的危险事件。德国设计师们在靠近站台约50厘米处铺上金属装饰，又用黑色大理石嵌了一条边，这样，当乘客走近站台边时，就会有了"警惕"，停在安全线以内；而二号线地面全部用同一色的瓷砖，乘客很难意识到已经靠近了轨道。地铁公司不得不安排专人来提醒乘客注意安全。

如果把地铁作为中德两国设计师的作品的话，那么只要检阅以上这些细节，两部作品孰优孰劣，不是一目了然吗？如果说有时候细节能决定一部作品的成败是有危言耸听之嫌的话，那么请看下面一则轶事：

中日甲午海战之前，日本的东乡平八郎曾应邀参观清朝的北洋舰队。从表面上看来，舰队很有气魄，但当他看到水兵把洗过的衣服晒在大炮管上，和他在下船之后发现白手套脏了，足证舰上的栏杆、扶手都没有保持整洁，于是回国后向上级报告："清海军吨位虽多，但不堪一击。"果然不出所料，甲午海战，清军大败。因为这两个细节，反映了清朝海军没有严明的纪律，武器虽优良，也是不会打胜仗的。

2. 细节体现素质

有位朋友最近因公去了一趟日本，回国后心中总是回味着一些生活细节带来的感动，他写文章在报上作介绍，其中一些细节的确很有特点，如他说在日本冲绳旅游时由日本女孩当导游，她清点人数时手心朝上，类似国内"请"的姿势，一上一下地清点，这个尊敬人的细节很让人感动。我们被人用食指点着脑门数了很多年，没人觉得不妥。

又比如从大阪去九州坐船，四人一间，因空间小为两个上下铺。日本人为客人考虑很周到，每间房子里都有洗手池和镜子、小小的沙发，最重要的是每个床都有床头灯，分两种光源：弱光、强光。每个床边有一圈较厚的布帘子可以拉上，大家很方便地换衣服，整理东西。

再比如，日本高速路收费站的工作人员全是老大爷。导游介绍说在一次全民健康调查中发现从事高速站收费的女性不孕和流产率很高，经过跟踪调查研究发现"罪魁祸首"是汽车尾气中的铅作怪，当汽车停留时污染最厉害。但这项工作总要有人来做，从那儿以后收费站就改由男性老人来做了。再比如，很多洗手间的水箱都安有扩音器，把流水的声音放大，如果漏水马上能听到，哪怕是滴水呢。还有晚上洗澡时，一打开热水龙头就有热水，一点不浪费；不像国内打开热水管要放好长时间凉水，才有热水，看着水哗哗地白白流走真心疼没办法。

3. 细节辨识真伪

俄国画家罗丘夫作过一幅山水写生画，挂在客厅。许多客人见了，都是熟视无睹，间或也有人夸那么两句。然而，地质学家瓦尔霍夫上门作客时一眼就发现这画的奇特，因为山色微红，湖面上有蓝色雾气。他问明了画家写生时有恶心、头晕乎乎等情状，便说："红山像是硫化汞矿石，蓝雾为汞蒸气，你当时头晕恰好与水银中毒相合。"事后组织人前往，果真在画家写生处勘查出一个大汞矿。

20 世纪 30 年代，广东梅县有个无赖模仿他人笔迹和私章，写了一张"宣统二年六月三十日借银五百两整"的借据，逼迫人家偿还。官司打到县衙。县长信以为真。正待提笔判决，堂下却有个乡塾教师挺身而出，"且慢判决！"只见他老先生长髯飘拂，娓娓道来，声称这是一纸假借据，"因为宣统二年六月，根本没有三十日这一天。而借五百两银，是件大事。谁写借据时不是谨慎落笔？且须经各方认可，怎会乱填日子呢"？翻一下《万年历》，真是没有这一天，一起错案避免了。那无赖因为诬告，被判关押一年。

4. 细节表达品性

20年前，我在乡下耕耘。田家少闲月，难得有同学来叙叙，发发牢骚以后，便爱捡些趣人趣事作谈资。某日，A君来访，言及邻村有一姓金的农民，人极有趣，喜欢打肿脸充胖子，明明囊中无几，偏偏装得腰缠万贯，因之被人认之为"空心萝卜"，意即"金玉其外，败絮其中"。A君说了半天，都是泛泛，我也笑不起来，印象不深。

不久，B君来访。又言及那农民，说此人名金相，五十余，独身，穷极，却不悦于旁人言其穷。每每饭后，喜欢坐在大门口找一火柴梗剔牙，路人问："吃过了？"金相点点头答曰："牙缝里全塞满了火腿肉，剔剔舒服。"路人乐了："金相，有口福哪！"金相摆摆手："一般一般。"口水也忍不住滚落下来。夏晚，金相总是赤膊，穿短裤，在一根皱巴巴的腰带上挂一张拾元票面，然后悠悠然去大队下伸店，侧身倚在柜台上听人或与人聊天，乡人曰："金相，钱不少哪！"金相不慌不忙答："不多了，不多了，前些天被亲戚借去几千元。"乡人知他吹牛，也不捅破，笑笑完事。有时，金相难得去小镇上买来半个咸猪头改善伙食，进村后他总是不急着回家，提着咸猪头，这家走走，那家聊聊，从村东一直跑到村西。乡人见了便问："金相，又买肉了。"金相忙答："每天吃鸡鸭鱼虾，也实在无味。换换花样，吃些普通的，试试。"村人再说一句："喔，小日子过得红火哪！"金相便眼里放出光来，心满意足地离去。

B君言罢，我大笑。须臾，又大悲。活脱脱一个人物，在眼前晃来晃去多少年，未曾忘却过。

毫无疑问，B君的讲述要比A君生动、具体、形象得多。原因是，

A 君在运用概念表述共性，而 B 君则借助于细节来描绘个性。这就是细节的魅力。

二、艺术细节的范例

在任何一部成功的艺术作品中，总有几个精彩的细节令人击节赞赏。看过鲁迅先生《阿Q正传》的，一定不会忘记阿Q画押这个细节。写犯人在最后受判决时的画押，通常是写其颤抖着双手，无可奈何地画上一笔就算，阿Q则大大不同。他一方面是使尽平生的力气画圆圈，生怕被人笑话，立志要画得圆。而另一方面却是，这可恶的笔不但沉重，并且不听话，刚刚一抖一抖的几乎合缝，却又向外一斜，画成瓜子模样了。阿Q画押这一细节，一下就把这个人物的麻木、无知以及精神胜利法都尽情地表露出来了。看过曹禺《雷雨》的，也一定会记得周朴园逼繁漪喝药这一细节。而《威尼斯商人》中的一磅肉，《玩偶之家》中的一张借据，《奥赛罗》中的一块手帕，《西厢记》中的一封信，更是脍炙人口，历经传诵。

看到一则明末清初的野史，说洪承畴兵败被俘，关在沈阳，以绝食寻死，说是要仿效南宋的文天祥"人生自古谁无死，留取丹心照汗青"，拒绝降服。清朝大臣多尔衮就观察他，有一次，多尔衮通过门孔看见洪承畴端坐牢中，闭目养神，从房梁上挂下几根蜘蛛丝，落在他身上，洪承畴把眼睛睁开了用手指细细挥去，且抚整衣饰，便判断出洪承畴有求生之念，遂加紧策动，终于奏效。这就是细节的作用。

前些年我看苏联影片《合法婚姻》，故事早已模糊，但其中有一细节却使我至今余韵溢齿。女主人公是个年轻、纯真的莫斯科姑娘，由于战争，她远离城市，在一个贫困地区艰难地生活。因为水土不服，她几乎天天患病。在一个小伙子的帮助下，她历尽艰险，终于回到了家乡。姑娘和小伙子下了火车，漫步在莫斯科街头，心里有说不出的高兴。忽然，姑娘不见了。小伙子忙去寻找，蓦然回首，但见夕阳下，树荫里，姑娘正在"跳房子"。小伙子眼睛一亮，姑娘对他莞尔一笑……

显而易见，姑娘"跳房子"这一细节是很见剧作家之匠心的。在我看来，至少有三种艺术效能，首先，它准确、传神地刻画了人物的心态。姑娘因为远离双亲，病魔缠身，在回莫斯科之前，一直愁容满面，情绪颓废，目下乳燕归巢，如愿以偿，该怎样来表现一个少女此时此刻的欢悦心情呢？唱一支抒情的歌，不失为一种方法；跳一段奔放的舞，也未必不被人称道；划船、聚餐、嬉逐、奔跑，自然也未尝不可。但我认为，比较起来，"跳房子"则更富有人情味，更富有生活气息，更适合"这一个"少女的行为方式，因此，也就更具有艺术魅力。其次，它巧妙、含蓄地揭示了主题。一个本来应该还在母亲怀里撒娇、或者跟伙伴玩"跳房子"游戏的少女，却由于战争的爆发而只能在人地生疏的地方跟疾病与饥饿作斗争，这是一件多么残忍的事。由此可见，人类对和平的呼唤是何等的正义。再次，它推进、发展了人物关系。在小伙子眼里，饱经沧桑的姑娘显得忧郁压抑，未免有点老气横秋了。及至小伙子看到姑娘在"跳房子"时所展露的优美的体态和那挂在嘴角的天真烂漫的笑容时，不由得怦然心动，生出几分爱怜之意来，人物关系有了微妙的变化。

另一部苏联影片《外套》，写九等文官阿卡基千辛万苦制了件外套。这对他来说是了不起的大事，应该怎样来揭示出他的心理状态呢？影片没有给他安排一句台词，也没有更多的动作，而只让他夜间跟新外套一起睡觉，睡不着，深夜起来扑飞蛾。这扑飞蛾的细节，单独看来也许意思不大，可是用在得到新外套的小官吏阿卡基身上，却有特殊的意义，把阿卡基拿到新外套的欢欣若狂的心理变化和感情波澜全在这无声、细小的扑飞蛾动作中表现出来。而飞蛾在黑夜中拼命想朝玻璃窗外亮处飞出去，每次都碰回来，这一行动本来是无意识的，但针对着黑暗王国的阿卡基，都是一个寓意深长的好细节。

吴敬梓在《儒林外史》里，写严监生临终，一连三天不能说话，看看就要断气，却还是伸着两个指头死不了。一家人哄在床前，纷纷猜测，有的说是还有两个亲人没有见面，有的说是还有两笔藏银没有交代，有的说是还有两处田地没有交割，严监生嘴里不能说话，却依旧直挺挺地伸着两个指头。最后还是他的爱妾赵氏猜得对，她说："爷，只有我知道你的心事，你是为那灯盏里点的是两茎灯草，不放心，恐费了油。我如今挑掉一茎就是了。"灯草刚一挑开，这个土财主也就头一点，两手一摊，乖乖地死去了。这一细节把一个守财奴的嘴脸十分深刻地表现了出来，令人过目不忘。

戏剧小品《变的旋律》，写一个高中生通过军训彻底改变"娇、骄"两气的故事。剧本通过一连串细节，刻画了女儿的"变"：

细节之一：女儿没有坐舅舅的小车，自愿徒步回家；

细节之二：女儿把长发剪了；

细节之三：女儿宁愿晒黑脸，没用防晒霜；

细节之四：女儿给出差的父亲打电话，不需要带礼物；

细节之五：带去的零食统统带回；

细节之六：带去的手机没有打过一次；

细节之七：学会了照顾母亲（将刚从教官那里学来的按摩技术为母亲按摩）；

细节之八：学会了做川菜（又是从川籍教官那里学来的）。

通过一连串的细节，一个"变"了女儿令人信服地站在观众面前。

三、戏剧作品中细节的魅力

一块几分重的乌金，够得上几千斤白铁的价值，而一块垫在杠杆下的石头，又可以比几万人的作用还大。这就是有经验的剧作家们注重细节描写的原因。细节的魅力还在于，有时候，即便在一些失败的、甚至错误的作品中，由于某个细节来自于生活，且有一定的新意，结果，那部作品虽早已寿终正寝，而某个细节则依然活在人们的记忆里。如文革中，有个业余作者写了一部美术片，大意是，阶级敌人搞破坏，红小兵舍身保卫集体财产。其中有个细节，坏人将一艘渔船的铁锚扣在一双破球鞋里，风涌潮涨，铁锚移动，渔船漂去。这"铁锚扣球鞋"的细节就很独特。还有一篇小说，写斗私批修的，其中有个细节倒也不坏。某生产队竹园里的一只竹笋长在一农家厢房里，于是，引起一场风波。这"竹笋串门"的细节也算得上是别致的了。

在小型戏剧创作中，细节的重要性更明显。我们不妨以湖南花鼓戏

《打铜锣》为例，看看它的作用主要体现在哪几个方面。

1. 细节可以交代环境

《打铜锣》中，戏一开场，蔡九"用一根一端有一个叉的木杆挑着一面铜锣和一个箩筐，手中拿一个做得非常讲究的锣槌，腰上还别着同样的一个，在幕后敲三锣，边喊边上：收割季节，谷粒如金，各家各户，鸡鸭小心"。寥寥数笔，一下就交代了时间——秋收，地点——农村，事件——护秋，甚至还带出了悬念——蔡九身上的另一个锣槌是派什么用场的呢？人物所处的典型环境就在这几下朗朗铜锣声中构成了。既经济，又"实惠"。

2. 细节可以推进冲突

蔡九发现林十娘将鸭子放到集体的稻田里，赶忙前去制止。林十娘狡辩，不予认账。如果仅此而已，情节就会打滑，停滞不前。聪明的作者让蔡九去捉住林十娘的鸭子，"捉鸭"这一细节立即使情势产生了变化，冲突前进了。

3. 细节可以刻画人物

林十娘眼看处于劣势，便绞尽脑汁，心生一计，用"戴高帽子"的方法将蔡九引入迷魂阵。她夸蔡九是"脾气好，思想强，做事聪明又大方。私事上面带得过，公事上面过得堂，关公没得你讲仁义，观音老母没得你的好心肠，真是个：一不好酒，二不贪怀，三分人才，四季勤劳，五好社员，六好干部，七窍通心，八面玲珑的九哥哥，实实服了我林十娘"。蔡九被吹得得意忘形，林十娘乘机骗来蔡九打锣用的锣槌，自认为占了上风，谁知蔡九在慌乱一阵以后马上镇定下来，从背后变戏法似地亮出一个锣槌，林十娘终于败阵。这里，"捧蔡九，骗锣槌"的细节显然是生动地揭示了林十娘精明、油滑、泼辣的性格。而蔡九"一听好话飘飘然，失了锣槌有准备"的细节也形象地展现了这个人物的克服缺点，逐渐走向成熟的个性特征。

4. 细节可以形成高潮

林十娘鸭子被扣，骗锣槌又不成，黔驴技穷，只好撒起泼来，她倒打一耙，拉开嗓门闹起来："老娘的鸭子关在家，从未出来把谷吃，哪个长了三只手，偷走我的八只鸭，若叫老娘抓到了，剁他的手来敲他的牙！"面对林十娘那火药味十足的"反咬一口"，蔡九急中生智，"就让事实来说话，当着众人把鸭杀"。"破开食袋来验谷，陈谷新谷分真假"。显然，"杀鸭验谷"这一细节是出奇制胜的绝招，它使这出充满情趣的小剧异峰突起，一下推向高潮，令人赏心悦目。

5. 细节可以凸显主题

林十娘在事实面前垮了，她表示认错、认罚。蔡九倒大度起来。他说："李书记讲了，初犯批评教育，再犯教育批评，屡教不改，就坚决执行。今日就不罚你的谷了，（送还鸭子）拿回去好好关起"！林十娘忙点头称是，又递还那个锣槌，可蔡九却不要了。"送把你，挂在鸡笼鸭埘上面，每天早晚看三遍，免得以后又犯错误。"林十娘心服口服。蔡九用自己的力量战胜了自己，又战胜了林十娘，他感叹："还是支书讲得好，真金不怕火来烧。只要自己坐正了，哪怕旁人鬼起飙！"这里，蔡九"赠槌留言"这一细节就很好地流露了作品的题旨。

6. 细节可以增添情趣

作为小型戏剧，巧妙有趣的细节设置能收到画龙点睛、以少胜多的作用，令情节生色不少。美国剧作家劳伦斯·兰纳的小型戏剧《另一条出路》就有许多成功的例子。

如在剧中出现两次的隔壁的结婚进行曲：第一次出现在开头，引起了两人的争论，与他们不想结婚的心境是很不协调的，而且这琴也走音的厉害。琴音第二次出现是在剧尾，两个人打算分手的时候，又适时地奏起了结婚进行曲，这曲子给了他们一个提示：还可以有第二条出路，那就是结婚。这走调的琴声，想必让观众开心不少。

再比如打扮得花里胡哨的字典推销员到来时，阿贝太太要他把嘴里的口香糖咽掉，说女主人不喜欢。这小子就真要咽，结果鲠在了喉咙里，洋相百出。在玛格丽特调笑他，问他肯不肯当模特摆造型时，他差点儿吓糊涂了："那个家伙可没穿一点衣服。（含糊地）嗯，我不知道。这儿有点冷。"

还有，剧中人般特尔顿是个"成功地描绘了美国生活的感情方面的唯一的作家"，而且他有一部大作只剩最后一章，但事实却证明，他的同居不婚方能永葆自由之身的想法，根本行不通。男爵夫人离开他的理由，竟然是不忍心破坏他书中所刻画美好结合，写书的人作茧自缚，真是个绝妙的讽刺。

细节的效能当然不仅仅限于上面所涉及的范围，但由此几点也足以看出它的重要性。我甚至这样认为，任何一个作者，只要你拥有大量的生动别致的艺术细节，你的作品就一定有成功的希望。

四、艺术细节的要求

1. 细节必须真实

有一句很流行的话叫做"故事可以虚构，细节不能捏造"，这是很有道理的。美术史上有两则轶闻，似可一读。一则是中国的宋代名画。《清明上河图》伪本很多，其中一幅是明代人假冒的，几乎可以乱真。但是，后来终于被人看出破绽：画面上有一只麻雀竟然跨了两行屋瓦，这样严重不合比例的败笔，可以断定它不是真品。另一则是外国的。一个西德人假冒12世纪一个名画家的壁画，后来也被人看出破绽。原因是画面上出现一只吐绶鸡。吐绶鸡是15世纪末哥伦布发现新大陆后从美洲传入欧洲的，所以有历史知识的人一看就知道这幅壁画是假的。可见，细节的真实性在文艺作品中何等的重要。

2. 细节必须"贴肉"

所谓"贴肉"就是说细节的选择和运用必须符合"这一个"作品的内涵，必须符合"这一个"人物的性格，必须符合"这一个"场面的氛围。一些剧作者常常抱怨，细节都被人写光了，要生动别致一点的更是找不到，其实这是一种误解。因为生活中每天都在涌现大量的细节，只要你做有心人，就一定会有收获，这是其一。其二，有些细节即使被人写过了，但只要你有新的发现，新的处理，就照样可以入戏，照样可以达到生动别致。拙作《定心丸》，曾获首届上海戏剧节剧本奖，戏中有几个被人称道的细节，如"一根扁担"，"一只面包"、"一包钞票"等，都是生活中经常遇到的十分平常的小事，因为符合"这一个"人物才获得了生命力。拙作《瓜园曲》，曾获第三届上海戏剧节创作演出奖，观众和评论家感兴趣的也是那几个富有生气的细节。如"一袋米"、"一张告示"、"一杯糖茶"、"一本书"、"一碗面"，等等。自然，这些细节也是"凡人小事"。由此可见，只要你愉快地介入生活，拥抱生活，关注生活，那么，生活也一定会赐予你众多生动别致的艺术细节。

3. 细节的轻重之分

需要提醒的是，作者应特别注意从生活中捕捉到富有时代感、历史感的细节。因为严格说来，细节也有高低之分、粗细之别、轻重之异的，只有当你拥有那些独特的、带有时代胎记、社会印痕的细节，你才更有把握地写出有深刻社会意义的作品来。

比如，在德国的小型戏剧《利他主义》中，作者设置了许多反差强烈、让人触目惊心的重要细节，试举几例：

一个孩子给乞丐施舍，目的是为了让乞丐做个鬼脸，以此作乐。

一位女市民责怪美国人的狗冲儿子狂吠，美国人竟然问她的儿子是不是纯种的，说自己的狗比她儿子值钱得多。

一个身为一家之主的丈夫，在妻子和儿子受到有钱人污辱时，竟然十分懦弱，在有钱的美国人面前畏畏缩缩。

一个乞丐叫嚷着肚子里八天没吃饭，美国人则若无其事给狗叫份牛肝和烤土豆。

一个乞丐落水时无人相救，而美国人的狗落水时竟然开出500法郎的奖金。

乞丐和妓女父女竟然打车回家，而且出手阔绰，给堂倌的小费是一个金币，令堂倌前倨后恭。

这些为描述贫富悬殊的怪胎所设置的细节，可以引起观众对社会问题的许多联想。

有篇小说名《灯伞》，写第二次世界大战后，一个人去一家串门，看到桌子上有一架台灯，台灯上有两个模糊的字母，这是用人皮做成的台灯罩，上面有他儿子的一块胎记。原来法西斯杀死了他的儿子，将其皮做成了这盏台灯。这带有胎记的人皮台灯，便是一个寓意深刻、震撼人心的艺术细节。

在鲁迅的短篇小说《药》的第一节中，华老栓天不亮就打着灯笼上"古轩亭口"去。接着，小说中有段买"人血馒头"的细节描写：

"喂！一手交钱，一手交货！"一个浑身黑色的人，站在老栓面前，眼光正像两把刀，刺得老栓缩小一半。那人一只大手，向他摊着；一只手却撮着一个鲜红的馒头，那红的还是一点点的往下滴。

老栓忙摸出洋钱，抖抖的想交给他，却又不敢去接他的东西……

这一处细节描写，把康大叔那副贪婪、残忍、横暴的嘴脸刻画得惟妙惟肖；而华老栓那种麻木、愚昧之中透露出善良的性格，也刻画得十分细腻。这个细节的作用还远不止于此，《药》写的是革命者夏瑜的坚贞不屈和华老栓等群众的麻木、愚昧及对革命的不理解，批判了革命者脱离群众的错误。一方面要写革命者，一方面要写群众，而这两者之间又是互相脱离，漠不关心的，如何将两者联系起来，而且合情合理呢？作家十分精巧地选择了买"人血馒头"这个细节。通过用蘸着革命者的鲜血的馒头作为小栓吃的药，将革命者与群众联起来。这样的细节描写十分刺激人的感情，使读者深深体会到革命者脱离群众的可悲之处——生前与群众没有联系死后却以这种特殊的形式联结在一起，这也是利用细节揭示主题的成功之例。

20世纪50年代有个短篇小说，讲一个老干部家雇了个保姆，保姆带着自己的孩子来到他家，每天都要为主人家的孩子取奶，小说中有这样一个细节：保姆抱着主人家的孩子，让自己的小孩去取牛奶时唱着儿歌，外面飘着弥天大雪，但孩子迟迟没有回来……这一细节描写也是具有极大的冲击力的。

从维熙的《第十个弹孔》中有这么一个细节，一个老公安在干校里带着虔诚的心情，在花坛两旁用播种剩下的苜蓿籽铺成了"毛主席万岁"和"中国共产党万岁"。苜蓿开一次花必须割一茬才能不死。他把那苜蓿割了，以便能再开花，下种的时候没有罪，割的时候罪却来了。后来进了监狱。这一细节显然也是具有时代特征的。

在《高山下的花环》中，有两个细节人们不会忘记，一是在烈士的口袋里有一张 620 元钱的欠账单，这是极深刻的一笔。二是在激烈的战场上，至关重要的一炮却哑了，原来是"批林批孔"时生产的弹药，这也是极沉重的一笔。

20 年前，我在乡下劳动，有一次生产队里收稻，队长挑着稻担走下船时，不慎将裤腰带上的一串钥匙带落在河中，于是，男女老少一齐下河帮队长寻找，因为是大热天，大家乘机泡在水里不起来，而生产队长十分焦急，因那串钥匙十分重要，有农药仓库的，粮食仓库的，办公室抽屉的，副业棚的，等等。其实早有人摸到了，就是不告诉他，一直到临近收工时，才有人宣布，钥匙已找到。队长大喜，为了庆祝胜利，队长下令把一头病倒在牛棚里的耕牛杀了，聚餐一顿，于是全队社员欢呼雀跃，如过节一般，度过了一个愉快的夜晚。显而易见，这里找钥匙、杀牛庆功的细节是充满着时代气息的。

4. 不要卖弄细节

应特别注意不要在作品中故意炫耀属于自己的独特的艺术细节。从生活中找到一二个独特的细节，共喜悦欢欣的心情是可以理解的。但是，艺术最怕卖弄、最忌炫耀、最恨造作。有句话说的好，"于分寸之中见功力"，就是这个道理。

运用细节应该慎重小心。俄罗斯美术家谢·格里戈里耶夫讲过，在他的名画《归来》的一个稿本中，他想在房间墙上画一条缝。这似乎没有什么特别的地方——丈夫离开了妻子，在妻子所在的房间里，灰泥裂开了，如此而已。然而这个不复杂的细节出乎意料地变成了无味的讽喻，变成了家庭生活"破裂"的各种象征。当然，画家在定稿时删去了这个细节。

卖弄细节，这是一些初习戏剧的朋友最容易犯的毛病。几年前，我在南京观摩华东六省一市戏剧比赛,其中有个短剧,写男女之恋的。剧中有个男主人公给那个女的献殷勤,可惜女的没有领会,男的挺幽默地说了一句:"嗨,我真是浪费了表情!"观众哑然失笑。本来,这一细节到此为止便已达到目的,谁知编剧不安分守己,自己十分欣赏他找到的那个细节,竭力以各种方法去炫耀那个细节,以至在剧中先后七八次沾沾自喜地让剧中人重复这句话,弄得人们大倒胃口,加上演员过火的表演,座中有一妇人竟骂那男的"娘娘腔","腻心",可见,运用细节也是一门学问。

有一次,上海市举行戏剧会演,有个短剧,写一个人当个局长,整天小车来、小车去,结果年轻轻的就犯了腰腿病。而他的60多岁的母亲却因经常习剑练武,依然身板硬朗,因而要儿子也重操旧活,将未当局长前练功的一支宝剑拿出来,正好马科长、牛经理来请局长出席一个剪彩会,用豪华轿车来接他。局长拗不过部下一番美意,正要动身,其母亲要儿子带了宝剑去,以便剪彩以后参加训练,母亲欲试剑锋,怎么也拔不出来,几经努力,发现剑已生锈,于是感叹,"这剑已经锈了!"转牛经理,牛大呼:"这剑真的锈了!"转马科长,马疾呼,"这剑是锈了!"再转局长,局长左右打量,反复揣摩,若有所思,语重心长:"这剑的确锈了。"然后众异口同声:"这剑是锈了!"且不说以这生锈的剑来比喻局长的思想状态是否准确,是否新颖,是否生动,仅如此折腾这样一个不值得沾沾自喜的细节这一条,便会使我们的观众大倒胃口。

几年前,我熟识的一位朋友写了个剧本,内容是反映独生子女的家庭教育的,一个"小皇帝"在家里无法无天,惹恼了他的父亲。要用扫帚柄打儿子,孩子的母亲不忍心,要儿子脱下太子裤,让丈夫打那条裤子。这个细节不坏,演出时观众反应热烈,遗憾的是,编导太迷恋于这个细节的效果。居然让剧情停顿下来由人物介绍打太子裤这一方法的"出处",说是包拯陈州放粮回朝,用花灯故事打动仁宗,并告李后遭冤经过,仁宗初犹不信,继有陈琳作证,仁宗方知李后为自己生母,乃迎接李后回宫。李痛斥仁宗,并命包拯杖责,包以打龙袍权作对仁宗的责罚云云。并且又作了不必要渲染,观众就感到不舒服了。

炫耀细节的毛病不仅编剧容易犯，有时候导演也会误入迷津。我写过一个小品《雪妈妈》，内容反映两个失去父母之爱的孩子在冬天的傍晚打雪仗时因想念妈妈而堆了一个雪妈妈。这个细节显然不坏，导演也很欣赏，可惜，导演在处理时过分迷醉于这一细节，竭力地渲染还请一位有经验的舞蹈家编排了一段长达五分钟的舞蹈来体现这一细节，结果，将应该留给观众品味、思索的东西用一段不精彩的舞蹈表现出来，弄得人兴味索然。

当然，炫耀细节与一些重要细节在剧中作必要的重复应该区别开来。区别的标志是看这个细节是否有利于推进剧情，发展矛盾，有利于人物性格的塑造。比如拙作《瓜园曲》中有一袋米，这一细节在剧中先后重复了三四次。第一次，农村青年罗小春为去西瓜大王田老大那里取经，以偷瓜秧的行为故意让田老大扣留，在那里罚工劳动。罗小春自带大米袋，田老大宣布："吃完这袋米，就放你走！"田老大的女儿梨花知道小春不是一个偷鸡摸狗的贼，暗里帮他忙，因此，每顿饭量三大碗米。后来在劳动中对罗小春产生了爱慕之情。她就怕见米袋日日浅，恨临别期渐渐近，将大瓷碗换成了小酒盅。及至到最后，梨花来量米变成了来送米，难怪田老大发怒："这袋米是永远也吃不完的！"这个细节出现多次，但观众不但不厌烦，反而觉得十分亲切，原因就是有利于刻画人物。

5. 要注意细节的可视性

戏剧艺术要求剧作家所表现的内容能在舞台上给观众以直观的冲击。同样一个好细节，可视性强的与可视性差的就有不同的艺术效果。如《打铜锣》中有两个细节，一是蔡九在被林十娘骗去一个锣槌以后又从背后取出一个锣槌，二是林十娘诬蔡九偷鸭，蔡九提出"杀鸭验谷"以明真相，应该说，这两个细节都很绝，但人们谈论这个戏时几乎都喜欢举"锣槌"的例子而忽略了后面一个在戏剧冲突中更为重要的细节，究其原因，前者可视性强，观众容易记住，后者虽然奇妙，但因是随口说出，无直观形象，则易于被人淡忘。试想，如果蔡九此时取出一刀，杀鸭剖肚，验出陈谷新谷，则情况就不一样了，当然，这要在前面有所铺垫，有所利用，才不至于令人感到唐突。

五、艺术细节从何而来

有这么一则故事：前清有一位老爷，穿了跟班的衣服到乡间去私访。有一天走得肚子饿了，就跑到一爿小店里去吃饭，吃完了饭，才知道身边没有带钱，他虽然很难为情，也只得对堂倌说身边没有钱，可否赊给他？又说如果不放心的话，可以派人跟到他寓所里去拿。那位堂倌听了，毫不怀疑地说很愿意赊给他，而且也不问他住在什么地方。那位老爷回了寓所，对跟班谈起那件事，他以为堂倌太大意，如果他不去还岂不是要贴本钱了吗？跟班听了，随即也到那爿店里去吃饭，吃好了就走，堂倌追上去问他时，他说请他们暂时赊给他。他们一定要他去找保人，他没有答应，结果换来一顿拳打脚踢。为此跟班就问他们为什么先前那位客人要赊时就不用保人，对他就这样不客气。堂倌当即告诉他说："那位客人是有钱的，你是没有钱的。"跟班说："那客人起先穿的衣服和我身上的一式无二，你们怎么敢说一个是有钱一个是没有钱的。"他们说："那位客人未吃饭时将两只不齐的筷子向桌上一触然后吃饭，可见他平常是坐在桌上吃惯的。你怎样呢？你是将两只筷子向胸前一触就吃的。我因此看出你是穷苦人，从来没有机会安坐着吃饭的。"

可见，这位堂倌的观察是很细致的。

艺术细节从何而来，答案十分简单，向那位堂倌学习，注意观察生活。

【思考与练习】

1. 请从你熟悉的戏剧作品中挑出十个以上精彩的艺术细节，分析它们在戏剧作品中分别起到什么样的作用？

2. 请你按照"细节要妙"的要求，根据下面这一材料编写一部小型剧本。

打工老者

小女辍学卖豆芽，
打工老夫走天涯。
日背砖块汗如雨；
夜宿工棚霜似花。
停饮酒，不喝茶，
分分积攒寄娇娃。
偶闲也作登楼望，
万户千灯不是家。

（摘自《中华诗词》月刊）

第十八章　道具要精

道具，原为佛家用语，系指一切能够帮助修道的器具。日本人则泛指一切器物，例如桌椅板凳，茶壶茶碗之类。后来人们移植到戏剧中，就成为"戏剧道具"。

我国传统戏曲统称道具与布景为"砌末"。[①]

一、从相亲说起

在生活中，大家都熟悉这样一种现象：两个青年人第一次相亲，男女双方的手里总喜欢拿一些小物件，或纸扇，或手帕，或花伞，或书本；实在忘了带的，那么也会就地取材，如挽一件风衣，摆弄一串钥匙，挎一只小包，抚玩一只发夹；再没有东西可摆弄，男的就摸自己的纽扣，系自己的鞋带，女的则绞自己的辫梢，磨自己的指甲，捏自己的衣角等。这是因为人与人在感情交流过程中有时候需要通过小物件的摆弄来掩饰自己的某种神情，调节自己的某种情绪，控制自己的某种感情，传递自己的某种信息，泄露自己的某种想法，表达自己的某种反应，暗示自己的某种欲望，伪装自己的某种心态，等等等等。羞答答的，用手指绞弄花手绢；烦躁不安的，把手中的钥匙转得噌噌作响；气咻咻的，拼命地摇动折扇；悠悠然的，细细地磨起指甲；内心激动的，将一本书卷了又卷，热乎乎的，抚弄纽扣；冷冰冰的，系起鞋带，等等

---

① 《中国戏曲曲艺辞典》，上海辞书出版社1981年版，第167页。

等等。而戏剧是由活人当众表演故事的一门艺术，人物在舞台上作更直接、更浓烈、更具体的感情交流，当然更离不开那些小物件了。这些小物件，就是我们在这个专题里要讨论的——道具。当然，戏剧中的道具还不止这些小物件，完整的表述应该是戏剧演员在表演时接触或使用的小件物品、用具和小型的单体物件的统称。道具又分大道具（如桌椅、箱柜、石头、台阶等）和小道具（也叫随身道具，如刀、枪、扇、酒具、文房四宝、首饰等）。换句话说，凡是演员在表演时接触到的（搬、动、坐、踩、拿等）的单体物件都属于道具。但我们这里讨论的主要是指小道具，而且是那些与剧情发展、与人物性格塑造、与矛盾纠葛有直接联系的小道具。

二、道具与剧名

我们的传统剧目十分重视小道具的利用，这可以从不少戏的剧名上看出来，倘以小型戏曲为例，就有《夫妻观灯》、《补皮鞋》、《拾棉花》、《补褙褡》、《刘海砍樵》、《王大娘补缸》、《喝面叶》、《捆被套》、《一文钱》、《打面缸》、《柜中缘》、《双推磨》、《小艾送饭》、《刘三推车》、《打酸枣》、《借罗衣》、《卖棉纱》、《打花鼓》等。一些现代小型戏曲也是如此，如《打铜锣》、《补锅》、《摇篮曲》、《半粒豆子》、《一副保险带》、《两封信》、《三送被》、《追蛋》、《训"草人"》、《卖鸭》、《双送兔》、《金锁片》、《打桩记》、《九分钱》等。

一件选择得当的道具，常常抵过许多平铺直叙的干瘪语言，因为它可能是某种感情、某个事件、某种行为、某种愿望乃至某个时代的具体代表；睹物思情，不仅便于人物借以抒发感情，而且也可以使观众获得同样的感受。所以，在小型戏剧创作中，小道具运用是否得当，常常对剧本的艺术质量有十分重要的影响。

可以说，在任何一部戏剧作品中，都或多或少地使用小道具的。小道具的设置不在于多，而在于精。一件精心设置的小道具，常常会产生强烈的艺术效果。如京剧《白蛇传》中许仙的一把雨伞，简直成了白娘子和许仙结合的月下老人；而《拾玉镯》中的一只玉镯把一个情窦初开的少女娇羞神态刻画得活灵活现；《奥赛罗》中的一块手帕，酿成了一场惊心动魄的戏剧冲突。

三、道具的作用

1. 结构剧本的核心

以某一特定的道具为中心来构成戏剧故事情节的作品是非常多见的。

上世纪 60 年代初期有个小戏叫《追蛋》。就是以两个蛋这一小道具来结构全剧的。老奶奶养了一群矮脚鸡，积下的蛋总卖给供销社。这一天，奶奶将两只散黄蛋放在碗柜里，被放学回来的小孙女误作好蛋卖给了售货员，老奶奶知道后，不顾山道泥泞，顶风冒雨去追售货员，换上好蛋，刻画了老奶奶的优良品质，戏蛮单纯。

70 年代有个小戏《一分钱》，写小会计算账，缺一分钱，其母亲心痛女儿熬夜，便在钱柜里偷偷塞进去一分钱。小会计再算账，发现又多了一分钱，正在搞不明白，母亲说明真相，矛盾解开，戏蛮好看。

80 年代有个小戏名《九分钱》，写青年工人高小林平时大手大脚，无计划用钱，去相亲那天，口袋里只有九分钱，看电影不敢去，买棒冰只能买一根，买门票只得买一张，还赖了一分钱，只好爬墙进公园，闹出许多洋相、许多笑话，戏蛮有趣。

90 年代有个小戏《训"草人"》，说的是农村妇女刘大嫂养鱼致富，隔壁王阿二，身懒心痒，去作偷鱼人，其中"稻草人"是剧中的中心道具。刘大嫂一上场就扎草人，把观众的视线和注意力引向稻草人。王阿二上场后，撞着稻草人，装草人、甩草人，到最后觉悟后重新扎草人，始终没有离开稻草人。这个过程也是刘大嫂教育帮助王阿二的全过程。"稻草人"的道具始终贯穿全剧，戏蛮顺畅。

中国传统小戏《柜中缘》、《打面缸》、《拾玉镯》都是以道具结构全剧的范例。

《柜中缘》我们都比较熟悉，这里介绍一个与《柜中缘》类似的戏——英国作家麦斯非尔德的《上了锁的箱子》。剧本写托德是个自私怯懦的农民，对待妻子维格拉斯也十分暴躁，他的妻子维格拉斯是个善良正直的农妇。妻子的表弟杜罗尔夫因不堪忍受当地恶霸英齐格斯兄弟的欺侮，杀了人逃到维格拉斯家里。胆小的托德大发雷霆，怕牵连自己，威胁妻子赶表弟出门。正在此时，英齐格斯带人找上门来，在他的威逼利诱下，托德为了三个银马克就说出了杜罗尔夫的藏身之处。幸好维格拉斯早料到丈夫靠不住，把杜罗尔夫转移到了箱子里。英齐格斯怏怏离去，维格拉斯也毅然离开怯懦卑鄙的丈夫，和表弟一起走了。

剧中的箱子是构成这个戏的核心。作者在戏一开始就对箱子作了交代。刚出现时是当椅子坐的，当托德回家抱怨累时，维格拉斯让他"在箱子上躺下来"，可见这箱子很大。维格拉斯起初是把表弟藏到了牛栏中，并告诉了托德，后来托德在英齐格斯的威逼利诱之下，泄露了秘密。本来英齐格斯是可以一举到牛栏中将杜罗尔夫抓获，可是托德要瞒过妻子维格拉斯，怕邻人说自己是个叛徒，所以要英齐格斯虚晃一招，从无关紧要的地方慢慢搜起——这是剧中一个关键的细节，正是因为英齐格斯是从其他地方搜起，托德躲躲闪闪，才让维格拉斯意识到丈夫出卖了杜罗尔夫，也给了她重新藏匿杜罗尔夫的时间。维格拉斯让杜罗尔夫藏到箱子里，又在箱子上摆上面包和啤酒。但英齐格斯还是怀疑到了箱子，维格拉斯敏锐地看穿他的心思，勇敢地把钥匙扔到"地板上"以打消英齐格斯的疑虑，最后保住了表弟。可见，整个戏都是围绕箱子展开的。

即便在大型戏剧中，用道具来结构全剧的作品也比比皆是。比如莎士比亚的《威尼斯商人》，就是用一张借据来结构剧本的。

同样一张借据，易卜生也把它作为情节核心，写出了另一部世界名剧《玩偶之家》。娜拉在八年前为替丈夫治病，向柯洛克斯泰借过一笔钱，并在借据上伪造了父亲的签字。有一天，债权人进了这个家庭，向女主人重提那张借据，并向她进行要挟，如果娜拉的丈夫海尔茂要辞退他的话，他将会出示那张伪造签字的借据，而那个时代的法律对这类事的态度，是娜拉所清楚的。这意味着讲究体面的海尔茂家庭会因之而产生裂痕。事情发展到后来，海尔茂终于知道了那张借据的真相，同时也显露了他自己的本相———一个自私自利、虚伪奸诈的"正人君子"。娜拉认清了丈夫的面目,"砰"的一声关上了大门,毅然离开了这个家庭。

借据这一道具成了矛盾的起爆点,成了人物性格发展的试金石,成了主题凸显的三棱镜,当然,更成了情节结构的支撑架。

我国优秀戏曲剧目中以道具来结构大型戏剧的例子就更多了,比如大家熟悉的《十五贯》、《罗汉钱》、《西厢记》、《桃花扇》等,举不胜举。

2. 矛盾发展的助推器

小型戏曲《外头人》中的一盒驴皮胶,是个好例子。剧本写木匠阿根外出做工回来,带回一盒驴皮胶,被母亲无意间发现,以为是替自己买的,十分高兴。谁知儿子只给她桂圆、荔枝,而将驴皮胶给了媳妇,而媳妇又要将驴皮胶给自己的亲生母亲,母亲便认为"肚勿痛肉勿亲,媳妇毕竟是外头人",大为不满。此时恰巧女儿回娘家,便借用这盒驴皮胶教育母亲,说自己因备此礼探亲而遭婆婆斥责,母亲大怒要携家人前去评理,尔后真相大白,引起反省。剧中的驴皮胶每出现一次,每传递一次,每谈论一次,矛盾就向前推进一步。

莎士比亚的《奥赛罗》中的手帕,更是个不可多得的范例。

奥赛罗将作为爱情信物的手帕送给了苔丝德梦娜,一次偶然的失落,被亚勾的老婆拾到了,蓄谋已久的亚勾把它弄到手后,便将它丢在凯西奥的寓所里,接着手帕又在凯西奥和比恩卡手中传递,而不幸地被奥赛罗看到,最后终因这方小小的手帕酿成奥赛罗与苔丝德梦娜双双惨死的千古悲剧。整个戏的矛盾冲突随着这方手帕像接力棒那样的在各色人物中的传递而不断加强,终于达到高潮。《西厢记》中的简帖也是非同小可的道具,加上"信使"红娘不同寻常的传递方式,写出了多少好戏。

3. 刻画人物的重要手段

著名表演艺术家赵丹在《表演探索》中谈到用道具刻画人物性格的一个例子。他说:"在排演曹禺的《雷雨》时,为了揭示周朴园的唯心主观、自负、自私的品质（特征），我们设计了一个贯串性动作，周朴园一上场，即掏出怀里的挂表，然后把客厅里所有大大小小的、当然是十分贵重的摆设的钟，按照他的怀表的时刻纠正过来，而后，当他逼着萍儿将药跪送到繁漪面前，这时，繁漪大口喝了药，歇斯底里地径自推门奔上楼去了……无疑掀起来这一幕的高潮，场面突然来了一个大静场，这时，恰恰在这时，客厅里所有大大小小的钟都一起敲打起来。而周朴园掏出怀表一看，满意地笑了——时间都按照他的钟点指示向前了。"①

　　全国获奖剧本《皮九辣子》中，编剧用一只甲鱼这一道具，同时刻画了两个人物的性格。剧中写到皮九拎一只大甲鱼去李局长家讨李为其小舅子做生意而向集体借的8千元钱的债，一到李家，皮九便高举甲鱼，说王经理让我来拜望局长，李局长见物眼开。皮九便称："甲鱼会咬人，找个地方让它歇一歇。"安置妥当后从关心李局长的身体谈起，说要多多保重，多多保重。"甲鱼啦，鲫鱼啦，多买点吃吃。甲鱼是好东西，治高血压，灵得很，不要省，不要省。"然后谈讨债的事，然后借故离开，然后待李局长杀好甲鱼，吃好饭，又上门讨，然后提出要回甲鱼，称"我外甥在新华社当记者，说是来调查党风问题，我今天请他吃饭，就买了一只。刚才，我请你找个地方让它歇歇，这刻儿也歇得差不多了，该跟我回去了，再打扰局长，不过意"。李局长大惊大怒大气大恨，只好掏钱。你看，一只甲鱼既写出了皮九的机智、狡猾、尖刻的性格，又描绘了李局长贪婪、腐败又慑于法纪的嘴脸，一石双鸟，物尽其用。

　　小型戏曲《打铜锣》中的两个锣槌，也是一个绝妙的例子。蔡九在上一年的收获季节，因灌了林十娘的"走魂汤"，不但没有为集体看好鸡鸭，反被她缴去锣槌。今年蔡九接受教训，重新上阵，暗地里多备了一个锣槌，可见他这次要与林十娘较量的决心。十娘原以为故伎重演，就能对付手下败将，殊不知蔡九今非昔比，而她千方百计把锣槌骗到手也无济于事，丢了一根又来一根，铜锣照打。经过几个回合的交锋，十

---

① 赵丹：《银幕形象创造》，中国电影出版社1980年版。

娘终于认错交槌，可蔡九这时偏又不要了，乐意送给她去挂在鸡笼上时时看着，引以为戒。通过这两个锣槌的运用，不但体现了蔡九在工作中的原则性与灵活性，也刻画了他能克服自身的弱点、忠于职守的可贵精神和憨厚幽默的性格特征，林十娘自私、刁钻和嘴硬心虚的特点也通过锣槌得到生动的表现。

元杂剧《赵氏孤儿》第三折中三根木棍的道具堪称经典。

剧本写蓄意斩尽杀绝晋国忠良赵盾一家老小的奸臣屠岸贾，因草泽医士程婴的"首告"，得知赵氏孤儿为罢职归田的公孙杵臼所窝藏，遂带领人马到太平庄搜查，在拷问公孙时取出三根棍子，让程婴行杖。请看下面一段动人心魄的描述：

屠岸贾　老匹夫，你把孤儿藏在哪里，快招出来，免受刑法。

公孙杵臼　我有甚么孤儿藏在哪里，谁见来。

屠岸贾　你不招。令人与我踩下去着实打者。（做打科）这老匹夫赖肉顽皮，不肯招承，可恼可恼。程婴，这原是你出首的，就着你替我行杖者。

程　婴　元帅，小人是个草泽医士，撮药尚然腕弱，怎生行的杖。

屠岸贾　程婴，你不行杖，敢怕指攀出你么？

程　婴　元帅，小人行杖便了。（做拿杖子科）

屠岸贾　程婴，我见你把棍子拣了又拣，只拣着那细棍子，敢怕打的他疼了，要指攀你下来。

程　婴　我就拿大棍子打者。

屠岸贾　住者。你头里只拣着那细棍子打，如今你却拿起大棍子来，三两下打死了呵，你就做的个死无招对。

程　婴　着我拿细棍子又不是，拿大棍子又不是，好着我两下做人难也。

屠岸贾　程婴，你只拿着那中等棍子打。公孙杵臼老匹夫，你可知道行杖的就是程婴么？

程　婴　（行杖科）快招了者。

程婴和公孙杵臼原是一对忠义之士，是"救孤"的同谋者。在程婴闻知屠贼因未能寻获赵氏孤儿将下令杀尽全国半岁之下、一月之上的婴孩的消息后，便求助于在家安度晚年的老公孙，欲将未经满月的亲生子冒充为赵氏孤儿，由公孙去首告屠贼，准备付出父子两条性命来保全赵家一脉。可公孙认为，自己已是年迈之人，生死本不足惜，执意主张由程婴首告，好让程活下来抚养孤儿成人报仇。这个救孤之计，一个舍子，一个舍身，可谓激昂慷慨，大义凛然。然而，程婴未曾料到自己竟会遇上屠贼要他这个首告之人来行杖拷打公孙这一难题。打不打？这对程婴来说，确是一个"好着我两下做人难"的问题。因公孙本是局外之人，是程自己把他牵扯来参与救孤的，公孙以他的老命来换程婴之命，所以，他不但是孤儿和普天下婴孩的恩人，也是程婴的恩人，在公孙舍身赴义之时，要程婴来行杖拷打这垂垂老翁，这无疑是比鞭打自己还更痛苦，而程婴若不行杖，则将引起屠贼的怀疑，丢掉自己性命事小，败露"换孤救孤"的机关事大。打不是，不打也不是，把程婴逼入困境，内心充满巨大的矛盾和难言的苦衷。但为了救孤，必须以理智克制感情，只得执杖屈打忠良。

　　怎么打？程婴先拣细棍子，屠贼说是打疼了怕被指攀；后取大棍子，又说是打死了做个死无对证。屠贼指定程婴要使中等棍子来打，他打重了，于心不忍，打轻了，瞒不过奸贼的眼睛。在怎么打的问题上，程婴同样又陷于打重不是，打轻也不是、"两下做人难"的境地。在这种时刻，挨打的一个遭受皮肉之痛，行杖的一个忍受心灵之痛，执杖的甚至比挨打的更为痛苦。

　　屠岸贾让告发者来执杖拷打窝藏者，为的怕他们是同谋者，可见他的老奸巨猾。在行杖时屠对程的诸多刁难，亦是为了进一步折磨公孙和甄别程婴，用心极为狠毒。倘若这两位忠良，没有清醒的理智和坚强的毅力，那是很难遮过屠贼的眼睛的。所以，这场拷打，对公孙是肉体上受罚而经受考验，对程婴则是精神上受责而经受考验，人物的心理冲突和内心痛楚得到了充分的展现。如果换个别人，即使是凶神恶煞来行杖拷打公孙，那对在场的程婴的内心矛盾的揭示不可能达到上述那样的淋漓尽致、令人动容。

4. 揭示人物心灵奥秘和寄寓人物命运的象征物

匈牙利小型戏剧《魔椅》的核心道具是一张魔椅，这一道具便是揭示人物心灵奥秘的一个好例子。这张让人讲真话的魔椅，像一个特殊的舞台，在这个舞台上，人们可以尽情敞开自己的心胸。当然，那些丑恶的心胸也无法遮掩。正是在这个舞台上，我们看到了政府官僚体制的肮脏的一面。

同时，剧作家在充分地运用这一道具来揭示人物心灵奥秘方面，至少有两条令我们抚掌称奇。

一是选什么人坐。

这个椅子，不是什么人都可以坐，有的人坐上去对主题无用，反而显得啰嗦。本剧选的第一个人，是类似看门狗的达维特，此人谄上欺下，专会揣摩主人心意，明白副部长不想接待盖尼，就谎称副部长不来。当他坐到椅子上后，终于吐出真话，原来，副部长马上就到，这就为下面剧情的发展创造了可能，在观众看来，这也是为了打消自己的疑虑：这椅子真的有那么神奇吗？让观众在心理上接受这样一种虚拟的可能。随后是副部长，他坐的时候不巧，偏偏是部长打电话来的时候，自然，他谩骂了部长一通；接着是一个诗人希夫，观众发现，此人原来是个为了金钱不要良知的人；然后部长前来复仇，他揭露了自己也揭露了副部长；最后，出人意料的，竟然由副部长的夫人坐上了，坐上之后，才发现，她和部长、诗人，竟然都有暧昧关系。在这些诸多的人物中，都是以副部长为中心集合起来的。从副部长的官僚生涯，到他的私生活，我们看到的是一片靡烂。

二是坐上去后说什么话。

作者让剧中人所说的可不是些无关紧要的人身攻击的话，揭露这些人面目的丑恶是一方面，表现官僚体制的肮脏才是重中之重。抓住这个中心，才不会使剧中人的话可有可无，流于插科打诨缺乏力量。剧中人物坐上前与坐上后的话截然不同，形成鲜明的反差，制造出喜剧的讽刺效果，如卡拉依在坐到椅子上前对副部长是百般谄媚，坐上去后却出言不逊：

卡拉依　（满腔热情地）我深信不疑的是，阁下，您就任以来虽然仅仅才一年，但却令人信服地向每个正直的人表明，我们的部尽管已经有 50 年的历史啦，也曾有许多卓越的人物崭露过头角，担任过要职，（提高嗓门，在办公室里来回地踱着，并做着手势）可像您这样的……（坐进魔椅，因过度兴奋弄得上气不接下气）可是像你这样的……蠢材居然也能当上副部长，实为天下罕见。

副部长原本对一项狗屁不通的小锉刀生产计划赞扬得不遗余力，坐上后却大加鞭挞：

副部长　我敢冒昧地向您——阁下报告，简直好得都无法用言语来表达啦。尽管这项规划是大人阁下的处女作，假如我毫不夸张地说，它毕竟是……（坐进魔椅）毕竟是我从来没见过的一篇天字第一号的谎言……喂，喂……我希望你能正确地理解我的话……整篇全是信口雌黄……

通过这些人坐上去说的话，观众可以发现，他们其实并不蠢，他们知道这种制度的腐败，可在现实中，他们却仍然说着违心的话，是什么使然？就是那个腐败的官僚体制。

一张魔椅，显示出了如此神奇的道德力量与艺术魅力，实在令人称道。

美国小型戏剧《永远在一起》中也安排了一把椅子。作者赋予剧中那把椅子具有神奇的力量，人一坐上去，就会觉得"心比死还静"，而且会不由自主地"呼唤莫里斯"，跟莫里斯就在身边似的。这把椅子的设置，无疑给剧中人的情感找到发泄的地方。同时，这把椅子本身就是个巨大的虚空，椅子依旧，莫里斯却不在，造成物是人非的强烈反差感。

传统小戏《思凡》中的菩萨（虚拟的道具）也可作如是观。小尼姑不堪忍受"青灯黄卷空苦心"的庙门生涯，决计下山还俗，她的心灵奥秘是通过与各种神态的菩萨的交流中体现出来的，而她的命运也在菩萨身上折射出来。

在大戏中这样的例子就更多了，如沪剧《罗汉钱》，写农村青年艾艾和小晚自由恋爱，小晚赠艾艾以罗汉钱为信物，他们的恋爱为有封建思想的人所不容，村长亦以"败坏风气"为由阻止他们的婚姻。艾艾母亲小飞蛾发现其女收藏的爱情信物罗汉钱，忆及自己早年曾与一男青年相爱，该男青年亦以罗汉钱为信物相赠，然而旧社会婚姻不能自由，遂被父母包办，强迫嫁与他人，受到折磨，抱恨终生；她痛感婚姻不能自主之苦，决心支持女儿艾艾争取婚姻自由。两个罗汉钱寄寓了新旧社会母女两代在婚姻上的不同遭遇和命运，也宣泄了母女心中的奥秘。

拙作《一夜生死恋》中有一场戏，写工程师辛耀祖参加共产党员抢险队，面临生死考验，临别之前，给在队里做临时工的妻子小艾交代后事，其中有一张200元的有奖储蓄单，辛耀祖将它交给妻子，说出自己心中的秘密，因自己是一介寒儒，愧对妻儿，无力改变窘境，年初得稿费200元，便偷偷购了有奖储蓄，后天就要开奖，自己可能看不到了，"一等奖，二室一厅新工房，三口之家喜乔迁；二等奖，日本进口大彩电，变卖现款作补贴；三等奖，一根18开金项链，小艾留着我心里甜"。有奖储蓄单这一小道具，既揭示了辛耀祖心中的奥秘，更重要的是寄寓了人物的命运。知识分子要改善生活，只能像有奖储蓄那样寄希望于偶然的机遇，这实在是一种令人遗憾的境遇。

5. 体现作品主题的重要窗口

农民剧作家徐林祥的小型戏曲《摇篮曲》，写的是抨击虐待老人的恶习、提倡敬老爱幼的传统道德的故事。剧中的摇篮这一道具，既是剧情发展所必需的，同时又是主题的象征，它仿佛告诉人们，祖国的传统美德如同这摇篮，虽然旧了一些，但却是人人都离不开它，因为它盛着欢乐，盛着生命，盛着希望，盛着未来。我们不仅不能抛弃，而且要格外地珍惜才是。拙作《定心丸》中，当队长娘子甩出"闭门丸"、"分家丸"、"踢打丸"以后，上门女婿常根不为所惧，从怀中掏出一颗"定心丸"（即责任制给常根娘家带来巨变的财富象征——一笔发展再生产的款子），队长娘子只好认输，这"定心丸"既是矛盾冲突中的重要道具，更是揭示主题的有效象征，难怪自此以后，"定心丸"一词也成了责任制的代名词而散见全国各大报刊，沿用至今。

曹禺的话剧《北京人》里那口楠木棺材更是一个范例。曾皓这个士大夫家庭中的封建遗老，尽管家道破败，还欠了暴发户杜家的钱，但还得把为自己准备的棺材漆了又漆，可杜家的老太爷死前留下的遗嘱，点明非安睡曾家的楠木棺材不可。棺材是死亡的象征。曾、杜两家争着要棺材，意味着封建遗老和资本家都抢着要睡棺材，象征着封建主义和资本主义都共同走向死亡。

《皮九辣子》一剧中，皮九扛着破门板去找乡长书记"落实政策"，解决 50 元门板钱，那门板上是各类标语，计有"打倒反革命分子皮九"，"红色造反司令部"，"阶级斗争为纲，坚持农业学大寨"，"抓纲治国"，"男女厕所，由此向前一百米"……一块门板就是皮九的一部历史，浓缩了时代的政治风云，演说着中国农民的坎坷生涯，无疑是无声的主题。

赵耀民的《闹钟》一剧，写知识分子何人杰与一个极不和谐的生存环境抗衡的心理挣扎过程。剧中有一重要道具，一只破旧的小闹钟，该闹的时候不闹，不该闹的时候大闹，真是在胡闹，显而易见也是在一个侧面烘托了主题。

6. 演员进行载歌载舞表演的重要载体

戏曲是一门以形写神、载歌载舞的艺术，演员尤其渴望编剧为他们的表演提供可以歌舞的条件，精心设置恰当的道具无疑是一个好办法。

传统小戏《双推磨》，写长工何宜度被地主张大有赖去一年的工钱，在小除夕晚上，气愤回家，路上无意撞翻了寡妇苏小娥的水担，苏是张家的佃户，兼靠磨豆腐维持生活。这时，她问明了何的情由，不但没有责怪，反而拿出自己仅有的几十个小钱，给其归家与老母过年。何很感激，帮助她挑水、推磨，两人诉说各自的生活遭遇，与此同时，互相爱慕，相约结成夫妻。剧中有一石磨，何宜度与苏小娥拗磨、牵磨、推磨、转磨、飞磨，载歌载舞，借磨抒情，是一段十分精彩的好戏。

湖南花鼓戏《补锅》，以锅为中心，把未来丈母娘与一对恋人的戏组织在一起，表演了或三人一组或二人一组的生动活泼、富有情趣的舞蹈动作。演员演起来津津有味，英雄有用武之地。

四、怎样用好道具

常见的方法有以下几种：

1. 放大

一些作品为了突出作者所要表达的某种想法，且便于让观众获得更加直观的认识，常常将一些小道具予以放大。如小型戏曲《分家》，写妯娌俩分家时为争夺一只脚炉，造成有趣的矛盾的冲突，剧中的脚炉就用放大的手法，做得如大铁锅一般，演员可以在上面唱念做打，从而收到了很好的喜剧效果。拙作《十八只痰盂》中，为了渲染某种情绪，我们让演员一出场就躺在一只大痰盂里优哉游哉，也很有喜剧效果。

2. 缩小

缩小的原因有两种。一种是因为生活中的道具难以搬上舞台，故而为之。如传统戏中以鞭代马、以桨代舟、以臂代轿、以轮代车等。另一种是因为主题立意的需要而故意缩小某种物体。如有个小型戏剧，写体制改革的，剧中人物以为单位写招牌为业，他身上挂了不少各式招牌，形如扑克，虽与实际生活有距离，但观众看了，并无异议。

3. 重复

如《皮九辣子》第三场写皮九上访，身上斜背着一个用介绍信黏接起来的纸圈。纸圈上盖有一连串的大红公章，以描写他跑的单位多，上访的任务艰，碰到的困难大，遇到的障碍重。小型戏曲《"糯米团"设宴》，写一个养鸡专业户与贪小便宜的村干部斗争的故事，专业户因为有改革撑腰，在村干部讨吃的百鸡宴上，搬出十几鬟鸡头鸡脚鸡肚肠，一方面说明这些年被多吃多占的干部揩去多少油，吃掉多少鸡，另一方面也是对今日来赴宴的村干部的迎头痛击。

4. 变形

如小型戏曲《荷花缸》，也是写分家的事，由于生活好转，妯娌俩同时看上一对原来作饲料桶的荷花缸，用以养植荷花，美化家园。其中争缸一节戏中，妯娌俩跳进缸内，扶缸便走，脚从缸底下露出来，如江苏舞蹈"担鲜藕"中的表演一样，效果很好。

5. 虚拟

如拙作《雪妈妈》，写两个孩子在冬天傍晚打雪仗，因父亲坐牢，母亲跟人远走高飞，两个孩子想念妈妈，就堆了一个雪妈妈寄托对母亲的思念，其中雪妈妈这一道具便是以虚拟的手法表现的。

前面所举《思凡》中的菩萨也是虚拟的例子。

6. 替身

即"活道具"，由人扮演道具。如川剧《打神告庙》中，多次出现敫桂英将庙里的皂隶鬼（人扮塑像）推倒，她随之昏过去，皂隶鬼跳起来唱道："这妇女做事不对，你发气我吃亏，谁不知我是小鬼，你把我当王魁，这一下浑身打碎，只剩下一个草堆。"通过"活道具"皂隶鬼塑像的遭遇，披露敫桂英"内心独白"的满腔悲愤，使冤恨的心灵外象化，强化了人物心理进程，感染观众，意味无穷。

上述一些艺术处理，并没有人认为离生活太远了，失真了，因为我们都知道"戏，终要有戏"、"戏，终究是戏"这两句话。如果太拘泥于真实，《梁祝》中的主人公三载同窗而不知男女如何解释？《盘夫》中让严兰贞在门外听到曾荣的内心独白又怎么可能？而《红楼梦》为了追求艺术上的美，让清代人穿戴明代衣冠，又怎么理解？有个笑话，说的是有位诗人写下一句诗："一轮明月照苏州"，竟有人提意见，说这不真实、不科学，天上的明月怎么会只照苏州？于是就改成了"一轮明月照苏州及其他地方"，真实倒是真实了，科学也是科学了，可是，诗呢？当然，这样说并不等于提倡胡编乱造，虚假拼凑，而是指艺术比现实生活更高，更强烈，更有集中性。更典型，更理想，因此就更带普遍性。

【思考与练习】

1. 试析戏剧道具与戏剧细节的联系与区别？

2. 请你按照"道具要精"的要求，根据下列材料，编写一部小型剧本。

纸雪花

下雪了。

"妈妈，爸爸那里也下雪吗？"雪儿望着飞舞着的雪花问麦子。

"……"麦子盯着山脚下的那条路。

"妈妈，爸爸今天就要回来看雪儿。这是爸爸说的。"

"……"麦子盯着山脚下的那条路，脸上爬着两条山路似的泪痕。

麦子的男人高粱是三年前去广东打工的。高粱去时，天空正飞飘着雪花。麦子抱着雪儿将他送到山脚下。高粱说，雪下大了，你们回吧。麦子不，雪儿也不。雪儿正用塑料袋儿接着天上飘落的雪花。一瓣瓣六角形的雪花飘满了塑料袋。

"爸爸，想雪儿了，就打开看看。"雪儿将一袋雪花儿递给爸爸。

高粱搂着雪儿："下雪了，爸爸就回来看雪儿，啊。"雪花儿将他们裹成了雪人儿。麦子扭过头去，纷乱的雪花撩拨着她纷乱的心绪。

高粱离家的那年，雪儿3岁。雪儿6岁了，高粱一次也未回到山旮旯儿的家。第一年，高粱在广东的一家采石场打工，卖苦力，回家舍不得钱。第二年，高粱当上了包工头，拼命挣钱，舍不得时间。第三年，高粱成了老板，包了二奶，舍不得情人。三年里，高粱往山旮旯儿的家里寄了成打成打的钱。起先，麦子每收到男人汇来的钱，心里会喜上几宿。后来，每每收到大笔大笔的钱，心里却有一种沉甸甸的失落。男人每回打电话回家，问她还要什么，麦子就说什么都不要，只要你的人。人，没有回，可高粱的心天天飞回家。

"妈妈，爸爸怎么还不回家。"雪儿望着漫天飞舞的雪花问麦子。

麦子盯着山脚下的那条山路。山路被雪覆盖得严严实实。麦子没有看见男人熟悉的身影。

突然，屋里响起一阵急促的电话声。雪儿惊喜地冲过去："爸爸!"雪儿好兴奋："爸爸，下雪了，你就会回家看我对吗?"

"……"高粱喃喃地不知说什么好。

"爸爸，你那里下雪了吗?"雪儿丈问。

"下……没、没有。"高粱说："傻孩子，那里的冬季不下雪。"

"不会的，不会的，冬天，就下雪。老师说的。"

"……"高粱两眼发涩。

"爸爸说谎，爸爸不是乖孩子。"

"……"高粱流下了泪。

夜里，雪儿问麦子："爸爸不愿回家看我，才说谎没下雪的，是吗，妈妈。"

"不，"麦子搂着雪儿："南方的冬季不下雪。"

"那把家里的雪寄给爸爸。"

"那会化的。"

雪儿眨巴几下眼："那就给爸爸寄化不掉的雪花。"

第二天，雪儿来到雪地里，仿着雪花的模样儿，剪了一朵雪花，"妈妈，像吗?"

麦子一把搂紧雪儿："像，像极了。"

一朵雪花落在雪儿圆圆的小脸上，白白的。雪儿用那双冻僵了的小手，有些笨拙地剪着雪花。天上下着雪，雪儿的手指缝里也飘着雪。天上的雪停了，可雪儿没停下。雪儿对妈说，给爸爸寄的雪花愈多，爸爸就会愈想着回家。

纸雪花装了满满一布袋。雪儿催着妈妈寄给远在南方的爸爸。

高粱收到包裹的这天，高粱的老家正下着大雪。高粱打开包裹，看到了许多大大小小呈六角形的纸屑，还有麦子的一封信：

……你说过的，下雪了，就回家看雪儿。雪，下了一天又一天，我和雪儿盼了一天又一天，三年没见你的人影。后来，雪儿听说你那儿不下雪，她就在下雪天，仿照雪样儿给你剪纸雪花。她每天剪啊剪啊，小手磨出了血泡也不停。雪儿说,给爸爸寄的雪花愈多,爸爸就愈会想着回家。她还说,即使爸爸雪天不回家,只要看见了这些雪花儿,就会想起家,想起我和妈……那天,下着好大好大的雪,雪儿催着给你寄雪花。一路上,雪儿好兴奋。突然,她看见了一朵好大好大的雪花,蝴蝶似地飘飞着。雪花说要把那朵雪花寄给爸爸。她追呀追,雪儿一脚踩空,连同那朵蝴蝶雪花栽下了山崖……

高粱回到山里时,正过了下雪的冬季。高粱呆立在小坟旁。一阵山风吹来,高粱一个激灵。"雪儿——"他提着布袋喊着:"雪儿——"山谷里回荡着"雪儿"的回音。突然,他发出了一阵冰冷可怕的笑声。

"下雪啦——"高粱将纸雪花撒向天空。

"下雪啦——"高粱的头上、身上落满了一片一片的雪花。

"下雪啦——"高粱呆立在纷纷扬扬的雪花中……

（摘自《微型世界》）

第十九章　场景要当

一、场景的力量

戏剧场景具有完整的空间和自成起讫的时间过程。美国符号学美学家苏珊·朗格认为：戏剧创造的是"虚幻的未来"，她把戏剧模式称之为一种"命运的模式"，而这种模式的实现，首先必然依赖于戏剧场景的获得。[①]

"戏"者，虚戈作戏，含有上阵交战的意思。而"阵"者，部伍序列之谓也。古代军事家采取"阵后而战，兵法之常"，就是说，交战前必须依据所处的地理环境、军事实力、敌我对比等诸多因素布下阵势，打起仗来才能够灵活机动、临变不惊，否则胸无章法、手忙脚乱，是非败北不可的。如果把戏剧冲突比作为交战双方，那么，"情境"恰好似预先布下的一个个"阵势"。离开阵势，军队难以行动，没有场景，冲突也便失去了爆发和发展的依托。可见，场景在戏剧中决不是可有可无的。

戏剧作为生活的一种具象化的艺术形态，总是以一定的时间和空间为依托的。大而言之，关联着历史、时代的风云变幻，小而言之，离不开搬演的具体环境，因此，对于特定时空关系的选择和确定，就不应该等闲视之了。然而我们有些作者，却对此极不重视，他们铺开稿纸之后，常常不假思索地写下"时间"、"地点"之类字样，而不是多想一

[①]　胡妙胜：《阅读空间》，上海文艺出版社 2002 年版，第 121 页。

想，为什么故事发生在此时此地，而不是发生在彼时彼地，与作品中要表现的生活内容和人物有着怎样的内在联系，等等。那些经验丰富的剧作家，落笔之前是决不会如此轻率的。老舍先生曾经讲过一段相当简单明了的话："要表现炊事员，光把他放在厨房里烧菜煮饭，就不易出戏，很难写出吸引人的场面；如果写部队在大沙漠里铺轨，或者在激战中同志们正需要喝水吃饭，非常困难的时候，把炊事员安排进去，作用就大了。"[①] 这里说的厨房、大沙漠、战斗前沿便是指戏剧场景。强调把场景设计纳入剧本创作总体构思之中，是因为场景本身虽然不具备生命力，但一旦当它与特定的人物、特定的事件、特定的矛盾纠葛在一起的时候，场景便有了自己的语言、自己的生命、自己的力量。这方面，宗教艺术与建筑学家的实践也为我们提供了经验。天坛是皇帝祭天的圣坛，当游客一路步行上一层高一层台阶去时就会产生越来越同云端接近的感觉，到了上面祈年殿前，向下望见故意做得格外矮小的牌坊，就好像置身于云端里了，在这样的场景里，人便会获得一种庄重、圣洁、崇高的境界。而杭州灵隐道上扶疏的树木和左侧的大小石刻佛像，很容易把人们的身心整理到恰到好处，让人们循序渐进，直到拾级登上山门，进入大雄宝殿瞻望硕大雍容的装金的释迦牟尼像，达到情绪的高潮，置身于这样的场景，人就会产生一种安静、严肃、虔诚的心境。而上海展览中心（原中苏友好大厦）的电影院的建筑也有异曲同工之妙。这个电影院把进门处的圆柱做得既庄重又高大，一进门是深沉而开阔的大厅，通过两段开阔的台阶再转上左右两道曲折而上的同样开阔的楼梯，才是观众休息的场所，再登上一段短台阶进入观众大厅。无论是谁，因为赶路乘车，赶时间，喘息未定或带有各种各样杂乱无章的心情和情绪，经过进入大门，再进大厅，登上两段台阶，步上楼梯，又在休息的地方坐一会沙发，他的脉搏、他的心理节奏，就被梳理得正常有序了。置身于这样的场景，斗殴、喧哗、无理取闹的情景便不大可能会发生，这便是场景对人的思想、情绪、行为的制约力。

中外电影名片都非常重视场景设计，《巴黎圣母院》中的钟楼，《佐

---

① 老舍：《出口成章》，作家出版社 1964 年版，第 14 页。

罗》中的地下暗道，《孤星血泪》中的旧屋，《新龙门客栈》中的古堡，《笼民》中的笼屋，《大红灯笼高高挂》中的大院，《菊豆》中的染坊等等，都给人留下了极为深刻的印象。

有这样一种说法，如果说，小说最小的表意单位是词汇，电影最小的表意单位是镜头，那么，毫无疑问，戏剧最小的表意单位是场景，因此，戏剧实际上也是场景的艺术，当然更应该重视场景的设计。

二、中外名家的经验

1. 奥尼尔的"蓄意安排"

作为美国现代戏剧的奠基人，奥尼尔的作品思想深邃、感情浓烈、结构精致、语言生动，但他在作品中注意为人物设置精当的活动场景的经验也是一笔宝贵的艺术财富。

奥尼尔在谈《毛猿》创作经过时曾说到他的另一部戏，他说："《天边外》一剧共三幕，每幕都有两个场景。一个场景是户外，显示出地平线，暗示主人公的欲望和梦想。另一个场景是室内，地平线消失了，暗示在他和他的梦想之间有了些什么变化。用这种办法，我试图以渴望与失望的交替来造成节奏。大概在看过这个剧的人们中，很少有人懂得这种蓄意安排是为了产生效果。但我可以肯定，他们都在不知不觉中获得了这感染。这样做常比通过语言或单纯模仿真正的动作更容易表达一种思想。有时我试图用一种方法这样做，有时又采用另一种方法。如果只有一种方法……那我就将成为机械教条的奴隶，而这恰恰是我所深恶痛绝的。"[1]

同样，在奥尼尔早期的剧作《榆树下的恋情》中，他也十分重视场景的设计。作家以 19 世纪英格兰的农村作为背景，用现实主义的手法刻画了一对农民父子之间的冲突。剧本写年纪轻轻的阿比，嫁给老农，是为了贪图他的农场。后来，她那受压抑的情欲，变成了不顾后果的热

---

[1] 中国社会科学院外国文学研究所编：《外国现代剧作家论创作》，中国社会科学出版社 1982 年版，第 249 页。

情，于是悲剧性的跟继子发生了爱情，而且生了孩子。在继子怀疑继母对他的情意并非出自真心时，她又把婴儿杀死，用以证明她的热恋出于真诚。剧本批判了维多利亚时代的，特别是清教徒的道德，他把富于青春气息的人的热情与卡尔文派人生观的严酷无情作为对比。特别令人注目的是奥尼尔为创造渴望、孤寂、贪欲的气氛，为强调原始的、简朴的感受力，在新英格兰繁荣的农场上，设置了一棵象征大自然的富饶和神秘的榆树。请看下面一段奥尼尔为人物创造戏剧场景的文字：

　　〔全剧故事情节发生在 1850 年新英格兰卡伯特农舍里及其周围，房子南端对着一堵石墙，石墙中间有一扇木门通向乡村的大路。房舍完好无损，但需要重新油漆。房舍的墙是暗淡的灰色，百叶窗的绿漆已经褪落。房舍两边各有一株高大的榆树，那弯曲的蔓生的树枝覆盖着房顶，看上去既像保护着房子，又像是抑制着它。这两株大树呈现着一种邪恶的母性，一种妒忌和要压服一切的心理状态。它们和房子里的人们的生活日益亲密相关，有着一种令人震惊的人性。它们黑压压地笼罩着，把房子压得透不过气来，就像两个疲惫不堪的妇女把松垂的乳房、双手和头发倚靠在房顶上。下雨的时候，她们的泪珠单调地滴滴流下，在盖屋板上流失。

　　〔一条小道从木门绕过房子右角通向前门。这边是一个狭窄的门廊。面朝观众的边墙，上层有两扇窗户，底层有两扇较大的窗户。上面两个是父亲卧室和兄弟们卧室的窗户，底层左边是厨房，右边是客厅。客厅的窗帘总是下垂着。

　　在这里，房屋的结构、墙的颜色、门的质量、窗的形态、树的情状，都成了人们内心感觉的"外化"，这样的故事，发生在这样的场景里，便获得了水乳交融的艺术魅力。

　　《琼斯皇》是奥尼尔的另一个剧作。剧本描写黑人土皇帝罗伯特·琼斯得知当地黑人已起来造反，急急忙忙从皇宫逃出，走进一座大森林，企图穿过森林，直奔海边，从海上逃往外国。可是，他走进森林时，天色已晚，过去埋藏的粮食和记住的路标都找不到了，而追赶他的黑人擂起了咚咚战鼓。开始时，鼓声和正常人的脉搏跳动次数相等，后来越来越快，竟快到使人心惊肉跳，几乎发狂的地步。随着鼓声的加快（也就是琼斯心跳的加快），琼斯眼前出现了一幕幕扑朔迷离的幻象：一群像爬着的娃娃儿那样的蛆虫，似乎是一种无形的恐惧，从树林深处爬了出来，朝琼斯身上直扑；琼斯同黑人杰夫赌博，杰夫欺骗他，他打死杰夫；琼斯在监狱劳改队，狱警鞭打他，他一锹把狱警打死；在奴隶市场上，黑人被拍卖，琼斯被抓去拍卖；在这奴隶的船上，黑人被绑在一起，随着船身摇动，琼斯不由自主地参加他们的行列；在非洲的土地上，巫师把琼斯当祭品，献给魔鬼……这些幻觉在琼斯心灵上不过一闪念，在舞台上却化为一幕幕具体的场景和形象，而琼斯在这又急又怕又悔又恨的时刻不断地自言自语，这样，观众就具体地感受到此时此地琼斯的复杂心情，好像看到了他脑子里的各种想法，听到了他脉搏的跳动。因此，设置森林与鼓声这样的戏剧场景便成了人们争相传颂的艺术范例。

《漫长的旅程》被认为是奥尼尔的半自传作品，剧本表现了一个家庭悲剧。父辈早年贫困，后来艰苦奋斗发了财，因而爱钱如命，生活极其俭省，以致被视为吝啬。他们希望子女能像他们自己一样，闯出自己的路子来，但有时过火些，妻儿们则认为影响了他们的幸福。他们彼此眷爱却又彼此憎恨、埋怨、责难，亲人不像亲人，路人不像路人，从他们身上，我们嗅到了西方社会"世纪末"的气味，听到了"迷惘一代"的声音。剧本为人物选择的场景也是别具匠心的，特别是主人公起居室窗外的雾的处理更是为人称道。幕启时，窗外阳光明媚；第二幕雾点开始聚结；第三幕浓得像一堵墙。这里的雾不只象征人物的心情：由开朗到阴暗，由轻松到沉着；还暗示了剧中人物与社会的脱节，暗示人与人之间的隔膜，并且还象征剧中人物渺茫的前途和不可知的命运，使场景的能量得到最大限度的释放。

2. 契诃夫的"整体性"

契诃夫笔下的人物的生活场景，永远是人物生活中不可分割的"整体性"的一部分。蔚蓝的黄昏，玫瑰色的晨曦，在风雨下颤动着的百叶窗，夜晚，油灯、钢琴、大提琴和小提琴的呜咽，吉他的低奏，《海鸥》里更漏的凄凉，《樱桃园》里伐木的叮叮声，和来自天空的琴弦绷断声，《伊凡诺夫》里的枭鸟的哀啼，《三姊妹》里的大火，以及每个剧本中人物的微叹，吹口哨，半吞半吐的词句，停顿和沉默……这些，目的当然不是仅仅为了制造戏剧气氛，而是为了更好地刻画人物的精神状态和生活方式。契诃夫通过人物和人物的生活环境，表现了十九世纪八十年代的世纪末的忧郁，这就是契诃夫式的情调。

3. 戏曲的"反差法"

在我国一些优秀的戏曲作品中，成功的戏剧场景设置的例子也是很多的，其中有经验的剧作家用得最多的手法是"反差"法。如京剧《杨门女将》"寿堂"一场（参照扬剧《百岁挂帅》的处理），便是不可多得的范例。

十二寡妇征西的故事写成戏的很多，同是西夏入侵，宗保殉国的噩耗传入杨府，唯《杨门女将》脍炙人口，其奥秘便是得力于作者为剧中人物找到了一个理想的"反差"极大的戏剧场景。

杨府正在为宗保庆祝五十寿辰，四代同堂，人心欢畅，就在这时，却传来了杨宗保为国捐躯的噩耗，"寿堂"变成了"灵堂"。这场戏的戏剧性在于，穆桂英和柴郡主在庆宴开始之前，已经得到宗保牺牲的消息，为了不使百岁高龄的佘太君受到打击太大决定暂时先隐瞒噩耗，照常开宴。在太君面前抑制哀痛，强作欢笑，并嘱咐前来报信的焦孟二将脱去素服，含泪入堂。这就使佘太君和穆桂英、柴郡主之间的关系，穆桂英、柴郡主和杨七娘、杨文广之间的关系，佘太君、杨七娘和焦孟二将之间的关系，以及穆桂英、柴郡主和焦孟二将之间的关系，在寿堂上呈现出错综复杂的情况。这个戏一开端就造成了喜宴与噩耗，庆寿与殉国尖锐对立的不一般的境遇，把人物急速地推向矛盾尖端，这种充满矛盾的处境，必然激起穆桂英和柴郡主那种承担丧夫、失子之痛，然而又必须承担起来强作欢颜瞒过太君的更加激烈的内心冲突。这两个出身、教养、地位、气质不同的人物性格也就会得到更加真挚动人的刻画。也只有在这样的境遇下，那个一直为人们所担心的猝闻噩耗百岁高龄的太君，竟是出人意料地屹立不倒，并且含泪举杯仰天遥祭，才会产生倍加激动人心的力量。这场戏把四世同堂的祖孙婆媳那种晚年退休相互关切的深厚感情，以及她们在国仇家恨前迸发出来的悲壮豪迈的激情，刻画得如此委婉深刻、实在是戏剧场景起了非常重要的作用。

又如莆仙戏《团圆之后》也是设置"反差"极大的戏剧场景的范例。剧本写叶氏与表兄郑司成从小相爱，怀孕两个月被迫嫁与施家。婚后夫死，叶氏暗中与郑来往，共同教子佾生成名，佾生中状元，为母请旨旌表贞节。叶氏受到旌表，决心与郑司成断绝往来，正值送郑出房之际，为新媳柳氏撞见，因而羞愧自缢。施佾生恐真情败露，要求柳氏承担逼死婆母罪名。柳竟被判处死刑。佾生亦饮毒酒自尽，临死在其母灵前见郑司成哭吊甚悲，父子至此始相认，乃同死灵前。后官府释放柳氏，又为之建造节孝楼，柳氏悲愤交集，撞死楼下。其中节孝楼那一场景的设置，既促成了人物的戏剧行动，又揭露了封建道德的罪恶，实在是匠心独运，意象新颖。

再如越剧《祥林嫂》，通过塑造一个深受政权、族权、人权和神权四条绳索捆绞而死的善良的农村劳动妇女的典型，把封建宗法社会吃人的本质，血淋淋地剖析展现在我们面前。戏的最后一场，写祥林嫂之死。除夕至大年初一清晨，鲁府大门前，锣鼓、爆竹、灯笼、浓云、团雪、烟雾，"几番风雪几番霜，鲁镇仍是旧景象，年终家家祝大典，迎接福神赐吉祥"。可是祥林嫂却冻死在雪地里，"百无禁忌贺新禧，一片升平笼大地"。鲁府的大门关上了，露出一副新春联："忠厚传家久，诗书继世长"。只有祥林嫂的尸体寂寞地躺在雪地里。这一反差十分强烈的戏剧场景无疑有助于作品主题的深化。

当然，这种"反差法"在话剧中也时有所见，如《月亮上升的时候》，剧本写的是一位被监禁的爱尔兰民族解放战士，在越狱以后，如何进一步摆脱反动当局通缉、追捕的故事。这样一个政治色彩强烈、戏剧情势紧迫的情节，作者却将它安置在一个月夜的临海港的市镇码头上展开，它使整个戏呈现出一种宁静中隐含着紧张、黑暗中透露着光亮的特定气氛，再加上剧中反复出现的民谣，使这个本来剑拔弩张的戏充满了诗意。

三、小型戏剧的场景设计要求

然而，我们的一些小型戏剧作品却往往对剧中人物赖以生存的戏剧场景设置缺乏足够的重视。我曾留意新中国成立以来发表在省市级以上刊物的许多小戏作品，发现凡写农村戏，场景十有八九在农家小院；凡表现城市生活的，则都以某家客厅展开情节。当然，不是说这些地方不具备戏剧场景的特征，事实上，生活中发生的故事也确是以这些场景繁衍的居多，问题是我们不能不顾及"这一个"戏的特点，而千篇一律地随意找个地方演绎故事。

同样写责任制以后夫妻矛盾的戏，《定心丸》与《风雨同舟》的场景就不一样。《定心丸》写生产队长常根从县里开会回来，准备在村里推行责任制，掀掉大锅饭，先从妻子李玉桃身上开刀，李玉桃是坐家闺圆，对上门女婿常根恩爱有加，但有时也喜欢使些小性子，有"三粒丸药"作法宝。即逢上闹情绪时，先施以"闭门丸"将常根关出门外，倘不见效，又施以"分家丸"，将常根衣被扔出窗外，再不见效，则要施以"踢打丸"了，将常根的户口簿划出家外，让他回娘家。这一矛盾就在玉桃家中展开，使门里门外、窗里窗外都有戏剧因素，无疑是恰当的。

而《风雨同舟》写的是青年农民田元因在大锅饭时期心灰意懒，酗酒、赌博、打老婆，结果夫妻离了婚。三中全会以后，田元勤劳发奋，成了田状元。一个风雨交加的春天早晨，与分手三年的妻子越秀和性格爽直的小妹妹越敏，在一只渡船上相遇，并由此展开矛盾冲突。编导以桨代舟，通过系缆、解缆、划桨、行舟等动作，展示了人物丰富的内心世界，这个戏以风雨中的小舟作为戏剧场景无疑也是得体的。

同样写因赌博而夫妻反目，因改邪弃正而重归于好，《阿二接妻》与《月下锣声》也不一样。《阿二接妻》写的是青年阿二将妻子阿香生孩子的伍拾元助产费与一只长命锁赌掉，阿香一气回了娘家。半年后，阿二弃旧图新，洗心革面，去接妻子回家，结果被阿香关在门外。阿二为让事实说话，将长命锁与存折从门槛底下的猫洞里塞进去，后来又为阿香编箩筐，阿香终于相信了阿二已换了模样，便同意回夫家去。这个戏以阿香家的院门为支点，抓住阿香的三次开门关门，与阿二的三次推门三次拿东西（长命锁、存折、箩筐），揭示了两个人物复杂的心理活动，显而易见，以阿香家院门外作为戏剧场景是十分妥当的处理。

而《月下锣声》则不然，剧本也写一个青年农民因赌博而搞得妻离子散。他悔过自新以后每晚主动提铜锣串村走巷，告诫人们，不要赌博，否则会落得如他这样的下场。现身说法，情真意切，终于感动了妻子，夫妻破镜重圆。这个戏的场景设置在村口、路边、院外，也自然是恰到好处了。

我认识一个剧作者，勤学苦练，虚心好学，经过多年锻打，写戏很有办法。他的作品不多，但质量不错，且都比较注意场景的选择，如第一个戏《开河之前》，写公社要开向阳河，碰到芳芳家三分三的竹园，于是引起家庭矛盾。这个戏的场景便是三分三小竹园。第二个戏《楼边风云》，写一个公社干部，在原来地主庄园的地基上大兴土木，引起群众不满。戏的场景是那个立有石碑的旧地基，也便于展开矛盾。第三个戏《鞭墓》，写一个牢监犯释放回来，找原来的在极左路线下送他入牢的支部书记算账，不想那书记已因公殉职，他找到那个书记的墓碑，于是引发出一个悲凉的故事。墓地的场景无疑也是精心设计的。

那么，检验戏剧场景是否得当的标准是什么呢？毫无疑问，是看这个场景是否有利于立意生发，是否有利于人物塑造，是否有利于戏剧冲突。

1. 场景应有利于立意表达

好的场景设置，本身就应该是剧作立意的一个组成部分。比如，前苏联剧作家格列博夫的小型戏剧《我们要活下去》一剧中有一个独特的场景——隧洞旁只能站两个人的小壁龛，这个逼仄的场景就很有深意。

剧本写在纽约一个潮湿阴暗的地下铁道隧洞里，青年工人克来德和落魄演员梅丽在寻找一个可以睡觉的地方。克来德是工运活动的积极分子，而梅丽还迷失在一度辉煌的幻灭中。两人思想上还有所隔阂，但同是天涯沦落人，今晚都没有地方可以睡觉。此时，巡道员斯多恩出现在他们面前，命令他们立即离开，否则就开枪了。梅丽哀求斯多恩网开一面，斯多恩认出眼前这个落魄的中年妇女，就是当年自己狂热崇拜过的女明星。梅丽告诉他，一场病使自己失去了甜美的歌喉，原来的丈夫又乘机将她所有的财产抢光，如今她生活得就像一个流浪者。斯多恩并没对她表现出任何同情，还是勒令他们离开。克来德乘机夺走了他手中的枪。在枪口之下，斯多恩表示对工人运动的理解，可自己有老婆孩子，犯不着冒着被开除的风险去参加游行。此时火车驶来，隧洞旁的小壁龛中只能站两个人，斯多恩又从克来德手中要回了枪，并逼着他和梅丽离开壁龛。克来德向火车招手示意，火车竟然停下来了，原来工人们举行了声势浩大的罢工，沿线的火车同时停运了。克来德对斯多恩说，"石头脑袋，我们是生活的主人"。

这是一出难度很大的政治戏剧，但它在场景构思上很有特点，全戏的矛盾冲突到火车驶来有人必须送命而达到顶点。这个场景的深刻含意在于人民被反动势力逼到了绝路，再不反抗，必将是死路一条。最后，是外界一场罢工给全剧画上一个句号，较好地表现了主题思想。

2. 场景应有利于人物塑造

好的场景设置应该是最能揭示人物性格的舞台。

戏剧小品《三鞭子》，写新任县长下乡，车陷在半山腰的山路上，这是通往某偏僻小村的唯一通道，进退不得，只得向赶驴回来的赵大爷求援。赵大爷原以为又遇上了来"吃散户"的干部，便热讽冷嘲，不予配合，及至了解了县长是来考察修路的，赵大爷转怒为喜，用响鞭召来了村民们，把县长的小车抬出了泥坑……

这个由赵本山主演的戏剧小品所以成功，在很大程度上得益于该剧的场景设计十分巧妙。在这个特定的场景中，我们至少可以看到三个背景：

一是历史背景。故事发生的地点曾经是游击队的根据地，这条路上，陷过日本鬼子的车，那是老百姓挖的坑；也陷过八路的炮车，但是老百姓把它抬起来。半个多世纪过去了，这条路还是坑坑洼洼，"山河依旧"，今天，共产党干部的小车又陷了进去，怎么办？问题提得十分尖锐。

二是现实的政治背景。小品中有几处都提到现在的党群关系、干群关系的情况不容乐观，干部从这一通道下乡，十有八九是来"吃散户"的，"吃饭是小事，喝酒是大事"，"螃蟹吃多了"，"这么大一个肚子还不是吃出来的"，等等等等，令老百姓寒心。

三是现实的经济背景。这里是革命老区，由于交通不便，经济十分落后，但这里有丰富的资源，有大量的绿色食品，不久前有个外商来考察合作开发的事，但最后因交通问题而"拜拜"了。由此可见，修路问题对当地老百姓来说是多么的重要。

正因为有了这三个背景，如何面对今天发生的县长小车陷入泥坑的事，就有了社会性、政治性与思想性。

小品从赵大爷与司机"抬杠"到召来村民为县长"抬车"，这一艺术情节生动地揭示了一个富有现实意义的深刻主题——党的干部只有把人民群众的利益放在首要地位，才能得民心，才能得天下。所谓"水可载舟，也可覆舟"讲的就是这个道理。

依赖这个特定的场景，小品着力刻画了由赵本山扮演的赶驴大爷"这一个"艺术形象。他生性耿直，爱憎分明，嫉恶如仇，又不乏风趣幽默。当年他曾经是个抗日老战士，为对付日本鬼子在路上挖坑，如今目睹着不少干部"当官不为民作主，只顾自己吃、喝、捞"的现状，憋了一肚子的气，眼看着县长的车陷在半路上，他该怎么办？作者既写了老区农民爱憎分明、快人快语的一面，又写了他那乐于助人、幽默豁达的一面。小品在表现赵大爷这个人物时没有简单化、脸谱化，而是入情入理、十分细致地展示了这个人物的心理发展过程。作者共分三个层次来描写赵大爷的变化过程，而且每一个层次都与这一特定的场景有关。

且看第一层次：出口气。

赵大爷对现在的干部下乡"吃散户"十分看不惯，他心里有气，又遇上县长司机这副狐假虎威、盛气凌人的样子，他的气不打从一处来。所以他说话指桑骂槐、绵里藏针、一吐为快，真正出了口恶气。这一层次当然与这一特定场景的现实背景密切关联。

再看第二层次：争个脸。

说够了，骂够了，赵大爷不是甩手不管，一走了之。而是"让你看看老区人民的样子"！他还有他那头心爱的毛驴，一起试图帮助将县长的车拉出泥坑，这个人物就有了人情味，有了历史感。这一层次也显然与这一特定场景的历史背景有关。

最后看第三层次：掏出心。

当赵大爷得知这位干部是新来的石县长，曾为乡里修过路，今天又来考察修路的事，并为乡亲们早日脱贫而操劳时，赵大爷感动得差点要跪下来谢谢这位共产党的好干部。他扬起响鞭，召来了村民一起把县长的车抬出了泥坑。这一层次也显然与这一特定场景的历史与现实背景都有关。

如此三个回合，层层递进，使赵大爷这个人物活生生地站立在戏剧小品舞台上，令人难以忘怀。

3. 场景应有利于冲突发展

好的场景设置应该本身就是冲突发展的重要因素。

多年前，在上海话剧会演中，有一个戏剧小品《电梯》，说的是一中年男子与一年轻女子是高层住宅里的邻居，某天在电梯里相遇，因两人过去有矛盾，见面时都不给对方好脸色看。不巧电梯在中途出了故障，两人困在电梯里，共同的遭遇迫使他俩只好搭话，说着说着又吵了起来，以后又慢慢有所沟通。过了一会，女子忍无可忍，忽然想要"方便"，这可急坏了两个人。男的急中生智，将手中那只打算去盛馄饨的钢精锅子递上，女子羞红了脸，说你在这里我怎么可以？男子灵机一动，潇洒地将身上的黑色风衣打开，如同一张屏风将女子挡在后面。女子开始动作。导演杜冶秋先生在这里用了一段如山涧溪水欢跳奔腾的美丽音乐，令在场观众掌声如雷。女子事毕，眼神里流露出羞怯、不安与歉意的神色，男子倒落落大方、若无其事。正在这时，电梯启动了，两人大喜。门打开，两人出去，忽然想到那只钢精锅子，又一起返回。女的说，"对不起，我会买一个新的赔你"。男子回答，"不要紧，洗一洗还能用"。女子扑哧一笑，隔阂与矛盾顷刻消解。

这个戏中的场景本身就参与了戏剧冲突，而且在冲突中起了重要作用。

黄溪的戏剧小品《旋转餐厅》，写一对从农村来上海打工的青年经过艰苦的努力，分别小有成就：女青年从在工地上烧饭到替人做家政到进时装队成了一个模特，男青年从小工到正式工到分队长为上海的建设添砖加瓦。女青年想劝男青年离开建筑公司自己干，男青年却另有打算，他想在企业继续磨练进修，成为上海急需的"灰领人才"，两人因此产生了分歧。国庆黄金周前夕，男青年本想请女青年到旋转餐厅用餐，可惜没订到座位，于是他带着女青年来到工地的脚手架上野餐，从各个角度俯瞰上海，在这个特别的"旋转餐厅"，男青年终于以事实说服了女青年，两人重归于好，决定脚踏实地和上海一起成长。

这个小品中的工地脚手架这一场景，不仅十分别致，有利于戏剧冲突的层层（人物在冲突时拾级而上）展开，而且更重要的是，它还是解决矛盾的力量之一——两人爬到脚手架最高处，俯瞰上海，男的指着他参与建造的一幢幢高楼，脸上充满建设者的自豪，由此也感染了女青年，矛盾迎刃而解。

又比如传统戏《张古董借妻》，写张古董是一个财迷，他把自己年轻的老婆借给穷秀才李成龙，冒充李新娶的妻子，同去岳父家讨还亡妻的钗环首饰，张古董也想从中分肥。他送走了妻子和秀才，言明不许过夜，自己进城看朋友，不料恰巧被关在两道城门之间的月城里，进出不得，只有等到天亮才能回家。而李成龙和假妻子，偏偏又被岳父强行留宿。"月城"一场，舞台一方是张古董在那里自恨自悔，舞台另一方是岳父家，一对假夫妻坐在那里苦捱天明。妙就妙在两地相隔很远，戏却互相呼应。从初更到五更，张古董和张妻一个一句，轮番独白，语意相连。更为夸张的是，张古董似乎遥遥望见数十里外房中的情景，急得抓耳挠腮，咬牙跺脚，令人拍案叫绝。

再比如，吕剧《姐妹易嫁》，姐姐是个势利小人，她不知道未婚夫已中状元，看他青衣小帽前来迎娶，认为他落了第，便大哭大闹，要悔婚。妹妹爱姐夫的人品，代姐出嫁，反倒做了状元夫人。舞台上分成三个空间：台右是书房，老岳父在这里招待女婿。台左是绣楼，妹妹在这里伺候姐姐梳妆。中间有一架虚拟的楼梯，算是第三空间，姐姐在楼上哭闹，女婿在楼下猜疑，老丈人奔走于楼上楼下之间，三个空间的戏，交叉进行。特别有趣的是，姐姐在楼上摔了镜子，震动楼板，灰尘落入楼下酒杯。要知道这座楼在舞台上并不是直上直下的两层，台左是楼上，台右是楼下，都是在一个水平线上，但观众愿意相信改变地心引力的方向，使台左的灰尘，落到台右的酒杯。

四、注意场景设计的"软硬件"

场景设计除了理所当然地要注意"硬件"以外，还应该注意"软件"的配置。因为合适的"软件"配置可以使场景更具有艺术活力。

所谓"硬件"，是指构成场景的物理因素，更多地是可以由舞台设计师来体现的。所谓"软件"则是指剧本中有利于场景内在意蕴表达的文学因素。如曾获得戏剧界交口称赞的都市新淮剧《金龙与蜉蝣》那首如怨似忧的独唱："大哥哥，心太黑，想得出就做得出；小妹妹心太软，有办法也没办法。从今只求你一件事，一辈子不离妹半尺……"前后在剧中出现三次，对刻画人物，烘托气氛，推进矛盾起了十分重要的建设作用。

又如豫剧现代戏《渡娘桥》，写年过半百、守寡几十年的尚大妈与放蜂人秦大伯相爱，遭到当厂长的儿子的竭力反对，酿成了一出悲剧。这个戏的场景设计很有心计，一座年久失修却依然牢固屹立的石桥横贯舞台，所有的故事都从这里发生。贯串全剧的还有一首民歌与一个美丽的民间故事，民歌唱词是："一根扁担两头尖，前挑水来后挑山，哥是山来妹是水，山山水水永相连。"那民间故事说的是：古代，村里来了母子俩，母亲叫秦娘，是个寡妇，儿子叫福儿，是个石匠。母子俩逃荒到此，相依为命。有一回，福儿患病不愈，秦娘便渡过雍河，到对岸寺院烧香求签，没想到那寺院的和尚竟是秦娘寻找多年的心上人三郎。打那以后，秦娘和三郎隔河相望，旧情难舍。终于有一天，秦娘破冰渡河去看望三郎，福儿得知，修了一座渡娘桥，使母亲与三郎能经常鹊桥相会……这样，场景（石桥边）因民歌而生出诸多感慨，场景又因民间故事而焕发无限思绪。古今叠印，虚实相间，把一出现代戏折腾得斑斓多姿、令人牵肠挂肚。

拙作小型戏曲《第七棵是玉兰树》，写一孤女得一个好心人资助考上大学后，欲找恩人谢恩，恩人却不愿露面，只在信上说，如果考上大学，路过小城时，就到爱心广场上来，在第七棵玉兰树上扎一根红丝巾。女孩来到爱心广场，找到了那棵玉兰树，发生了一个动人的故事。我在设计剧中的场景时就比较多地考虑到了场景设计的"软硬件"配置。

硬件部分有：爱心广场一角，路灯，长椅，花坛，玉兰树，灌木丛，显眼处有一宣传牌，上书："爱心广场创建五十周年纪念日庆典"。

软件部分的就更多了，它包括以下内容：

一是主题歌的反复出现。

剧中主题歌先后出现了三次：第一次是幕启时的伴唱《玉兰树，故乡的树》，第二次是女孩见到了那棵玉兰树时的伴唱《玉兰树，妈妈的树》，第三次是结尾时的伴唱《玉兰树，永远的树》。

二是第七棵玉兰树与爱心广场的来历介绍：

赵国梁　真没有想到！可是，这怎么会是第七棵呢？第七棵应该是……（若有所思）

孙小梅　（疑惑地）赵伯伯，第七棵怎么啦？你是说……

赵国梁　噢，小孙，你不知道，这爱心广场上的每一棵树都有一个动人的故事啊。

孙小梅　赵伯伯，那你快跟我说说！

赵国梁　50年前，这里还是一个大大的臭水塘，有一个下雨天，一个小女孩放学回来，不小心摔倒在那个水塘里，就再也没有起来。这件事当时被一群与你差不多年纪的年轻人知道了，他们都是共青团员，充满朝气，也充满爱心，为了不让这样的悲剧重演，他们在一位团支书的带领下，利用无数个休息日，填平了臭水塘，99个年轻人在上面种了99棵树，还起了个名字叫"爱心广场"。从此以后，每年的植树节，越来越多的年轻人都会到这里来植树，几十年下来，这里也就成了这座城市最美丽的一道风景。

孙小梅　如果我没有猜错的话，那个团支书就是你！

赵国梁　（点点头）没错！

孙小梅　那你还记得栽种那 99 棵树的主人吗？

赵国梁　怎么忘得了啊！

三是栽种第七棵玉兰树的主人品格描述。

孙小梅　那么，赵伯伯，请你告诉我，那第七棵玉兰树的主人是谁？

赵国梁　栽种这棵玉兰树的主人是一位很平凡的女性。

孙小梅　赵伯伯，她住在哪里？我要马上见这位恩人！

赵国梁　很抱歉，小孙，现在我还不能告诉你！

孙小梅　为什么？

赵国梁　因为我想，既然她不希望让你知道她的真实情况，那么总有她的道理。我应该尊重她的意愿。

后来，赵国梁应女孩要求去找李玉兰，却又在广场上遇见了她。他把女孩要见李玉兰的事告诉了她，谁知李玉兰因自己病重，怕女孩为此担心而影响学业还是没有同意见面，令赵国梁感慨万千：

赵国梁　李玉兰，你，你真了不起！今晚，这里要举行"爱心广场创建 50 周年纪念日庆典"，我要向区委书记汇报，把你请上主席台！

李玉兰　不要，千万千万不要！赵国梁，你知道，我是个最没出息的平头百姓，回想起来，我活了这么多年，一生中最风光的日子，就是 20 岁那年我加入了共青团，入团的那一天，我特地去买了一条好看的红纱巾围在脖子上；最浪漫的一件事，就是当年在你的带领下，在这爱心广场上栽下了那棵玉兰树；最充实的一段时光，就是这十年来，我用退休以后卖茶叶蛋挣来的钱资助了小梅这个孩子。现在我就要离开这个世界了，你就让我最后再安静一会，好吗？

赵国梁　（哽咽）李玉兰，我答应你！答应你！

李玉兰　谢谢你，赵国梁，谢谢你！

（唱）　我是一个平庸的女人，

没有美貌，没有慧根，

甚至没有一个真正爱过我的男人，

可我无怨无悔，

因为我也曾拥有过年轻。

我是一个简单的生命，

没有鲜花，没有掌声，

甚至没有一个令我温暖的眼神，

可我无怨无悔，

因为我也拥有一颗爱心。

由于这个小戏较好地在场景设置的"软硬件"上下功夫，演出时反应很好。

【思考与练习】

1. 中国传统戏曲剧本一般采用"一桌二椅"的方法来显示场景，这是否可以认为传统戏曲并不注重场景设置？

2. 请你按照"场景要当"的要求，根据下列材料，编写一部小型剧本。

夜　市

星寒月冷愁心重。

衣满冰霜，鬓满冰霜，

难卜今宵胜往常。

夜深街旷游人断，

饭亦冰凉，菜亦冰凉。

痴立锅旁好忧伤。

（摘自《中华诗词》月刊）

第二十章　语言要美

　　剧本中的语言通常是由两大部分组成的，即舞台提示与台词。舞台提示是作者介绍剧情发生的时间、地点和人物性格特征等方面的语言。它的功能与特点是用第三人称的口气，以十分简洁的语言，向读者（包括演职员）介绍和说明剧本故事所处的时代背景、自然环境与社会环境、人物身份和人物关系以及人物的心理状态和行为的。它是属于叙事文学的形式，只不过比通常的叙事文学更加简明扼要。台词（包括戏曲唱词）是指剧中人物说的话，它是剧本语言的主体部分。人们通常说的戏剧语言，主要是指它而言的。

　　高尔基说："文学的第一个要素是语言。语言是文学的主要工具，它与各种事实、生活现象结合在一起，构成了文学的材料。"[①]戏剧语言也是一样，它是阐明主题、描绘冲突、刻画人物的主要手段，它是剧本的基本材料。

　　顾仲彝教授认为："话剧与戏曲在确立剧本的主题思想、规定戏剧冲突、安排情节结构、刻画人物性格等方面有极大的共同之处，但在戏剧语言的形式上和写法上却大不相同。话剧的语言以对白为其全部主要内容，并且接近生活语言，而戏曲的语言则以歌唱与宾白并重，并且在宾白中又以韵白为主。不过两种语言的指导原理和法则却是一致的——即戏剧语言，不论话剧的或戏曲的，是具有共同的规律的"。[②]

　　那么，它们的共同的规律是什么呢？我认为就是语言要美。

---

　　①　［苏］高尔基：《文学论文选》，人民文学出版社 1958 年版，第 294 页。
　　②　顾仲彝：《编剧理论与技巧》，中国戏剧出版社 1981 年版，第 358 页。

一、美的解释

1.典雅美

所谓典雅美就是要诗化。诗化并不是说要把台词写成韵文。古希腊的历史和哲学都用韵文写，但它们并不是诗，而近代的小说和戏剧都用散文写，但它们却富于诗的成分。

诗化的戏剧语言的主要特征是：感情充沛，形象化和精炼。小仲马曾说："戏剧家和诗人一样，也是一个语言艺术家。"劳逊也说："对话离开了诗意便只具有一半的生命。一个不是诗人的剧作家，只是半个剧作家。"[1] 李·西蒙孙也说：剧作家不能使他的人物"在他们的高潮时刻变得热情洋溢和光彩焕发，其原因在于他不能或不愿使用辉煌热烈的诗的语言。"

戏剧语言的诗化首先表现在它的热情洋溢、感情充沛上，比如印度诗人、剧作家泰戈尔的小型戏剧《牺牲》，该剧的语言就特别值得称道。这部戏里洋溢着浓郁的诗情，人物性格炽热奔放，无论是善是恶，语言均充满激情，富于感染力，具有诗意和哲理性。比如拉果拍第在劝诱加依辛杀人时的对白：

拉果拍第　罪恶没有什么实在的意义，杀人只不过就是杀人——既不是罪恶，也不是别的。你可知道这地上的尘土就是数不清的残杀造成的？"过去"就是用鲜血的文字写的众生短暂的生命史。旷野上、人的寓所里、鸟巢里、昆虫的洞穴里、海里、天空中，都有着残杀。有为生活的，有为娱乐的，也有不为什么的。世界就是连续不断的相互残杀；而伟大的迦里女神，多变幻的时之精灵，就在那儿站着，嘴里垂下焦渴的舌头，手里拿着杯子，让这世界的红色的生命之血往里面流，像是从成串的葡萄里榨

---

① 顾仲彝：《编剧理论与技巧》，中国戏剧出版社1981年版，第381页。

出来的液汁。

用"鲜血的文字写的众生短暂的生命史"定义"过去",以"尘土"来比喻众生之卑微,以"葡萄里榨出来的液汁"来比喻人的鲜血,将印度人崇拜的神圣的迦里女神描绘成一个焦渴的嗜血者……一系列异乎寻常的形象的出现,对"鲜血"的反复强调,使这段话充斥着怪异、狂热的色彩,正是拉果拍第这样一个狭隘、偏执的祭司才能说得出来的。"旷野上、人的寓所里、鸟巢里、昆虫的洞穴里、海里、天空中"等一系列排比句的应用,使这段话既形象鲜明,又气势磅礴,很能煽起人们对神灵的盲目信仰,怂恿他们从事血腥杀戮。

剧中"善"的化身,国王歌汶达在得知有人要加害自己时,对圣母的一番祈祷,极具雷霆之力:

歌汶达 ……(对神像说)请接受这些鲜花,女神,让您的生灵们太太平平地过活吧。圣母,在这个世界上,那些弱小者是多么无助,而那些强大的却又那么残酷。贪婪是无情的,愚昧是盲目的,而傲慢却毫不介意地踏碎了它脚下的弱小者。圣母,别举起您的剑,别用您的嘴唇吮血,别让弟弟杀害哥哥,别让妇女杀害丈夫。如果要借一个我所爱的人来攻击我,是您的愿望,那就让它得到满足吧。因为罪恶得先发展到最丑恶的地步,然后才能炸死,才能可憎地消灭;当国王被兄弟的手谋杀了,那么,嗜血的欲望就会脱下它的女神的伪装,露出它的恶魔的脸孔。如果这是您的愿望,我就低头顺从。

这段话的祈祷内容和拉果拍第是个鲜明的对比:一个呼唤血腥的杀戮,用他人的鲜血来沾湿女神焦渴的舌头,另一个却希望用美好的生命唤醒女神,愿意以自己的血停止杀戮,两人的襟怀立见高下。这里同样用到大量的排比,大量的比喻,感情强烈,富有诗意,旋律优美,堪称典范。

中国古典名剧中的唱词更是典雅得体,美不胜收。如《西厢记》中的"碧云天,黄花地,西风紧,北雁南飞,晓来谁染霜林醉?总是离人泪",以凄清秋色来衬托张生与崔莺莺的离别之情,可谓情景交融,优雅得体。而汤显祖《牡丹亭》"惊梦"一折中的杜丽娘的唱词更是美轮美奂:

"袅晴丝吹来闲庭院,摇漾春如线"——深闺中的人只能在若有若无的游丝中窥见春的消息。同时这也是她春情萌发的象征。一年中最美好的春天,一生中最美好的青春,以及青春的觉醒,三者合一。

"停半晌,整花钿。没揣菱花,偷人半面,迤逗的彩云偏。步香闺,怎便把全身现"——不是她照镜子,而是菱花镜偷看了她,害得把发卷也弄得歪斜了。即使在自己的闺房里,也怕被人看见。人看镜,说成镜看人,不仅在修辞上使人有新鲜之感,更妙的是把她的羞怯心情别出心裁地表现出来了。

这些戏曲文学中的佳句,可以反复品味,千古流传。

2. 通俗美

但是,相比起来,戏剧语言的通俗美、质朴美比典雅美也许更重要。这是因为看戏不是像读诗文那样可以细细咀嚼,反复玩味,观众坐在剧场里不可能有半刻的停顿。所以,李渔在《贵显浅》一章里写道:"曲文之词采,与诗文之词采非但不同,且要判然相反。何也?诗文之词采贵典雅而贱粗俗,宜蕴藉而忌分明,词曲不然,话则本之街谈巷议,事则取其直说明言。凡读传奇而有令人费解,或初阅不见其佳,深思而后得其意之所在者,便非绝妙好词。"[1] 连黑格尔也认为:"艺术作品以及对艺术作品的直接欣赏并不是为专家学者们,而是为广大的听众。"[2] 他接着说凡是对观众生疏的古典伟大作品,为了使观众接受,必须把作品(包括语言在内)加以改编,"因为美是显现给旁人看的,它所要显现给他们的那些人对于显现的外在方面也必须感到熟悉亲切才行"。

---

① 李渔:《李笠翁曲谱》,中国戏剧出版社 1962 年版,第 14 页。
② [德] 黑格尔:《美学》,商务印书馆 1979 年版。

浅显通俗，并不等于直白粗俗，而是语浅而意深，准确又生动。举一个例子，上世纪 50 年代有个小戏《木匠退亲》，戏一开场母女有一段对话：

桃叶妈　　张雁，张雁，叫得比蜜糖还甜，我们作姑娘的时候，这么粗着嗓子喊男人，早叫外人笑掉了门牙。

桃　叶　　妈！

桃叶妈　　你站在门口干什么？

桃　叶　　怕他走错了门子！

桃叶妈　　他又不是三岁小孩，看你哟！啧，啧，天到什么时候啦，还不把你这面收拾收拾。看你呀！头发像个草鸡窝，衣服脏得像个土驴儿，脸上像个灶王爷，还不快去梳洗梳洗，把衣服换换。雪花膏啦，生发油啦，买回来不用，放那儿干啥？

桃　叶　　噢！（下）

桃叶妈　　咳！女儿要订婚，操尽妈妈心。我夫妻俩独生桃叶一个女儿，今年 18 啦！生得聪明伶俐，长得闭月羞花，真像年画上的人儿一般。求婚的小伙子挤破了门，女儿一个也看不上。这次到县里红专学校学习，认识了一个小青年，我虽没见过一面，想必是相貌堂堂，一表人才，不是共产党员，也该是共青团员。时候不早，怎么还没来呢？想必是我女婿第一次走丈人家，问路耽搁了时间，我还是叫女儿出来等他吧！桃叶！桃叶！

桃　叶　　（内应）哎！

桃叶妈　　你干什么啦？

桃　叶　　梳头哇。

桃叶妈　　桃叶哟！这丫头，怎么一去就不回来了呢？
　　　　　　〔桃叶上，拿着镜子边照边梳。

桃叶妈　　哎呀呀，行啦行啦！抱住个镜子就没个够。都是三天不见两天见的人啦，又不是头次见面，尽抱着个镜子照啥？雪花膏、生发油都是自个掏钱买的，省着点！

桃　叶　都是你！

桃叶妈　行啦！新人第一趟来，别跑错了门子，叫别人冒认了这个好女婿，你不心疼，我还心疼。你坐在门口等他吧！

桃　叶　噢！

桃叶妈　眼放尖点，别打瞌睡。

桃　叶　知道啦！

　　　　〔桃叶妈进厨房，桃叶在门口等。

桃叶妈　（在厨房内）桃叶！

桃　叶　干什么？

桃叶妈　（出来）哎呀！桃叶呀！你老坐在门口干什么？来帮帮我的忙，厨房里只我一个人，又是炖鸡，又是烧肉。鸡汤都熬干了，也没有人加水。你可清闲，坐在门口数天上的云彩片儿，快帮我去加水！

桃　叶　你不是叫我等人吗？

桃叶妈　等谁？

桃　叶　等张雁啊？

桃叶妈　咳！开口张雁？闭口张雁，张雁是糖？张雁是蜜？

桃　叶　妈！

桃叶妈　他二十来岁的小伙子，大门还摸不着！

桃　叶　都是你！

桃叶妈　快给我往锅里加瓢水去！

　　　　〔桃叶欲进厨房。

桃叶妈　桃叶呀！你还是去梳头吧，我到厨房去。

桃　叶　你真唠叨，你到底叫我干啥？

桃叶妈　唠叨？咳！你妈是有点爱唠叨，这是你妈的老脾气啦，改了一辈子，越改越唠叨。好啦！不准不高兴，快去梳洗打扮吧！

桃　叶　啊！

桃叶妈　生发油多搭点，买了就是用的！

394

桃　　叶　啊!

桃叶妈　别搂太多,太多了浪费,什么都是钱买的!

桃　　叶　唠叨!(下)

桃叶妈　(笑)我这个脾气是有点爱唠叨,为我这个爱唠叨的脾气,村里小孩都给我编了歌唱,说什么:桃叶妈,嘴开花,她到东山去种瓜。一路走来一路说,南也扯来北也拉。说完了张三说李四,走完了东家走西家。手里的种子都发了芽,她还没到东山下。你看我唠叨不唠叨?(忽然闻到一股什么味道)不好,鸡煳啦!光顾了唠叨,鸡烧煳啦!桃叶!

这一段人物的对话,通俗、紧凑、生动,当然是一种美。

再摘抄一段唱词。《杨八姐游春》中,真宗皇帝看中八姐,想纳她为妃,被佘太君戏笑一番,有这么一个场面:

真　　宗　喔,如此,太君要何许样的彩礼?

佘太君　万岁啊!

　　　　　(唱)　我要藕丝织就凌波袜,

　　　　　　　　　柳丝穿就香罗巾;

　　　　　　　　　雨丝绣出芙蓉袄,

　　　　　　　　　游丝刺出凤凰裙。

　　　　　　　　　还有啊!

　　　　　　　　　我要一两月,二两星,

　　　　　　　　　三两清风四两云,

　　　　　　　　　五两清光装一盒,

　　　　　　　　　六两黑烟堆一盆;

　　　　　　　　　纸包火苗要七两,

　　　　　　　　　晒干雪花要半斤;

　　　　　　　　　火烧龙须刚九两,

　　　　　　　　　炭灸冰灰要十两零。

还有哪！

我要四大金刚抬轿子，

九天仙女把轿门；

和合两仙提香盒，

金童玉女执莲灯；

八洞神仙吹鼓手，

其中不要吕洞宾。

王延龄　啊，太君，为什么不要这个吕洞宾哪？

佘太君　（接唱）只为他好色贪杯少正经。

真　宗　（又窘又气）喔唷……

在这一段戏中，佘太君的唱词称得上雅俗共赏，老少咸宜。

总之，通俗美，也就是本色美；典雅美，也就是华丽美。这是两种不同的艺术风格，关键是要看是否能符合人物性格，是否能抒发人物的思想感情。如果能够做到这些，那么，无论是典雅华丽，还是通俗本色，都是无可非议的。当然，如前所述，戏曲唱词不像诗词，诗词读不懂可以慢慢琢磨，细细品味，唱词则在舞台上由演员当场唱的，如果写得太典雅，太深奥，观众不解其意，自然难以发生共鸣。因此，戏曲唱词的本色美应该更胜于典雅美。话剧也一样。这一点是值得我们引起注意的。

二、对话的要求

戏剧人物的对话还包括人物的独白与旁白。

1. 动作性

戏剧的基本特征是矛盾冲突。戏剧语言是戏剧的有机组成部分，是表达戏剧冲突的主要手段，所以剧本里的台词必须富于动作性。

举一个《雷雨》的例子：

周朴园　四凤，……（向冲）你先等一等。……（向四凤）叫你跟
　　　　太太煎的药呢？

鲁四凤　煎好了。

周朴园　为什么不拿来？

鲁四凤　（看蘩漪，不说话）

周蘩漪　（觉出四周的征兆有些恶相）她刚才给我倒来了，我没
　　　　有喝。

周朴园　为什么？（停，向四凤）药呢？

周蘩漪　（忙说）倒了，我叫四凤了。

周朴园　（慢）倒了？哦？（更慢）倒了！……（向四凤）药还
　　　　有么？

鲁四凤　药罐里还有一点。

周朴园　（低而缓地）倒了来。

周蘩漪　（反抗地）我不愿意喝这种苦东西。

周朴园　（向四凤，高声）倒了来。

　　　　〔四凤走到左面倒药。

周　冲　爸，妈不愿意，您何必这样强迫呢？

周朴园　你同你母亲都不知道自己的病在哪儿。（向蘩漪低声）你
　　　　喝了，就会完全好的。（见四凤犹豫，指药）送到太太那
　　　　里去。

周蘩漪　（忍顺地）好，先放在这里。

　　　　〔四凤放下药碗。

周朴园　（不高兴地）你最好现在喝了它吧。

周蘩漪　（忽然）四凤，你把它拿走。

周朴园　（忽然严厉地）喝了它，不要任性，当着这么大的孩子。

周蘩漪　（声颤）我不想喝。

周朴园　冲儿，你把药端到母亲面前去。

周　冲　（反抗地）爸！

周朴园　（怒视）去！

　　　　〔冲只好把药端到蘩漪面前。

周朴园　说，请母亲喝。

周　冲　（拿着药碗，手发颤，回头，高声）爸，您不要这样。

周朴园　你要你说！

周　萍　（低头，至冲前，低声）听父亲的话吧，父亲的脾气你是
　　　　知道的。

周　冲　（无法，含着泪，向着母亲）您喝吧，为我喝一点吧，要
　　　　不然，父亲的气是不会消的。

周繁漪　（恳求地）哦，留着我晚上喝不成么？

周朴园　（冷峻地）繁漪，当了母亲的人，处处应当替孩子着想，
　　　　就是自己不保重身体，也应当替孩子做个服从的榜样。

周繁漪　（四面看一看，望望朴园，又望望萍，拿起药，落下眼泪，
　　　　忽又放下）不，我喝不下！

周朴园　萍儿，劝你母亲喝下去。

周　萍　爸！我……

周朴园　去，走到母亲的面前！跪下，劝你的母亲。

周　萍　（走至繁漪前，向周朴园，求恕地）哦，爸爸！

周朴园　（高声）跪下！

　　　　［萍望繁漪和冲；繁漪泪痕满面，冲身体发抖。

周朴园　叫你跪下！

　　　　［萍正要向下跪。

周繁漪　（望着萍，不等萍跪下，急促地）我喝，我现在喝！（喝了
　　　　两口，气得眼泪又涌出来，她望一望朴园的峻厉的眼和苦
　　　　恼的萍，咽下愤恨，一气喝下）哦……（哭着，由右边饭
　　　　厅跑下）

　　　　［半晌。

周朴园　（看表）还有三分钟。（向冲）你刚才说的事呢？

周　冲　（抬头，慢慢地）什么？

周朴园　你说把你的学费分出一部分？……嗯，是怎么样？

周　冲　（低声）我现在没有什么事情啦。

周朴园　真没有什么新鲜的问题了么？

周　冲　（哭声）没有什么，没有什么……妈的话是对的。（跑向饭厅）

周朴园　冲儿，上哪去？

周　冲　到楼上去看看妈。

周朴园　就这么跑了么？

周　冲　（抑制着自己，走回去）是，爸，我要走了，你有事吩咐么？

周朴园　去吧。

　　这一段台词的动作性极强，简直叫人插不进一句话去。同时，也把周朴园的残酷与威严，蘩漪的顽强与压抑，周冲的天真与纯洁，周萍的软弱与自私，刻画得很淋漓尽致。这段对话的潜台词很多，比如当周朴园叫周萍去劝蘩漪吃药时，周萍只说了两个字"爸！我……"；但这两个字中却包含了不知有多少意思。蘩漪不但不是周萍的生母，而且他俩有过性爱关系。蘩漪的台词也一样，当她见周萍被迫正要向她跪下的一刹那，她的感情是矛盾的、复杂的；但她只望着周萍，急促地说："我喝，我现在喝！"她紧接着喝了两口，眼泪又涌出来，望望周朴园峻厉的眼和苦恼着的周萍，咽下愤恨，一气喝下，又说了个"哦……"就哭着跑下去了。

2. 性格化

　　贺拉斯在《诗艺》里说："如果剧中人物的词句听来和他的遭遇（或身份）不合，罗马的观众不论贵贱都将大声哄笑。神说话，英雄说话，经验丰富的老人说话，青春、热情的少年说话，贵族妇女说话，好管闲事的乳媪说话，走四方的货郎说话，碧绿的田垄里耕地的农夫说话……其间都大不相同。"[①] 李渔也主张戏剧人物语言要"语求肖似"。戏剧语言最忌所写的台词可以由任何人来说都一样。因此，老舍认为："剧作者则须在人物头一次开口，便显出他的性格来。……闻其声，知

---

① 老舍：《出口成章》，作家出版社 1964 年版。

其人"。

戏剧小品《相亲》中写两个老年人受儿女之托来送信,不想遇见了年轻时的心上人。剧中有这么一段台词:

女 哎呀,老蔫呀老蔫,你说你这事儿整得我一点精神准备都没有啊。

男 你莫想没用的啊。准备啥,行不行? 给个痛快话。行就说行,不行就拉倒,咱不干那赖皮赖脸的事儿啊,没用。

女 急啥呀。

男 扯那啥用,这些年都坚持过来了,快说!

女 你别着急啊!

男 干啥不着急,都冒汗了。表态!

女 那你说这孩子们真要有个三长两短,你说咱可上哪讨唤那后悔药去呀?

男 你呀,一小小就归爹妈管,到老啦,你就掉个啦,又归女儿管。你啥时候能个人承包一段,自己说了算哪!

女 我呀,就这个命啦!

男 你老信命,这不行!

一段简短的人物对话,就把这一对男女一个迟疑、一个坚决,一个相信宿命论、一个要自己掌握命运的性格差异鲜明地表达出来了。

又如老舍的独幕剧《火车上的威风》,这个戏描写解放前一个阔佬的秘书马某,如何在火车上狐假虎威、横行霸道的故事。戏一开始,马先生就已洋洋得意地用自己的行李、衣帽、水果、糕点等占满了一节二等卧车。

马先生 (忽然大吼一声)茶房!(提高一个调门)茶房!

小 赵 (急忙跑来,怪和气地)来喽! 什么事? 先生!

马先生 我来了,我来了你怎么不在这儿陪着我?

小 赵 我不是忙吗? 不是得待候大家吗? 您多担待!

马先生	我有好多事要问你呢!
小　赵	您问吧,先生!
马先生	先问你,我用的是免票,卧铺也在内吧?
小　赵	坐车可以免票,卧铺得另买票。您来得巧,赶上有空铺,
	待会儿您补买卧铺票吧。
马先生	这都是谁告诉你的?
小　赵	章程,章程是这么定的。
马先生	章程干嘛那么定?
小　赵	我不知道。
马先生	章程是谁定的?
小　赵	我也说不出来?
马先生	我不晓得这个章程,也就不必按章程办事,对不对?
小　赵	那,您待会儿问查票的,我没有意见。

请看,马先生自恃有阔佬撑腰,颐指气使,不可一世。明明连一张卧铺票也未买,却要强占一节卧车,并且,还要茶房把自己当成头等的阔佬来专门伺候,就连他叫"茶房"也是调门高昂、霸气十足的。小赵未曾说话面带笑,见人矮三分。明明觉得马先生跋扈,也不敢说,唯恐有所得罪。偶然走嘴说出个"章程"来,又赶忙表示"我没有意见"。一个"那"字就鲜明地表现出自惭形秽,人微言轻。这里,短短十六句台词,精练而又丰富,总共就是三四百字,可却勾勒出两个活生生的人物来。

在语言上,美国剧作家劳伦斯·兰纳的小型戏剧《另一条出路》不仅主要人物的语言出色,次要人物如女仆阿贝太太的语言也很出色。她的话一针见血,对充斥在艺术界、上流社会自命风流的无聊行为加以鞭挞。在玛格丽特指责她不该介入主人私事时,她针锋相对地回答:"要是女主人对我不中意的话,我情愿辞职。"在玛格丽特旁敲侧击地问她对"出轨"的看法时,她毫不客气地说:"她们大多是这样(指勤勉持家)……可有的是十足的荡妇,不光是跟他们的男人住在一起,而且还要找野汉子。这号事我才管叫做真正的不道德。"直接表明了对此事的态度。

而那个做作的男爵夫人，语言则是夸张可笑的，且不说她竟然让般特尔顿这样一个"美国一个第一流文人"给自己写广告语，且说说在般特尔顿吻她的指尖时，她大叫："你的吻是热烈的呼吸，给它们点燃了颤动的火焰！"明明是个商人，却非要说是艺术家，似乎艺术能遮盖她一身铜臭。请看她与男主人公的对话：

男爵夫人 艺术高于自尊心。你想想我的感情吧，一个贵族来到美国，做生意，搞广告，还有别的糟糕透顶的事，这一切都是为了艺术！

般特尔顿 可是你打算从这个挣钱！

男爵夫人 只是捎带挣的钱。就如你给我写广告，挣个万把块钱，当做一种额外收入。可是我们不要谈钱吧。这真叫人厌恶，是不是？艺术是人生，我为了艺术的缘故相信人生。那主是我成功的秘诀。

做生意也要扯在艺术的幌子，表面上自命风雅，其实是俗不可耐、沽名钓誉之徒。

3. 潜台词

戏剧语言要写得浅显易懂，但又必须含蓄，话中有话，耐人寻味。最好的台词总是指示清楚，又弦外有音、言外有意，达到刘知几在《史通·叙事》中所说的"言近而旨远，辞浅而义深，虽发语已殚，而含意未尽。使夫读者望表而知里，扪毛而辨骨，睹一事于句中，反三隅于字外"的境界。

契诃夫的《求婚》中人物语言就很有潜台词。娜妲丽亚在骂洛莫夫时伶牙俐齿，毫无扭捏之态，在得知洛莫夫是前来求婚时却无病呻吟起来：

娜妲丽亚 向我求婚？求婚？哎呀！（倒在安乐椅上，呻吟着）把

	他弄回来！弄回！哎呀！弄回来！
丘布珂夫	把谁弄回来？
娜妞丽亚	快些，快些呀！我昏了！把他弄回来！
丘布珂夫	怎么一回事？你怎么了？（抱着头）我真是倒霉的人！我要自杀了！真要上吊了！都把我折磨死了！
娜妞丽亚	我要死了！把他弄回来！
丘布珂夫	哑！马上就把他弄回来。你别嚷！（跑步下）

这么一段对话，女儿的娇痴要赖，父亲的粗心以及在"发现"女儿心事后的哭笑不得，均跃然纸上。

又如匈牙利作家拉育思·皮洛的《祖母》，写一个富有的老祖母在给众儿孙讲她最喜欢讲的发家史，祖母在林子里遇到强盗，幸遇伯爵搭救，后来夫妇俩到伯爵庄园里当管家，勤勤恳恳，含辛茹苦，挣得一大份家业。发家史讲到这里，绝大多数孙子赞叹不已，偏偏有个孙子刨根问底，他私下勘测了祖母到所谓森林的距离与时间，推断祖母在伯爵那里呆了至少半夜，这半夜发生了什么？他的提问让祖母彻底失态，原来表面光彩的发家史，骨子里却是不光彩的浪漫史……

剧中有这样一段祖孙对话：

讨厌的青年	奶奶！
祖　　母	什么事呀？我的孩子。
讨厌的青年	当然啰，无论您说什么，我们都不该怀疑。
祖　　母	不，我的孩子。
讨厌的青年	但是请您告诉我，奶奶，那个故事真的是那样发生过吗？
祖　　母	什么故事？
讨厌的青年	就是您穿过弗里特里希罗德森林夜游的故事。
祖　　母	当然它发生过。
讨厌的青年	就像您讲得一模一样吗？您肯定把那些细节都记得清清楚楚吗？

祖　　母	是呀。怎么啦?
讨厌的青年	哦,就是这样,我不过想问问。奶奶。
祖　　母	可你为什么要问呢?
讨厌的青年	我只是很感兴趣。非常谢谢您。我不再打扰您了,奶奶。 〔他拿起书继续看着。祖母仍然坐着,但是心烦意乱。 她想继续凝望园景,享受她的安静,可是她不能集中 思想,她越来越烦躁了。静默了一会儿。
祖　　母	柯特!
讨厌的青年	唔,——奶奶,亲爱的。
祖　　母	柯特,你为什么要问我,那个故事是不是那样发 生的?
讨厌的青年	我只是想弄弄清楚,奶奶。
祖　　母	你只是想弄弄清楚,但是你问这句话,总有个道理。
讨厌的青年	我只是因为感兴趣。
祖　　母	兴趣,但是你为什么感兴趣呢?
讨厌的青年	我不过随便问问,你别再为这件事烦心了,奶奶。 〔祖母沉默着。讨厌的青年拿起书本。祖母本想就此 放下这件事,可是她做不到。她继续望着这个青年, 他还在看书。
祖　　母	柯特!
讨厌的青年	嗯,奶奶,亲爱的!
祖　　母	柯特,你这会儿一定要告诉我,到底什么缘故你要问 我那个故事是不是真的那样发生的。
讨厌的青年	可是奶奶……我已经告诉您了……
祖　　母	别再对我说你问这件事只是因为你感兴趣。如果你没 有什么特别的原因,决不会问这样的问题。

　　从孙子成竹在胸、欲言又止的问话中,从祖母心虚的追问中,事情
真相已能猜出八九分。这一段人物对话里也有丰富的潜台词,把奶奶的
心理变化描摹得十分细腻生动。

三、戏曲唱词的要求

唱词是戏曲语言的主要表现方式。要写好戏曲唱词，关键是要做到三好，即韵选好，唱词结构编织好，唱词布局好。

1. 如何选韵

选韵，在整个创作过程中是个小环节，但是如果不注意，就会因小失大。实践证明，选到合适的韵，写起唱词来顺畅。反之，则有可能词不达意，因韵害义。就我个人的创作体会来说，选韵有这样几个办法。

A. 根据人物性格定韵

如拙作《定心丸》，队长娘子李玉桃泼辣干练，敢说敢为，她一出场就该以此性格见彩。我根据这个人物的特征，将韵定为"交消韵"，她挑鱼担上场：

李玉桃 （唱） 哈哈哈！回来了，回来了，

　　　　　　　啊呀呀回来了我队长娘子李玉桃，

　　　　　　　丈夫当上三十六品芝麻官，扳扳手指算一算，

　　　　　　　不大也不小……

这个人物一下子就给人以爽朗、豁达、自豪得意的感觉。

又如拙作《瓜园曲》中的蹄髈婶，是个热心肠的红娘，心善嘴利，乐观豁达，她一出场就是一段"江阳"韵的唱：

蹄髈婶 （唱） 生就一副热心肠，

　　　　　　　十八岁开始做红娘。

　　　　　　　搭鹊桥、配鸳鸯，

　　　　　　　串村走户心欢畅。

　　　　　　　一朝新人入洞房，

　　　　　　　东家请我吃蹄髈。

（旁白）　伲乡下的规矩呀，做一次媒人要吃十八只蹄髈，
　　　　　我总共做了七七四十九次媒人，吃过的蹄髈好用
　　　　　小轮船装了，所以呀——
（唱）　　人也吃得像蹄髈，
　　　　　啊呀蹄髈婶三字名气响。

　　同样两个能干爽朗的农村妇女，前者锋芒毕露、咄咄逼人，后者忙
忙碌碌、乐在其中，除了唱词表达的内容有区别以外，两个不同的韵也
帮了忙。

　　再举一个例子，拙作《一夜生死恋》中农村妇女小艾，随丈夫到城
里做临时工，家境困难，体弱多病，她出场的唱词韵就不能用"交消"
或"江阳"，我选用了"衣溪"韵：

小　艾　（唱）　都说我小艾好福气，
　　　　　　　　丈夫在工程队里搞设计；
　　　　　　　　农家女嫁了个大秀才，
　　　　　　　　耀祖待我也知己。
　　　　　　　　婚后分居十五年，
　　　　　　　　牛郎织女在两地。
　　　　　　　　多亏组织来照顾，
　　　　　　　　最近调我到城里。
　　　　　　　　白天队上当临时工，
　　　　　　　　晚上糊好纸盒织毛衣；
　　　　　　　　从此后，婆婆治病有医院，
　　　　　　　　宝宝上学也便利。
　　　　　　　　纵然是，粗茶淡饭度时光，
　　　　　　　　简易工棚把身栖；
　　　　　　　　也觉得，天伦之乐总是乐，
　　　　　　　　合家团聚便是喜。

由于这段唱词选韵恰当，也较好地刻画了一直生活在底层、备受艰辛的小艾那种要求不高、善解人意、温和贤慧的性格。

B. 根据重点句来定韵

一段成功的唱词，其中必定有闪光的重点唱句，用重点句来定韵，也不失为一种方法。

重点句可以是体现主题的。如拙作《袜子的风采》中女主人公叶莎对美国商人的一段唱便是这样的例子：

叶　莎　（唱）"莎莎"不是一家普通的乡办厂，

　　　　　　　她是中国袜业的领头羊。

　　　　　　　员工五千众，

　　　　　　　科技力量强；

　　　　　　　每日里新品选出领风骚，

　　　　　　　中外专家睿智交融导时尚。

　　　　　　　三分天下逞英豪，

　　　　　　　半壁江山称"袜王"。

　　　　　　　既然是"中国驰名商标"金不换，

　　　　　　　怎能够俯首低就做"加工商"？

　　　　　　　品牌是我们的命根子，

　　　　　　　我不能算了小账丢大账。

　　　　　　　倘若贵公司难以改主张，

　　　　　　　我只好说一声遗憾、

　　　　　　　道一声抱歉，我们来日方长。

这段唱词，就是由体现主题的主要唱句"既然是'中国驰名商标'金不换，怎能够俯首低就做'加工商'"来定韵的。

重点句更可以是描写人物心情的。拙作《竹园曲》中，村长宋长生去看二十年前的相好春哥妈，受到冷遇。宋长生有些怨言："素贞，你为什么对我这么狠呢！""什么？是我对你狠？你真是一个……村长！""素贞……"此时，我的脑子里马上冒出素贞的两句唱词："二十年我受了多少苦，你一个'狠'字随风过"，而宋长生呢，也有两句唱词："生生死死无他求，只求你素贞原谅我"。于是，就以"乌乎韵"组织了下面一段唱：

春哥妈 （唱） 一个狠字，
　　　　　　 勾起我满腹怨恨满腔火，
　　　　　　 甜酸苦辣有几多。
　　　　　　 廿年前，我失丈夫你失妻，
　　　　　　 劳动中，相知相爱又相助。
　　　　　　 那一晚，田头巡夜在一起，
　　　　　　 月色里，胆大包天食禁果。
　　　　　　 谁知待到秋熟时，
　　　　　　 腹中血肉七月多。
　　　　　　 眼看事情要败露，
　　　　　　 你跪地哀哀恳求我：
　　　　　　 说什么，只要不告偷情人，
　　　　　　 待来春，明媒正娶结夫妇。
　　　　　　 那一日，银杏树下摆请罪酒，
　　　　　　 我身穿红衣，背负荆棘，
　　　　　　 颈挂破鞋，心似寒霜，
　　　　　　 一步一晃，踉踉跄跄，
　　　　　　 跪倒在众乡亲面前如乞婆。
　　　　　　 肝肠寸寸断，
　　　　　　 青丝缕缕枯；
　　　　　　 心肺片片裂，
　　　　　　 舌根节节苦。
　　　　　　 浪言秽语泼天来，
　　　　　　 逼我交代啥人是情夫。
　　　　　　 我不说，我不讲，
　　　　　　 生生死死全不顾；

我不说，我不讲，
舍身保你长生哥。
我盼呀盼，
盼尽了腊梅，腊梅随风舞，
盼红了桃花，桃花落水波；
盼来了新荷，新荷自高洁，
盼黄了秋菊，秋菊也不属我。
盼得唇边生恶疮，
盼得双眼添雨雾；
盼得宅后竹生花，
盼得门前柳结果。
噩梦醒来是早晨，
才知痴情付江河。
我为谁，付出廿年血和泪？
我为谁，尝遍廿年酸与苦？
我为谁，忍受廿年耻与辱？
我为谁，强压廿年恨与怒？
到头来，只换得一枕黄粱。
两鬓斑白，三江怨仇，
四方八眼，人前皆后强作奴，
你一个"狠"字随风过！

宋长生 （唱）素贞一番辛酸话，
听来字字泪成河。
廿年光阴非容易，
长生我，也有怨来也有苦。
那时候，有心与你结连理，
却奈何，家法村规束缚我。
为求人前抬起头，
背叛感情成懦夫。
唯唯诺诺反得宠，

三公公让贤要我村长做。

从此后，言有分寸，行有规矩，

目不斜视，笑不动容，

火烛小心日脚过，

跟泥塑木雕差不多。

多少回，见你眉间愁云锁，

有心劝慰却胆量无；

多少回，看到春哥被人欺，

诚意护卫却止步。

白日被人尊村长，

夜间自忖比囚徒。

泪湿孤枕谁人知，

一帘柔情难与诉。

我有儿，缘何不能为人父？

我有爱，缘何不能为人夫？

咬破血唇暗发誓，

终身不娶报无辜；

待到清风吹小村，

老梅含芳开二度。

谁知道，盼了一年又一年，

年年花开年年枯；

望了一岁又一岁，

岁岁重阳岁岁误。

到今朝，我欠下债、债难清，

留下恨、恨难平，

犯下罪、罪难赦，

结下怨、怨难消，

生生死死无他求，

只求你素贞原谅我。

又如拙作《石榴裙下》，卢雯慧作为一个有病的少女，承少爷不弃，初到将军府，洞房之夜，感慨万千。我脑海里跳出这样两句唱词："蔷薇开时做女人，生死又何妨"。于是，就组织了下面这段"江阳"韵唱词：

卢雯慧 （唱） 高高的房啊，
　　　　　　　大大的窗，
　　　　　　　粗粗的梁啊，
　　　　　　　厚厚的墙。
　　　　　　　疑真不是真，
　　　　　　　似梦又非梦。
　　　　　　　昨日里还是父母膝前乖乖女，
　　　　　　　今晚上成了二少爷的新嫁娘。
　　　　　　　本以为将军府第门槛高，
　　　　　　　却原来贵族人家情也长。
　　　　　　　病树逢暖春，
　　　　　　　何必叹炎凉。
　　　　　　　夜深人静风月轻，
　　　　　　　似闻少爷步朗朗。
　　　　　　　雯慧我，牵来小鹿撞心房，
　　　　　　　撕片桃红挂脸庞。
　　　　　　　有几分喜悦，
　　　　　　　有几分慌张；
　　　　　　　有几分憧憬，
　　　　　　　有几分惆怅。
　　　　　　　感谢幸运之神来垂青，
　　　　　　　圆我少时梦一场。
　　　　　　　蔷薇开时做女人，
　　　　　　　生死又何妨。

重点句也可以是揭示人物关系变化的。在《石榴裙下》一剧中，有下面一段唱：

卢雯慧 （唱民歌） 蔷薇花，枝连枝，
小妹想郎害相思。
哪天不到黄昏后，
哪天不到三更迟？
啊，我的好哥哥，
叫妹妹等待到何时？

赵立群 真好听，原来是一首情歌，怪不得当年你不肯唱。

卢雯慧 今夜唱给你听，不是更好吗？（深情地）立群！
（唱） 一首歌，我藏了十一载，
十一载，这美好的旋律永驻我心间。
一方帕，我绣了十一载，
十一载，这针针线线缀满了我思念。
一个愿，我许了十一载，
十一载，这春花秋月带不走我怨艾。
一个人，我牵挂了十一载，
十一载，这晨钟暮鼓唤不醒我痴呆。
今日里，皇天不负有心人，
十一载凤愿一朝还。
立群你，不弃病女重旧情，
雯慧我，纵然一死也无憾，
年年蔷薇开。

（深情地依偎在赵立群怀里，泪流满面）立群！

赵立群 （情不自禁地拥住卢雯慧的双肩）雯慧！
（唱） 十一载，一棵小树长成材，
十一载，一个婴儿变童孩。
十一载，一坛米酒成佳酿，
十一载，一个心愿情无限。

雯慧啊,

你一片纯真天地动,

你一往情深风云淡。

你一诺千金日月愧,

似这般美妙的生命树,

老天爷怎忍心让你遭磨难?

像如此深情的弱女子,

幸运儿终有一天与你手相挽。

抬起头,擦干泪,

挺起胸,舒愁眉,

让我们回到少年时,

我还是哥来你还是妹。

兄妹携手采蔷薇,

蔷薇开了春烂漫。

这段唱使男女主人公的心扉得以敞开,人物之间的关系也大大地推进了一步。

C. 根据剧情需要来定"宽韵"或"险韵"

所谓"宽韵"是指字数比较多的韵,例如"人辰"、"江阳"、"言前"等韵。所谓"险韵"是指字少的韵,特别是日常的字少,用起来比较危险,例如"乜斜韵"、"发花韵"等。

一般初学写戏的作者宜选"宽韵"。即便是一些有创作经验的作者,在写大段唱词时,也宜定"宽韵"。因为"宽韵"字多,余地大,容易写。当然,也有它的不利一面,因为字多,人们用得也多,写出来的唱词容易雷同,缺乏新意;反之,选用"险韵",虽说字少,有一定危险,但是如果肯下功夫,用字贴切,写出来的唱词容易给人耳目一新之感。如拙作《一夜生死恋》中有一段唱词,就是选用了沪剧中的"险韵":

赖阿毛 (唱) 我本是一只癞蛤蟆,

癞蛤蟆怎敢吃天鹅肉?

阿毛自幼成孤儿，
飘零街头度岁月；
缺乏母爱多野性，
没有家教少才学。
说话不知轻与重，
办事不论对与错；
做天和尚撞天钟，
虚度年华太庸俗。
虽然也曾求上进，
多少次立志无收获。
有报不肯看，
有书不愿读；
有活不想干，
有师不求学。
到头来，只落得，
一个脑袋如木瓜，
二眼专找旁人岔；
三班倒是苦工作，
四肢发达却贫血；
五谷难分本无能，
六亲全断更孤独；
七尺男子少热情，
八方讨厌多责骂；
九十元收入家底薄，
实在是十人见了九摇头，
姑娘见了喊"喔唷"！

白　娥　不不不！

（唱）　阿毛何必太自卑，
　　　　苦楝树当成一团麻。
　　　　白娥不是白天鹅，

414

赖阿毛也非癞蛤蟆。
你历经磨难知风雨,
世人炎凉催人熟。
往日不识男子心,
如今方知真面目。
你爱憎分明识善恶,
大是大非辨荣辱;
敢想敢说也敢为,
凛然正气我佩服。
更可喜,
你嬉笑怒骂皆文章,
机智幽默逗人乐;
冷言冷语藏热血。
怪腔怪调匿珠玉。
既然是,
十全十美人间无,
九十元收入我也知足;
八面玲珑虽则好,
七尺男子重不惑。
六亲断了可以续,
五谷不分从头学;
四肢发达多刚健,
三班倒总得有人去工作。
二相情愿最重要,
一锤定音请答复。
白娥是,青菜萝卜自喜爱。
老古话,牛吃稻柴鸭吃谷。

　　这段唱词较好地刻画了人物内心的情感世界,推动了人物关系的发展,且又用了险韵,受到演员青睐。

D. 同字韵的魅力

另外，戏曲中还有同字韵的唱，如用得好，也很受观众欢迎，我在创作剧本时，比较喜欢同字韵，如《定心丸》中的几十个"手"字，《看女婿》中的近百个"人"字，《瓜园曲》中的"笑"字，《神秘的电话》中的七十多个"门"字等等。这里举拙作《石榴裙下》的几段同字韵：

洪医生　夫人，我这也是为你好啊。
　　（唱）原谅老夫骗了你，
　　　　　骗你其实是爱护你。
　　　　　倘若当初依了你，
　　　　　死了雯慧害了你。
　　　　　只因为人命关天牵累你，
　　　　　东窗事发由不得你。
　　　　　一旦败露法律定会严惩你，
　　　　　上海滩人人都会唾弃你。
　　　　　即便是侥幸之心成全了你，
　　　　　日后也会伤害你。
　　　　　良心的谴责折磨你，
　　　　　道德的鞭子抽打你。
　　　　　心灵的阴影笼罩你，
　　　　　一辈子没有一个安宁的你。
　　　　　你说要不要阻止你？
　　　　　你说要不要唤醒你！
夫　人　（唱）你口口声声为了我，
　　　　　为什么不能成全我？
　　　　　你知道，我丈夫一死丢下我，
　　　　　赵立群现在又抛弃我。
　　　　　卢雯慧居然藐视我，
　　　　　连佣人也有意无意冷落我。

这世上没有一个人理解我，
没有一个人疼我爱我呵护我。
更可悲，我的孩子居然不肯亲近我，
母亲的名分自然不能属于我。
既然这世界容不得我，
我只得唯我独尊保自我。
倘若这一点要求也不能满足我，
哪怕是鱼死网破我也要我行我素服从我！
希望你洪医生尊重我，
一句话，将军府有我无她有她就没有我。

这段同字韵唱词在演出时总是特别受欢迎。这个戏中还有一段同字韵唱词：

吴　妈　（唱）喜酒吃好了，
　　　　　　喜糖发过了；
　　　　　　喜钿到手了，
　　　　　　喜事办好了。
　　　　　　客人走光了，
　　　　　　辰光勿早了；
　　　　　　二少爷好回来了，
　　　　　　新娘子要困觉了。

这段同字韵唱词在演出时也总是特别受欢迎。

2. 唱词结构组织

戏曲唱词结构的单调是一个老问题了，在现代戏曲中，这个毛病尤其明显，要么七字句，要么十字句，不利于表达人物丰富的思想感情，也没有充分利用好戏曲艺术灵活自由的音乐手段，从而限制了艺术的发挥。这方面，小型戏曲《三约龙凤亭》的创作实践是值得注意的。这是一个对子戏，以唱为主，表现一对青年恋人从相识到相爱的感情经历。作者张幸之先生是个写沪剧的名家，唱词组织得十分灵活、精巧，令人耳目一新。

《三约龙凤亭》主要在"三约"的唱段组织上动了脑筋。作者不仅注意了唱词的形象生动、琅琅上口，而且更注意曲调句式的变化。如在"初约"中，女青年金凤珍询问男青年陈龙生家境出身的唱段，借鉴于《庵堂相会》，用的是"阴阳血"的句式。如："问同志，出身家住何方地，哪城镇?""阴阳血"曲调优美，句式活泼;男女对唱，一问一答，流畅清新，不受约束，有助于表现"初约"时人物的内心情感。"二次约会"的主要唱段显然也是问答，由于此时男女青年的心情已与初约时不同，作者便不再袭用"阴阳血"的句式，而是借用《比海棠》中的调式句格，写出半问半答，似问似答的唱词，如"我初次赠钱……"，"你初次赠钱买衣襟"，"你不买衣襟……""我不买衣襟治母病"，"你念我……""我念你一片孝顺心"。曲调参差有致，不觉单调，与初约同是回答，却无重复之感。"三次约会"时在金凤珍对陈龙生的"四问"之后，给金的主要"回答"唱段，作者借鉴《杨乃武与小白菜》中"杨淑英告状"的"赋子板"的句格来编写唱词。"赋子板"的艺术特点是容量大、组词严、节奏强、层次清，可以充分倾吐人物久积内心的话语。借叙事而抒情，使金凤珍这个人物的精神面貌鲜明地展现在观众之前，使观众在艺术欣赏上得到满足。

唱词的调式句格不仅根据剧情、人物的需要而变化，有时还应该与环境、演出样式相结合。拙作《桃园曲》中，有一场戏写柳会计与他的几个朋友抬桃花上小镇去拍照，因为在路上，因为在轿中，因为是戏谑性的场面，所以我在唱词结构的设计上也注意了节奏感、动作性与尽可能地多变化。如三重唱、合唱、旁唱，尔后再是对唱。

桃　花　（唱）　可记得，你我曾经三击掌，

柳会计　（唱）　忘不了，桩桩件件办妥当。

桃　花　（唱）　为什么，轿行百步不见绿，

　　　　　　　　无有桃树栽路旁?

柳会计	（唱）	抬头望，村外半里乱山坡，
		郁郁葱葱是春光。
桃　花	（唱）	何不转道绿荫里，
		你我同欣赏。
柳会计	（唱）	路狭沟多难行走，
		远眺更舒畅。
桃　花	（唱）	那桃树，可有病，可有残，
		可有伤来可有亡？
柳会计	（唱）	这宝贝，枝枝绿，叶叶嫩，根根粗来棵棵壮。
桃　花	（唱）	想不会母鸡生疮——
柳会计	（唱）	此话怎讲？
桃　花	（唱）	毛里有病——
柳会计	（唱）	不敢当。
桃　花	（唱）	说句笑话——
柳会计	（唱）	无妨无妨。
桃　花	（唱）	既如此，桃花不看也放心，
柳会计	（擦汗，旁唱）	谢天谢地谢谢阿妈娘。
	［抬轿舞继续，舞姿难堪。	
合	（唱）	抬起那个轿子我身子晃，
		吃奶力气也用光；
		还是停下歇一歇——
柳会计	（急叫）	歇不得，歇不得！
	（接唱）	咬紧牙关帮帮忙。
合		野山参、野山参！
柳会计		野山参吃光了！
合		"男宝"，"男宝"！
柳会计		"男宝"就"男宝"！（打开盒子分发）
桃　花	（暗自好笑）	柳会计，你好忙！
柳会计		为人民服务，应该应该！
桃　花	（乘胜追击）	柳会计——

柳会计　哎，桃花妹！

桃　花　（唱）　为什么，佳期未有喜鹊来，

　　　　　　　　不闻百鸟枝头唱？

柳会计　这个……（示意丙开录音机）

丙　　　哎！（开机，发出百鸟欢叫声）

柳会计　（唱）　你且听，声声婉转伴你行，

　　　　　　　　好鸟抒怀歌喉爽。

桃　花　（唱）　缘何不见鸟踪影，

　　　　　　　　此唱非那唱。

柳会计　（唱）　尤物从来志凌云，

　　　　　　　　居高声自扬。

桃　花　（唱）　那鸟雀，可是青，可是红，可是白来可是黄？

柳会计　（唱）　这东西，亦可青，亦可红，亦可白来亦可黄。

桃　花　（唱）　莫不要鸭吃砻糠——

柳会计　（唱）　请道其详。

桃　花　（唱）　空有欢喜——

柳会计　（唱）　不吉祥——

桃　花　（唱）　开个玩笑——

柳会计　（唱）　赏光赏光！

桃　花　（唱）　如此说，未见祥鸟也可罢，

柳会计　（擦汗，旁唱）　菩萨保佑明日烧高香。

　　　　〔抬轿舞继续，舞态狼狈，如垂死挣扎。

合　　　（唱）　抬起那个轿子泪汪汪，

　　　　　　　　一只脚跨在棺材旁，

　　　　　　　　哪怕王母娘娘也要停……

柳会计　（发急，大叫）停不得，停不得！挺住，挺住！坚持就是
　　　　胜利，"男宝"，我有"男宝"！

合　　　去你的"男宝"！

　　　　（接唱）再不停，老子就要见阎王。

上述这段唱，如果换上七字句或十字句，试想，那将是怎样一种景象？

在戏曲唱词的结构中，还有一种"回文曲"的构造形式。所谓"回文"，就是说这种文体正念倒读，都能叶韵成句。过去常有人把这种文体说成是"文字游戏"、"卖弄技巧"，这实在有欠公允。其实，回文有时候可以表达人的某种流连、困扰、缠绵、回荡的感情。人有回肠之情，便有它相应的回肠之文，何必要过多的指责呢。明代《女贞观》杂剧中有一段回文唱词，它写潘必正和陈妙常的私情被揭露扭送官府，潘必正表示无限歉意，这时陈的心情很是复杂，唱了一段回文："恨多情过一春，春一过情多恨。闷无心我负人，人负我心无闷，真成假，假成春。恩生怨，怨生恩，人几有清闲论？论清闲有几人？辛勤，贫不富时交运，勤辛，运交时富不贫"。回文讲究"往复二意"。就是正念倒念，同是那么几个字，意思却不能重复，不能同一个意思的两种说法，如"问无心我负人，人负我心无问"。前句正念，是说愁问得无情无绪，认为我无心而负了他人；下句倒念，是说别人亏负我反而心绪宁静。两句意思是相反的，这是她回答潘必正表示歉意的话，既写出她对潘必正的深情慰藉，也写出陈妙常的高贵品质。把这么深沉的意思组织在一句回文里，其驾驭文字的技巧也是非凡的。当然，我们不必提倡作者都去写回文，而是借此说明，戏曲唱词的句式曲格应该力避呆板划一，尽可能搞得色彩丰富些，这可以进一步增强戏曲艺术的表现力。

3. 唱词的布局

安排好唱词的布局是十分重要的。一些初学写戏的作者常常在剧本中犯"当唱不唱、不当唱偏唱"的错误；还有些剧作则东唱一段，西唱一段，构不成音乐场面，"鸡零狗碎"，结果，乐队刚动乐，就又停下来，刚停下，又动起来，搞得作曲无兴致，演员无激情，乐队无心绪，观众无胃口，效果当然不好。正确的唱段布局应该精心设计重点场面，一般这种场面在男女主人公情感抒发，矛盾冲突激烈命运转折的关键时刻，这样的场面，人物有内容好唱，唱词也容易写得生动，不像纯粹的交代、无谓的套话那样兴味索然。由于是整块的音乐场面，作曲也搬出十八般武艺，精心设计唱腔，演员可以发挥自己的演唱才能，从而使观众得到极大的满足。实践证明，一些历代流传的唱段都是从那些重场戏中凸显出来的。

【思考与练习】

1. 戏剧语言的特性是什么？

2. 请你按照"唱词要美"的原则，根据下列材料，编写一段唱词，可以处理成人物独叹，也可以设置成人物对唱。

哀 小 丹

小丹，学名李渊，贵阳市某中学初二的学生。1997年2月20日午夜，趁父母不在家时，他喝"敌敌畏"了结了14岁的生命。

人们不难想象孩子临死前口吐白沫、浑身抽搐、满地打滚、肝肠寸断的情景；不难想象他的父母痛失爱子后撕心裂肺、天塌地陷般的痛楚——而我们的想象再凄惨，怎能及身受者的万分之一！

冬去春来，草木争荣，一个14岁的少年，却这样决然弃世了。他有什么大不了的隐痛和无法解开的死结？请读一读（贵阳都市报）2月28日刊载的他的遗书吧：

敬爱（的）爸、妈：

我已不存在，请不要悲伤。我很对不起你们，请原谅。

我知道你们把我养这么大很辛苦。但是呢，我又没有报答过你们。我的成绩从来没好过，我也不知道为什么。我也不知道从什么时起我有想死的念头，我曾经有过几次想死，但是我还是不愿意过早的死去，但是这一次，我已经彻底的绝望，并不是什么原因，而是我已感到，我是一个废物，样样不如别人。而且由于没有交成绩册和补课本（老师）没有（让我）报到，也没有（发给我）课本。今天我们班上来了个新生，侯老师对他讲："后面的同学基本上都是差生……"我想，我也被老师列入了差生行列吧。我也感到很绝望。下午，我去问老师，星期一交行不行（据同学说，他的假期作业有两道数学题没做，没有通过小组检查），老师说："不行，今天不交完星期一就不准上课。"我真的绝望了。

我也想过，我一死会给你们带来什么呢？有坏处、有好处，我一死，会给你们精神上加了不少压力，好处是我一死，你们可以节约一大笔钱，你们可以不用愁我的开支，你们可以尽情的游玩，坐飞机、坐火车、坐轮船，而不用为我担心。我死了，也不要传开来。因为会带来别人所讲的闲话，使你们很不好。如果真的很想我，便给我写信，你们尽情的玩乐吧，你们也不要想不开，存折密码是1122（李渊得压岁钱的存折）。

来生再见！

李渊（小丹）

97.2.20　10:17分

另加一句话，妈妈不要责怪爸爸，爸爸不要责怪妈妈，记住。

多么好的一个孩子，不是不想上进啊！多么懂事，临死还为父母想得那么周到！

这一次的挫折只是他寻死的引子，他早就不想窝窝囊囊被人轻贱地活着了。谁体察、体谅了孩子内心的压力和痛苦？——周围的环境氛围总使他感到自卑，"废物，废物……"一个狞笑着的声音追索着他；从别人的轻蔑到自责，忧伤像磐石压在他的心头，每时每刻碾过来碾过去，碾碎了他的心。他把自己当害虫给消灭了！

他临死祝福父母的是"你们尽情地玩乐吧"，多么稚气而真诚的话语。因为在他小小的心中，能尽情地玩乐是人生最难得、最幸运、最幸福的！难道游戏、娱乐不是孩子们天赋的权利吗？是谁给孩子们施加了这么大的精神压力？是谁违背人类的天性，剥夺了孩子们玩乐的生趣？

我要控诉！可是，我不知道该控诉谁：我们小时候也是在搞"应试教育"，但是没有那么重的书包压弯我们的腰，甚至那么多书我们根本买不起；更没有那么多的作业做得天昏地暗，我们要放牛打柴割猪草，也没有那么多工夫浮沉题海……不也照样学好了功课吗？何况，在今天，上大学早已不是人生成功必须通过的独木桥——试看多少大老板都没有高文凭！为什么非要逼孩子们走"独木桥"不可？

我要呼吁！可是，已有不少有识之士大声疾呼过要面向未来改革教育，减轻学生负担，有多少效果呢？

孩子们到底在为谁念书？那只把小丹们推向绝路的看不见的手，是谁在操纵？我问苍天，苍天无言；我问大地，大地不语。天覆地载间的各色人等，该对这样的惨剧负什么责？

我只有一个心愿：但愿小丹的死，不是仅仅在历年一长串枉死少年的名字上新添一个而已，但愿他的死会唤醒国人麻木的心，痛下决心革除教育领域害人误国的积弊。

（摘自《新民晚报》）

主要参考书目

顾仲彝著：《编剧理论与技巧》，中国戏剧出版社 1981 年版。

[英]威廉·亚却著：《剧作法》上海戏剧学院戏剧文学系印制。

[美]约翰·霍华德·劳逊著：《戏剧与电影的剧作理论与技巧》，中国电影出版社 1978 年版。

中国社会科学院外国文学研究所编：《外国现代剧作家论剧作》，中国社会科学出版社 1982 年版。

[美]乔治·贝克著：《戏剧技巧》，中国戏剧出版社 1985 年版。

陈多、叶长海选注：《中国历代剧论选注》，湖南文艺出版社 1987 年版。

陈竹著：《中国古代剧作学史》，武汉出版社 1999 年版。

范钧宏著：《戏曲编剧技巧浅论》，中国戏剧出版社 1984 年版。

宋光祖著：《戏曲写作教程》，人民日报出版社 1992 年版。

张彭、王其德、朱剑著：《戏曲编剧初探》，山东人民出版社 1980 年版。

孟犁野著：《独幕剧编剧概论》，花山文艺出版社 1989 年版。

丁楠著：《小戏编剧技巧》，湖南大学出版社 1986 年版。

谢成功、梁志勇著：《戏剧手法例话》，上海文艺出版社 1987 年版。

冉欲达著：《论情节》，新华出版社 1982 年版。

北京师范大学中文系文艺理论教研室编：《文学理论学习参考资料》，春风文艺出版社 1981 年版。

林斤澜著：《小说说小》，春风文艺出版社 1985 年版。

王向峰著：《文学的艺术技巧》，春风文艺出版社 1981 年版。

孙庆升编：《丁西林研究资料》，中国戏剧出版社 1986 年版。

《丁西林独幕剧集》，文化生活出版社中华民国三十六年一月初版。

赵树理、陶钝主编：《建国十年文学创作选》，中国青年出版社 1961 年版。

施蛰存编：《外国独幕剧选》（1—6），上海文艺出版社 1981 年版。

中国戏剧家协会湖南分会选编：《外国独幕剧选》，湖南人民出版社 1980 年版。

中国作家协会编：《独幕剧选》，人民文学出版社出版 1957 年版。

附 录

回归与生发 [①]
——评陆军的《编剧理论与技法》
蔡兴水

你看，有一种魔力依附着你，如同它也依附着我一样。正是这样的魔力，它能使那未知的彼岸的力量活动起来。我们不得不屈服。不管我们是否愿意，我们必须屈服。

——摘自易卜生剧作《建筑师》

伟大的艺术来自传说中有限的生活——永远是越简单越好，同时还必须包含一个丰富的、遥远的、具有多种形象生活的、隐约可见的世界。

——摘自叶芝论文《民众的感情》

虽说文无定法，虽然威廉·阿契尔在他著名的《剧作法》中开宗明义地写道："写剧本没有规则可循"[②]，但是，通读陆军的《编剧理论与技法》一书之后，我们还是信奉编剧不仅有"法"可依、有迹可循，而且还可以通过一步步训练来掌握编剧的基本技巧。陆军积数十年小戏写作、研讨的丰富经验，在原先小戏论著基础上，又推出这部全景式的小戏专著。这是为编剧入门者编写的一部实用大全。它不仅通俗易懂，针

---

① 原载《戏剧艺术》2009 年第 3 期，第 80—84 页。
② ［英］威廉·阿契尔：《剧作法》，中国戏剧出版社，2004 年，第 1 页。

对性强，而且书中多从创作实践中总结、归纳出来的经验，弥足珍贵。

于分寸之中见功力

陆军在戏剧创作方面的成就，有他几十年来数十个不同剧种的大戏为证。但他的这些成就是建立在精通小戏、创作和研究小戏多年的基础上的。他对小戏有着清醒的认识。关于小戏，他有许多精辟的见解，如小戏有"小的力度、小的气度、小的难度"。[①] 关于小戏，他进一步还推导出"于分寸之中见功力"[②] 的结论。这是十分中肯的经验之谈，颇有见地的识见。

陆军这些话起码包含两方面含义，一是作者以过来人的身份透露出小戏创作的难度。小戏的特征就在于它的"小"，但"小"要小出力度和气度来。戏虽小然而它五脏俱全、面面俱到，哪个方面都不可小觑、不可偏废，如此才有可能显示出不小的威力。这就难怪作者在论证中会发出"小戏更难、更棘手"[③] 的慨叹。小戏小而不浅，小戏起点低，但目标不低，这摆明了是颇为棘手、困难的事情，也是陆军在小戏创作与钻研上的切身体会和心得。作者精心解析小戏并非只是想达到如同苏州网师园的明轩那般的"小巧玲珑，精致绝伦"。[④] 在他心目中，小戏只是引子，是编剧学习的切入口。作者对小戏苦下功夫，我以为意在掌握了有难度的小戏写作，才能使得编剧从最基础的羁绊训练中摆脱出来，解放编剧被束缚住的手脚，从而在编创更大容量的作品上获得能量的释放。

陆军的话中更关键的方面还在于，凸显出小戏的非凡价值。陆军在著述中告诫人们，他之所以要"找到必要的'小'"，其意义在于要"表现出应有的'大'"[⑤]。而且作者还认为，小戏包含了大戏的"一切艺术要素"，因为戏剧的"一切奥秘尽在其中"[⑥]。从小的点上，可铺陈出大的格局、大的气象，可挖掘得很细很深很宽广，这也正如作者先前写作的《小剧作法》中所说"不仅仅局限于小剧，而是相关整个戏剧创作

---

①④　陆军：《陆军文集》第八卷江苏文艺出版社 2005 年版，第 61 页。
②　陆军：《编剧理论与技法》，中国戏剧出版社 2005 年版，第 261 页。
③　陆军：《编剧理论与技法》，中国戏剧出版社 2005 年版，第 224 页。
⑤　陆军：《编剧理论与技法》，中国戏剧出版社 2005 年版，第 23 页。
⑥　陆军：《编剧理论与技法》，中国戏剧出版社 2005 年版，第 2 页。

的"要害。① 小小的口子，内里却幽深，其中蕴涵着无限扩张的可能。这是小戏难以驾驭，也是小戏在编剧练习中显示价值的根本所在。陆军重视小戏的更深用意和良苦用心，由此可见一斑。

陆军大力宣扬并尽情开掘小戏的重要性，指出小戏的难度和气度，为编剧创作打下坚实的基本功。他一而再、再而三地强化从小入手、着眼于细微的精神，其话外之音是他还有向大的指向探取的宏伟意图，他所彰显的深不可测的内里，是通往创作大戏的长远追求的流露。

对照陆军著作，我们看到他充分肯定小戏，小戏是他在书中贯穿始终要研讨的话题。别看小戏不起眼，别看它魅力不及大戏，精彩、丰厚不如大戏，在陆军的笔下却演化出它本应拥有的"多姿多彩、气象万千"。② 作者高度重视小戏，在开篇的"绪言"里就专门解析他对小戏特殊性的理解。作者认为小戏包含小话剧、小戏曲和戏剧小品，这些小戏创作开启了编剧创作的最初状态。书中从小戏的特点谈到它的分类，从小戏"在戏剧发展史上占有重要地位"到确定它"是人类文化积累的重要财富"，作者鲜明地指出小戏创作"是剧作家通向成功之路的重要驿站"。何止于绪言，陆著的整体内容上全是围绕小戏逐一做足文章。虽然作者在"绪言"中解释了它之所以从小戏入手的"不得已"，但我以为陆军不规避小戏，从根本上正触及到编剧创作的核心。正如前文所说的，瞄准了小戏这一目标，才能从根本上彻底解放编剧，让他们在经过小戏训练之后自由顺畅地抵达大戏。单就这一点朴实认识并切实地付诸实践，作者就已经功德无量了。

高度重视并细致剖析小戏，不仅从观念上让人们意识到小戏的重要性，而且通篇都在说明小戏特别能考验作者的才情，在短暂的戏剧流程里体现人物精神及事物本质，这是编剧起步的不二法门。练就小戏创作的技法，才能真正掌握编剧的本领，在大戏的创作中左右逢源。所谓小戏是大戏的基础。学好小戏是编成大戏的必由之途。别看戏小，其实大戏所要求的一切要领关节，它一样不缺，都要周全照应。在我们这样讲究速成，浮躁奢华肆意扩张的年代，一切讲大排场大场面大制作大投入

---

① 《陆军文集》第八卷，江苏文艺出版社 2005 年版，第 58 页。
② 《陆军文集》第八卷，江苏文艺出版社 2005 年版，第 60 页。

的年代，很多人往往眼高手低，对"小"不屑一顾，该书这样务实求实冷静理智，从小处入手，见微知著，形成迥然有别的态势。

编剧应从基础抓起，从小处入手，这是人尽皆知的事实。但能够像陆军那样对小戏如此熟稔，掌控如此到位，剖析明晰有据，而且陶醉其中，则未必有多人能及。眼下的事实是，熟悉创作的，不一定有研究能力。而学富五车的书斋学者，对创作又未必在行且有切实的体验。陆军不仅是从小戏起家的剧作家，而且在之前已经对小戏深有感触，反复揣摩，这样的生平背景，使我们顺理成章地接受融合着他创研心血得出的结论，有理由可以放心地相信他从实践中来的肺腑之言。

陆军论述小戏，是有他内心自我设定的目标的。第一，他要填补不算空白起码也是空缺的编剧理论与技法教材匮乏的现状；第二，他要比先前的同类著作更加系统。作者以详实的论证，以精要的描述，而且以他本人由小戏到大戏、取得不凡的成绩，显示了他已经达成自己的愿景。综观全书全局，我们发现，作者立足于基础，但气象、气度都要远大而且扩展得多。我们不仅在开篇中读到作者的表白，文中多处触及，也不仅是看到他在篇末的指向，实际上从作者的努力，从他的不拘泥于小戏，不间断地触及大戏，不仅引用小戏，也引用了大戏，还引用了小说、散文、故事等等方面的例证，都充分证明了作者的宽广胸怀。从对小戏的练习心得中，应该可以见到作者谋求大戏的久远意旨、深广意味。

回到创作的原点

陆军著作中包含着许多从实践中锤炼得来的真知灼见。回到创作的原点，也是其中十分宝贵的经验所得。作者其实在以自己的创作实绩和精心研究小戏的感受，鼓励人们到创作的源头去追寻写作的样板和求取鲜活的资源。

除了前面提到的要重视最基础的小戏训练外，作者还积极倡导学习名家名著。这里不仅有我国古代的经典戏曲，有现代名家的精彩之作，还有民间的优秀小品，特别一提的还有外国戏剧大师们的经典戏剧资源。陆军的著作引导我们进入这一路径，去寻访大师大作留下的思想

和艺术宝藏，从大师的创作原典中获取成长的养分。作者早在 20 世纪
七八十年代之交还在母校学习的时候，就精心研读并探究许多外国大师
的编剧技巧，后来回母校任教的过程当中用力尤勤，对从海外译介进来
的大戏、小戏如数家珍，不论是古希腊戏剧还是西方现代派剧作，从莎
士比亚到萧伯纳，从易卜生到契诃夫，从歌德到斯特林堡，从布莱希特
到高尔基，精心品味，颇有创获，故引用他们的例证往往言之凿凿，得
心应手，能充分领悟大师名作的精髓和要领，我们不时被作者所举的例
子得当和分析准确所折服。作者的分析不同于别人的地方在于，他认
为"名剧之于戏剧爱好者特别是戏剧创作者来说，恐怕还得从微观上作
些努力，名剧之所以成为名剧，大师们娴熟的编剧技巧是重要因素，因
此，对名剧技巧的分析、研究、探讨，就显得十分迫切和必要了。"①
陆军的名剧观显出其对剧作细微技巧的另眼相看，希望人们阅读原著，
接触经典，从中领悟剧作家功力，也显示出他旁征博引、视野开阔的
特征。作者对译介的外国戏剧名作十分了解与熟悉，能给人们创作以
有益启示。

　　不仅学习名师名作的经验，陆军把个人成功的创作实例也带入小戏
的分析和讲解中，用具有个人心得的现身说法，展示最具说服力的作品
案例，体现陆军的从实践中来的身体力行。陆军以编剧"起家"，几十
年的编剧创作，早已造就了他著名剧作家的身份。他光是搬上舞台的大
型戏剧作品已有近 30 部，同时还收获了数十个小戏。然而，陆军以无
可辩驳的事实指出："我走上文学之路，始于短剧创作"。而他进入上海
戏剧学院编剧专业学习第一个习作作品也是短剧，工作后第一个上演、
发表并获大奖的还是短剧。这绝非巧合或偶然。作者对早期小戏的创作
颇有感情，很有心得，他甚至发出："生活需要史诗，但更需要短剧"。②
从自己创作甘苦中获得的经验之谈，自然是最宝贵的资源和最鲜活可信
的例证。追溯到创作的源头、原点，去呼唤那些带边角料色彩但却原汁
原味的资源，感受最本真最本质的滋味和状态，通过对作者本人创作体
验的认识和濡染，从中条分缕析，透视出思想光彩，折射出智者的感悟

---

① 陆军：《编剧理论与技法》，中国戏剧出版社 2005 年版，第 57 页。
② 陆军：《陆军文集》第八卷，江苏文艺出版社 2005 年版，第 53—55 页。

和思情，毫无说教之嫌。还要提到，作者不仅有小戏创作的体验，而且先前曾把近20年的教学辅导、创作实践中认识、摸索和积累起来的一些关于小戏编剧的技法经验总结写成《小剧作法》、《中外戏剧情节结构模式十八种》等书出版，这些也都累积了他个人对小戏的独到认识。

出乎我们意料之外的是，陆军还在著作中宣扬了从教训中学习的编剧理念。陆军引入一些不成功的作品作为示例，目的不是为了展览败绩，而是在分析中讲解了修正并改善的过程。对反面的不成功的例子的分析，指出它们怎样由做得不够地道、不够完好、存在欠缺到走向完整、得以修正，这样的实例是写作的人最迫切需要的。对不成熟作品解析和修正的过程的展示，对于初学者会起到事半功倍的效果，我相信是这样的。这样的编剧技法的训练，即使是再不开窍的学生，只要亦步亦趋，应该也能够步上编剧的正轨吧。展览展示了学生习作所存在的各种不当处理方式，并加以改正，从正反面汲取经验或吸取教训，这在以往的编剧教材中很是少见，足见作者的良苦用心，心思之缜密、周全。这也可见作者艺高人胆大，创作的自信和驾驭自如。

共性与个人化

虽然涉及编剧法则的著述已有不少，但能够对入门者切实有益的书并不算多。能够对初学者起示范妙用的专著，更是少之又少。关键是不只阐发空洞理论，也不是提供一些难以效仿的招数，而是要通俗易学，在他人所不屑的地方发出属于"自己的声音"，发他人所未发。

什么是"自己的声音"？陆军有所诠释。他认为，"自己的声音"就如同"找到自己的艺术方位，找到自己的叙述视角，从而使自己与别人区别开来，不重复、不雷同、不一般"。作者非常珍重"自己的声音"。他认为，拥有它才能"说出新鲜的话"，"把独特的感觉用自己的话说出来"，"从现成的流行的语言中突围出来"。①

通常的编剧教材，更多是教给读者怎样经营头尾、布置中间，或者笼统地教人怎样结构布局，怎样塑造人物，怎样编写剧情，怎样描绘场

---

① 陆军：《陆军文集》第八卷，江苏文艺出版社2005年版，第125—126页。

景和书写对白，而且往往是大同小异的。陆著要追求的却是呈现属于个人化的声音，这是更见功夫的行为。

陆著不排除人们耳熟能详的创作要点，如对头尾的安排，因为这是给学习编剧的人的入门书。但即使是对于人们所详知的开头结尾等，作者也尽量展示出他个人化的表述和具有特色的声音。我们读到作者不是笼统地教人写什么，更要说明怎样写，我们从标题上可见到独特用意，如"结尾要绝"、"结构要巧"、"情节要奇"、"脉络要清"、"细节要妙"、"人物要活"、"冲突要真"、"选材要严"、"开掘要深"、"场景要当"、"语言要美"，其中所特别强调的"绝"、"巧"、"奇"、"清"、"妙"、"活"、"真"、"严"、"深"、"当"和"美"这些字眼，不是有切实创作体验的人是无从抓获的，是难以概括出来的。这些人们十分熟悉的环节，经作者的描述，似乎也让读者产生些许陌生化的喜悦。此外，我们更看到作者出神入化地揭开编剧格局的层层要领，如"视角要新"、"戏核要好"、"入戏要快"、"高潮要高"、"转变要顺"、"变化要多"、"意趣要足"、"对手要强"、"道具要精"等，这些在别人可能忽视，或者蜻蜓点水一笔带过的方面，作者都详细列出，一一专章深入研讨。作者在其戏剧论著中融汇了文学创作的基本规律和戏剧的艺术特征并加以总结，使其论述具有普遍的指导意义。具体到书中的很多章节都十分精妙，不妨举一些例子，去听听他"自己的声音"：

在"开掘要深"一章，陆著崇尚歌德的"……独创性的一个最好的标志就在于选择题材之后，能把它加以充分的发挥，从而使得大家承认怎么也想不到会在这个题材里发现那么多东西"的论述，他结合自己创作经验，提出了多种开掘立意的方法，如"揭示环境"、"琢磨人物"、"研究结尾"、"注重象征"等，且都辅以实例进行仔细阐述。近期他又补充了"人物图谱"、"寻找形式"、"思维革命"等新的见解，使这一话题的论述更开阔，更雄辩，也更有实际的指导意义。

在"戏核要好"一章，陆著针对戏曲界一直语焉不详的"戏核"、"戏胆"、"戏眼"这几个戏剧创作的关键词，提出了自己独到的看法，他认为："所谓核，便是有生长点、有生命力的东西。一颗桃核，埋在泥土里，会长出一棵桃树来。一个戏核也要具备这样的能力，即在情节上要有延伸、派生、扩展的生命力，在冲突上要有抗衡、对峙、激化的爆发力，在反映生活的内涵上要有深邃、强悍、独特的穿透力。"陆著还以《春草闯堂》为例，令人信服地对"戏核"与"戏胆"、"戏眼"的区别作了完整的阐述。他认为，"戏核是'这一个戏'之所以能成为'这一个戏'，同时又有别于其他戏的最重要的、必不可少的条件。而戏胆与戏眼则是使'这一个戏'更具有戏剧性的重要元素。这两者比较起来，戏胆更偏重于情节的设置与关键动作的安排，而戏眼则更侧重于细节的铺陈与感情的研磨。总之，戏核是根，戏胆是枝，戏眼是叶。它们之间的根本区别就在于此"。①

在"场景要当"一章，陆著出人意料地将戏剧场景的选择这一容易被人忽略的话题辟以专章论述，可谓别具匠心。他研究了奥尼尔的"蓄意安排"，考察了契诃夫的"整体性"，分析了戏曲的"反差法"，从而提出场景设计的三个原则，即场景设计要有利于立意表达；有利于人物塑造；有利于冲突发展。他以自己的作品《第七棵是玉兰树》为例，向习剧者提出了"注意场景设计的'软硬件'的忠告，既是经验之谈，更有理论价值"。②

又如在"转变要顺"中讲到推进，但又要会控制，颇有见地。第12章"结尾要绝"讲结尾的方法，也很精妙，逐一逐二逐三的讲解都很精彩很全面很精心很细致。除了分析十分清晰透彻，例子正反互补外，各个章节篇末还附有连贯的练习，从写剧本提纲到各个环节的训练安排，都体现了作者对初学者无微不至的关怀。

作者为强化个人的思考和声音，不仅心思缜密、考虑周全，而且以层出不穷的论述方式，显示出他深不见底的缝制功夫，可以无限生发和发展。这种层出不穷的缝制，表现在陆军书中层层叠叠，一层层剥开，深不见底。作者像是一位经验老到、技巧高超的织绣工，繁针密线，缝制出一件百衲衣。他层层编织，条分缕析，把小戏的技法上升到极高的境界中，获得一种无限发展的可能性。正如作者自言的：虽入口小，但以小见大，挖出一口大井深井的意识渗入其中，他"不仅仅局限于小型

---

① 陆军：《编剧理论与技法》，中国戏剧出版社2005年版，第56—60页。
② 陆军：《编剧理论与技法》，中国戏剧出版社2005年版，第278—282页。

戏剧"①，这样做是要表达属于"自己的声音"，可见作者的坚持和自信。

　　也许是我的愚昧，我还很少读到哪一本编剧教材能让我如此吃惊，居然能把小戏剖析得如此透彻精细。虽然我们知道麻雀虽小五脏俱全的道理，但当我们读完陆著之后仿佛才形象地明白这一道理。作者从剧作的头尾谈到中间，从题旨谈到意趣，从人物谈到语言，从情节谈到结构，作者能这样精心繁复层层叠叠地解说得如此周全，叫人只有佩服得五体投地的份。虽然所说的，我们平时也有所察觉，但成为这样的有心人，并非一日之功，而是平生许多积累、思索和感悟才荟萃而成的。这简直是一种套牢法，甚至有几分"残酷戏剧"的味道，貌似不起眼的话题，一经作者抓到，大概是没指望成为漏网之鱼的，是难以脱逃的。陆军那样密复重叠地织就的网，如同鱼们的小戏要点通通被网住，无一幸免。

平实质朴的文风

　　作为曾经立足乡土，是位酣畅吮吸过乡野芬芳的学院派剧作家，陆军的写作与研究建立在沉稳坚实的土壤上。他不做虚空浮夸的动作，坚持可耕耘的创作土地。正如余秋雨在为他的学生陆军所做的《序》中所赞赏的，陆军葆有"寻常态"，这是非常难得的创作和研究的良好心态。②

　　与低姿态、小入口等相协调一致的是，陆军采用了很平实、很真诚的言语。他的解析恳切、到位，触及根本要害。

　　身为学者型剧作家，陆军个人写作了大半辈子，开展教学也已大半辈子了。他有丰富的创作经验，又有一定的理性把握能力，能上升到理论高度与深度，使得感性和理性相衬映、相协调。作者伴随着冷暖自知、甘苦相宜的创作态势道出有力度的认识，与某些空洞乏物、不着边际的灰色理论，与光有一层炫人外表的教条，有着天壤之别。可以说陆军的著作，正是他从实践到理论的回归与升华。

　　陆军既是一位编剧实践者，同时还是一位编剧研究者，兼有实践者

---

① 陆军：《编剧理论与技法》，中国戏剧出版社 2005 年版，第 2 页。
② 陆军：《陆军文集》第一卷，江苏文艺出版社 2005 年版，序。

的经验和研究者的探讨双重身份，并且在这两个方面都取得喜人成果。这使得他在研究中能够保持丰沛的情感和灵性，而在创作实践中又能推崇深度、重视厚度。他来自创作一线，长期坚持写作，编剧不辍，以理论来总结创作经验。他带着泥土的气息芳香投入编剧写作之中，把自己的写作经验呈现出来提供给更多的人共享，让他的学生、让更多的有意者加入其中。陆军如同一位向导、引航员，他把一个个作者引上创作的正途，一步步给予引导，渡他们由小戏起步，到创作大戏、编写大戏的彼岸。作者不以戏小而不为，不以戏小却为之的写作和创作态度，实在值得人们向他深深鞠一躬。

他的书陈述范围较广，不仅指向话剧，而且还针对戏曲和小品等。书中引用大量例子，讲解生动，分析透彻。没有居高临下，盛气凌人之态，而有亲切引导，娓娓道来之感，易受其指引，登门入室。

他的确提供了一本很实用的戏剧创作教材。对于年轻写手，对于从事戏剧创作的人，该书都不啻为一部学习的宝典。

概而言之，这是一本很适用的编剧入门书。它告诉学习写作的人要从小入手，于细微处抓起。通过追溯中外名家的成长，考察许多成功的创作经验和不足的写作教训，印证了从小入手乃成功之母的真理。作者吁请人们注重小戏的重要性，因为小戏好起步、好操作、好练兵、好扩展。回到创作的原点，到创作的源头去汲取营养，这是初学者的好方法、好手段。作者了解写作的人最需要的东西，从正反面进行精心辨析和清晰论证。《编剧理论与技法》一书建立在陆军已有《陆军短剧选》的创作集，以及《小剧作法》和《小戏剧作结构的二十种方法》等理论著作基础上，浓缩了他以往对小戏的研创精华，而且有所提升和扩展。

陆著说出属于自己的声音。希望他能够在已往的戏剧论述基础上有所整合和超越。我期待着拜读他的下一部论著。

（作者系复旦大学博士后）

后　记

　　本书原名《小剧作法》。记得是 1993 年，我调回上戏任教的第一个暑假，为了能在新学期更自信地站在讲台上，大约花了一个月时间完成了书稿，全书 20 章，约 20 余万字，1994 年 7 月交纵横出版社出版，后获上海戏剧学院教材二等奖；2004 年我结合多年教学反馈与读剧习剧心得，对书稿作了较大幅度的修订，调整了部分章节，置换了较多案例，文字也增至 40 余万字，易名为《编剧理论与技法》，由中国戏剧出版社出版；2005 年收入 8 卷本《陆军文集》，由江苏文艺出版社出版；2007 年本书获上海普通高校优秀教材一等奖，2009 年 1 月由中国戏剧出版社再版；此次入编"上海戏剧学院编剧学教材丛书"，未作任何修订。

　　平心而论，面对校样，眼睁睁看着拙著中那些随着时间的流逝而越发明显的浅陋似乎眨巴着狡黠的小眼在我面前晃动而我竟毫无作为时，内心真是十分的惶恐。其实，无论是出于对本书读者负责考虑，还是从让自己当下有关编剧理论的见解能得以完满表达着想，我都很想对本书作一番认真修订，并且也已具有比较成熟的修改方案，包括准备将我这些年在各地开设的多个讲座的相关内容纳入书稿，较大幅度地置换一批更为恰当的案例，对一些编剧术语、创作要领作更确当的阐述，等等，但限于时间与精力，终于没有勇气坐到书桌前。此刻，除了感慨岁月不饶人，精力不如前以外，更多的是对自己长期以来拉开过于绵长的战线、以至于超过自己力所能及的范围之战略设计产生了怀疑。可以毫不夸张地说，我在总序中罗列的有关编剧学的建设项目，绝大部分是我自己完成或与朋友们合作完成的，即便每天清晨为避开行车高峰期 6 点

10 分前必定从家里出发到学校上班、下班又很晚回家，还几乎搭上每年的所有节假日，也难以应付自己为自己预设的繁重的工作任务。带教 25 位研究生及每学期为本科生上课，两个部门的负责人，多个社会团体与学术项目的主持人，加上事无巨细必亲力亲为的习惯，使自己终日疲于奔命，疏于思考，有时候想想，未免对自己的生活方式与工作节奏产生莫名的恐惧与难言的悔意。好在过几年就要退休，这番多余的感慨就此一回，下不为例吧。

　　由于职业习惯，我一直比较关注国内外的编剧教材以及编剧理论专著的编撰状况。客观地说，在编剧学领域，这方面的储备并不令人满意。尽管国内每年有许多影视编剧方面的教材与专著问世，但大都内容陈旧，观点相似，案例重复，有些还是"剪刀加浆糊"的合成品，概念不清，逻辑混乱，常识谬误，实在有误人子弟之嫌。至于戏剧编剧方面的研究成果，那更是乏善可陈。因为担任第三版《中国大百科全书》戏剧文学分支主编一职，需要推介编剧教材与专著，我特地对国外的"家底"也作了些打探。2013 年年底，我接受与哥伦比亚大学联合培养编剧专业艺术硕士研究生的教学任务，与两位美籍学生曾专面探讨过这方面的问题，所获信息是，美国的编剧教材与理论专著也大大落后于实践。2014 年 5 月中旬，通过戏剧翻译家胡开奇先生的努力，我邀请美国当代著名剧作家波拉·沃格尔来上戏讲学，借机进一步咨询美国编剧教材与理论专著的出版情况，回答是，自乔治·贝克的《戏剧技巧》与约翰·霍华德·劳逊的《戏剧与电影的剧作理论与技巧》以后，无人能出其右。前些日子，邀请美国当代世界级的戏剧家马文·卡尔森教授为学生开讲座，继续请教同一问题，进一步验证了美籍研究生与波拉·沃格尔的结论。我还以各种方式咨询过其他国家包括境外的同行，所获的答复同样是不尽如人意。由此看来，编剧教材与理论专著滞后于编剧实践，是普遍性的问题，因此，我国在这方面的理论储备匮乏，也就不足为奇了。从这个意义上说，中国的编剧学研究者是很可以有所作为的。我想，我也一定会在适当的时候能真正静静地坐到书桌前，诚恳地对本书作一次仔细的修订，同时也会与我的朋友们一起，把已列入编撰与出版计划的《编剧学概论》《编剧学九讲》《中外经典短剧鉴赏文库》(8

卷）等书稿完成好，为新创建的编剧学的理论建设尽可能地多做一些基础性的研究，不管质量如何，至少可以为后来者的学术研究提供更多的置换、腾挪与批判的话题与材料，这也算是表达我们对编剧学的一份感情、一种心愿吧。

本书编发过程中，责任编辑赵蔚华给了我诸多的帮助，在此深表谢意。

此外，我还要对本教材的顺利出版予以支持的校领导、学术委员会、科研处、规划处、教务处、财务处等部门的同仁们表示感谢！当然，更要感谢一直以来以各种方式源源不断地带给我学习、创作、教学与研究动力的一批批年轻的学子们！如果没有他们，我的这些文字也许就是一堆被人忽略的瓦砾。

2015 年 11 月 15 日于上海松江江虹寓所

图书在版编目(CIP)数据

编剧理论与技法/陆军著. —上海:上海人民出
版社,2015
(上海戏剧学院编剧学教材丛书)
ISBN 978 - 7 - 208 - 13424 - 9

Ⅰ. ①编…　Ⅱ. ①陆…　Ⅲ. ①编剧-高等学校-教材
Ⅳ. ①I053

中国版本图书馆 CIP 数据核字(2015)第 275067 号

责任编辑　赵蔚华
封面设计　张志全

上海戏剧学院编剧学教材丛书

编剧理论与技法
陆　军　著

出　　版　上海人民出版社
　　　　　　(201101　上海市闵行区号景路 159 弄 C 座)
发　　行　上海人民出版社发行中心
印　　刷　上海商务联西印刷有限公司
开　　本　890×1240　1/32
印　　张　14.5
插　　页　2
字　　数　425,000
版　　次　2015 年 12 月第 1 版
印　　次　2023 年 10 月第 4 次印刷
ISBN 978 - 7 - 208 - 13424 - 9/J・423
定　　价　65.00 元